LAS HORAS
DISTANTES

Kate Morton creció en las montañas del sudeste de Australia, en Queensland. Posee títulos en arte dramático y literatura inglesa y es candidata doctoral en la Universidad de Queensland. Vive con su esposo e hijos en Brisbane. Su primera novela, *La casa de Riverton*, se publicó con enorme éxito en 38 países, alcanzó el número uno en muchos de ellos y lleva vendidos más de dos millones de ejemplares en todo el mundo. *El jardín olvidado*, con unas ventas que superan los cuatro millones de ejemplares, supuso la consolidación absoluta de esta espléndida autora y le granjeó el reconocimiento masivo de la crítica y los lectores. *Las horas distantes* es su tercera novela; publicada simultáneamente en Australia, Gran Bretaña y Estados Unidos, se convirtió de inmediato en un *bestseller*. Su última novela, *El cumpleaños secreto* (2013) ha sido publicada bajo el sello editorial Suma de Letras. Se estima que las ventas en todo el mundo de las obras de Kate Morton se acercan a los ocho millones de ejemplares.

KATE MORTON

LAS HORAS DISTANTES

Traducción de Luisa Borovsky

punto de lectura

Título original: *The Distant Hours*
© 2010, Kate Morton
© Traducción: Luisa Borovsky
© De esta edición:
2013, Santillana Ediciones Generales, S.L.
Avenida de los Artesanos, 6. 28760 Tres Cantos. Madrid (España)
Teléfono 91 744 90 60
www.puntodelectura.com
www.facebook.com/puntodelectura
@epuntodelectura
puntodelectura@santillana.es

ISBN: 978-84-663-2756-5
Depósito legal: M-17.846-2013
Impreso en España – Printed in Spain

Diseño de cubierta: Eduardo Ruiz

Primera edición: julio 2013

Impreso en BLACK PRINT CPI (Barcelona)

Cualquier forma de reproducción, distribución,
comunicación pública o transformación de esta
obra solo puede ser realizada con la autorización
de sus titulares, salvo excepción prevista por la ley.
Diríjase a CEDRO (Centro Español de Derechos
Reprográficos) si necesita fotocopiar o escanear algún fragmento de esta obra (www.conlicencia.com;
91 702 19 70 / 93 272 04 47)

Para Kim Wilkins, que me animó a empezar,
y para Davin Patterson, que me acompañó
hasta el punto final

Agradecimientos

Mi más sincero agradecimiento a todos los que han leído y comentado los primeros borradores del manuscrito de *Las horas distantes,* sobre todo a Davin Patterson, Kim Wilkins y Julia Kretschmer; a mi amiga y agente, Selwa Anthony, por cuidarme tanto; a Diane Morton, por su lectura rápida de las páginas finales; y a toda mi familia —los Morton, los Patterson y en especial a Oliver y Louis— y amigos por permitirme fugarme a menudo a Milderhurst Castle y por soportarme cuando tropiezo colina abajo, me aturdo, me distraigo y en ocasiones incluso me siento un poco desplazada.

Las horas distantes comenzó como una pequeña idea sobre unas hermanas en un castillo sobre una colina. Busqué más inspiración en numerosas fuentes, entre las que se incluyen ilustraciones, fotografías, poemas, diarios, publicaciones de Mass Observation, relatos en Internet sobre la Segunda Guerra Mundial, la exposición *Children's War* del Imperial War Museum de Londres, visitas a castillos y casas de campo, novelas y películas de las décadas de 1930 y 1940, historias de fantasmas y novelas góticas de los siglos XVIII y XIX. Aunque es imposible enumerar todas las obras de no ficción consultadas, las siguientes figuran entre mis favoritas: Nicola Beauman, *A Very Great Profession* (1995); Katherine Bradley-Hole, *Lost Gardens of England* (2008); Ann de Courcy, *Debs at War* (2005); Mark Girouard, *Life in the English Country House* (1979); Susan Goodman, *Children of War* (2005); Juliet Gardiner, *Wartime Britain 1939-1945* (2004); Juliet Gardiner, *The Children's War* (2005); Vere Hodgson, *Few Eggs and No Oranges: The Diaries of Vere Hodgson 1940-45* (1998); Gina Hughes, *A Harvest of Memories: A Wartime Evacuee in Kent* (2005); Richard Broad y Suzie Fleming (eds.), *Nella Last's War: The Second World War Diaries of Housewife, 49* (1981); Norman Longmate, *How We Lived Then: A History of Everyday Life in the Second World War* (1971); Raynes Minns, *Bombers & Mash: The Domestic Front 1939-45* (1988); Mathilde Wolff-Mönckeberg, *On the Other Side: Letters to My Children from Germany 1940-1946* (1979); Jeffrey Musson, *The English Manor House* (1999); Adam Nicolson, *Sissinghurst* (2008); Virginia Nicolson, *Singled Out* (2007); Miranda Seymour, *En la casa de mi padre* (2007); Christopher Simon Sykes, *Country House Camera* (1980); Ben Wicks, *No Time to Wave Goodbye* (1989); Sandra Koa Wing, *Our Longest Days* (2007); Philip Ziegler, *London at War 1939-1945* (1995).

Shhh! ¿Puedes oírlo?

Los árboles pueden. Son los primeros en saber que se acerca. ¡Escucha! Los árboles del bosque profundo y oscuro se estremecen, agitan sus hojas como envoltorios de papel de plata gastada. El viento artero, serpenteando por sus copas, susurra que pronto dará comienzo.

Los árboles lo saben. Son antiguos y ya han visto de todo.

* * *

No hay luna.

No hay luna cuando aparece el Hombre de Barro. La noche se ha puesto un par de finos guantes de piel; ha tendido sobre la tierra una sábana oscura: un ardid, un disfraz, un hechizo para que bajo su manto todo caiga en un dulce sueño.

Oscuridad, pero no solo eso, en todo hay matices, tonalidades, texturas. Mira: la lanosidad de los árboles acurrucados, la acolchada extensión de los campos, la tersura del foso de melaza. Y sin embargo… A menos que seas muy desafortunado, no habrás notado que algo se movía donde nada debía moverse. En verdad, eres afortunado. Ninguna persona que haya visto surgir al Hombre de Barro vive para contarlo.

Allí, ¿lo ves? El foso oscuro y brillante, el foso embarrado ya no está inmóvil. A lo lejos ha aparecido una súbita burbuja, un temblor de pequeñas ondas, un leve indicio.

¡Has desviado la mirada! Y te has comportado sabiamente. Tales visiones no son para personas como tú. Dirigiremos nuestra atención hacia el castillo, algo se agita también por allí.

En lo alto de la torre.

Pon atención y lo verás.

Una muchacha aparta la colcha.

La enviaron a la cama unas horas antes; en el aposento contiguo su niñera ronca ligeramente; sueña con jabones y lirios y altos vasos de leche fresca y tibia. Pero algo ha despertado a la niña; se incorpora a hurtadillas; se desliza sobre la sábana blanca y apoya los pálidos y finos pies, el uno junto al otro, en el suelo de madera.

No hay luna que le permita ver ni ser vista, pero aun así la ventana la atrae. El cristal biselado está frío; percibe el trémulo aire helado de la noche mientras sube hasta lo alto de la estantería, y se sienta en la repisa de los libros desechados de la infancia, víctimas de su apresuramiento por crecer y marcharse de allí. Con el camisón envuelve sus piernas pálidas y apoya la mejilla en el hueco donde se juntan las rodillas.

El mundo está allí fuera, y en él, las personas se mueven como muñecos de cuerda.

Algún día, no muy lejano, lo verá por sí misma. Porque si el castillo tiene cerrojos en todas las puertas y rejas en las ventanas no es para impedir que ella salga, sino para que aquel ser no entre.

Aquel ser.

Ha oído historias sobre él. Él es una historia. Un relato de hace muchos años. Y las rejas y cerrojos, vestigios de un tiempo en que las personas creían en tales cosas. Rumores sobre monstruos que aguardan en los fosos, al acecho de hermosas doncellas. Un hombre víctima de una antigua injusticia que busca vengarse, una y otra vez.

Pero a la niña —que fruncirá el ceño si supiera que la llaman de esa manera— ya no le preocupan los cuentos de hadas y los monstruos de la infancia. Es inquieta, moderna, adulta, y ansía escapar. Esa ventana, ese castillo ya no son suficientes. Sin embargo, por el momento es todo cuanto posee y, melancólica, observa a través del cristal.

En el exterior, en la lejanía, en el valle entre las colinas, el pueblo comienza a adormecerse. Un tren lejano y monótono, el último de la noche, anuncia su llegada: un chillido solitario que no recibe respuesta, y el jefe de estación, con un rígido sombrero de tela, se apresura torpemente a levantar la bandera. En el bosque cercano un cazador furtivo observa a su presa y sueña con regresar a su hogar y dormir, mientras en las afueras del pueblo, en una casita con la pintura desconchada, llora un recién nacido.

Acontecimientos perfectamente cotidianos en un mundo donde todo tiene sentido. Donde lo que está allí es visible, y si no puede verse es porque no existe. Un mundo ciertamente distinto de aquel donde la niña ha despertado.

Porque allí abajo, más cerca de lo que a ella se le ha ocurrido observar, algo está sucediendo.

* * *

El foso ha comenzado a respirar. En el fondo, enfangado, late húmedo el corazón del hombre enterrado. Un sonido que no es el aullido del viento se alza desde las profundidades y acecha la superficie. La niña lo oye; es decir, lo siente, ya que los cimientos del castillo están unidos al lodo, y el gemido se filtra a través de las piedras, sube por los muros, un piso tras otro, de un modo imperceptible llega a la repisa donde está sentada. Un libro, querido en otro tiempo, cae al suelo, y la niña de la torre se sobresalta.

El Hombre de Barro abre un ojo. Lo cierra, y vuelve a abrirlo, con un movimiento rápido, brusco. ¿Pensará aún en la familia que perdió, la bella esposa y los dos bebés regordetes y sonrosados que dejó atrás? ¿Su mente regresará incluso a los días de infancia, cuando corría con su hermano por los campos de finos y pálidos juncos? ¿O recordará quizás a esa otra mujer, aquella que lo amó antes de su muerte? Aquella que con sus halagos y atenciones y la negativa a ser rechazada hizo que el Hombre de Barro lo perdiera todo.

* * *

Algo está cambiando. La niña lo percibe y se estremece. Apoya la mano en la ventana helada y deja un rastro con forma de estrella. La hora de las brujas se cierne sobre ella, aunque no sepa nombrarla. Nadie puede ayudarla. El tren se ha marchado; el cazador furtivo duerme junto a su mujer; también el bebé duerme, desistió de gritarle al mundo todo lo que ya sabe. En el castillo, la niña junto a la ventana es la única despierta; su niñera ha dejado de roncar y respira con tanta suavidad que parece inerte. En el bosque los pájaros también guardan silencio, con la cabeza al abrigo de sus alas temblorosas, los ojos cerrados en una línea gris frente a aquello que, lo saben, se acerca.

Solo están allí la niña y el hombre que despierta en el lodo. El corazón se acelera, porque su hora ha llegado y no durará mucho. Hace girar las muñecas, los tobillos, se levanta de su lecho de fango.

No mires. Te lo ruego, aparta la mirada mientras rompe la superficie, mientras sube desde el foso, se yergue sobre la orilla mojada y oscura, levanta los brazos y respira profundamente: recuerda qué es respirar, amar, desear.

Será mejor que observes las nubes de tormenta. Incluso en la oscuridad puedes ver que se aproximan. Un estruendo de nubes furiosas, amenazantes, que retumban, ruedan, chocan hasta llegar a lo alto de la torre. ¿El Hombre de Barro trae la tormenta o es la tormenta la que trae al Hombre de Barro? Nadie lo sabe.

Desde su atalaya, la niña inclina la cabeza mientras las primeras gotas vacilantes salpican el cristal y se encuentran con su mano. El día ha sido agradable, no muy caluroso; el atardecer, fresco. No había indicios de una tormenta de medianoche. A la mañana siguiente, los lugareños observarán con sorpresa la tierra húmeda, sonreirán y, rascándose la cabeza, dirán: «¡Increíble, hemos dormido sin enterarnos!».

Pero ¡mira! ¿Qué es eso? Una masa, una silueta trepa por los muros de la torre. La figura se mueve rápida, ágil, inverosímil. Es obvio que ningún hombre puede lograr tal hazaña.

Llega a la ventana de la niña. Ya están frente a frente. Ella lo ve a través del cristal biselado, a través de la lluvia, ahora torrencial: una criatura monstruosa, embarrada. Abre la boca para gritar, para pedir ayuda, pero en ese preciso instante todo cambia.

Ante sus ojos, él cambia. Ella lo ve a través de las capas de fango. A través de generaciones de oscuridad, furia y tristeza, ve el rostro humano. El rostro de un joven. Un rostro olvidado. Un rostro de inmensa nostalgia, pesadumbre y belleza. Entonces la niña, sin pensarlo, abre el pestillo de la ventana. Para resguardarlo de la lluvia.

Raymond Blythe, prólogo de *La verdadera historia del Hombre de Barro*

LAS HORAS DISTANTES

PARTE

1

Una carta perdida llega a su destino

1992

Todo comenzó con una carta. Una carta, perdida durante mucho tiempo, que había esperado medio siglo en una saca de correos olvidada, en el oscuro desván de una insignificante casa de Bermondsey. A menudo pienso en esa saca de correos; en los cientos de cartas de amor, facturas de tiendas, tarjetas de cumpleaños, notas de hijos a sus padres que se amontonaban y suspiraban allí, mientras sus mensajes frustrados susurraban en la oscuridad, aguardando a que alguien notara su presencia. Porque, como se suele decir, una carta siempre buscará un lector; tarde o temprano, de algún modo, las palabras encontrarán la forma de ver la luz, de revelar sus secretos.

Perdón, soy una romántica, una costumbre adquirida después de muchos años de leer novelas del siglo xix a la luz de una linterna mientras mis padres me creían dormida. Lo que intento decir es que si Arthur Tyrell hubiera sido un poco más responsable, si no hubiera bebido tantos ponches de ron esa Navidad de 1941, si no hubiera regresado a su casa para sumergirse en un sueño alcohólico en lugar de completar la entrega del correo, si la saca no hubiera permanecido oculta en el desván de su casa hasta que murió, cincuenta años después, cuando una de sus hijas la descubrió y se puso en contacto con el *Daily Mail*, todo habría sido diferente. Para mi madre, para mí, y especialmente para Juniper Blythe.

Quizás lo leyeran cuando sucedió. Apareció en todos los periódicos y en los telediarios televisivos. El Canal 4 emitió incluso un programa especial al que invitaron a algunos de los destinatarios de las cartas para hablar sobre ellas, sobre las voces que habían regresado del pasado para sorprenderlos. Allí estuvo la mujer cuyo amado había servido en la RAF, y el hombre con la tarjeta de cumpleaños que le había enviado un hijo que había sido evacuado, un niño que había muerto unas semanas después a causa de una herida de metralla. Me pareció un programa muy bueno, conmovedor por momentos, historias alegres y tristes intercaladas con antiguas secuencias filmadas de la guerra. Un par de veces me eché a llorar, pero eso no significa mucho: soy bastante propensa al llanto.

Sin embargo, mi madre no apareció en el programa. Los productores se pusieron en contacto con ella y le preguntaron si en su carta había algo especial que quisiera compartir con el país, pero ella dijo que no, que era solo un pedido de ropa a una tienda que había cerrado sus puertas muchos años atrás. No era cierto. Lo sé porque yo estaba allí cuando llegó. Fui testigo de su reacción ante la carta perdida, en absoluto indiferente.

Sucedió una mañana a finales de febrero. El invierno aún no daba tregua, los parterres estaban helados, y yo había venido para ayudar con el asado del domingo. Suelo hacerlo porque a mis padres les gusta, a pesar de que soy vegetariana y sé que en algún momento de la comida mi madre comenzará a preocuparse, luego se angustiará y finalmente no podrá contenerse y me soltará las estadísticas sobre proteínas y anemia.

Yo pelaba patatas en el fregadero cuando la carta cayó al suelo por la ranura de la puerta. El hecho de que los domingos no suele repartirse la correspondencia tendría que habernos puesto sobre aviso, pero no fue así. Yo, por mi parte, estaba muy ocupada preguntándome cómo les comunicaría a mis padres que Jamie y yo nos habíamos separado. Hacía ya dos meses que había ocurrido, sabía que tendría que decir algo, pero cuanto más lo retrasaba, más difícil me resultaba. Y tenía mis razones para callar: mis padres se habían mostrado recelosos con respecto a Jamie desde un principio, no se tomaban los disgustos con tranquilidad, y mi madre se preocuparía más de lo habitual si se enteraba de que yo estaba viviendo sola en el apartamento. Aunque, por encima de todo, me aterrorizaba la inevitable e incómoda conversación que seguiría a continuación de mi anuncio. En la cara de mi madre vería primero el desconcierto, luego la alarma, seguida por la resignación cuando comprendiera que el código maternal requería de ella alguna clase de consuelo. Pero volvamos a la carta.

Un ruido, algo cae suavemente a través de la ranura.

—Edie, ¿podrías recogerla?

Era la voz de mi madre. (Edie soy yo. Perdón, tenía que haberlo dicho antes).

Señaló con la cabeza hacia el pasillo, y con la mano que no tenía dentro del pollo hizo un gesto.

Dejé la patata, me sequé las manos con un paño y fui a buscar la correspondencia. Sobre el felpudo había una sola carta: un sobre oficial de correos. Según se declaraba, su contenido era «correo enviado a una nueva dirección». Se lo leí a mi madre mientras entraba en la cocina.

Para entonces ella ya había rellenado el pollo y estaba secándose las manos. Con el ceño ligeramente fruncido, por costumbre más que por alguna expectativa en particular, observó la carta y cogió sus gafas de leer, que había dejado sobre la piña que estaba en el frutero. Echó un vistazo a la inscripción del correo y, parpadeando, comenzó a abrir el sobre.

Seguí pelando las patatas, una tarea bastante más atractiva que observar a mi madre mientras abría su correspondencia, de forma que siento reconocer que no vi su expresión cuando del interior de aquel sobre sacó otro más pequeño —prestando atención a la fragilidad del papel y al antiguo sello de correos— y le dio la vuelta para leer el nombre del remitente. Sin embargo, desde entonces la he imaginado muchas veces con sus mejillas palideciendo de pronto y los dedos lo suficientemente temblorosos como para tardar algunos minutos en abrir el sobre.

No fue necesario que imaginara el sonido: el horrible y gutural gemido seguido de inmediato por una serie de sollozos que inundaron el aire, y que hicieron que se me resbalara el pelapatatas y me cortara el dedo. Me acerqué a ella.

—Mamá… —dije, rodeándole los hombros mientras intentaba no manchar de sangre su vestido.

Ella no dijo nada. Más tarde me explicó que en ese momento no había sido capaz. Permaneció de pie, inmóvil, mientras las lágrimas se deslizaban por sus mejillas, aferrando aquel pequeño y extraño sobre —de un papel tan fino que yo podía distinguir la carta doblada en su interior—, apretándolo contra su pecho. Entonces desapareció por la escalera hacia su habitación, dejando una vaga estela de instrucciones sobre el pollo, el horno y las patatas.

Su ausencia sumió la cocina en un penoso silencio. Me mantuve serena, me moví con lentitud para no perturbarlo. Mi madre no suele llorar, pero ese momento —su congoja y la sensación que producía— me resultaba extrañamente familiar, como si ya lo hubiéramos vivido. Al cabo de quince minutos, durante los cuales pelé patatas, consideré diversas opciones sobre la identidad del remitente y me pregunté cómo debía actuar a continuación; llamé a su puerta y le pregunté si quería una taza de té. Para entonces ya se había recuperado, y nos sentamos frente a frente a la pequeña mesa de formica de la cocina. Mientras yo fingía no darme cuenta de que había llorado, comenzó a hablar del contenido del sobre.

—Es una carta de alguien que conocí hace mucho tiempo. Cuando era apenas una niña de doce o trece años —explicó.

A mi mente acudió una imagen, el recuerdo difuso de una fotografía que había visto junto a la cama de mi abuela agonizante. Tres niños —mi madre era la menor, con el cabello corto y oscuro— en primer plano, encaramados sobre algo. Era extraño, me había sentado junto a mi abuela cientos de veces y sin embargo no podía recordar los rasgos de esa niña. Quizás durante la infancia no tenemos verdadero interés en saber quiénes eran nuestros padres antes de que naciéramos, salvo que un hecho en particular arroje luz sobre el pasado. Bebí un sorbo de té y esperé a que mi madre siguiera hablando.

—No te he contado mucho sobre esa época, ¿verdad? La guerra, la Segunda Guerra Mundial. Fueron tiempos terribles, tal confusión, tanta destrucción, parecía… —Mi madre suspiró, y luego continuó—: Parecía que el mundo jamás volvería a la normalidad, que su eje se había desplazado y ya nada podría ajustarlo otra vez —dijo observando la taza humeante mientras rodeaba el borde con sus dedos—. Vivía con mi familia, mi madre, mi padre, Rita y Ed, en una pequeña casa en Barlow Street, cerca de Elephant & Castle. El día que estalló la guerra, a los niños nos reunieron en la escuela, desde allí nos dirigimos a la estación y nos subieron al tren. Jamás lo olvidaré. Todos con nuestras tarjetas de identificación, nuestras caras desconcertadas y nuestros equipajes. Las madres, arrepentidas, corrieron a la estación para pedir a gritos al guardia que les permitiera bajar a sus hijos; luego pidieron a gritos a sus hijos mayores que cuidaran de sus hermanos, que no los perdieran de vista.

Mi madre permaneció un instante en silencio, mordiéndose el labio inferior. Parecía reproducir la escena en su mente.

—Seguramente tenías miedo —dije en voz baja. Si en nuestra familia fuéramos más expresivos, me habría acercado a ella para aferrar su mano.

—Al principio sí —respondió ella, antes de quitarse las gafas y frotarse los ojos. Sin ellas, su rostro tenía un aspecto vulnerable, inacabado; recordaba a un animalito nocturno desorientado bajo la luz del día. Me sentí aliviada cuando volvió a ponérselas y prosiguió—: Jamás había estado fuera de casa, jamás había pasado la noche lejos de mi madre, pero me acompañaban mi hermano y mi hermana, mayores que yo. Mientras el tren avanzaba, una maestra repartía chocolatinas y todos comenzaron a animarse y a considerar la experiencia casi como una aventura. ¿Te imaginas? Se había declarado la guerra y nosotros cantábamos, comíamos peras en conserva y jugábamos al veo veo mirando por la ventanilla. Los niños son muy resistentes, a veces pueden ser incluso insensibles.

»Por fin llegamos a una ciudad llamada Cranbrook, donde nos dividimos en grupos y subimos a diferentes coches. El que yo ocupé junto a Ed y Rita nos llevó al pueblo de Milderhurst. Allí nos condujeron en fila hacia un gran salón. Nos esperaba un grupo de mujeres que, con una sonrisa pintada en el rostro y una lista en la mano, nos hizo formar hileras. Los habitantes del lugar empezaron a pasear entre nosotros para hacer su elección.

»Los más pequeños se iban rápido, en especial los más agraciados. Tal vez creían que darían menos trabajo, que tendrían menos tufillo a Londres —comentó mi madre, y sonrió con amargura—. La realidad pronto hablaría por sí misma. Mi hermano fue uno de los primeros seleccionados. Era un niño fuerte, alto para su edad, y los granjeros necesitaban desesperadamente que los ayudaran en su trabajo. Rita se fue un poco después junto con su amiga de la escuela.

Basta. Extendí mi mano y la apoyé sobre la suya.

—Oh, mamá…

—No te preocupes —dijo ella. Enseguida liberó su mano y me dio una palmadita en los dedos—. No fui la última. Aún quedaban algunos…, un niño pequeño con una terrible enfermedad en la piel. No sé adónde fue a parar, todavía estaba allí cuando me marché. ¿Sabes una cosa? Después de aquello, durante mucho tiempo, años, me obligué a comprar la fruta sin elegirla, aunque estuviera estropeada. Nada de examinarla y devolverla al estante si no me convencía.

—Pero finalmente fuiste elegida.

—Sí, fui elegida. —Mi made jugueteó con algo que tenía en la falda y bajó la voz. Tuve que acercarme para poder oírla—. Llegó tarde. El salón estaba casi vacío, la mayoría de los niños se había ido y las damas del Servicio de Voluntarias ya estaban guardando las tazas de té. Yo había comenzado a llorar un poco, aunque muy discretamente. Y entonces, de repente, llegó ella, y el salón, el aire mismo, pareció alterarse.

—¿Alterarse? —pregunté frunciendo el ceño. Recordé la escena de *Carrie* en la que explota la lámpara.

—Es difícil de explicar. ¿Conoces a alguna persona que parezca llevar su propia atmósfera adondequiera que vaya?

Tal vez. Levanté los hombros, vacilante. Mi amiga Sarah suele provocar que se vuelvan las cabezas pase por donde pase; no es precisamente un fenómeno atmosférico, pero...

—No, por supuesto. Dicho así, suena absurdo. Me refiero a que era diferente, más... ¡Oh, no lo sé! Simplemente *más*. Bella de un modo extraño, cabello largo, ojos grandes, aspecto algo salvaje, pero no solo eso la diferenciaba. Por entonces, en septiembre de 1939, apenas tenía diecisiete años, y sin embargo las demás mujeres parecieron replegarse cuando llegó ella.

—¿En actitud reverente?

—Sí, esa es la palabra: reverente. Parecían sorprendidas de verla, e inseguras, no sabían cómo comportarse. Al final, una de ellas comenzó a hablar, le preguntó si podía ayudarla, pero la muchacha simplemente agitó en el aire sus largos dedos y anunció que venía en busca de su evacuado. Eso dijo; no *un* evacuado, sino *su* evacuado. Y luego se dirigió directamente hacia el sitio donde yo me encontraba sentada en el suelo. «¿Cómo te llamas?», preguntó, y cuando le respondí, me sonrió y comentó que debía de estar cansada después de tan largo viaje. «¿Te gustaría venir a mi casa?», dijo. Yo asentí, supongo, porque se volvió hacia la mujer que parecía la jefa, la que sostenía la lista, y anunció que me llevaría consigo.

—¿Cómo se llamaba?

—Blythe —dijo mi madre, reprimiendo un levísimo temblor—. Juniper Blythe.

—¿Es de ella la carta?

Mi madre asintió.

—Me llevó al coche más lujoso que jamás había visto y condujo hasta el lugar donde vivía con sus hermanas. Atravesamos unos grandes portones de hierro, seguimos un sinuoso camino y llegamos a un enorme edificio de piedra rodeado por un bosque espeso. Milderhurst Castle.

Aquella descripción parecía sacada de una novela gótica. Me estremecí ligeramente. Recordé el llanto de mi madre mientras leía el nombre de la mujer y la dirección en el sobre. Había oído historias sobre los evacuados, sobre cosas que les habían sucedido.

—¿Es un recuerdo terrible? —pregunté de pronto.

—Oh, no, en absoluto. No fue terrible, todo lo contrario.

—Pero la carta te ha hecho…

—La carta ha sido una sorpresa, nada más. Un recuerdo de hace muchos años.

Mi madre se calló. Pensé en la evacuación, seguramente para ella había sido abrumador, terrorífico, extraño, el hecho de haber sido enviada a un lugar desconocido, donde todas las cosas y las personas eran tan diferentes. Yo tenía frescas aún las experiencias de mi infancia, el horror de ser lanzada a situaciones nuevas, desconcertantes, los furiosos lazos forjados —por necesidad, para sobrevivir— con edificios, con adultos comprensivos, con amigos especiales.

Al recordar esas urgentes amistades, se me ocurrió algo.

—Mamá, ¿volviste alguna vez a Milderhurst después de la guerra?

Ella levantó bruscamente la mirada.

—Claro que no. ¿Por qué habría de hacerlo?

—No lo sé. Para saludar a tus conocidos y saber qué ha sido de ellos. Para visitar a tu amiga.

—No —respondió con firmeza—. Tenía a mi familia en Londres, mi madre no podía prescindir de mí, y además había mucho que hacer después de la guerra. La vida real siguió su curso.

Y con esas palabras, el velo familiar cayó sobre nosotras y supe que la conversación había acabado.

* * *

Al final no comimos el pollo. Mi madre dijo que no se sentía bien y me preguntó si podíamos dejarlo para otro fin de semana. Me pareció poco amable recordarle que de todas formas yo no como carne y mi asistencia era una especie de servicio filial. Dije que no tenía inconveniente y le sugerí que se acostara. Ella se mostró de acuerdo, y mientras yo recogía mis cosas para guardarlas en el bolso, tomó dos aspirinas y me recordó que me protegiera las orejas del viento.

Mi padre se pasó durmiendo el tiempo que duró todo este episodio. Es mayor que mi madre y se jubiló hace unos meses. La jubilación no le sienta bien; durante la semana deambula por la casa, buscando cosas para reparar y ordenar —y volviendo loca a mi madre—, y el domingo descansa en su sillón. Es el derecho natural del hombre de la casa, asegura ante quien esté dispuesto a oírlo.

Le di un beso en la mejilla y me marché. Camino del metro me enfrenté al viento helado, cansada, nerviosa y algo deprimida por regresar sola al apartamento endemoniadamente caro que hasta hacía poco había compartido con Jamie. Solo al llegar a cierto punto entre las estaciones High Street Kensington y Notting Hill Gate caí en la cuenta de que mi madre no me había contado qué decía la carta.

Un recuerdo aclara las cosas

Ahora, mientras escribo, me desilusiona un poco mi comportamiento. Todos somos expertos en perspicacia, y sabiendo ya qué habría podido descubrir, es sencillo preguntarme por qué no indagué un poco más. Pero no soy una completa idiota. Al cabo de unos días, tomé el té con mi madre y, aunque no conseguí hablarle de mi nueva situación, le pregunté acerca del contenido de la carta. Ella eludió la pregunta, dijo que no era importante, poco más que un saludo; que su reacción se había debido a la sorpresa, nada más. En aquel entonces yo no sabía que mi madre era tan buena mintiendo. No tenía motivos para dudar, continuar con las preguntas o prestar más atención a su lenguaje corporal. En general, tendemos a creer lo que nos dicen, especialmente aquellos que conocemos o nos resultan familiares, personas de confianza. Al menos, eso es lo me sucede a mí; o me sucedía.

Durante un tiempo me olvidé de Milderhurst Castle y de la evacuación de mi madre, e incluso del extraño hecho de que jamás hubiera oído nada al respecto. Como en la mayoría de los casos, era muy fácil encontrar una explicación, bastaba con intentarlo. Mi madre y yo nos llevamos bien, pero nunca fuimos especialmente íntimas, y ciertamente no nos embarcábamos en largas conversaciones sobre el pasado familiar. Tampoco sobre el presente. En resumen, su evacuación había sido una experiencia agradable aunque insignificante; no había razón para que se le ocurriera compartirla conmigo. Dios sabe que yo tampoco le contaba algunas cosas.

Más difícil de racionalizar era la fuerte y extraña sensación que me había invadido al ser testigo de su reacción ante la carta, la inexplicable certeza de un importante recuerdo que no podía precisar. Algo que había oído o visto, y olvidado, revoloteaba ahora por los oscuros recovecos de mi mente, negándose a detenerse y permitir que lo nombrara. Me esforzaba por recordar si años atrás había llegado otra carta que también la hubiera hecho llorar. Era inútil: la sensación, escurridiza y difusa, se negaba a aclararse. Decidí que probablemente era obra de mi imaginación hiperactiva; mis padres siempre habían dicho que me causaría problemas si no tomaba precauciones.

En aquella época tenía preocupaciones más urgentes. Y especialmente adónde iría a vivir cuando acabara mi contrato de alquiler del apartamento. Los seis meses pagados por anticipado habían sido el regalo de despedida de Jamie, algo así como una disculpa, una compensación por su comportamiento reprochable. Terminaban en junio. Había revisado los anuncios de los periódicos y de los escaparates de las inmobiliarias, pero con mi modesto salario era difícil encontrar una vivienda que estuviese cerca de mi trabajo.

Soy editora en la editorial Billing & Brown. Es una pequeña editorial familiar, aquí en Notting Hill. Fue fundada a finales de los años cuarenta por Herbert Billing y Michael Brown, con el objetivo inicial de publicar sus propios poemas y piezas teatrales. Creo que, cuando empezaron, adquirieron una buena reputación, pero con el transcurso de los años, a medida que las editoriales más importantes conquistaban sus cuotas de mercado y comenzaba a declinar el gusto del público por títulos de culto, se vieron obligados a publicar géneros que amablemente denominaron «especializados», y otros a los que se referían menos amablemente como «vanidades». El señor Billing —Herbert es su nombre de pila— es mi jefe; es también mi mentor, mi defensor y mi mejor amigo. No tengo muchos. En todo caso, no de los que viven y respiran. Y no pretendo parecer triste y solitaria; simplemente no pertenezco a la clase de personas que acumulan amigos o disfrutan de las multitudes. Soy buena con las palabras, pero no las habladas; a menudo pienso que sería una maravilla relacionarme solo a través del papel. Y supongo que, en cierto modo, es lo que hago, porque tengo cientos de amigos de esa otra clase, que habitan entre portadas, en gloriosas páginas impresas, en historias que siempre se desarrollan de la misma manera y nunca pierden la alegría, que me cogen de la mano y me conducen a través de mundos de extraordinario terror y placer entusiasta. Compañeros apasionantes, dignos, fiables —algunos cargados de sabios consejos—, pero, por desgracia, poco aptos para ofrecer una habitación disponible durante uno o dos meses.

Aunque no tenía experiencia en separaciones —Jamie había sido mi primer novio verdadero, el primero con quien proyecté un futuro—, sospechaba que era el momento de pedir favores a mis amigos. Acudí a Sarah. Las dos crecimos en el mismo vecindario, y mi casa se convirtió en su segundo hogar; venía cada vez que alguno de sus hermanos pequeños enloquecía y necesitaba escapar. Me halagaba que alguien como Sarah considerara un refugio aquella casa de mis padres, situada en las afueras y un tanto austera. Las dos fuimos muy amigas durante toda la secundaria, hasta que a Sarah la encontraron demasiadas veces fumando en el baño y cambió las clases de matemáticas por un instituto de belleza. Ahora trabaja por su cuenta para revistas y películas. Su éxito es maravilloso, pero desgraciadamente eso significó que, cuando la necesité, ella se encontraba en Hollywood convirtiendo actores en zombis, y su apartamento y la habitación de invitados, subarrendados a un arquitecto australiano.

Durante un tiempo me preocupé, imaginando hasta el último detalle el tipo de vida que tendría que llevar sin techo, hasta que Herbert, en un acto de caballerosidad, me ofreció un sofá en su pequeño apartamento, debajo de la oficina.

—¿Después de todo lo que hiciste por mí? —dijo cuando le pregunté si hablaba en serio—. Me levantaste del suelo. ¡Me salvaste!

Me pareció que exageraba. No lo había encontrado exactamente en el suelo, aunque sabía a qué se refería. Después de trabajar en la editorial un par de años, cuando el señor Brown murió, empecé a buscar un puesto más emocionante. Pero a Herbert le había afectado tanto la muerte de su compañero que no pude dejarlo, al menos en ese momento. Aparentemente no tenía a nadie, aparte de su rechoncha perrita, y aunque jamás hablara del tema, el tipo y la intensidad de su pena me llevaron a deducir que él y el señor Brown habían sido algo más que socios. Herbert dejó de comer, de ducharse, y una mañana se emborrachó con ginebra a pesar de ser abstemio.

No tenía demasiadas opciones: comencé a prepararle las comidas, confisqué su ginebra y cuando las cifras estuvieron muy bajas y no conseguí despertar su interés por el asunto, yo misma me encargué de llamar a las puertas para conseguir nuevos trabajos. Comenzamos a imprimir folletos para las tiendas de la zona. Cuando Herbert se enteró, se sintió tan agradecido que sobrevaloró un poco mi iniciativa. Empezó a referirse a mí como su *protégée,* y a entusiasmarse con el futuro de Billing & Brown: juntos haríamos renacer la empresa en honor al señor Brown. Sus ojos recuperaron el brillo y yo aplacé mi búsqueda de un nuevo empleo.

Y aquí estoy ahora. Ocho años después. Sarah no puede entenderlo. Es difícil explicarle a alguien como ella, una persona inteligente y creativa que se niega a hacer cualquier cosa en términos que no sean los propios, que el resto de nosotros poseemos diferentes criterios sobre una vida satisfactoria. Yo trabajo con personas a las que adoro, gano el dinero suficiente para mantenerme (tal vez no en un apartamento de dos ambientes en Notting Hill), puedo pasar mis días jugando con las palabras y las frases, contribuir a que las personas expresen sus ideas y realicen el sueño de publicar una obra. No significa que carezca de perspectivas. El año pasado Herbert me ascendió a vicepresidenta. El hecho de que seamos los únicos trabajadores a tiempo completo en la oficina carece de importancia. Incluso hicimos una pequeña ceremonia. Susan, la empleada a media jornada, preparó un pastel y trajo vino en su día libre para que los tres brindáramos con vino sin alcohol en tazas de té.

Ante el inminente desalojo, acepté gustosa su ofrecimiento de un sitio para dormir. Un gesto realmente conmovedor, sobre todo si consideramos las pequeñas dimensiones del apartamento. Además, no tenía otra opción.

—¡Maravilloso! Jess estará fascinada, le encantan los invitados —declaró Herbert, exultante.

Y así, en mayo, me dispuse a abandonar para siempre el apartamento que había compartido con Jamie, a pasar la última página en blanco de nuestra historia y a empezar una nueva, solamente mía. Tenía mi trabajo. Tenía buena salud. Tenía una enorme cantidad de libros. Solo debía ser valiente y enfrentarme a la inmensidad de los grises y solitarios días venideros.

En realidad, creo que lo llevé muy bien y solo de vez en cuando me permitía sumergirme en sentimentalismos. En esos momentos buscaba un rincón oscuro y tranquilo para poder entregarme por completo a la fantasía: imaginaba con gran detalle los futuros días insípidos en los que caminaría por nuestra calle; deteniéndome en aquel edificio, observaría el alféizar de la ventana donde solía cultivar mis plantas, vería una silueta a través del cristal. Basta con echar un vistazo a la frágil barrera entre el pasado y el presente para conocer el dolor físico que supone darse cuenta de que uno es incapaz de volver.

* * *

De pequeña era soñadora, y un motivo de permanente frustración para mi pobre madre. Solía desesperarse cuando pisaba un charco embarrado, cuando tenía que apartarme de la cuneta o de un autobús que pasaba a toda velocidad. Decía cosas como: «Es peligroso perderse en la propia cabeza». O bien: «Si no ves lo que realmente sucede a tu alrededor, puedes sufrir un accidente. Debes prestar atención».

Era fácil para ella: jamás ha pisado la tierra una mujer más sensata y pragmática. No obstante, no resultaba tan simple para una niña acostumbrada a vivir de su imaginación desde la primera vez que se preguntó: «¿Qué sucedería si…?». Por supuesto, nunca dejé de fantasear, simplemente aprendí a ocultarlo. Pero de algún modo ella estaba en lo cierto, porque la manía de imaginar mi sombrío y deprimente futuro después de Jamie me pilló totalmente desprevenida para lo que ocurrió a continuación.

A finales de mayo recibimos una llamada telefónica de un supuesto médium que quería publicar un manuscrito sobre sus encuentros espiritistas en Romney Marsh. Cuando un potencial cliente se pone en contacto con nosotros, hacemos lo posible por contentarlo, razón por la cual me encontré conduciendo el viejo Peugeot de Herbert en dirección a Kent para conocernos, conversar y, con un poco de suerte, firmar un contrato. No conduzco muy a menudo y detesto la autopista cuando hay demasiado tráfico, así que salí al amanecer, suponiendo que tendría el camino bastante despejado para volver a Londres temprano sin problemas.

A las nueve ya estaba allí. La reunión no estuvo mal, llegamos a un acuerdo, firmamos un contrato, y a mediodía me encontraba de nuevo en la autopista. Para entonces en la carretera había bastante tráfico y era contraproducente para el coche de Herbert, que no podía circular a más de ochenta kilómetros por hora sin correr el riesgo de perder un neumático. Me coloqué en el carril de vehículos lentos, pero aun así no pude evitar que los demás conductores hicieran sonar el claxon y sacudieran la cabeza en señal de desaprobación. No es bueno para el alma sentirse un fastidio, especialmente cuando no se ha decidido serlo. Abandoné la autopista en Ashford y tomé una carretera secundaria. Mi sentido de la orientación es bastante malo, pero había una guía en la guantera y me resigné a detenerme regularmente para consultarla.

Al cabo de casi media hora estaba irremediablemente perdida. Aún no sé cómo, pero sospecho que la antigüedad del mapa contribuyó bastante a ello. Y también el hecho de que condujera admirando el paisaje —campos salpicados de flores silvestres que decoraban las cunetas a ambos lados del camino— en lugar de prestar más atención a la carretera. Daba igual el motivo. El caso es que me di cuenta de que había perdido mi localización en el mapa. Avanzaba por un camino estrecho sobre el que unos frondosos y altos árboles habían formado una especie de dosel. Finalmente tuve que admitirlo: no tenía la menor idea de si me dirigía al norte, al sur, al este o al oeste.

De todas formas, no me preocupé, al menos todavía no. Supuse que, si continuaba por aquel camino, tarde o temprano llegaría a algún cruce, algún cartel, un mojón al borde de la carretera donde alguien lo suficientemente amable dibujaría una gran X roja en mi mapa. No tenía que volver al trabajo esa tarde; las carreteras no eran infinitas; lo único que tenía que hacer era mantener los ojos abiertos.

Y así fue como lo vi, asomando de un montículo de hiedra algo agresivo. Era uno de esos antiguos postes blancos con los nombres de los pueblos cercanos grabados en flechas que indican las respectivas direcciones: «Milderhurst, 5 km».

* * *

Detuve el coche y leí el cartel otra vez. Un escalofrío me recorrió la espalda. Un extraño sexto sentido se apoderó de mí y resurgió el borroso recuerdo que había luchado por traer a la superficie desde febrero, cuando le llegó aquella carta perdida a mi madre. Como en un sueño, bajé del vehículo y me encaminé en la dirección que indicaba el cartel. Tenía la sensación de observarme a mí misma desde fuera, casi como si supiera qué iba a encontrar. Tal vez lo sabía.

Porque allí estaba, a menos de un kilómetro por el camino, justo donde había imaginado que estaría. Entre los matorrales se alzaba una enorme verja de hierro, que había sido impresionante en otro tiempo. Ahora sus hojas formaban un ángulo quebrado, inclinadas la una hacia la otra, como si compartieran una pesada carga. En la pequeña garita de piedra un cartel oxidado decía: «Milderhurst Castle».

Mientras avanzaba por el camino en dirección a la verja, mi corazón latía, rápido y enérgico. Aferré un barrote con cada mano —sentí el hierro frío, áspero, oxidado en mis palmas— y apoyé lentamente el rostro y la frente. Seguí con los ojos el sendero de grava que se alejaba, sinuoso, subiendo la montaña, hasta cruzar un puente y desaparecer en la espesura de un bosque.

Aunque hermoso, melancólico y repleto de vegetación, no fue sin embargo el paisaje lo que me dejó sin aliento. Fue el hecho de comprender súbitamente, con absoluta seguridad, que ya había estado allí. Que delante de aquel portón, entre esas rejas, había divisado los pájaros que volaban como retazos de cielo nocturno sobre el exuberante bosque.

Los detalles, susurrados, se iban concretando a mi alrededor. Me sentí inmersa en la trama de un sueño; como si ocupara de nuevo el tiempo y el espacio de mi antiguo yo. Aferré mis dedos con más fuerza a las rejas y, en algún lugar, en lo más profundo de mi cuerpo, reconocí el gesto que había hecho tiempo atrás. La piel de mis palmas lo recordaba. Yo lo recordaba. Un día soleado, la cálida brisa jugaba con el dobladillo de mi vestido —mi mejor vestido—, veía por el rabillo del ojo la alta sombra de mi madre. La miraba de soslayo mientras ella observaba el castillo, la silueta lejana y oscura en el horizonte. Yo tenía sed, tenía calor, quería nadar en el estanque ondulante que podía ver a través de la verja; nadar junto a los patos y las becadas y las libélulas que planeaban entre los juncos de las orillas.

—Mamá —recuerdo haber dicho, pero ella no respondió—. ¡Mamá!

Volvió la cabeza hacia mí, y por un instante ni una chispa de reconocimiento iluminó sus rasgos. Una expresión que no podía comprender los mantenía cautivos. Era una extraña, una mujer adulta con ojos que escondían secretos. Ahora tengo palabras para describir esa rara amalgama —arrepentimiento, cariño, pena, nostalgia—, pero en aquel momento me desconcertó. Y todavía más cuando la oí decir:

—He cometido un error. No tenía que haber venido. Es demasiado tarde.

Supongo que no le respondí, al menos en ese instante. No entendía qué intentaba decir y, antes de que pudiera preguntarle, me agarró de la mano y me arrastró por el camino hacia nuestro coche, con tanta fuerza que me dolió el hombro. Entonces percibí su perfume —que se había vuelto más penetrante y ligeramente ácido allí donde se había mezclado con el aire abrasador del día— y los olores desconocidos del campo. Puso el motor en marcha y volvimos a la carretera. Yo miraba por la ventanilla una pareja de gorriones cuando lo oí: el mismo llanto espantoso de aquel día en que recibió la carta de Juniper Blythe.

Los libros y los pájaros

El portón del castillo tenía cerrojo y era demasiado alto para escalar. A decir verdad, no lo habría logrado aunque hubiera sido más bajo. Nunca fui amiga de los deportes ni de la destreza física y, desgraciadamente, a causa de aquellos recuerdos remotos que acudían a mi mente, mis piernas parecían de gelatina. Me sentía extrañamente confusa e insegura, y al cabo de un rato decidí volver a mi coche y sentarme. Me pregunté cuál era la mejor forma de actuar. Mis opciones no eran muchas. Estaba demasiado aturdida como para conducir, más aún hasta Londres, de modo que me dirigí hacia el pueblo de Milderhurst.

A primera vista era como cualquiera de los pueblos que había dejado atrás aquel día: un único camino conducía hacia el centro y desembocaba en una plaza, una iglesia y una escuela. Aparqué delante del salón parroquial. Imaginé las filas de agotados niños londinenses, sucios y desconcertados después del interminable viaje en tren. Vi la imagen fantasmal de mi madre, mucho tiempo atrás, antes de convertirse en mi madre, antes de ser muchas cosas, dirigiéndose inevitablemente a lo desconocido.

Comencé a deambular por la calle principal, intentando —sin demasiado éxito— refrenar mis fantasiosos pensamientos. Mi madre había regresado a Milderhurst, y yo la había acompañado. Nos habíamos detenido delante de aquella verja enorme y ella se había angustiado. Ahora lo recordaba. Había ocurrido. Había encontrado una respuesta, pero un montón de nuevas preguntas se habían liberado y revoloteaban en mi mente como polillas en busca de la luz. ¿Por qué habíamos ido allí y por qué había llorado mi madre? ¿A qué se refería cuando dijo que había cometido un error, que era demasiado tarde? ¿Y por qué me había mentido, hacía apenas tres meses, al decirme que la carta de Juniper Blythe no significaba nada?

Las preguntas siguieron revoloteando a mi alrededor, hasta que de pronto me encontré delante de la puerta abierta de una librería. Creo que en momentos de gran perplejidad es natural buscar algo familiar, y las altas estanterías con sus largas filas de volúmenes cuidadosamente alineados me resultaron inmensamente reconfortantes. Entre el olor de la tinta y la encuadernación, las motas de polvo que se distinguían en los rayos de luz, el abrazo del aire cálido y tranquilo, sentí que podía respirar mejor. Advertí que mi pulso volvía lentamente al ritmo habitual y mis pensamientos se aquietaban. El lugar estaba en penumbra, lo cual era aún mejor. Como un profesor que pasa lista, comencé a buscar a mis autores y títulos favoritos. Brontë: las tres presentes; Dickens: confirmado; Shelley: varias ediciones adorables. No había necesidad de moverlos de su sitio; bastaba con saber que estaban allí, rozarlos levemente con la punta de los dedos.

Continué recorriendo y observando, ordenando algún libro que se había deslizado fuera de su sitio, hasta que por fin llegué a un espacio despejado al fondo del local, con una mesa en el centro. Un cartel rezaba: «Historias locales». Allí amontonados había cuentos, grandes tomos ilustrados y libros de autores de la zona: *Historias de misterio, crímenes y terror; Las aventuras de los bandidos de Hawkhurst; Una historia sobre el cultivo del lúpulo.* En el centro, apoyado en un atril de madera, vi un título que conocía: *La verdadera historia del Hombre de Barro.*

Conteniendo la respiración, lo levanté y lo sostuve contra mi pecho.

—¿Le gusta? —preguntó la empleada de la librería, que apareció de repente con un trapo en la mano.

—Oh, sí —dije con veneración—. Por supuesto, ¿a quién no?

Cuando descubrí *La verdadera historia del Hombre de Barro* tenía diez años. Estaba en casa, enferma. Eran las paperas, creo, una de esas enfermedades de la niñez que obligan a pasar semanas de aislamiento. Yo debía de estar muy quejosa e insoportable, porque la sonrisa comprensiva de mi madre se había convertido en un rictus estoico. Un día, tras permitirse un breve paseo por la calle principal, regresó con renovado optimismo, y me entregó un ajado libro pedido en la biblioteca.

—Creo que te entusiasmará —dijo con cautela—. Tal vez sea para lectores un poco mayores que tú, pero eres una niña inteligente; estoy segura de que con un poco de esfuerzo podrás comprenderlo. Aunque es bastante largo comparado con los libros que acostumbras a leer, te recomiendo que perseveres.

Es probable que como respuesta yo tosiese de un modo autocompasivo, sin saber que estaba a punto de cruzar un significativo umbral del cual no habría retorno; que en mis manos descansaba un objeto cuya modesta apariencia ocultaba un enorme poder. Todo verdadero lector posee un libro, un momento, como el que describo; el mío fue ese ajado volumen de la biblioteca que mi madre me ofreció aquel día. Porque a pesar de que entonces no lo sabía, después de sumergirme por completo en el mundo de *El Hombre de Barro* la vida real ya no sería capaz de competir con la ficción. Desde entonces le he estado muy agradecida a la señorita Perry. Tal vez cuando puso la novela sobre el mostrador, instando a mi pobre madre a que se la llevara, me confundió con una niña mucho mayor, o bien vislumbró mi alma y detectó un vacío que debía ser llenado. Siempre he preferido inclinarme por esta última opción. Al fin y al cabo, el verdadero propósito de un bibliotecario es reunir a cada libro con su único y verdadero lector.

Abrí la cubierta amarillenta y desde el primer capítulo, donde se describe el despertar del Hombre de Barro en el foso oscuro y brillante, el terrible instante en que su corazón comienza a latir, me cautivó. Mis nervios se estremecieron de placer, mi piel se ruborizó, mis dedos temblaron con entusiasmo al dar la vuelta a las páginas, gastadas en la esquina donde los dedos de innumerables lectores se habían detenido antes que los míos. Viajé a lugares magníficos y aterradores sin moverme del sillón repleto de pañuelos de papel en el comedor de la casa suburbana de mi familia. *El Hombre de Barro* me mantuvo atrapada durante días; mi madre volvió a sonreír, mi rostro hinchado volvió a la normalidad, y mi futuro comenzó a forjarse.

* * *

Observé nuevamente el cartel escrito a mano, «Historias locales», y me volví hacia la sonriente empleada.

—¿Raymond Blythe era de esta zona?

—Oh, sí —respondió ella, colocándose un mechón de pelo detrás de las orejas—. Desde luego. Vivió y escribió en Milderhurst Castle; y murió allí. Es la magnífica finca que se encuentra a unos kilómetros del pueblo —afirmó. Y con un tono vagamente triste, añadió—: Al menos lo fue en otro tiempo.

Raymond Blythe. Milderhurst Castle. Mi corazón comenzó a latir con fuerza.

—¿Tenía una hija?

—En realidad, fueron tres.

—¿Una de ellas se llamaba Juniper?

—Así es, la pequeña.

Pensé en mi madre, en el recuerdo de la joven de diecisiete años que había alterado la atmósfera al entrar en el salón parroquial, que la había rescatado de la fila de evacuados, que en 1941 le había enviado una carta que llegaría cincuenta años después y la haría llorar. Y sentí la súbita necesidad de apoyarme en algo firme.

—Las tres aún viven allí arriba —continuó la dependienta—. Mi madre suele decir que hay algo en el agua del castillo; son fuertes como un roble. Excepto Juniper, claro.

—¿Qué le ocurre?

—Demencia. Creo que es un mal de familia. Una triste historia. Dicen que era una auténtica belleza y muy inteligente también, una escritora muy prometedora, pero su novio la abandonó durante la guerra, y jamás volvió a ser la misma. Perdió la cordura, siguió esperando a que regresara, pero nunca volvió a verlo.

Abrí la boca para preguntarle adónde se había marchado el prometido de Juniper, pero comprendí que estaba entusiasmada con su relato y no admitiría interrupciones.

—Fue una suerte para ella tener dos hermanas tan piadosas. Son una especie en vías de extinción, en su época participaban en todo tipo de obras de caridad. De otro modo, la habrían internado en un hospital psiquiátrico. —La mujer echó un vistazo por encima de su hombro, comprobó que nadie oía y entonces se acercó a mí—. Recuerdo que, cuando yo era niña, Juniper solía deambular por el pueblo y los campos vecinos. No molestaba a nadie, nada de eso, simplemente vagaba sin rumbo. Los niños a menudo se asustaban, pero en general a los niños les encanta sentir miedo, ¿no es cierto?

Asentí fervientemente.

—Era completamente inofensiva —prosiguió ella—; jamás se metió en ningún problema que no pudiera solucionar por sí misma. Y todo pueblo que se precie necesita un personaje excéntrico —añadió con una temblorosa sonrisa—, alguien que haga compañía a los fantasmas. Si lo desea, aquí podrá leer más cosas sobre el tema —me alentó, ofreciéndome un libro titulado *El Milderhurst de Raymond Blythe*.

—Me lo llevo —respondí, entregándole un billete de diez libras—.Y también un ejemplar de *El Hombre de Barro*.

Estaba a punto de salir de la librería con el paquete envuelto en papel manila cuando la vendedora dijo a mis espaldas:

—Si realmente está interesada, debería considerar la posibilidad de hacer una excursión.

—¿Al castillo? —pregunté, volviendo de nuevo hacia las sombras del local.

—Tiene que hablar con la señora Bird*, en Home Farm, el hotelito de Tenterden Road.

* * *

La granja se hallaba a unos kilómetros, volviendo por el camino que me había llevado hasta el pueblo; se trataba de una casita de ladrillos y tejas, rodeada por un jardín florido. En la parte superior destacaban las dos ventanas de una buhardilla y un remolino de palomas blancas revoloteaba sobre el tejado de una alta chimenea. Las ventanas con vidrieras estaban abiertas para aprovechar el cálido día; sus rombos titilaban ciegamente en el sol de la tarde.

Aparqué el coche bajo un fresno gigante cuyas amenazadoras ramas rozaban el borde de la casa y le daban sombra. Comencé a recorrer el soleado jardín: hermosos jazmines, dragoncillos y campanillas bordeaban el sendero de ladrillos. Un par de gansos blancos se balanceaban torpemente, sin detenerse por mi intromisión. Crucé la puerta, pasando de la brillante luz del sol a un vestíbulo débilmente iluminado. Las paredes estaban

---

* En inglés, «pájaro» [*N. de la T.*].

decoradas con fotografías en blanco y negro del castillo y sus alrededores. Los carteles explicaban que habían sido tomadas para la revista *Country Life* en 1910. En la pared más alejada, detrás del mostrador, con una placa dorada donde se leía «Recepción», me esperaba una mujer pequeña y regordeta que llevaba un traje de lino azul eléctrico.

—Supongo que es mi joven visitante de Londres —dijo, pestañeando a través de unas gafas con montura de concha. Ante mi confusión, sonrió y se explicó—: Alice me ha telefoneado desde la librería diciendo que vendría. Ciertamente usted no ha perdido el tiempo, porque me ha dicho que tardaría al menos una hora.

Eché un vistazo al canario amarillo en la suntuosa jaula que colgaba detrás de la mujer.

—Él se disponía a almorzar, pero le he dicho que llegaría tan pronto como cerrara la puerta y colocara el cartel —comentó. Entonces soltó una risita áspera que salió desde lo más profundo de su garganta. Supuse que tenía alrededor de sesenta años, pero esa risa pertenecía a una mujer mucho más joven y malvada de lo que parecía a primera vista—. Alice me ha dicho que está interesada en el castillo.

—Es cierto. Tenía la esperanza de poder visitarlo y ella me ha enviado aquí. ¿Tengo que registrarme?

—Oh, no, nada formal. Yo misma organizo las excursiones —explicó. Su pecho cubierto de lino se hinchó con orgullo y luego se desinfló—. Es decir, lo hacía.

—¿Lo hacía?

—¡Oh, sí! ¡Era un trabajo estupendo! Las señoritas Blythe al principio guiaban personalmente a los visitantes, por supuesto. Comenzaron en los años cincuenta, para mantener el castillo y salvarse del National Trust*; la señorita Percy no lo habría permitido de otro modo, se lo aseguro. Pero hace unos años comenzó

_____

* Institución dedicada a la conservación del patrimonio histórico de Gran Bretaña [N. de la T.].

44

a pesarle demasiado. Todos tenemos nuestros límites, y cuando ella alcanzó el suyo, yo estuve encantada de reemplazarla. Hubo alguna época en que organizaba cinco visitas a la semana, ahora no hay tanta demanda. Aparentemente la gente ha olvidado este antiguo lugar —comentó mi anfitriona con una mirada inquisitiva, como si yo fuera capaz de explicar los misterios del género humano.

—Me encantaría verlo por dentro —dije con entusiasmo, con esperanza, incluso con cierta impaciencia.

La señora Bird pestañeó.

—Por supuesto, querida, y a mí me encantaría enseñárselo, pero me temo que ya no es posible visitarlo.

La desilusión fue aplastante. Por un instante creí que no sería capaz de articular una palabra.

—Oh, vaya —fue todo lo que pude decir.

—Es una pena, pero la señorita Percy dice que no cambiará de opinión. Se cansó de abrir su casa para que unos turistas ignorantes dejen allí su basura. Lamento que Alice la haya confundido.

La señora Bird se encogió de hombros en señal de impotencia y un silencio incómodo se instaló entre nosotras.

Traté de comportarme con cortés resignación, pero mientras la posibilidad de visitar Milderhurst Castle se desvanecía, comencé a sentir que no había nada que deseara tan intensamente.

—Soy una gran admiradora de Raymond Blythe —me oí decir—. Creo que no me habría hecho editora si de niña no hubiera leído *El Hombre de Barro*. Supongo que... Es decir, quizás si usted les hablara de mí, si les asegurara a las propietarias que no soy la clase de persona que tiraría basura en su casa...

—En fin... —dijo la señora Bird, frunciendo el ceño en actitud reflexiva—. El castillo es una maravilla digna de ser vista y no hay persona más orgullosa de su propiedad que la señorita Percy... ¿Así que es editora?

Fue un involuntario golpe de suerte: la señora Bird pertenecía a una generación para la cual de esa palabra emanaba una especie de encanto de Fleet Street; mi diminuto cubículo repleto de papeles y mi contabilidad más bien sobria no tenían importancia. Me aferré a esa oportunidad como un náufrago a una balsa.

—Trabajo en la editorial Billing & Brown, de Notting Hill —declaré. Entonces recordé las tarjetas de presentación que Herbert me había regalado cuando celebramos mi ascenso. Jamás les había dado un uso profesional, pero son realmente útiles como marcapáginas. Cogí una del ejemplar de *Jane Eyre* que siempre llevo en el bolso por si se da la casualidad de que tenga que hacer cola en algún sitio. La esgrimí como si fuera el billete premiado de la lotería.

—¡Vaya, vicepresidenta! —leyó la señora Bird, echándome un vistazo por encima de las gafas. El repentino tono de veneración en su voz no fue producto de mi imaginación. Acarició el borde de la tarjeta, apretó los labios y asintió ligeramente con la cabeza—. Si me da un minuto, telefonearé a mis viejas amigas. Veré si me permiten hacer una visita esta tarde.

* * *

Mientras la señora Bird hablaba en voz baja por un antiguo teléfono, me senté en un sofá tapizado de cretona y abrí el paquete que contenía mis nuevos libros. Tomé la flamante copia de *El Hombre de Barro* y lo hice girar en mis manos. Era verdad lo que había dicho, de algún modo mi encuentro con la historia de Raymond Blythe había determinado el resto de mi vida. Me bastaba tenerlo en las manos para sentir la total seguridad de saber exactamente quién era.

El diseño de la portada de la nueva edición era igual al de la copia que mi madre había pedido a la biblioteca hacía veinte años en el barrio de West Barnes y, sonriendo para mis adentros, prometí ir a la oficina de correos y devolverla por correo certificado al llegar a casa. Finalmente, una deuda de veinte años sería saldada.

Porque cuando me curé de las paperas y llegó el momento de devolver *El Hombre de Barro* a la señorita Perry, el libro, aparentemente, había desaparecido. La búsqueda furibunda de mi madre y mis vehementes declaraciones de inocencia no lograron hacer que reapareciera, ni siquiera en el páramo de los objetos perdidos bajo mi cama. Agotadas todas las posibles vías de búsqueda, me dirigí resueltamente a la biblioteca para hacer mi confesión en persona. Mi pobre madre se ganó una de las famosas miradas fulminantes de la señorita Perry y casi se muere de vergüenza. Yo estaba demasiado emocionada por la deliciosa gloria de la posesión como para sentir culpa. Fue la primera y la única cosa que robé. No había alternativa: ese libro y yo éramos sencillamente el uno para el otro.

* * *

La señora Bird dejó caer el auricular del teléfono sobre la horquilla con tanta fuerza que me sobresaltó. Por la expresión de su rostro comprendí de inmediato que tenía malas noticias. Me levanté y con paso vacilante fui hasta el mostrador. Sentí un hormigueo en el pie derecho, se me había entumecido.

—Me temo que una de las hermanas Blythe no se encuentra bien —anunció la señora Bird—. La más joven ha sufrido un ataque y han llamado al médico; en este momento está de camino.

Me esforcé por disimular mi desilusión. Era inadecuado mostrar la propia frustración ante la enfermedad de una anciana.

—Qué terrible noticia. Espero que se mejore.

Ante mi preocupación la señora Bird agitó la mano, como si espantara una mosca inofensiva pero molesta.

—Por supuesto. No es la primera vez. Ha sufrido episodios como este desde que era niña.

—¿Episodios?

—Amnesias, es como suelen llamarlos. Un lapso de tiempo del que no tiene conciencia, generalmente después de una emoción muy intensa. Tiene relación con una frecuencia cardiaca anormal, muy rápida o muy lenta, no lo recuerdo. Solía perder el conocimiento y después se despertaba sin recordar qué había hecho —dijo. Luego apretó los labios. Tuve la impresión de que lo hacía para contener un comentario que era preferible callar—. Sus hermanas están ocupadas, tienen que atenderla y no podemos molestarlas. Aun así, lamentan no poder recibirla. Dicen que la casa necesita visitantes. Es curioso, sorprendente, a decir verdad, porque habitualmente no les agradan. Supongo que se sienten muy solas a veces, están únicamente ellas tres. Me han sugerido que vaya mañana, alrededor de las diez.

Sentí un nudo en el estómago. No tenía previsto pasar la noche en ese lugar, pero ante la idea de marcharme sin ver el castillo me embargó una repentina y profunda sensación de desesperanza. Me sentí desolada.

—Han cancelado una reserva, la habitación está disponible —dijo la señora Bird—. Con cena incluida.

Tenía trabajo pendiente para el fin de semana, Herbert necesitaba su coche para ir a Windsor la tarde siguiente, y no soy una persona que decida a la ligera quedarse una noche en un lugar desconocido.

—De acuerdo —respondí.

El Milderhurst de Raymond Blythe

Mientras la señora Bird se encargaba de las formalidades, tomando los datos de mi tarjeta de visita, con una serie de excusas amables me alejé para echar un vistazo por la puerta trasera. Desde allí se veía un jardín con diversos edificios: un granero, un palomar y una tercera construcción con tejado cónico que luego resultaría ser un «secadero de lúpulo». En el centro había un estanque redondo, donde la pareja de gansos regordetes se deslizaba con elegancia sobre el agua caldeada por el sol, formando pequeñas olas que se expandían hasta chocar contra el borde enlosado. Más allá, un pavo real inspeccionaba el límite del césped recién cortado, que separaba el jardín de un prado de flores silvestres y el campo que se divisaba en la lejanía. El jardín iluminado por el sol, enmarcado por el hueco de la puerta donde me encontraba, parecía la foto de un lejano día primaveral que de algún modo había vuelto a la vida.

—Es extraordinario, ¿verdad? —dijo la señora Bird, que había aparecido de improviso a mi espalda sin que la hubiera oído acercarse—. ¿Ha oído hablar de Oliver Sykes?

Negué con la cabeza y ella asintió, encantada de poder iluminarme:

—Era un arquitecto, bastante conocido en su época. Terriblemente excéntrico. Vivía en Sussex, tenía su casa en Pembroke, pero hizo unos trabajos en el castillo a comienzos del siglo xx, después de que Raymond Blythe se casara por primera vez y trajera a su mujer desde Londres. Fue uno de los últimos trabajos de Sykes antes de que desapareciera para embarcarse en su propia versión del Grand Tour. Supervisó la construcción de una réplica de nuestro estanque circular, más grande, y llevó a cabo un ambicioso proyecto en el foso que rodea el castillo: lo convirtió en un espléndido circuito de natación para la señora Blythe. Era una gran nadadora, muy atlética, según se decía. Solían poner allí... —de pronto la señora Bird se llevó un dedo a la mejilla y arrugó la frente— un producto químico, ¿cuál era? —se preguntó. Luego, apartó el dedo de la cara y levantó la voz—: ¡Bird!

—Sulfato de cobre —dijo una voz incorpórea.

Observé de nuevo al canario, que hurgaba en su jaula buscando semillas. Luego mis ojos pasearon por las fotos colgadas de las paredes.

—Ah, sí, por supuesto —prosiguió la señora Bird, sin inmutarse—, sulfato de cobre, para que tuviera un color celeste —me explicó, y lanzó un suspiro—. Pero de eso hace ya mucho tiempo. Lamentablemente, el foso de Sykes se secó hace varias décadas, y la grandiosa piscina circular les pertenece solo a los gansos. Está toda sucia y llena de excrementos de pato. —Mi anfitriona me entregó una pesada llave de latón y cerró mis dedos alrededor de ella antes de anunciar—: Mañana iremos andando al castillo. El pronóstico del tiempo es bueno y es hermosa la vista desde el segundo puente. ¿Nos encontramos aquí a las diez?

—Tienes una reunión con el párroco a esa hora, querida.

La voz profunda y paciente llegó otra vez hasta nosotras. En esta ocasión conseguí precisar de dónde venía: de una pequeña puerta, apenas visible, oculta en la pared detrás de la recepción.

La señora Bird apretó los labios y pareció meditar sobre el misterioso recordatorio antes de asentir lentamente.

—Bird tiene razón. Qué pena —dijo, pero de pronto se iluminó—. No hay problema. Le dejaré las instrucciones, terminaré lo más rápido que pueda en el pueblo y me reuniré con usted en el castillo. No pasaremos allí más de una hora. No me gusta importunar, las señoritas Blythe son muy ancianas.

—Una hora, perfecto —aseguré. Podría regresar a Londres a la hora de comer.

* * *

Mi habitación era pequeña. Una cama con dosel ocupaba codiciosamente el centro, un pequeño escritorio se acurrucaba bajo la ventana, y no había mucho más. Pero la vista era extraordinaria. La habitación estaba en la parte trasera de la casa y la ventana se abría al mismo prado que había vislumbrado a través de la puerta de abajo. El segundo piso, sin embargo, ofrecía una mejor vista de la colina que subía hacia el castillo, y desde allí podía contemplar la aguja de la torre que se elevaba hacia el cielo por encima de los árboles.

En el escritorio alguien había dejado una manta de cuadros de picnic, cuidadosamente doblada, y una cesta de bienvenida repleta de fruta. El día era agradable y el lugar, encantador. Cogí un plátano, la manta, y bajé la escalera con mi nuevo libro, *El Milderhurst de Raymond Blythe*.

En el jardín el jazmín endulzaba el aire, y grandes ramilletes blancos se arremolinaban y colgaban desde lo alto de una pérgola de madera situada junto al parque. Enormes carpas nadaban con lentitud cerca de la superficie del estanque, agrupándose para buscar el sol de la tarde. Era maravilloso, pero seguí mi camino. Divisé a lo lejos una línea de árboles y me dirigí hacia ellos a través del prado salpicado de anémonas silvestres. Aunque no había llegado el verano, el día era agradable, el aire seco, y al llegar a los árboles tenía la frente perlada de sudor.

Extendí la manta en un lugar moteado por los rayos del sol y me quité los zapatos. Cerca de allí, un arroyo corría entre las piedras y las mariposas volaban en la brisa. La manta olía a lavandería y a hojas trituradas, y cuando me senté, la alta hierba del prado me envolvió haciendo que me sintiera completamente sola.

Apoyé *El Milderhurst de Raymond Blythe* en mis rodillas y deslicé la mano por la portada. En ella se veía una serie de fotografías en blanco y negro dispuestas en diversos ángulos, como si alguien las hubiera dejado caer al azar: niños agraciados vestidos a la antigua, lejanos picnics junto a un arroyo brillante, una hilera de nadadores posando junto al foso; las miradas genuinamente sorprendidas de personas para quienes el hecho de captar una imagen en una fotografía era una especie de magia.

Pasé la primera página y comencé a leer.

Capítulo 1
El hombre de Kent

Hubo quienes dijeron que el Hombre de Barro jamás había nacido, que siempre había existido, como el viento, los árboles y la tierra, pero se equivocaban. Todo lo que vive ha nacido, todo lo que vive posee un hogar, y el Hombre de Barro no era una excepción.

Para algunos autores el mundo de la ficción representa una oportunidad de escalar montañas desconocidas y describir grandes reinos de fantasía. Para Raymond Blythe, sin embargo, y para unos cuantos novelistas de su época, su propio hogar resultó ser la fuente de inspiración más fértil, fiable y fundamental, tanto en su vida como en su obra. Las diversas cartas y artículos escritos a lo largo de sus setenta y cinco años comparten un único tema: Raymond Blythe era, sin lugar a dudas, un hombre hogareño que encontraba respiro, refugio y, en última instancia, recogimiento en la parcela de tierra que durante siglos sus antepasados consideraron propia. Pocas veces la casa de un escritor ha sido utilizada en la ficción tal como aparece en el relato gótico de la literatura juvenil titulado *La verdadera historia del Hombre de Barro*. Incluso antes de esta obra fundamental, el castillo que se alza orgulloso en el fértil y verde suelo de Kent, y el paisaje circundante —que abarcaba las tierras de cultivo, los frondosos y susurrantes bosques y los deliciosos jardines— hicieron de Raymond Blythe el hombre que finalmente fue.

El autor había nacido en un aposento del segundo piso de Milderhurst Castle el día más caluroso del verano de 1866. El primogénito de Robert y Athena Blythe recibió el nombre de su abuelo paterno, que había amasado su fortuna en las minas de oro de Canadá. Raymond fue el mayor de cuatro hermanos; el menor de ellos, Timothy, murió trágicamente durante una violenta tempestad en el año 1876. Athena Blythe, una poetisa de cierto renombre, se sintió tan desolada por la muerte de su hijo pequeño que poco tiempo después se sumió en una profunda depresión, de la cual jamás se recuperaría. Se quitó la vida arrojándose al vacío desde la torre de Milderhurst, abandonando así a su esposo, su poesía y a sus tres hijos pequeños.

En la página siguiente se veía la fotografía de una hermosa mujer de cabello oscuro con un cuidadoso peinado, asomada a una ventana abierta mirando a sus cuatro hijitos alineados por orden de altura. Estaba fechada en 1875, y tenía el mismo candor de tantas otras antiguas fotografías de aficionados. Al parecer, el más pequeño, Timothy, se había movido durante la toma, porque su rostro sonriente se veía borroso. El pobre niño ignoraba que solo le quedaban unos meses de vida.

Leí rápidamente los párrafos siguientes —padre victoriano y distante, educado en Eton, becado en Oxford— hasta llegar al momento en que Raymond Blythe alcanzó la madurez.

En 1887, después de graduarse en Oxford, Raymond Blythe se mudó a Londres, donde comenzó su carrera literaria como colaborador de la revista *Punch*. Durante la década siguiente publicaría doce obras teatrales, dos novelas y una antología de poesía para niños, aunque sus cartas indican que, a pesar de sus logros profesionales, era infeliz en aquella ciudad y ansiaba regresar al amable paisaje de la infancia.

Tal vez la vida en la ciudad fue más llevadera para Raymond Blythe gracias a que en 1895 contrajo matrimonio con la señorita Muriel Palmerston, muy admirada y considerada «la más guapa de todas las jóvenes que fueron presentadas en sociedad ese año», y ciertamente sus cartas sugieren una brusca mejoría de su estado de ánimo durante ese periodo. Raymond Blythe fue presentado a la señorita Palmerston por un conocido común, que, como se demostraría luego, no se equivocó. Ambos compartían la pasión por las actividades al aire libre, los juegos de palabras y la fotografía, y formaron una encantadora pareja que en numerosas ocasiones embelleció las páginas sociales.

En 1898, cuando murió su padre, Raymond Blythe heredó Milderhurst Castle y regresó con Muriel para establecerse allí. Numerosos testimonios de la época sugieren que la pareja deseaba intensamente formar una familia desde hacía tiempo y, efectivamente, en la época de su traslado a Milderhurst, Raymond Blythe expresaba abiertamente en sus cartas la preocupación por no ser padre. No obstante, esta dicha eludiría al matrimonio Blythe durante varios años. En 1905 Muriel Blythe escribió a su madre confesándole su temor a que les fuera negada «la bendición de los hijos». Con inmensa alegría —podría aventurarse que también con cierto alivio—, al cabo de cuatro meses de haber enviado la carta, escribió nuevamente a su madre notificándole que esperaba un bebé. Finalmente resultaron ser dos: tras un complicado embarazo, que incluyó un largo periodo de reposo absoluto, en enero de 1906 Muriel dio a luz satisfactoriamente a sus gemelas. Las cartas de Raymond Blythe a sus hermanos indican que esta fue la época más feliz de su vida, y los álbumes familiares rebosaban de fotografías que daban muestra de su paternal orgullo.

A continuación, una doble página mostraba varias fotografías de dos niñas. Aunque evidentemente eran muy parecidas, una era más pequeña y delicada que la otra, y parecía sonreír con menos seguridad que su hermana. En la última foto se veía un hombre de cabello ondulado y rostro amable sentado en una silla tapizada, con las dos pequeñas en las rodillas vestidas con unos trajecitos de encaje. Algo en su actitud —la luz de los ojos, quizás, o la sutil presión de sus manos en el brazo de cada niña— expresaba su profundo amor por ambas, y se me ocurrió, mientras la observaba de cerca, que era muy raro encontrar una fotografía de la época que mostrara al padre en una situación tan doméstica, tan sencilla. Me invadió un sentimiento afectuoso hacia Raymond Blythe y continué leyendo.

Sin embargo, la dicha no sería duradera. Muriel Blythe murió una tarde de invierno de 1910, cuando una brasa candente que saltó de la chimenea atravesó la pantalla y cayó en su falda. La gasa de su vestido se incendió de inmediato, y ella se convirtió en una tea antes de que pudieran acudir en su ayuda. El fuego se extendió y alcanzó incluso la pequeña torre este de Milderhurst Castle y la amplia biblioteca de la familia Blythe. Las quemaduras en el cuerpo de la señora Blythe eran considerables, y a pesar de haber sido envuelta en vendas húmedas y de haber recibido la atención de los mejores médicos, en menos de un mes sucumbió a las terribles heridas.

La pena de Raymond Blythe tras la muerte de su esposa fue tan profunda que durante años no consiguió publicar una sola página. Algunas fuentes afirman que sufrió un paralizante bloqueo que le impedía escribir, mientras que otras opinan que se negó a trabajar y clausuró su despacho, al que regresó para componer su ahora famosa novela, *La verdadera historia del Hombre de Barro*, resultado de un periodo de intensa actividad en 1917. Si bien la obra despertó un generalizado interés entre los jóvenes lectores, diversos críticos ven en la historia una alegoría de la Gran Guerra, en la que se perdieron tantas vidas en los fangosos campos de Francia; en particular, se ha trazado un paralelo entre el personaje del Hombre de Barro y los soldados que regresaban a su casa, a su familia, después de la terrible masacre. El propio Raymond Blythe fue herido en Flandes en 1916 y enviado de regreso a Milderhurst, donde convaleció al cuidado de un equipo privado de enfermeras.

La falta de identidad del Hombre de Barro y la lucha del narrador por averiguar el nombre primigenio, olvidado, de la criatura, junto a su posición y lugar en la historia son vistos también como un homenaje al gran número de soldados desconocidos de la Gran Guerra y la inadaptación que habría sentido Raymond Blythe a su regreso.

A pesar de la cantidad de artículos de investigación dedicados a su análisis, la verdad que existe detrás de la inspiración de *El Hombre de Barro* es aún un misterio. Raymond Blythe era sumamente reservado en relación con la composición de la novela. Se limitaba a afirmar que había sido «un regalo de las musas» y que la historia le había llegado completa. Quizás como resultado de ello, *La verdadera historia del Hombre de Barro* es una de las pocas novelas que han logrado captar y mantener el interés del público, y adquirir una trascendencia casi mítica. Aun cuando las cuestiones relativas a su creación y a sus influencias son fuertemente debatidas por los investigadores literarios de diferentes países, la fuente de inspiración de *El Hombre de Barro* no deja de ser uno de los mayores misterios literarios del siglo xx.

Un misterio literario. Un escalofrío me recorrió la espalda mientras repetía aquellas palabras en voz baja. Me encantaba *El Hombre de Barro* por su historia y la sensación que me provocaba la manera en que había sido escrito, pero enterarme de que la composición de la novela estaba envuelta en misterio lo hacía mejor aún.

Aunque para entonces Raymond Blythe ya era respetado en el ámbito profesional, el enorme éxito comercial y de crítica de *La verdadera historia del Hombre de Barro* eclipsó sus trabajos anteriores y a partir de ahí sería conocido como el creador de la novela favorita del país. En 1924 la producción de la obra de teatro *El Hombre de Barro,* en el West End de Londres, lo popularizó entre un público aún más amplio, pero a pesar de las incesantes demandas de los lectores, Raymond Blythe se negó a escribir una segunda parte. La novela fue dedicada en primer lugar a sus hijas gemelas, Persephone y Seraphina, aunque en ediciones posteriores fue agregada una segunda línea, con las iniciales de sus dos esposas: MB y OS.

Junto a su triunfo profesional, la vida personal de Raymond Blythe volvió a florecer. Se casó por segunda vez en 1919, con una mujer llamada Odette Silverman, que conoció en una fiesta de Bloomsbury organizada por lady Londonderry. Aunque el origen de la señorita Silverman era modesto, su talento como arpista le permitió acceder a un círculo social que en otras circunstancias ciertamente le habría sido vedado. El noviazgo fue breve y el matrimonio causó cierto escándalo, debido a las respectivas edades de los novios —él tenía más de cincuenta y ella, de dieciocho, era solo cinco años mayor que las hijas de su primer matrimonio— y a la disparidad de sus orígenes. Circuló el rumor de que Raymond Blythe había sido hechizado por la belleza y la juventud de Odette Silverman. La boda se celebró en la capilla de Milderhurst, abierta por primera vez desde el funeral de Muriel Blythe.

En 1922 Odette dio a luz una niña a quien llamaron Juniper. Su belleza es evidente en las numerosas fotografías de la época que se conservan actualmente. De nuevo, a pesar de algunos comentarios jocosos sobre la persistente falta de un hijo y heredero, las cartas escritas por Raymond Blythe en aquella época indican que estaba encantado con el nuevo miembro de la familia. Por desgracia, esta felicidad no sería duradera. Las nubes de tormenta ya oscurecían el horizonte.

En diciembre de 1924 Odette murió debido a complicaciones en las primeras etapas de su segundo embarazo.

Di la vuelta a la página con avidez y me encontré con dos fotos. En la primera, Juniper Blythe tendría alrededor de cuatro años. Se la veía sentada, con las piernas extendidas, cruzadas a la altura de los tobillos. Sus pies estaban descalzos y su expresión demostraba que no le agradaba haber sido sorprendida en un momento de solitaria contemplación. Miraba fijamente a la cámara con sus ojos almendrados, tal vez demasiado separados. Junto al delicado cabello rubio, la nariz respingona salpicada de pecas y la pequeña boca salvaje, esos ojos creaban un aura de sabiduría mal conseguida.

En la siguiente foto, Juniper ya era una muchacha. El paso de los años parecía instantáneo. La misma mirada gatuna se enfrentaba a la cámara desde un rostro adulto, de enorme y extraña belleza. Recordé el relato de mi madre, la descripción del modo en que las otras mujeres del pueblo se habían apartado al verla llegar, de la atmósfera que ella parecía llevar consigo. Al observar la fotografía pude imaginarlo con claridad. Era una joven curiosa y reservada, distraída y alerta, todo al mismo tiempo. Los rasgos particulares, los destellos y atisbos de emoción e inteligencia se combinaban para formar una mezcla irresistible. Me apresuré a leer el pie de foto en busca de una fecha: abril de 1939. Ese mismo año mi madre, que ya había cumplido los doce, la había conocido.

Tras la muerte de su segunda esposa, Raymond Blythe se recluyó en su despacho. Excepto algún breve artículo en el *Times*, no volvió a publicar nada digno de mención. Aunque Blythe se hallaba trabajando en un proyecto en el momento de su muerte, no era, como muchos esperaban, una nueva entrega de *El Hombre de Barro*, sino un ensayo científico bastante extenso sobre la naturaleza no lineal del tiempo, que explicaba sus propias teorías, familiares para los lectores de *El Hombre de Barro*, acerca de la capacidad del pasado de filtrarse en el presente. La obra quedó inconclusa.

En los últimos años de su vida, la salud de Raymond Blythe se deterioró. Creía que el Hombre de Barro de su famosa historia había cobrado vida, que lo perseguía y lo atormentaba. Un temor comprensible, aunque imaginario, teniendo en cuenta la trágica serie de acontecimientos que a lo largo de su vida afectaron a sus seres queridos. Es previsible, sin lugar a dudas, que un antiguo castillo como este se relacione con historias escalofriantes, de la misma forma que es natural que una novela tan aclamada como *La verdadera historia del Hombre de Barro*, que transcurre entre los muros de Milderhurst Castle, aliente este tipo de teorías.

Raymond Blythe se convirtió al catolicismo a finales de la década de 1930 y en sus últimos años se negó a recibir visitas, excepto la de su confesor. Falleció el viernes 4 de abril de 1941, al caer de la torre de Milderhurst, lo mismo que sesenta y cinco años antes había sucedido con su madre.

Al final del capítulo había otra fotografía de Raymond Blythe. Era totalmente diferente de la primera —el joven padre sonriente con las dos gemelas regordetas en las rodillas— y, mientras la examinaba, recordé instantáneamente mi conversación con Alice en la librería, y en especial su comentario acerca de que la inestabilidad mental que acosaba a Juniper era un mal de familia. En ese hombre, en esa versión de Raymond Blythe, nada quedaba de aquella tranquila satisfacción tan notoria en la primera fotografía. En cambio, parecía invadido por la angustia: los ojos recelosos, la boca apretada, la barbilla tensa. La foto estaba fechada en 1939, Raymond tenía entonces setenta y tres años. Sin embargo, las profundas líneas que surcaban su rostro no eran solo producto de la edad: cuanto más la observaba, más me convencía. Había creído que el biógrafo se refería metafóricamente al tormento de Raymond Blythe, pero ahora comprendía que no era así. El hombre de la fotografía presentaba la atemorizada máscara de un prolongado tormento interno.

* * *

De pronto llegó el atardecer, cubrió las depresiones que el terreno formaba entre las lomas y los bosques de Milderhurst, se extendió por los campos y devoró la luz. La fotografía de Raymond Blythe se disolvió en la oscuridad y cerré el libro. Pero no me marché. Todavía no. Me volví para mirar, a través de una brecha entre los árboles, el lugar donde se alzaba el castillo: una masa oscura, en la cima de la colina, bajo el cielo azul oscuro. Y me estremecí de placer al pensar que a la mañana siguiente atravesaría su portón.

Esa tarde, los personajes del castillo habían cobrado vida para mí, mi piel los había absorbido mientras leía. Sentí que los conocía desde siempre, que a pesar de haber llegado al pueblo de Milderhurst por accidente, era justo que yo estuviera allí. Me había embargado la misma sensación al leer por primera vez *Cumbres borrascosas*, *Jane Eyre* y *Casa desolada*. La sensación de conocer la historia, de confirmar algo que siempre había sospechado; algo que había estado siempre en mi futuro, esperando a que lo encontrara.

Paseo por el esqueleto de un jardín

Si cierro los ojos, aún puedo ver el resplandeciente cielo de esa mañana: el sol de principios de verano ardía en su velo celeste. Supongo que está muy nítido en mi memoria porque cuando volví a ver Milderhurst la estación había cambiado y los jardines, los bosques y los campos estaban envueltos en los tonos metalizados del otoño. Pero ese día no. Al partir hacia el castillo con las minuciosas instrucciones de la señora Bird en la mano, me animaba la emoción de un deseo largamente sepultado. Todo renacía: el canto de los pájaros coloreaba el aire, el zumbido de las abejas lo espesaba y el cálido sol me atraía, colina arriba, hacia el castillo.

Caminé sin detenerme hasta que, cuando creí que corría peligro de perderme para siempre en una arboleda interminable, apareció ante mí una verja oxidada que me condujo a una piscina abandonada. Era extensa y circular, de al menos diez metros de diámetro, y enseguida reconocí aquella que me había mencionado la señora Bird, la que Oliver Sykes diseñara cuando Raymond Blythe llevó a su primera esposa a vivir al castillo. Por supuesto, tenía cierto parecido con su hermana menor de la granja, pero aun así me llamaron la atención las diferencias. Mientras que el estanque de la señora Bird brillaba alegremente bajo el sol y el césped recién cortado rodeaba el enlosado, esta había sido abandonada a su suerte mucho tiempo atrás. El musgo cubría las piedras del borde y entre ellas se habían abierto grietas, de modo que la piscina estaba rodeada de caléndulas y margaritas; sus rostros amarillos competían por la irregular luz del sol. Los nenúfares se apiñaban, exuberantes, en la superficie. La cálida brisa los hacía ondular sobre el agua como la piel de un gran pez de una especie ignota: una exótica aberración.

Aunque no podía ver el fondo de la piscina, intuí que era profunda. En el otro extremo distinguí un trampolín. La tabla de madera descolorida y astillada, los resortes oxidados…, aquel artilugio parecía sostenerse allí de milagro. De la rama de un inmenso árbol colgaba un columpio de madera suspendido con dos cuerdas, ahora inmovilizado por las zarzas que se habían abierto camino desde arriba.

Las matas espinosas no se detenían en las cuerdas: gozaban de una encantadora libertad, avanzaban sin obstáculos en el misterioso claro abandonado. A través de una maraña de ávido follaje, atisbé un pequeño edificio de ladrillos. Al ver la cima del tejado a dos aguas supuse que se trataba de un vestuario. La puerta estaba cerrada con un candado completamente oxidado. Cuando por fin encontré las ventanas, comprobé que estaban cubiertas de una gruesa capa de suciedad que no pude quitar. En la parte trasera, sin embargo, había un cristal roto, con una mata de pelo gris enganchada al pico más afilado, que me permitía echar un vistazo, lo que hice, por supuesto, sin dilación.

El suelo, y todo lo demás, estaba cubierto por décadas de polvo, tan denso que podía olerlo desde fuera. El interior estaba ligeramente iluminado gracias a una claraboya de la cual se habían desprendido los postigos, algunos de los cuales colgaban todavía de los goznes, mientras otros ya habían caído al suelo. Por allí se filtraban finos rayos, que bajaban formando espirales de luz tenue. En una hilera de estantes distinguí toallas cuidadosamente dobladas; era imposible adivinar su color original. Y de una elegante puerta en la pared más lejana colgaba un cartel que decía: «Vestuario». Más allá, una cortina de gasa se agitaba suavemente sobre un montón de sillas apiladas, como solía hacerlo antaño, aunque nadie la viera desde hacía mucho tiempo.

Di un paso atrás, consciente de pronto del ruido de mis zapatos sobre las hojas caídas. Una misteriosa quietud inundaba el lugar —solo llegaba hasta allí el débil chapotear de los nenúfares— y por un instante pude imaginar cómo habría sido todo aquello muchos años atrás. Una tenue pantalla cubrió el paisaje abandonado: un alegre grupo con antiguos trajes de baño, toalla en mano, bebía refrescos, saltaba desde el trampolín, se sumergía en el agua fresca.

Y entonces la imagen se desvaneció. Cerré los ojos, y cuando los abrí estaba otra vez sola, junto al vestuario rodeado de maleza. Me rodeó la vaga impresión de un remordimiento inefable. Me pregunté por qué la piscina había sido abandonada. Por qué su último y lejano ocupante se había desentendido del lugar, había colocado ese candado y se había marchado para no regresar nunca más. Las tres señoritas Blythe ya eran ancianas, pero no siempre lo habían sido. Más de un verano caluroso habría sido una ocasión ideal para nadar en un lugar como aquel.

Las respuestas finalmente llegarían, aunque todavía no. También descubriría otras cosas, secretas, y responderían preguntas que ni siquiera se me había ocurrido formular. Pero, en aquel momento, aún no sabía nada. Aquella mañana, de pie en el jardín que rodeaba Milderhurst Castle, me libré sin dificultad de mis cavilaciones y me concentré en la tarea más inmediata. La exploración en la piscina no me aproximaba a mi cita con las señoritas Blythe, y además, tenía el inquietante presentimiento de que ni siquiera estaba autorizada a pasear por allí.

Leí atentamente, una vez más, las instrucciones de la señora Bird. Tal como sospechaba, no mencionaba la piscina. De hecho, de acuerdo con las indicaciones, en aquel momento debía avanzar entre dos columnas rumbo a la fachada del castillo orientada al sur.

La desazón amenazó con apoderarse de mí.

No veía las columnas, aquel no era el jardín señalado en el papel.

Y a pesar de no estar sorprendida por haber perdido el rumbo —soy capaz de desorientarme cruzando Hyde Park—, me resultaba sumamente fastidioso. El tiempo apremiaba. En lugar de volver sobre mis pasos y empezar de nuevo, decidí que la única alternativa viable era seguir avanzando y esperar lo mejor. Al otro lado de la piscina se veía un portón y, más allá, una empinada escalera de piedra tallada en la ladera de la frondosa colina. Al menos cien escalones, cada cual hundiéndose ante el siguiente, como si la construcción entera se hubiera realizado en un único y gran suspiro. A pesar de todo, el trayecto parecía prometedor, de modo que comencé a ascender. Supuse que era cuestión de lógica: el castillo y las hermanas Blythe estaban en la cima; si continuaba subiendo, en algún momento me toparía con ellos.

* * *

Las hermanas Blythe. Creo que fue entonces cuando empecé a pensar en ellas de ese modo. La palabra «hermanas» se impuso a «Blythe». Algo similar sucedía con los hermanos Grimm, y nada podía hacer por evitarlo. Es curioso cómo ocurren las cosas. Antes de la carta de Juniper, jamás había oído hablar de Milderhurst Castle, y ahora ese lugar me atraía de un modo irresistible, al igual que la luz atrae a una pequeña y polvorienta polilla. Al principio todo se relacionaba con mi madre, por supuesto, con la noticia de su evacuación y el misterioso castillo de nombre gótico. Después surgió la asociación con Raymond Blythe; era nada menos que el lugar donde *El Hombre de Barro* había cobrado vida. Pero, a medida que me acercaba a la luz, comprendía que algo nuevo aceleraba mis latidos. Tal vez por efecto de la lectura del día anterior, o la charla previa con la señora Bird durante el desayuno, en algún momento las hermanas Blythe se convirtieron en el objeto específico de mi fascinación.

Debo decir que los hermanos me interesan en general. Su intimidad me intriga y me produce rechazo. El hecho de compartir los componentes genéticos, la distribución azarosa y a veces injusta de la herencia, la inexorabilidad del vínculo es algo que escasamente comprendo. Tuve un hermano, no por mucho tiempo. Fue sepultado antes de que lo conociera, y cuando logré reconstruir lo suficiente como para sentir su ausencia, sus huellas habían sido cuidadosamente borradas. Dos certificados —uno de nacimiento, otro de defunción— en una delgada carpeta en un armario, una pequeña fotografía en la cartera de mi padre y otra en el cajón de joyas de mi madre eran todo lo que quedaba para atestiguar su paso por este mundo. Además, claro está, de los recuerdos y la pena que habitaban en la cabeza de mis padres. Pero no los compartían conmigo.

No es mi intención crear incomodidad o inspirar lástima, solo quiero decir que, a pesar de no haber tenido nada material o memorable para evocar a Daniel, durante toda mi vida he sentido el lazo que nos unía. Un hilo invisible nos conecta con la misma fuerza que el día se une a la noche. Siempre fue así, incluso cuando era pequeña. Si yo era una presencia en la casa de mis padres, él era una ausencia, una frase omitida en cada momento de felicidad: «Si estuviera con nosotros…»; cada vez que los desilusionaba: «Él no lo habría hecho»; cada vez que comenzaba un nuevo año en la escuela: «Esos chicos habrían sido sus compañeros». La mirada perdida que sorprendía en sus ojos siempre que creían estar solos.

No quiero decir con esto que mi curiosidad por las hermanas Blythe tenga algo que ver con Daniel, en absoluto. Por lo menos no directamente. Pero la suya era una historia muy hermosa. Las dos hermanas mayores sacrifican su propia vida para dedicarse al cuidado de la pequeña: un corazón roto, una mente extraviada, un amor no correspondido. Me pregunté cómo habrían sido las cosas si hubiera estado dispuesta a dar la vida por Daniel. No podía dejar de pensar en las tres hermanas, tan unidas, envejeciendo, marchitándose juntas, pasando sus días en ese hogar ancestral. Últimas supervivientes de una familia grandiosa, romántica.

* * *

Subí con cuidado. En el camino me topé con un viejo reloj de sol, una hilera de pacientes vasijas decorativas en sus silenciosos pedestales, dos ciervos de piedra enfrentados a ambos lados de un seto abandonado, hasta que por fin llegué al último escalón, que desembocaba en una explanada. Ante mí se abrió un sendero de nudosos árboles frutales cuidadosamente alineados, cuyas copas se unían en lo alto. Me indicaba que siguiera hacia delante. Recuerdo haber pensado, esa primera mañana, que el jardín tenía un plan, un orden, sentía que me esperaba, que se negaba a permitir que me perdiera, y en cambio conspiraba para llevarme hacia el castillo.

Una tontería sentimental, por supuesto. Supongo que la empinada cuesta me había dejado un poco mareada y propensa a ideas exageradas. De todas formas, me sentía inspirada. Era una intrépida (y algo sudorosa) aventurera que había abandonado mi hogar para embarcarse a conquistar… algo. Aun cuando mi misión particular tuviera como objetivo el encuentro con tres ancianas y una visita guiada a su casa de campo. Si era afortunada, tal vez me invitaran a tomar el té.

Al igual que la piscina, este sector del jardín mostraba signos de un prolongado abandono, y mientras atravesaba la galería arbolada me parecía caminar dentro del esqueleto de un antiguo y gigantesco monstruo, desaparecido hacía largo tiempo. Las costillas gigantes se extendían hacia arriba, me envolvían, y las largas líneas de sombra creaban la ilusión de que también se arqueaban por debajo. Avancé a toda prisa. Al llegar al fin del sendero arbolado, me detuve.

Frente a mí, envuelto en sombras a pesar del día soleado, se alzaba Milderhurst Castle. La parte posterior del castillo, me dije con el ceño fruncido al ver la letrina, las cañerías expuestas, la inconfundible ausencia de columnas, senderos o jardín principal.

Y entonces comprendí por qué me había desorientado. En algún momento no había girado donde debía y en vez de acercarme al castillo por el sur, había rodeado la colina arbolada, y había llegado por el norte.

Sin embargo, todo está bien si termina bien. Había llegado, relativamente ilesa, y tampoco era ofensivamente tarde. Descubrí con alegría una franja de hierba silvestre que rodeaba el jardín tapiado del castillo. Comencé a seguirla, y al fin —fanfarria triunfal de trompeta—, me topé con las columnas que me había descrito la señora Bird. Al otro lado del jardín sur, precisamente donde debía estar, la fachada de Milderhurst Castle se elevaba en todo su esplendor, casi hasta rozar el sol.

* * *

El silencioso e inexorable paso del tiempo que ya había percibido en las escaleras del jardín parecía aquí más concentrado, como si hubiera tejido una red alrededor del castillo. El edificio mostraba una gracia cargada de dramatismo, y decididamente mi intrusión no le afectaba. Las aburridas ventanas de guillotina dirigían sus miradas más allá de mi persona, hacia el Canal de la Mancha, con una inmutable expresión de fatiga que profundizaba mi sensación de ser anodina, transitoria; de que el antiguo y espléndido edificio había visto demasiadas cosas como para molestarse demasiado por mí.

Una bandada de estorninos alzó el vuelo desde lo alto de la chimenea, planeó por el cielo y se adentró en el valle donde se encontraba la casa de la señora Bird. El ruido, el movimiento eran extrañamente desconcertantes.

Los seguí con la mirada mientras pasaban, rozando las copas de los árboles, hacia los minúsculos tejadillos de tejas rojas. La granja parecía estar muy lejos. Me invadió de pronto la extraña sensación de que en algún punto de mi caminata por la colina arbolada había cruzado una especie de línea invisible. Había estado *allí*, ahora estaba *aquí*, y había en juego algo más complejo que un simple cambio de lugar.

Volviéndome hacia el castillo, vi en el arco inferior de la torre una gran puerta negra, abierta de par en par. Curiosamente, no lo había notado antes.

Comencé a avanzar por el césped, pero cuando llegué a la escalinata de piedra vacilé. Sentado sobre un viejo galgo de mármol se encontraba su descendiente de carne y hueso, un perro negro que, según descubriría luego, era un lurcher. Al parecer, me observaba desde mi llegada al jardín.

Ahora estaba delante de mí, cerrándome el paso y escrutándome con sus ojos oscuros. Me faltó voluntad, fuerza para continuar. De pronto mi respiración se aceleró y comencé a sentir frío. Aunque no estaba asustada. Es difícil de explicar, aquel perro me parecía un barquero, o un mayordomo anticuado, alguien que debía autorizarme a seguir adelante.

El lurcher se acercó en silencio, sin apartar la vista de mí. Su hocico me rozó suavemente la punta de los dedos, luego dio media vuelta y se fue al trote. Desapareció a través de la puerta abierta.

Según entendí, me indicaba que lo siguiera.

Tres hermanas mustias

Alguna vez se han preguntado cómo huele el paso del tiempo? La verdad es que a mí nunca se me había ocurrido, al menos antes de entrar en Milderhurst Castle. Ahora, desde luego, lo sé. A moho y amoniaco, una pizca de lavanda y bastante de polvo, a viejas hojas de papel completamente desintegradas. Y había algo más, subyacente, que lindaba con lo asfixiante y pútrido, aunque no era exactamente eso. Tardé un buen rato en comprender de dónde provenía ese olor: es el pasado. Pensamientos e ilusiones, esperanzas y heridas, una mezcla que fermenta lentamente en el aire viciado, incapaz de disiparse por completo.

—¡Hola! —grité desde la enorme escalinata de piedra. Al cabo de un rato sin obtener respuesta, repetí en voz más alta—: ¡Hola! ¿Hay alguien en casa?

La señora Bird me había dicho que entrara, que las hermanas Blythe nos esperaban, que se encontraría conmigo dentro del castillo. Se había esforzado por convencerme de que no debía llamar a la puerta ni tocar el timbre o anunciar mi llegada de cualquier otro modo. Yo tenía mis reservas —en mi ambiente habitual entrar sin anunciarse era casi una intrusión—, pero lo hice, tal como me había indicado: atravesé el pórtico de piedra y avancé por la galería cubierta hasta llegar a una estancia circular. No había ventanas, ni demasiada luz, a pesar del alto techo abovedado. De pronto un ruido atrajo mi atención hacia la cúpula, donde un pájaro blanco que había volado a través de las vigas aleteaba bañado por la luz ceniciente.

—Vaya, vaya. —La voz llegó desde mi izquierda. Me volví rápidamente en esa dirección. Vi a una mujer muy anciana en el hueco de una puerta, a unos tres metros de distancia, con el perro a su lado. Era alta y delgada, vestía chaqueta y pantalón de *tweed*, y una camisa abrochada hasta el cuello. Un atuendo casi masculino. Su feminidad se había difuminado con el tiempo y cualquier posible curva había desaparecido años atrás. El cabello, obstinadamente rizado, comenzaba a ralear en el nacimiento: lo llevaba corto y peinado detrás de las orejas. El rostro ovalado expresaba desconfianza e inteligencia. Observé que llevaba las cejas completamente depiladas, y en su lugar había dibujados dos arcos del color de la sangre coagulada. El efecto era impactante, incluso un poco lúgubre. Se acercó a mí, apoyada en un elegante bastón con mango de marfil.

—La señorita Burchill, supongo.

—Sí —dije, y me aproximé a ella tendiendo mi mano, súbitamente sin aliento—. Edith Burchill. Encantada.

Unos dedos fríos estrecharon suavemente los míos, la correa de cuero de su reloj se sacudió silenciosamente alrededor de la muñeca.

—Marilyn Bird, de la granja, dijo que vendría. Mi nombre es Persephone Blythe.

—Muchas gracias por haber aceptado recibirme. Desde que oí hablar de Milderhurst Castle me muero por conocerlo.

—Vaya. —Los labios de la señorita Blythe se movieron de pronto, una sonrisa torcida como una horquilla se dibujó en su cara—. Me pregunto por qué.

Era el momento, por supuesto, de hablarle de mi madre, de la carta, decirle que había sido una niña evacuada durante la guerra. La ocasión de ver que el rostro de Percy Blythe se iluminaba al reconocerme, de caminar juntas intercambiando noticias y viejas historias. Nada habría sido más natural, razón por la cual sentí algo semejante a la sorpresa al oírme decir:

—Leí sobre este lugar en un libro.

Ella profirió un sonido, una indiferente versión de «Ah».

—Leo mucho —me apresuré a añadir, como si un comentario sincero pudiera mitigar de algún modo la mentira—. Adoro los libros. Trabajo con libros. Los libros son mi vida.

Su rostro se arrugó aún más ante un comentario tan banal. La mentira original ya era suficientemente aburrida; el chisme biográfico adicional, verdaderamente estúpido. No podía comprender por qué no me había limitado a contar la verdad: era mucho más interesante, por no decir honrada. Sospecho que se debía al impulso infantil de querer que la visita fuera solo mía, que no estuviera teñida por la estancia de mi madre cincuenta años atrás. De todas formas, abrí la boca para retractarme, pero era tarde: Percy Blythe ya me había indicado que la siguiera y, con el perro a su lado, avanzaba por el corredor a oscuras. Caminaba a buen paso y con agilidad; el bastón, al parecer, le servía de adorno.

—Su puntualidad me agrada —dijo. Su voz llegaba flotando desde delante—. Aborrezco la impuntualidad.

Seguimos caminando en medio de un silencio cada vez más profundo. A cada paso los sonidos del exterior iban quedando rotundamente atrás: los árboles, los pájaros, el lejano murmullo del arroyo. Sonidos que no había tenido en cuenta hasta que desaparecieron, dejando un extraño vacío, tan inhóspito que mis oídos comenzaron a zumbar, conjurando a sus propios fantasmas, para llenarlo con otros sonidos, sibilantes, como los que hacen los niños cuando juegan a ser serpientes.

Llegaría a conocer muy bien el extraño aislamiento del interior del castillo. El modo en que los sonidos, los olores y las imágenes del exterior parecían atascarse en los antiguos muros de piedra, incapaces de abrirse paso hacia dentro. En el transcurso de los siglos la porosa piedra había absorbido las impresiones del pasado, estaban allí, atrapadas —como flores conservadas y olvidadas entre las páginas de un libro decimonónico—, creando entre el interior y el exterior una barrera que ya era infranqueable. Fuera flotaba en el aire el susurro de las anémonas y el césped recién cortado, pero dentro se oía solo el tiempo acumulado, el turbio aliento contenido durante cientos de años.

Pasamos junto a una sucesión de tentadoras puertas cerradas hasta que finalmente, en el otro extremo del corredor, antes de que el camino torciera y desapareciera en la oscuridad, llegamos a una puerta entreabierta. Desde el interior asomaba un haz de luz, que se amplió hasta formar un rectángulo cuando Percy Blythe la abrió por completo con su bastón.

Dio un paso atrás y asintió enérgicamente, indicándome que entrara primero.

* * *

La sala me resultó sumamente acogedora, en contraste con el oscuro corredor de paneles de roble por donde había llegado: el papel pintado amarillo —que había sido alguna vez furiosamente brillante— se había apagado con el tiempo, el diseño helicoidal se reducía a una mesurada languidez; y una gran alfombra, rosa, azul y blanca —no podría decir si pálida o gastada—, se extendía hasta casi cubrir los zócalos. Delante de la chimenea con sus ornamentos tallados se encontraba un sofá tapizado, extrañamente largo y bajo; las huellas de miles de cuerpos lo hacían parecer sumamente confortable. A un lado se veía una máquina de coser Singer con una tela de color azul.

El lurcher pasó junto a mí antes de acomodarse con gracia sobre una piel de cordero delante de un gran biombo pintado que tendría no menos de doscientos años de antigüedad. En él se representaba una escena con perros y gallos; tonos verdes y marrones se fundían en primer plano, el fondo era un cielo eternamente crepuscular. En el lugar donde se apoyaba el perro, el dibujo se había borrado casi por completo.

Cerca de allí, sentada delante de una mesa redonda, se hallaba una mujer de la misma edad de Percy, inclinada sobre una hoja de papel: una isla en medio de un mar de piezas de Scrabble. Llevaba unas grandes gafas de lectura. Al verme se incorporó, se quitó las gafas y las guardó en un bolsillo escondido en su largo vestido de seda. Sus ojos eran de un color azul grisáceo; sus cejas, normales y corrientes, ni arqueadas ni rectas, ni cortas ni largas. Sus uñas, sin embargo, estaban pintadas de un rosa brillante similar al de su lápiz de labios y las grandes flores de su vestido. Aunque prefería otro estilo, iba tan arreglada como Percy, con un cuidado por las apariencias algo anticuado, aun cuando la ropa no lo fuera.

—Esta es mi hermana Seraphina —dijo Percy, sentándose a su lado—. Saffy, ella es Edith —anunció en un tono exageradamente alto.

Saffy se dio unos golpecitos en la oreja.

—No es necesario que grites, Percy, querida —dijo con una suave voz cantarina—, mi audífono está en su sitio. —Me sonrió tímidamente, pestañeando por la falta de las gafas que se había quitado por vanidad. Era tan alta como su hermana gemela, pero debido a cierto efecto del vestido, de la luz o quizás de la postura, no lo parecía—. El hombre es un animal de costumbres. Percy ha sido siempre la más mandona —comentó—. Mi nombre es Saffy Blythe y estoy muy contenta de conocerla.

Me acerqué para estrechar su mano. Era una copia exacta de su hermana, o al menos alguna vez lo había sido. Los más de ochenta años transcurridos habían grabado diferentes surcos en sus rostros y en Saffy el resultado era más suave, más dulce. Tenía el aspecto de la señora de la casa y desde el primer momento me cayó simpática. Percy era imponente, Saffy me hacía pensar en galletas de avena y papel de fibra de algodón con hermosos garabatos de tinta. Es curioso cómo el carácter marca a las personas a medida que envejecen, aflora desde dentro para dejar su huella.

—Hemos hablado por teléfono con la señora Bird. Me temo que sus asuntos la han retrasado en el pueblo —dijo Saffy.

—Estaba terriblemente abatida —continuó Percy, categórica—. Pero le dije que estaría encantada de enseñarle yo misma la casa.

—Más que encantada. —Saffy sonrió—. Mi hermana ama tanto esta casa como otras mujeres aman a su marido. Le maravilla tener la oportunidad de enseñarla. Y tiene motivos. Este viejo lugar está en pie gracias a ella, a sus incansables años de trabajo.

—He hecho lo necesario para evitar que los muros se derrumbaran a nuestro alrededor. Nada más.

—Mi hermana es muy modesta.

—Y la mía, obstinada.

Evidentemente, esas reprimendas eran parte habitual de sus conversaciones, y las dos hicieron una pausa para sonreírme. Por un momento me quedé paralizada, recordando la fotografía de *El Milderhurst de Raymond Blythe* y preguntándome a qué niña correspondía cada una de esas dos ancianas. Entonces Saffy se acercó a su hermana y le cogió la mano.

—Mi hermana nos ha cuidado durante toda nuestra larga vida —dijo, antes de volverse hacia ella para observarla con una admiración tal que lo supe: era la menor, la más delgada de las niñas de la foto, aquella cuya sonrisa titubeaba frente a la cámara.

Los elogios adicionales no fueron del agrado de Percy, que observó atentamente su reloj antes de murmurar:

—No tiene importancia. Ya no queda demasiado tiempo.

Siempre es difícil decir algo cuando una persona muy anciana comienza a hablar sobre la muerte y su inminencia, de modo que actué como suelo hacerlo cuando Herbert insinúa que «algún día» me haré cargo de Billing & Brown: sonreí como si no hubiera oído y observé con gran atención el ventanal soleado.

Fue entonces cuando advertí la presencia de la tercera hermana, que debía de ser Juniper. Estaba sentada, inmóvil como una estatua, en una silla tapizada de gastado terciopelo verde. A través de la ventana abierta contemplaba el parque que se extendía a lo lejos. Un cigarrillo lanzaba una débil columna de humo desde un cenicero de cristal, volviendo un tanto difusa su imagen. A diferencia de sus hermanas, no había nada refinado en su vestimenta ni en la manera en que la llevaba. Iba ataviada con el uniforme universal de los inválidos: una blusa sin gracia metida en un pantalón cualquiera, con el regazo cubierto de manchas grasientas que revelaban las diversas sustancias que se habían derramado sobre él.

Tal vez Juniper percibió que la observaba, porque volvió ligeramente su perfil hacia mí. Su mirada era vidriosa e inquieta; tuve la impresión de que estaba bajo el potente efecto de algún medicamento, y cuando le sonreí no dio el menor indicio de haberme visto, simplemente continuó mirando fijamente, como si quisiera abrir un agujero a través de mí.

Al contemplarla advertí la leve tensión de un sonido que no había notado antes. En una mesa de madera, bajo el marco de la ventana, se apoyaba un pequeño televisor, donde se emitía una comedia americana. Las risas grabadas subrayaban el diálogo picaresco de fondo, interrumpido periódicamente por el ruido de las interferencias. Me provocaba una sensación familiar, la televisión, el día caluroso y soleado allí fuera, el aire viciado, inmóvil, en el interior. Recordé con nostalgia una visita a mi abuela durante las vacaciones de la escuela en la que me permitieron ver la televisión todo el día.

—¿Qué haces aquí?

Un golpe helado hizo añicos los agradables recuerdos de mi abuela.

Juniper Blythe seguía observándome, aunque ya no inexpresiva, sino de un modo indudablemente poco amigable.

—Yo…, eh… ¡Hola! —logré decir.

—¿Qué estás haciendo aquí?

El lurcher lanzó un aullido ahogado.

—¡Juniper! —Saffy se apresuró a acercarse a su hermana—. Querida, Edith es nuestra invitada —la tranquilizó. Y tomando suavemente el rostro de su hermana entre las manos, añadió—: Te lo he dicho, June, ¿recuerdas? Te lo he explicado: Edith está aquí para conocer la casa. Percy hará un bonito recorrido con ella. No debes preocuparte, querida, todo va bien.

Mientras yo deseaba fervientemente tener la capacidad de desaparecer, las gemelas intercambiaron una mirada. Un gesto que pareció muy natural, y sugería que ya se había repetido muchas veces. Percy apretó los labios y asintió. Su expresión se disolvió antes de que pudiera comprender por qué me había provocado una sensación tan peculiar.

—Bien, el tiempo vuela —dijo entonces, con una alegría afectada que me sobresaltó—. ¿Continuamos nuestro recorrido, señorita Burchill?

* * *

Con mucho gusto, salí de la sala tras ella. Giramos en una esquina y avanzamos por otro frío pasillo en penumbra.

—Le enseñaré primero la parte trasera. Será un breve recorrido, no tiene sentido que nos detengamos allí. Esas estancias están cubiertas de sábanas desde hace años.

—¿Por qué?

—Todas están orientadas al norte.

Percy era muy parca. Su manera de hablar recordaba a los locutores de radio en la época en que la BBC tenía la última palabra en cuestiones de enunciación. Frases cortas, dicción perfecta, apenas un matiz en el final de cada frase.

—Es imposible mantener la calefacción en invierno. Solo vivimos nosotras tres aquí, no necesitamos mucho espacio. Nos resultó más fácil cerrar definitivamente algunas puertas. Mis hermanas y yo ocupamos las habitaciones de la pequeña ala oeste, cerca del salón amarillo.

—Es razonable. Una casa como esta seguramente tiene cantidad de habitaciones, diferentes niveles. Sin duda me desorientaría... —me apresuré a decir. Era consciente de que pronunciaba palabras sin sentido, pero no podía detenerme. Mi esencial dificultad para mantener una simple conversación, la emoción de estar finalmente dentro del castillo, la incomodidad que había provocado la escena con Juniper eran ciertamente una combinación fatal. Respiré profundamente y, para mi espanto, continué—: Aunque para las personas que han pasado aquí toda la vida seguramente no es un inconveniente.

—Lo lamento —dijo bruscamente Percy, volviéndose hacia mí. A pesar de la oscuridad podía ver que había empalidecido.

«Mi visita es demasiado para ella, está vieja y cansada, su hermana no se encuentra bien. Me pedirá que me marche», pensé.

—Nuestra hermana no se encuentra bien —dijo entonces. Mi corazón dio un vuelco—. No tiene nada que ver con su visita. Juniper puede ser desconsiderada a veces, pero no es responsable de ello. Sufrió una gran decepción, algo terrible. Hace mucho tiempo.

—No es necesario que me dé explicaciones —repliqué.

«Por favor, no me pida que me marche», supliqué para mis adentros.

—Es muy considerada, pero creo que debo darle una mínima explicación por semejante descortesía. June no se lleva bien con los extraños. Fue una dura prueba. El médico de la familia falleció hace una década y aún estamos luchando por conseguir otro que podamos tolerar. Eso la confunde. Espero que no se sienta incómoda.

—En absoluto, lo comprendo perfectamente.

—Eso espero. Porque nos complace mucho su visita —afirmó. De nuevo su boca dibujó esa sonrisa de horquilla—. Al castillo le agradan las visitas, las necesita.

Los caseros en las venas

La mañana de mi décimo cumpleaños mis padres me llevaron a visitar las casas de muñecas del museo Bethnal Green. No sé por qué fuimos allí, tal vez porque yo me había mostrado interesada o porque mis padres habían leído en el periódico un artículo sobre esa colección, pero recuerdo con claridad aquel día. Es uno de esos pocos recuerdos maravillosos que se van juntando a lo largo del camino, perfectamente formado y cerrado, como una burbuja que se hubiera olvidado de reventar. Fuimos en taxi —lo consideré muy elegante—, y luego tomamos el té en un lujoso local de Mayfair. Recuerdo incluso la ropa que llevaba ese día: un vestido con estampado de rombos que había codiciado durante meses y por fin había recibido, envuelto para regalo, aquella misma mañana.

También recuerdo con total claridad que perdimos a mi madre. Quizás sea el motivo —más que las casas de muñecas— por el cual ese día no se perdió en mi memoria entre la apabullante constelación de los recuerdos de la infancia. Todo parecía estar al revés. Los adultos no se perdían, al menos en mi mundo. Era propio de las niñas como yo, que se dejaban llevar por sus ensoñaciones, arrastraban los pies y generalmente no seguían el ritmo.

Pero aquella vez, inexplicablemente, fue mi madre la que desapareció, poniendo el mundo patas arriba. Mi padre y yo nos encontrábamos en la fila para comprar un folleto de recuerdo cuando sucedió. Avanzábamos ordenadamente, cada uno en la silenciosa compañía de sus propios pensamientos. Solo cuando llegamos al mostrador y nos quedamos quietos, mudos, pestañeando incrédulos ante el empleado de la tienda, notamos que nos faltaba el portavoz habitual de la familia.

La encontré yo, arrodillada delante de una casa de muñecas que ya habíamos visto. Recuerdo que era alta y oscura, repleta de escaleras, con un ático. Mi madre no explicó por qué había regresado, simplemente dijo:

—Las casas como esta existen, Edie. Casas reales, habitadas por personas reales. ¿Te lo imaginas? ¡Todas esas habitaciones! —Entonces comenzó a recitar suave, lentamente, con labios temblorosos—: «Antiguos muros que cantan las horas lejanas».

Creo que no respondí. En principio porque me faltó tiempo —de pronto apareció mi padre, nervioso y algo herido en su orgullo— y, además, no habría sabido qué decir. Aunque no volvimos sobre el tema, durante mucho tiempo seguiría creyendo que en el mundo había casas reales habitadas por personas reales, con muros que cantaban.

Menciono ahora el museo Bethnal Green solo porque mientras Percy Blythe me conducía por aquellos oscuros pasillos yo recordaba el comentario de mi madre, cada vez con mayor claridad, hasta que finalmente pude ver su rostro, oír sus palabras, tan nítidas como si estuviera de pie junto a mí. Tal vez era consecuencia de la extraña sensación que me embargaba mientras recorría el enorme edificio; la impresión de que un hechizo me había empequeñecido y llevado a una decadente casa de muñecas; su pequeña propietaria había crecido hasta perder el interés por ella, había encontrado nuevos pasatiempos, y las habitaciones con el ajado papel pintado, los suelos alfombrados, los jarrones, los pájaros disecados y el pesado mobiliario esperaban, silenciosos y esperanzados, una nueva interesada.

Es posible que todo eso sucediera después. Tal vez el comentario de mi madre fue lo primero que recordé, porque es evidente que pensaba en Milderhurst cuando hablaba de personas reales en sus casas reales repletas de habitaciones. ¿Qué otra cosa habría podido inspirar su comentario? Aquella incomprensible expresión de su rostro era el resultado de recordar ese lugar. Pensaba en Percy, Saffy y Juniper Blythe, en las cosas extrañas y secretas que había vivido una niña trasladada del sur de Londres a Milderhurst Castle. Cosas que incluso después de cincuenta años tenían el poder de hacerla llorar ante una carta perdida.

En cualquier caso, aquella mañana, mientras hacía el recorrido con Percy, llevaba a mi madre conmigo. No habría logrado resistirme a ello aun cuando me lo hubiera propuesto. Pese a que sentía unos celos inexplicables y deseaba que la exploración del castillo fuera solo mía, una parte de mi madre que nunca había conocido, que jamás había advertido, estaba anclada a ese lugar. Y aunque no estaba acostumbrada a tener mucho en común con ella, aunque esa simple idea hiciera que la tierra girara un poco más rápido, de pronto comprendí que no me importaba. De hecho, prefería que el curioso comentario en el museo de las casas de muñecas ya no fuera una incógnita, una pieza del mosaico que no encajaba. Era una parte del pasado de mi madre, un fragmento en cierta forma más brillante e interesante que los demás.

De modo que mientras Percy me guiaba, y yo escuchaba, observaba y asentía, el fantasma de una niña londinense seguía mis pasos en silencio: nerviosa, con los ojos muy abiertos, examinaba la casa por primera vez también. Y me agradaba que estuviera allí conmigo; si hubiera podido, habría atravesado el tiempo para cogerla de la mano. Me pregunté cuánto habría cambiado el edificio en los últimos cincuenta años, cómo era en 1939, si también por entonces Milderhurst Castle parecía una casa dormida, todo a su alrededor aburrido, polvoriento y apagado; una antigua casa en espera de su hora. Y me pregunté también si tendría la oportunidad de preguntárselo a esa niña, si aún estaría por allí, en algún lugar. Si alguna vez sería capaz de encontrarla.

* * *

Es imposible recordar todo lo dicho y visto aquel día en Milderhurst, y para el propósito de este relato, innecesario. Desde entonces ocurrieron muchas cosas, los acontecimientos posteriores se mezclan y confunden en mi mente, es difícil aislar mis primeras impresiones de la casa y sus habitantes. Me detendré en las imágenes y sonidos más vívidos, y en los hechos que tuvieron importancia para lo que sucedió después. Hechos que no puedo olvidar, que jamás olvidaré.

Durante el recorrido comprendí con claridad dos cosas importantes: primero, la señora Bird había sido muy indulgente al decir que el castillo estaba un poco deteriorado. En realidad estaba en ruinas, y no en el sentido romántico de la palabra. Segundo, y más increíble, Percy Blythe no parecía notarlo en absoluto. El polvo cubría los pesados muebles de madera, innumerables motas espesaban el aire viciado, generaciones de polillas se daban banquetes con las cortinas, y sin embargo, ella describía las habitaciones como si estuvieran en su máximo esplendor, como si fueran elegantes salones, repletos de nobles alternando con intelectuales mientras un ejército de criados al servicio de la familia Blythe iba y venía afanosamente por los corredores. Me habría apiadado de ella, encerrada en su mundo de fantasía, si hubiera sido el tipo de persona que inspira piedad. Pero no era un absoluto una víctima, de modo que mi compasión se transformó en admiración; en respeto por su completa negativa a reconocer que su antiguo hogar se derrumbaba a su alrededor.

Debo decir también que, tratándose de una anciana octogenaria que usaba un bastón, la agilidad de Percy era increíble. Recorrimos la sala de billar, el salón de baile, el invernadero; luego bajamos la escalera hacia las dependencias del servicio, visitamos la despensa del mayordomo, el lugar donde se guardaban las conservas y el fregadero. Llegamos a la cocina. Cacerolas y sartenes de cobre colgaban de sus ganchos en todas las paredes, vi un gran horno irreversiblemente oxidado, una colección de vasijas de cerámica se apilaba contra los azulejos. En el centro, una inmensa mesa de pino se balanceaba sobre las patas combadas, con la superficie marcada por siglos de cuchillos; restos de harina cubrían las heridas. El aire era frío y denso, tuve la impresión de que las habitaciones de los sirvientes estaban aún más abandonadas que las de arriba, recordaban los apéndices de un gran motor victoriano, víctima del paso del tiempo, que había dejado de funcionar.

No fui la única que advirtió el aumento de la oscuridad y el deterioro.

—Aunque no lo crea, en este lugar había un gran ajetreo —dijo Percy Blythe, recorriendo con un dedo la superficie de la mesa—. Mi abuela solía tener más de cuarenta criados. ¡Cuarenta! Ya hemos olvidado cuánto brillaba esta casa.

El suelo estaba cubierto de unas bolitas marrones que al principio confundí con tierra, pero luego reconocí, por el particular ruido que hacían bajo los pies, como excremento de ratas. Debería recordarlo y declinar la invitación si me ofrecían pastel.

—Cuando éramos niñas, aún había unos veinte sirvientes dentro del castillo y un equipo de quince jardineros. Todo eso acabó con la Gran Guerra: todos y cada uno de ellos fueron reclutados, como la mayoría de los jóvenes.

—¿Ninguno regresó?

—Dos consiguieron volver, pero ya no eran los mismos. A su vuelta ninguno era el mismo que había partido. Los conservamos con nosotros, claro, habría sido inconcebible hacer otra cosa, pero no duraron demasiado.

No comprendí si se refería a la duración del empleo o, en sentido más amplio, a su vida, pero no tuve tiempo de preguntar.

—Después contratamos personal temporal, pero durante la Segunda Guerra Mundial fue imposible encontrar un jardinero, ni por afición ni por dinero. ¿Qué clase de joven habría elegido ocuparse de un plácido jardín en medio de una guerra? Ninguno del tipo que habríamos deseado contratar. El personal de servicio escaseaba. Todos estábamos ocupados en otras cosas —sentenció Percy. Estaba de pie, inmóvil, apoyada en su bastón, y la piel de sus mejillas parecía aflojarse a medida que se perdía en sus pensamientos.

Me aclaré la garganta y levanté ligeramente la voz:

—¿Y ahora? ¿Hay alguien que las ayude?

—Oh, sí. —Percy agitó la mano con desdén, su mente regresó del lugar donde se había perdido—. Tenemos una criada que viene una vez por semana a ayudarnos con la cocina y la limpieza, y uno de los granjeros locales se ocupa del mantenimiento de las cercas. Un joven, sobrino de la señora Bird, cuida el jardín y quita la maleza. Hace un trabajo aceptable, aunque, al parecer, la ética laboral es cosa del pasado —comentó, sonriendo fugazmente—. El resto del tiempo nos las arreglamos solas.

Le devolví la sonrisa, mientras ella señalaba con un gesto la estrecha escalera de servicio y preguntaba:

—¿Ha dicho que es bibliófila?

—Mi madre dice que nací con un libro bajo el brazo.

—En ese caso, supongo que le interesará conocer nuestra biblioteca.

* * *

Según había leído, el mismo fuego que causó la muerte a la madre de las gemelas devastó la biblioteca de Milderhurst Castle. Me pregunté qué me esperaba tras la puerta negra que se divisaba al final del oscuro pasillo, aunque sin duda no sería una biblioteca muy completa. Sin embargo, eso fue lo que vi cuando entré. Las estanterías cubrían las cuatro paredes, del suelo al techo, y a pesar de la oscuridad —las ventanas estaban cubiertas por gruesas cortinas que caían hasta al suelo—, pude observar que estaban atiborradas de libros muy antiguos, con papeles estampados, bordes dorados y encuadernación cosida. Los dedos me cosquilleaban al recorrer los lomos, al toparme con alguno que no podía pasar de largo, y bajarlo del estante, abrirlo ligeramente, cerrar mis ojos para oler la fragancia arrobadora del viejo polvo de la literatura.

Percy Blythe advirtió mi actitud y pareció leerme la mente.

—Sustitutos, por supuesto. La mayoría de los originales de la biblioteca familiar de los Blythe se perdió en el incendio. Poco se pudo salvar; los que no se quemaron fueron destrozados por el humo y el agua.

—Todos esos libros... —dije, con un dolor casi físico.

—Sí, fue muy duro para mi padre. Dedicó gran parte del resto de su vida a recuperar la colección. Las cartas volaban de aquí para allá. Nuestros visitantes más frecuentes eran vendedores de libros raros; no se fomentaba otro tipo de visitas. No obstante, mi padre jamás volvió a utilizar esta estancia, después de lo de mi madre.

Tal vez solo fue producto de mi imaginación febril, pero mientras ella hablaba yo podía oler el antiguo fuego, surgía de la argamasa original, se filtraba a través de las paredes nuevas, de la pintura fresca. También oía un ruido que no podía localizar; un golpeteo que habría pasado inadvertido en circunstancias normales, pero era digno de ser notado en esa extraña y silenciosa casa. Observé a Percy. De pie, tras un sillón de cuero, no parecía oírlo.

—A mi padre le encantaba escribir cartas —dijo, mirando hacia un escritorio que se encontraba junto a la ventana—. También a mi hermana Saffy.

—¿Y a usted?

En el rostro de Percy se dibujó una sonrisa tensa.

—No he escrito muchas en mi vida, solo las imprescindibles.

Su respuesta me resultó extraña, y diría que se notó en mi expresión, porque ella decidió aclararla.

—La palabra escrita nunca ha sido mi especialidad. En una familia de escritores como la mía lo mejor era, simplemente, admitir esa carencia. Cualquier intento menor era desdeñado. En su juventud, mi padre y sus dos hermanos solían intercambiar extensos ensayos que él solía leernos por las noches. Lo consideraba un entretenimiento y no disimulaba su opinión sobre los que no cumplían con sus expectativas. Se sintió desolado con la invención del teléfono. Lo culpó de la mayoría de los males del mundo.

El golpeteo se oyó otra vez, más fuerte; sugería movimiento. Se asemejaba al ruido del viento que se filtra por una rendija, haciendo volar el polvo, aunque era un poco más fuerte. Y, con toda probabilidad, venía de arriba.

Eché una mirada al techo, alumbrado por una luz opaca. Una fisura con forma de rayo recorría el yeso. Pensé que el ruido podía ser la única advertencia de que el techo estaba a punto de desmoronarse.

—Ese ruido…

—Oh, no debe preocuparse —dijo Percy Blythe, agitando suavemente la mano—. Son los caseros, jugando en las venas.

Supongo que mi confusión fue evidente.

—Son el secreto mejor guardado de una casa tan antigua como esta.

—¿Los caseros?

—Las venas —me corrigió Percy. Con el ceño fruncido miró hacia arriba, siguiendo la línea de la cornisa. Parecía seguir el rastro de algo que no podía ver. Cuando volvió a hablar, lo hizo con una voz levemente distinta. Una finísima grieta había aparecido en su compostura, y por un instante sentí que podía oírla y verla con más claridad—. En lo más alto del castillo hay un armario con una puerta secreta. Detrás de la puerta se oculta la entrada a una serie de pasadizos. Es posible recorrerlos, pasar por todas las habitaciones, del desván al sótano, deslizándose como un ratoncito. Si lo hiciera en silencio, podría oír toda clase de susurros, pero debería prestar mucha atención para no perder el rumbo. Son las venas de la casa.

Sentí un escalofrío, me abrumó la súbita imagen de la casa como una gigantesca criatura agazapada, una bestia oscura, sin nombre, conteniendo la respiración; el enorme sapo de un cuento de hadas esperando engañar a la doncella para que lo bese. Pensé en el Hombre de Barro, por supuesto, la viscosa figura de la Estigia emergiendo del lago en busca de la muchacha sentada junto a la ventana de la buhardilla.

—Cuando éramos niñas, a Saffy y a mí nos gustaba inventar personajes. Imaginábamos que los antiguos propietarios habitaban esos pasadizos y se negaban a abandonarlos. Los llamábamos los caseros. Cada vez que oíamos un ruido inexplicable, sabíamos que eran ellos.

—¿Es cierto? —pregunté con un hilo de voz.

Al ver mi expresión, Percy se echó a reír. Su risa fue un extraño y forzado *ack-ack* que se detuvo tan súbitamente como había comenzado.

—No eran *reales*. Claro que no. Los ruidos que oye se deben a los ratones. Bien sabe Dios que los hay de sobra —explicó. Me miró con el rabillo del ojo, que se contrajo en una especie de tic—. ¿Le gustaría conocer el armario del cuarto de los niños, donde está la puerta secreta?

—¡Me encantaría! —chillé.

—Entonces, acompáñeme. Tendremos que escalar.

El desván vacío y las horas distantes

Percy Blythe no exageraba. La escalera giraba en torno a su eje una y otra vez; en cada piso se volvía más estrecha y sombría. Cuando temía quedar inmersa en la más completa oscuridad, Percy oprimió un interruptor y se encendió la pálida luz de una bombilla suspendida del techo por una cuerda. Entonces distinguí una barandilla, instalada en algún momento como ayuda en el tramo final. Supongo que en los años cincuenta el metal tubular tenía un tosco aspecto eficaz. De cualquier modo, celebré la iniciativa. La escalera estaba peligrosamente carcomida, ahora podía verlo, y era un alivio tener un punto de apoyo. Por desgracia, la luz también me permitía ver las telarañas. Nadie había subido por esa escalera en mucho tiempo, y las arañas del castillo lo habían notado.

—Por la noche, cuando nos llevaba a la cama, nuestra niñera solía alumbrarse con una vela —comentó Percy, comenzando a subir el último tramo—. La llama resplandecía en las piedras mientras subíamos, y nos cantaba una canción sobre naranjas y limones. Tal vez la conozca:

Aquí llega una vela para iluminar tu pieza.
Aquí llega un hacha para cortar tu cabeza.

La conocía. Una barba gris me rozó el hombro, desatando una oleada de afecto por la sencilla habitación de mi infancia en la casa de mis padres: sin telarañas y con el placentero aroma a desinfectante que dos veces a la semana dejaba mi madre al hacer la limpieza.

—La electricidad llegó a esta casa a mediados de los años treinta y, a pesar de ello, la instalación era de escasa potencia. Nuestro padre no soportaba todos esos cables. Le tenía terror al fuego, algo comprensible considerando lo que había sucedido con nuestra madre. Después del incendio diseñó una serie de simulacros. Tocaba una campana, en el jardín, y con su viejo cronómetro medía el tiempo que nos llevaba bajar mientras gritaba sin cesar que el edificio estaba a punto de derrumbarse. —Percy se echó a reír con su cortante *ack-ack*, deteniéndose otra vez bruscamente al llegar al último escalón—. Bien —anunció, manteniendo la llave en el ojo de la cerradura un instante, antes de girarla—, continuemos.

Entonces abrió la puerta. Estuve a punto de caer de espaldas, cegada por el repentino raudal de luz. Pestañeé y entrecerré los ojos. Poco a poco, las siluetas se fueron delineando, logré enfocarlas y recuperé la visión.

Después de la travesía, el ático en sí mismo podía parecer un anticlímax. Era bastante simple, no tenía el carácter de un aposento victoriano. De hecho, a diferencia del resto de la casa, donde las habitaciones se habían conservado como si el regreso de sus habitantes fuera inminente, el cuarto de los niños estaba inquietantemente vacío. Parecía recién pintado, incluso encalado. No tenía alfombra, y las dos camas gemelas de hierro estaban desnudas, apoyadas en la pared opuesta, a ambos lados de la chimenea en desuso. Tampoco había cortinas, lo que explicaba el resplandor. La única repisa, bajo una de las ventanas, estaba vacía, sin libros ni juguetes.

Una única repisa bajo la ventana de un ático.

No necesitaba más para maravillarme. Casi podía ver a la niña del prólogo de *El Hombre de Barro* despertando en medio de la noche, dirigiéndose a la ventana, trepando en silencio a la repisa para observar los terrenos de su familia, soñando con las aventuras que algún día viviría, ignorando el horror que estaba a punto de apoderarse de ella.

—Este ático ha albergado sucesivas generaciones de niños de la familia Blythe —dijo Percy, recorriendo la habitación con la mirada—. Generaciones de niños, todos igualitos.

No hizo referencia a la desolación del cuarto, ni a su lugar en la historia de la literatura, y decidí no presionarla. Desde el mismo momento en que había girado la llave en la cerradura y me había invitado a pasar, parecía deprimida. Tal vez era el efecto que le producía esa habitación o simplemente el hecho de que la luz me permitía ver claramente el paso del tiempo en las líneas de su rostro. De todas formas, me pareció adecuado dejar que la iniciativa fuera suya.

—Le pido disculpas —dijo por fin—, no visitaba este lugar desde hacía tiempo. Todo parece… más pequeño de lo que recordaba.

Podía comprenderlo. Me resultaba difícil acostarme en la cama de mi infancia y comprobar que mis pies no cabían, girar la cabeza y ver el sector del papel pintado en donde una vez había pegado a Blondie, recordar mi nocturna veneración por Debbie Harry. Imposible imaginar la inmensa extrañeza de quien se encuentra en la habitación que le perteneció unos ochenta años antes.

—¿Las tres dormían aquí?

—No, Juniper llegó después. —Percy frunció un poco los labios, como si hubiera probado algo amargo—. Su madre hizo que la instalaran en una habitación contigua a la que utilizaba. Era joven, ajena al modo en que se hacían las cosas. No fue culpa suya.

Una extraña selección de palabras. No estaba segura de haber comprendido.

—Por tradición, en la casa, los niños no podían tener un cuarto propio en los pisos inferiores hasta cumplir trece años. Aunque Saffy y yo nos sentimos muy importantes cuando llegó el momento, debo confesar que eché de menos este ático. Estábamos acostumbradas a compartir.

—Supongo que es lo habitual entre hermanas gemelas.

—Es verdad —confirmó, casi sonriente—. Venga. Le enseñaré la puerta de los caseros.

El armario de caoba estaba apoyado en la pared opuesta, en una diminuta habitación, una especie de caja que se abría entre las camas. El techo era muy bajo, tuve que agacharme para entrar, y el penetrante olor atrapado entre las paredes era casi asfixiante.

Percy no pareció notarlo. Se arqueó con agilidad para empujar un tirador en la base del armario, y la puerta de espejo se abrió con un chirrido.

—Allí está, al fondo —anunció. Me miró de reojo, asomándose por la puerta; luego levantó las cejas—. No creo que pueda verlo desde tan lejos.

Mis buenos modales me impedían taparme la nariz, de modo que tomé una gran bocanada de aire y contuve la respiración mientras me acercaba. Ella se echó a un lado, y me indicó que debía acercarme más.

Reprimiendo la imagen de Gretel ante el horno de la bruja, me doblé hasta la altura de la cintura dentro del armario. A través de la densa oscuridad, atisbé la pequeña puerta al otro lado.

—Vaya, allí está —dije con mi último aliento.

—Allí está —repitió Percy a mi espalda.

Ya no tenía más opción que respirar, pero el hedor no parecía ahora tan desagradable, y pude apreciar aquella atmósfera digna de Narnia, con la puerta escondida dentro de un armario.

—Por allí entran y salen los caseros —dije, y sentí el eco de mi voz.

—Los caseros…, tal vez —opinó Percy, sarcástica—. En lo que respecta a los ratones, la historia es otra. Los muy sinvergüenzas han tomado el poder sin necesidad de puertas secretas.

Salí, me sacudí el polvo que me cubría y distinguí el cuadro en la pared de enfrente. No era un retrato, sino un texto religioso, pude leerlo mientras me acercaba. No lo había visto al entrar.

—¿Para qué se utilizaba este lugar?

—Cuando nosotras éramos muy pequeñas, allí dormía nuestra niñera. Nos parecía el lugar más hermoso de la tierra —aseguró Percy. Una sonrisa brilló brevemente en sus labios y se desvaneció—. Es poco más grande que un armario, ¿verdad?

—Un armario con una vista adorable —admití. Me asomé a la ventana más cercana. La única que, según comprobé, aún tenía cortinas.

Las corrí hacia un lado y me asombré al ver la cantidad de pesados candados que impedían abrirla. Percy advirtió mi sorpresa.

—A mi padre le preocupaba la seguridad. Un incidente de su juventud lo había impresionado profundamente —explicó.

Asentí y eché un vistazo a través de la ventana. Al hacerlo sentí una emoción familiar. No se debía a algo que había visto, sino a lo que había leído e imaginado. Justo debajo, bordeando los cimientos del castillo, se extendía una franja de césped, fresca y exuberante, de unos dos metros, completamente diferente de la que se encontraba más allá.

—Había un foso —dije.

—Sí —confirmó Percy a mis espaldas, sosteniendo las cortinas—. Uno de mis primeros recuerdos es una noche en que no podía dormir y escuché voces allí abajo. Había luna llena, y cuando me asomé por la ventana pude ver a mi madre nadando de espaldas, riendo bajo la luz plateada.

—Era una gran nadadora —comenté, recordando lo que había leído en *El Milderhurst de Raymond Blythe*.

94

Percy asintió.

—La piscina circular fue el regalo de bodas de mi padre, pero ella siempre prefirió el foso, de modo que vino alguien a acondicionarlo. Mi padre lo conservó lleno aun después de su muerte.

—Le recordaba a su esposa.

—Sí.

La anciana apretó los labios. Comprendí que estaba indagando en la tragedia familiar de un modo desconsiderado. Para cambiar de tema, señalé algo en el muro del castillo que sobresalía hacia el foso.

—¿Qué hay allí? No recuerdo haber visto un balcón.

—Es la biblioteca.

—¿Y aquello, ese jardín cerrado?

—No es un jardín —respondió Percy, dejando caer la cortina—. Deberíamos seguir nuestro camino.

Su tono y su voz se volvieron un poco rígidos. Comprendí que la había ofendido, pero no entendía por qué. Después de repasar nuestro diálogo llegué a la conclusión de que simplemente le habían afectado los recuerdos.

—Tiene que ser increíble vivir en el castillo que ha pertenecido a la familia durante tanto tiempo.

—Sí. No siempre ha sido sencillo. Hemos hecho sacrificios. Nos hemos visto obligadas a vender gran parte de los terrenos, más recientemente la granja, pero hemos logrado conservarlo —dijo Percy. Examinó cuidadosamente el marco de la ventana, quitó una capa de pintura suelta, y cuando volvió a hablar lo hizo con una voz endurecida por el esfuerzo de controlar la emoción—: Es verdad lo que ha dicho mi hermana. Amo esta casa como otros podrían amar a una persona. Desde siempre. —Y mirándome oblicuamente añadió—: Supongo que le parecerá un tanto extraño.

Negué con la cabeza.

—En absoluto.

Percy arqueó las cejas en señal de incredulidad; pero era cierto, no me parecía en absoluto peculiar. La mayor desgracia en la vida de mi padre fue separarse de la casa de su infancia. Una historia muy simple: un niño criado con los relatos sobre la grandeza de su familia, un adorado y acaudalado tío que hacía promesas, un cambio de opinión en el lecho de muerte.

—Los edificios y las familias antiguas son lo uno para lo otro —continuó—, así ha sido siempre. Mi familia aún vive entre las piedras de Milderhurst Castle y tengo el deber de custodiarlas. No es una tarea que puedan realizar personas ajenas.

Su tono era mordaz. Me sentí obligada a mostrarme de acuerdo.

—Siente que aún están por aquí… —comencé a decir. Mientras las palabras salían de mis labios, recordé de pronto la imagen de mi madre arrodillada junto a la casa de muñecas—, cantando en los antiguos muros.

Percy enarcó ligeramente una ceja.

—¿Cómo ha dicho?

Creía que no había pronunciado esas últimas palabras en voz alta.

—Sobre los muros —insistió—. Acaba de decir algo sobre muros que cantan.

—Una vez mi madre me habló —tragué con humildad— de antiguos muros que cantan las horas distantes.

El rostro de Percy se iluminó de placer y abandonó su expresión habitualmente adusta.

—Fue mi padre quien lo escribió. Seguramente su madre leyó sus poemas.

Mi madre nunca había sido una gran lectora, y menos aún de poesía.

—Es posible —dije, aunque, sinceramente, lo dudaba.

—Cuando éramos pequeñas, solía contarnos historias, relatos del pasado. Decía que cuando andaba distraído por el castillo, a veces las horas pasadas olvidaban ocultarse. —Mientras recordaba, Percy movía la mano izquierda como la vela de un barco. Era un movimiento curiosamente teatral, que no concordaba con sus habituales ademanes secos y eficientes. Su forma de hablar también se había modificado: las frases breves ahora eran más largas, el tono áspero se había suavizado—. Las encontraba jugando en la oscuridad, en los pasillos desiertos. «Piensa en todas las personas que han vivido entre estos muros, que han susurrado sus secretos, consumado sus traiciones…», solía decir.

—¿También usted oye las horas distantes?

Sus ojos se encontraron con los míos, por un instante sostuvieron una mirada franca.

—Tonterías —dijo, enseñándome su sonrisa de horquilla—. Nuestros muros son muy antiguos, pero no son más que piedras. Y aunque sin duda han visto muchas cosas, guardan bien sus secretos. —Una expresión semejante al dolor surcó su rostro: supuse que pensaba en su padre, y su madre, voces del pasado le hablaban a través del túnel del tiempo—. No tiene importancia —dijo, más para sí misma que para mí—. No es bueno hurgar en el pasado. Pensar en los muertos puede hacer que nos sintamos muy solos.

—Debe de sentirse feliz de tener a sus hermanas.

—Por supuesto.

—Siempre he imaginado que los hermanos son un gran apoyo.

—¿No tiene hermanos? —preguntó Percy después de una pausa.

—No. —Sonreí, encogiéndome ligeramente de hombros—. Soy una solitaria hija única.

—¿Se siente sola? Siempre me lo he preguntado —dijo observándome como si fuera un raro espécimen, digno de estudio.

Pensé en la gran ausencia de mi vida, y luego en las escasas noches en compañía de mis primos, que dormían, roncaban, susurraban; mis fantasías culpables de ser uno de ellos, de formar parte de un grupo.

—A veces —admití.

—También puede ser liberador, supongo.

Por primera vez noté que una vena palpitaba en su cuello.

—¿Liberador?

—Nada como una hermana para recordarnos antiguos pecados —sentenció. Sonrió, pero el gesto no logró dotar a su comentario de humor. Diría que lo advirtió, porque abandonó la sonrisa y se dirigió hacia la escalera—. Por aquí —indicó—. Bajemos. Con cuidado. Asegúrese de agarrarse al pasamanos. Mi tío murió en estas escaleras cuando apenas era un niño.

—Por Dios, qué horrible. —Un comentario completamente inadecuado, pero ¿qué otra cosa habría podido decir?

—Una noche se desató una gran tormenta y él se asustó, al menos eso se dijo. Un rayo atravesó el cielo y cayó justo sobre el lago. El niño gritó aterrorizado, pero antes de que pudiera llegar su niñera, saltó de la cama y salió corriendo de su cuarto. Una estupidez: tropezó y cayó, aterrizando al pie de la escalera como un muñeco de trapo. Algunas noches, cuando el tiempo era particularmente malo, nos parecía oírlo llorar. Se oculta en el tercer escalón, esperando hacer tropezar a alguien para que le haga compañía. —Percy pisó el escalón siguiente al mío, el cuarto—. Edith, ¿cree en fantasmas?

—No lo sé. Supongo que sí. Mi abuela veía fantasmas. Al menos vio uno: a mi tío Ed después de su accidente con una motocicleta en Australia. «Él no sabía que estaba muerto, pobrecito mío. Lo cogí de la mano y le dije que todo iba bien, que había llegado a casa y que todos le queríamos», me contó.

El recuerdo me estremeció. Antes de que Percy Blythe diera media vuelta, una oscura satisfacción iluminó su rostro.

El Hombre de Barro, el archivo
y una puerta cerrada

Seguí a Percy Blythe escalera abajo, a través de corredores oscuros. Llegamos hasta un nivel aparentemente más bajo que el de partida. Como todo edificio que ha perdurado en el tiempo, Milderhurst era una mezcla. Se habían agregado nuevas alas, otras se habían derrumbado, modificado o restaurado. El resultado tenía un efecto desconcertante, especialmente para una persona sin el menor sentido de la orientación. El castillo parecía plegarse sobre sí mismo, como uno de esos dibujos de Escher donde se podrían recorrer las escaleras, describiendo círculos, eternamente, sin llegar jamás al final. No había ventanas —al menos desde que salimos del ático— y reinaba la oscuridad. Habría jurado que en algún momento oí una melodía vagando entre las piedras, romántica, nostálgica, remotamente familiar, pero cuando volvimos a girar por un pasillo ya había desaparecido. Tal vez nunca existió. Lo que no imaginé fue un olor acre, cada vez más intenso a medida que descendíamos, que solo gracias a su completa naturalidad no resultaba desagradable.

Aunque Percy había desestimado la idea de su padre sobre las horas distantes, mientras caminábamos no pude evitar pasar la mano por las frías piedras imaginando las huellas que habría dejado mi madre durante su estancia en Milderhurst. La niña aún caminaba detrás de mí, pero no decía mucho. Consideré la posibilidad de preguntarle a Percy sobre ella, pero habiendo llegado tan lejos sin confesar mi relación con aquel lugar, cualquier cosa que dijera parecería hipócrita. Finalmente, opté por el clásico subterfugio pasivo-agresivo.

—¿El castillo fue requisado durante la guerra?

—No, por Dios. No habría tolerado que lo dañaran, como ocurrió con algunos de los mejores edificios del país —dijo, sacudiendo la cabeza con vehemencia—. No, por fortuna. Lo habría sentido como un dolor en mi propio cuerpo. De todos modos, hicimos nuestra contribución. Yo formé parte del Servicio de Ambulancias durante un tiempo, en Folkestone; Saffy cosía ropa y hacía vendas, tejió miles de bufandas. También albergamos a un evacuado al comienzo de la guerra.

—Oh… —Mi voz tembló ligeramente. Detrás de mí la niña dio un brinco.

—Fue una idea de Juniper. Una niña de Londres. Dios mío, he olvidado su nombre. No tiene importancia. Mis disculpas por el olor de este lugar.

Algo dentro de mí apretó los puños, se apiadó de la niña olvidada.

—Es el barro —continuó Percy—, donde estaba el foso. El agua subterránea sube durante el verano, se filtra por el sótano y trae el olor a pescado putrefacto. Gracias a Dios, por aquí no hay nada de mucho valor, excepto el archivo, y la sala está impermeabilizada, el suelo y las paredes fueron revestidos de cobre y la puerta es de plomo. Nada puede entrar ni salir de allí.

—El archivo. —Un escalofrío me recorrió la espalda—. Tal como en *El Hombre de Barro*.

El cuarto especial, en las profundidades de la casa del tío, donde se guardan todos los documentos familiares, donde desentierra el viejo diario enmohecido que revela el pasado del Hombre de Barro. La cámara de los secretos en el corazón de la casa.

Percy hizo una pausa, se apoyó en el bastón y se volvió hacia mí.

—Lo ha leído.

No era una pregunta, pero de cualquier modo respondí:

—De pequeña lo adoraba. —Mientras las palabras salían de mi boca, me sentí súbitamente desilusionada por mi incapacidad de expresar adecuadamente mi amor por el libro—. Era mi favorito —añadí, y la frase resonó durante un instante antes de desintegrarse en una nube de polvo, perdiéndose en la oscuridad.

—Fue muy popular —dijo Percy, retomando sus pasos. Con toda seguridad, ya había oído comentarios similares—. Aún lo es. El próximo año se cumplirán setenta y cinco años de su primera publicación.

—¿Cuántos?

—Setenta y cinco años —volvió a decir, mientras abría una puerta y se dirigía hacia una nueva escalera—. Lo recuerdo como si fuera ayer.

—Seguramente fue una gran emoción verlo publicado.

—Nos alegró ver feliz a nuestro padre.

¿Advertí en ese momento una sutil vacilación, o estoy permitiendo que lo ocurrido después afecte a mis primeras impresiones?

En algún sitio un reloj dio la hora y comprendí con una punzada de dolor que se había acabado mi tiempo. Parecía imposible, habría jurado que acababa de llegar, pero el tiempo es algo sumamente escurridizo. La hora entre el desayuno y la partida hacia Milderhurst parecía haber durado una eternidad, pero los breves sesenta minutos que se me había permitido permanecer en el castillo habían pasado como una bandada de pájaros asustados.

Percy Blythe examinó su reloj de pulsera.

—Me he retrasado —dijo ligeramente sorprendida—. Lo siento. El reloj de péndulo adelanta diez minutos, pero de todas formas debemos apresurarnos. La señora Bird vendrá a recogerla puntualmente y nos queda un largo camino hasta el pórtico. Me temo que no tendremos tiempo de ver la torre.

Pronuncié un «¡Oh!», mezcla de grito ahogado y brusca reacción al dolor, pero me recompuse.

—Creo que a la señora Bird no le molestará que me retrase un poco.

—Tenía la impresión de que debía regresar a Londres.

—Sí. Es verdad.

Aunque parezca inimaginable, por un instante realmente lo había olvidado: Herbert, su coche, la reunión en Windsor.

—No tiene importancia —dijo Percy Blythe, apoyándose en el bastón—. Podrá verla la próxima vez. Cuando vuelva a visitarnos.

Evidentemente, daba por sentado que regresaría. En aquel momento, no quise preguntar por qué. En realidad, lo tomé como una respuesta un tanto jocosa y no le concedí demasiada importancia, porque al llegar al final de la escalera me distrajo el sonido de un susurro.

Al igual que el rumor de los caseros, era muy débil, y en un principio pensé que lo estaba imaginando, con toda esa charla sobre horas distantes y personas atrapadas en las piedras. Sin embargo, Percy Blythe también miraba a su alrededor. Y el perro llegó trotando desde un pasillo contiguo.

—Bruno, ¿qué haces por aquí? —exclamó Percy, sorprendida. El animal se detuvo justo detrás de mí y me observó con sus ojos de párpados caídos. Ella se inclinó y comenzó a rascarle detrás de las orejas—. ¿Sabe qué significa *lurcher*? En la lengua de los gitanos significa «ladrón». ¿No es así, amigo? Un término terriblemente cruel para un muchacho tan bueno como tú. —Percy se incorporó lentamente, con una mano en la espalda—. Estos perros fueron criados originariamente por los gitanos para cazar conejos, liebres y otros animales pequeños. Las razas puras estaban prohibidas para quienes no pertenecían a la nobleza, y el castigo era severo. Era necesario conservar la habilidad para cazar y al mismo tiempo lograr diferentes cruces para que no pareciera una amenaza. Bruno es el perro de mi hermana, de Juniper. Le encantan los animales desde pequeña; y ellos parecen corresponderle. Siempre hemos tenido perros por ella, sobre todo después del trauma. Según dicen, todos necesitamos un ser a quien amar.

Como si comprendiera que era el centro de la conversación y le desagradara, Bruno continuó su camino. A su paso se reanudó el sonido susurrante, de inmediato ahogado por la campanilla de un teléfono cercano.

Percy permaneció inmóvil, escuchando con atención. Parecía esperar que alguien contestara.

El sonido continuó hasta que un silencio desconsolado cayó sobre el eco final.

—Por aquí —indicó Percy, con una pizca de agitación en la voz—. Tomaremos un atajo.

* * *

El corredor estaba oscuro, pero no más que los otros; en realidad, una vez que salimos del sótano, aparecieron tenues franjas de luz en los muros de piedra. Ya habíamos recorrido dos tercios del camino cuando el teléfono comenzó a sonar otra vez.

Esta vez Percy no esperó.

—Lo siento —dijo, visiblemente agitada—. ¿Dónde estará Saffy? Espero una llamada importante. ¿Me disculpa? Es solo un momento.

—Por supuesto.

Percy asintió. Se dirigió hasta al final del corredor, donde giró y se perdió de vista, dejándome a la deriva.

Lo que sucedió a continuación fue culpa de la puerta. La que se encontraba delante de mí, apenas a un metro de distancia.

Me encantan las puertas. Todas, sin excepción. Las puertas conducen a cosas nuevas y jamás me he encontrado con una que no quisiera abrir. Aunque si aquella puerta no hubiera sido tan antigua y elegante, si no hubiera estado tan claramente cerrada, si no la hubiera atravesado un haz de luz tan endemoniadamente tentador, que resaltaba la cerradura y su intrigante llave, quizás habría tenido la alternativa de quedarme jugueteando con los pulgares hasta que Percy hubiera regresado a buscarme. Pero no fue así; simplemente, no tuve opción. A veces, basta observar una puerta para saber que hay algo interesante detrás de ella.

El picaporte era negro y brillante, con forma de hueso y frío al tacto. Aunque no podía explicarlo, del otro lado de la puerta parecía emanar una generalizada frialdad.

Aferré con los dedos el picaporte, comencé a girarlo y entonces…

—No entramos ahí.

Debo decir que sentí una náusea difícil de controlar.

Giré sobre mis talones. Aunque la oscuridad me impedía distinguir algo, era evidente que no estaba sola. Alguien, el dueño de la voz, estaba conmigo en el corredor. No era necesario que hablara para percibir su presencia. Oculto en las sombras, algo se movía. El sonido susurrante había regresado también: más alto, más cerca, indudablemente no era mi imaginación, tampoco un ratón.

—Perdón —le dije a la oscuridad—. No…

—No entramos ahí.

Reprimí la oleada de pánico que subía por mi garganta.

—No sabía que…

—Es el salón principal.

Entonces la vi. Desde la fría oscuridad, Juniper Blythe cruzaba lentamente el corredor, acercándose a mí.

Dime que vendrás al baile

El vestido de Juniper era una maravilla, como los que suelen verse en películas sobre la puesta de largo de las jóvenes adineradas de la preguerra o perdidos en las estanterías de una tienda de segunda mano de cierta categoría. Era de organza rosa pálido, o lo había sido en algún momento, antes de sucumbir víctima del tiempo y el polvo. Varias capas de tul cubrían la falda, que se ampliaba a medida que se alejaba de la cintura, lo suficiente para que a su paso el borde rozara la pared.

Durante un rato que me pareció una eternidad permanecimos la una frente a la otra en el corredor. Por fin Juniper se movió. Lentamente. Llevaba las manos apoyadas en la falda, hasta que levantó poco a poco una de ellas, con un delicado movimiento de la palma, como si desde el techo alguien moviera un hilo invisible sujeto a su muñeca.

—Hola, soy Edie. Edie Burchill. Nos conocimos antes, en el salón amarillo —saludé, tratando de ser amable.

Ella pestañeó, inclinó la cabeza hacia un lado. El cabello plateado, largo y liso, cayó sobre un hombro; dos peinetas decoradas sujetaban, con cierto descuido, los mechones de la frente. La piel extrañamente translúcida, la esbelta figura, el vestido elegante creaban la ilusión de ver a una adolescente, una joven desgarbada, aunque no tímida, en absoluto: mientras se aproximaba hacia la franja iluminada, su expresión era inquisitiva, curiosa.

También yo sentí curiosidad, porque Juniper debía de tener unos setenta años y aun así su rostro estaba milagrosamente liso. Era imposible, claro; las mujeres de setenta no tienen el rostro sin arrugas y ella no era la excepción —en nuestros siguientes encuentros lo comprobaría—, pero tenía ese aspecto bajo aquella luz, con aquel vestido, gracias a algún artilugio, a un extraño hechizo. Pálida y sin arrugas, iridiscente como una perla, a salvo del paso de los años que habían dejado huella en sus hermanas. Y a pesar de todo, no era intemporal. Había en ella algo inconfundiblemente antiguo, un aspecto que remitía evidentemente al pasado, como una antigua fotografía que se observa a través del papel translúcido que la protege, en uno de esos álbumes de páginas color sepia. De nuevo apareció la imagen de las flores primaverales que las muchachas victorianas guardaban en sus libros. Hermosas, muertas de la manera más bella, transportadas a otra estación, otro espacio, otra época.

Entonces la quimera habló, y la confusión aumentó:

—Es hora de cenar. ¿Quieres acompañarme? —invitó una voz etérea y aguda que me erizó los cabellos de la nuca.

Negué con la cabeza, tosiendo para aclarar la garganta.

—No, gracias. Tengo que regresar a casa. —Mi voz no era la habitual y mi cuerpo estaba rígido; me atrevo a decir que era producto del miedo.

Juniper parecía ignorar mi incomodidad.

—Tengo un vestido nuevo —dijo, agitando la falda. La primera capa de organza se elevó un poco a los lados, pálida y grisácea como las alas de una polilla—. En realidad, no es nuevo. Pertenecía a mi madre.

—Es precioso.

—No creo que la hayas conocido.

—¿A tu madre? No.

—Oh, era verdaderamente encantadora. Apenas una niña cuando murió. Este es su vestido —dijo Juniper. Tímida, coqueta, giró, pestañeando mientras me miraba de reojo. La mirada vidriosa se había desvanecido; en su lugar vi unos penetrantes ojos azules, sagaces, los ojos de aquella niña inteligente de la fotografía a quien habían molestado mientras jugaba sola en los peldaños del jardín—. ¿Te gusta?

—Sí. Mucho.

—Saffy lo arregló para mí. Es maravillosa con la máquina de coser. Si le muestras una fotografía de lo que quieres, puede hacerlo, incluso los últimos diseños de París que aparecen en *Vogue*. Ha estado trabajando en mi vestido durante semanas, pero es un secreto. Percy no estaría de acuerdo, debido a la guerra, y debido a que es Percy, pero sé que no le dirás nada. —Entonces sonrió de un modo tan enigmático que me dejó sin aliento.

—No diré una palabra.

Por un instante permanecimos inmóviles, observándonos. Mi temor había desaparecido. Había sido una reacción infundada, instintiva, y su recuerdo me avergonzaba. Al fin y al cabo, ¿qué podía temer? Aquella mujer extraviada era Juniper Blythe, la misma persona que una vez había elegido a mi madre entre un puñado de niños asustados, que le había ofrecido una casa cuando las bombas caían sobre Londres, que jamás había dejado de esperar y soñar el regreso de su antiguo amor.

Mientras la observaba, noté que alzaba la barbilla y suspiraba, pensativa. Al parecer, también ella había llegado a una conclusión. Sonreí. Mi actitud pareció darle ánimo. Se irguió y reanudó la marcha hacia mí con paso lento pero decidido, con un andar felino: cada movimiento estaba impregnado de una elástica combinación de cautela y confianza, una indolencia que disimulaba la intención subyacente.

Juniper se detuvo muy cerca de mí. Su vestido olía a naftalina. Su aliento, a tabaco. Sus ojos buscaron los míos, su voz fue un murmullo:

—¿Puedes guardar un secreto?

Asentí. Ella sonrió. Los dientes separados le daban un aspecto increíblemente infantil. Como si fuéramos dos amigas en el patio de la escuela, tomó mis manos entre sus palmas suaves y frescas.

—Tengo un secreto que no debería contarle a nadie.

—Te escucho.

Como una niña, ahuecó la mano y se acercó aún más, para apoyarla en mi oreja. Su aliento me hizo cosquillas.

—Tengo un novio.

Cuando volvió a alejarse, sus viejos labios tenían una expresión jovial y libidinosa que era grotesca, triste y hermosa al mismo tiempo.

—Se llama Tom, Thomas Cavill, y me ha pedido que me case con él.

Sentí una profunda tristeza, casi intolerable, al comprender que estaba detenida en el momento de su mayor desilusión. Deseé que Percy regresara para dar por terminado ese diálogo.

—¿Me prometes que no dirás una palabra?

—Te lo prometo.

—Le he dicho que sí pero, shhh…, mis hermanas no lo saben aún —confesó, y se llevó un dedo a los sonrientes labios—. Vendrá a cenar. Anunciaremos nuestro compromiso —reveló. Sonrió otra vez, enseñando sus dientes de anciana en el rostro empolvado.

Entonces noté que llevaba algo en el dedo. No era un verdadero anillo, sino una vulgar copia, plateado pero sin brillo ni forma, semejante a un papel de aluminio arrollado.

—Y luego bailaremos, bailaremos, bailaremos…

Juniper comenzó a balancearse, tarareando una melodía que tal vez sonaba en su cabeza. La misma que había oído antes, flotando en los oscuros recovecos de los pasillos. Tenía el nombre en la punta de la lengua, pero no podía recordarlo. La grabación ya había terminado, pero Juniper seguía oyéndola, con los ojos cerrados y las mejillas sonrosadas, con la ilusión propia de una muchacha.

En una ocasión edité un libro escrito por dos ancianos que relataban su vida en pareja. La mujer sufría de Alzheimer, aunque no había entrado todavía en la angustiosa debacle final, y habían decidido poner por escrito sus recuerdos antes de que se desvanecieran como las descoloridas hojas de un árbol en otoño.

El proyecto se completó en seis meses, durante los cuales observé cómo aquella anciana se deslizaba sin remedio del olvido al vacío. Su marido se convirtió en «ese hombre de allí», y la graciosa, vibrante y elocuente dama que discutía, sonreía y participaba se sumió en el silencio.

Ya había visto la demencia; esto era diferente. Juniper no vivía en el vacío y no había olvidado. Aunque era evidente que no todo marchaba bien. Todas las ancianas que he conocido me han dicho, en algún momento, y con diversos grados de conocimiento, que en su interior aún tienen dieciocho años. Pero no es cierto. Yo solo tengo treinta y ya lo sé. El paso del tiempo deja huellas ineludibles. La fantástica, invencible sensación de la juventud se evapora y llega la carga de la responsabilidad.

No obstante, no era el caso de Juniper. Ignoraba de verdad que ya no era joven. En su mente la guerra aún no había terminado y, a juzgar por el modo en que se balanceaba, tampoco se habían agotado sus hormonas. Era una combinación sumamente extraña, joven y anciana, bella y grotesca, ayer y hoy. El efecto me desconcertaba, me inquietaba, y de pronto sentí una súbita oleada de repulsión, seguida por una profunda vergüenza ante un sentimiento tan cruel.

Juniper aferró mis muñecas.

—¡Claro! —exclamó con los ojos muy abiertos, y atrapó una risita en una red de pálidos y finos dedos—. Tú sabes quién es Tom. Si no fuera por ti, ¡jamás lo habría conocido!

Mi respuesta, cualquiera que fuese, se diluyó, porque todos los relojes del castillo comenzaron a dar la hora. En una extraordinaria sinfonía, se hablaban a través de las salas mientras marcaban el paso del tiempo. Sentí las campanadas en el cuerpo, el efecto se expandía por mi piel, rápido, frío, sumamente perturbador.

—Juniper, tengo que marcharme —dije cuando el ruido cesó. Mi voz era ronca.

Oí un débil sonido a mis espaldas. Eché una mirada por encima del hombro, con la esperanza de que Percy hubiera regresado.

—¿Tienes que marcharte? Pero si acabas de llegar… —respondió Juniper, desanimada—. ¿Adónde?

—Debo regresar a Londres.

—¿Londres?

—Vivo allí.

—Londres. —En su rostro se produjo un cambio repentino como una nube de tormenta, e igualmente oscuro. Juniper se acercó a mí, aferró mi brazo con sorprendente energía, y solo entonces pude ver en su pálida muñeca la red de cicatrices brillantes por el paso del tiempo—. Llévame contigo —pidió.

—No puedo.

—Es la única manera. Iremos a buscar a Tom. Tiene que estar allí, en su apartamento, sentado en el alféizar de la ventana.

—Juniper…

—Dijiste que me ayudarías —me reprochó en un tono odioso—. ¿Por qué no me ayudaste?

—Lo siento, no…

—Creí que eras mi amiga, dijiste que me ayudarías. ¿Por qué no viniste?

—Juniper, creo que me confundes…

—Oh, Meredith —suspiró ella—, he hecho algo terrible.

Meredith. Al instante mi estómago se dio la vuelta como un guante de goma.

Oí pasos apresurados. Vi al perro y, detrás de él, a Saffy.

—¡Juniper! Oh, June, estás aquí. —La hermana lanzó un suspiro de alivio mientras la abrazaba suavemente. Luego se apartó un poco para observar su rostro—. ¿Por qué te fuiste? Te he buscado por todas partes, querida, no sabía dónde te habías metido.

Juniper temblaba. Supongo que yo también. *Meredith*… El nombre resonaba en mis oídos, agudo e insistente como el zumbido de un mosquito. Me dije que era una coincidencia, desvaríos de una triste y demente anciana, pero no soy buena mintiendo y no logro engañarme a mí misma.

Mientras Saffy apartaba los mechones que caían sobre la frente de Juniper, llegó Percy. Al ver la escena se detuvo bruscamente, apoyándose en el bastón. Las gemelas intercambiaron una mirada similar a la que había observado antes en el salón amarillo. Esta vez, sin embargo, fue Saffy quien habló. Había logrado deshacer el nudo de los brazos de Juniper y aferraba las manos de su hermana pequeña.

—Gracias por quedarse junto a ella, Edith —me dijo con voz temblorosa—. Ha sido muy amable por su parte.

—E-dith —repitió Juniper sin mirarme.

—A veces se confunde y empieza a deambular. Nosotras la vigilamos de cerca, pero… —Saffy sacudió la cabeza para expresar que era imposible adivinar siempre sus intenciones.

Asentí, incapaz de encontrar las palabras adecuadas para responder. *Meredith*. El nombre de mi madre. Mis ideas se arremolinaban, retrocedían en el tiempo buscando en los últimos meses alguna explicación, hasta que finalmente acudieron en tropel a la casa de mis padres. Una fría tarde de febrero, un pollo sin asar, la llegada de una carta que había hecho llorar a mi madre.

—E-dith —dijo Juniper otra vez—. E-dith, E-dith…

—Sí, querida, ella es Edith, ¿verdad? Ha venido a visitarnos —explicó Saffy.

Entonces supe lo que había sospechado desde un principio. Mi madre había mentido cuando dijo que el mensaje de Juniper no era más que un saludo, al igual que había mentido sobre nuestra visita a Milderhurst. Pero ¿por qué? ¿Qué había sucedido entre mi madre y Juniper Blythe? Si creía en las palabras de Juniper, mi madre había faltado a una promesa en relación con su prometido, Thomas Cavill. Si así fuera, si la verdad era tan horrenda como sugería Juniper, la carta debía de contener una acusación. ¿Era eso? ¿La culpa había hecho llorar a mi madre?

Por primera vez desde mi llegada a Milderhurst ansiaba librarme de esa casa y su antigua tristeza, ver el sol, sentir el viento en la cara, oler algo que no fuera barro rancio y naftalina. Deseaba estar a solas con ese nuevo enigma para comenzar a descifrarlo.

—Espero que no la haya ofendido —comenzó a decir Saffy; la oía a través de mis propios pensamientos, su voz parecía llegar de lejos, atravesando una pesada puerta—. No se preocupe por nada de lo que haya dicho. Suele hablar de cosas extrañas, sin sentido.

Su voz se apagó. La siguió un silencio incómodo. Me observaba, sus ojos expresaban sentimientos inconfesables, no solo preocupación. Oculto en su rostro había algo más, especialmente cuando miró de nuevo a Percy. Comprendí que era miedo. Estaban asustadas, las dos.

Observé a Juniper, escondida detrás de sus brazos cruzados. ¿Acaso imaginé que estaba muy quieta, que escuchaba con atención, que esperaba conocer mi respuesta?

Esbocé una sonrisa, con la vana esperanza de que pareciera espontánea.

—No ha dicho nada —aseguré, encogiéndome de hombros para reforzar mis palabras—. Estaba admirando su vestido.

El alivio de las gemelas pareció mover el aire circundante. La expresión de Juniper no se alteró. Me embargó una extraña y creciente sensación, la vaga conciencia de haber cometido un error. Tendría que haber sido sincera, decir lo que Juniper me había contado, explicar el motivo de su inquietud. Pero como hasta ese momento había callado sobre mi madre y su evacuación, no encontraba las palabras adecuadas.

—Marilyn Bird ha llegado —dijo secamente Percy.

—Oh, las cosas suelen suceder de manera imprevista —dijo Saffy.

—La llevará de vuelta a la granja. Nos dijo que tenía un compromiso en Londres.

—Así es —respondí, dando gracias a Dios en silencio.

—Qué pena —dijo Saffy. Con un enorme esfuerzo y, tal vez gracias a largos años de práctica, lograba sonar absolutamente tranquila—. Nos habría gustado invitarla a tomar el té. Tenemos muy pocas visitas.

—La próxima vez —dijo Percy.

—Sí —convino Saffy—. Será la próxima vez.

No supe qué decir.

—Gracias, una vez más, por el paseo —fue todo lo que se me ocurrió.

Y mientras Percy me guiaba por un misterioso camino en dirección a la señora Bird y la ansiada normalidad, Saffy y Juniper partieron en dirección opuesta haciendo oír sus voces a lo largo de la fría piedra.

—Lo siento, Saffy, lo siento. Olvidé que… —Las palabras dieron paso a los sollozos, a un llanto tan desconsolado que quise taparme los oídos.

—Vamos, querida, no tienes por qué preocuparte.

—He hecho algo terrible, Saffy. Terrible.

—Tonterías, querida, olvídalo. Ahora tomaremos el té.

La paciencia, la amabilidad en la voz de Saffy me oprimieron el pecho. Comprendí que Percy y ella habían pasado cantidad de años diciéndole frases tranquilizadoras, tratando de despejar la frente de su anciana hermana con el mismo juicioso cuidado que un padre dispensa a su hijo, aunque sin la esperanza de que la carga se alivie algún día.

—Te cambiaremos el vestido y tomaremos el té. Tú, Percy y yo. Las cosas siempre se ven mejor después de una buena taza de té, ¿verdad?

* * *

La señora Bird aguardaba bajo el techo abovedado, a la entrada del castillo. Se deshizo en disculpas. Ofreció sus aduladoras excusas a Percy Blythe; gesticulando demasiado, arremetía contra los pobres vecinos que la habían retrasado.

—No tiene importancia, señora Bird —dijo Percy, con el mismo tono imperioso que una institutriz victoriana habría dedicado a un niño agotador—. Para mí ha sido un placer guiar a Edith.

—Por supuesto. En honor a los viejos tiempos. Sin duda es maravilloso para usted…

—Así es.

—Es una pena que ya no se hagan visitas. Es comprensible, claro, y es digno de elogio que usted y Saffy las mantuvieran tanto tiempo, especialmente con todo lo que…

—Es cierto —la interrumpió Percy Blythe. De pronto se irguió y comprendí que la señora Bird no le agradaba—. Ahora tendrán que disculparme —dijo, e inclinó la cabeza en dirección a la puerta abierta, a través de la cual el mundo exterior me pareció más luminoso, más ruidoso, más veloz que antes de entrar en el castillo.

—Gracias por enseñarme su hermosa casa —logré decir antes de que desapareciera.

Ella me observó con atención —me dio la sensación de que durante más tiempo del necesario— y luego empezó a caminar por el corredor, golpeando suavemente el suelo con su bastón. Después de dar unos pasos se detuvo y se dio la vuelta. Su silueta apenas era visible en la oscuridad reinante.

—Fue verdaderamente hermosa. Antes.

1

29 de octubre de 1941

Con toda certeza, no habría luna esa noche. El cielo era una turbia masa de grises, blancos y amarillos mezclados, víctimas de la paleta de un pintor. Percy pasó la lengua por el papel, unió los bordes e hizo girar el cigarrillo entre sus dedos para sellarlo. Un avión zumbó sobre su cabeza, uno de los suyos, un avión de reconocimiento que se dirigía al sur, a la costa. Cumplía con su deber, aunque no hubiera nada de lo que informar en una noche como aquella.

Con la espalda apoyada en la furgoneta, Percy siguió su trayectoria, entrecerrando los ojos a medida que el insecto pardo se hacía cada vez más pequeño. El resplandor le hizo bostezar, y se frotó los ojos hasta sentir un agradable ardor. Cuando volvió a abrirlos, el avión había desaparecido.

—¡Eh! No te atrevas a manchar mi capó y mis parachoques recién abrillantados.

Percy se volvió y apoyó el codo en el techo de la furgoneta. Era Dot, que corría sonriente desde la puerta de la estación.

—Deberías darme las gracias, así no te aburrirás durante el próximo turno —le respondió.

—Es cierto. De lo contrario, el oficial me hará lavar los paños de la cocina.

—O enseñarles otra ronda de estiramientos a los guardias. ¿Qué podría ser mejor? —comentó Percy, enarcando una ceja.

—Remendar las cortinas oscuras, por ejemplo.

—¡Qué horror! —exclamó Percy con asco.

—Si te quedas por aquí un rato, tendrás una aguja en la mano —advirtió Dot, acercándose a Percy—. No hay mucho más que hacer.

—¿Alguna novedad?

—Los muchachos de la RAF creen que el horizonte estará despejado esta noche.

—Lo suponía.

—No solo por el tiempo. El oficial dice que los boches están demasiado ocupados marchando hacia Moscú como para preocuparse por nosotros.

—Estúpidos —dijo Percy, mirando su cigarrillo—, el invierno se acerca más rápido que ellos.

—¿Planeas quedarte a molestar, esperando que Jerry se desoriente y deje caer algo por aquí?

—Lo he considerado —dijo Percy, mientras guardaba el cigarrillo en el bolsillo y se colgaba el bolso al hombro—. Pero he decidido que no. Ni siquiera una invasión podría mantenerme aquí esta noche.

Dot abrió mucho los ojos.

—¿Qué sucede? ¿Algún chico agraciado te ha invitado a bailar?

—Lamentablemente no. Pero de todas formas tengo buenas noticias.

Llegó el autobús. Mientras subía, Percy tuvo que gritar para hacerse oír por encima del ruido del motor.

—Mi hermanita llega a casa esta noche.

* * *

A Percy le disgustaba la guerra tanto como a cualquier otra persona —de hecho, había tenido sobradas ocasiones de presenciar sus horrores—, y por ese motivo jamás admitió en público la extraña desilusión que sintió cuando cesaron los ataques nocturnos. Sabía que era realmente absurdo echar en falta un periodo tan abyecto, peligroso y destructivo. Cualquier sentimiento distinto de un cauteloso optimismo era casi sacrílego y, sin embargo, un terrible malhumor la había mantenido insomne los últimos meses, con los oídos atentos al silencioso cielo nocturno.

Si algo la enorgullecía era su habilidad para afrontar cualquier situación con pragmatismo —alguien tenía que hacerlo— y había decidido llegar al fondo de las cosas. Encontrar la manera de detener el reloj que funcionaba en su interior. Durante semanas, esforzándose por no revelar su estado de ánimo, Percy analizó su situación, examinó sus sentimientos desde todos los ángulos, y llegó a la conclusión de que estaba completamente loca.

Era previsible, la locura era una especie de condición familiar, al igual que el talento artístico y las largas extremidades. Percy había tenido la esperanza de evitarla, pero allí estaba. La herencia era ineludible. Y si era sincera, ¿no había sabido siempre que era solo una cuestión de tiempo, que con seguridad su trastorno se manifestaría?

Por supuesto, el culpable era su padre. En particular, las historias terroríficas que les contaba cuando eran tan pequeñas que aún podía alzarlas para que se acurrucaran en su regazo. Historias sobre el pasado de la familia y la parcela de tierra que se había convertido en Milderhurst, que a partir de un páramo había prosperado, que a lo largo de siglos de haber sido labrada, regada y cultivada se había convertido en leyenda. Historias sobre edificios incendiados y reconstruidos, derrumbados y saqueados, alabados y olvidados. Sobre quienes, antes que ellos, habitaron el castillo. Relatos de conquista y de gloria que cubrían el suelo de Inglaterra, y el de su amado hogar.

En manos de un escritor la historia era una fuerza poderosa. Cuando tenía entre ocho y nueve años, durante el verano que siguió a la marcha de su padre para combatir en la Gran Guerra, Percy imaginó vívidamente a los invasores irrumpiendo en los campos de su propiedad. Convenció a Saffy de que debían construir fuertes en el bosque Cardarker, acumular armas, decapitar los árboles jóvenes que no le agradaban. De ese modo, practicaron para estar listas cuando llegara el momento de defender el castillo y sus alrededores de las hordas invasoras.

Traqueteando, el autobús giró en una esquina. Percy puso los ojos en blanco al recordar su ocurrencia. Por supuesto, absurda e infantil. Pero ¿podía resonar aún en la cabeza de una mujer adulta? Era realmente muy triste. Con un bufido expresó su rechazo y se dio la espalda a sí misma.

El viaje se hacía más largo de lo habitual. A ese paso, sería afortunada si llegaba a casa para los postres. Las nubes de tormenta se amontonaban, la oscuridad amenazaba con caer sobre ellos en cualquier momento. El autobús, prácticamente sin faros delanteros, se detuvo en el arcén. Percy miró su reloj: ya eran las cuatro y media. Esperaban a Juniper a las seis y media, el joven llegaría a las siete. Ella había prometido estar de vuelta a las cuatro. Sin duda el muchacho del Servicio de Prevención de Ataques Aéreos había actuado de manera correcta al detener el autobús para una inspección, pero precisamente esa noche Percy tenía mejores cosas que hacer. Aportar tranquilidad a los preparativos en Milderhurst, por ejemplo.

Era poco probable que Saffy no hubiera llegado al borde del colapso durante el día. Nadie podía igualar su entusiasmo ante semejante ocasión. Desde que Juniper las informó de que un misterioso invitado acudiría a casa, «el evento» —como lo denominaron a partir de entonces— mereció la completa dedicación de Seraphina Blythe. En algún momento se había considerado la posibilidad de desempaquetar las tarjetas grabadas con el escudo de la abuela para señalar los respectivos sitios en la mesa, pero Percy había sugerido que tratándose de una reunión de cuatro personas, tres de las cuales eran hermanas, era innecesario.

De pronto sintió que le tocaban el antebrazo. La ancianita sentada a su lado, con una lata en la mano, la invitaba a una galleta.

—Es una receta mía —dijo con voz aguda y brillante—. Nada de mantequilla, pero me atrevo a decir que no están mal.

—Oh, no, gracias. No debo. Guárdelas para usted.

—Adelante —insistió la anciana, haciendo repiquetear la lata más cerca de la nariz de Percy, mientras hacía un gesto de aprobación ante su uniforme.

—De acuerdo. —Percy tomó una galleta y le dio un mordisco—. Deliciosa —dijo, añorando en silencio los gloriosos días en que no faltaba la mantequilla.

—¿De modo que estás en el Cuerpo de Enfermeras Voluntarias?

—Conduzco una ambulancia. Es decir, lo hice durante los bombardeos. Después pasé la mayor parte del tiempo limpiándola.

—Ya encontrarás otro modo de ayudar, no te quepa duda. No hay manera de detener a los jóvenes. —De pronto una idea iluminó la mirada de la anciana—. Pero, claro, ¡deberías unirte a alguno de esos grupos de costura! Mi nieta pertenece a las zurcidoras de Cranbrook, y esas niñas hacen un trabajo excelente.

Prescindiendo del hilo y la aguja, no era mala idea, Percy tuvo que admitirlo. Debía volcar su energía en alguna actividad, convertirse en chófer de algún funcionario del gobierno, aprender a desactivar bombas, pilotar un avión, asesorar en rescates. Algo. Tal vez así lograra aplacar su terrible agitación. Aunque detestara admitirlo, Percy comenzaba a sospechar que Saffy siempre había hecho lo correcto: reparar. Carecía de talento para crear, pero tenía la costumbre de restaurar y nada la hacía tan feliz como sentirse útil parcheando agujeros. Una idea absolutamente deprimente.

El autobús giró pesadamente en una esquina y al fin apareció el pueblo. Mientras se acercaba, Percy miraba su bicicleta, apoyada en un viejo roble junto a correos; allí la había dejado por la mañana.

Agradeció de nuevo la galleta, prometió solemnemente acudir al grupo de costura local y bajó del autobús. Agitó la mano para despedirse de la anciana, que ya se alejaba hacia Cranbrook.

El viento había comenzado a soplar cuando salieron de Folkestone. Percy metió las manos en los bolsillos de su pantalón, sonriendo a las adustas señoritas Blethem, que —cargando sus bolsas de red con la compra— suspiraron al unísono antes de inclinar la cabeza a modo de saludo y emprender presurosas el regreso a casa. Dos años de guerra, y para algunas personas una mujer que llevaba pantalón todavía anunciaba el Apocalipsis; las atrocidades del mundo no tenían importancia. Percy se sintió reanimada, y se preguntó si era incorrecto que su uniforme le gustara aún más por el efecto que causaba en todas las señoritas Blethem del mundo.

A pesar de la hora, era muy probable que el señor Potts no hubiera entregado la correspondencia en el castillo. Pocos hombres en el pueblo —y en el país, suponía Percy— habían asumido el papel de guardia local con tanto ímpetu como él. Ponía tal empeño en proteger a la nación que los lugareños se sentían ignorados si al menos una vez al mes no les pedía que se identificaran. El señor Potts parecía considerar desafortunado pero necesario el hecho de que su exceso de celo dejara al pueblo sin un servicio postal eficiente.

La campanilla de la puerta tintineó cuando Percy hizo su entrada. La señora Potts alzó rápidamente la vista desde una pila de papeles y sobres. Sus gestos se asemejaban a los de un conejo pillado por sorpresa en una huerta, y sobre todo más aún porque lanzó un leve bufido por la nariz. A Percy le hizo gracia, pero logró ocultarlo tras un gesto severo; al fin y al cabo, era su especialidad.

—Vaya, vaya, es la señorita Blythe —dijo la mujer del cartero, recomponiéndose con la rapidez de quien está habituado a ser ligeramente engañoso.

—Buenas tardes, señora Potts. ¿Tiene algo para mí?

—Echaré un vistazo.

La idea de que la señora Potts no supiera al detalle qué cartas se habían recibido y enviado ese día era simplemente cómica, pero Percy le siguió la corriente.

—Gracias —dijo, mientras la esposa del cartero se dirigía a las cajas del escritorio trasero.

Después de una búsqueda afanosa, la señora Potts tomó un puñado de sobres y los agitó en el aire.

—Aquí están —anunció, antes de regresar triunfante al mostrador—. Un paquete para la señorita Juniper, al parecer, de nuestra joven londinense. Seguramente la pequeña Meredith está contenta, otra vez en casa. —Percy asintió con impaciencia. La señora Potts continuó—: Una carta manuscrita para usted y otra para la señorita Saffy, mecanografiada.

—Excelente. No tardaremos mucho tiempo en leerlas.

La señora Potts alineó cuidadosamente las cartas sobre el mostrador, sin soltarlas.

—Espero que todo vaya bien en el castillo —dijo, con una emoción algo excesiva tratándose de un comentario tan inocuo.

—Muy bien, gracias. Ahora, si me disculpa…

—De hecho, he oído que pronto tendré que felicitarla.

Percy lanzó un suspiro exasperado.

—¿Por qué?

—Por la boda —dijo la señora Potts de esa manera irritante que había perfeccionado: alardeaba de su conocimiento mal adquirido a la vez que indagaba con avidez en busca de más datos—. En el castillo —añadió.

—Se lo agradezco, señora Potts, pero desgraciadamente no estoy más comprometida que ayer.

La mujer del cartero permaneció inmóvil un instante, antes de echarse a reír a carcajadas.

—¡Oh! ¡Vaya ocurrencia, señorita Blythe! No más comprometida que ayer, lo tendré en cuenta. —Luego se recompuso, cogiendo del bolsillo de su falda un pañuelo de encaje para darse unos toquecitos debajo de los ojos—. Pero, por supuesto —dijo entre hipidos—, no me refería a usted.

Percy fingió sorpresa.

—Ah, ¿no?

—Oh, no, por Dios, tampoco a la señorita Saffy. Ya sé que ninguna de las dos tiene planes de abandonarnos, benditas sean —declaró y secó sus pómulos una vez más—. Me refería a la señorita Juniper.

Percy no pudo ignorar el modo en que el nombre de su hermana pequeña crepitaba en boca de aquella cotilla. El sonido estaba cargado de electricidad, y la señora Potts era un material conductor nato. A la gente siempre le había gustado hablar sobre Juniper, desde que era pequeña. Ella no había intentado evitarlo; una niña que acostumbraba a perder el conocimiento en momentos de emoción tendía a hacer que los demás bajaran la voz y murmuraran sobre maldiciones y bendiciones. Durante su infancia, en el pueblo, cualquier hecho extraño o incomprensible —la curiosa desaparición de la ropa para lavar de la señora Fleming, la consiguiente aparición del espantapájaros del granjero Jacob en calzones o una epidemia de paperas— hacía que los rumores del lugar se dirigieran a Juniper como las abejas a la miel.

—La señorita Juniper y cierto joven que conoció en Londres —insistió la señora Potes—. He oído que se han hecho grandes preparativos en el castillo.

La idea era absurda. El destino de Juniper no era el matrimonio: solo la poesía hacía palpitar su corazón. Percy consideró la posibilidad de divertirse un poco con la ávida curiosidad de la señora Potts, pero se lo pensó mejor cuando miró el reloj. Fue una decisión sensata: lo último que necesitaba era embarcarse en una discusión sobre la marcha de Juniper a Londres. Además, corría el riesgo de revelar involuntariamente el trastorno que la huida de su hermana había ocasionado en el castillo. Su orgullo jamás le permitiría hacer algo semejante.

—Es cierto que tendremos un invitado para la cena, señora Potts, pero, aunque es un hombre, no es el pretendiente de nadie. Simplemente un conocido de Londres.

—¿Un conocido?

—Eso es todo.

La señora Potts entrecerró los ojos.

—Entonces, ¿no habrá boda?

—No.

—Pero sé de buena fuente que ha habido una proposición de matrimonio y que ha sido aceptada.

No era ningún secreto que la «buena fuente» de la señora Potts era el resultado de un cuidadoso examen de las cartas y las llamadas telefónicas, cuyos detalles se comparaban después con un amplio catálogo de chismes locales. Aunque Percy no la creía capaz de abrir los sobres con vapor antes de enviarlos a sus destinatarios, en el pueblo había quienes lo sospechaban. En este caso, era escaso el correo que se podía hurgar (además, no pertenecía a la categoría capaz de entusiasmar a la señora Potts, dado que Meredith era la única que se carteaba con Juniper), y por otra parte el rumor no era cierto.

—Supongo que si así fuera lo sabría, señora Potts. Le aseguro que no es más que una cena.

—¿Una cena *especial*?

—¿Acaso no lo son todas en épocas como esta? —preguntó Percy en tono jovial—. Nunca se sabe, cualquiera podría ser la última —sentenció, y arrebató las cartas de la mano de la señora Potts. Al hacerlo vio los frascos de cristal tallado que en otro tiempo estaban sobre el mostrador. Ya no quedaban los caramelos ácidos de antaño, ni los escoceses de crema de leche, pero en la base de uno de los frascos se había solidificado un puñado de rocas de Edimburgo*. Percy los detestaba, pero eran los preferidos de Juniper—. Me llevaré esos caramelos.

Desilusionada, la señora Potts despegó la masa confitada del fondo del frasco y la puso en una bolsa de papel.

—Son seis peniques.

—Vaya, señora Potts —comentó su cliente, examinando la pequeña bolsa pegajosa—, si no fuéramos tan amigas, creería que me está timando.

La indignación se extendió por el rostro de la esposa del cartero mientras balbuceaba en su defensa.

—Estoy bromeando, por supuesto —dijo Percy, y entregó el dinero a la señora Potts. Guardó las cartas y los caramelos en su bolso y le dedicó una breve sonrisa—. Que tenga buen día. Le diré a Juniper que desea conocer sus planes, aunque sospecho que cuando haya algo que contar usted será la primera en enterarse.

---

* Las rocas de Edimburgo son unos caramelos tradicionales escoceses compuestos por azúcar, agua, crema tártara, colorante y aromas *[N. del E.]*.

2

Las cebollas eran importantes, por supuesto, pero eso no cambiaba el hecho de que sus hojas no sirvieran en absoluto para un arreglo floral. Saffy examinó los débiles tallos que había cortado, los colocó en distintas posiciones, entrecerró los ojos y apeló a toda su creatividad para imaginarlos en la mesa. En el jarrón de cristal francés heredado de la abuela podían llegar a verse bien, quizás junto a algo colorido que disimulara su origen. E incluso —sus pensamientos tomaban impulso y se mordió los labios, como solía hacer cuando estaba a punto de alumbrar una gran idea— podía añadir unas hojas de hinojo y flores de calabaza y convertirlo en una metáfora, una simpática alusión a las épocas de escasez.

Dejó caer el brazo, suspirando, sin soltar las hojas mustias. Sacudió la cabeza con tristeza, al parecer involuntariamente, y reconoció que la desesperación podía inducir a ideas extravagantes. Era evidente que no podría utilizar los tallos de cebolla: además de ser totalmente inapropiados para su objetivo, al cabo de un rato de tenerlos en la mano le pareció que olían a calcetines viejos. La guerra y, en especial, el trabajo de su hermana gemela le habían dado a Saffy suficientes oportunidades de familiarizarse con ese olor. No. Después de vivir cuatro meses en Londres frecuentando los círculos intelectuales de Bloomsbury, afrontando las amenazas de ataque aéreo y pasando noches en refugios, Juniper merecía algo mejor que aroma a ropa sucia.

Por otra parte, había invitado a un misterioso huésped. Juniper no tenía muchos amigos —la joven Meredith había sido una sorprendente excepción—, pero Saffy tenía la capacidad de leer entre líneas y si bien las líneas de Juniper solían ser garabatos, suponía que el joven había realizado algún acto galante para ganar su simpatía. La invitación, por lo tanto, era una muestra de la gratitud de la familia Blythe, y todo debía salir a la perfección. Las hojas de cebolla, lo comprobó con una segunda mirada, eran decididamente menos que perfectas. Sin embargo, una vez cortadas no debía desecharlas, ¡habría sido un sacrilegio! Lord Woolton se horrorizaría. Encontraría una comida donde utilizarlas, pero no esa noche. Las cebollas y sus efectos secundarios eran poco aconsejables.

Saffy lanzó un bufido desconsolado, y lo repitió, porque le había resultado placentero. Se dirigió nuevamente a casa, contenta como siempre de que su camino no la llevara al jardín principal. No podía soportarlo; alguna vez había sido extraordinario. Era una tragedia que tantos hermosos jardines del país hubieran sido abandonados o destinados al cultivo de verduras. Según decía Juniper en su última carta, a lo largo de Rotten Row, en Hyde Park, las flores habían sido aplastadas por grandes pilas de maderas, hierros y ladrillos —esqueletos de innumerables casas— y todo el sector sur se había transformado en huerta. Era necesario, Saffy lo sabía, pero no por ello menos trágico. La falta de patatas dejaba un estómago vacío, pero la ausencia de belleza endurecía el alma.

Una mariposa pasó volando ante ella. El movimiento de las alas se asemejaba al de un fuelle. Mientras la humanidad destrozaba el mundo, ella conservaba esa perfección, esa tranquila naturalidad. Saffy lo consideró casi milagroso, su rostro se iluminó y extendió un dedo invitándola a posarse, pero la mariposa la ignoró, siguió subiendo y bajando, se lanzó hacia los pardos frutos del níspero. Absolutamente despreocupada. ¡Vaya maravilla! Sonriendo, Saffy siguió su camino. Al pasar bajo la nudosa glicina de la pérgola, se inclinó para no engancharse el cabello.

Pensó que el señor Churchill debería tener presente que las guerras no se ganan solo con balas, y recompensar a quienes lograban preservar la belleza mientras a su alrededor el mundo se derrumbaba. La «Medalla Churchill a la Conservación de la Belleza en Inglaterra» sonaba bien. Esa mañana, al oírlo en el desayuno, Percy había sonreído burlona, con la inevitable suficiencia de quien ha pasado meses entrando y saliendo de los cráteres que dejan las bombas, ganando así su propia medalla al valor. Pero para Saffy su idea no era una tontería. De hecho, estaba redactando una carta que enviaría al *Times*, para explicar que la belleza era tan importante como la literatura y la música. Tanto más cuando las naciones civilizadas parecían incitarse mutuamente a una conducta cada vez más salvaje.

Saffy adoraba Londres, desde siempre. Y dado que sus planes para el futuro dependían de la supervivencia de la ciudad, cada bombardeo era para ella un ataque personal. En el periodo de mayor intensidad, cuando el sonido distante de la artillería antiaérea, el aullido de las sirenas y las espantosas explosiones la acompañaba todas las noches, había adquirido el hábito de morderse febrilmente las uñas. Una horrible costumbre de la cual culpaba directamente a Hitler. Saffy se preguntaba si quien amaba una ciudad sufriría más por estar ausente durante el desastre, así como la angustia de una madre por su hijo herido aumentaba en la distancia. Desde la niñez había comprendido que su destino no se encontraba en los campos fangosos ni entre las antiguas piedras de Milderhurst, sino en los parques, los cafés y las tertulias literarias de Londres. Cuando ella y Percy eran pequeñas —después de la muerte de su madre pero antes de que naciera Juniper, cuando aún eran solo ellos tres—, su padre las llevaba todos los años a la capital. Pasaban una temporada en la casa de Chelsea; eran jóvenes, el tiempo aún no las había marcado, puliendo sus diferencias y acentuando sus opiniones, y las consideraban idénticas. En verdad, actuaban como si lo fueran. Sin embargo, durante sus estancias en Londres ella había advertido en su interior los primeros indicios de la separación, lejanos pero fuertes. Mientras Percy, al igual que su padre, suspiraba por los amplios y verdes bosques del castillo, ella se sentía viva en la ciudad.

Saffy oyó un estruendo a sus espaldas y gruñó. No quiso darse la vuelta para ver las densas nubes en el horizonte. De todas las privaciones que había causado la guerra, la falta del pronóstico meteorológico que emitía la radio había sido un golpe especialmente duro. Saffy había aceptado con ecuanimidad el hecho de que Percy le trajera de la biblioteca solo un libro a la semana en lugar de los cuatro habituales hasta entonces, y que con ello se redujera su tiempo dedicado a la apacible lectura. Con respecto a prescindir de sus vestidos de seda en favor de delantales más prácticos se había mostrado francamente entusiasta. El servicio las había abandonado, como las pulgas abandonan a las ratas en un naufragio. Había tomado con calma la consecuente adaptación a su nueva condición de cocinera, lavandera y jardinera. Pero sus intentos de comprender los caprichos del clima inglés habían sido inútiles. A pesar de haber pasado su vida en Kent, carecía de la natural intuición campesina acerca de los fenómenos atmosféricos. De hecho, había descubierto una curiosa habilidad para tender la ropa y encargarse del huerto precisamente en aquellos días en que el viento susurraba que la lluvia estaba próxima.

Saffy apresuró el paso hasta convertirlo casi en un trotecillo, intentando no preocuparse por el olor de las hojas de cebolla, que parecía hacerse más intenso a medida que avanzaba. Aunque Percy lo ignoraba —debía encontrar el momento adecuado para anunciarlo—, Saffy sabía ya que cuando la guerra terminara se marcharía del campo para siempre. Tenía previsto instalarse en Londres. Encontraría un apartamento pequeño, suficiente para una persona. No poseía muebles propios, pero era un inconveniente menor; en ese sentido, Saffy se ponía en manos de la providencia. No obstante, una cosa era segura: no llevaría consigo ningún objeto de Milderhurst. Tendría un mobiliario completamente nuevo. Sería un comienzo, casi dos décadas después de lo planeado, pero inevitable. Ahora era mayor, más fuerte, y esta vez ningún obstáculo la detendría.

A pesar de que mantenía en secreto su proyecto, los sábados Saffy leía los anuncios del *Times*. Había considerado la posibilidad de establecerse en Chelsea o Kensington, pero se había decidido por una de las manzanas de Bloomsbury, a poca distancia del Museo Británico y de las tiendas de Oxford Street. Esperaba que Juniper también se quedara en Londres y se instalara en algún lugar cercano. Percy, por supuesto, las visitaría. Aunque no se quedaría más de una noche, necesitaba dormir en su propia cama y permanecer en el castillo para sostenerlo, con su propio cuerpo si fuera preciso, en caso de que comenzara a desmoronarse.

En la intimidad de sus pensamientos, Saffy visitaba a menudo su pequeño apartamento, especialmente cuando Percy deambulaba por los corredores del castillo, furiosa por la pintura desconchada y las vigas arqueadas, lamentando cada nueva grieta en las paredes. Entonces Saffy cerraba los ojos y abría la puerta de su propia casa. Sería pequeña y simple, muy limpia —ella misma se encargaría de eso—, con olor a vinagre y cera. Saffy apretó el ramo de hojas de cebolla en su puño y apresuró aún más el paso.

Un escritorio junto a la ventana, su máquina de escribir Olivetti en el centro y un diminuto jarrón de cristal —si no era posible, se contentaba con una pequeña botella— en un extremo, con una única y espléndida flor, que reemplazaría todos los días. La radio sería su compañía, dejaría de escribir a máquina para oír el informe meteorológico, por un instante abandonaría el mundo que creaba en la página para mirar por la ventana el despejado cielo de Londres. La luz del sol le acariciaría el brazo, derramándose en su pequeño hogar, cubriendo los muebles brillantes. Por las tardes, leería sus libros de la biblioteca, seguiría con su trabajo en curso y escucharía a Gracie Fields en la radio, sin que nadie refunfuñara desde el otro sofá comentando que no eran más que tonterías sentimentales.

Saffy se detuvo, apoyó las palmas en las mejillas acaloradas y dejó escapar un profundo suspiro de satisfacción. Los sueños, Londres, el futuro la habían ayudado a llegar hasta el castillo; aún más, había evitado la lluvia. Echó un vistazo al gallinero, y a su placer se sumó una sensación de remordimiento. Se preguntó si podría vivir sin sus pequeñas. Tal vez las llevara con ella. Seguramente en el jardín del edificio habría lugar para un corral, solo tenía que añadirlo a su lista de requisitos. Saffy abrió la cerca y tendió los brazos.

—Hola, queridas, ¿cómo os sentís esta tarde?

Helen-Melon erizó las plumas pero no se movió de su sitio y Madame ni siquiera se dignó a levantar la cabeza del suelo.

—Ánimo, muchachas. Por ahora seguiré aquí. Todavía tenemos que ganar la guerra.

Su discurso no tuvo el efecto alentador que habría deseado, y su sonrisa se desvaneció. Por lo general, Madame era decididamente escandalosa. Helen seguía abatida por tercer día consecutivo. Las gallinas más jóvenes imitaban a las dos mayores, de modo que el ánimo en el gallinero era francamente gris. Saffy se había acostumbrado durante los ataques; las gallinas eran tan sensibles y propensas a la angustia como los humanos, y los bombardeos habían sido incesantes. Finalmente optó por llevarse consigo a sus ocho gallinas todas las noches. El aire se había enviciado, es verdad, pero el arreglo había sido satisfactorio para todas: las gallinas habían vuelto a poner huevos, y dado que Percy estaba ausente la mayoría de las noches, Saffy había disfrutado de la compañía.

—Vamos, vamos —las arrulló, cogiendo a Madame entre sus brazos—. Ya basta de malhumor, querida. Es solo la tormenta que se acerca, nada más.

El cálido cuerpo se relajó un instante, antes de extender las alas y emprender una torpe huida, de vuelta a la suciedad donde había estado hurgando.

Saffy se limpió las manos y las apoyó en la cadera.

—¿Tan mal os sentís? Supongo que entonces solo queda una cosa por hacer.

La cena. La única acción que con certeza lograría levantarles el ánimo. Sus niñas eran glotonas. No le parecía mal, ojalá los conflictos del mundo se solucionaran con un plato de comida. Era más temprano de lo habitual, pero el tiempo apremiaba: aún no había puesto la mesa, debía encontrar la cuchara grande de plata, Juniper y su invitado llegarían de un momento a otro. Tenía suficiente con el talante de Percy, no necesitaba un puñado de gallinas malhumoradas. No fue, en absoluto, un signo de su irremediable sentimentalismo, sino una decisión práctica con el objetivo de serenarlas.

* * *

En la cocina Saffy se encontró ante el resultado de todo un día dedicado a improvisar una cena con lo que pudo encontrar en la despensa y lo que pidió prestado en las granjas vecinas. Se alisó la blusa e intentó calmarse. «Y bien, ¿por dónde iba?», se preguntó entre suspiros. Levantó la tapa de la cacerola, y con satisfacción comprobó que la crema estaba allí, tal como la había dejado. El crepitar del horno era indicio de que el pastel seguía cocinándose. Luego echó un vistazo a un cajón de madera que había sobrevivido a su propósito original y se adaptaría perfectamente a su necesidad.

Saffy lo arrastró al rincón más alejado de la despensa y se subió, apoyándose de puntillas en el borde. Su mano recorrió como una araña el estante superior hasta que en el rincón más oscuro los dedos se toparon con una lata. Sonrió para sus adentros, agarró la lata y bajó. El polvo, la grasa y el vapor acumulados durante meses habían formado una capa pegajosa, que limpió con un dedo para leer la etiqueta: «Sardinas». ¡Perfecto! Aferró la lata saboreando el placer de lo prohibido.

—No te preocupes, papá —canturreó mientras buscaba el abrelatas en el cajón de anticuados utensilios de cocina, que cerró nuevamente empujándolo con la cadera—, no son para mí.

Su padre defendía el principio de que la comida enlatada constituía una conspiración. Prefería morir de inanición antes que permitir que una sola cucharada traspasara sus labios. Saffy ignoraba quién era el autor de la conspiración y cuál era su objetivo, pero su padre había sido rotundo. No toleraba que lo contradijeran, y durante mucho tiempo ella tampoco tuvo deseos de hacerlo.

Durante la infancia, él había sido para Saffy como el sol que brillaba de día y la luna que asomaba por la noche; la idea de que pudiera defraudarla pertenecía a un mundo imaginario de fantasmas y pesadillas.

Aplastó las sardinas en un cuenco de porcelana. Después de moler el pescado hasta transformarlo en una masa informe, vio la grieta. No tenía importancia mientras la vieran solo las gallinas, pero junto al papel pintado suelto que había descubierto cerca de la chimenea del salón principal, era el segundo indicio de decadencia en pocas horas. Se dijo que debía revisar con atención los platos que había separado para esa noche y ocultar cualquiera que estuviera estropeado. Era precisamente la clase de deterioro que enfurecía a Percy, y aunque Saffy admiraba el compromiso de su hermana hacia Milderhurst y su mantenimiento, su malhumor no ayudaría al clima de cordial celebración que deseaba para la velada.

Entonces varias cosas sucedieron al mismo tiempo. La puerta se abrió con un chirrido, Saffy dio un salto y unas espinas de sardina cayeron del tenedor al suelo.

—¡Señorita Saffy!

—¡Oh, Lucy, por Dios! ¡Me has quitado diez años de vida! —exclamó Saffy, aferrando el tenedor contra su corazón galopante.

—Lo siento. Creía que estaba fuera, buscando flores para el salón. Solo quería…, venía a ver si… —La frase del ama de llaves se fue apagando. Se desconcertó al ver el puré de pescado y la lata abierta. Miró a Saffy. Sus hermosos ojos violetas se abrieron exageradamente—. ¡Señorita Saffy! —exclamó—. No sabía que…

—Oh, no. —Saffy sonrió y se llevó un dedo a los labios—. Shhh, querida Lucy. No son para mí, claro que no. Las guardo para las chicas.

—Oh, eso es diferente —dijo Lucy, visiblemente aliviada—. No me gustaría que él —continuó, lanzando una mirada reverente hacia el techo— se disgustara, ni siquiera ahora.

Saffy asintió.

—Si algo no necesitamos esta noche es que mi padre se revuelva en su tumba —aseguró—. ¿Me alcanzarías un par de aspirinas, por favor? —pidió luego, señalando el botiquín de primeros auxilios.

Lucy frunció el ceño, preocupada.

—¿No se encuentra bien?

—Son para las chicas. Están nerviosas, pobrecitas. Nada mejor que una aspirina para tranquilizarlas. Aunque seguramente un trago de ginebra fuese mejor, pero eso sería un poco irresponsable —explicó mientras con el dorso de la cuchara trituraba las aspirinas hasta convertirlas en polvo—. No las veía tan mal desde el ataque del 10 de mayo.

Lucy palideció.

—¿Cree que intuyen una nueva oleada de bombardeos?

—No lo creo. El señor Hitler está demasiado ocupado adentrándose en el invierno como para acordarse de nosotros. Al menos eso dice Percy. Según ella, nos dejarán en paz al menos hasta Navidad; está terriblemente decepcionada. —Saffy siguió revolviendo la papilla de pescado y habría continuado hablando, pero vio que Lucy se acercaba al horno. Su postura indicaba que no le estaba prestando atención en absoluto, y de pronto se sintió tan ridícula como sus gallinas cuando cacareaban a solas. Carraspeó incómoda y dijo—: Ya basta de parlotear. No has venido a la cocina para oírme hablar de mis niñas, te estoy estorbando en tu tarea.

—En absoluto. —Lucy cerró la puerta y permaneció inmóvil, con las mejillas sonrosadas, no solo por el calor del horno. Saffy supo que la incomodidad no era producto de su imaginación, algo que ella había dicho o hecho alteraba el buen humor de Lucy. Se sintió terriblemente apenada—. He venido a echarle un vistazo al pastel de conejo —prosiguió Lucy—, tal como acabo de hacer, y a decirle que no he encontrado la cuchara de plata que me pidió. He puesto en la mesa otra que de todos modos servirá. También he llevado algunos de los discos que la señorita Juniper envió desde Londres.

—¿Al salón azul?

—Por supuesto.

—Perfecto.

Se referían al salón principal, donde recibirían al señor Cavill. Como era previsible, Percy no estaba de acuerdo. Durante varias semanas había recorrido enérgicamente los corredores pronosticando un largo y helado invierno, refunfuñando sobre la escasez de combustible, el despilfarro que implicaba caldear otra habitación cuando en el salón amarillo el fuego estaba siempre encendido. Pero terminó aceptando, como siempre. Con firmeza, Saffy golpeó el tenedor en el borde del cuenco.

—El *custard* le ha salido estupendo. Espeso, a pesar de la falta de leche —opinó Lucy, echando un vistazo a la cacerola.

—Oh, Lucy, eres adorable. Al final lo he preparado con agua, y un poco de miel para endulzar. He reservado el azúcar para la mermelada. Jamás pensé que tendría algo que agradecer a la guerra, pero supongo que habría pasado el resto de mi vida ignorando la satisfacción de hacer un perfecto *custard* sin leche.

—En Londres muchas personas estarían encantadas de conocer la receta. Mi prima me ha escrito que no disponen de más de un litro por semana. ¿Puede imaginarlo? Debería apuntar los pasos de la receta en una carta y enviarla al *Daily Telegraph*. Suelen publicarlas.

—No lo sabía —dijo Saffy, pensativa. Sería otra publicación para sumar a su pequeña colección. No especialmente honrosa, pero de cualquier modo una más. Todo ayudaría en el momento de enviar su manuscrito, siempre podían abrirse nuevas puertas. A Saffy le agradaba la idea de llevar una columna femenina semanal titulada «Los consejos de Saffy la Costurera» o algo por el estilo, con una ilustración en uno de los ángulos, su Singer 201K, ¡incluso una de sus gallinas! Sonrió satisfecha y divertida por la fantasía, como si fuera un hecho consumado.

Entretanto, Lucy seguía hablando sobre su prima de Pimlico y el único huevo que se les asignaba cada quince días.

—La semana anterior recibió un huevo podrido y aunque no lo crea, no quisieron darle otro.

—¡Pero eso es simplemente cruel! —exclamó Saffy, espantada. La Costurera Saffy tendría mucho que decir en asuntos de ese tipo e incluso actuaría magnánimamente en compensación—. Debes enviarle algunos de los míos. Y coge media docena para ti.

A juzgar por la expresión de Lucy, parecía como si Saffy hubiera decidido repartir lingotes de oro. Se avergonzó y sintió la obligación de hacer que el espectro de su álter ego de la columna periodística desapareciera.

—Tenemos más huevos de los que podemos comer, y he estado buscando el modo de expresarte mi gratitud —dijo a modo de disculpa—, porque desde que comenzó la guerra has acudido muchas veces en mi ayuda.

—Oh, señorita Saffy.

—No olvidemos que si no fuera por ti, aún estaría blanqueando la ropa con azúcar glas.

Lucy se echó a reír y exclamó:

—¡Se lo agradezco de corazón! Acepto gustosa su ofrecimiento.

Las dos comenzaron a cortar rectángulos de los periódicos apilados junto al horno para empaquetar los huevos. Saffy pensó por enésima vez cuánto disfrutaba la compañía de su ama de llaves y cuánto lamentaría perderla. Cuando se mudara a su pequeño apartamento, le daría la dirección a Lucy e insistiría en invitarla a tomar el té cuando pasara por Londres. Percy sin duda tendría algo que objetar —sus ideas con respecto a las relaciones entre clases eran bastante conservadoras—, pero Saffy sabía que los amigos eran dignos de ser valorados, daba igual dónde se los encontrara.

Desde fuera se oyó el ruido amenazante de un trueno. A través del sucio cristal de la ventana que estaba sobre el pequeño fregadero, Lucy observó el cielo oscuro y frunció el ceño.

—Si no queda nada más que hacer, señorita Saffy, terminaré de arreglar el salón y me marcharé. Parece que pronto comenzará a llover, y debo asistir a una reunión esta tarde.

—El Servicio de Voluntarias, ¿verdad?

—Hoy será en la cantina. Hay que mantener a esos valientes soldados bien alimentados.

—Así es. A propósito, he cosido algunas muñecas para tu subasta para recaudar fondos. Llévalas esta noche si quieres: están arriba, al igual que... —Saffy hizo una pausa teatral— el vestido.

Lucy se llevó la mano a la boca y susurró a pesar de que estaban a solas:

—¡Lo ha terminado!

—Justo a tiempo para que Juniper lo use esta noche. Lo he colgado en el ático para que sea lo primero que vea al llegar.

—Entonces no dudaré en subir y echarle una mirada antes de marcharme. ¿Cómo ha quedado?

—Espléndido.

—¡Qué alegría! —exlamó Lucy. Luego, con cierta vacilación, se acercó a Saffy y aferró sus manos—. Todo saldrá a la perfección, ya lo verá. Será una noche muy especial, por fin la señorita Juniper regresa de Londres.

—Solo espero que la tormenta no retrase mucho tiempo los trenes.

Lucy sonrió.

—Se sentirá aliviada cuando la vea en casa sana y salva.

—Desde su partida no he dormido una sola noche.

—Por la preocupación. —Lucy sacudió la cabeza, comprensiva—. Ha sido una madre para ella, y una madre jamás duerme cuando está afligida por su bebé.

—Oh, Lucy —los ojos de Saffy se iluminaron—, he estado tan preocupada... Tanto que me parece haber contenido el aliento durante meses.

—Sin embargo, no ha habido episodios, ¿verdad?

—No, gracias a Dios. Lo habría dicho. Ni siquiera Juniper mentiría sobre algo tan serio.

La puerta se abrió de golpe y las dos se enderezaron con la misma rapidez.

Lucy dio un grito. Saffy estuvo a punto de imitarla, pero en cambio recordó coger la lata y ocultarla detrás de su espalda. No había sido más que el viento que se arremolinaba en el jardín, pero la interrupción fue suficiente para desvanecer la atmósfera agradable junto con la sonrisa de Lucy. Entonces Saffy supo el motivo del malestar de su ama de llaves.

Consideró la posibilidad de no decir nada —el día casi había llegado a su fin y a veces era mejor callar—, pero la tarde había sido muy amigable, las dos habían trabajado a la par en la cocina y en la sala, y Saffy ansiaba que todo terminara bien. Independientemente de la opinión de Percy, podía tener amigos, *los necesitaba*. Se aclaró la garganta suavemente.

—Lucy, ¿qué edad tenías cuando comenzaste a trabajar en esta casa?

El ama de llaves parecía estar esperando la pregunta.

—Dieciséis años —respondió con serenidad.

—Han pasado veintidós años, ¿verdad?

—Veinticuatro. Fue en 1917.

—Siempre fuiste una de las preferidas de mi padre, ya lo sabes.

En el horno, el relleno del pastel comenzó a bullir dentro de la masa. La antigua ama de llaves se irguió y dejó escapar un suspiro.

—Fue bueno conmigo —dijo lenta y pausadamente.

—Y debes saber que Percy y yo sentimos un gran cariño por ti.

Lucy había terminado de empaquetar los huevos. Permaneció en su sitio, se cruzó de brazos y respondió con gentileza:

—Es muy amable por su parte, señorita Saffy, e innecesario.

—Si alguna vez cambias de idea, cuando las cosas se hayan normalizado, si decides que desearías regresar de un modo más oficial…

—No —dijo Lucy—. No, gracias.

—Te he molestado —replicó Saffy—. Lo siento, Lucy, querida. No habría debido decir ni una palabra, pero no quería que tuvieras una idea equivocada de las cosas. Percy no lo hace con intención. Es simplemente su modo de comportarse.

—De verdad, no es necesario…

—No le gustan los cambios. Jamás le han gustado. Casi se muere de tristeza cuando de pequeña tuvo escarlatina y la enviaron al hospital —explicó Saffy, tratando débilmente de aligerar el ambiente—. A veces creo que sería feliz si nos quedáramos las tres hermanas juntas aquí en Milderhurst para siempre. ¿Te lo imaginas? ¿Las tres ancianas con el pelo tan blanco y largo que podríamos sentarnos sobre él?

—Supongo que la señorita Juniper no estaría de acuerdo.

—En absoluto.

Tampoco Saffy. Tuvo la repentina urgencia de hablarle a Lucy sobre el pequeño apartamento de Londres, el escritorio junto a la ventana, la radio en la repisa. Pero se contuvo, no era el momento indicado. En cambio, dijo:

—De cualquier modo, nos apenó tu marcha, después de tantos años.

—Fue la guerra, señorita Saffy, debía ayudar de alguna manera; y luego la muerte de mi madre y Harry…

Saffy la interrumpió con un gesto.

—No tienes que darme explicaciones; lo comprendo perfectamente. Asuntos del corazón y demás. Cada uno tiene que afrontar su vida, Lucy, especialmente en una época como esta. La guerra hace que comprendamos qué es realmente importante, ¿verdad?

—Debería ponerme en marcha.

—Sí. Está bien. Y nos volveremos a ver pronto. La semana que viene podríamos preparar encurtidos para la subasta. Mis calabacines…

—No —dijo Lucy con cierta rigidez—. Otra vez no. No tenía que haber venido hoy, pero me pareció que la tarea la superaba.

—Pero, Lucy…

—Por favor, no vuelva a pedírmelo, Saffy. No es correcto.

Saffy no supo qué decir. Fuera se oyó una nueva ráfaga de viento y el estrépito de un trueno lejano. Lucy cogió el paquete de huevos.

—Tengo que marcharme —dijo, con más amabilidad esta vez, lo cual de algún modo fue peor y llevó a Saffy al borde de las lágrimas—. Iré a buscar las muñecas, le echaré un vistazo al vestido de Juniper y me iré —anunció, y salió de la cocina.

La puerta se cerró. Saffy, otra vez a solas en la cocina cargada de vapor, sostenía el cuenco de pescado triturado mientras se devanaba los sesos tratando de comprender qué había sucedido para que su amiga la abandonara.

3

Percy se deslizó por la cuesta de Tenterden Road, atravesó la grava del sendero de entrada y saltó de la bicicleta.

—«De nuevo en casa, de nuevo en casa, tarará» —canturreó en voz baja, haciendo crujir los guijarros bajo sus botas. La niñera les había enseñado esa canción varias décadas atrás, y aun así siempre la recordaba cuando salía de la carretera hacia el sendero. Sucedía con algunas melodías, algunos versos. Se aposentaban y se negaban a marcharse, contrariando los deseos más fervientes. No era el caso de Percy, no le importaba librarse de la canción *De nuevo en casa*. Su querida niñera, con sus pequeñas manos rosadas, su seguridad en todas las cosas, las agujas que resonaban ante la chimenea del ático por las noches, mientras calcetaba hasta que ellas se durmieran. ¡Cuánto habían llorado cuando al celebrar su nonagésimo cumpleaños se jubiló y se mudó a casa de una sobrina nieta en Cornualles! Saffy había amenazado con arrojarse por la ventana del ático en señal de protesta, pero desgraciadamente ya había utilizado varias veces esa estrategia y no logró impresionar a la niñera.

Aunque iba con retraso, Percy no subió por el camino montada en su bicicleta, lo recorrió a pie, para que a su paso el paisaje familiar le diera la bienvenida. A la izquierda vio la granja con sus secaderos de lúpulo; más allá, el molino; el bosque lejano a la derecha. Desde la sombra fresca parpadeaban ante ella los recuerdos de miles de tardes de infancia en los árboles del bosque Cardarker. La emoción de ocultarse de los tratantes de blancas; la búsqueda de huesos de dragones; las escaladas con su padre en busca de las antiguas vías romanas…

El sendero no era muy empinado. No había elegido recorrerlo a pie por falta de destreza como ciclista, sino para disfrutar del paseo. Su padre también había sido un gran caminante, especialmente después de la Gran Guerra. Antes de publicar su libro y marcharse a Londres; antes de conocer a Odette y casarse nuevamente y dejar de pertenecerles. El médico le había aconsejado una caminata diaria para mejorar el estado de su pierna, y había comenzado a pasear por el campo con un bastón que el señor Morris había olvidado en una visita de fin de semana a la abuela.

—¿Ves cómo se arquea a cada paso? —le había dicho una tarde de otoño, mientras paseaban junto al arroyo Roving—. Así debe ser. Flexible y fuerte. Es un recordatorio.

—¿De qué, papá?

Con el ceño fruncido, su padre había fijado la vista en la orilla resbaladiza, como si las palabras estuvieran ocultas allí, entre los juncos, y había respondido:

—De que yo también soy fuerte, supongo.

En aquel momento ella no comprendió. Supuso que a su padre le agradaba la solidez del bastón. No seguiría indagando. El puesto de Percy como acompañante era endeble, para conservarlo debía ajustarse a severas reglas. De acuerdo con la doctrina de Raymond Blythe, caminar era una oportunidad para la contemplación. En raras ocasiones, si ambos participantes estaban dispuestos, podría ser propicia para hablar sobre la historia, la poesía o la naturaleza. Los charlatanes no eran tolerados, y quien recibía ese calificativo jamás lo perdía, para gran mortificación de Saffy. Más de una vez, al partir, Percy se volvía para mirar el castillo y distinguía a Saffy, asomada a la ventana de su habitación con expresión mortificada. Siempre sentía compasión por su hermana, aunque nunca la suficiente para quedarse en casa. Suponía que era favorecida para compensar las innumerables ocasiones en que Saffy había contado con la atención de su padre, que sonreía entusiasmado cuando ella leía los ingeniosos cuentos que solía escribir. En los últimos tiempos había sido recompensada por los meses que ellos dos pasaron juntos: poco después de que su padre regresara de la guerra, Percy, enferma de escarlatina, fue enviada a un hospital.

Percy llegó al primer puente y se detuvo. Apoyó la bicicleta en la barandilla. Desde allí no podía ver la casa, el bosque la ocultaba. No la vería hasta llegar al segundo puente, más pequeño. Se asomó al borde y observó el arroyo poco profundo. El caudal susurraba y se arremolinaba en el tramo más ancho, vacilaba antes de adentrarse en el bosque. La sombra de Percy Blythe, que se recortaba oscura en la claridad con que se reflejaba el cielo, ondulaba plácidamente en el centro.

Más allá estaban los campos de lúpulo donde aquella calurosa tarde de verano había fumado su primer cigarrillo. Ella y Saffy reían nerviosas ante el paquete robado a uno de los amigos más pomposos de su padre, que entretanto asaba sus rechonchas pantorrillas junto al lago.

Un cigarrillo…

Percy palpó el bolsillo delantero del uniforme, sintió la forma cilíndrica bajo sus dedos. Dado que lo había liado, era razonable disfrutarlo. Tenía la sensación de que tan pronto como entrara en su ruinosa casa, fumar tranquilamente un cigarrillo no sería más que un sueño lejano.

Giró, se apoyó en la barandilla y lo encendió con una cerilla. Inhaló y contuvo la respiración un instante antes de exhalar. Adoraba el tabaco. A veces creía que podía ser feliz viviendo sola, sin hablar con nadie, a condición de poder hacerlo allí, en Milderhurst, y con una provisión de cigarrillos para toda la vida.

No siempre había sido tan solitaria. Incluso en aquel momento sabía que esa fantasía —aunque tenía sus ventajas— no era más que eso, una fantasía. Jamás soportaría vivir sin Saffy, al menos no por mucho tiempo. Tampoco sin Juniper. Durante los cuatro meses transcurridos desde que su hermana pequeña se marchara a Londres, Saffy y ella se habían comportado como dos viejecitas lloronas: se preguntaban si tendría suficientes calcetines, le enviaban huevos frescos con cualquier conocido que viajara a Londres, leían sus cartas en voz alta a la hora del desayuno, intentaban descifrar su estado de ánimo, sus pensamientos, adivinar su estado de salud. Por cierto, en esas cartas no se hacía mención —abierta ni encubierta— a una posible boda. ¡Muchas gracias, señora Potts! La ocurrencia era ridícula para cualquiera que conociera a Juniper. Mientras que algunas mujeres estaban hechas para el matrimonio y los cochecitos de bebé, otras, decididamente, no lo estaban. Su padre lo había comprendido, razón por la cual había arreglado las cosas de ese modo, para asegurarse de que Juniper tuviera quien la cuidara tras su muerte.

Percy lanzó un bufido de impaciencia y aplastó lo que quedaba del cigarrillo bajo su bota. Al pensar en la mujer del cartero recordó las cartas que había recogido. Las sacó de su bolso; eran una excusa para permanecer un rato más en la tranquilidad de su propia compañía.

Tal como había dicho la señora Potts, eran tres: un paquete de Meredith para Juniper, un sobre mecanografiado dirigido a Saffy, y otra carta con su nombre escrito en el frente. Una escritura de curvas tan vertiginosas solo podía proceder de su prima Emily. Percy abrió con impaciencia el sobre e inclinó la primera página de modo que recibiera la luz que aún quedaba para poder leerla.

Salvo por aquella ocasión infame en que había teñido de azul el cabello de Saffy, durante la infancia de las gemelas, Emily había gozado del honroso título de prima favorita. El hecho de que sus únicos contrincantes fueran las pomposas primas de Cambridge, las delgadas y extrañas primas del norte, y su propia hermana, Pippa, inmediatamente descalificada por su lamentable tendencia a llorar ante la menor provocación, no le quitaba mérito. Cada visita de Emily a Milderhurst provocaba una gran algarabía, y sin ella la infancia de las hermanas Blythe habría sido bastante más aburrida. Percy y Saffy siempre habían sido íntimas, como suele suceder con las gemelas, pero su vínculo no excluía a los otros. De hecho, eran la clase de dúo cuya amistad se reforzaba con la incorporación de un tercero. También el pueblo estaba repleto de niños con quienes habrían podido jugar si su padre no hubiera tenido tal desconfianza hacia los extraños. Su querido padre siempre había sido terriblemente esnob en ese sentido, y sin embargo le habría horrorizado oír que lo calificaban de esa manera. Más que el dinero o la clase social, admiraba la inteligencia: el talento era la moneda con que medía a quienes lo rodeaban.

Emily, bendecida con ambas cualidades, había recibido el sello de aprobación de su padre, lo cual implicaba que era bienvenida en Milderhurst todos los veranos. Incluso se le permitía participar de las jornadas familiares de los Blythe, un torneo más o menos habitual instituido por la abuela cuando Raymond era pequeño. El anuncio se hacía durante la feliz mañana: «¡Velada familiar de los Blythe!», y durante todo el día el ambiente de la casa se llenaba de expectación. Se distribuían los diccionarios, cada miembro de la familia afilaba su lápiz y su ingenio, y terminada la cena se reunían en el salón principal. Las participantes tomaban asiento ante la mesa o en su sillón favorito, y finalmente entraba su padre. Siempre abandonaba sus actividades diarias el día del torneo; se retiraba a la torre para hacer la lista de los desafíos. Su anuncio era una especie de ceremonia, las especificaciones del juego podían variar, pero en general se proporcionaba un lugar, un personaje y una palabra, y poniendo en marcha uno de los relojes de la cocinera se daba comienzo a la carrera para crear la ficción más entretenida.

Percy era inteligente pero no ingeniosa, le gustaba escuchar pero no contar, los nervios hacían que escribiera con lentitud e incluso con meticulosidad, y el resultado era terriblemente acartonado. Detestó y desdeñó esas jornadas hasta que a los doce años, por casualidad, descubrió que si actuaba como contadora de puntos en el concurso quedaba exenta de participar. Emily y Saffy —cuya devoción mutua solo hacía más encarnizada la justa— competían fervientemente por ser merecedoras de los elogios de Raymond Blythe. Trabajaban afanosamente en sus historias, frunciendo el ceño, mordiéndose los labios, y escribiendo a toda prisa. Mientras tanto, Percy esperaba sentada, tranquila y entretenida. Las dos contendientes estaban igualmente dotadas para la expresión escrita, Saffy disponía quizás de un vocabulario más amplio, aunque el malicioso humor de Emily le daba una clara ventaja, y durante un tiempo fue evidente que, en opinión del señor Blythe, el don familiar se había desarrollado especialmente en ella. Por supuesto, antes del nacimiento de Juniper, cuyo talento precoz había eliminado de raíz la posibilidad de que existiera otra ganadora.

A pesar de que Emily se apenó cuando la atención de Raymond cambió de dirección, se recuperó con rapidez. Sus visitas continuaron feliz y regularmente durante muchos años, incluso después de la infancia, hasta ese último verano de 1925, el anterior a su boda y a que todo terminara. Percy consideraba que para Emily fue muy ventajoso el hecho de que, a pesar de su talento, jamás hubiera tenido el temperamento de una artista. Era demasiado amable, demasiado buena para los deportes, demasiado alegre y querida como para seguir la carrera de escritora.

No había en ella una pizca de neurosis. Su posterior destino fue sumamente afortunado: casada con un buen partido, era madre de un puñado de niños pecosos, vivía en una gran casa con vistas al mar, y ahora, según decía, criaba un par de encantadores cerditos. La carta era una colección de anécdotas sobre su pueblo en Devonshire, noticias de su marido y sus hijos, aventuras de los oficiales del Servicio de Prevención de Ataques Aéreos, la obsesión de su anciano vecino por su bomba hidráulica. Aun así, Percy se rio al leerla. Seguía sonriendo cuando llegó al final; la dobló cuidadosamente y la guardó de nuevo en el sobre.

Entonces la rompió en mil pedazos, que deslizó hasta el fondo de su bolsillo, y siguió su camino hacia el castillo. Se dijo que debería arrojar a la basura los trozos de papel antes de poner el uniforme en el montón de ropa para lavar. Mejor aún, los quemaría esa misma tarde. Saffy jamás se enteraría.

4

El hecho de que Juniper —la única de las Blythe que no había dormido en el cuarto destinado a los niños— despertara la mañana de su decimotercer cumpleaños, guardara algunas pertenencias en una funda de almohada y se dirigiera al piso superior para reclamar su derecho a ocupar el ático no sorprendió a nadie. El espíritu de contradicción era propio de la Juniper que ellos conocían y amaban, de modo que al recordarlo, años después, la sucesión de acontecimientos parecería absolutamente natural, y llegarían a creer que todo había sido planeado de antemano. Por su parte, Juniper no diría demasiado sobre el tema, en ese momento ni después: un día se encontraba durmiendo en el pequeño anexo del segundo piso, y al siguiente se había apropiado del ático. ¿Qué más se podía decir?

Para Saffy, más que su mudanza al cuarto compartido, era significativa la estela de extraño encanto que Juniper dejaba a su paso. El ático —el puesto fronterizo del castillo, el lugar donde los niños habían sido tradicionalmente recluidos hasta que por su edad o sus atributos eran considerados dignos de un entorno adulto— era una habitación con techo bajo y ratones temerarios, inviernos gélidos y veranos sofocantes, el lugar por donde pasaban todas las chimeneas en su ruta a la libertad. De pronto pareció bullir. Sin motivo alguno, atrajo a las personas. «Iré a echar un vistazo», solían decir antes de desaparecer escalera arriba para reaparecer tímidamente una hora después. Saffy y Percy intercambiaban miradas pícaras y se entretenían imaginando en qué demonios habría invertido ese tiempo el ingenuo huésped. Pero de algo no tenían duda: Juniper no había adoptado el papel de anfitriona. No porque fuera descortés —aunque tampoco especialmente afable—, sino porque ninguna compañía le resultaba tan placentera como la propia. Un rasgo favorable, dado que había tenido pocas oportunidades de conocer a otras personas. No había primas de su edad ni amigos de la familia, y su padre siempre había insistido en que fuera educada en casa. Saffy y Percy suponían que Juniper ignoraba por completo a sus visitantes, les permitía deambular libremente en medio del caos de su habitación hasta que se cansaban y decidían marcharse. Desde siempre, uno de los dones más extraños e inexplicables de Juniper fue un intenso magnetismo, digno de investigación y diagnóstico médico. Incluso aquellos que no le tenían simpatía querían agradarle.

Aquel día, mientras subía por segunda vez la escalera rumbo al ático, Saffy no tenía la más remota intención de desentrañar el misterio que dotaba de encanto a su hermana pequeña. La tormenta se acercaba más rápido que la patrulla de la guardia local del señor Potts, y las ventanas del ático estaban abiertas de par en par. Las había visto desde el gallinero, mientras acariciaba las plumas de Helen-Melon, preocupada por la súbita seriedad de Lucy. Le había llamado la atención la luz encendida: en el cuarto de costura el ama de llaves recogía las muñecas para el hospital. Había seguido su recorrido: una sombra que pasaba junto a la ventana del segundo piso, débiles rayos del sol crepuscular mientras abría la puerta del pasillo, un minuto a oscuras antes de que encendiera la luz de la escalera que llevaba al ático. Entonces Saffy había recordado que ella misma había abierto esa mañana las ventanas, con la esperanza de que la frescura del día se llevara los meses de aire estancado. Una esperanza que había albergado con cierta duda; y aun a riesgo de fracasar, valía la pena intentarlo. En aquel momento, sin embargo, el olor a lluvia que traía el viento le indicaba que era necesario cerrarlas. Esperó a que la luz de la escalera se apagara, luego otros cinco minutos, y cuando consideró que podía aventurarse sin miedo a toparse con Lucy, decidió entrar.

* * *

Con sumo cuidado para no pisar el tercer escalón antes de llegar —si algo no necesitaba esa noche era el fantasma de su tío haciendo travesuras—, Saffy abrió la puerta del ático y encendió la luz. Se detuvo en la entrada, mirando la bombilla, que, como todas en Milderhurst, emitía un tenue resplandor. Siempre hacía una pausa antes de adentrarse en el reino de Juniper. Suponía que en el mundo no habría muchas habitaciones como aquella, donde era necesario planificar el curso de la acción: la suciedad podía ser abrumadora.

El hedor seguía allí, una rancia combinación de humo de cigarrillo, tinta, ratón y perro mojado. Demasiado intenso para que bastara con un día de brisa. El olor a perro tenía una explicación sencilla: Poe, la mascota de Juniper. En su ausencia había languidecido tumbado en la entrada, a los pies de su cama. Con respecto a los ratones, era imposible saber si Juniper los había alimentado o los pequeños oportunistas habían aprovechado el caos que reinaba en el ático. Aunque no lo admitía, a Saffy le gustaba el olor a ratón, le recordaba a Clementina. La había comprado en la sección de mascotas de Harrods la mañana de su octavo cumpleaños. Tina había sido una gran compañera, hasta el desafortunado incidente con Cyrus, la serpiente de Percy. Las ratas eran una especie muy difamada, más limpias de lo que habitualmente se creía y muy buenas compañeras. Saffy conocía la nobleza del mundo roedor.

En su incursión anterior Saffy había descubierto un paso despejado. Avanzó con cautela en medio del desorden. Pensó qué habría dicho la niñera si hubiera podido ver la habitación en ese estado. Atrás habían quedado los diáfanos y limpios días de su reinado, las suculentas meriendas, la escobilla que por las noches barría las migajas, los escritorios gemelos contra la pared, el persistente olor a cera y jabón de glicerina. Esa época había terminado; aparentemente, la reemplazaba la anarquía. Papeles por doquier llenos de instrucciones extrañas, ilustraciones, preguntas que Juniper se escribía a sí misma; el polvo se amontonaba a sus anchas, se alineaba junto a los zócalos como viejas acompañantes en un baile. Las paredes estaban atiborradas de fotografías, de personas y lugares, de palabras extrañamente asociadas que por algún motivo habían llamado la atención de Juniper; el suelo era un mar de libros, prendas, tazas inquietantemente sucias, ceniceros improvisados, muñecas de ojos parpadeantes, viejos billetes de autobús garabateados. Saffy se sintió mareada, contuvo las náuseas. Aquello que asomaba del edredón parecía un trozo de pan, ya petrificado, convertido en una pieza de museo.

Después de una larga lucha interior, Saffy había logrado vencer la pésima costumbre de ordenar el caos de Juniper. Aquel día, sin embargo, no pudo evitarlo. Podía tolerar el desorden, pero no los restos de comida. Se agachó, con un escalofrío de repulsión envolvió el pan petrificado en el edredón y se dirigió presurosa hacia la ventana, donde lo dejó caer y esperó hasta oír el ruido sordo que produjo al chocar con el viejo foso cubierto de hierba. Volvió a estremecerse mientras hacía flamear el edredón. Luego cerró la ventana y las oscuras cortinas.

El edredón raído debía ser lavado y remendado, pero por el momento se contentaría con doblarlo. Sin excesivo cuidado, por supuesto —previsiblemente Juniper no le prestaría atención—, apenas lo necesario para devolverle algo de dignidad. Mientras lo plegaba, Saffy pensó que merecía algo más que cuatro meses de permiso en el suelo, sirviendo de mortaja a un pedazo de pan duro. La esposa de un granjero de la zona lo había bordado para Juniper hacía muchos años. Un ejemplo de las diversas y espontáneas muestras de cariño que solía inspirar. Ante un gesto de ese tipo la mayoría de las personas se emocionan, se sienten comprometidas a dedicar un especial cuidado al objeto que les ha sido regalado. Pero Juniper no era como la mayoría. No solía otorgar a las creaciones de otros más valor que a las propias. Saffy suspiró. Mientras observaba el suelo otoñal, cubierto de papeles arrugados, pensó que le resultaba especialmente difícil comprender esa actitud de su hermana.

Buscó un sitio donde dejar el edredón ya doblado. Lo depositó en una silla. En lo alto de una pila distinguió un libro abierto. Lectora empedernida, no pudo evitar dar la vuelta a las páginas para leer el título: *El libro de los gatos habilidosos del viejo Possum*, dedicado por T. S. Eliot a Juniper en una ocasión en que los había visitado y su padre le había enseñado algunos de los poemas de June. Saffy admiraba a Thomas Eliot como artesano de las palabras. Pero cierto pesimismo en su alma, cierta oscuridad en su aspecto, le creaba una persistente inquietud. Más que los gatos, de por sí caprichosos, sus otros poemas le provocaban esa sensación. Creía que su obsesión por los relojes y el paso del tiempo era un camino seguro a la depresión, que ella prefería evitar.

La opinión de Juniper al respecto no era clara. Nada sorprendente. Saffy solía pensar que, de haber sido personaje de un libro, su hermana habría pertenecido a la categoría de aquellos cuya definición dependía de las reacciones de los otros, cuyo punto de vista era imposible de indagar sin riesgo de convertir la ambivalencia en certeza. Adjetivos como «irresistible», «etérea» y «cautivadora» habrían sido inestimables para el autor, junto con «feroz» y «temeraria», e incluso —aunque Saffy sabía que jamás debía decirlo en voz alta— «violenta». En manos de Eliot habría sido: Juniper, el gato Au Contraire. Esbozó una sonrisa, encantada con la idea, y se quitó el polvo de las manos pasándoselas por las rodillas. Su hermana Juniper era bastante gatuna: la mirada fija de sus ojos separados, la ligereza de sus pasos, su resistencia a las atenciones que no había pedido.

Saffy comenzó a vadear el mar de papeles rumbo a las demás ventanas. Se permitió un pequeño rodeo para pasar ante el armario donde colgaba el vestido. Lo había dejado allí esa misma mañana, después de asegurarse de que Percy se hubiera marchado; lo había sacado de su escondite y lo había llevado en brazos, como si se tratara de la princesa durmiente de un cuento. Había curvado una percha para colgarlo en la puerta del armario, aunque era innecesario: de todos modos, su hermana lo distinguiría de inmediato al abrir el ropero.

El vestido era una perfecta expresión de la insondable Juniper. La carta enviada desde Londres había sido una absoluta sorpresa. Si Saffy no hubiera sido testigo de toda una vida de cambios bruscos, la habría considerado una broma. Hasta entonces, tenía la certeza de que a Juniper Blythe le importaba un bledo la ropa. Había pasado la infancia vestida con sencillas muselinas blancas y descalza. Y poseía la curiosa habilidad de reducir cualquier vestido —aun el más elegante— a un saco informe en solo dos horas de llevarlo puesto. Pese a que Saffy había albergado ciertas esperanzas, la madurez no la había cambiado. Otras muchachas de diecisiete años ansiaban ir a Londres inmediatamente después de su presentación en sociedad. Juniper ni siquiera lo mencionó y, solo por haber insinuado la posibilidad, le echó a Saffy una mirada fulminante, tan intensa que la sensación perduró varios días. En realidad, era lo mejor. Su padre jamás lo habría consentido. Como solía decir, ella era su «criatura del castillo». No había motivo para que lo abandonara. Al fin y al cabo, ¿qué significado podía tener para una chica como ella una sucesión de bailes de presentación en sociedad?

En consecuencia, la posdata de la carta, escrita apresuradamente, donde preguntaba a Saffy si le molestaría confeccionar un vestido para un baile —tal vez alguno de los vestidos que su madre había llevado a Londres poco antes de morir seguía guardado en el castillo y ella podía arreglarlo— le había parecido verdaderamente desconcertante. La carta iba dirigida exclusivamente a Saffy, y aunque Percy y ella solían afrontar juntas los asuntos referidos a Juniper, en esta ocasión no la había hecho partícipe de aquella petición. Después de largas cavilaciones había llegado a la conclusión de que la vida en la ciudad había cambiado a su hermana pequeña; se preguntó si Juniper había cambiado también en otros aspectos, si cuando la guerra terminara desearía instalarse definitivamente en Londres, lejos de Milderhurst, sin importarle lo que su padre hubiera deseado para ella.

Incluso ignorando el motivo de su petición, Saffy estuvo encantada de satisfacerla. Junto a su máquina de escribir, su Singer 201K —sin duda, uno de los mejores modelos que se habían fabricado— era su orgullo. Desde el comienzo de la guerra había cosido cantidad de prendas, todas a efectos prácticos. La oportunidad de dejar de lado el montón de sábanas y pijamas de hospital para dedicarle tiempo y trabajo a un vestido de moda le parecía emocionante, y en particular la propuesta de Juniper. Saffy supo de inmediato a qué vestido se refería su hermana; ya en su momento lo había admirado, esa inolvidable noche de 1924, cuando su madrastra lo había lucido en Londres con ocasión del estreno de la obra teatral de su padre. Desde entonces había estado guardado en el único lugar a salvo de las polillas: el archivo herméticamente cerrado.

Saffy pasó suavemente los dedos por el vestido de seda. El color era realmente maravilloso. Casi rosado, como la parte inferior de las setas silvestres que crecían cerca del molino. Una mirada distraída lo habría creído de color crema, pero merecía más atención. Durante semanas Saffy había trabajado para modificarlo, siempre a escondidas. El engaño y el esfuerzo habían valido la pena. Levantó el dobladillo para examinar otra vez la pulcritud de su trabajo y luego, satisfecha, lo alisó con los dedos. Retrocedió un paso para admirarlo. Era fantástico. Había cogido una hermosa pero anticuada prenda y, armada de los números preferidos de su colección de *Vogue*, la había convertido en una obra de arte. Si pecaba de falta de humildad, no le importaba. Sabía que tal vez fuera la última oportunidad de admirar ese vestido en todo su esplendor. (Tan pronto como cayera en manos de Juniper su destino sería incierto: era la triste realidad). No estaba dispuesta a desperdiciar la oportunidad dedicándola a deprimentes demostraciones de falsa modestia.

Después de mirar por encima de su hombro, Saffy descolgó el vestido y sintió su peso en las manos; los vestidos de buena calidad tenían un peso agradable. Colocó un dedo debajo de cada tirante y lo sostuvo delante de ella, mordiéndose el labio inferior mientras se observaba en el espejo. Permaneció en el sitio, con la cabeza inclinada hacia un lado, una actitud infantil que jamás había logrado abandonar. A esa distancia, con la escasa luz, sintió que el tiempo no había pasado. Si entrecerraba los ojos y sonreía un poco más, podía ser la joven de diecinueve años que seguía a su madrastra la noche del estreno, codiciando el vestido rosa y prometiéndose que alguna vez también ella luciría una prenda deslumbrante, quizás el día de su boda.

Saffy colgó el vestido en la percha. Al hacerlo tropezó con un jarrón, regalo de los Asquith por la boda de sus padres. Lanzó un suspiro. La irreverencia de Juniper no tenía límites. Para ella no tenía la menor importancia, pero Saffy no pudo ignorarlo. Se inclinó para recogerlo y estaba a punto de enderezarse cuando vio una taza de té de Limoges bajo un viejo periódico. Sin darse cuenta ya había infringido su regla de oro y se encontraba a cuatro patas, ordenando la habitación. El montón de porcelana que había juntado en un minuto no reducía el caos. El lugar estaba repleto de papeles garabateados.

La imposibilidad de restablecer el orden, de reivindicar el antiguo estilo de vida, le causaba un dolor casi físico. Aunque las dos hermanas eran escritoras, su forma de trabajar era diametralmente opuesta. Saffy tenía la costumbre de reservarse unas preciosas horas del día para sentarse en silencio, con la única compañía de un bloc, la estilográfica que su padre le había regalado cuando cumplió dieciséis años y una buena taza de té recién preparada. De ese modo, cuidadosa y lentamente, les daba a las palabras un orden placentero, escribía y reescribía, corregía y perfeccionaba, leía en voz alta y saboreaba el placer de dar vida a la historia de Adele, su heroína. Solo cuando estaba completamente satisfecha con el trabajo del día se dirigía a su Olivetti y mecanografiaba el nuevo párrafo.

Juniper, en cambio, parecía escribir con la intención de desembarazarse de algo. Lo hacía dondequiera que acudiera la inspiración, escribía a toda prisa, dejaba a su paso borradores de poemas, imágenes fragmentadas, adverbios fuera de lugar que tal vez por ello cobraban mayor fuerza. El castillo estaba cubierto de papeles que, esparcidos por el suelo como migas de pan, indicaban el camino hacia la escalera en cuya cima se encontraba el ático hecho de dulces manjares. En más de una ocasión, mientras limpiaba, Saffy había descubierto páginas manchadas de tinta en el suelo, detrás del sofá, bajo la alfombra. Se dejaba llevar entonces por la evocación de un trirreme que en la antigua Roma izaba las velas y se entregaba al viento; en cubierta se oía una orden, mientras en la proa se ocultaban los amantes, a punto de ser capturados. Pero la historia se interrumpía, víctima del interés cambiante y huidizo de Juniper.

Sin embargo, otras historias se completaban en salvajes arranques de composición: tal vez manías, una palabra que nin-

guno de los Blythe utilizaba a la ligera, especialmente relacionada con Juniper. Si la hermana pequeña no se presentaba a la hora de la comida, se descubría que la luz se filtraba por los
intersticios de las tablas del suelo, y que una franja candente
brillaba bajo la puerta, el padre ordenaba que no se la molestara,
alegando que las necesidades del cuerpo eran secundarias ante
las demandas del genio. Saffy siempre le llevaba a escondidas un
plato. No obstante, Juniper jamás lo tocaba: seguía escribiendo
durante toda la noche, en un arranque súbito y ardiente, como
esas fiebres tropicales que la gente solía contraer. Y también efímero: al día siguiente regresaba la calma. Entonces salía del ático, cansada, aturdida y vacía. Después de exorcizar y olvidar al
demonio, bostezaba y deambulaba a su modo felino.

Saffy archivaba sus propias composiciones —tanto los
borradores como las versiones definitivas— en idénticas cajas
cerradas que apilaba cuidadosamente para la posteridad en el
archivo; siempre había trabajado por el placer de finalizar la historia y ofrecerla para su lectura; le resultaba incomprensible que
a Juniper no le interesara dar a conocer sus escritos. No había
falsa modestia en su actitud; simplemente no le importaba. Una
vez que terminaba de escribir, perdía el interés. En una ocasión,
Saffy se lo había comentado a Percy, que, como era previsible,
se quedó desconcertada. La pobre Percy carecía por completo
de creatividad.

¡Vaya! Saffy se detuvo, aún a cuatro patas. Bajo la maraña
de papeles apareció nada menos que la cuchara de plata de la
abuela. La que había buscado todo el día. En cuclillas, con las manos en las caderas, pensó que mientras ella y Lucy revolvían los
cajones, la cuchara se ocultaba bajo los escombros del cuarto de
Juniper. Tendría que quitar una rara mancha que se distinguía en
el mango. A punto de sacarla de su escondite comprendió que
había sido utilizada como marcador. Abrió el cuaderno, vio los
característicos garabatos de Juniper, pero la página estaba fecha-

da. Los ojos de Saffy, entrenados por una vida de ávida lectura, fueron más rápidos que sus modales. En un segundo comprobó que se trataba de la última entrada de un diario: mayo de 1941, justo antes de que su hermana partiera para Londres.

El acto de leer el diario de otra persona le pareció sencillamente horroroso. Para Saffy habría sido una mortificación saber que su intimidad era invadida de ese modo, pero Juniper jamás se había preocupado por las normas de conducta y, de algún modo que Saffy comprendía pero no podía expresar en palabras, esa realidad la autorizaba a echar un vistazo. De hecho, Juniper tenía por costumbre dejar papeles personales descaradamente a la vista. Con certeza, una invitación para que su hermana mayor —una figura materna— se asegurara de que todo estaba en orden. Juniper tenía casi diecinueve años, pero era un caso especial; no podía hacerse cargo de sí misma como la mayoría de los adultos. En calidad de tutoras, Saffy y Percy debían estar al tanto de sus asuntos. Si ellas hubieran dejado a la vista sus diarios, la niñera los habría leído sin vacilar. Precisamente por ese motivo habían llegado al extremo de alternar sus escondites. Juniper no se tomaba la molestia de hacerlo. Era prueba suficiente de que ansiaba el interés maternal de Saffy en sus asuntos. El cuaderno de Juniper se encontraba ante ella, abierto en una página relativamente reciente. Habría sido una muestra de indiferencia no echar un vistazo.

5

Vio otra bicicleta en los peldaños de la entrada, donde solía dejar la suya cuando el cansancio, la pereza o simplemente la falta de tiempo le impedían llevarla al establo. Es decir, a menudo. Le sorprendió: Saffy no había mencionado otro invitado, solo Juniper y su amigo Thomas Cavill, y ellos llegarían en autobús.

Percy subió la escalinata hurgando en su bolso en busca de las llaves. Saffy se había empeñado en cerrar con llave las puertas desde el comienzo de la guerra, convencida de que Milderhurst estaría marcado con rojo en el mapa de invasiones de Hitler, y las hermanas Blythe, uno de sus objetivos, serían arrestadas. A Percy le resultaba indiferente, excepto porque su llavero parecía desaparecer a cada instante.

Los patos graznaban en el estanque; la oscura masa del bosque Cardarker se estremecía; los truenos se oían más cerca; y el tiempo parecía estirarse, elástico. Cuando, resignada, se disponía a llamar, la puerta se abrió de golpe y apareció Lucy Milddleton, con un pañuelo en la cabeza y un débil farol de bicicleta en la mano.

—¡Oh, Dios! Me ha asustado —exclamó la antigua ama de llaves, llevando su mano libre al pecho.

Percy abrió la boca, no supo qué decir, la cerró. Dejó de hurgar en su bolso y se lo colgó al hombro. Seguía sin saber qué decir.

—La señorita Saffy me llamó. Por teléfono, temprano. La he ayudado con la casa —se disculpó Lucy, ruborizada—. No había otra persona disponible.

Percy se aclaró la garganta. Se arrepintió al instante. La voz ronca resultante delataba su conmoción, y Lucy Middleton era la última persona ante la cual quería mostrarse insegura.

—¿Todo listo para esta noche?

—El pastel de conejo está en el horno y le he dejado instrucciones a la señorita Saffy.

—Muy bien.

—La cena se cocinará poco a poco. Supongo que la señorita Saffy entrará en ebullición antes.

Era una broma divertida, pero Percy dejó pasar demasiado tiempo para reírse. Entonces pensó en decir algo, pero todo le pareció mucho o poco. Ante ella, Lucy Middleton esperaba una respuesta, y al comprender que no llegaría comenzó a avanzar torpemente, tratando de esquivarla para montar en su bicicleta.

No, ya no era Middleton. Lucy Rogers. Había transcurrido más de un año desde que se casara con Harry. Casi dieciocho meses.

—Buenas tardes, señorita Blythe —saludó Lucy antes de irse.

—¿Cómo está su marido? —preguntó rápidamente Percy, despreciándose profundamente mientras lo hacía.

Lucy evitó mirarla a los ojos.

—Bien.

—Y usted también.

—Así es.

—Y el bebé.

—Sí —dijo Lucy, casi en un susurro.

Por su postura, el ama de llaves parecía un niño que esperaba una reprimenda, o peor aún, una paliza. Percy sintió el repentino y ardoroso deseo de cumplir con sus expectativas. No lo hizo, por supuesto. Adoptó un tono más distendido, menos precipitado que el anterior, casi liviano:

—¿Podría mencionarle a su marido que el reloj de pie del vestíbulo continúa adelantado? Da la hora diez minutos antes de lo debido.

—Sí, señora.

—Según creo, siente especial cariño por nuestro antiguo reloj.

Lucy se negó a encontrarse con su mirada. Murmuró una vaga respuesta y se dirigió al camino; el farol garabateaba un trémulo mensaje delante de ella.

* * *

Al oír el golpe en la puerta, Saffy cerró bruscamente el diario. El pecho se le encogió, y la sangre se le agolpó en las sienes y las mejillas. Su corazón latía tan rápido como el de un pichón. Temblorosa, se puso de pie. El ruido había interrumpido sus fantasías: el misterio de la velada, el arreglo del vestido, el joven invitado. El sonido no sugería la presencia de un galán desconocido, en absoluto.

—¡Saffy!

La voz áspera e irritada de Percy atravesó las tablas del suelo. Saffy se llevó una mano a la frente, reunió energía para la tarea que le esperaba. Debía vestirse y bajar al vestíbulo, tendría que considerar cuántos halagos requeriría Percy para calmarse, finalmente tendría que asegurarse de que la noche fuera todo un éxito. Entonces el reloj del vestíbulo dio las seis, con lo cual comprendió que debía hacer todo de inmediato. Juniper y su compañero —cuyo nombre era el mismo que había leído en la entrada del diario— llegarían dentro de una hora. La forma en que Percy había cerrado la puerta era señal de su malhumor, y Saffy seguía ataviada como quien ha pasado el día trabajando en el huerto.

Abandonó la pila de porcelana recuperada. Atravesó apresuradamente el sendero cubierto de papeles para cerrar el resto de las ventanas y las cortinas. Un movimiento en el camino atrajo su atención —Lucy cruzaba el primer puente en su bicicleta—, pero desvió la mirada. Una bandada de pájaros planeaba en la distancia, más allá de los campos de lúpulo, y los observó alejarse. «Libre como un pájaro», se solía decir, y sin embargo, en opinión de Saffy, los pájaros no eran en absoluto libres, estaban atados a sus costumbres, a las necesidades de cada estación, a la biología, a la naturaleza, a la descendencia. No eran más libres que los demás. Pero conocían la euforia de volar. En ese preciso instante ella habría deseado desplegar sus alas y alejarse de la ventana, planear sobre los campos, sobre las copas de los árboles, siguiendo a los aviones en dirección a Londres.

Una vez lo intentó, cuando era niña. Salió por la ventana del ático, caminó por el borde del tejado, y se deslizó hasta la cornisa debajo de la torre de su padre. Había fabricado unas maravillosas alas de seda, sujetas a unas varas finas y ligeras que había recogido en el bosque; incluso les había cosido unos tirantes elásticos para sujetárselas. Eran hermosas —ni rosas ni rojas, de color bermellón, brillaban bajo el sol como el plumaje de los pájaros—, y por unos instantes, después de lanzarse al aire, voló. El viento la sostenía desde abajo, ella comenzó a agitar los brazos, luego los plegó a los costados del cuerpo, planeó sobre el valle, y todo se volvió lento, muy lento. Breve pero maravillosamente había vislumbrado el paraíso de volar. Entonces todo comenzó a acelerarse, descendió rápidamente, y al aterrizar se quebraron sus alas, y con ellas, sus brazos.

—¡Saffy! —gritó su hermana otra vez—. ¿Acaso te escondes de mí?

Los pájaros se perdieron en el denso cielo. Saffy cerró la ventana, y la cubrió con las oscuras cortinas de modo que no entrara un solo rayo de luz. En el exterior, las nubes de tormenta tronaban como el vientre glotón de un caballero que hubiera escapado a la frugalidad de una despensa racionada. Saffy sonrió divertida, debería apuntar esa descripción en su diario.

* * *

La casa estaba demasiado silenciosa. Percy apretó los labios con su característico nerviosismo. Saffy siempre se ocultaba cuando la confrontación mostraba su enconado rostro. Durante toda la vida, Percy había peleado por su hermana. Lo hacía bien, y disfrutaba. Pero cuando la pelea surgía entre ellas, Saffy, carente por completo de entrenamiento, no lograba estar a su altura. Incapaz de contraatacar, no tenía más que dos opciones: huir o rendirse miserablemente. A juzgar por el enfático silencio ante los intentos de Percy, ese día Saffy había optado por la primera alternativa. Era increíblemente frustrante, porque Percy sentía que un proyectil mortífero y agudo pugnaba por salir de su pecho. Privada de una persona a quien regañar o ante quien fruncir el ceño, no tenía más opción que contenerlo, y ese proyectil mortífero y afilado no era la clase de aflicción que desaparecería por sí sola. Si no podía arrojarlo, debería encontrar otra satisfacción. Un whisky podía ayudar; ciertamente no le sentaría mal.

Todas las tardes, en un determinado instante, el sol llegaba a un punto particularmente bajo en el cielo y en el castillo la luz se desvanecía de manera repentina y drástica. Aquel día ocurrió mientras Percy avanzaba por el corredor desde el vestíbulo. Cuando llegó a la entrada del salón amarillo, la oscuridad le impidió ver a través de la habitación. Era potencialmente peligroso, pero Percy podía recorrer el castillo con los ojos cerrados. Tanteando el borde del sillón, se dirigió hacia la ventana, abrió las cortinas y encendió la lámpara que se encontraba sobre la mesa. Como de costumbre, prácticamente no alteró la oscuridad reinante. Trató de encender la lámpara de parafina con una cerilla. Con ligera sorpresa y gran fastidio advirtió que después del encuentro con Lucy su mano temblaba.

Siempre oportuno, el reloj de la chimenea eligió ese momento para intensificar su tictac. A Percy jamás le había gustado ese maldito reloj. Lo conservaban porque había pertenecido a su madre, y su padre había insistido en que era un objeto muy preciado para él. Aunque algo en la naturaleza de su tictac, la malicia con que sugería que al hacer girar las agujas disfrutaba mucho más de lo apropiado para un objeto de porcelana, le destrozaban los nervios. Esa tarde, el disgusto de Percy se asemejaba más que nunca al odio.

—Oh, cállate, maldito reloj —le espetó. Y olvidando la lámpara, arrojó la cerilla intacta a la papelera.

Se sirvió un trago, lio un cigarrillo y salió antes de que empezara a llover, para asegurarse de que tuvieran suficiente leña; quizás en el camino lograra librarse del proyectil que seguía en su pecho.

6

A pesar del día agitado, Saffy había reservado una pequeña parte de su cerebro para dedicarlo a revisar su guardarropa. Había repasado mentalmente las opciones, de forma que la caída del sol no la sorprendiera indecisa, obligándola a elegir precipitadamente. En realidad, era uno de sus pasatiempos favoritos, incluso cuando no había veladas especiales. Primero visualizaba un vestido, con ciertos zapatos y algún collar, y, dichosa, repetía el procedimiento con las innumerables combinaciones posibles. Ese día, las diversas combinaciones se habían presentado solo para ser rechazadas, debido a que no satisfacían el criterio final y fundamental. Probablemente, el que habría debido regir la búsqueda desde el comienzo, aunque limitara drásticamente las opciones. El atuendo triunfador sería siempre aquel que combinara con sus mejores medias de nailon: es decir, el único par cuyos seis agujeros zurcidos podían ser felizmente disimulados mediante una cuidadosa selección de los zapatos y un vestido lo suficientemente largo y persuasivo. Es decir, el vestido de seda color menta.

De vuelta al ambiente ordenado y limpio de su propia habitación, mientras se quitaba el delantal y luchaba con su ropa interior, Saffy pensó que era un alivio haber tomado con anterioridad las decisiones más difíciles; en aquel momento le faltaban el tiempo y la concentración necesarios. Su mente ya tenía bastante trabajo descifrando las repercusiones de la entrada del diario de Juniper cuando llegó Percy, además de mal humor. Como siempre, el castillo entero fruncía el ceño con ella; el golpe de la puerta de entrada había viajado por las venas de la casa, subiendo los cuatro pisos hasta resonar en el cuerpo de Saffy. Incluso las luces —nunca resplandecientes— parecían debilitarse compasivamente, y los recovecos del castillo se sumían en las sombras. Saffy hurgó en el fondo del cajón superior en busca de sus mejores medias. Estaban guardadas en su caja de cartón, envueltas en papel de seda; las desplegó con cuidado, recorriendo con el pulgar el zurcido más reciente.

Desde el punto de vista de Saffy, su hermana ya no comprendía los sentimientos humanos. En lugar de ocuparse de sus habitantes, era cada día más solidaria con las necesidades de las paredes y los suelos de Milderhurst. Las dos se habían apenado al ver marchar a Lucy; y era Saffy quien tenía más razones para sentir su falta, sola en la casa todo el día, fregando y cocinando sin más compañía que Clara o la tonta de Millie. Pero ella comprendía que si una mujer debía elegir entre su trabajo y su corazón se inclinaría siempre por lo último. Percy se había negado a aceptar el cambio con tranquilidad. Se había tomado la boda de Lucy como un desaire personal y era increíblemente rencorosa. Por ese motivo, la entrada del diario de Juniper y sus posibles consecuencias la inquietaban.

Saffy se retrasó inspeccionando las medias. No era una ingenua, tampoco una victoriana; había leído *Tercer acto en Venecia*, *La hija de Robert Poste* y *La caña pensante* y estaba al tanto de los asuntos del sexo. No obstante, ninguna de sus lecturas la había preparado para las ideas que Juniper tenía al respecto. Franca, visceral, pero también lírica; hermosa, cruda y temible. Los ojos de Saffy habían recorrido las páginas a toda velocidad, de un golpe había recibido toda la información, como un gran vaso de agua en el rostro. Como era previsible, considerando la rapidez de la lectura, sumada a la confusión que le provocaron sentimientos tan vívidos, no recordaba una sola línea. Conservaba sensaciones fragmentarias, imágenes indeseables, ocasionales palabras prohibidas y la vergonzosa sorpresa de haberlas leído.

Quizás el asombro de Saffy no se debía a las palabras en sí mismas, sino a que provenían de su hermana. Juniper era bastante menor que ella y, sobre todo, siempre había parecido especialmente asexuada; su ardiente talento, su desinterés por las cuestiones inherentes al universo femenino, su personalidad extravagante parecían elevarla por encima de los bajos instintos humanos. Y tal vez lo más desagradable residía en que Juniper jamás había insinuado la posibilidad de una aventura amorosa. ¿El joven invitado de esa noche era el hombre en cuestión? La entrada del diario estaba fechada seis meses atrás, antes de que ella se marchara a Londres, y sin embargo mencionaba a cierto Thomas. ¿Lo había conocido en Milderhurst? ¿Era posible que las razones de su marcha no hubieran sido las declaradas? Y si así fuera, después de tanto tiempo, ¿seguirían enamorados? Un acontecimiento tan brillante, tan apasionante, había tenido lugar en la vida de su hermana pequeña y ella ni siquiera se había enterado. Saffy comprendía el motivo: si su padre aún viviera, se habría enfurecido. El sexo solía tener como consecuencia un hijo y sus teorías sobre la incompatibilidad entre el arte y los hijos no era ningún secreto. Percy, su autoproclamada emisaria, no debía enterarse. Juniper lo sabía. Pero ¿por qué no contárselo a Saffy? Tenían suficiente confianza, y si bien Juniper era muy reservada, siempre habían podido conversar. Habrían debido hablar también sobre este tema. Mientras desenrollaba las medias, decidió aclarar las cosas cuando dispusiera de un momento a solas con Juniper. Saffy sonrió. La velada no era simplemente una bienvenida a casa, o una muestra de gratitud. Juniper tenía *un amigo especial.*

Satisfecha al comprobar que las medias se conservaban en buen estado, las desplegó sobre la cama y se preparó para el armario. ¡Dios santo! Se detuvo inmóvil ante el espejo, girando en ropa interior hacia un lado y otro, mirando el reflejo sobre su hombro. Se dijo que el cristal se había estropeado, la imagen aparecía deformada. De lo contrario, había engordado unos kilos. Debería donar su cuerpo a la ciencia. ¿Era posible ganar peso a pesar del estricto racionamiento de Inglaterra? Aunque pareciera poco patriótico, constituía una sagaz victoria ante los submarinos de Hitler. Quizás no era digno de la Medalla Churchill a la Preservación de la Belleza en Inglaterra, pero no dejaba de ser un triunfo. Saffy hizo una mueca frente al espejo, contrajo el vientre y abrió la puerta del armario.

Detrás de los aburridos delantales y las chaquetas que colgaban en la parte delantera vibraba el paraíso olvidado de las sedas. Saffy se llevó las manos a las mejillas. Sentía que se reencontraba con viejos amigos, su guardarropa era su dicha y su orgullo; cada vestido, miembro del mismo selecto club. También era un catálogo de su pasado, como había pensado alguna vez durante un horrible ataque de autocompasión: los vestidos que había usado el año que fue presentada en sociedad, el traje de seda que en 1923 había llevado al baile de la noche de San Juan en Milderhurst; también el vestido azul que ella misma había cosido para el estreno de la obra de su padre, al año siguiente. Raymond sostenía que sus hijas debían ser hermosas, de modo que todas se vistieron de gala para la cena hasta el día de su muerte; aun confinado en su sillón, en la torre, se esforzaron por complacerlo. Después, durante la guerra, ya no tuvo sentido engalanarse. Saffy conservó la costumbre durante un tiempo, pero cuando el Servicio de Ambulancias obligó a Percy a pasar noches lejos de casa, tácitamente acordaron abandonarla.

Saffy examinó los vestidos, uno tras otro, hasta que vio el de seda color menta. Apartó los que estaban a su lado y contempló su brillante delantera verde: la pedrería del escote, la faja, la falda al bies. No lo había usado en años, apenas recordaba la última ocasión, pero sí podía recordar que Lucy la había ayudado a zurcirlo. Había sido culpa de Percy; con esos cigarrillos y su modo descuidado de fumar, era una amenaza constante para las telas finas. Pero Lucy había hecho un gran trabajo; Saffy tuvo que recorrer el canesú para encontrar la marca chamuscada. Sí, era el vestido correcto; no había otra opción. Lo sacó del armario, lo extendió sobre la cama y cogió las medias.

Mientras colocaba con cuidado los dedos del primer pie, consideró que el hecho de que una mujer como Lucy se hubiera enamorado de Harry, el relojero, era un gran misterio. Un hombre tan simple, totalmente opuesto a la idea del héroe romántico, siempre corriendo por los pasillos con los hombros encorvados y el cabello un poco más largo, más débil, más descuidado de lo deseable.

—¡Oh, Dios, no!

A Saffy se le atascó el dedo gordo y comenzó a tambalearse hacia un lado. Por un instante habría podido enderezarse, pero la uña se había enganchado en el tejido y apoyar el pie habría significado romper la media de nuevo. Decidió afrontar la caída. El muslo golpeó una esquina del tocador.

Entre gemidos de dolor se deslizó hacia el taburete tapizado y examinó la preciosa media. ¿Por qué no se había concentrado más en lo que hacía? No habría medias de repuesto cuando estas ya no pudieran remendarse. Con dedos temblorosos les dio la vuelta una y otra vez, recorriendo la superficie suavemente con los dedos.

Todo parecía estar en orden; había tenido suerte. Saffy dejó escapar el suspiro que había estado reteniendo, y aun así, no se sintió del todo aliviada. Se encontró con el reflejo de sus mejillas sonrosadas en el espejo y lo observó: no se trataba solo del último par de medias. En la infancia, Percy y ella habían tenido numerosas ocasiones de observar a los adultos. Para su desconcierto, los grotescos ancianos se comportaban como si no supieran que habían envejecido. Las gemelas coincidían en que no había nada tan indecoroso como un anciano que se negaba a reconocer sus limitaciones, y habían hecho un pacto para no permitir que les sucediera a ellas. Habían jurado que cuando fueran ancianas asumirían con dignidad su papel.

—Pero ¿cómo lo sabremos? —había preguntado Saffy, deslumbrada por el carácter existencial de su pregunta—. Tal vez sea como las quemaduras de sol, que no pueden sentirse hasta que es demasiado tarde para hacer algo al respecto.

Percy se había mostrado de acuerdo en la naturaleza engañosa del problema, y abrazándose las rodillas, se había sentado en silencio para reflexionar. Siempre pragmática, había sido la primera en llegar a una solución:

—Supongo que tenemos que hacer una lista de cosas que hacen los ancianos; tres deberían ser suficientes. Y cuando nos encontremos haciéndolas, entonces lo sabremos.

Fue simple elegir los hábitos a incluir en la lista: bastaba con observar a su padre y su niñera; lo más difícil fue limitar el número a tres. Al cabo de una larga deliberación, se decidieron por las más obvias. Primero, expresar una fuerte y repetida preferencia por los tiempos de la reina Victoria; segundo, hablar sobre la propia salud delante de cualquiera que no fuera un profesional médico; y tercero, no ser capaz de ponerse la ropa interior estando de pie.

Saffy dejó escapar un quejido al recordar que, esa misma mañana, mientras hacía la cama en la habitación de invitados, le había hablado en detalle a Lucy de su dolor de ciática. El tema de la conversación lo justificaba, de modo que había aprovechado para deslizarlo, pero ahora caer al suelo por un par de medias representaba un pronóstico verdaderamente sombrío.

✳ ✳ ✳

Percy casi había llegado a la puerta trasera cuando apareció Saffy, deslizándose por la escalera con total inocencia.

—Hola, hermanita, ¿has salvado alguna vida hoy? —saludó.

Su hermana respiró profundamente. Necesitaba tiempo, espacio y un instrumento afilado para despejarse y exorcizar su rabia. De otro modo, muy probablemente no se libraría de ella en toda la noche.

—Cuatro gatitos de una alcantarilla y unos caramelos de Edimburgo.

—¡Muy bien! Un triunfo arrollador. ¡Una tarea realmente maravillosa! ¿Tomamos una taza de té?

—Voy a cortar un poco de leña.

—Querida —dijo Saffy acercándose—, no creo que sea necesario.

—Es mejor antes que después. La tormenta no tardará en llegar.

—Comprendo —dijo Saffy con exagerada tranquilidad—, pero sé con certeza que ya tenemos suficiente. De hecho, gracias a todo lo que has cortado este mes, calculo que tendremos hasta 1960. Será mejor que subas y te vistas para la cena…

—Un estrépito que resonó a través de los tejados la interrumpió—. ¡Vaya, salvada por la lluvia!

Percy cogió su tabaco y empezó a liar un cigarrillo. Algunos días hasta el tiempo se ponía en su contra.

—¿Por qué le pediste que viniera? —preguntó sin levantar la vista.

—¿A quién?

La respuesta fue una mirada incisiva.

—Oh, eso. —Saffy hizo un gesto vago con la mano—. La madre de Clara está enferma; Millie, tan tonta como siempre, y tú, muy ocupada: sencillamente, era demasiado para mí sola. Además, nadie puede engatusar a Agatha tan bien como Lucy.

—En otras ocasiones lo hiciste bien sin ayuda.

—Eso es muy amable por tu parte, querida Percy, pero ya conoces a Aggie. No me sorprendería que se estropeara justo esta noche solo para molestarme. Aún me guarda rencor por aquella vez que se derramó la leche hirviendo.

—Es… un horno, Seraphina.

—¡Precisamente! ¿Quién la habría creído capaz de un temperamento tan horrible?

Percy percibía la manipulación. La afectada ligereza del tono de su hermana al interceptarla mientras iba hacia la puerta de atrás, el intento de conducirla hacia arriba, donde apostaba a que le esperaba un vestido ya preparado, alguna prenda espantosamente pomposa: percibía que Saffy desconfiaba de su capacidad para comportarse correctamente en sociedad. La simple idea despertaba en Percy deseos de bramar, pero semejante reacción confirmaría las sospechas de su hermana, de modo que contuvo el impulso, humedeció el papel y selló el cigarrillo.

—De todas formas —prosiguió Saffy—, Lucy es un encanto, y sin nada decente con que cocinar decidí que necesitaba toda la ayuda posible.

—¿Nada con que cocinar? —preguntó alegremente Percy—. La última vez que eché un vistazo había ocho candidatas engordando en el gallinero.

Saffy respiró profundamente.

—No te atreverías.

—Sueño con un muslo asado.

En la voz de Saffy se insinuó un gratificante temblor que recorrió su cuerpo hasta alcanzar la punta de su dedo acusador:

—Mis niñas son buenas proveedoras; no son comida. No toleraré que las mires y pienses en caldo. Es… inhumano.

A Percy se le ocurrieron varias respuestas posibles, pero mientras al otro lado de las paredes la lluvia repiqueteaba en el suelo, de pie en aquel corredor frío y húmedo frente a su hermana gemela que se movía inquieta en la escalera —su viejo vestido verde se tensaba en la cadera y el vientre produciendo un efecto poco alentador—, ella contempló el paso del tiempo y las diversas desilusiones que acarreaba. Formaba un muro contra el cual se topaba su frustración. Era la hermana dominante, siempre lo había sido, y daba igual cuánto la enfureciera Saffy, discutir con ella implicaba alterar un principio básico de su universo.

—Perce, ¿tendré que vigilar a mis pequeñas? —preguntó Saffy con la voz todavía temblorosa.

—Tendrías que habérmelo dicho —le recriminó Percy con un breve suspiro, buscando las cerillas en su bolsillo—. Eso es todo. Habrías debido avisarme de que llamarías a Lucy.

—Desearía que pudieras olvidarlo, Perce. Por tu bien. Los criados hacen cosas peores que abandonar a sus amos. No la descubrimos robando la plata.

—Debiste avisarme —repitió Percy con esfuerzo, cogiendo una cerilla de la caja.

—Si es tan importante, no volveré a llamarla. De hecho, no creo que ella lo lamente. Diría que prefiere evitar tu presencia. Creo que le inspiras miedo.

La cerilla se partió entre los dedos de Percy con un chasquido.

—Oh, Perce, mira, estás sangrando.

—No es nada —dijo Percy, limpiándose el dedo en el pantalón.

—No te limpies la sangre en la ropa, luego es imposible quitar la mancha —pidió Saffy, ofreciéndole un trozo de tela que había traído de arriba—. Por si no lo habías notado, te recuerdo que el personal de limpieza nos abandonó hace tiempo. Yo soy la única que queda para cocinar, lavar y frotar.

Percy frotó la mancha de sangre, esparciéndola aún más.

Saffy dejó escapar un suspiro.

—Olvida ahora tu pantalón. Ya me encargaré de él. Ve arriba, querida, y arréglate.

—Sí. —Con cierta sorpresa, Percy observó la herida de su dedo.

—Ponte un bonito vestido de fiesta y yo pondré a hervir el agua. Prepararé una buena taza de té. O mejor aún, una copa. Al fin y al cabo, es día de celebración.

La celebración le resultaba un poco lejana, pero las ganas de pelear de Percy se habían evaporado.

—Sí —repitió—. Buena idea.

—Cuando estés lista, trae tu pantalón a la cocina; lo pondré a remojo de inmediato.

Percy comenzó a subir la escalera, con lentitud, apretando y soltando los puños; de pronto se detuvo y dio media vuelta.

—Casi lo olvido —dijo, tomando del bolso el sobre mecanografiado—. Ha llegado una carta para ti.

Saffy se ocultó en la despensa del mayordomo para leer la carta. Había comprendido enseguida de qué se trataba y se había esforzado por disimular su emoción delante de Percy. Después de coger nerviosa el sobre, bajó la escalera. Se detuvo en el descansillo para asegurarse de que su hermana no se arrepintiera de repente e intentara dirigirse otra vez a la pila de leña. Solo cuando oyó que cerraba la puerta de su dormitorio se permitió relajarse. Ya había perdido las esperanzas de recibir una respuesta, y ahora que la tenía en las manos, casi deseaba que no hubiera ocurrido. La incertidumbre, la tiranía de lo ignorado, era casi insoportable.

Una vez en la cocina, entró presurosa en la despensa sin ventanas, en otro tiempo ocupada con la indómita presencia del señor Broad. Como evidencia de su temible reinado solo quedaban un escritorio y un armario de madera repleto de antiguos informes cotidianos, sumamente tediosos. Saffy tiró del cordón que encendía la bombilla y se apoyó en el escritorio. Sus dedos intentaron vanamente abrir el sobre. Sin su abrecartas, guardado en el escritorio de su habitación, se vio obligada a rasgarlo. Lo hizo con gran cuidado, disfrutando casi de la prolongada agonía que imponía un tratamiento tan minucioso. Finalmente logró desprender la hoja doblada —un papel muy fino, de fibra de algodón, de color ahuesado— y, suspirando, lo abrió. Sus ojos absorbieron rápidamente el significado de la carta. Luego empezó de nuevo, obligándose a leer con más lentitud para confirmar que era cierto, mientras una maravillosa y alegre ligereza le inundaba el cuerpo, de los pies a la cabeza, convirtiéndolo en polvo de estrellas.

Hojeando la página de anuncios, había encontrado el anuncio en el *Times:* «Se busca señorita institutriz para acompañar a lady Dartington y sus tres hijos en su viaje a América durante la guerra. Educada, soltera, culta, experiencia con niños». Parecía escrito pensando en ella. Si no tenía hijos, ciertamente no era por decisión propia. En otro tiempo sus ideas sobre el futuro —al igual que las de tantas mujeres— estuvieron colmadas de niños. Sin embargo, no podía tenerlos sin un marido, y ahí residía el problema. En lo concerniente a las restantes condiciones, Saffy podía afirmar sin presumir que era educada, tanto como culta. Se dispuso a conseguir el puesto sin demora. Redactó una carta de presentación que incluía espléndidas referencias y la adjuntó a una solicitud cuyos datos demostraban que Seraphina Blythe era la candidata ideal. Después esperó, esmerándose por mantener en secreto sus ilusiones con respecto a Nueva York. Había aprendido hacía mucho tiempo que no tenía sentido alborotar innecesariamente a su hermana, de modo que no le había comentado nada sobre el asunto. Se entregó a soñar en privado, vívidamente, todas las posibilidades. Imaginó el viaje hasta el más mínimo detalle, se vio a sí misma como una especie de moderna Molly Brown que animaba a los niños Dartington mientras eludían a los submarinos alemanes rumbo al gran puerto americano.

Lo más difícil sería decírselo a Percy. No se alegraría, y solo Dios sabía qué haría luego. Recorrería los pasillos vacíos, remendaría las paredes, cortaría leña, y entretanto se olvidaría de bañarse, lavar la ropa o cocinar. No quería ni pensarlo. Pero la carta, la oferta de empleo que Saffy tenía en sus manos, era su oportunidad y no permitiría que el sentimentalismo la frustrara. Como Adele en su novela, «aferraría la vida por el cuello y la obligaría a mirarla a los ojos». Saffy se sentía muy orgullosa de esa frase.

Salió de la despensa, y al cerrar la puerta se dio cuenta de que el horno echaba humo. Había olvidado el pastel. ¡Qué horror! Sería cuestión de suerte que la masa no se hubiera carbonizado.

Saffy buscó la manopla y abrió el horno entrecerrando los ojos. Soltó un profundo suspiro de alivio al ver que la cubierta del pastel, aunque dorada, aún no se había quemado. Lo puso en la parte inferior, donde la temperatura era más baja y no lo arruinaría. Luego se incorporó, dispuesta a marcharse.

Entonces vio el uniforme manchado de Percy junto a su delantal, sobre la mesa. Seguramente su hermana lo había dejado allí mientras ella se encontraba en la despensa. Por fortuna, no la había descubierto leyendo la carta.

Saffy comenzó a sacudir los pantalones. Su día oficial de lavado era el lunes, pero no era mala idea dejar la ropa en remojo, especialmente el uniforme de Percy; si no hubiera resultado tan difícil quitarlas, la cantidad y variedad de manchas habrían sido motivo de admiración. Pero para Saffy el asunto era un desafío. Metió las manos en los bolsillos en busca de reliquias que pudieran estropear el lavado. Y no se equivocó al tomar esa precaución.

Comenzó a sacar los innumerables trozos de papel y los puso en la mesa. Sacudió la cabeza, con un gesto cansino. Ya no recordaba cuántas veces había pedido a Percy que vaciara los bolsillos antes de dejar su ropa para lavar.

Mientras sus dedos palpaban el papel, distinguió un sello. Aquello había sido una carta, ahora destrozada. ¿Por qué Percy la había destruido? ¿Quién la había enviado?

Arriba se oyó un portazo. La mirada de Saffy se dirigió inmediatamente al techo. Ruido de pasos, otra vez la puerta.

¡La puerta de entrada! Juniper había llegado. Y tal vez con el muchacho de Londres.

Mordisqueándose el labio, Saffy miró otra vez el papel destrozado: un misterio que debía ser resuelto. Pero no en aquel momento; simplemente, no había tiempo. Tenía que subir, reencontrarse con Juniper y recibir al invitado. Solo Dios sabía en qué estado se encontraba Percy. Quizás la carta arrojara alguna luz sobre el reciente malhumor de su hermana.

Saffy asintió con decisión. Escondió cuidadosamente su propia carta en el sujetador y ocultó bajo la tapa de una cacerola los pedazos de papel que había encontrado en el pantalón de su hermana. Más tarde investigaría debidamente.

Echó un último vistazo al pastel de conejo, se alisó el vestido a la altura del pecho intentando que no se pegara al cuerpo y se dirigió a la escalera.

* * *

Quizás el mal olor era solo producto de su imaginación. En los últimos tiempos Percy tenía esa desagradable impresión. Algunas cosas, una vez olidas, no podían olvidarse. Habían pasado seis meses desde el funeral de su padre, y desde entonces no habían utilizado el salón principal. Pese al esfuerzo de su hermana, persistía cierto olor rancio. La mesa se encontraba en el centro, sobre la alfombra de Besarabia, con la mejor vajilla de la abuela, cuatro copas para cada persona y un menú cuidadosamente impreso en cada sitio. Percy levantó uno para examinarlo de cerca, observó que la velada incluía juegos de salón y lo puso de nuevo en su lugar.

De pronto recordó el refugio donde se había resguardado durante los primeros bombardeos aéreos, cuando los aviones de

Hitler frustraron el plan de visitar al abogado de su padre en Folkestone. Recordó la alegría forzada, las canciones, el olor acre del miedo.

Cerró los ojos y entonces la vio. La figura vestida de negro que había aparecido en medio del bombardeo para apoyarse en la pared, sin llamar la atención, sin hablar con nadie, con la cabeza gacha bajo el oscuro sombrero. Percy la había observado, fascinada por el modo en que permanecía ajena a los demás. Había levantado la vista solo una vez, antes de echarse el abrigo sobre los hombros y salir hacia la oscuridad en llamas. Sus miradas se habían encontrado, un instante, pero en sus ojos no había compasión, miedo o determinación: solo un vacío helado. Entonces supo que era la Muerte y desde entonces pensaba mucho en ella. Durante su turno de trabajo voluntario, mientras trepaba por los cráteres que dejaban las bombas y arrastraba cuerpos, recordaba aquella calma espectral, de otro mundo, con que había abandonado el refugio en dirección al caos. Percy comenzó a colaborar con el Servicio de Ambulancias poco después de aquel encuentro. No lo hizo por valentía: simplemente era más fácil enfrentarse a la Muerte sobre la superficie en llamas que permanecer atrapada bajo la tierra que temblaba y gemía, teniendo por compañía una alegría desesperada y un miedo impotente.

En el fondo de la licorera vio unos centímetros de un líquido ámbar y se preguntó cuánto tiempo llevaría allí. Seguramente, muchos años —ahora utilizaban las botellas del salón amarillo—, pero apenas tenía importancia, las bebidas mejoran con el paso del tiempo. Mirando por encima del hombro, Percy sirvió un poco de licor en un vaso, luego un poco más. Volvió a colocar el tapón de cristal mientras bebía un sorbo. Y luego otro. Algo en el centro de su pecho comenzó a arder. Recibió el dolor con alegría: era vívido y real y ella, allí de pie, lo sentía.

Se oyeron pasos. Tacones altos. Lejanos. Pero se acercaban golpeando rítmicamente el suelo. Saffy.

Meses de ansiedad cayeron como un plomo en el estómago de Percy. Debía dominarse. No ganaría nada arruinándole la velada a su hermana; era consciente de que tenía muy pocas oportunidades de mostrar su encanto de anfitriona. No obstante, al pensar con qué facilidad podía lograrlo, una sensación vertiginosa la invadió: semejante a la que surge al borde de un precipicio, a gran altura, cuando de pronto la negativa a dar el salto es tan fuerte que una extraña compulsión susurra que es lo único que queda por hacer.

Por Dios, era un caso perdido. Había algo esencialmente roto en el corazón de Percy Blythe, algo anormal y defectuoso y realmente antipático. De otro modo, no habría podido considerar ni siquiera un instante la posibilidad de privar de tal felicidad a su hermana, a su exasperante y amada gemela. Se preguntó si la perversidad había sido una constante en su vida. Percy dejó escapar un profundo suspiro. Estaba enferma, sin lugar a dudas, y su condición no era reciente. Durante toda la vida, cuanto más entusiasmo mostraba Saffy por una persona, un objeto, una idea, menos lo sentía Percy. Como si fueran las dos partes de un ser, y la cantidad de sentimiento compartido tuviera un límite. En algún momento, por alguna razón, Percy había decidido que debía mantener el equilibrio: si Saffy se angustiaba, Percy optaba por una moderada alegría; si su hermana se emocionaba, ella hacía lo posible por aplacarla con un poco de sarcasmo. No era más que una maldita infeliz.

Junto al gramófono, brillante y abierto, se veía un montón de discos. Percy levantó un nuevo álbum que Juniper había enviado desde Londres. A saber con qué medios lo habría conseguido. Aunque ella sabía cómo conseguir las cosas. La música seguramente serviría de ayuda. Dejó caer la aguja y Billie Holiday comenzó a cantar suavemente. Percy lanzó un suspiro, cálido de whisky. Era lo más aconsejable: música contemporánea, sin asociaciones previas. Años, décadas atrás, durante una de aquellas jornadas familiares de los Blythe, su padre había incluido la palabra «nostalgia» en uno de los desafíos. Había leído la definición, «profunda añoranza del pasado», y con la torpe seguridad de la juventud, Percy lo había considerado un concepto muy peculiar. No podía imaginar por qué alguien querría volver a vivir el pasado cuando le aguardaba el gran misterio del futuro.

Vació su vaso, lo inclinó distraída de un lado a otro, observó las gotas que se fundían en una. El encuentro con Lucy era el motivo de su irritación, lo sabía. A pesar de todo, el abatimiento había caracterizado todos los hechos de esa tarde. Recordó a la señora Potts. Sus sospechas, bastante insistentes, acerca del compromiso de Juniper. Aunque su hermana pequeña era centro habitual de habladurías, a juzgar por la experiencia de Percy, donde anidaba un rumor siempre había algo de verdad. Esperaba que no fuera así en este caso.

A sus espaldas la puerta rechinó y, al abrirse, una corriente de aire frío entró desde el pasillo.

—Y bien, ¿dónde está? He oído la puerta —dijo la voz jadeante de su hermana.

«Si Juniper quisiera hablar de asuntos personales, lo haría con Saffy», reflexionó Percy dando unos golpecitos en la montura de sus gafas.

—¿Está arriba? —Saffy bajó la voz hasta convertirla en un susurro antes de continuar—: ¿O era él? ¿Cómo es? ¿Dónde está?

Percy se irguió. Para conseguir la colaboración de su hermana debía ofrecerle un mea culpa sin reservas.

—Aún no han llegado —respondió, volviéndose hacia Saffy, e intentó esbozar una sonrisa cándida.

—Llegan con retraso.

—Solo un poco.

Saffy tenía aquella expresión nerviosa y transparente, la misma que en la infancia aparecía cuando a punto de interpretar una obra de teatro para los amigos de su padre la platea estaba vacía.

—¿Estás segura? —preguntó—. Habría jurado que oí la puerta.

—Puedes buscar debajo de las sillas, aquí no hay nadie —dijo Percy con despreocupación—. Lo que oíste fue solo el postigo de aquella ventana. Se descolgó con la tormenta, pero ya lo he arreglado —agregó, señalando con la cabeza la llave inglesa sobre el alféizar.

Su hermana gemela vio, alarmada, las manchas húmedas en el vestido de Percy.

—Es una cena especial. Juniper…

—No lo verá ni le importará —interrumpió Percy—. Olvida mi vestido. Tú estás estupenda por las dos. Siéntate, por favor. Prepararé una copa mientras esperamos.

8

Considerando que Juniper no había llegado, y tampoco su amigo, a Saffy le hubiera gustado refugiarse en la despensa, reconstruir la carta que Percy había destrozado y descubrir su secreto. No obstante, el ánimo conciliador de su hermana era una alegría inesperada que no podía desaprovechar. Esa noche no. Juniper y su invitado especial llegarían en cualquier momento. Sería conveniente estar cerca de la puerta de entrada, para disponer de unos minutos a solas con June.

—Gracias —dijo. Aceptó el vaso que su hermana le ofrecía y bebió un trago en señal de buena voluntad.

—¿Cómo ha ido el día? —preguntó Percy, sentándose en el borde de la mesa del gramófono.

Curiorífico y rarífico, habría dicho Alicia*. Por regla general, Percy jamás entablaba conversaciones triviales. Saffy disimuló bebiendo otro sorbo y decidió que sería sensato proceder con suma cautela.

—Oh, normal —dijo, agitando una mano—. Aunque debo admitir que me he caído al ponerme la ropa interior.

---

* Se refiere al siguiente pasaje de *Alicia en el País de las Maravillas*: «¡*Curiorífico y rarífico!* —exclamó Alicia, que estaba tan sorprendida que, de momento, no sabía ni siquiera hablar correctamente el idioma» *[N. de la T.]*.

—Imposible —dijo Percy, echándose a reír abiertamente.

—Por supuesto que sí. La magulladura puede probarlo. Veré todos los colores del arcoíris antes de que se borre. —Saffy se tocó suavemente el trasero y se apoyó en el borde del diván—. Me temo que estoy envejeciendo.

—Imposible.

—¿Eso crees? —preguntó Saffy, con involuntario entusiasmo.

—Es simple. Yo nací antes; técnicamente siempre seré mayor que tú.

—Sí, lo sé, pero no comprendo…

—Y puedo asegurarte que nunca me he tambaleado al vestirme. Ni siquiera durante los bombardeos.

—Hummm… —Saffy frunció el ceño—. Comprendo. ¿Debo atribuir mi accidente a un fallo casual, sin relación con mi edad?

—Creo que sí. De lo contrario estaríamos firmando nuestro propio certificado de defunción. —Las dos sonrieron: era una de las expresiones favoritas de su padre, solía pronunciarla ante diversos obstáculos—. Lo siento —prosiguió Percy—. Me refiero a lo que sucedió antes, en la escalera —aclaró, y encendió su cigarrillo—. No fue mi intención discutir.

—Podemos culpar a la guerra, ¿verdad? —dijo Saffy, girando la cabeza para evitar el humo—. Como hacen los demás. Dime, ¿qué ocurre ahí fuera, en el ancho mundo?

—No mucho. Lord Beaverbrook está hablando de tanques para los rusos; en el pueblo no quedan peces para pescar y al parecer la hija de la señora Caraway va a ser madre.

Saffy respiró profundamente.

—¡No!

—Sí.

—¿Cuántos años tiene? ¿Quince?

—Catorce.

—Fue un soldado, ¿verdad?

—Un piloto.

—Vaya, la señora Caraway es uno de los pilares de nuestra comunidad. Es terrible —opinó Saffy, para quien no pasó inadvertida la sonrisa burlona de Percy. Sospechó que su hermana disfrutaba con la desventura de la señora Caraway. Lo cual en alguna medida era cierto, pero únicamente porque aquella mujer era una marimandona que criticaba a todos y a todo, incluidas (el rumor había llegado al castillo) las labores de costura de Saffy—. Verdaderamente terrible —subrayó, ruborizada.

—Aunque no sorprendente, considerando la escasa moral de las jóvenes de hoy —afirmó Percy.

—Las cosas han cambiado debido a la guerra. Lo he leído en las cartas al director que publica el periódico. Las muchachas se divierten durante la ausencia de sus maridos, tienen hijos sin haberse casado. Parece que basta con conocer a un hombre para pasar enseguida por el altar.

—Pero nuestra Juniper es diferente.

Saffy palideció. Allí estaba la zancadilla que había estado esperando: Percy lo sabía. De algún modo se había enterado de la relación amorosa de Juniper. Eso explicaba su repentino buen humor. Se había embarcado en una expedición de pesca furtiva, y ella había mordido el anzuelo atraída por la carnaza de los chismes del pueblo. Era humillante.

—Por supuesto —dijo, con la mayor serenidad posible—. Juniper no es así.

—Claro que no.

Las dos hermanas permanecieron sentadas un instante, observándose, con idénticas sonrisas en idénticos rostros, bebiendo sus copas. El corazón de Saffy latía con más fuerza que el reloj preferido de su padre. Se preguntó si Percy podía oírlo. Supo cómo se sentía un insecto atrapado en una red, esperando el avance de la gran araña.

—Sin embargo —dijo Percy, echando la ceniza en el cenicero de cristal—, hoy en el pueblo me han dicho algo extraño.

—¿Sí?

—Sí.

Un silencio tenso se instaló entre ellas. Percy fumaba y Saffy se concentraba en morderse la lengua. Aquello era irritante. Y artero: su propia hermana aprovechaba su debilidad por los chismes para tentarla a revelar un secreto. Se negó a caer en la trampa. No necesitaba que Percy la informara sobre el cotilleo del pueblo. Ya sabía la verdad. Al fin y al cabo, era ella quien había leído el diario de Juniper, y su hermana no lograría embaucarla para que compartiera su contenido.

Con pretendido aplomo, Saffy se puso de pie, se alisó el vestido, y comenzó a inspeccionar la mesa. Alineó los cubiertos con minucioso cuidado, incluso logró tararear en voz baja, con aire despreocupado, y esbozar una inocente sonrisa. Fue una especie de consuelo ante la duda que acechaba en las sombras.

Por cierto, era asombroso el hecho de que Juniper tuviera un amante, y le dolía que no se lo hubiera dicho. Pero eso no cambiaba las cosas. Al menos, las cosas que interesaban a Percy, las importantes. Guardar el secreto no haría ningún daño; Juniper tenía un amante, nada más. Era natural en una muchacha; un asunto menor, seguramente efímero. Como todas las fascinaciones de Juniper, también esta se desvanecería y al joven se lo llevaría la misma brisa que traería consigo una nueva atracción.

Las ramas del cerezo, sacudidas por el viento, arañaban el postigo suelto. Saffy tembló, aunque no tenía frío. Desde la pared de la chimenea, el espejo reflejaba sus movimientos. Era un inmenso espejo de marco dorado, sujeto por una cadena que pendía de un gancho. No se apoyaba en la pared, se inclinaba hacia delante, y sintió que la observaba desde lo alto, como si ella fuera un duendecillo verde. Dejó escapar un suspiro, breve e involuntario, se sintió sola y cansada de estar tan aturdida. Estaba a punto de desviar la mirada, de seguir supervisando la mesa, cuando advirtió que Percy, agazapada en un ángulo del espejo, fumaba y observaba al enanito verde que ocupaba el centro. Más que observarlo, lo escrutaba tratando de encontrar la prueba, la confirmación de aquello que sospechaba.

El pulso de Saffy se aceleró. Sintió la repentina urgencia de decir algo, de cambiar el silencio del salón por un poco de conversación, de ruido. Respiró profundamente.

—Juniper se ha retrasado —dijo—, pero no debería sorprendernos; sin duda la causa es el tiempo, alguna interrupción del servicio de trenes. El suyo debía llegar a las cinco y cuarenta y cinco, y aun suponiendo que el autobús del pueblo se retrasara, ya tendría que estar aquí. Espero que no haya olvidado el paraguas, pero ya sabes cómo es…

—Juniper está comprometida —interrumpió bruscamente Percy—. Eso dicen, que se ha comprometido.

El cuchillo para el primer plato produjo un sonido metálico al chocar con su compañero. Saffy abrió la boca, pestañeó.

—¿Qué dices, querida?

—Que Juniper está comprometida, que se casará.

—Eso es totalmente ridículo —replicó Saffy con sincero asombro—. ¿Es posible imaginar a Juniper casada? ¿Quién lo dice? —añadió, lanzando una risita apenas audible.

Percy soltó una bocanada de humo.

—Y bien, ¿quién ha estado diciendo esas tonterías? —insistió.

Durante un instante su hermana permaneció en silencio, ocupada en quitar una hebra de tabaco de su labio superior. Cuando la sintió en la punta del dedo, frunció el ceño y agitó la mano sobre el cenicero.

—Tal vez no tenga importancia. Estaba en la oficina de correos…

—¡Ajá! —exclamó Saffy, con un aire excesivamente triunfal. Y también con alivio. Los chismes del pueblo eran solo eso, no tenían fundamento real—. Tenía que haberlo imaginado. ¡Esa Potts! Es un verdadero peligro. Por fortuna, todavía no empieza a difundir rumores sobre asuntos de estado.

—¿Crees que no es verdad? —preguntó Percy sin ninguna entonación particular.

—Por supuesto que no.

—¿Juniper no te ha dicho nada?

—Ni una palabra. —Saffy se acercó a Percy y apoyó una mano en su hombro—. Créeme, Percy, querida. ¿Te imaginas a Juniper de novia, vestida de blanco, comprometiéndose a amar y obedecer a otra persona durante el resto de su vida?

El cigarrillo yacía ahora inerte y marchito en el cenicero. Percy reflexionó un instante, paseando el dedo por su barbilla. Luego esbozó una sonrisa y se encogió de hombros. Parecía haberse librado de esa idea.

—Tienes razón —dijo—. Son unos estúpidos rumores, nada más. Solo me preguntaba si… —insinuó, pero dejó la frase inconclusa.

La música había cesado y la aguja del gramófono seguía girando diligente en el centro del disco. Saffy la rescató y la dejó en reposo. Cuando se disponía a salir para controlar el pastel de conejo, Percy dijo:

—Si fuera verdad, Juniper nos lo habría dicho.

Saffy se ruborizó. Recordó el diario, la sorpresa que le había causado la página más reciente, el dolor de no haber sido partícipe del secreto.

—Sin duda —se apresuró a decir—. Es lo que se suele hacer en esos casos.

—Así es.

—Especialmente entre hermanas.

—Sí.

Así era, en verdad. Una relación amorosa podía mantenerse en secreto, pero un compromiso era algo diferente. Saffy consideró que ni siquiera Juniper podía ignorar por completo los sentimientos de los demás, las implicaciones de semejante decisión.

—De todos modos, deberíamos hablar con ella —sugirió Percy—. Recordarle que papá...

—Él ya no esta aquí —la interrumpió su hermana—. Ya no está, Percy. Ahora somos libres de hacer nuestra voluntad.

Dejar atrás Milderhurst, ir hacia el encanto y la emoción de Nueva York sin mirar atrás...

—No —replicó Percy, tajante. Saffy temió haber expresado sus intenciones en voz alta—. No somos completamente libres. Tenemos mutuas obligaciones. Juniper lo comprende, sabe que el matrimonio...

—Perce...

—Esa fue la voluntad de papá, *sus condiciones.*

Percy miró a su hermana. Por primera vez desde hacía meses, Saffy tuvo la oportunidad de contemplar su rostro a muy poca distancia. Descubrió nuevas arrugas. Fumaba demasiado, la abrumaban las preocupaciones y la guerra dejaba su huella. Pero más allá del motivo, la mujer que se encontraba frente a ella ya no era joven. Tampoco vieja. De pronto —aunque tal vez ya lo sabía— descubrió que había una franja intermedia, y que ambas se encontraban allí. Ya no eran muchachas, pero aún les faltaba un tramo para convertirse en viejas arpías.

—Papá sabía lo que hacía.

—Por supuesto, querida —dijo Saffy con ternura.

¿Por qué no había visto antes a todas esas damas que poblaban la espaciosa franja intermedia? Porque aunque no eran invisibles, se ocupaban silenciosamente de los asuntos propios de las mujeres que ya no eran jóvenes y todavía no eran viejas: limpiar la casa, secar las lágrimas de las mejillas de sus hijos, zurcir los calcetines de sus maridos. De repente, Saffy comprendió que Percy actuaba de esa forma porque sentía celos de Juniper, que con sus dieciocho años podía casarse algún día, que aún tenía toda la vida por delante. También comprendió por qué Percy había elegido precisamente esa noche para concentrarse en esas ideas. A pesar de que Juniper y las habladurías del pueblo habían contribuido a inquietarla, su actitud era consecuencia del encuentro con Lucy. Saffy sintió una oleada de cariño por su estoica hermana, una emoción tan intensa que estuvo a punto de dejarla sin aliento.

—No hemos sido afortunadas, ¿verdad, Perce?

Percy apartó la vista del cigarrillo que estaba liando.

—¿Qué dices?

—Las dos hemos sido desafortunadas en los asuntos del corazón.

—No creo que podamos responsabilizar a la mala fortuna. Diría que fue una cuestión matemática, ¿no es así?

Saffy sonrió. Eran las palabras que había pronunciado la institutriz antes de marcharse a Noruega para casarse con su primo recientemente viudo. Las había llevado al lago para dar una de sus clases, solía hacerlo cuando no estaba con ánimo de enseñar y quería evitar la estrecha vigilancia del señor Broad. Tendida al sol, con su parsimonia y su acento característicos, con un malicioso brillo de placer en los ojos, les dijo que debían dejar de lado cualquier ilusión de casarse; que la Gran Guerra que había herido a su padre también había matado esa posibilidad. Las gemelas de trece años la miraron con el rostro impávido, una expresión que dominaban a la perfección porque sabían que irritaba a los adultos. En aquel momento, ni siquiera pensaban en pretendientes y matrimonio.

—Sin duda, es mala suerte que todos tus futuros maridos mueran en los campos de batalla franceses —dijo suavemente Saffy.

—¿Cuántos planeabas tener?

—¿Perdón?

—Maridos. Te he oído decir: «Que todos tus futuros maridos...». —Percy encendió su cigarrillo y agitó la mano—. No tiene importancia.

—Solo uno —replicó Saffy, repentinamente mareada—. Solo hubo uno a quien quise tener por marido. —El silencio que siguió fue atroz, y Percy, finalmente, tuvo la dignidad de mostrarse incómoda. Sin embargo, no dijo nada, no ofreció ninguna palabra de consuelo, ningún gesto amable. Aplastó la punta de su cigarrillo para apagarlo y se dirigió hacia la puerta.

—¿Adónde vas?

—Me duele la cabeza.

—Entonces siéntate, te traeré unas aspirinas.

—No —respondió Percy, esquivando la mirada de Saffy—. Yo misma las buscaré en el botiquín. Me sentará bien el paseo.

9

Percy atravesó el pasillo a toda prisa. No toleraba haberse comportado de un modo tan estúpido. Tenía previsto quemar la carta de Emily inmediatamente, y en cambio había permitido que el encuentro con Lucy la desconcertara tanto como para dejarla en el bolsillo. Peor aún, se la había entregado directamente a Saffy, la persona a quien quería ocultársela. Bajó la escalera rápidamente y llegó a la cocina cargada de vapor. Había recordado esa carta cuando Saffy aludió a Matthew, el marido de Emily. ¿Era prematuro lamentar el olvido, preguntarse qué pacto demoniaco debería hacer para recuperarla?

Se detuvo delante de la mesa. El pantalón ya no estaba donde lo había dejado. El corazón comenzó a golpear como un martillo en su pecho. Se esforzó por contenerlo, el pánico no la ayudaría. Además, nada terrible había sucedido. Era evidente que Saffy aún no había leído la carta; de lo contrario su conducta en el salón no habría sido tan serena y mesurada. Si supiera que ella seguía en contacto con su prima, no sería capaz de disimular su furia. No todo estaba perdido. Debía encontrar ese pantalón, destruir la evidencia, y las cosas volverían a su antiguo orden.

Recordó haber visto también un vestido sobre la mesa. En algún lugar habría una pila de ropa para lavar. Seguramente no sería difícil encontrarla. Excepto porque, desgraciadamente, Percy nunca había prestado atención a la rutina de lavado de Saffy, un descuido que prometió remediar tan pronto como recuperara esa carta. Comenzó a hurgar en las cestas del estante bajo la mesa, a revolver servilletas, cacerolas y rodillos de amasar con el oído alerta ante la posibilidad de que Saffy se acercara. Aunque era poco probable, Juniper llegaría de un momento a otro y preferiría no alejarse de la puerta. Ella misma quería regresar cuanto antes. Tenía previsto preguntarle de inmediato, sin rodeos, sobre el rumor de la señora Potts.

Había simulado compartir con Saffy la certeza de que Juniper les habría informado de su compromiso, en caso de que fuera cierto, pero en realidad lo dudaba. Era la clase de cosas que se suelen contar, pero Juniper —tan adorable como extravagante— no actuaba como la mayoría de las personas. Y no solo por los episodios y las amnesias. Desde niña le agradaba frotar sus globos oculares con piedras de textura lisa, el extremo del rodillo de amasar de la cocinera o la pluma preferida de su padre. Varias niñeras habían renunciado debido a su obstinación incurable y a la negativa a reconocer que sus ilusiones no eran más que eso, el producto de su imaginación. Una sola vez lograron convencerla para que se calzara, y había insistido en llevar los zapatos al revés.

La extravagancia no era motivo de preocupación para Percy. Al fin y al cabo, en la familia todas las personas valiosas tenían una pizca de excentricidad. Su padre había tenido sus fantasmas, Saffy tenía sus pánicos, ni siquiera ella misma podía presumir de ser absolutamente normal. No, la extravagancia no era un problema, no le había impedido cumplir con su obligación: proteger a Juniper de sí misma. Su padre le había encomendado esa tarea. Había dicho que Juniper era especial, todos tenían el deber de velar por ella. Así lo habían hecho, hasta ese momento. Se habían especializado en reconocer las ocasiones en que las mismas características que alimentaban su talento parecían a punto de convertirse en una furia aterradora. Raymond le había permitido descargar esa furia sin restricciones: «Es pasión, desenfrenada y sincera pasión», solía decir, con admiración en la voz. Sin embargo, había tomado la precaución de hablar con sus abogados. Percy se sorprendió al descubrir el arreglo, se sintió horriblemente traicionada, repitió una y otra vez «¡No es justo!», pero pronto lo aceptó. Su padre tenía razón, era lo mejor para todos. Y ella adoraba a Juniper, tanto como los demás. Por su hermana pequeña estaba dispuesta a todo.

Percy oyó un ruido en el piso de arriba. Permaneció inmóvil, contemplando el techo. En el castillo abundaban los ruidos, bastaba con repasar la lista de los más frecuentes. Pero este era demasiado enérgico, no parecía proceder de los caseros. Allí estaba otra vez. Supuso que eran pasos. ¿Saffy se acercaba? Contuvo el aliento hasta que los pasos se alejaron.

Entonces se incorporó cautelosamente y revisó la cocina con mayor desesperación. No había ni rastro de la maldita ropa. Encontró unas escobas y una fregona en un rincón, botas de lluvia junto a la puerta trasera, unos cuencos en el fregadero, y sobre el horno, una cacerola y una marmita.

¡Por supuesto! Saffy había mencionado alguna vez la marmita y la ropa para lavar, antes de pasar al tema de esas manchas imposibles de quitar y de reprenderla por su negligencia. Percy se dirigió apresuradamente al horno, echó un vistazo dentro de la marmita y, ¡bingo!, allí estaba su pantalón.

Aliviada y sonriente, giró hacia un lado y otro la prenda empapada en busca de los bolsillos, metió la mano y empalideció: estaban vacíos.

Desde arriba llegó otro ruido. De nuevo eran pasos, los de Saffy. Percy maldijo en voz baja, se recriminó su estupidez y calló para seguir los movimientos de su hermana.

Los pasos se acercaban. Se oyó un ruido enérgico. Los pasos cambiaron de dirección. Percy aguzó el oído. ¿Habría alguien en la puerta?

Silencio. Ningún grito urgente de Saffy. Entonces, nadie había llamado a la puerta, su ausencia habría sido inadmisible si los visitantes hubieran llegado.

Quizás era otra vez el postigo; lo había ajustado con la llave inglesa más pequeña —sin caja de herramientas a mano, no pudo hacerlo mejor—, y fuera todavía soplaba un vendaval. Tendría que añadirlo a la lista de reparaciones pendientes.

Percy inspiró profundamente y dejó escapar un suspiro abatido. El pantalón se hundió de nuevo en la marmita. Habían pasado unos minutos de las ocho, Juniper llegaba con retraso, y la carta podía encontrarse en cualquier lugar. Tal vez Saffy la había tirado a la basura. Esa posibilidad le dio ánimo. Al fin y al cabo, no eran más que trozos de papel. A esas alturas, probablemente ya se habían convertido en ceniza.

No disponía de tiempo para rastrear la casa tratando de encontrarla. Tampoco podía preguntar a Saffy sobre el tema, se estremeció solo de pensarlo. Lo mejor sería regresar al salón y esperar a Juniper.

Entonces resonó un trueno, tan potente que incluso Percy, en las entrañas del castillo, se estremeció. A continuación, se oyó otro ruido, más suave, más cercano. Parecía llegar desde el exterior; le dio la impresión de que alguien arañaba los muros y los golpeaba a intervalos regulares en busca de la puerta de atrás.

El invitado de Juniper llegaría en cualquier momento.

Tal vez una persona ajena al castillo, durante el apagón, en medio de la oscuridad y la tormenta, trataba de encontrar una entrada. A pesar de que era improbable, Percy se sintió obligada a comprobarlo. No podía permitir que deambulara bajo la lluvia.

Con los labios apretados echó un último vistazo a la cocina: distinguió alimentos imperecederos alineados en un estante, un paño arrugado, la tapa de una cacerola, nada remotamente parecido a un montón de papeles rotos. Entonces buscó la linterna en el botiquín de primeros auxilios, se echó un impermeable sobre el vestido y abrió la puerta de atrás.

* * *

Juniper tenía que haber llegado hacía dos horas. Saffy estaba verdaderamente preocupada. Un retraso del servicio de ferrocarril, el cambio de un neumático del autobús, un control policial en el camino, cualquier eventualidad de ese tipo era previsible. Y con toda seguridad, en una noche de tormenta los aviones enemigos no causarían problemas. Pese a todo, las reflexiones sensatas no podían imponerse a la angustia de una hermana mayor. Hasta que Juniper no atravesara la puerta sana y salva, buena parte de los pensamientos de Saffy seguirían espoleados por el miedo.

Mordisqueando su labio inferior, se preguntó qué novedades traería su hermana cuando por fin atravesara el umbral. Había sido honesta al decir que Juniper no estaba comprometida, pero desde que Percy la dejara a solas en el salón principal comenzó a reflexionar sobre esa posibilidad. La broma sobre la escena inverosímil de Juniper vestida de blanco había despertado sus dudas. Incluso mientras Percy asentía enérgicamente, la imagen del traje de novia comenzó a transformarse —como un reflejo ondulante en el agua— en otra, mucho menos improbable. La que Saffy había vislumbrado al ponerse manos a la obra con aquel vestido.

A partir de entonces, las piezas encajaron rápidamente en su sitio. Juniper le había pedido que arreglara el vestido. ¿Para una ocasión tan trivial como una cena? No, para una boda. La suya, con ese tal Thomas Cavill al que conocerían esa misma noche. Un hombre de quien hasta el momento nada sabían, salvo que su hermana lo había invitado a cenar. Se habían conocido durante un ataque aéreo, gracias a un amigo común; era maestro y escritor. Saffy se esforzó por recordar el resto de la carta, las palabras exactas que había utilizado Juniper, el giro de la frase que insinuaba que el caballero en cuestión en cierto modo le había salvado la vida. ¿Era producto de su imaginación? ¿Tal vez una de las licencias poéticas de Juniper, una floritura dirigida a obtener el favor de sus hermanas?

En el diario no se decía mucho sobre él, las referencias eran escasas y en absoluto biográficas. Se describían los sentimientos, los deseos, los anhelos de una mujer adulta. Una mujer que Saffy no reconocía, que la avergonzaba: una mujer mundana. Si a ella le resultaba difícil acomodarse a la transición, sería casi imposible lograr que Percy la aceptara. Para su gemela, Juniper siempre sería la hermanita a la que debía consentir y proteger, a la que podía alegrar o persuadir con una simple bolsa de caramelos.

Saffy esbozó una sonrisa triste y afectuosa al pensar en su obstinada gemela, que seguía dispuesta a luchar con uñas y dientes para que la voluntad de su padre fuera respetada. Pobre, querida Percy, tan inteligente en ciertos aspectos, valiente y generosa, más fuerte que una roca, y aun así incapaz de liberarse de las imposibles expectativas de su progenitor. Ella, en cambio, había dejado de esforzarse por complacerlo hacía mucho tiempo.

Sintió un escalofrío. Se frotó las manos. Entonces se cruzó de brazos, adoptó una actitud decidida. Debía ser fuerte, por el bien de Juniper. A diferencia de Percy, ella conocía la fuerza de la pasión.

La puerta se abrió de pronto y apareció Percy. Una corriente de aire volvió a cerrarla, de golpe, a sus espaldas.

—Llueve a cántaros —comentó, secándose una gota en la punta de la nariz, otra en la barbilla. Se sacudió el pelo empapado y añadió—: Oí ruidos por aquí, hace un rato.

Saffy pestañeó, muy sorprendida. Comenzó a hablar como si recitara:

—Era el postigo. Lo arreglé, aunque no soy muy hábil con las herramientas. Percy, ¿dónde diablos estabas?

Saffy observó atentamente el vestido de su hermana, empapado y cubierto de barro, y su cabello salpicado, aparentemente, de hojas. Se preguntó en qué se habría entretenido.

—¿Ya no te duele la cabeza?

—¿De qué hablas? —preguntó Percy desde el mueble bar.

Percy había recogido los vasos y servía otra ronda de whisky.

—De tu dolor de cabeza. ¿Encontraste la aspirina?

—Sí, gracias.

—Te he esperado durante un buen rato.

Percy le ofreció un vaso a Saffy.

—Me pareció oír algo fuera; pensé que se trataba de Poe, asustado por la tormenta. Al principio supuse que era el amigo de Juniper. ¿Cómo se llama?

—Thomas —respondió Saffy. Bebió un trago—. Thomas Cavill. —Tal vez fuera su imaginación, pero le parecía que su hermana evitaba mirarla a los ojos—. Espero que…

—No te preocupes —interrumpió Percy. Hizo girar el vaso y añadió—: Seré amable con él. Si es que llega.

—No debes prejuzgarlo por llegar tarde.

—¿Por qué no?

—Es culpa de la guerra. Ya nada funciona como es debido. Juniper tampoco ha llegado.

Percy cogió el cigarrillo que había apoyado en el borde del cenicero antes de marcharse.

—No me sorprende en absoluto.

—Llegará de un momento a otro.

—Si existe.

Curioso comentario. Confundida, preocupada, Saffy se acomodó un rizo rebelde detrás de la oreja. Se preguntó si era una de las típicas ironías de Percy, que ella solía interpretar literalmente. Ignoró un incipiente malestar y decidió tomar el comentario como una broma.

—Espero que sí. Si solo fuera fruto de su imaginación, la mesa quedaría horriblemente desequilibrada —replicó. Se sentó en el extremo del diván e intentó relajarse. Pero la inquietud que anteriormente invadía a Percy parecía haberse trasladado a ella.

—Pareces cansada —dijo Percy.

—Lo estoy. Si me pongo en movimiento, tal vez me reanime —sugirió Saffy tratando de adoptar un aire despreocupado—. Iré a la cocina y…

—No.

El vaso de Saffy cayó. El whisky se derramó sobre la alfombra, salpicando de marrón la superficie azul y roja.

Percy recogió el vaso vacío.

—Lo siento. Solo quería…

—Qué tonta soy —dijo Saffy al ver una mancha húmeda en su vestido—. Muy tonta.

Entonces llamaron a la puerta.

Las hermanas se levantaron al unísono.

—Juniper —dijo Percy.

Ante una afirmación tan rotunda, Saffy tragó saliva.

—Tal vez sea Thomas Cavill.

—Tal vez.

—En cualquier caso, deberíamos abrir la puerta.

LAS HORAS DISTANTES

PARTE

El libro de los mágicos animales mojados

1992

No podía dejar de pensar en Thomas Cavill y Juniper Blythe. Una historia melancólica. La convertí en mi historia melancólica. Regresé a Londres, reanudé mi vida habitual, pero una parte de mí siguió ligada a ese castillo. Durante el día soñaba despierta, oía susurros. Cerraba los ojos y me veía otra vez en aquel corredor frío y sombrío, esperando junto a Juniper la llegada de su prometido.

—Vive en el pasado. Aquella noche de octubre de 1941 se repite sin cesar en su mente, la aguja del tocadiscos se le ha atascado —me había dicho la señora Bird al salir.

Mientras conducía, yo miraba por el espejo retrovisor los contornos de aquel bosque que rodeaba el castillo y lo cubría con un manto oscuro, protector.

La idea de que una vida entera se hubiera arruinado en una noche era espantosamente triste y me llenaba de interrogantes. ¿Cómo había vivido Juniper aquella noche en la que Thomas Cavill no se presentó a la cita? ¿Lo había esperado junto a sus hermanas en el salón especialmente preparado para la velada? Me preguntaba en qué momento comenzó a preocuparse, si contempló la posibilidad de que hubiera sufrido un accidente o comprendió de inmediato que él la había abandonado.

—Se casó con otra mujer. Huyó con otra a pesar de haberse comprometido con Juniper. Ni siquiera le dejó una nota para dar por terminado el noviazgo —había explicado la señora Bird ante mi pregunta.

Reflexioné sobre aquella historia, la contemplé desde diversos ángulos, al derecho y al revés. Hice conjeturas, correcciones, imaginé distintas versiones. Supongo que pesaba el hecho de haber sido traicionada de un modo similar, pero mi obsesión —confieso que en eso se convirtió— no era producto exclusivo de la empatía. Guardaba relación con los instantes finales de mi encuentro con Juniper. Con la transformación que observé al mencionar que debía regresar a Londres, la manera en que la joven que esperaba anhelante el regreso de su amante fue reemplazada por una figura tensa y desgraciada que me rogaba ayuda y me recriminaba no haber cumplido una promesa. Por encima de todo, había grabado el momento en que me miró a los ojos y me acusó de haber cometido una grave traición, su voz cuando me llamó Meredith.

Juniper Blythe era una anciana enferma, y sus hermanas habían puesto especial atención en advertirme de que solía decir cosas sin sentido. Sin embargo, cuanto más reflexionaba, mayor era la certeza de que mi madre había influido en su destino. Allí se encontraba la explicación al modo en que había reaccionado ante la carta perdida, a su llanto angustiado cuando leyó el nombre del remitente, un llanto similar al que había oído en la infancia mientras nos alejábamos de Milderhurst. Habían pasado décadas de aquella secreta visita, del día en que mi madre me había cogido de la mano y me había arrastrado desde la verja hacia el coche diciendo que había cometido un error, que era muy tarde.

¿Tarde para qué? Para enmendar las cosas, para reparar un antiguo error. Tal vez la misma culpa que la había guiado de regreso al castillo la había alejado nuevamente, antes de atravesar siquiera la verja. La culpa podía explicar su turbación. También podía ser el motivo para mantener en secreto todo el asunto. La profunda impresión que conservaba de aquel día no solo se debía al misterio, sino también al silencio. Aunque mi madre no tenía el deber de darme explicaciones, sentí que me había mentido. Más aún, que aquello me implicaba en cierto modo. En su pasado había algo que ella trataba de ocultar y que luchaba por salir a la luz. Una acción, una decisión, un instante quizás, cuando era casi una niña. Algo que arrojaba una larga y negra sombra sobre su presente y, en consecuencia, también sobre el mío. Tenía que descubrir de qué se trataba. No solo porque era una entrometida, ni por la simpatía que me inspiraba Juniper Blythe, sino porque ese secreto era la clave de la distancia que desde siempre había existido entre mi madre y yo.

* * *

—Así es. —Herbert estuvo de acuerdo cuando se lo dije.

Después de pasar la tarde amontonando mis cajas de libros y diversos utensilios domésticos en su desordenado ático, habíamos salido a caminar por Kensington Gardens. El paseo era un hábito cotidiano impulsado por el veterinario. Se suponía que la actividad estimulaba el metabolismo de Jess y mejoraba su digestión, pero ella no veía con agrado esos paseos.

—Vamos, Jessie. Los patos están cerca, querida —dijo Herbert, golpeando ligeramente con el zapato el obstinado trasero de su mascota. Aunque la insistencia no hacía más que acentuar su terquedad.

—Pero ¿cómo puedo descubrirlo? —Tenía una tía, Rita, pero la idea de acudir a ella me parecía especialmente vil teniendo en cuenta la compleja relación de mi madre con su hermana mayor. Hundí las manos en los bolsillos, tratando de encontrar la respuesta en sus pelusas—. ¿Qué debo hacer? ¿Por dónde empezar?

Herbert dejó en mis manos la correa de Jess. Cogió del bolsillo un cigarrillo y lo encendió.

—En mi opinión, solo hay una manera de empezar. —Lo miré con curiosidad, esperando que continuara. Él soltó una teatral bocanada de humo y dijo—: Sabes tan bien como yo que debes hablar con tu madre.

* * *

Los disculparé si piensan que el consejo de Herbert era obvio. Tengo parte de responsabilidad en ello. Sospecho que por haber empezado mi relato comentando el episodio de la carta he dado una impresión totalmente errónea acerca de mi familia. Ahí comienza esta historia, pero no mi historia. Y mucho menos la de Meredith y Edie. Con respecto a lo sucedido aquel domingo, tal vez imaginen un alegre dúo que conversaba y se entendía con facilidad. Aunque suena bien, no es así. Puedo citar una buena cantidad de experiencias de la infancia para demostrar que la relación con mi madre no se caracterizó precisamente por el diálogo y la comprensión: la inexplicable aparición de un sujetador de estilo militar cuando cumplí trece años; el hecho de que Sarah fuera la encargada de darme información básica sobre la sexualidad y demás temas importantes para una chica de esa edad; el fantasma de mi hermano, que mis padres y yo fingíamos no ver.

De todas formas, Herbert estaba en lo cierto. El secreto pertenecía a mi madre y si quería conocer la verdad, saber más sobre la niña cuya sombra me había acompañado en el recorrido por Milderhurst Castle, no había otra manera de empezar. Por fortuna, habíamos acordado reunirnos la semana siguiente para tomar café en una pastelería, muy cerca de Billing & Brown. Salí de la oficina a las once, encontré una mesa en un rincón apartado y, como de costumbre, hice el pedido. Tan pronto como la camarera dejó en la mesa una tetera humeante de Darjeeling, se oyó el ruido de la calle. Miré hacia la puerta. Mi madre entraba, vacilante, llevando en la mano el bolso y el sombrero. Una defensiva cautela se había apoderado de su expresión. Observaba el café desconocido y decididamente moderno. Aparté la vista, miré mis manos, la mesa, jugué con la cremallera de mi bolso, hice lo posible por ignorarla. En los últimos tiempos ese gesto desconcertado es más frecuente, porque mi madre está envejeciendo, porque yo misma estoy envejeciendo o tal vez porque el mundo de hoy es realmente vertiginoso. Mi reacción me alarma, porque ante la debilidad de mi madre debería ser más piadosa, más afectuosa con ella, pero no lo soy. Representa un desgarrón en el tejido de la normalidad, y me asusta porque indica que todo puede volverse desagradable, irreconocible. Mi madre siempre fue un oráculo, un ejemplo de corrección. Al verla insegura en una situación absolutamente cotidiana, mi mundo se estremece, el suelo empieza a moverse bajo mis pies. Esperé y al cabo de unos instantes la miré otra vez. Había recuperado la seguridad, la confianza y agitó candorosamente la mano, creyendo que yo acababa de advertir su presencia.

Avanzó cuidadosamente por el café repleto, esmerándose visiblemente para que su bolso no chocara con las cabezas de los clientes; su gesto decía que no aprobaba el modo en que se habían dispuesto las mesas. Yo me entretuve controlando que en la nuestra no quedaran restos espumosos de capuchino o migajas de pasteles. Nuestros regulares encuentros para tomar café eran una novedad, instituida poco después de que mi padre se jubilara. También yo me sentía un poco incómoda con respecto a ella, pese a que no tenía previsto realizar una investigación muy profunda sobre su vida. Cuando llegó a la mesa, me levanté a medias, mis labios besaron el aire circundante a la mejilla que me ofreció y las dos nos sentamos, sonriendo con evidente alivio porque el saludo en público había terminado.

—Hace calor —comentó mi madre.

—Mucho —respondí.

Comenzamos a recorrer con soltura un trayecto conocido: hablamos de la nueva obsesión de mi padre, es decir, deshacerse de las cajas guardadas en el desván; de mi trabajo y los encuentros sobrenaturales en Rommey Marsh; y de los chismes del club de bridge de mi madre. Hicimos una pausa. Nos sonreímos. Mi madre no tardaría en hacer la pregunta de rigor.

—¿Cómo está Jamie?

—Bien.

—Leí el artículo del *Times*. La nueva obra fue bien recibida.

—Sí. —También yo lo había leído. Sin proponérmelo. Sencillamente me había topado con él cuando buscaba las páginas de anuncios de alquiler. Había recibido una crítica muy elogiosa. Pero en el maldito periódico no se ofrecían apartamentos que yo estuviera en condiciones de pagar.

Mi madre hizo una pausa mientras le servían el capuchino que había pedido para ella.

—Dime —continuó, poniendo en el plato una servilleta de papel para absorber la leche que se había volcado de la taza—, ¿tiene algún proyecto en marcha?

—Está escribiendo un guion. Un amigo de Sarah es director de cine, ha prometido leerlo.

La boca de mi madre dibujó una cínica «o» antes de emitir algunas onomatopeyas de admiración. La última fue ahogada por un sorbo de café sorprendentemente amargo que por fortuna le hizo cambiar de tema.

—¿Y el apartamento? Tu padre quiere saber si el grifo de la cocina sigue causando problemas. Se le ha ocurrido una manera de arreglarlo definitivamente.

Imaginé el apartamento frío y vacío que había abandonado aquella mañana. Pensé que mi vida se había convertido en una colección de recuerdos guardados en cajas de cartón, ahora apiladas en el ático de Herbert.

—El apartamento está en orden, el grifo funciona. Dile que no necesita más reparaciones.

—Tal vez alguna otra cosa necesite ser reparada —sugirió mi madre, casi rogando que así fuera—. Podría pasar el sábado para hacer una revisión general.

—En realidad, como te he dicho, no es necesario.

Mi madre estaba sorprendida y ofendida. Había sido descortés con ella. La necesidad de fingir que todo marchaba sobre ruedas me agobiaba. Aunque me refugio en la ficción literaria, en la vida real no soy una mentirosa, no domino el arte del subterfugio. En circunstancias normales, habría sido el momento perfecto para comunicar la noticia de mi separación, pero no podía hacerlo si tenía intención de hablar con mi madre sobre Milderhust y Juniper Blythe. En ese preciso instante, el hombre de la mesa vecina decidió pedir prestado el salero. Mientras se lo alcanzaba, mi madre dijo:

—Te he traído algo. —Era una vieja bolsa de Marks & Spencer, plegada para proteger su contenido—. No te hagas muchas ilusiones, nada nuevo —aclaró al entregármela.

Abrí la bolsa. El contenido me desconcertó. A menudo recibo manuscritos que en opinión de sus autores merecen ser publicados, pero no creía que existiera una persona capaz de ofrecerme algo semejante.

—¿Lo recuerdas? —preguntó mi madre, mirándome como si yo hubiera olvidado mi propio nombre.

Observé otra vez las hojas sujetas con grapas, los dibujos infantiles de la cubierta, las palabras torpemente escritas en el encabezado: *El libro de los animales mojados,* escrito e ilustrado por Edith Burchill. Entre «los» y «animales» se distinguía una flecha, y allí se había agregado con tinta de otro color la palabra «mágicos».

—Tú lo escribiste, ¿lo recuerdas ahora?

—Sí —mentí. La expresión de mi madre me indicaba que para ella era importante que lo recordara. Y mientras paseaba el pulgar sobre un borrón de tinta que el bolígrafo había dejado al atascarse en un trazo, supe que también yo quería recordar.

—Te sentías muy orgullosa de tu obra —comentó mi madre, inclinando la cabeza para echar un vistazo a las hojas que tenía en mis manos—. Trabajaste durante días, acurrucada bajo el tocador de la habitación de invitados.

Entonces lo reconocí. El delicioso recuerdo de estar oculta en aquel espacio abrigado y oscuro se liberó de su largo enclaustramiento. Mi cuerpo se estremeció: volvieron a mi memoria la polvorienta alfombra circular; la grieta en el yeso, tan ancha que podía contener un lápiz; los rayos de sol en las duras tablas de madera donde se apoyaban mis rodillas.

—Pasabas mucho tiempo escribiendo, oculta en la oscuridad. Tu padre temía que tu timidez te impidiera hacer amistades, pero no lográbamos entusiasmarte con otra cosa.

Recordaba haber sido lectora en la niñez. No recordaba haber escrito. A pesar de todo, cuando mi madre se refirió al intento de desalentar esa veta, aparecieron lejanas imágenes de mi padre: cuando volvía de la biblioteca, él sacudía la cabeza, incrédulo; y a la hora de la cena me preguntaba por qué no elegía libros que no fueran de ficción. No comprendía por qué prefería esas tontas fantasías, por qué no me interesaba aprender sobre el mundo real.

—Había olvidado que escribía cuentos —dije. Miré la improvisada contraportada y sonreí al ver dibujado un ficticio logo del editor.

—De todos modos, creí que debías tenerlo. Tu padre se ha dedicado a vaciar el desván y por eso lo he encontrado —explicó mi madre, quitando de la mesa una antigua miga—. No tiene sentido dejar que lo destruyan las polillas, ¿verdad? Y quién sabe, tal vez algún día puedas enseñárselo a tu hija. —Mi madre se enderezó en su silla, y el túnel que nos había llevado al pasado se cerró tras ella—. Cuéntame cómo fue tu fin de semana. ¿Hiciste algo especial?

Se había abierto una ventana perfecta; si lo hubiera intentado, no habría podido encontrar una mejor. Miré *El libro de los mágicos animales mojados,* el papel polvoriento, los borrones de tinta, los sombreados y los colores infantiles. Comprendí que mi madre lo había conservado, que más allá de sus reparos deseaba hacerlo, que había elegido precisamente ese día para recordarme una parte de mí que había olvidado. Me invadió un incontenible deseo de compartir con ella lo que me había sucedido en Milderhurst Castle. Una dulce sensación de que todo iría bien.

—Sí. Algo muy especial —dije. Ella me dedicó una amplia sonrisa. Mi corazón había empezado a galopar. Sentí que me observaba a mí misma. Me encontraba al borde del precipicio y me pregunté si estaría dispuesta a saltar—. Hice una visita guiada —dije con una voz débil que no reconocí como propia— por Milderhurst Castle.

Mi madre abrió los ojos con incredulidad.

—¿Estuviste en Milderhurst?

Asentí. Ella bajó la mirada. Aferró el asa de su taza de café, la hizo girar hacia ambos lados. La observé con curiosidad, sin saber qué sucedería a continuación. Ansiosa y recelosa a la vez.

Como un sol brillante que asoma en el horizonte, la dignidad recuperó su lugar. Mi madre levantó la cabeza, colocó su cuchara y sonrió.

—¿Cómo es el castillo?

—Grande. —Trabajo con las palabras, y sin embargo, eso fue todo lo que pude decir. Sin duda, era producto de la sorpresa, de la increíble transformación que había presenciado—. Como salido de un cuento.

—Una visita guiada, no imaginaba que existiera tal cosa. Así son los tiempos modernos, todo tiene su precio.

—Fue una visita informal. Una de las propietarias me enseñó el lugar. Una anciana llamada Persephone Blythe.

—¿Percy? —preguntó mi madre. Percibí un leve temblor en su voz. La única fisura en su actitud—. ¿Percy Blythe aún vive allí?

—Las tres, mamá. También Juniper, la que envió la carta para ti.

Mi madre abrió la boca, con intención de hablar. Las palabras no salieron y la cerró, apretando los labios. Cruzó las manos sobre la falda y permaneció tan pálida e inmóvil como una estatua de mármol. La imité, hasta que el silencio se volvió muy pesado y no pude tolerarlo.

—El lugar es siniestro —dije, aferrando la tetera. Mis manos temblaban—. Polvoriento y oscuro. Al ver a las tres ancianas sentadas en el salón de ese enorme y antiguo edificio me sentí como si estuviera en una casa de muñecas.

—Juniper… ¿Cómo está ella? —preguntó mi madre con una voz extrañamente débil. Y después de aclararse la garganta, añadió—: ¿Qué aspecto tiene?

Me pregunté qué debía decir. Podía describir a la alegre adolescente, a la anciana desgreñada, podía relatar la escena final con sus desesperadas acusaciones.

—Se la ve perturbada. Llevaba un vestido anticuado, me dijo que esperaba a un hombre. La dueña del hotel donde me alojé dijo que está enferma, sus hermanas cuidan de ella.

—¿Está enferma?

—Una especie de demencia. Su novio la abandonó hace muchos años y nunca pudo recuperarse.

—¿Su novio?

—Su prometido, para ser exactos. Le dio calabazas, y eso, según dicen, la llevó a la locura.

—Oh, Edie, como de costumbre, eres muy propensa a fantasear —dijo mi madre. Su malestar se transformó en una sonrisa, como la que se dedicaría a un gatito torpe.

El hecho de que me considerara una ingenua me enervó.

—Solo repito lo que me dijeron en el pueblo: que Juniper siempre fue frágil, incluso en su juventud.

—La conocí entonces, Edie, no necesito que me digas cómo era —soltó mi madre. Me pilló desprevenida.

—Lo siento.

—No —interrumpió. Levantó una mano, luego se la llevó a la frente. Echó una mirada furtiva por encima del hombro y dijo—: Yo soy quien lo siente, no comprendo qué me ha sucedido. —Entonces suspiró y esbozó una sonrisa algo vacilante—. Supongo que es la sorpresa de saber que aún viven, las tres, en el castillo. Ya son muy ancianas —comentó, frunciendo el ceño, aparentemente concentrada en cálculos matemáticos—. Las gemelas no eran jóvenes cuando las conocí, al menos eso me parecía.

Todavía sorprendida por su arrebato, respondí con cautela:

—¿Eran ya ancianas, con el cabello canoso y todo eso?

—No, por supuesto. Es difícil precisarlo. Creo que tenían menos de cuarenta años, aunque por entonces no significaba lo mismo que hoy. Y yo era una niña. Los niños suelen ver las cosas de otra manera, ¿no es así? —No respondí, ella no esperaba que lo hiciera. Me miraba, pero sus ojos tenían un aire distante. Parecían servir de pantalla para la proyección de una película—. Se comportaban como madres, más que como hermanas, con respecto a Juniper. Eran mucho mayores, su verdadera madre había muerto cuando ella era apenas una niña. El padre aún vivía, pero no se ocupaba demasiado de su hija.

—Era escritor. Raymond Blythe —dije tímidamente, temía excederme otra vez ofreciendo datos que ella conocía. En esta ocasión no pareció importarle. Esperé algún indicio de que recordara el libro pedido en la biblioteca cuando yo era niña. Al vaciar mi apartamento lo había buscado, con la esperanza de enseñárselo, pero no pude encontrarlo—. Escribió un relato titulado *La verdadera historia del Hombre de Barro*.

—Sí —se limitó a decir, en voz muy baja.

—¿Lo conociste?

Mi madre sacudió la cabeza.

—Lo vi alguna vez, pero solo a distancia. Por entonces era muy mayor y vivía recluido. Pasaba la mayor parte del tiempo en la torre, donde escribía. Yo no estaba autorizada a subir allí. Era una de las reglas más importantes de la casa. No había muchas en realidad —dijo mirando hacia abajo. En sus párpados palpitaban unas venas púrpura—. Ellas solían hablar de su padre. Aparentemente, era un hombre difícil. Siempre me pareció una especie de rey Lear que con sus actitudes enemistaba a sus hijas.

Por primera vez mi madre hacía referencia a un personaje de ficción. El efecto de sus palabras hizo añicos mi línea de pensamiento. En la universidad escribí un ensayo sobre las tragedias de Shakespeare y nunca había dado muestra alguna de conocer sus obras.

—Edie, ¿dijiste quién eras durante la visita a Milderhurst? —preguntó mi madre con una mirada incisiva—. ¿Hablaste sobre mí con Percy o alguna de ellas?

—No —respondí. Me pregunté si la omisión ofendía a mi madre, si querría saber por qué no dije la verdad.

—Bien —dijo, y asintió—. Fue una buena decisión, piadosa, solo habrías logrado confundirlas. Ha pasado mucho tiempo y fue muy breve el periodo que compartí con ellas. Con toda seguridad me han olvidado por completo.

Era mi oportunidad y la aproveché:

—Pues no, mamá. No te han olvidado. Es decir, Juniper te recuerda.

—¿A qué te refieres?

—Al verme creyó que eras tú.

—¿Cómo lo sabes? —preguntó mi madre, mirándome a los ojos.

—Me llamó Meredith.

—¿Dijo algo más?

Una encrucijada. Una decisión. Aunque en realidad no tenía alternativa. Debía actuar con suma cautela: si repetía las palabras de Juniper, si le decía a mi madre que la acusaba de faltar a una promesa y arruinar su vida, ella daría por terminada la conversación.

—No mucho. ¿Tú y ella erais amigas? —pregunté. El hombre sentado a la mesa vecina se puso de pie. Su voluminoso trasero empujó la nuestra y todo lo que había sobre ella se estremeció. Sonreí distraída en respuesta a sus disculpas, preferí concentrarme en evitar que nuestras tazas y nuestra conversación se tambalearan—. Mamá, te he preguntado si Juniper y tú erais amigas.

Ella levantó su taza. Durante unos instantes pareció entretenerse despegando la espuma con la cuchara.

—Ha pasado tanto tiempo… Es difícil recordar los detalles. —La cuchara tocó el plato, se oyó un ruido metálico—. Como te he dicho, viví con ellas poco más de un año. Mi padre vino a buscarme a principios de 1941.

—¿Nunca regresaste?

—Fue la última vez que vi Milderhurst Castle.

Mi madre mentía.

—¿Estás segura? —pregunté irritada.

—Edie, qué pregunta tan extraña —replicó ella riendo—. Por supuesto que estoy segura. ¿Crees que es posible olvidar algo así?

Era posible. De hecho, yo lo había olvidado.

—De eso se trata. Ocurrió algo interesante. Este fin de semana, al ver la entrada del castillo, el portón al pie del camino, tuve la increíble sensación de haber estado allí antes. —Mi madre callaba, yo continué—: Contigo.

Su silencio fue intolerable. De pronto advertí el murmullo de fondo, el ruido de los filtros de café que se vaciaban, el zumbido del molinillo, las risas chillonas del entresuelo, todo a un paso de mí, como si mi madre y yo estuviéramos muy lejos, cada una en su propia burbuja.

Traté de controlar el temblor de mi voz:

—Era una niña. Fuimos en coche hasta allí, tú y yo, nos detuvimos ante la verja. Hacía calor, vi un estanque y quise nadar en él, pero no entramos. Dijiste que era muy tarde.

Con lentitud y suavidad mi madre se llevó la servilleta a los labios. Luego me miró. Por un instante vislumbré en sus ojos el brillo de la confesión. De pronto parpadeó y lo hizo desaparecer.

—Estás imaginando cosas.

Sacudí la cabeza.

—Los portones se parecen mucho unos a otros. Lo has visto en alguna película y te has confundido.

—Lo recuerdo.

—Crees recordarlo. Lo mismo sucedió cuando acusaste al vecino, el señor Watson, de ser un espía ruso, o cuando creías ser hija adoptiva y tuvimos que mostrarte el certificado de nacimiento. —Su voz había adquirido un matiz que recordaba perfectamente el que tenía cuando yo era niña. Aquella irritante certeza que tiene una persona sensata, respetable, poderosa. Una persona que no te escuchará aunque grites—. Tu padre me obligó a llevarte al médico a causa de los terrores nocturnos.

—Esto es diferente.

—Siempre has sido fantasiosa, Edie —replicó ella con una sonrisa nerviosa—. Aunque no lo heredaste de mí, y con toda certeza, tampoco de tu padre —aseguró, y se inclinó para levantar su bolso del suelo—. A propósito, me está esperando en casa.

—Pero, mamá… —dije, intentando retenerla. Sentía el abismo que se abría entre nosotras, la desesperación me aguijoneaba—, ni siquiera has terminado tu café.

—He bebido suficiente —respondió ella, mirando el fondo de su taza, donde aún quedaba un poco.

—Te pediré otro…

—No, ¿cuánto te debo?

—Nada, mamá. Por favor, no te vayas.

—He pasado toda la mañana fuera, tu padre está solo y ya sabes cómo es. Si no regreso enseguida, encontraré la casa desmantelada.

Sentí su mejilla fría y húmeda contra la mía. Luego se marchó.

Un buen club de estriptis y la caja de Pandora

uiero aclarar que fue la tía Rita quien se puso en contacto conmigo. Sucedió que mientras iba dando tumbos, entre vanos intentos de descubrir qué había ocurrido entre mi madre y Juniper Blythe, la tía Rita preparaba una despedida de soltera para mi prima Samantha. No supe si sentirme halagada u ofendida cuando me llamó a la oficina para preguntarme si conocía algún club de estriptis de categoría. A continuación me sentí confundida y finalmente —no pude evitarlo— útil. Le dije que no tenía ni la más remota idea, pero prometí hacer una investigación sobre el tema. Acordamos reunirnos secretamente en su salón de belleza el domingo siguiente para que la informara de los resultados. De nuevo tendría que faltar al asado de mi madre, pero era el único momento que Rita tenía disponible. Le dije a mi madre que tenía que ayudarla con la boda de Sam. No pudo oponerse.

Cortes con Clase se encuentra detrás de un escaparate diminuto en Old Kent Road, encerrado entre un local que vende grabaciones de bandas independientes y la tienda que ofrece las mejores patatas fritas de Southwark. Rita es tan anticuada como los vinilos de la discográfica Motown que ella colecciona, y su exitoso salón se especializa en permanentes, peinados cardados y reflejos azulados. Tiene edad suficiente para ser retro sin saberlo y le agrada contar a quien quiera oírla que empezó en ese mismo salón de belleza siendo una esmirriada jovencita de dieciséis años, en plena guerra. A través de aquel escaparate, el Día de la Victoria había visto que en la sombrerería de enfrente el señor Harvey se quitaba toda la ropa y salía a bailar a la calle vestido solo con su mejor sombrero.

Cincuenta años en el mismo sitio. No es sorprendente que se haya convertido en un personaje muy popular en ese sector de Southwark, con su mercado callejero tan diferente de las lujosas tiendas de Docklands. Algunas de sus clientas la conocen desde que practicaba sus cortes con las escobas y solo confían en ella para teñirse el cabello.

—Las personas no son tontas —dice Rita—; si las tratas con un poco de cariño, nunca te abandonarán.

Además, mi tía posee una extraordinaria habilidad para apostar al ganador en las carreras de caballos, lo que ayuda a mejorar sus finanzas.

No sé mucho sobre el tema, pero en mi opinión es imposible que existan dos hermanas menos parecidas que mi madre y la tía Rita. Mi madre prefiere los zapatos clásicos de tacón bajo, Rita sirve el desayuno sobre sus tacones altos. Si de historias familiares se trata, mi madre es hermética, mientras que Rita es un manantial de sabiduría. Lo sé de primera mano. Cuando tenía nueve años y tuvieron que operar a mi madre de sus cálculos biliares, mi padre me envió con una bolsa a su casa. Tal vez mi tía intuyó que el retoño que apareció en su puerta desconocía por completo los antecedentes de su familia, quizás la acosé con mis preguntas o bien encontró una oportunidad de molestar a mi madre y ganar una batalla de una antigua guerra. En cualquier caso, durante aquella semana se ocupó de ofrecerme muchos datos.

Me mostró amarillentas fotografías, me contó cómo eran ciertas cosas cuando ella tenía mi edad, creó una vívida descripción con colores, aromas y antiguas voces que me permitieron comprender algo que ya había vislumbrado. Mi casa, mi familia eran asépticas y solitarias. Recuerdo que, tendida en el pequeño colchón disponible en casa de Rita mientras mis cuatro primas llenaban la habitación con sus ronquidos y sus inquietos sonidos nocturnos, deseé que ella fuera mi madre, anhelaba vivir en esa casa desordenada y afable, repleta de niños y antiguas historias. Recuerdo también el repentino sentimiento de culpa que me provocó esa idea. Cerré los ojos con fuerza e imaginé mi pensamiento desleal como un pañuelo de seda, lo desaté y conjuré un viento que lo llevara lejos, como si nunca hubiera existido.

Pero había existido.

Aquel día de julio, cuando llegué a casa de mi tía, el calor era sofocante. Llamé a la puerta de cristal y al hacerlo vi reflejada mi pobre imagen. Dormir en un sofá con un perro flatulento no es bueno para el cutis. Eché una ojeada más allá del cartel que decía «Cerrado». Ante una mesa de póquer, con un cigarrillo colgando del labio inferior, la tía Rita sostenía algo pequeño y blanco. Con una seña, me invitó a entrar.

—Edie, tesoro —dijo. Su voz se distinguió entre la campanilla de la puerta y la grabación de las Supremes.

Una visita al salón de belleza de la tía Rita se asemeja a un viaje en el túnel del tiempo: el damero de baldosas negras y blancas del suelo, los sillones de piel sintética con almohadones de color verde brillante, los secadores de pelo nacarados con forma de huevo. Los carteles de Marvin Gaye, Diana Ross y los Temptations. Y el invariable aroma del agua oxigenada, en combate mortal con el olor a grasa de la tienda vecina.

—Desde hace rato estoy luchando con esto —dijo Rita sin soltar el cigarrillo—, y como si no fuera suficiente con que mis dedos sean torpes, la maldita cinta no obedece.

Me entregó el objeto de su desvelo y, observando con atención, comprendí que se trataba de una bolsita de encaje con agujeros en la parte superior, por donde debía pasar un cordón.

—Son regalos para las amigas de Sam —explicó la tía Rita, señalando con la cabeza la caja con bolsitas idénticas que se encontraba a sus pies—. Aunque, para ser exactos, lo serán cuando pueda montarlas y llenarlas —añadió, sacudiendo la ceniza de su cigarrillo—. La tetera acaba de hervir, pero si lo prefieres tengo limonada en la nevera.

Mi garganta se contrajo al oírla.

—Me encantaría.

Tal vez sea raro calificar de esta manera a una tía, pero Rita es provocativa. Mientras servía limonada, su trasero redondeaba la falda en el lugar correcto; la cintura aún era estrecha, a pesar de que treinta y tantos años atrás había tenido cuatro hijos. Sin duda, eran ciertas las escasas anécdotas que mi madre había dado a conocer sobre ella y que, sin excepción, fueron transmitidas a modo de advertencia acerca de aquellas cosas que las chicas buenas no debían hacer. Sin embargo, tuvieron en mí un efecto imprevisto: consolidar la notable leyenda de la tía Rita, la provocativa.

—Aquí tienes, tesoro —dijo, ofreciéndome una copa de Martini llena de burbujas. Luego se arrellanó en su sillón y acarició con ambas manos su peinado cardado—. Qué día, por Dios. Pareces tan cansada como me siento yo.

Bebí un refrescante trago de limonada; las potentes burbujas recorrieron mi garganta. Los Temptations comenzaron a cantar *Mi chica* y yo dije:

—Creía que no abrías el salón los domingos.

—Normalmente no lo hago, pero una de mis antiguas y queridas clientas necesitaba un teñido para un funeral, no el suyo, afortunadamente, y no pude decirle que no. Hice lo que correspondía. Algunas de ellas son como miembros de la familia.

—Rita examinó la bolsa que yo le había entregado, ajustó el

cordón, lo aflojó. Sus largas uñas de color rosa chocaron entre sí—. Buena chica. Solo faltan veinte.

Asentí mientras me alcanzaba otra.

—Además, aquí puedo adelantar una parte de las tareas para la boda a salvo de ojos indiscretos —aclaró y abrió más los suyos antes de entrecerrarlos—. Mi Sam es una fisgona, siempre lo ha sido, desde niña. Se subía a los armarios para descubrir los regalos de Navidad y luego sorprendía a sus hermanos adivinando qué contenían los paquetes amontonados bajo el árbol.

—Rita cogió otro cigarrillo del paquete que se encontraba sobre la mesa y encendió una cerilla. Brilló una llama que luego se consumió—. ¿Cómo van tus asuntos? Una joven como tú debería tener mejores cosas que hacer un domingo.

—¿Mejor que esto? —pregunté, entregándole la segunda bolsita blanca, con el cordón en su lugar.

—¡Descarada! —replicó ella, y a diferencia de mi madre, al sonreír me recordó a la abuela. Yo adoraba a mi abuela. Mi devoción contradecía la sospecha de ser hija adoptiva. Vivía sola y a pesar de que aclaraba que no le habían faltado ofrecimientos, se negó a casarse por segunda vez. Había sido el gran amor de un hombre joven, no estaba dispuesta a ser la esclava de un anciano. A cada cacerola le correspondía una tapa, solía decirme, y agradecía a Dios haber encontrado la suya en mi abuelo. No recuerdo al padre de mi madre, murió cuando yo tenía tres años y si alguna vez se me ocurrió preguntarle a mi madre acerca de él, su rechazo a revivir el pasado fue suficiente para disuadirme. Por fortuna Rita había sido más receptiva—. Y bien, ¿cómo te va todo?

—Muy bien —respondí. Busqué en mi bolso, cogí el papel, lo desplegué y leí el nombre que Sarah me había dado—: Roxy Club. Aquí tienes el número de teléfono.

La tía Rita agitó sus dedos y le entregué el papel. Frunció los labios, tanto como había fruncido la bolsita con el cordón.

—Roxy Club —repitió—. ¿Es un buen sitio, con clase?

—Eso me han dicho.

—Buena chica. —La tía dobló de nuevo el papel, lo sujetó bajo el tirante de su sujetador y me guiñó el ojo—. Tú eres la próxima, ¿verdad, Edie?

—¿De qué hablas?

—Del altar.

Esbocé una débil sonrisa y sacudí un hombro para librarme del comentario.

—¿Cuánto tiempo llevas con tu compañero? ¿Seis años?

—Siete.

—Siete años —dijo Rita, levantando la cabeza—. Tendrá que convertirte pronto en una mujer honrada, de lo contrario te entrarán las ganas y lo dejarás atrás. ¿Acaso no sabe que ha pescado algo bueno? ¿Quieres que hable con él?

Aun cuando no hubiera tenido intención de ocultar mi ruptura, era una idea aterradora. Busqué una manera de disuadirla sin dejar la realidad a la vista.

—De verdad, tía Rita, creo que ninguno de los dos tiene interés en casarse.

Ella cogió de nuevo su cigarrillo y entrecerró ligeramente un ojo mientras me observaba.

—¿Eso crees?

—Me temo que sí —dije. Era mentira. En parte. Siempre creí y sigo creyendo que debo casarme. Durante mi relación con Jamie acepté su escepticismo sobre la dicha conyugal, algo totalmente opuesto a mi natural romanticismo. En mi defensa, solo puedo decir que cuando amamos a una persona hacemos cualquier cosa por conservarla a nuestro lado.

Mientras suspiraba lentamente, la mirada de Rita pasó de la incredulidad a la perplejidad y concluyó en una cansada aceptación.

—Tal vez tengas razón. La vida pasa, simplemente, mientras estás distraída. Conoces a alguien, te lleva a pasear en coche, te casas y tienes un montón de hijos. Luego, un buen día descubres que no tienes nada en común. Sabes que antes lo tenías; de otra forma, ¿por qué te habrías casado? Pero las noches de insomnio, las desilusiones, las preocupaciones…, la tristeza de saber que tienes detrás más años que los que te resta vivir. —Rita me sonrió como si me diera la receta de un pastel. Yo habría metido mi cabeza en el horno—. Así es la vida, ¿verdad?

—Estupendo, tía Rita. No olvides incluirlo en tu discurso el día de la boda.

—¡Descarada!

Mientras las estimulantes palabras de la tía Rita seguían flotando en el ambiente cargado de humo, cada una de nosotras se enredó en una lucha personal con su bolsita. El radiocasete seguía girando. Rita tarareaba, un hombre con voz melosa nos instaba a mirar su sonrisa. Ya no pude resistir. Disfrutaba de su compañía, pero había ido a verla por otro motivo. Después de nuestro encuentro en el café, mi madre y yo prácticamente no habíamos hablado. Yo había cancelado nuestra siguiente cita con el pretexto de una acumulación de trabajo y no había respondido a sus llamadas telefónicas. Estaba dolida. Tal vez suene increíblemente adolescente, pero así me sentía. Mi madre no confiaba en mí, negaba categóricamente nuestro antiguo viaje a Milderhurst, insistía en que yo había inventado todo aquello. El dolor que me provocaba acentuó mi necesidad de conocer la verdad. Por ese motivo había faltado a la cita familiar del domingo, desairando así a mi madre una vez más, y había atravesado la ciudad bajo ese calor bochornoso. No quería, no podía, no debía marcharme sin haber logrado algo.

—Tía Rita…

Mi tía siguió concentrada en el cordón que se había enredado en sus dedos.

—Tengo que decirte algo. Se trata de mamá.

—¿Se encuentra bien? —preguntó Rita, dirigiéndome una mirada aguda, que sentí como un rasguño.

—Oh, sí, nada de eso. Estuve pensando en el pasado.

—Ah, eso es diferente. El pasado. ¿Qué momento en particular?

—La guerra.

—Muy bien —dijo Rita, soltando su bolsita.

Decidí proceder con cautela. A mi tía le encanta conversar, pero el tema era delicado.

—Mamá, el tío Ed y tú fuisteis evacuados, ¿verdad?

—Sí, durante un tiempo. Fue una experiencia horrible. Todo aquello que decían del aire puro era mentira. Nadie nos había dicho que el campo apestaba, que las boñigas humeantes se amontonaban por todas partes. ¡Y ellos opinaban que nosotros éramos sucios! Desde entonces tuve un concepto completamente distinto de las vacas y de los campesinos. Pese a los bombardeos, deseaba regresar.

—¿También mamá?

Un leve temblor precedió a la respuesta. Sospechoso.

—¿Por qué lo preguntas? ¿Qué te ha dicho ella?

—No me ha dicho nada.

Rita dirigió de nuevo su atención a la bolsita, pero incluso con los párpados bajos su inseguridad era perceptible. Deseaba decir ciertas cosas, pero se mordía la lengua porque sospechaba que no debía hacerlo.

Por mi parte, sabía que era mi oportunidad, aunque me sentía totalmente desleal. Cada una de las palabras que pronuncié a continuación me produjo cierta quemazón.

—Ya sabes cómo es.

La tía Rita inspiró y algo en el aire le dijo que podía confiar en mí. Frunció los labios y me miró de soslayo. Luego inclinó su cabeza hacia mí.

—A tu madre le encantaba. No quería regresar a casa —dijo. En sus ojos brillaba la perplejidad. Supe que había tocado una fibra sensible—. ¿Qué clase de hija no quiere vivir con sus padres? ¿Qué niña es capaz de preferir a otra familia?

Una niña que se siente fuera de lugar, pensé, al recordar mis culpables susurros en la oscuridad del dormitorio de mis primas. Una niña que se siente atrapada en un sitio al que no pertenece. Pero no lo dije. Para una persona como mi tía —que tenía la enorme fortuna de estar en el lugar apropiado para ella— ninguna explicación tendría sentido.

—Tal vez le asustaban las bombas —dije por fin, con voz ronca. Me aclaré la garganta y añadí—: La guerra.

—No estaba más asustada que cualquiera de nosotros. Otros niños querían regresar, incluso en el peor momento. Todos los de nuestra calle volvieron, estuvimos juntos en los refugios. Tu tío —al referirse a su hermano Ed el rostro de Rita se tiñó de veneración— pidió permiso para volver de Kent tan pronto como empezó la guerra; no soportaba estar lejos. Llegó a casa en medio de un bombardeo, justo a tiempo para salvar al hijo de los vecinos. Pero Merry… A ella le sucedía exactamente lo contrario. Fue necesario que nuestro padre fuera a buscarla y la arrastrara de vuelta a casa. Tu abuela nunca se repuso. Nos hacía creer que era feliz porque Merry estaba sana y salva en el campo, así era ella, no hablaba del asunto, pero nosotros no éramos ciegos.

No pude sostener la mirada de mi tía. Mi deslealtad hacía que me sintiera culpable. Rita seguía dolida por la traición de mi madre, la hostilidad había subsistido a lo largo de cincuenta años.

—¿Cuándo regresó? —pregunté con absoluta inocencia, mientras agarraba una nueva bolsita—. ¿Cuánto tiempo había pasado lejos de casa?

La tía Rita apoyó en su labio inferior una de aquellas largas uñas rosadas, con una mariposa pintada en la punta.

—Veamos, los bombardeos ya habían comenzado pero no era invierno, papá había traído prímulas. Quería alegrar a tu abuela, suavizar las cosas. Así era papá —dijo, golpeando con la uña rítmicamente el labio—. Fue en marzo o abril de 1941.

Entonces, al menos sobre ese aspecto, mi madre había dicho la verdad. Había pasado algo más de un año en Milderhurst y había vuelto a su casa seis meses antes de que Juniper Blythe sufriera el desengaño amoroso que destruiría su vida, antes de que Thomas Cavill le prometiera matrimonio para luego abandonarla.

—¿Te dijo alguna vez…?

La melodía de una famosa comedia musical se impuso a mi voz. El novedoso teléfono de mi tía sonaba en el mostrador.

«No respondas», rogué en silencio. Me aterrorizaba la idea de que algo pudiera estropear nuestro prometedor diálogo.

—Seguramente es Sam, que trata de espiarme —dijo Rita.

Asentí. Ambas escuchamos los últimos compases y de inmediato reanudé la conversación.

—¿Mamá te contó algo sobre su vida en Milderhurst? ¿Hizo algún comentario sobre los dueños de la casa, las hermanas Blythe?

Rita puso los ojos en blanco.

—No hablaba de otra cosa, te lo aseguro. Solo era feliz cuando llegaba alguna carta de ese sitio. Era muy misteriosa, no la abría en presencia de otros.

Recordé el relato de mi madre, el salón parroquial de Kent, el momento en que desde la fila de los niños evacuados vio partir a Rita.

—Cuando erais niñas, tú y ella estabais muy unidas.

—Éramos hermanas. Nos peleábamos, por supuesto, habría sido extraño que no lo hiciéramos, vivíamos apiñados en una casa pequeña. Pero nos entendíamos. Hasta que empezó la guerra, es decir, hasta que conoció a esa gente. —Rita cogió el último cigarrillo del paquete, lo encendió y echó una bocanada de humo hacia la puerta—. Cuando volvió era otra, no solo por la manera de hablar. En ese castillo le habían metido todo tipo de ideas.

—¿Qué ideas? —pregunté, aunque ya lo sabía. La voz de Rita adquirió un matiz defensivo que reconocí sin dificultad: la reacción de una persona que ha sido víctima de una comparación injusta.

—Ideas. —Agitó en el aire las uñas rosadas de una mano, cerca del abultado peinado. Temí que no siguiera hablando. Rita miró la puerta moviendo los labios, como si meditara acerca de la respuesta apropiada. Al cabo de un rato que me pareció un siglo, me miró otra vez. El casete había terminado y en el salón reinaba un silencio poco habitual. La ausencia de música creaba un espacio propicio para murmurar, para quejarse del calor, de los olores, del paso de los años. De pronto, con voz tranquila y clara, dijo—: Regresó convertida en una esnob. Cuando se fue era una de nosotros y cuando volvió se había transformado en una esnob.

Lo que siempre había vislumbrado adquirió una forma precisa: mi padre, su actitud hacia mi tía, mis primas e incluso mi abuela; los susurros entre él y mi madre; mis propias observaciones sobre las diferencias entre mi casa y la de Rita. Mi madre y mi padre eran unos esnobs. Me sentí avergonzada, por ellos y por mí misma. Y también ligeramente disgustada con Rita por haberlo dicho, y apenada por haberla alentado a hacerlo. Con la visión nublada, simulé concentrarme en mi tarea con la bolsita blanca.

La tía Rita, por el contrario, se sentía aliviada. Se veía en su rostro. La verdad nunca dicha era una herida que había permanecido oculta varias décadas.

—Libros. Cuando regresó solo le interesaba hablar sobre cosas que había aprendido de los libros —dijo Rita, apagando la colilla del cigarrillo—. De nuevo en casa miraba con desdén nuestras pequeñas habitaciones, despreciaba la música que oía papá. Su hogar era la biblioteca. En lugar de ayudarnos, se escondía entre libros. Decía tonterías, planeaba escribir para un periódico. Aunque parezca increíble, incluso envió algunas cosas.

Me quedé boquiabierta. Meredith Burchill no escribía, no enviaba artículos al periódico. Habría asegurado que Rita fantaseaba, pero, precisamente por ser inverosímil, aquella novedad debía de ser cierta.

—¿Las publicaron?

—No, por supuesto. A eso me refiero, a que le llenaron la cabeza de tonterías, de ideas que no concordaban con su realidad.

—¿Qué cosas escribía?, ¿qué temas elegía?

—No lo sé. Nunca me enseñó lo que escribía. Tal vez pensaba que no podía comprenderlo. De todos modos, yo no tenía tiempo. Por entonces conocí a Bill y comencé con este negocio. Estábamos en guerra, como bien sabes —explicó Rita, y soltó una carcajada, pero la amargura acentuó las arrugas que rodeaban sus labios. Hasta entonces no las había notado.

—¿Alguno de los Blythe visitó a mamá en Londres?

La tía se encogió de hombros.

—Merry era espantosamente reservada. Solía salir a hacer recados sin decir adónde iba. Tal vez lo hacía para encontrarse con alguien.

¿Fue la manera en que lo dijo, la leve insinuación presente en sus palabras o el hecho de que no me mirara mientras hablaba? En cualquier caso, supe de inmediato que su comentario implicaba algo más.

—¿Con quién?

Rita dirigió su mirada a la caja que contenía las bolsitas de encaje, como si nada fuera más interesante que verlas allí alineadas.

—Tía Rita, ¿con quién habría podido encontrarse?

—Oh, está bien —dijo. Al cruzar los brazos, los abultados pechos que el escote dejaba a la vista se juntaron. Me miró fijamente y comenzó a hablar—: Era un maestro, o lo había sido, antes de la guerra. Estaba de vuelta en Elephant & Castle. Muy guapo, al igual que su hermano. Se parecían a esos galanes de cine, decididos y reservados. Su familia vivía cerca e incluso tu abuela encontraba algún motivo para salir a saludarlo cuando pasaba por la calle. Todas las chicas estaban enamoradas de él, también tu madre. Y bien —continuó, encogiéndose de hombros—, un día los vi juntos.

Había oído más de una vez la expresión «ojos desorbitados», pues así estaban en ese momento los míos.

—¿Dónde?

—La seguí. Tenía una justificación que echaba por tierra el remordimiento y la culpa: se trataba de mi hermana pequeña, su conducta no era normal y vivíamos una época peligrosa. Tenía que velar por ella.

Poco me importaban los motivos de mi tía. Yo solo quería saber qué había visto.

—¿Dónde los viste? ¿Qué hacían?

—Los vi a distancia, pero fue suficiente. Estaban en el parque, sentados en el césped, muy juntos, abrazados. Él hablaba, ella escuchaba con verdadero interés. Luego ella le entregó algo y él… —Rita agitó el paquete de cigarrillos vacío—, maldición, desaparecen como por arte de magia.

—¡Rita!

Ella suspiró.

—Se besaron, ella y el señor Cavill, allí en el parque, a la vista de todo el mundo.

Los planetas chocaron, los fuegos de artificio estallaron, las estrellitas iluminaron los oscuros recovecos de mi mente.

—¿El señor Cavill?

—Sí, Edie querida, su maestro, Tommy Cavill.

Me faltaban las palabras, al menos alguna que tuviera sentido. Creo que emití un sonido porque Rita acercó una mano a su oído y preguntó:

—¿Qué dices?

Pero no logré repetirlo. La adolescente que más tarde sería mi madre se escabullía de su casa para encontrarse en secreto con su maestro, el prometido de Juniper Blythe, el hombre de quien se había enamorado. Sus citas incluían la entrega de ciertos objetos, y más aún, besos. Y todo aquello había sucedido meses antes de que traicionara a Juniper.

—Pareces agotada, querida. ¿Te sirvo otra limonada?

Asentí. Fue a buscarla. Tragué.

—Si de verdad te interesa, deberías leer las cartas que tu madre envió desde el castillo.

—¿Qué cartas?

—Las que enviaba a Londres.

—No creo que ella esté de acuerdo.

Rita observó una mancha de tinte en su muñeca.

—No tiene por qué enterarse.

Sin duda vio en mi rostro el desconcierto.

—Estaban entre las cosas de tu abuela —explicó Rita, mirándome a los ojos—, ahora están en mi poder. Aunque le hacían daño, ella las conservó hasta su muerte. Era una sentimental. Supersticiosa también, creía que las cartas no se podían destruir. Si quieres, te las buscaré.

—No lo sé, no creo que deba…

—Las cartas —afirmó Rita, subrayando sus palabras con un gesto que me hizo sentirme tonta, ingenua y optimista a la vez— existen para ser leídas, ¿verdad?

Asentí, con cierta aprensión.

—Tal vez te ayuden a comprender qué ideas se le ocurrieron a tu madre en su lujoso castillo.

El hecho de leer las cartas de mi madre sin su consentimiento era reprochable, pero acallé mi culpa. Rita tenía razón: mi madre había escrito esas cartas para su familia. Ella estaba en su derecho, podía dármelas, y también a mí me asistía el derecho de leerlas.

—Sí —dije de pronto—. Gracias.

El peso de la sala de espera

Y porque así suele ser la vida, mientras yo descubría los secretos de mi madre gracias a su hermana, la persona a quien más celosamente habría deseado ocultárselos, mi padre, tuvo un ataque cardiaco.

Herbert me esperaba. Tan pronto como volví de casa de Rita, aferró mis manos y me lo dijo.

—Lo siento mucho. Debí darte antes esta noticia, pero no sabía cómo hacerlo.

El terror aceleraba mis latidos. Fui hacia la puerta, volví.

—¿Está...?

—En el hospital. Estable, según creo. Tu madre no me ha dado detalles.

—Debo...

—Sí. Vamos, buscaremos un taxi.

Durante el trayecto, conversé un poco con el conductor. Un hombre bajo, con ojos muy azules y cabello castaño que comenzaba a encanecer, padre de tres hijos. Mientras me contaba sus travesuras, adoptaba esa expresión de enfado burlón con que los padres tratan de disimular su orgullo. Sonreí y le hice preguntas. Mi voz sonaba tranquila, incluso despreocupada. Llegamos al hospital. Le entregué un billete de diez libras, le dije que se quedara con el cambio y le deseé que disfrutara del festival de danza de su hija. Solo entonces advertí que había comenzado a llover y que estaba en Hammersmith, delante del hospital, sin paraguas. El taxi se alejaba y mi padre se encontraba en algún lugar de ese edificio, con el corazón herido.

* * *

Sola, sentada en el extremo de una fila de sillas de plástico, mi madre me pareció más pequeña que de costumbre. Por encima de sus hombros se distinguía el celeste monótono de la pared. Mi madre siempre cuida su apariencia, conserva hábitos de otra época: tiene sombreros y guantes haciendo juego, guarda los zapatos en sus respectivas cajas, en un estante del armario ordena los bolsos que completan su atuendo. Jamás saldría de casa sin colorete y lápiz de labios, ni siquiera considerando que su marido iba delante en una ambulancia. Mi falta de estilo, mi cabello encrespado, mis labios manchados con lo que pudiera encontrar entre monedas sueltas, pastillas de menta y demás objetos insospechados que habitan el fondo de mi gastado bolso, eran, con seguridad, una permanente decepción para ella.

Me acerqué, besé su mejilla mortalmente fría a causa del aire acondicionado y me senté a su lado.

—¿Cómo está?

Ella sacudió la cabeza. Temí lo peor. Sentí un nudo en la garganta.

—No me han dicho nada. Solo he visto aparatos y médicos que van de un lado a otro —dijo, cerrando los ojos—. No lo sé.

Tragué saliva con dificultad. Aunque no lo dije, no saber me pareció mejor que saber lo peor. Quería encontrar una frase original y reconfortante para aliviar a mi madre, pero ninguna de las dos tenía experiencia en las cuestiones del sufrimiento y el consuelo y preferí callar.

Mi madre abrió los ojos y me miró, acomodó un rizo rebelde detrás de mi oreja. Tal vez no tenía importancia, ella leía mis pensamientos, conocía mis intenciones. No era preciso hablar porque éramos madre e hija y no había necesidad de dar explicaciones.

—Tienes un aspecto terrible —dijo.

Por encima del hombro vi mi imagen reflejada en un brillante cartel del Servicio Nacional de Salud.

—Está lloviendo.

—Llevas un bolso enorme, ¿no hay sitio para un paraguas?

Sacudí la cabeza. Comencé a temblar, tenía frío.

En la sala de espera de un hospital es necesario encontrar algún pasatiempo. Esperar induce a pensar, lo cual, según mi experiencia, no es conveniente. Sentada en silencio junto a mi madre, preocupada por mi padre, me dije que debía comprar un paraguas. En la pared el reloj marcaba los segundos, y por esa misma pared llegó una horda de recuerdos furtivos que con sus dedos ligeros me tocaron el hombro, me cogieron de la mano y me llevaron al pasado.

Apoyada en la pared del baño, observé el acto de funambulismo que llevé a cabo en la bañera cuando tenía cuatro años. La niña desnuda quiere huir con los gitanos. No sabe claramente qué son ni dónde encontrarlos; sabe, en cambio, que es la mejor manera de formar parte de una *troupe* de circo. Es su sueño, y el motivo para desarrollar sus destrezas de equilibrista. A punto de llegar al otro lado, resbala. Pierde el equilibrio, cae, su cabeza queda sumergida en el agua. Sirenas, luces brillantes, caras extrañas...

Al parpadear, la imagen se diluyó. Otra acudió a reemplazarla. Un funeral, el de mi abuela. Estoy sentada en la primera fila de bancos, junto a mi madre y mi padre. Apenas escucho al párroco mientras describe a una mujer distinta de la que conocí. Estoy concentrada en mis zapatos. Son nuevos, y aunque sé que debería mirar el féretro, escuchar con atención y pensar en cosas serias, no puedo dejar de contemplar esos zapatos de charol, de mover los pies para admirarlos. Mi padre lo advierte, me toca suavemente el hombro y dirijo la mirada al frente. Sobre el ataúd veo dos retratos: uno, de la abuela, la que yo conocí; otro, de una extraña, una joven sentada en una playa, tratando de ocultarse de la cámara, con una incipiente sonrisa; parece a punto de abrir la boca y hacer una burla al fotógrafo. El cura dice algo que provoca el llanto de la tía Rita. El rímel de sus pestañas tiñe sus mejillas. Expectante, miro a mi madre, espero de ella una reacción similar. Ella observa el ataúd, las manos enguantadas siguen cruzadas sobre su falda. Nada. De pronto descubro que mi prima Samantha también está atenta a la actitud de mi madre y me siento avergonzada.

Me puse enérgicamente de pie. Cogí por sorpresa los negros pensamientos y los arrojé al suelo. Hundí las manos en mis amplios bolsillos, con firmeza. Después avancé por el pasillo, me detuve a observar los descoloridos carteles del programa de vacunación vigente dos años antes como si fueran objetos de museo. No tenía sentido hacer una lectura atenta.

Al doblar, en un sector iluminado, descubrí una máquina expendedora de bebidas calientes, de esas que tienen un receptáculo para el vaso y arrojan chorros de chocolate, café o agua hirviendo según tu elección. En una bandeja de plástico estaban las bolsitas de té. Puse un par en sendos vasos térmicos, uno para mi madre y otro para mí. Esperé hasta que el agua se coloreó, sin prisa disolví la leche en polvo y regresé por el pasillo.

Mi madre cogió su vaso sin decir una palabra. Con el índice detuvo una gota que chorreaba. No bebió su té. Me senté a su lado y me esforcé por mantener la mente en blanco, pero mi cerebro no obedecía, se preguntaba cómo era posible que tuviera tan pocos recuerdos de mi padre. Verdaderos recuerdos, no aquellos robados de las fotografías y los relatos familiares.

—Me enfadé con él —dijo por fin mi madre—, le grité. Había servido el asado. Allí fuera se enfriaba, pero creí que le serviría de escarmiento. Consideré la posibilidad de ir a buscarlo, pero estaba disgustada, cansada de llamarlo en vano. Y pensé: «Disfrutarás de un delicioso asado frío». —Mi madre apretó los labios, como suele hacer ante la amenaza de que las lágrimas le impidan seguir hablando—. Había pasado toda la tarde en el desván, sacando cajas que apiló en el pasillo; Dios sabe quién las devolverá a su sitio, él no estará en condiciones de hacerlo —reflexionó, y miró distraídamente su té—. Estaba en el baño, lavándose antes de cenar. Allí sucedió. Lo encontré en el suelo, junto a la bañera, en el mismo lugar donde tú te desvaneciste aquella vez cuando eras niña. Evidentemente se estaba lavando las manos, las tenía completamente enjabonadas.

Mi madre calló. Sentí la imperiosa necesidad de llenar el silencio. La conversación tiene un orden tranquilizador, cierta previsibilidad: nada terrible o inesperado suele ocurrir en el transcurso de un diálogo.

—Entonces llamaste a una ambulancia —me apresuré a decir, con el aplomo de una profesora de escuela de enfermería.

—Llegaron rápido, por suerte. Estaba quitándole el jabón de las manos y de pronto los vi. Dos hombres y una mujer. Le hicieron la reanimación, tuvieron que usar uno de esos aparatos eléctricos.

—Un desfibrilador.

—Y le dieron un medicamento para disolver coágulos. Él llevaba su camiseta, pensé que debía traerle una limpia. —Mi madre sacudió la cabeza, porque hasta ahora lo había olvidado o tal vez asombrada de que semejante idea hubiera surgido mientras su marido yacía inconsciente en el suelo. En mi opinión, no tenía importancia y, de todos modos, no estaba en situación de juzgarla. Por supuesto, no ignoraba que habría debido estar allí para ayudar en lugar de interrogar a la tía Rita sobre el pasado de mi madre.

Un médico se acercaba por el pasillo. Mi madre cruzó los dedos. Estaba a punto de incorporarme, pero siguió su camino y desapareció por una puerta, al otro lado de la sala de espera.

—Pronto nos dirán algo, mamá. —Una disculpa pendiente pesaba sobre mis palabras. Me sentía totalmente impotente.

* * *

Solo hay una fotografía de la boda de mis padres. En realidad, algún álbum polvoriento guarda seguramente muchas más. Para mí, sin embargo, nada más que una imagen de ese momento ha sobrevivido al paso del tiempo.

No es una típica foto de boda, donde los novios ocupan el centro y las respectivas familias forman dos alas desiguales, que inspiran dudas acerca de la capacidad de volar de la criatura retratada. En esta foto las familias poco armónicas se han esfumado. Lo que importa son ellos y el arrobamiento con que la novia mira al novio. Su rostro resplandece; tal vez no sea una ilusión, sino un efecto de la iluminación que utilizaban los fotógrafos de la época.

Y él es increíblemente joven. Los dos. Él, con todo su cabello, no imagina que no permanecerá para siempre en su cabeza. Tampoco que tendrá un hijo y lo perderá; que su futura hija le resultará desconcertante; que finalmente su esposa lo ignorará; que un buen día su corazón se detendrá y una ambulancia lo llevará al hospital, y esa misma esposa —sentada en la sala de espera junto a la hija que él no logra comprender— esperará que despierte.

En la foto no hay atisbo de todo esto. En ese instante, el futuro es desconocido y prometedor, tal como debe ser. Y al mismo tiempo, el futuro está presente en la foto —al menos una versión—, en esos ojos, en particular, los de ella. El fotógrafo no solo ha retratado a dos jóvenes en el día de su boda, ha captado el cruce de un umbral, una ola en el preciso instante en que se transforma en espuma y comienza a caer. Y la joven, es decir, mi madre, ve más allá del hombre amado que está junto a ella, ve toda la vida que ambos tienen por delante.

Posiblemente sea mi romanticismo, una vez más. Tal vez ella está admirando su cabellera, o soñando con el banquete, con la luna de miel. Este tipo de fotos, los iconos de una familia, promueven ficciones. En aquella sala de espera comprendí que solo había una manera de conocer con certeza cuáles eran sus sentimientos, sus esperanzas mientras lo miraba; de saber si su vida era más complicada, su pasado más difícil de lo que sugiere su expresión. Sencillamente, tenía que preguntar. Era extraño, pero nunca se me había ocurrido. Supongo que el foco en el rostro de mi padre es el responsable. Por la manera en que mi madre lo mira, toda la atención se concentra en él; ella es apenas una jovencita inocente, de origen modesto, cuya vida acaba de comenzar. Era un mito que mi madre hubiera intentado publicar. Cuando se refería a su vida antes de conocer a su marido, siempre relataba las historias de mi padre.

Pese a todo, al recordar esa imagen después de la visita a mi tía enfoqué el rostro de mi madre. Menos iluminada, algo más pequeña. Me pregunté si esa joven de ojos grandes podía guardar un secreto. Si diez años antes de casarse con el hombre fuerte y espléndido que se veía a su lado había mantenido un romance prohibido con su maestro, un hombre comprometido con su amiga. Por aquel entonces tendría unos quince años, y si bien Meredith Burchill no era la clase de mujer que se embarcara en una historia de amor adolescente, ¿qué podía decirse de Meredith Baker? Durante la infancia y la pubertad mi madre ponía especial énfasis en aleccionarme sobre las cosas que las buenas chicas no hacían. ¿Hablaba a partir de su propia experiencia?

Me abrumó la sensación de que ignoraba por completo quién era la mujer que se encontraba a mi lado. Aquella en cuyo cuerpo me había formado, en cuya casa me había educado. Esencialmente, era una extraña. Durante treinta años no le había atribuido más dimensión que a esas sonrientes muñecas de papel de la niñez, que recortaba junto con los vestidos que podía elegir para ellas. Más aún, había pasado los últimos meses tratando de desvelar imprudentemente sus secretos mejor guardados y nunca me había tomado la molestia de preguntarle por todo lo demás. Allí, en el hospital, mientras mi padre se encontraba en la sala de urgencias, me pareció de pronto muy importante saber más sobre mi madre, la misteriosa mujer que hacía alusión a Shakespeare, que alguna vez había enviado artículos para que los periódicos los publicaran.

—Mamá…, ¿cómo conociste a papá?

—En el cine. Ponían *El acebo y la hiedra*. Ya lo sabes.

Al cabo de un instante, hice otra pregunta:

—Me refiero al modo en que sucedió. ¿Tú lo viste o él te vio a ti? ¿Quién inició la conversación?

—Oh, Edie, no recuerdo. Él…, no, yo. Lo he olvidado —dijo, moviendo los dedos de una mano como lo hacen los titiriteros para animar a sus marionetas—. Estábamos solos en el cine.

Mientras conversábamos, mi madre había adoptado una expresión lejana pero agradable, liberada del caótico presente en el que su marido se debatía entre la vida y la muerte.

Decidí estimularla a seguir su relato:

—¿Era guapo? ¿Fue amor a primera vista?

—Lo dudo. En principio lo tomé por un asesino.

—¿Papá, un asesino?

Creo que no me oyó, perdida como estaba en sus recuerdos.

—Era tétrico estar sola allí, un cine es un lugar comunitario. Las filas de asientos vacíos, la sala a oscuras, la enorme pantalla creaban un efecto siniestro. Cualquier cosa podía suceder en esa oscuridad.

—¿Él se había sentado junto a ti?

—Oh, no, mantuvo una distancia respetuosa, tu padre es un caballero. Después de la función, en el vestíbulo, comenzamos a hablar. Él esperaba a alguien…

—¿Una mujer?

Ella prestó excesiva atención a la tela de su falda y, con un leve tono de reproche, exclamó:

—Oh, Edie…

—Es solo una pregunta.

—Creo que sí, pero ella no apareció. Y eso —mi madre apretó las rodillas, levantó la cabeza y lanzó un delicado suspiro—, eso fue todo. Me invitó a tomar el té y acepté. Fuimos a Lyons Corner, en el Strand. Yo pedí un trozo de tarta de pera y recuerdo que lo consideré muy elegante.

Sonreí.

—¿Fue tu primer novio?

¿El titubeo era producto de mi imaginación?

—Sí.

—Le robaste el novio a otra mujer —bromeé, tratando de mantener el tono trivial de la conversación, pero de inmediato pensé en Juniper Blythe y Thomas Cavill y mis mejillas ardieron súbitamente. Aturdida por mi traspié, no presté atención a la reacción de mi madre. Antes de que ella pudiera replicar, me apresuré a hacer otra pregunta—: ¿Cuántos años tenías entonces?

—Fue en 1952, yo acababa de cumplir los veinticinco.

Asentí. Fingí hacer el cálculo mental cuando en realidad una voz en mi interior susurraba: «Tal vez sea la oportunidad de saber un poco más sobre Thomas Cavill».

Una voz malvada, me avergoncé por prestarle atención. Pero aun cuando no me enorgulleciera, la oportunidad era tentadora. Con la excusa de distraer a mi madre de su preocupación por la salud de mi padre, dije:

—Veinticinco. Un poco tarde para el primer novio, ¿no crees?

—No —respondió sin dudarlo—. Era otra época, había otras prioridades.

—Pero después conociste a papá.

—Sí.

—Y te enamoraste.

—Sí —dijo mi madre, con una voz tan tenue que más que oírla tuve que leer en sus labios.

—¿Fue tu primer amor?

Mi madre me miró como si la hubiera abofeteado.

—Edie, no...

La tía Rita tenía razón. No había sido el primero.

—No hables de él en pasado —pidió. Las lágrimas rodaron por las arrugas que rodeaban sus ojos. Me sentí tan mal como si en verdad la hubiera abofeteado. Más aún cuando comenzó a sollozar en mi hombro, a gotear más que llorar. Mi madre no llora. Y aunque mi brazo quedó aplastado contra la silla, no moví un músculo.

* * *

Fuera la distante corriente del tráfico seguía su curso, ocasionalmente alterado por sirenas. Las paredes de los hospitales tienen una característica singular: no son más que ladrillos y mampostería, y sin embargo, dentro de ellas, el ruido, el ajetreo de la ciudad, la realidad, desaparece. Está allí, al otro lado de la puerta, y al mismo tiempo bien podría ser un territorio mágico y lejano. Al igual que Milderhurst. En el castillo había experimentado la misma deslocalización, una abrumadora sensación de aislamiento me envolvió tan pronto como crucé la puerta, el mundo exterior pareció reducirse a granos de arena. Me pregunté qué estarían haciendo en aquel enorme y oscuro castillo las hermanas Blythe, en qué habían ocupado sus días desde que me marché. Las imágenes acudieron a mi mente como una sucesión de instantáneas: Juniper, vagando por los corredores con su ajado vestido de seda; Saffy, apareciendo de la nada para guiarla; Percy, frunciendo el ceño junto a la ventana del ático, observando sus campos de la misma forma que el capitán de un barco otea el horizonte.

Pasada la medianoche, aparecieron las enfermeras, nuevos rostros trajeron consigo el mismo alboroto en la iluminada sala de los médicos. Un irresistible faro de normalidad, una isla en un mar imposible de atravesar. Traté de dormir usando mi bolso como almohada, pero fue inútil. A mi lado, mi madre parecía muy pequeña y sola, y más vieja de lo que recordaba en nuestra última cita. No pude evitarlo, comencé a imaginar un futuro, escenas de su vida sin mi padre. Lo vi con claridad: el armario vacío, las comidas silenciosas, la ausencia de los ruidos del bricolaje. La casa sería un lugar solitario, quieto, poblado de ecos.

Si mi padre moría, solo quedaríamos nosotras. Dos no es un gran número, no deja muchas alternativas. Es un número sereno que permite conversaciones sencillas y claras; las interrupciones no son necesarias, en realidad, son imposibles. Tal vez ese fuera nuestro futuro. Ambas ofreceríamos nuestros comentarios, nuestras interjecciones amables, diríamos verdades a medias, guardaríamos las apariencias. La idea era intolerable. De pronto me sentí completamente sola.

En tales momentos de soledad echo de menos a mi hermano. Sería un hombre ya, afable, sonriente, hábil para animar a nuestra madre. El Daniel que imagino siempre sabe con exactitud lo que debe decir, es totalmente distinto de su pobre hermana, que sufre a causa de su timidez. Eché un vistazo a mi madre y me pregunté si también ella pensaba en Daniel. Es probable que el hospital le trajera recuerdos de su hijito. No podía preguntarlo, porque no hablamos sobre él, del mismo modo que no hablamos sobre la evacuación, el pasado, sus penas. Nunca lo hicimos.

Tal vez fue porque mi tristeza se debía a los secretos que nuestra familia había guardado durante tanto tiempo; porque mi anterior insistencia la había molestado y debía pagar por ello; o porque una diminuta parte de mí quería provocar una reacción, castigarla por ocultarme sus recuerdos, por robarme al verdadero Daniel; en cualquier caso, dije:

—Mamá…

Ella se frotó los ojos y, parpadeando, miró su reloj.

—Jamie y yo nos hemos separado.

—¿Hoy?

—No, a finales de año.

Sorprendida, mi madre soltó un «Oh», y luego, frunciendo el ceño, calculó cuántos meses habían pasado desde entonces.

—No me lo habías dicho.

—No.

El hecho y sus implicaciones la confundían. Asintió lentamente, recordando seguramente las numerosas preguntas que me había formulado en relación con Jamie durante esos meses, y mis respuestas. Por supuesto, mentiras.

—Tuve que abandonar el apartamento —dije, aclarándome la garganta—. Estoy buscando un sitio pequeño adonde mudarme.

—Por eso no podía encontrarte para darte la noticia de tu padre. Lo intenté con todos los números posibles, incluso el de Rita, hasta que llamé a Herbert. Ya no sabía qué hacer.

—Fue una buena idea —opiné, con un tono artificialmente alegre—, porque me he instalado en su casa.

Mi madre se quedó pasmada.

—¿Tiene una habitación disponible?

—Un sofá.

—Entiendo. —Mi madre tenía las manos cruzadas sobre la falda, como si entre ellas cobijara un pájaro que no estaba dispuesta a soltar—. Debo escribir una nota para Herbert, en Pascua nos envió su mermelada de arándanos y olvidé darle las gracias.

De esa manera dimos por concluida la conversación que había temido durante meses. Fue relativamente indolora, eso era bueno, aunque también un poco insensible, lo que no era tan bueno.

Mi madre se puso de pie. En principio creí que me había equivocado, que la conversación no había terminado y, como había previsto, tendríamos una escena. Pero al seguir la dirección de sus ojos vi que un médico se acercaba. También yo me levanté. Traté de descifrar su gesto, de adivinar de qué lado caería la moneda, pero fue imposible. Esa expresión valía para ambas posibilidades. Supongo que aprenden a hacerlo en la facultad de medicina.

—¿Es usted la señora Burchill? —preguntó una voz con acento levemente foráneo.

—Sí.

—El estado de su esposo es estable.

Mi madre dejó escapar un largo suspiro.

—Ha sido muy importante que la ambulancia llegara tan rápido. Afortunadamente llamó a tiempo.

Oí sonidos semejantes al hipo. Los ojos de mi madre goteaban otra vez.

—Ya veremos cómo evoluciona. Por el momento creemos que no necesitará una angioplastia. Permanecerá aquí unos días para que podamos controlarlo, luego seguirá recuperándose en casa. Tendrá que vigilar sus estados de ánimo, los pacientes cardiacos suelen sentirse deprimidos. Las enfermeras la ayudarán en lo que necesite.

Mi madre asentía con agradecido fervor. Como yo, buscaba las palabras correctas para expresar su alivio y su gratitud, pero solo lograba repetir: «Por supuesto». Por último, se despachó con el consabido: «Gracias, doctor», pero para entonces él se había aislado detrás de la pantalla de su blanca bata. Inclinó la cabeza con aire indiferente, como si otro lugar, otra vida por salvar requirieran su atención —sin duda ya contaban con ella— y hubiera olvidado por completo quiénes éramos nosotras, y a qué paciente correspondíamos.

Estaba a punto de sugerir que fuéramos a ver a mi padre cuando se echó a llorar —mi madre, que nunca llora—, y no fueron solo unas lágrimas que pueden secarse con el dorso de la mano, sino terribles sollozos que me recordaron momentos de infancia. Aquellos en que algo me disgustaba y mi madre me decía que algunas chicas eran afortunadas, parecían más bonitas cuando lloraban —sus ojos se agrandaban, sus mejillas se coloreaban, sus labios se hacían más gordezuelos—, pero ella y yo no pertenecíamos a esa clase.

Tenía razón: las dos éramos lloronas horribles y chillonas. Al verla allí, tan pequeña, tan impecablemente vestida, tan claramente conmocionada, quise abrazarla hasta que dejara de llorar. Pero no lo hice. Busqué en mi bolso y le ofrecí un pañuelo de papel.

Ella lo aceptó, pero siguió llorando. Después de una momentánea vacilación le toqué el hombro, convertí el gesto en una especie de palmada afectuosa y a continuación acaricié la espalda de su cárdigan de cachemira. Logré que su cuerpo se relajara un poco y se apoyara en mí como un niño que busca consuelo.

Finalmente mi madre se sonó la nariz.

—He tenido mucho miedo, Edie —dijo mientras se limpiaba los ojos y miraba los restos de maquillaje en el pañuelo.

—Lo sé, mamá.

—Creo que no habría podido…, si algo le hubiese sucedido, si llego a perderlo…

—Estará bien, no te preocupes.

Ella parpadeó como un animal que se enfrenta a una luz demasiado brillante.

—Sí.

Pregunté a una enfermera en qué habitación se encontraba mi padre. Atravesamos los pasillos iluminados y llegamos a la puerta. Mi madre se detuvo antes de entrar.

—¿Qué sucede? —pregunté.

—Edie, no quiero que tu padre se altere.

No respondí. Me pregunté por qué me creía capaz de algo semejante.

—Se horrorizaría si supiera que duermes en un sofá. Sabes que se preocupa por ti.

—Pronto lo solucionaré —aseguré, mirando la puerta—, estoy ocupándome del tema, miro los anuncios, pero hasta ahora no he encontrado nada apropiado.

—Tonterías —replicó mi madre, alisando su falda. Luego respiró profundamente y, sin mirarme, dijo—: En casa tienes una cama muy apropiada.

De nuevo en casa

Así fue como, a los treinta años, me convertí en una mujer soltera que vive con sus padres en la casa donde se crio. En el mismo dormitorio de la infancia, la misma cama de un metro y ochenta centímetros junto a la ventana que mira a la funeraria Singer & Sons. Un avance, si lo comparábamos con mi situación más reciente. Adoro a Herbert y puedo dedicarle mucho tiempo a la querida Jess, pero Dios me libre de tener que compartir su sofá otra vez.

La mudanza fue bastante sencilla. Dado que era una situación temporal —tal como informé—, parecía razonable dejar las cajas en casa de Herbert. Hice una sola maleta y cuando llegué descubrí que en diez años el hogar familiar prácticamente no había cambiado.

La casa de Barnes fue construida en los años sesenta. Mis padres la compraron cuando mi madre estaba encinta y fueron ellos quienes la estrenaron. Su mayor rareza consiste en que allí no hay absolutamente nada colocado al azar. En casa de los Burchill todo tiene su sistema: múltiples cestas en el lavadero; paños de colores clasificados en la cocina; un bloc junto al teléfono con un lápiz que jamás se pierde, ningún sobre con garabatos, direcciones y los nombres a medio escribir de las personas que han telefoneado. Impecable. No es sorprendente que hubiera albergado la sospecha de ser hija adoptiva.

Incluso la limpieza del desván que mi padre había emprendido no generaba más que un mínimo desorden: alrededor de dos docenas de cajas con la lista de su contenido pegada en la tapa y aparatos electrónicos de treinta años de antigüedad en sus cajas originales. Por supuesto, no podían seguir eternamente en el pasillo. Puesto que mi padre estaba convaleciente y mis fines de semana estaban totalmente libres, era natural que yo asumiera esa tarea. Trabajé como un soldado y solo fui víctima de la distracción en una ocasión, cuando me topé con la caja rotulada como «Cosas de Edie» y no pude resistir la tentación de abrirla. Contenía una serie de objetos olvidados: collares de macarrones despintados, un joyero de porcelana decorado con hadas y, en el fondo, entre cachivaches y libros —contuve el aliento—, mi ejemplar conseguido de manera ilícita, adorado y hasta entonces extraviado de *El Hombre de Barro*.

Al tomar con mis manos adultas aquel libro pequeño y ajado, me sumergí en recuerdos resplandecientes. Me vi a los diez años, tendida en el sofá de la sala. La imagen surgió con tal nitidez que habría podido atravesar el tiempo y producir ondas al tocarla. Podía sentir la agradable quietud de los rayos de sol filtrados por los cristales y oler la atmósfera cálida y serena: pañuelos de papel, agua de cebada y encantadoras dosis de cuidados paternales. Vi a mi madre cruzando la puerta, con su abrigo y su bolsa con la compra, de donde cogía algo y me lo ofrecía, un libro que cambiaría mi mundo. Una novela escrita por el mismo caballero que la recibió en su casa durante la Segunda Guerra Mundial.

Raymond Blythe: pasé lentamente el dedo por las letras grabadas de la cubierta. «Creo que te entusiasmará —había dicho mi madre—. Tal vez sea para lectores un poco mayores que tú, pero eres una niña inteligente; estoy segura de que con un poco de esfuerzo podrás comprenderlo. Aunque es bastante largo comparado con los libros que acostumbras a leer, te recomiendo que perseveres». Durante toda la vida había creído que la señorita Perry, la bibliotecaria, era la responsable de que hubiera descubierto mi camino. Pero allí, en el desván, con *El Hombre de Barro* en mis manos, comencé a vislumbrar otra idea. Existía la posibilidad de que me hubiera equivocado. Tal vez la señorita Perry se limitó a localizar y entregar el libro y fue mi madre quien eligió para mí el título perfecto en el momento adecuado. ¿Me atrevería a preguntárselo?

El libro ya era viejo cuando llegó a mis manos y desde entonces fue objeto de adoración, su deterioro no me asombraba. Esa encuadernación destartalada encerraba las páginas que leí cuando el mundo que describían era nuevo, cuando no sabía cómo terminaría la historia de Jane y su hermano, y del pobre, triste Hombre de Barro.

Había anhelado leerlo otra vez desde que regresé de mi visita a Milderhurst. Abrí el libro al azar y dejé que mis ojos se posaran en una encantadora página amarillenta: «El carruaje que los llevaría a casa de su tío, al que nunca habían visto, partió de Londres al atardecer. Viajó durante toda la noche y por fin, al romper el alba, se encontró al pie de un camino abandonado». Seguí leyendo, avanzando a tumbos en el carruaje junto a Jane y Peter. Atravesamos el viejo portón chirriante, subimos por el largo y sinuoso sendero, hasta que, en lo alto de la colina, gélido bajo la melancólica luz de la mañana, apareció ante nosotros el castillo de Bealehurst. Temblé al pensar en lo que podría encontrar al entrar. La torre sobresalía del tejado, las ventanas se distinguían, oscuras, en la piedra. Jenny se inclinó, apoyó su mano en la ventanilla del coche, yo hice otro tanto. Densas nubes viajaban por el pálido cielo y, cuando el carruaje se detuvo con un ruido sordo, bajamos. Nos encontrábamos a la vera de un oscuro foso. De pronto, de la nada, surgió una brisa que hizo que se ondulara la superficie del agua y el conductor señaló un puente levadizo de madera. Lentamente, en silencio, lo cruzamos. Al llegar a la pesada puerta, se oyó una campana. Era real, y el libro estuvo a punto de caer de mis manos.

Según creo, aún no he mencionado la campana. Mientras yo devolvía las cajas al desván, mi padre convalecía en la habitación de invitados, con un montón de *Contabilidad Hoy* en la mesilla de noche, un radiocasete con una grabación de Henry Mancini y una campanilla de mayordomo para hacerse oír. Había sido idea suya, un lejano recuerdo de un episodio de fiebre en la infancia. A lo largo de quince días no había hecho más que dormir, por lo que mi madre se alegró al verlo animado y aceptó gustosa la propuesta. Le parecía razonable, según dijo. No previó que la decorativa campanilla sería utilizada de un modo tan vil. En las aburridas y malhumoradas manos de mi padre se transformó en una temible arma, un talismán que lo llevaba de vuelta a la niñez. Con esa campanilla, mi educado padre, especialista en cálculo, se convirtió en un niño malcriado e imperioso, lleno de preguntas impacientes: si había llegado el cartero, a qué se dedicaba mi madre durante el día o a qué hora le servirían la próxima taza de té.

Aquella mañana, cuando encontré *El Hombre de Barro* en la caja, mi madre había ido al supermercado y yo era la encargada de cuidar de mi padre. El sonido de la campanilla desvaneció el mundo de Bealehurst. Las nubes se dispersaron en todas direcciones, el foso y el castillo desaparecieron y el peldaño donde me encontraba se pulverizó, de modo que, rodeada de letras que flotaban a mi alrededor, caí a través del agujero que se abrió en medio de la página y con un ruido sordo aterricé en Barnes.

Debería avergonzarme, lo sé, pero durante unos instantes no me moví, con la esperanza de obtener un indulto. Solo cuando la campanilla sonó por segunda vez guardé el libro en el bolsillo de la chaqueta y con cuestionable reticencia bajé la escalera.

—¿Todo en orden, papá? —dije con espontaneidad. No es amable disgustarse por las intrusiones de un padre convaleciente.

Mi padre casi había desaparecido entre sus almohadas.

—¿Está lista la comida?

—Todavía no —respondí, y lo enderecé un poco—. Mamá ha dicho que te servirá la sopa tan pronto como regrese. Ha preparado una deliciosa cacerola de…

—¿Tu madre no ha regresado aún?

—No tardará —aseguré, y le dediqué una simpática sonrisa. Mi pobre padre había pasado unos días terribles. Si para nadie es sencillo permanecer tanto tiempo en cama, para una persona como él, carente de aficiones y de talento para relajarse, era una tortura. Renové su vaso de agua tratando de no tocar el libro que sobresalía de mi bolsillo—. Mientras tanto, ¿puedo ofrecerte alguna otra cosa? ¿Un crucigrama? ¿Una almohadilla térmica? ¿Un poco más de pastel?

Mi padre soltó un lento suspiro.

—No.

—¿Estás seguro?

—Sí.

Llevé mi mano hacia el libro. Mi mente se desprendió de la culpa para considerar los pros y los contras del banco de la cocina en comparación con el sillón de la sala, el que está junto a la ventana y recibe la luz del sol durante la tarde.

—Creo que seguiré con mis tareas. Anímate, papá —dije torpemente.

Cuando me encontraba a un paso de la puerta, mi padre preguntó:

—¿Qué llevas ahí?

—¿Dónde?

—En el bolsillo, algo sobresale, ¿ha llegado el correo? —dijo con voz esperanzada.

—No, es un libro, lo descubrí en una de las cajas del desván.

Mi padre frunció los labios.

—La idea es deshacerse de esas cosas, y tú te ocupas de recuperarlas.

—Lo sé, pero es un libro especial.

—¿De qué trata?

Me sorprendí. Jamás habría imaginado que mi padre pudiera preguntarme acerca de un libro.

—De dos huérfanos, Jane y Peter.

Él frunció el ceño con impaciencia.

—Seguramente no es solo eso. Por lo que veo, tiene muchas páginas.

Por supuesto, era mucho más que eso, pero ¿por dónde empezar? La responsabilidad y la traición, la ausencia y la añoranza, el deseo de proteger a los seres queridos más allá de la sensatez, la locura, la fidelidad, el honor, el amor… Miré de nuevo a mi padre, y decidí atenerme a la trama: los padres de los protagonistas murieron al incendiarse su casa de Londres. Un tío al que no conocían los acogía en su castillo.

—¿El tío vivía en un castillo?

Asentí.

—Bealehurst. El tío es una persona agradable y al principio los chicos están encantados con el castillo, pero poco a poco comprenden que allí se esconde un gran misterio, un secreto profundo y oscuro.

—Profundo y oscuro —repitió mi padre, esbozando una leve sonrisa.

—Oh, sí. Ambas cosas. En verdad, terrible —dije, con lentitud y emoción. Mi padre se incorporó, apoyándose en el codo.

—¿Cuál es el terrible secreto?

Lo miré desconcertada.

—No puedo decírtelo.

—Claro que puedes.

Mi padre se cruzó de brazos como un niño caprichoso. Yo traté de encontrar las palabras para explicar el pacto entre el lector y el escritor, el peligro de la avidez, el sacrilegio de revelar en un instante aquello que se construye a lo largo de muchos capítulos, secretos cuidadosamente ocultos por el autor detrás de incontables artificios.

—Si te interesa, te lo prestaré —fue todo lo que pude decir.

Él hizo un gesto apenado, propio de un niño.

—No puedo leer, me da dolor de cabeza.

El silencio que siguió a sus palabras se volvía cada vez más incómodo. Mi padre esperaba que accediera a su petición y yo, como era previsible, me negaba. Por fin dejó escapar un suspiro desolado.

—En realidad, no tiene importancia —dijo, agitando la mano con resignación.

Parecía realmente deprimido. Entonces recordé la intensidad con que el mundo de *El Hombre de Barro* me había atrapado cuando lo descubrí, convaleciente de mis paperas, y no pude evitarlo.

—Si de verdad quieres saberlo, puedo leerlo para ti —le propuse.

El Hombre de Barro se transformó en nuestra grata rutina. Cada día esperaba con ansiedad ese momento compartido. Terminada la cena, retiraba la bandeja de mi padre, ayudaba a mi madre en la cocina y reanudaba la lectura en el lugar donde la había interrumpido. Él jamás había imaginado que una ficción pudiera despertarle un interés tan auténtico.

—El relato parece inspirado en hechos reales —solía decir—, un viejo caso de secuestro, como el de Lindbergh, el niño al que raptaron entrando por la ventana de su propio dormitorio.

—No, papá, es invención de Raymond Blythe.

—Pero es muy real. Mientras lees puedo ver las imágenes con toda claridad, como si ya supiera qué va a ocurrir, como si ya conociera la historia —sostenía mi padre, y sacudía la cabeza, incrédulo, despertando en mí un enorme orgullo, aunque no hubiera participado en la creación de aquella obra.

Si algún día llegaba tarde del trabajo, él se inquietaba, fastidiaba a mi madre, su oído atento esperaba con impaciencia el momento en que yo abría la puerta. Entonces hacía sonar la campanilla y, fingiendo sorpresa, preguntaba:

—¿Eres tú, Edie? Quería pedirle a tu madre que acomodara las almohadas. Pero, ya que estás aquí, podríamos echar un vistazo para saber qué ocurre en el castillo.

Creo que el castillo, más que la historia, provocaba en mi padre una absoluta fascinación. Siente una admiración reverencial por las propiedades ancestrales. Fue suficiente decir que Bealehurst tiene mucho en común con el hogar de los Blythe para despertar su más ferviente interés. Hizo muchas preguntas. Pude responder algunas gracias a mi propia experiencia. Otras eran sumamente específicas y no tuve más opción que entregarle el ejemplar de *El Milderhurst de Raymond Blythe* para que saciara su curiosidad por sí mismo. E incluso encontré libros de referencia en la enorme biblioteca de Herbert y se los pedí prestados para llevarlos a casa. Por primera vez mi padre y yo teníamos algo en común y alentábamos mutuamente nuestro apasionado interés.

Pero el alegre club de fans de *El Hombre de Barro* fundado por la familia Burchill se enfrentaba a un escollo, y era nada menos que mi madre. Pese a que nuestra costumbre había surgido de manera inocente, el hecho de que, a puerta cerrada, mi padre y yo diéramos vida a un mundo que mi madre se negaba categóricamente a mencionar —aun cuando podía reivindicar un derecho del cual nosotros carecíamos— podía parecer desleal. Tendría que hablar con ella y sabía que la conversación sería espinosa.

Desde mi regreso al hogar paterno, la relación con mi madre no había experimentado grandes cambios. Tenía la esperanza, algo ingenua, de que milagrosamente el cariño renacería entre nosotras. Podríamos compartir tareas, conversar con frecuencia y soltura, e incluso mi madre podría sincerarse, revelarme sus secretos. Obviamente, no fue así. A decir verdad, pese a que, según creo, a mi madre le alegraba que yo estuviera allí, agradecía que la ayudara con mi padre y —a diferencia de su actitud en el pasado— mostraba mucha más tolerancia con respecto a nuestras diferencias, en otros aspectos parecía más distante, distraída, dispersa y particularmente silenciosa. Al principio lo atribuí al ataque cardiaco de mi padre. Supuse que la angustia y el consecuente alivio la habían inducido a reconsiderar su vida. Pero a medida que las semanas pasaban y la situación no mejoraba, comencé a preocuparme. En ocasiones interrumpía sus ocupaciones, permanecía de pie con las manos en el agua jabonosa del fregadero, miraba impávida a través de la ventana, con una expresión lejana, confundida. Parecía haber olvidado quién era y dónde se encontraba.

Así la descubrí aquella tarde, cuando decidí hacer mi confesión sobre el asunto de la lectura.

—Mamá… —dije. No pareció escucharme. Me acerqué y me detuve junto a la mesa—. Mamá…

Ella apartó la vista de la ventana.

—Oh, Edie. Es hermosa esta época del año, ¿verdad? Los días largos, los atardeceres serenos.

Me dirigí hacia la ventana y contemplé junto a ella los últimos resplandores anaranjados. Era hermosa, sin duda, aunque tal vez no lo suficiente para provocar una atracción tan hipnótica.

Permanecimos en silencio un momento. Luego me aclaré la garganta y le dije que había comenzado a leer *El Hombre de Barro* a mi padre. Expliqué con detalle las circunstancias que habían dado origen a esa decisión, y en particular que no había sido planeada. Ella apenas me oyó, asintió levemente cuando mencioné la fascinación que el castillo ejercía sobre su marido.

Fue el único indicio de que me escuchaba. Después de haberla informado de lo que creí necesario, me preparé para lo que pudiera suceder.

—Es una muestra de cariño hacia tu padre. Lo hace feliz.

—No era precisamente la respuesta que esperaba—. Ese libro se ha convertido en una especie de tradición familiar —añadió, esbozando una sonrisa—. Un compañero en épocas de enfermedad. Tal vez no lo recuerdes, pero lo traje para ti cuando tuviste paperas. Estabas muy triste, no sabía qué hacer.

Tal como sospechaba, había sido mi madre. No fue la señorita Perry, sino ella, quien eligió *El Hombre de Barro*. El libro perfecto, el momento adecuado.

—Lo recuerdo.

—Es bueno que tu padre encuentre un motivo de interés mientras se recupera. Mejor aún porque lo comparte contigo. No ha tenido muchas visitas, sus compañeros de trabajo están ocupados. La mayoría ha enviado sus saludos por escrito. Supongo que desde que se jubiló…, en fin, cada uno sigue adelante con su vida, ¿verdad? Pero no es agradable sentir que te han olvidado.

Mi madre volvió la cabeza. Yo había notado ya que apretaba los labios. Tuve la sensación de que no solo se refería a mi padre y dado que por aquella época todos los caminos me llevaban a Milderhurst, a Juniper Blythe y a Thomas Cavill, me pregunté si seguía sufriendo por un antiguo amor, una relación muy anterior al momento en que conoció a quien sería su marido, cuando era joven y vulnerable. Cuanto más lo consideraba, mirando de soslayo su perfil pensativo, más me enfadaba. Quise saber quién era Thomas Cavill, aquel hombre que había huido durante la guerra dejando una estela de corazones rotos: la pobre Juniper, que se marchitaba en el ruinoso castillo familiar; mi propia madre, que alimentaba secretamente su pena varias décadas más tarde.

—Edie, quiero pedirte algo —dijo entonces mi madre, mirándome de nuevo con sus ojos tristes—. Prefiero que tu padre no sepa nada sobre la evacuación.

—¿Papá no sabe que te enviaron lejos de Londres?

—Lo sabe, pero ignora que estuve en Milderhurst —reveló mi madre, y de inmediato concentró su atención en el dorso de sus manos, movió sus dedos uno tras otro y ajustó su alianza de oro.

—Creo que si lo supiera pensaría que eres extraordinaria —opiné. Aunque una leve sonrisa alteró su seriedad, mi madre siguió observando sus manos. Yo insistí—: Sé lo que digo. Ese lugar lo ha cautivado.

—De todos modos, prefiero que no lo sepa.

—Entiendo.

En realidad, no entendía, pero así lo acordamos. La luz de la calle caía sobre las mejillas de mi madre y le daba un aspecto vulnerable, parecía una mujer diferente, más joven, más frágil. Decidí no presionarla. En cambio, no pude dejar de observar su actitud contemplativa.

—Cuando era niña, a esta hora, mi madre me pedía que fuera a buscar a tu abuelo al pub y lo llevara de regreso a casa.

—¿Ibas tú sola?

—Por entonces, antes de la guerra, era habitual. Yo llegaba al pub y esperaba en la puerta. Al verme, él me hacía una seña, terminaba su cerveza y juntos regresábamos a casa.

—¿Te entendías bien con tu padre?

—Creo que lo desconcertaba —respondió mi madre, inclinando ligeramente la cabeza—. También a tu abuela. Quería que yo fuera peluquera cuando terminara la escuela, ¿te lo había contado?

—Como Rita.

—No habría destacado haciendo ese trabajo.

—Yo creo que sí, eres muy habilidosa con las tijeras de podar.

Después de una pausa, ella me dirigió una sonrisa oblicua, poco espontánea. Supe que deseaba decir algo más. Esperé, pero evidentemente se arrepintió y de pronto comenzó a mirar de nuevo hacia la ventana.

Hice un débil intento de conversar sobre sus años escolares, con la esperanza de que en algún momento mencionara a Thomas Cavill, pero no mordió el anzuelo. Se limitó a decir que le gustaba ir a la escuela y me ofreció una taza de té.

* * *

El aislamiento de mi madre tenía una ventaja: evitaba discusiones sobre mi separación. En nuestra familia la represión es un hábito. Mi madre no hizo preguntas ni me agobió con comentarios obvios. Aceptó bondadosamente sostener el mito de que yo había tomado la altruista decisión de instalarme en casa para colaborar en el cuidado de mi padre.

Me temo que no puedo decir lo mismo de Rita. Las malas noticias llegan rápido, y mi tía no es precisamente una amiga desinteresada. No habría debido sorprenderme cuando, al llegar al Roxy Club para la despedida de soltera de Sam, mi tía me arrinconó en la entrada.

—Querida, me he enterado —dijo Rita, cogiéndome del brazo—. No te preocupes, no pienses que eres vieja o poco atractiva, ni que estarás sola el resto de tu vida.

Hice una seña al camarero. Tenía que pedir una copa fuerte. Con una vaga sensación de vacío envidié a mi madre, en casa con mi padre y su campanilla.

—Muchas personas encuentran al «indicado» más tarde, y son muy felices. Mira a tu prima —dijo Rita señalando a Sam, que me sonreía detrás del tanga de un sujeto bronceado—. Ya te llegará el turno.

—Gracias, tía Rita.

—Buena chica. Ahora diviértete y deja todo eso atrás. —Mi tía estaba a punto de seguir su camino para derrochar alegría entre las demás invitadas, pero se detuvo y aferró mi brazo—. Casi lo olvido. He traído algo para ti. —Sacó de su bolso una caja de zapatos, que, a juzgar por la ilustración, contenía un par de pantuflas bordadas, del estilo que le habría gustado a mi abuela. Un extraño regalo, aunque debo admitir que parecían muy cómodas. Y prácticas. Al fin y al cabo, últimamente pasaba muchas noches en casa.

—Gracias, es muy amable por tu parte —dije, antes de abrir la caja. Pero al levantar la tapa descubrí que allí no había pantuflas sino cartas.

—De tu madre —dijo la tía Rita con una sonrisa diabólica—. Tal como te prometí. Podrás leer sobre los viejos tiempos, será entretenido.

Más allá de la curiosidad que me despertaban las cartas, en nombre de la niña cuya concienzuda caligrafía ondulaba en los sobres, sentí una oleada de rechazo hacia mi tía. Aquellas líneas habían sido escritas por esa niña, a quien su hermana mayor había abandonado durante la evacuación. Rita se había escabullido para alojarse con su compañera de escuela, dejando así a Meredith sola e indefensa.

Cerré la caja, ansiosa por salir del club. Aquel lugar ruidoso y atrevido no era adecuado para los pensamientos y los sueños de una niña, la misma que me había acompañado por los corredores de Milderhurst Castle, aquella que yo deseaba conocer mejor algún día. Cuando llegaron las copas con pajitas de formas sugerentes, me disculpé, era hora de regresar a casa.

* * *

Subí la escalera totalmente a oscuras, de puntillas, temiendo despertar a mi padre y oír su campanilla. La lámpara de mi escritorio emitía una luz tenue, se oían los extraños ruidos nocturnos de la casa. Me senté en el borde de la cama con la caja de zapatos sobre la falda. En aquel momento habría podido hacer otra cosa. Dos caminos se abrían ante mí, podía elegir cualquiera de ellos. Después de una ligerísima vacilación, levanté la tapa y cogí los sobres, ordenados por fecha.

Una fotografía cayó en mis rodillas. Dos niñas sonreían a la cámara. La más pequeña era mi madre, con sus sinceros ojos castaños, sus codos huesudos, su cabello oscuro y corto —mi abuela prefería un estilo recatado—, y la mayor, con su largo cabello rubio, era Juniper Blythe, por supuesto. La había visto en el libro comprado en el pueblo de Milderhurst, allí estaba la niña de los ojos luminosos, unos años después. Con gran determinación puse de nuevo en la caja la fotografía y las cartas, excepto la primera. La desplegué. El papel era tan fino que podía sentir el trazo de la pluma en los dedos. Arriba, a la derecha, se leía claramente la fecha: 6 de septiembre de 1939. Aquella letra grande y redonda decía lo siguiente:

Queridos mamá y papá:

Os echo de menos a los dos, muchísimo. ¿También vosotros me echáis de menos a mí? Ahora estoy en el campo y las cosas son muy diferentes. Ante todo, hay vacas, ¿sabíais que de verdad dicen «muuu»? Muy alto. La primera vez que las oí no podía creerlo.

Vivo en un verdadero castillo, pero no es como seguramente os imagináis. No hay puente levadizo, aunque hay una torre y tres hermanas y un anciano al que nunca veo. Sé que está ahí porque las hermanas hablan de él. Lo llaman papá y es un escritor de libros. Como los de la biblioteca. La hermana pequeña se llama Juniper, tiene diecisiete años y es muy guapa, tiene los ojos grandes. Ella fue

quien me trajo a Milderhurst. A propósito, ¿sabéis que la
ginebra se hace con los frutos del enebro[*]*?*
Aquí también hay un teléfono, tal vez si tenéis tiempo y el
señor Waterman quisiera prestaros el de la tienda, podríais...

Llegué al final de la página, pero no leí el reverso. Permanecí inmóvil, como si prestara suma atención a un sonido. Supongo que así era, porque la vocecita de la niña había salido de la caja y resonaba ahora en la penumbra de la habitación. «Ahora estoy en el campo...», «hay una torre y tres hermanas...». Los diálogos se evaporan tan pronto se dan por terminados. La palabra escrita perdura. Aquellas cartas habían viajado en el tiempo, durante cincuenta años habían esperado pacientemente en su caja el momento en que yo las encontrara.

Los faros de un coche que pasa por la calle arrojan destellos plateados que se filtran por mis cortinas. Brillantes guirnaldas atraviesan el techo. Otra vez el silencio y la penumbra. Seguí leyendo y al hacerlo sentí una opresión en el pecho, un objeto cálido y firme golpeaba mis costillas. La sensación se parecía al alivio y, curiosamente, a la desaparición de una especie de nostalgia. No tenía sentido, pero la voz de la niña me resultaba familiar, y al leer las cartas, de alguna manera me reencontraba con una antigua amiga. Una persona a quien había conocido mucho tiempo atrás.

---

* En inglés, *juniper* significa «enebro» *[N. de la T.].*

1

Londres, 4 de septiembre de 1939

Meredith nunca había visto llorar a su padre. Los padres no lloraban, o el suyo por lo menos no lo hacía (en realidad, no lloraba, todavía no, pero estaba a punto de hacerlo). Supo que no era cierto lo que se decía: no emprenderían una aventura y no sería breve. El tren esperaba para llevarlos lejos de Londres y todo cambiaría. Los hombros anchos y fuertes de su padre temblaban; su rostro decidido se contraía de una manera extraña; sus labios, de tan apretados, eran casi invisibles. Al verlo quiso gritar, como el bebé de la señora Paul cuando pedía que le dieran de comer. Pero no lo hizo, no podía. Rita estaba a su lado, esperando un motivo para pellizcarla. Levantó una mano y su padre hizo otro tanto. Después simuló que alguien la llamaba y volvió la cabeza, de ese modo no tendría que mirarlo, ambos podrían dejar de ser tan espantosamente valientes.

Durante el verano, en la escuela, se habían realizado simulacros y por las noches su padre repetía una y otra vez historias de la época en que él y su familia habían ido a cosechar lúpulo en Kent. Días soleados, canciones junto al fuego por las noches, hermosos paisajes, verdes e interminables. Meredith disfrutaba de esos relatos, pero entretanto echaba un vistazo a su madre, y algo siniestro se agitaba en su estómago. La veía inclinada sobre el fregadero, sacando brillo a las sartenes con aquella vehemencia que invariablemente auguraba un futuro sombrío.

Sin duda poco después de que empezaran los relatos nocturnos, Meredith oyó la primera discusión. Su madre dijo que debían permanecer juntos para afrontar el peligro, que una familia dividida nunca volvería a ser la misma. Su padre, más sereno, sostuvo que, tal como indicaban los carteles, lejos de la ciudad los niños tendrían más oportunidades de sobrevivir, que aquella situación se resolvería pronto y la familia se reuniría otra vez.

A esa explicación le siguió un silencio; Meredith aguzó el oído. Su madre soltó una carcajada, aunque no de alegría. Dijo que no era estúpida, sabía que no era posible confiar en los gobernantes y en los hombres que llevaban trajes elegantes, y que si los niños se separaban de ellos, solo Dios sabía cuándo regresarían y en qué condiciones. Y después soltó algunas de aquellas expresiones por las que Rita recibía sermones. Si él la amaba, no enviaría a sus hijos lejos de casa. Su padre la tranquilizó, se oyeron sollozos y nada más. Meredith se cubrió la cabeza con la almohada, sobre todo para no oír los ronquidos de Rita.

Desde entonces, durante varios días no se habló sobre la evacuación, hasta que una tarde Rita regresó apresuradamente a casa para contar que habían clausurado las piscinas públicas y en la entrada se veían dos grandes carteles.

—Uno dice «Mujeres contaminadas» y el otro, «Hombres contaminados» —relató, impresionada por la tremenda noticia. Entonces su madre entrelazó los dedos y su padre solo dijo: «Gas». Eso fue todo.

Al día siguiente, su madre cogió la única maleta que poseían y algunas fundas de almohada y, previendo la eventualidad, comenzó a llenarlas con la lista recomendada por la escuela: una muda de ropa interior, un peine, pañuelos y sendos vestidos nuevos para Rita y Meredith. Su padre preguntó si eran necesarios y su madre se justificó con un argumento feroz:

—No permitiré que mis hijos lleguen con harapos a casa de extraños.

Su padre no respondió, y aunque Meredith sabía que sus padres seguirían pagando por esas prendas hasta Navidad, no pudo evitar el culpable deleite que le provocaba el blanco y susurrante vestido de fiesta, el primero que no heredaba de Rita.

Ahora, en efecto, los enviaban lejos y Meredith habría hecho cualquier cosa por borrar esa sensación. No era valiente como Ed, ni segura y descarada como Rita. Era tímida y torpe y absolutamente distinta a los demás miembros de la familia. Se enderezó en el asiento, apoyó los pies en la maleta y observó el brillo de sus zapatos. Trató de ignorar la imagen de su padre mientras los lustraba la noche anterior. Después de terminar su tarea, había recorrido la habitación unos minutos, con las manos en los bolsillos, y había empezado a lustrarlos otra vez, como si el hecho de embetunar y echar el aliento hasta que brillaran pudiera proteger a sus hijos de los peligros que acechaban.

—¡Mamá, mamá!

El grito llegó desde el otro extremo del vagón. Meredith miró hacia allí. Un niño muy pequeño se aferraba a su hermana y golpeaba el cristal. Las lágrimas caían por sus mejillas sucias y los mocos colgaban de su nariz.

—¡Mamá, quiero quedarme contigo! —chilló—. ¡Quiero morir contigo!

Meredith se concentró en sus rodillas, frotó las marcas rojas que había dejado la caja de la máscara antigás durante la caminata desde la escuela. Entonces, no pudo evitarlo, miró otra vez por la ventanilla. Vio a los adultos que se agolpaban junto a las rejas de la estación. Él seguía allí, la observaba, aquella sonrisa seguía haciendo extraño el rostro de su padre. De pronto Meredith tuvo dificultad para respirar, sus gafas comenzaron a empañarse y aunque deseaba que la tierra se abriera y la tragara para que todo aquello terminara, una parte de su persona permanecía ausente a lo que sucedía, se preguntaba qué palabras podía utilizar para describir la manera en que el miedo cerraba sus pulmones. Carol susurró algo al oído de Rita, que lanzó una carcajada. Meredith cerró los ojos.

* * *

Todo había empezado exactamente quince minutos después de las once, la mañana anterior. Ella estaba sentada en la entrada de la casa, con las piernas extendidas sobre el peldaño superior. Escribía y observaba a Rita, que al otro lado de la calle coqueteaba con el asqueroso de Luke Watson, un chico de grandes dientes amarillos. El aviso llegó a través de la radio del vecino. Neville Chamberlain, con su voz pausada y solemne, dijo que el ultimátum no había sido respondido y que el país estaba en guerra con Alemania. Después se oyó el himno nacional y entonces la señora Paul apareció en la escalinata de su casa con una cuchara de la que aún chorreaba la pasta del pudin. Su madre salió detrás de ella y todos los vecinos de la manzana hicieron lo mismo. Se miraban inmóviles, el desconcierto, el miedo y la incertidumbre se dibujaban en sus rostros mientras por la calle circulaba la frase dicha a media voz: «Ha sucedido».

Ocho minutos después se oyó la sirena que anunciaba el ataque aéreo y se desató el caos. El anciano señor Nicholson corría irracionalmente por la calle alternando plegarias al Altísimo con aterrorizadas declaraciones sobre la inminencia del Juicio Final. Moira Seymour, del Servicio de Prevención de Ataques Aéreos, se entusiasmó y comenzó a enviar señales de ataque con gas: todos se dispersaron en busca de sus máscaras. Entretanto, el inspector Whitely se abría paso entre la multitud montado en su bicicleta con un cartel que anunciaba: «Busquen refugio».

Meredith observó atónita el caos, luego miró el cielo en busca de aviones enemigos. Se preguntó cómo serían, qué sentiría al verlos, si era capaz de escribir lo suficientemente rápido para contar lo que sucedía, cuando de pronto su madre la agarró del brazo y la arrastró por la calle junto a Rita, rumbo al refugio del parque. En el tumulto el cuaderno de Meredith cayó al suelo, la muchedumbre lo pisoteó y ella se libró del brazo de su madre y fue a recogerlo. Su madre gritaba que no había tiempo, su rostro estaba pálido y enfadado. Meredith sabía que más tarde recibiría una reprimenda o algo peor, pero no tenía alternativa. No podía abandonarlo. Corrió, agazapada entre la multitud de vecinos temerosos, cogió su cuaderno, algo estropeado pero entero, y regresó junto a su furiosa madre. Su rostro, antes pálido, estaba ahora tan rojo como la salsa de tomate. Al llegar al refugio advirtieron que habían olvidado sus máscaras antigás, Meredith recibió un golpe en las piernas y su madre decidió que al día siguiente sus hijos serían evacuados.

* * *

—¡Hola!

Meredith abrió sus ojos húmedos. El señor Cavill se encontraba en el pasillo del vagón. Sus mejillas se encendieron al instante. Sonrió y maldijo que en ese momento apareciera en su mente la lujuriosa mirada que Rita le dedicara a Luke Watson.

—¿Me permites mirar el cartel con tu nombre?

Ella secó sus mejillas y se inclinó hacia él para que pudiera leer. Estaban rodeados de personas que reían, lloraban, gritaban, iban de un lado a otro, pero por un momento Meredith y el señor Cavill estuvieron a solas en medio del caos. Ella contuvo el aliento, tratando de aquietar su corazón palpitante; mientras él pronunciaba su nombre, observó sus labios, y su sonrisa después de comprobar que era correcto.

—Veo que traes tu maleta. ¿Tu madre ha incluido los elementos detallados en la lista? ¿Tienes todo lo que necesitas?

Meredith asintió. Luego sacudió la cabeza. Se ruborizó cuando en su mente surgieron las palabras que nunca, jamás, se atrevería a decir: «Necesito que me espere, señor Cavill. Que espere hasta que tenga catorce o quince años y entonces podremos casarnos».

El señor Cavill escribió algo en su formulario y cerró su pluma.

—El viaje será largo, Merry. ¿Has traído algo para entretenerte?

—Mi cuaderno.

El profesor rio, porque se trataba del cuaderno que él le había regalado como premio por haber hecho bien los exámenes.

—Por supuesto. Excelente. Escribe todo lo que veas, pienses y sientas. Tu voz es única, es importante —aconsejó, y luego le dio una barra de chocolate y le dedicó un guiño. Ella sintió que su corazón quería salirse del pecho. Sonrió. Él siguió su camino por el pasillo.

* * *

El cuaderno era el tesoro más preciado de Meredith, su primer diario. Lo había recibido doce meses antes, pero aún no había escrito ni una palabra, ni siquiera su nombre, no había sido capaz de hacerlo. Adoraba ese cuaderno, la suave cubierta de piel y los nítidos renglones de sus páginas, la cinta sujeta a la encuadernación que servía como marcador. Le parecía un sacrilegio arruinarlo con su escritura, con sus frases poco interesantes acerca de su vida poco interesante. Solía sacarlo de su escondite para tenerlo un rato sobre las rodillas, por el simple placer de saberse poseedora de ese objeto. Luego volvía a ocultarlo.

El señor Cavill había intentado convencerla de que lo más importante no era el tema, sino la manera de escribirlo.

—No existen dos personas que comprendan o sientan las cosas de la misma manera. El desafío consiste en ser honesto al escribir. No copiar, no conformarse con la combinación de palabras más sencilla, sino buscar aquellas que explican con precisión lo que piensas, lo que sientes —dijo, y luego le preguntó si había entendido lo que trataba de expresar. En sus ojos había tal intensidad, tan sincero interés, que ella deseó ver las cosas como él las veía. Asintió y por un instante comprendió que se había abierto una puerta, el paso a un lugar muy distinto de aquel donde vivía.

Meredith suspiró con fervor y miró a Rita de reojo. Su hermana se peinaba el cabello con los dedos mientras fingía ignorar que Billy Harris la miraba embelesado desde el otro lado del pasillo. Bien, Rita no debía sospechar lo que ella sentía por el señor Cavill. Por suerte, estaba demasiado absorta en su propio mundo de pretendientes y lápiz de labios y los demás no le preocupaban. Una ventaja para Meredith a la hora de escribir en su diario (no el verdadero diario, por supuesto; finalmente ella encontró la solución: recogió papeles sueltos, los guardó bajo la tapa del cuaderno y escribió allí sus notas. Ya llegaría el día en que se atrevería a empezar el verdadero).

Entonces decidió echar otro vistazo a su padre, preparada para desviar sus ojos antes de que él la viera. Pero al recorrer los rostros, rápidamente al principio, luego con creciente terror, descubrió que no estaba. Las caras habían cambiado. Las madres seguían llorando, algunas agitaban sus pañuelos, otras reían con tristeza, pero no había ni rastro de él. En el lugar que había ocupado quedaba un claro que se llenaba y se enredaba mientras lo observaba. Comprendió que se había marchado. Que no lo había visto partir.

Y aunque se había contenido toda la mañana, aunque se había obligado a mantener a raya la tristeza, Meredith se sintió muy pequeña, asustada y sola. Y se echó a llorar sin disimulo.

Sus sentimientos afloraron en un tibio caudal y de inmediato sus mejillas se empaparon. La espantaba la idea de que mientras ella miraba sus zapatos, hablaba con el señor Cavill y pensaba en su cuaderno, su padre la observaba y deseaba que ella le sonriera, que lo saludara; y que luego se hubiera resignado, para regresar a casa pensando que a su hija no le importaba en absoluto.

—¡Ya basta! —dijo Rita—. Por Dios, lloras como un bebé. ¡Esto es divertido!

—Mi madre dice que no debes asomar la cabeza por la ventanilla porque puede arrancártela otro tren al pasar —declaró Carol, la amiga de Rita. Tenía catorce años y era tan grande y sabelotodo como su madre—. Y no debes darle direcciones a ninguna persona. Podría ser un espía alemán que intenta llegar a Whitehall. Los alemanes matan niños.

Meredith se cubrió la cara con la mano, ahogó los últimos sollozos y secó sus mejillas. Entretanto, el tren se puso en marcha. El aire se llenó de gritos de padres e hijos, de vapor y humo y silbatos, de las risas de Rita. Entonces salieron de la estación. El vagón traqueteaba por las vías mientras un grupo de niños —vestidos con su ropa de domingo aunque era lunes— corría por el pasillo, golpeaba los cristales de las ventanillas, gritaba y saludaba, hasta que el señor Cavill les ordenó que volvieran a sus asientos y no abrieran las puertas. Meredith se apoyó en la ventanilla y en lugar de mirar las tristes caras que se alineaban a cada lado de las vías, llorando por una ciudad que perdía a sus niños, observó maravillada los grandes globos plateados que comenzaban a elevarse, arrastrados por la suave brisa de Londres como bellos y raros animales.

2

Milderhurst, 4 de septiembre de 1939

La bicicleta había pasado casi dos décadas en el establo, cubriéndose de telarañas. Percy tenía la certeza de que estaría ridícula montada en ese vehículo. Llevaba el cabello recogido con una cinta elástica y la falda apretada entre las rodillas. Aunque atentara contra su elegancia, el ciclismo no afectaría a su recato.

El párroco le había advertido sobre el riesgo de que los ciclistas cayeran en manos enemigas, pero ella siguió adelante con la idea de resucitar aquella reliquia. Si los rumores eran ciertos, si el gobierno se preparaba para tres años de guerra, el combustible sería racionado. Debía encontrar un medio de transporte. La bicicleta había pertenecido a Saffy, pero ella había dejado de usarla hacía tiempo. Percy la había desempolvado y se había ejercitado en lo alto del sendero hasta que logró equilibrarla con soltura. No imaginaba que disfrutaría con ello, y se preguntó por qué nunca había tenido su propia bicicleta, por qué había esperado hasta convertirse en una mujer madura, con incipientes canas, para descubrir ese placer. Porque era un placer sentir la brisa en las mejillas mientras pasaba junto a los setos, en particular durante aquellos calurosos días de finales del verano.

Percy subió la colina y luego, sonriendo, bajó la pendiente. El paisaje se teñía de dorado, en los árboles las aves cantaban y el calor estival llenaba el aire. Septiembre en Kent. Parecía increíble que el anuncio del día anterior no fuera solo una pesadilla. Tomó un atajo a través de Blackberry Lane, siguió el perímetro del lago y luego bajó de su bicicleta para recorrer a pie el estrecho tramo que bordeaba el arroyo.

Poco después de entrar en el túnel dejó atrás a la primera pareja; parecían algo mayores que Juniper y llevaban sus máscaras antigás colgadas al hombro. Caminaban cogidos de la mano y hablaban en voz baja, mirándose a los ojos. Su presencia pasó casi inadvertida.

De pronto apareció otra pareja, similar a la anterior, e incluso una tercera. Percy saludó con una inclinación de cabeza y de inmediato se arrepintió. La chica le dirigió una tímida sonrisa. La tierna mirada que a continuación intercambiaron los novios ruborizó a Percy, se sintió absolutamente indiscreta. Blackberry Lane siempre había sido el lugar preferido por los enamorados, también cuando ella era joven, y sin duda desde mucho antes. Bien lo sabía Percy, durante años su propia aventura amorosa se había desarrollado bajo el más estricto secreto, tanto más porque no existía la posibilidad de que fuera legalizada con el matrimonio.

Habría podido hacer elecciones más convenientes, sentirse atraída por hombres apropiados, con quienes habría sido posible mostrarse en público sin riesgo a exponer a su familia al ridículo. Pero el amor no era sensato, al menos para ella: era indiferente a las normas sociales, al decoro y al sentido común. Y aun cuando su pragmatismo era motivo de orgullo, no pudo resistirlo, de la misma forma que no podía dejar de respirar. En consecuencia, se había entregado a su amor, se había resignado a las miradas furtivas, las cartas secretas, las escasas y deliciosas citas.

Percy avanzaba con las mejillas ardientes. No era extraño que sintiera una especial afinidad con aquellos jóvenes enamorados. A continuación, caminó con la cabeza gacha, concentrada en el suelo tapizado de hojas, ignorando a las personas que encontraba a su paso. Por fin salió al camino, montó de nuevo su bicicleta y se dirigió al pueblo. Le pareció increíble que la maquinaria de guerra se hubiera puesto en marcha en un mundo tan hermoso y sereno, mientras los pájaros cantaban en los árboles, las flores coloreaban los campos y palpitaban los corazones enamorados.

* * *

Meredith comenzó a sentir deseos de orinar cuando a través de la ventanilla aún veía pasar los tristes edificios de Londres, grises por el hollín. Apretó las piernas, levantó la maleta y la puso sobre sus rodillas. Se preguntó adónde se dirigían y cuánto tardarían en llegar. Se sintió tensa y cansada. Ya había comido todos los sándwiches de mermelada que su madre había preparado, y aunque no tenía apetito, el tedio y la incertidumbre le hicieron recordar que también había guardado en la maleta una bolsa de galletas de chocolate. Abrió las cerraduras y levantó la tapa apenas lo suficiente para espiar en su interior y tantear el contenido. Habría podido hacerlo con comodidad, pero prefirió no alertar a Rita.

Allí estaba el abrigo ligero que su madre había cosido por las noches. A la izquierda, una lata de leche condensada, que, según las estrictas instrucciones recibidas, debía regalar a sus anfitriones. Debajo, media docena de paños higiénicos; su madre había insistido en que los llevara; Meredith se había sentido avergonzada, casi humillada ante su argumento:

—Existe la posibilidad de que te hagas mujer mientras estás lejos de casa. Rita podrá ayudarte, pero debes estar preparada.

Rita había sonreído. Meredith había sentido un escalofrío y había deseado ser una rara excepción biológica.

Acarició la suave tapa de su cuaderno y entonces, ¡bingo! Debajo se escondía la bolsa de papel llena de galletas. Aunque el chocolate estaba algo derretido, logró separar una y, dando la espalda a Rita, comenzó a mordisquearla.

En el asiento de atrás uno de los chicos había comenzado a recitar unos versos que invitaban a los ciudadanos a formar parte del Servicio de Prevención de Ataques Aéreos, y Meredith dirigió su mirada a la máscara antigás. Se llevó a la boca el trozo de galleta restante y limpió las migas que habían caído sobre la caja. La máscara tenía un horrible olor a caucho y arañaba espantosamente la piel. A regañadientes, Rita, Ed y Meredith habían prometido que siempre la llevarían consigo. Más tarde, Merry había oído a su madre cuando confesaba ante la señora Paul que prefería morir a causa de los gases a tolerar la asfixiante sensación que provocaban aquellas máscaras. En ese momento decidió que perdería de vista la suya tan pronto como surgiera la oportunidad.

De repente vio personas que desde sus pequeños jardines los saludaban al paso del tren. Chilló cuando sintió el pellizco de Rita.

—¿Por qué lo has hecho? —preguntó, frotándose el brazo dolorido.

—Esas buenas personas solo buscan diversión —dijo su hermana—. Haz lo que esperan de ti, dedícales algunos sollozos.

* * *

Por fin dejaron atrás la ciudad. Aparecieron los verdes campos. El convoy traqueteaba por las vías, aminoraba la marcha al pasar por las estaciones, pero debido a que se habían quitado los carteles, era imposible saber dónde se encontraban. Meredith durmió un rato. Lo supo cuando el ruido del tren deteniéndose la despertó bruscamente. El paisaje no había cambiado, solo se veían bosquecillos en el horizonte, pájaros en el cielo azul. Por un instante creyó que el tren cambiaría de dirección y regresarían a casa: los alemanes habían comprendido que Gran Bretaña no valía la pena, la guerra había terminado y ya no era necesario que los niños abandonaran sus hogares.

No fue así. Al cabo de otra larga espera, durante la cual Roy Stanley vomitó más piña en conserva a través de la ventanilla, recibieron la orden de bajar del vagón y formar una fila. Todos los niños fueron vacunados y se les sometió a una revisión en busca de piojos. Luego todos volvieron al tren, que siguió su camino. No tuvieron oportunidad de usar un baño.

Durante un rato el vagón permaneció en silencio. Ni siquiera los bebés lloraban, de lo agotados que estaban. Viajaron mucho tiempo sin detenerse. A Meredith le asombraba que Inglaterra fuera tan grande. Se preguntó si en algún momento el tren llegaría al borde de un precipicio. Entonces se le ocurrió que tal vez todo aquello era una gran conspiración, que el conductor era un malvado alemán y se daría a la fuga con los niños ingleses. Sin embargo, la teoría tenía sus incoherencias; por ejemplo, cabía preguntarse para qué necesitaba Hitler millones de nuevos ciudadanos que aún se meaban en la cama. Pero Meredith estaba exhausta, sedienta, triste, era incapaz de encontrar la respuesta. Apretó más las piernas y comenzó a contar las infinitas parcelas que desfilaban ante sus ojos, sin saber dónde, en qué terminaría aquella travesía.

* * *

Cada casa tiene un corazón, que ama, que se llena de alegría, que sufre. El corazón de Milderhurst era grande y poderoso y latía —con más o menos fuerza, más rápido o más lento— en el pequeño aposento de la torre. Allí, un lejano antepasado de Raymond Blythe había escrito sonetos para la reina Isabel; desde allí una tía abuela había huido para pasar una dulce temporada con Lord Byron; en aquel alféizar de ladrillo se había quedado el zapato de su madre cuando saltó desde la tronera y encontró la muerte en el soleado foso, seguida por una fina hoja de papel donde flotaba su último poema.

De pie, junto al gran escritorio de roble, Raymond cargó su pipa con una pizca de tabaco fresco, y luego añadió otro poco. Después de la muerte de Timothy, el menor de sus hermanos, su madre se había recluido en la torre, envuelta en su ardiente dolor. Desde la gruta, el jardín o el lindero del bosque, él solía ver junto a la ventana la silueta de su pequeña cabeza, que miraba el campo, el lago: el rostro de marfil —similar al del broche que llevaba— que había heredado de su madre, aquella condesa francesa que Raymond no había conocido. Pasaba días enteros saltando entre las plantaciones de lúpulo y trepaba al tejado del granero con la esperanza de que ella lo viera, se preocupara y le gritara que bajara de allí. Pero nunca lo hizo. Siempre era la niñera quien le ordenaba regresar a casa al final del día.

Pero aquello había ocurrido mucho antes, él era un viejo tonto perdido en sus recuerdos. Su madre fue una poetisa admirada en su época y en torno a ella comenzaron a forjarse mitos: el susurro de la brisa estival, la promesa del sol reflejado en una pared blanca… Mamá… Ni siquiera podía recordar su voz.

Ahora esa habitación le pertenecía. Raymond Blythe: el rey del castillo. Era el hijo mayor y, junto con los poemas, el legado más importante que su madre había dejado. Un verdadero escritor, respetado y —era la verdad, no permitía que la humildad lo avasallara— de cierta fama, tal como ella lo había sido en su momento. Se preguntó si al convertirlo en heredero del castillo y de su pasión por la escritura adivinaba que él lograría satisfacer sus expectativas, que en algún momento contribuiría a aumentar el prestigio de su familia en los círculos literarios.

De pronto Raymond sintió dolor en su rodilla enferma, la apretó con fuerza y estiró la pierna hasta que la tensión cedió. Se acercó cojeando a la ventana y apoyado en el alféizar encendió una cerilla. Era un día perfecto y mientras aspiraba su pipa entrecerró los ojos para mirar el campo, el sendero, el parque, la trémula silueta del bosque Cardarker, las majestuosas arboledas de Milderhurst. Aquellos árboles sabían su nombre, le habían pedido que regresara de Londres; lo habían llamado cuando se encontraba en el campo de batalla, en Francia.

¿En qué se transformaría ese lugar cuando él ya no estuviera? Su médico había dicho la verdad. Raymond lo sabía, era viejo, no estúpido. Y aun así, no podía creer que alguna vez dejaría de ser el amo del paisaje que se desplegaba ante sus ojos, que el apellido y el legado de la familia Blythe morirían con él. No obstante, era responsabilidad suya. Tenía que haberse casado otra vez, encontrar una mujer capaz de darle un hijo varón. En los últimos tiempos el asunto de la herencia ocupaba buena parte de sus pensamientos.

Raymond aspiró su pipa de un modo levemente burlón, como si se encontrara en compañía de un viejo amigo cuyos comentarios le aburrieran. Era un melodramático, un viejo sentimental. Tal vez a todos los hombres les agrada creer que su ausencia causará un colapso. Al menos a los hombres orgullosos como él. Debía andar con cautela. Tal como advertía la Biblia, la soberbia precede a la ruina. Por otra parte, no necesitaba un hijo, tenía tres hijas y ninguna de ellas era el tipo de mujer que soñaba con el matrimonio. Y tenía a la Iglesia, su nueva Iglesia. El sacerdote había dicho que los hombres que honran generosamente a la Iglesia católica serán merecedores de eterna recompensa. El astuto padre Andrews sabía que Raymond podía conseguir tanta benevolencia divina como deseara.

Dio otra calada a su pipa, contuvo el humo un instante, antes de exhalar. El padre Andrews le había explicado por qué lo acosaban los fantasmas; y también qué debía hacer para exorcizar al demonio. Aquello era el castigo por su pecado. Sus pecados. No había sido suficiente con el arrepentimiento, la confesión, ni siquiera con la flagelación. Raymond había cometido un delito muy grave.

Pero ¿podía entregar el castillo a unos extraños, aunque lo hiciera para acabar con el funesto demonio? ¿Qué sucedería con los susurros, las horas distantes atrapadas entre sus piedras? Su madre habría dicho que el castillo debía seguir en manos de la familia Blythe. ¿Se atrevería a decepcionarla? Tenía una sucesora natural, Persephone, la mayor y más fiable de sus hijas. Aquella mañana la había visto partir en su bicicleta. La había observado cuando se detuvo junto al puente para revisar los pilares, tal como él le había enseñado. Era la única que amaba el castillo casi tanto como él mismo. Afortunadamente, nunca había encontrado marido y, con toda seguridad, no sucedería en el futuro. Al igual que las estatuas del jardín, formaba parte del castillo. Jamás le haría daño. Raymond sospechaba que —al igual que él— Percy era capaz de estrangular con sus propias manos a quien se atreviera a mover una sola piedra de Milderhurst.

Entonces oyó el ruido de un motor, un coche. Cesó tan de repente como había comenzado. Una pesada puerta de metal se cerró. Alargó el cuello para ver más allá del alféizar. El viejo Daimler. Alguien lo había conducido desde el garaje hasta el sendero y lo había dejado allí. Una silueta atrajo su atención. Un hada pálida, su hija Juniper, se deslizaba desde la escalinata de la entrada hacia el asiento del conductor. Raymond sonrió con una mezcla de dicha y perplejidad. Era un animalito atolondrado, pero lo que esa niña frágil y lunática era capaz de hacer con veintiséis simples letras, la manera en que podía combinarlas, era sencillamente extraordinaria. Si hubiera sido más joven, se habría sentido celoso…

Otro ruido. Más cerca. Allí dentro.

¡Shhh! ¿Puedes oírlo?

Petrificado, Raymond escucha.

Los árboles pueden. Son los primeros en saber que se acerca.

Pasos en el descansillo de la escalera. Suben, se acercan a él. Deja la pipa en el alféizar. Su corazón galopa.

¡Escucha! Los árboles del bosque profundo y oscuro se estremecen, agitan sus hojas como envoltorios de plata gastada, susurran que algo está a punto de suceder.

Raymond trató de serenarse. La hora había llegado. El Hombre de Barro había venido, por fin, en busca de venganza. Tal como debía suceder.

No podía salir de la habitación. El demonio esperaba en la escalera. Solo podía escapar por la ventana, como una flecha, como lo hiciera su madre.

—¡Señor Blythe!

La voz se acercaba. Raymond se preparó. El Hombre de Barro era astuto, podía engañarlo. Con la piel de gallina se esforzó por oír más allá de su agitada respiración.

—Señor Blythe…

El demonio pronunciaba su nombre otra vez, ahora más cerca. Raymond se acurrucó, tembloroso, detrás del sillón. Sería un cobarde hasta el final. Los pasos siguieron, regulares, llegaron a la puerta, se oyeron sobre la alfombra, cada vez más cerca. Apretó los párpados, se llevó las manos a la cabeza. Aquel ser ya estaba junto a él.

—Oh, pobre Raymond. Ven aquí, dame la mano. Lucy te ha traído una sopa deliciosa.

* * *

En los suburbios del pueblo, a ambos lados de High Street, los álamos formaban hileras gemelas, como soldados fatigados. Percy pasó veloz junto a ellos. Advirtió que de nuevo llevaban uniforme: los troncos estaban pintados de blanco; también los bordillos, y las llantas de muchos automóviles. Finalmente el anunciado apagón había comenzado a realizarse la noche anterior: media hora después de la caída del sol, el alumbrado de las calles se apagó, las ventanas se cubrieron con gruesas cortinas y se prohibió la circulación de vehículos con los faros encendidos. Después de cerciorarse de que su padre se encontraba bien, Percy había subido a lo alto de la torre y desde allí había mirado más allá del pueblo, en dirección al Canal. Sin más luz que el resplandor de la luna, había sido presa de una siniestra sensación. La misma que habrían experimentado los habitantes del lugar siglos atrás, cuando el mundo era mucho más oscuro, cuando ejércitos de caballeros atravesaban esos campos, resonaban los cascos de los caballos y los guardias del castillo se aprestaban a defenderlo.

Se apartó al ver que el señor Donaldson avanzaba en dirección a ella, aferrado al volante, con los codos pegados al cuerpo y la cara contraída mientras detrás de las gafas sus ojos trataban de enfocar el camino. Su rostro se iluminó cuando reconoció a Percy, levantó la mano para saludarla y el coche se desvió aún más. Refugiada en la hierba, ella contestó al saludo y con cierta preocupación siguió el zigzagueante recorrido del señor Donaldson rumbo a su casa en Bell Cottage. ¿Qué haría cuando cayera la noche? Suspiró. Más que las bombas, la oscuridad acabaría con sus vecinos.

* * *

Para quien ignorara el anuncio del día anterior todo habría sido normal en Milderhurst. Sus habitantes seguían comprando comida, conversaban a la salida de la oficina de correos, se ocupaban de sus asuntos cotidianos. Y aunque no se oían lamentos ni chirriaban los dientes, había algo más sutil y, tal vez por eso, más triste. La guerra inminente era visible en la mirada ausente de los más ancianos, en aquella expresión sombría que no era miedo, sino dolor. Porque ellos lo sabían, habían pasado la guerra anterior y recordaban a los jóvenes que había partido, entusiastas, y no habían regresado. Y aquellos que, como su padre, habían vuelto, pero habían dejado en Francia una parte de sí que jamás podrían recuperar; aquellos que de vez en cuando, con los ojos húmedos y los labios pálidos, suspiraban y susurraban reviviendo momentos que no podían compartir y tampoco olvidar.

Percy y Saffy habían escuchado en la radio el anuncio del primer ministro Chamberlain y el himno nacional.

—Supongo que tendremos que decírselo —dijo Saffy.

—Sí.

—¿Lo harás tú?

—Por supuesto.

—Elige el momento apropiado, para que pueda aceptarlo.

—Sí.

Durante semanas habían evitado mencionar a su padre la posibilidad de una guerra. Sus recientes delirios habían rasgado el delgado velo que lo conectaba con la realidad. Su razón oscilaba como el péndulo del reloj. Por momentos hablaba con absoluta cordura sobre el castillo, la historia o las grandes obras de la literatura y de pronto se escondía detrás de los sillones, sollozaba temeroso imaginando fantasmas o riendo como un niño travieso, invitaba a Percy a remar en el arroyo: conocía el mejor lugar para recoger huevos de sapo y solo se lo enseñaría si era capaz de guardar el secreto.

Durante el verano anterior a la Gran Guerra, cuando tenían ocho años, con la ayuda de su padre, Percy y Saffy habían traducido *Sir Gaiwan y el caballero verde*. Mientras él leía el poema original en inglés medieval, Percy cerraba los ojos y dejaba que aquellos mágicos sonidos, aquellos antiguos susurros la envolvieran.

—Gaiwan percibía a los *etaynes that hym anelede,* los «seres que lo acechaban». ¿Sabes de qué se trata, Persephone? ¿Has oído alguna vez las voces de tus ancestros susurrando desde las piedras? —preguntaba su padre. Ella asentía, se acurrucaba más cerca de él, y cerraba los ojos para seguir escuchando.

En aquel entonces todo era sencillo. Querer a su padre también. Era un hombre fuerte, de casi dos metros de estatura, y habría hecho cualquier cosa para conseguir su aprobación. Muchas cosas habían sucedido desde aquella época y ahora le resultaba casi inaceptable que su rostro de anciano adoptara aquella ávida expresión infantil. No lo confesaba, jamás se lo habría dicho a Saffy, pero no toleraba verlo en una de sus «fases regresivas», como las había denominado el médico. El pasado no la dejaba en paz. La nostalgia se convertía en un grillete. Una ironía, porque Percy Blythe no era sentimental.

Enredada en una involuntaria melancolía, condujo su bicicleta por el tramo que la separaba de la iglesia y la apoyó en la fachada de madera, evitando estropear el parterre del párroco.

—Buenos días, señorita Blythe.

Percy sonrió. Era la señora Collins. Aquella mujer, que debido a una inexplicable curvatura del tiempo parecía anciana desde hacía treinta años, llevaba la bolsa de punto colgada en un brazo y sostenía una esponjosa tarta Victoria.

—Oh, señorita Blythe —dijo, sacudiendo afligida sus rizos plateados—, ¿habría imaginado que llegaríamos a esto? Otra guerra…

—Supongo que no, señora Collins. En realidad, nunca lo imaginé, pero debo decir que, conociendo la naturaleza humana, no me sorprende.

—Pero otra guerra, todos esos chicos…

La señora Collins había perdido a sus dos hijos en la Gran Guerra, y aunque Percy no tenía hijos, sabía lo que era amar ardientemente. Con una sonrisa recibió la tarta de las temblorosas manos de su vieja amiga y, tomándola del brazo, le dijo:

—Vamos, querida. Entremos y busquemos una silla.

El Servicio de Mujeres Voluntarias había resuelto reunirse en el salón contiguo a la iglesia para hacer sus labores de costura. De acuerdo con la opinión de sus miembros más influyentes, el salón parroquial, con suelo de madera y desprovisto de decoración, era más apropiado para recibir a los evacuados. Percy vio aquel enjambre de mujeres que en torno a las improvisadas mesas instalaban máquinas de coser y desplegaban grandes retales de tela con los que harían prendas y sábanas para los evacuados, vendas y apósitos para los hospitales. Se preguntó cuántas de ellas abandonarían la tarea una vez que se agotara el entusiasmo inicial. De inmediato se reprendió por ser tan poco piadosa. Y poco crítica, porque sabía que ella misma se disculparía tan pronto como encontrara otra manera de colaborar. No sabía coser y estaba allí porque todos tenían el deber de colaborar, y las hijas de Raymond Blythe no podían faltar a ese deber.

Percy ayudó a la señora Collins a tomar asiento frente a una mesa de tejedoras, donde la conversación, como era previsible, giraba en torno a los hijos, hermanos y sobrinos que serían reclutados. Luego fue a la cocina, donde dejó la tarta Victoria, evitando a la señora Caraway, porque su habitual expresión presagiaba un encargo desagradable.

—Gracias, señorita Blythe. —La señora Potts, de la oficina de correos, tendió la mano para agarrar la tarta y le echó un vistazo—. Es espléndida, muy esponjosa.

—Es una gentileza de la señora Collins. Solo soy su mensajera —dijo Percy, tratando de escabullirse, pero la señora Potts, diestra en trampas verbales, lanzó rápidamente su red.

—La echamos de menos el viernes en el entrenamiento del Servicio de Mujeres Voluntarias.

—Tenía otro compromiso.

—Qué pena. El señor Potts siempre dice que interpreta maravillosamente el papel de víctima.

—Es muy amable.

—Y nadie puede accionar una bomba de mano con tanta energía.

Percy esbozó una leve sonrisa. El servilismo nunca le había aburrido tanto.

—Y dígame, ¿cómo está su padre? —Una gruesa capa de codiciosa simpatía cubrió la pregunta y Percy contuvo el deseo de arrojar la maravillosa tarta de la señora Collins a la cara de la señora de correos—. Según he oído, no se encuentra bien.

—Está muy bien, gracias por su interés, señora Potts.

De pronto volvió a su mente la imagen de su padre, unas noches antes. Corría en bata por el pasillo; al llegar a la escalera se agachó y, llorando como un niño asustado, dijo que el Hombre de Barro se acercaba a la torre, venía a buscarlo. El doctor Bradbury le había recetado medicamentos más potentes, pero el paciente había pasado horas temblando, negándose a tomarlos, hasta que por fin se había dormido.

—Un pilar de nuestra comunidad —afirmó la señora Potts con un apenado temblor—, es triste que la salud empiece a declinar. Pero afortunadamente tiene a su hija para ocuparse de las obras de caridad, en especial cuando el país está en estado de alerta. Los habitantes del pueblo miran hacia el castillo en momentos inciertos, siempre lo han hecho.

—Es muy amable, señora Potts, haremos lo que esté a nuestro alcance.

—Supongo que la veré esta tarde en el salón parroquial, el comité de evacuación necesitará ayuda.

—Allí estaré.

—Yo he estado allí por la mañana, ordenando latas de leche condensada y carne en conserva. Le daremos una a cada niño. No es mucho, pero con la escasa ayuda que recibimos de las autoridades no podemos ofrecer nada mejor. Y toda ayuda es bienvenida, ¿verdad? Me han dicho que planean acoger a un niño. Una acción muy noble. El señor Potts y yo hablamos sobre el asunto, claro está, y ya me conoce, me encantaría ayudar, pero la alergia de mi pobre Cedric... —la señora Potts se encogió de hombros a modo de disculpa—, en fin, no lo resistiría —explicó. Luego se inclinó hacia ella y, golpeándose la punta de la nariz, agregó—: Tan solo debe tener en cuenta que los niños que vienen del este de Londres tienen costumbres diferentes de las nuestras. Sería aconsejable que consiguiera unos libros de Keating y un buen desinfectante antes de permitir que uno de ellos entre en el castillo.

A pesar de que Percy albergaba sus propios temores con respecto al carácter de su futuro huésped, la sugerencia de la señora Potts le resultó absolutamente desagradable. Para ahorrarse una respuesta, cogió de su bolso el paquete de cigarrillos y encendió uno.

La señora Potts no se amedrentó.

—Y supongo que ya se ha enterado de la otra noticia.

—¿Cuál es, señora Potts? —preguntó Percy, impaciente por librarse de ella.

—Seguramente ya lo saben en el castillo con más detalle que cualquiera que nosotros.

Naturalmente, en ese momento el salón quedó en silencio y todas las mujeres allí reunidas miraron a Percy. Ella se esforzó por ignorarlas.

—¿Los detalles acerca de qué? —dijo, tratando de no mostrar su irritación—. No sé de qué habla.

La chismosa abrió los ojos con exageración y al ver que había atraído el interés del auditorio, su rostro resplandeció:

—Las noticias acerca de Lucy Middleton, por supuesto.

3

Milderhurst Castle, 4 de septiembre de 1939

Evidentemente, habría un truco para aplicar el pegamento y colocar las tiras de tela sin pringar tanto los cristales. La dama jovial —cintura estrecha, peinado impecable, agradable sonrisa— que mostraba la guía no parecía tener la menor dificultad para reforzar sus ventanas. Por el contrario, parecía auténticamente entusiasmada con la tarea. Sin duda, conservaría el mismo talante cuando cayeran las bombas. Saffy, en cambio, se sentía abrumada. Había comenzado en julio, cuando llegó el primer folleto del ministerio. Pero a pesar del sabio consejo incluido en el segundo —«¡No espere hasta el último momento!»—, creyó que aún era posible evitar la guerra y se dejó ganar por la pereza. El terrible anuncio del señor Chamberlain la obligó a reanudar la tarea. Treinta y dos ventanas ya estaban acondicionadas, solo tenía por delante un centenar. Se preguntó por qué, sencillamente, no había utilizado cinta adhesiva.

Después de pegar el extremo de una banda de tela, bajó de la silla. Retrocedió para observar su trabajo. Ladeó la cabeza y frunció el ceño al ver la cruz torcida. No era una obra de arte, pero aun así cumpliría con su cometido.

—Bravo —dijo Lucy, al entrar con la bandeja del té—. La «X» señala el blanco, ¿verdad?

—Espero que no. El señor Hitler debería saberlo: tendrá que vérselas con Percy si sus bombas se atreven a rozar el castillo —declaró Saffy, limpiándose las manos con una servilleta—. Me temo que este pegamento me tiene manía. No comprendo qué he hecho para ofenderlo, pero seguramente algo he hecho.

—Un pegamento malhumorado, ¡terrorífico!

—No es el único. Aparte de las bombas, después de lidiar con estas ventanas tendré que tomar un sedante.

—Tengo una idea… —dijo Lucy mientras servía el té. Dejó la frase en el aire y después de completar la segunda taza, prosiguió—: Ya le he llevado la comida a su padre, podría echarle una mano.

—Oh, mi querida Lucy, siempre tan servicial. Mi gratitud es infinita.

—No es necesario que me lo agradezca —replicó sonriente el ama de llaves—. He terminado con los trabajos de mi casa y tengo habilidad con el pegamento. Podría pegar mientras usted corta las tiras.

—¡Perfecto! —Saffy arrojó la servilleta en el sillón.

Aún tenía las manos pringosas, pero podía manejar las tijeras. Lucy le alcanzó una taza que ella recibió agradecida. Por un momento permanecieron en silencio, saboreando el primer sorbo. Habían adquirido el hábito de tomar el té juntas. Un rito sencillo, sin protocolo, sin necesidad de abandonar sus tareas. Simplemente encontraban la oportunidad de compartirlas en algún momento del día. Sabían que si Percy se enteraba, lo censuraría. Con el ceño arrugado y la mirada hosca, fruncría los labios y diría cosas como «Es inapropiado» y «Es necesario mantener las normas». Pero a Saffy le agradaba Lucy (en cierta forma eran amigas), y opinaba que compartir con ella una taza de té no podía causar daño alguno.

—Dime, Lucy —dijo, rompiendo el silencio, e indicando de esa manera que debían reanudar su labor—, ¿cómo te las arreglas con la casa?

—Muy bien, señorita Saffy.

—¿No te sientes sola?

Lucy y su madre habían vivido siempre juntas en su casita de las afueras. Y con toda seguridad, la muerte de la anciana había dejado un gran vacío.

—Me mantengo ocupada —respondió Lucy. Había dejado su taza en el alféizar y ya estaba aplicando una de las tiras con pegamento en el cristal. Por un instante Saffy creyó ver una sombra de tristeza en el rostro de su ama de llaves. Sintió que había estado a punto de hacer una grave confesión, y que finalmente se había arrepentido.

—Lucy, ¿te sucede algo?

—Oh, no tiene importancia. Es que echo de menos a mi madre…

—Por supuesto —dijo Saffy. A veces su parte más expansiva le decía que Lucy pecaba de excesiva discreción, pero sabía que la señora Middleton había sido una persona difícil—. ¿Solo eso?

—Lo que pasa es que me siento bien sin ninguna compañía —confesó, mirando de reojo a Saffy—. ¿Suena muy espantoso?

—En absoluto —respondió ella, sonriente. En realidad, le parecía maravilloso. Comenzó a imaginar el soñado apartamento en Londres, y se detuvo. No podía permitirse esas distracciones teniendo tanto trabajo por delante. Se sentó en el suelo, tomó las tijeras y comenzó a cortar las tiras de tela—. ¿Todo en orden ahí arriba?

—La habitación está ventilada, he cambiado las sábanas y…, espero que no le moleste, pero retiré el jarrón chino de su abuela. Lo olvidé la semana pasada, cuando guardamos los objetos valiosos. Ahora está a buen recaudo en el archivo, junto con los demás.

—Oh, ¿crees que podría romper cosas y causar estragos?

—No, solo pensé que es mejor prevenir que curar.

—Bien —asintió Saffy, cogiendo otro trozo de tela—, es muy prudente, y por supuesto, estoy de acuerdo. Tendría que haberlo previsto yo misma. De todos modos, creo que deberíamos poner un ramito de flores frescas en la mesilla de noche —dijo, suspirando—. Para levantarle un poco el ánimo. Tal vez uno de los jarrones de cristal de la cocina.

—Me parece muy apropiado. Me encargaré.

Saffy sonrió complacida. Pero de pronto surgió en su mente la imagen del niño evacuado que llegaría ese mismo día y sacudió la cabeza.

—Oh, Lucy, es espantoso.

—No lo creo, no es necesario que utilicemos la cristalería fina.

—No, me refiero a la idea en sí misma. Esos niños asustados, sus pobres madres, en Londres, sonriendo y saludando mientras sus hijos parten hacia lo desconocido. ¿Y para qué? Para despejar el terreno, para la guerra, para que lejos de su casa unos muchachos se vean obligados a matar a otros.

Lucy miró a Saffy con una mezcla de sorpresa y preocupación.

—No debe pensar en eso ahora.

—Lo sé. No lo haré.

—Debemos mantener alta la moral.

—Por supuesto.

—Afortunadamente, hay personas como ustedes, que acogen a esos pobres niños. ¿A qué hora lo esperan?

Saffy dejó su taza vacía y agarró nuevamente las tijeras.

—Percy me ha dicho que el autobús llegará entre las tres y las seis. No tengo más datos.

—¿Ella hará la elección? —preguntó Lucy con cautela.

Saffy comprendió el motivo. Su hermana no era la persona más indicada para adoptar una actitud maternal.

Lucy llevó la silla hasta la ventana siguiente. Saffy la siguió presurosa.

—Solo así logré que accediera. Ya sabes cómo es cuando se trata del castillo. Teme que un monstruo impío arranque la decoración de las barandillas, dibuje garabatos en el papel pintado e incendie las cortinas. Me vi obligada a recordarle que estos muros llevan en pie cientos de años, han sobrevivido a las incursiones de normandos y celtas, y a Juniper. Un niño desamparado no es motivo de preocupación.

Lucy se rio.

—A propósito, ¿la señorita Juniper almorzará aquí? La vi salir temprano con el coche de su padre.

—También yo me lo pregunto —respondió Saffy, soltando las tijeras—. No sé qué tiene en mente Juniper desde… —La hermana mayor reflexionó un instante, apoyó la barbilla en las manos entrelazadas y las soltó con gesto teatral—. A decir verdad, no recuerdo haberlo sabido nunca.

—La señorita Juniper tiene muchas virtudes, aunque no la de ser previsible.

—Así es, sin duda —respondió Saffy con una sonrisa afectuosa.

Lucy titubeó. Bajó de la silla y se pasó los dedos por la frente. Un gesto curioso, anticuado, propio de una damisela a punto de desvanecerse. Saffy lo encontró divertido y pensó incorporar esa adorable costumbre a su novela. Era precisamente la actitud que podía adoptar Adele cuando un hombre la perturbaba.

—Señorita Saffy…

—Dime.

—Tengo que hablarle sobre un asunto más serio.

Lucy suspiró y no dijo más. Durante un instante angustioso Saffy temió que se tratara de una enfermedad, que el médico le hubiera dado una mala noticia. Sería la explicación de su reserva y de la tendencia a abstraerse que había notado últimamente en ella. Recordó que poco antes, al entrar una mañana en la cocina, vio a Lucy en la puerta de atrás con la mirada perdida en el horizonte, mientras los huevos seguían hirviendo más allá del punto de cocción que contentaba al señor Blythe.

—¿Qué sucede? —Con un gesto, Saffy indicó a su ama de llaves que tomara asiento junto a ella—. Estás pálida. Te traeré un vaso de agua.

Lucy negó con la cabeza y buscó un objeto donde apoyarse. Eligió el sillón más cercano.

Saffy se sentó en el diván.

—Voy a casarme. Es decir, alguien me ha propuesto matrimonio y he aceptado.

Por un momento Saffy creyó que su ama de llaves deliraba o al menos bromeaba. Era sencillamente absurdo. Lucy era totalmente de fiar; y desde que comenzara a trabajar en Milderhurst nunca había mencionado siquiera un nombre masculino, y mucho menos que saliera con un hombre. Y de pronto, sin más, se casaba. A esa edad. Era un poco mayor que ella, rondaba los cuarenta años.

Un pesado silencio había caído entre ambas. Saffy comprendió que debía decir algo, pero no logró pronunciar una palabra.

—Voy a casarme —repitió Lucy, esta vez con más lentitud y con cautela, como si ella misma tratara de acostumbrarse a la idea.

—Es una maravillosa noticia —dijo Saffy al fin—. ¿Quién es el afortunado? ¿Dónde os conocisteis?

—Nos conocimos aquí, en Milderhurst.

—Oh...

—Es Harry Rogers. Me casaré con él. Me lo ha pedido y he dicho que sí.

Harry Rogers. El nombre le resultaba vagamente familiar. Con toda seguridad, Saffy lo conocía, pero no podía relacionar el nombre con un rostro. Sintió que sus mejillas ardían de vergüenza y decidió disimularlo con una amplia sonrisa, esperando que fuera suficiente para demostrar su alegría.

—Nos conocemos desde hace años, por supuesto, porque él viene a menudo al castillo. Pero comenzamos a salir juntos hace un par de meses. Después de que el reloj de péndulo se averiara en primavera.

Harry Rogers. ¿Ese hombrecillo insignificante? A juzgar por lo que había visto, Saffy no podía decir que fuera apuesto ni galante. Mucho menos, inteligente. Era un hombre común, a quien solo le interesaba hablar con Percy sobre el estado del castillo y los mecanismos de los relojes. Aunque debía admitir que su hermana siempre se refería a él con cariño, hasta que ella le advirtió que si no ponía cierta distancia aquel hombre acabaría rendido a sus pies. De todas formas, no era el hombre indicado para Lucy, con su rostro agraciado y su risa alegre.

—Pero ¿cómo ha ocurrido? —La pregunta surgió involuntariamente. Lucy no pareció ofendida. Se apresuró a responder con toda franqueza. Saffy necesitaba oír su explicación para comprender cómo había sucedido algo semejante.

—Él había venido a ocuparse del reloj y yo me marchaba más temprano porque debía atender a mi madre. Así fue como nos encontramos, rumbo a la salida. Me ofreció llevarme a casa y acepté. Hicimos amistad y cuando mi madre murió… fue muy bondadoso, un auténtico caballero.

En silencio, las dos mujeres se entregaron a sus respectivas reflexiones. Más que sorpresa, Saffy sentía curiosidad, seguramente alimentada por la escritora que habitaba en ella. Se preguntaba qué clase de conversación habrían mantenido esas dos personas en el modesto coche del señor Rogers; de qué manera el gentil ofrecimiento de llevarla a su casa había concluido en un romance.

—¿Eres feliz?

—Oh, sí. Soy feliz —respondió Lucy sonriente.

—Entonces, también yo me siento enormemente feliz por ti —afirmó Saffy, obligándose a sonreír—. Debes invitarlo a tomar el té. Haremos una pequeña fiesta.

Lucy negó con la cabeza.

—Es muy amable por su parte, señorita Saffy, pero creo que no sería prudente.

—¿Por qué? —preguntó Saffy, aunque lo sabía perfectamente bien. Y se sintió avergonzada por no haber encontrado un modo más adecuado de confirmar la invitación. Lucy era una mujer muy sensata, incapaz de considerar la posibilidad de compartir la mesa con sus señores, especialmente con Percy.

—Preferimos no armar alboroto. No somos jóvenes. No será un largo noviazgo, no tiene sentido esperar, sobre todo teniendo en cuenta la guerra.

—Supongo que Harry, a su edad, no irá…

—Oh, no, nada de eso. Hará su contribución en la guardia del señor Potts. Harry combatió en la Primera Guerra, en Paschendaele, junto a mi hermano Michael…

En el rostro de Lucy apareció una nueva expresión, esta de orgullo, una ligera satisfacción mezclada con cierta inseguridad. Era producto de la novedad, del reciente cambio de su situación. Aún tenía que acostumbrarse a esa nueva persona, a la mujer que pronto se casaría, formaría parte de una pareja, tendría un hombre a su lado y, gracias a él, una posición respetable en la sociedad. Al menos eso imaginaba Saffy, poniéndose en su lugar. Para ella, si una persona merecía ser feliz, esa era Lucy.

—Me parece razonable. Y seguramente tendrás que tomarte algunos días antes y después de la boda…

—En realidad… —Lucy apretó los labios y miró más allá del hombro de Saffy—, de eso debo hablarle.

—Oh…

—Sí. —Lucy sonrió sin espontaneidad, sin alegría, y la sonrisa poco a poco se transformó en un suspiro—. Es algo incómodo, pero Harry prefiere…, es decir, cree que cuando nos casemos, será mejor que me ocupe de nuestra casa y encuentre una manera de colaborar durante la guerra. —Tal vez Lucy comprendió, al igual que Saffy, que la explicación no era suficiente y se apresuró a añadir—: En especial, si fuéramos bendecidos con un hijo.

Entonces Saffy comprendió. El gran velo había desaparecido. Todo aquello que parecía borroso se vio con nitidez: Lucy estaba tan enamorada de Harry Rogers como podía estarlo la propia Saffy. Se preguntó cómo no lo había imaginado desde el principio. Ahora resultaba evidente. De hecho, era la única explicación posible. Harry le había ofrecido la última oportunidad. ¿Qué mujer, en el lugar de Lucy, no habría tomado la misma decisión? Saffy tocó su medallón, el pulgar paseó por la cerradura, y la invadió una súbita afinidad, una oleada de afecto fraterno, de solidaridad hacia Lucy, tan fuerte que de pronto deseó contárselo todo, explicarle que ella sabía exactamente cómo se sentía.

Abrió la boca para hacerlo, pero las palabras no acudieron. Sonrió fugazmente, parpadeó y se asombró cuando las lágrimas amenazaron con deslizarse por sus mejillas. Lucy, entretanto, había apartado la mirada, buscaba algo en sus bolsillos. Saffy trató de recuperar la compostura. Miró hacia la ventana. Un pájaro negro planeaba en una invisible corriente de aire cálido.

Parpadeó de nuevo y la escena se empañó. El llanto era ridículo. Seguro que se debía a la guerra, la incertidumbre, las malditas ventanas.

—La echaré de menos, señorita Saffy. A todos. He pasado más de la mitad de mi vida en Milderhurst Castle. Siempre creí que terminaría mis días aquí…, aunque suene un poco morboso.

—Terriblemente morboso —dijo Saffy sonriendo entre lágrimas, aferrando otra vez el medallón. Ella también echaría de menos a Lucy, pero no era el único motivo de su llanto.

Nunca volvió a abrir el medallón. No necesitaba la fotografía para ver su rostro. El rostro del hombre de quien se había enamorado; el hombre que se había enamorado de ella. Tenían el futuro por delante, todo era posible. Hasta que alguien se lo arrebató.

Lucy lo ignoraba. Y si lo sabía, si a lo largo de los años había descubierto indicios y los había relacionado para comprender la triste realidad, tuvo la delicadeza de no mencionarlo jamás. Tampoco en ese momento.

—Nos casaremos en abril —anunció, sacando de su bolsillo un sobre. Saffy lo cogió, supuso que se trataba de la carta que notificaba su renuncia—. En primavera, en la iglesia del pueblo. Será una boda sencilla. Desearía quedarme hasta entonces, pero creo que... —Las lágrimas se agolparon ahora en los ojos de Lucy—. Lamento de verdad no haber avisado con más tiempo, en esta época no será fácil encontrar quien la ayude.

—Tonterías —respondió Saffy. Sintió un escalofrío y de pronto advirtió que las lágrimas rodaban por sus mejillas. Las secó y observó las manchas de maquillaje que dejaban en el pañuelo—. Por Dios, debo de tener un aspecto terrible —dijo sonriendo—. No te disculpes, no pienses en ello un segundo más y no llores. El amor no debe ser motivo de lágrimas, sino de celebración.

—Sí —dijo Lucy. Su tono era por completo ajeno al de una mujer enamorada—. Es hora de continuar.

Saffy no fumaba, no toleraba el olor y el sabor del tabaco, pero en aquel momento habría deseado hacerlo. No sabía en qué ocupar sus manos. Tragó saliva, se irguió, y como solía hacer cuando debía mostrarse fuerte, fingió ser Percy.

Oh, Dios. Percy.

—Lucy...

El ama de llaves, que estaba recogiendo las tazas vacías, se volvió hacia ella.

—¿Percy está al tanto de que nos abandonas?

Lucy sacudió la cabeza. Su rostro palideció.

—Tal vez yo pueda... —propuso Saffy, con un nudo en el estómago.

—No —replicó Lucy con una valiente sonrisa—. Debo hacerlo yo misma.

4

Percy no regresó a casa. Tampoco fue al salón parroquial a ordenar latas de carne. Más tarde Saffy la acusaría de haber olvidado deliberadamente que debía recoger a un evacuado, y si bien la acusación tenía algo de verdad, su ausencia en aquel lugar no tuvo relación con su hermana, sino con las habladurías de la señora Potts. Además, como le recordaría a su gemela, al final todo se había resuelto. Juniper, la querida e imprevisible Juniper, había pasado por delante del salón parroquial por casualidad, y así Meredith había llegado al castillo. Ella, que había abandonado la reunión del Servicio de Mujeres Voluntarias en una especie de estupor, olvidó su bicicleta y caminó por High Street con la cabeza alta y el paso firme, como quien lleva en el bolsillo una lista con las tareas que debe realizar antes de la cena. Sin dar la menor muestra de que era un alma en pena, un eco espectral de su antiguo ser. Nunca supo cómo llegó a la peluquería. Pero allí, precisamente, la llevaron sus pies.

Siempre había tenido el cabello largo y rubio. No era tan largo como el de Juniper ni tan rubio como el de Saffy. No le importaba. Nunca había sido la clase de mujer que se obsesiona con su pelo. Saffy llevaba el cabello largo porque era vanidosa. Juniper, porque no lo era y no prestaba atención al asunto. Percy conservaba ese peinado por el simple hecho de que su padre así lo deseaba. Las mujeres, y en especial sus hijas, debían ser hermosas, lucir largas melenas que cayeran en cascada por la espalda.

Percy se sobresaltó cuando la peluquera mojó su cabello y lo peinó hasta verlo húmedo y liso. Las hojas de la tijera susurraron en la nuca y el primer rizo cayó al suelo. Allí quedó, inerte. Ella se sintió ligera.

La peluquera se había sorprendido ante la petición de Percy, y le había preguntado una y otra vez si estaba segura de su decisión.

—Sus rizos son tan bonitos… —había dicho con tristeza—. ¿Está segura de que quiere cortárselos?

—Completamente.

—Pero no será la misma.

No. La idea le gustó. Sentada frente al espejo, aún en medio de su estupor, Percy había visto su imagen. Le había resultado perturbadora: una mujer madura que por las noches seguía enrollando el cabello en tiras de tela para conseguir los rizos juveniles que la naturaleza no le había dado. Semejante frivolidad era adecuada para Saffy, una romántica que se negaba a olvidar sus antiguos sueños y a aceptar que su caballero de brillante armadura no llegaría, que Milderhurst era y siempre sería su lugar. Pero era ridículo en Percy, la pragmática, la organizadora, la protectora.

Tenía que haberse cortado el pelo hacía muchos años. El estilo de moda era sencillo y suelto. Y aunque no podía asegurar que estaría mejor, cambiar de aspecto era suficiente. Con cada tijeretazo, algo dentro de ella se liberaba, una antigua idea a la que se había apegado sin saberlo. Por fin, la peluquera abandonó las tijeras y con cierta ingenuidad dijo:

—Listo, ¿le parece elegante?

Percy ignoró su irritante condescendencia y con cierto asombro coincidió en que tenía un aspecto elegante.

* * *

Meredith había esperado horas. Primero, de pie. Luego, senta-da. Finalmente, tendida sobre el suelo de madera del salón pa-rroquial de Milderhurst. A medida que el tiempo pasaba, la oleada de granjeros y mujeres del lugar se agotaba, la oscuridad comenzaba a acechar en las ventanas y Meredith se preguntaba cuál sería su horrendo destino si nadie la elegía. ¿Debería pasar las próximas semanas sola en ese inhóspito salón? Esa idea hizo que su visión se empañara.

Y entonces, en ese preciso instante, llegó ella. Entró como un ángel resplandeciente, como salida de un cuento, y la rescató del suelo frío y duro, como si gracias a una especie de magia o sexto sentido —algo que la ciencia aún no puede explicar— hu-biera sabido que allí la necesitaban.

En realidad, Meredith no la vio entrar —ocupada como estaba en limpiar sus gafas con el dobladillo de la falda—, pero sintió un chisporroteo en el aire y percibió el silencio anormal que se produjo entre las mujeres parlanchinas.

—Señorita Juniper —dijo una de ellas mientras Meredith se ponía nuevamente las gafas y miraba la mesa de los refres-cos—, qué sorpresa. ¿En qué podemos ayudarla? Tal vez busca a la señorita Blythe. Curiosamente, no la hemos visto desde el mediodía.

—He venido a buscar a mi evacuado —dijo la joven que aparentemente se llamaba Juniper, interrumpiendo a la mujer con un ademán—. No se levante. Allí la veo.

Comenzó a caminar, dejó atrás a los niños de la primera fila, y Meredith parpadeó varias veces, miró hacia atrás y descu-brió que allí no quedaba nadie. Al girar la cabeza, aquella es-pléndida persona se encontraba ante ella.

—¿Nos vamos? —preguntó con espontaneidad, como si fueran viejas amigas y todo aquello estuviera planeado.

* * *

Percy había pasado horas junto al arroyo sentada sobre una piedra que el agua había alisado, haciendo barquitos con todo aquello que había podido encontrar. Regresó a la iglesia para recoger su bicicleta y partió rumbo al castillo. Después de un día caluroso la noche era fresca y el atardecer comenzaba a ensombrecer las colinas.

La desesperación había enmarañado sus ideas y mientras pedaleaba trataba de ordenarlas. La noticia del compromiso era devastadora, pero más doloroso era el ocultamiento. Durante todo ese tiempo —porque a la propuesta le había precedido un periodo de cortejo—, Lucy y Harry habían mantenido un romance furtivo, la habían evitado sin tener en cuenta ninguno de los dos que se trataba de su ama de llaves y su amante. La traición era un hierro candente en su pecho. Quería gritar, arañarse la cara y arañársela a ellos, hacerles tanto daño como ellos le habían hecho; bramar hasta quedarse sin voz; ser azotada hasta no sentir más dolor; cerrar los ojos y no tener que abrirlos otra vez.

Pero no lo hizo. Percy Blythe no se comportaba de esa manera.

La oscuridad seguía cayendo sobre los terrenos lejanos, más allá de las copas de los árboles. Una bandada de pájaros oscuros volaba hacia el Canal.

La pálida silueta de la luna apenas se distinguía en las sombras. Percy se preguntó desde dónde llegarían los bombarderos.

Suspiró, se llevó una mano a la nuca, ahora al descubierto; luego, mientras la brisa nocturna acariciaba su rostro, pedaleó con más fuerza. Harry y Lucy se casarían y nada podía hacer para evitarlo. El llanto no serviría, tampoco el reproche. No había remedio. Debía trazar un nuevo plan y ajustarse a él. Hacer lo necesario, como de costumbre.

Al llegar a la verja de Milderhurst Castle se desvió del camino hacia el puente destartalado y bajó de la bicicleta. Había pasado casi todo el día sentada, pero se sentía extrañamente cansada. El cansancio recorría sus huesos, sus ojos, sus brazos, llegaba hasta la punta de los dedos. Se sentía exhausta, como una goma elástica estirada hasta el límite que al ser liberada se vuelve frágil y deforme. Hurgó en su bolso en busca de un cigarrillo.

Percy recorrió los últimos metros a pie, fumando mientras llevaba la bicicleta a su lado. Se detuvo al distinguir la silueta del castillo, apenas visible, una negra fortaleza en el cielo azul oscuro. Ninguna rendija filtraba luz. Las cortinas estaban corridas; los postigos, cerrados. El apagón se cumplía al pie de la letra. Bien. No deseaba que Hitler dirigiera la atención a su casa.

Dejó la bicicleta en el suelo y se tendió junto a ella, sobre la hierba fresca. Fumó otro cigarrillo. Y otro más, el último. Giró hacia un costado y con el oído apoyado en el suelo escuchó, como su padre le había enseñado. Su familia y su hogar estaban cimentados con palabras, le había dicho más de una vez. En lugar de ramas, el árbol familiar tenía frases. Capas de ideas expresadas en poemas y dramas, prosa y ensayos políticos formaban el suelo del jardín. Siempre susurrarían en su oído cuando los necesitara. Antepasados a los que nunca conocería, que vivieron y murieron antes de que ella naciera, dejaron una infinita estela de palabras. Hablaban entre sí, le hablaban a ella desde la tumba. Nunca estaría sola.

Al cabo de un rato, Percy se puso de pie, recogió sus cosas y en silencio reanudó la marcha hacia el castillo. El ocaso había dado paso a la noche y la luna, bella y traidora, extendía sus pálidos dedos hacia el paisaje. Un valiente ratón pasó veloz por el césped bañado en plata. La hierba temblaba en las suaves colinas y más allá el bosque se mecía indiferente.

A medida que se acercaba, comenzó a oír voces. Las de Saffy y Juniper, y otra, una voz infantil, la de una niña. Después de vacilar un instante subió el primer peldaño, luego el siguiente; recordó haber atravesado mil veces esa puerta esperando con ansiedad el futuro, aquello que estaba por suceder, ese preciso momento.

A punto de abrir la puerta de su casa, con los altos árboles del bosque Cardarker como testigos, hizo una promesa. Ella era Persephone Blythe. Aunque no fueran muchos, en su vida había otros amores: sus hermanas, su padre y, por supuesto, su castillo. Era —aunque solo por unos minutos— la mayor, la heredera de su padre, la única que compartía con él su amor por las piedras, el alma, los secretos de su casa. Se repondría y seguiría adelante. Y desde ese momento, su deber sería garantizar que a ninguno de ellos le hiciesen daño. Haría lo que fuera necesario para protegerlos.

LAS HORAS DISTANTES

PARTE

3

Secuestros y reproches

1992

En 1952 las hermanas Blythe estuvieron a punto de perder Milderhurst Castle. El edificio necesitaba una urgente reparación y la situación económica de la familia era desastrosa. El National Trust deseaba adquirir la propiedad y comenzar la restauración, y todo indicaba que las hermanas no tendrían más opción que mudarse a un lugar más pequeño después de vender su propiedad a extraños o cedérsela a la fundación para que se encargara de conservar el máximo encanto de sus edificios y jardines. Pero no hicieron ninguna de las dos cosas. Percy Blythe abrió el castillo a los visitantes, vendió algunas de las parcelas de tierra cultivable y logró reunir fondos suficientes para mantenerlo en pie.

Lo sé porque pasé buena parte de un soleado fin de semana de agosto investigando los microfilmes del *Milderhurst Mercury* archivados en la biblioteca del lugar. Le había dicho a mi padre que el origen de *La verdadera historia del Hombre de Barro* era un gran misterio de la literatura. Fue algo similar a dejar una caja de bombones al alcance de un niño con la esperanza de que no la toque. A mi padre le gusta trabajar en equipo y le entusiasmaba la idea de desvelar un misterio que durante décadas había intrigado a los académicos. Tenía su propia teoría: el drama gótico surgía del secuestro de un niño ocurrido mucho tiempo atrás. Bastaba con encontrar las pruebas para alcanzar la fama, la gloria y la satisfacción personal. No obstante, dado que convalecía en cama, no podía realizar por sí mismo la tarea detectivesca, de modo que consiguió un ayudante. Que, por supuesto, era yo. Accedí por tres motivos: porque se recuperaba de un ataque al corazón, porque su teoría no era totalmente absurda y, sobre todo, porque después de leer las cartas de mi madre la fascinación que me provocaba Milderhurst Castle había adquirido dimensiones patológicas.

Como de costumbre, comencé mi investigación preguntando a Herbert qué sabía sobre casos de secuestro ocurridos a principios de siglo. Sin duda, una de las características que más aprecio en él —la lista es larga— es su capacidad para encontrar la información que busca en medio de un aparente caos. Su casa es estrecha y alta, cuatro antiguos apartamentos unidos: nuestra oficina e imprenta ocupan los dos primeros pisos; el ático se utiliza como almacén; y en el sótano viven Herbert y Jess. En todas las habitaciones las paredes están tapizadas con libros: antiguos, nuevos, primeras ediciones, ejemplares firmados, vigesimoterceras ediciones, apilados en improvisados estantes, con un magnífico y saludable desinterés por exhibirse. Y aun así, Herbert tiene en su cabeza el catálogo completo, su propia biblioteca de referencia. Todo lo que ha leído está al alcance de su mano. Es fantástico verlo ir hacia su objetivo: frunciendo el ceño, emprende la búsqueda; luego alza un dedo, delicado como un candelabro, y se acerca, mudo, a una pared repleta de libros cuyos lomos recorre; una fuerza magnética parece atraerlo hasta que coge el libro indicado.

Era altamente improbable que Herbert supiera algo sobre el secuestro, de modo que no me sorprendió haber preguntado en vano. Le dije que no se preocupara y me dirigí a la biblioteca, en cuyo sótano conocí a una encantadora anciana que aparentemente había esperado toda su vida la oportunidad que en aquel momento yo le ofrecía.

—Firme aquí, querida —dijo, señalando con entusiasmo la lista y el bolígrafo—. Oh, Billing & Brown, qué bien. Mi querido amigo, que en paz descanse, publicó sus memorias en B & B treinta años atrás.

No eran muchas las personas que habían elegido pasar aquel espléndido día de verano en el sótano de la biblioteca. Resultó fácil conseguir la colaboración de la señorita Yeats y compartimos una grata experiencia. Después de rastrear los archivos, descubrimos tres casos de secuestro sin resolver en Kent y sus alrededores durante el periodo victoriano y eduardiano. Y abundante material periodístico sobre la familia Blythe. Por ejemplo, una encantadora columna de consejos caseros escrita por Saffy Blythe durante los años cincuenta y sesenta; numerosos artículos sobre el éxito de Raymond Blythe como escritor; y algunos sobre la posibilidad de que la familia perdiera Milderhurst Castle en 1952. Por aquella época, Percy Blythe había concedido una entrevista en la que afirmaba: «Un hogar es más que la suma de los elementos materiales que lo componen: es un almacén de recuerdos, un archivo, un guardián de todo lo que ha sucedido dentro de sus límites. Este castillo pertenece a mi familia. Perteneció a mis antepasados varios siglos antes de que yo naciera y no quiero verlo en manos de personas deseosas de plantar coníferas en sus antiguos bosques».

Entrevistado también en aquella ocasión, un representante algo remilgado del National Trust había lamentado no tener oportunidad de restituir Milderhurst Castle a su antiguo esplendor. «Es una tragedia. Durante las próximas décadas el país perderá sus majestuosas propiedades debido a la terquedad de quienes no comprenden que, en estos tiempos de austeridad, es un sacrilegio utilizar estos tesoros nacionales como residencia privada». Cuando se le preguntó qué tareas planeaba llevar a cabo la fundación, esbozó un programa que incluía la reparación estructural del castillo y una completa restauración de los jardines. A primera vista, su proyecto era compatible con las aspiraciones de Percy Blythe.

—La fundación despertaba muchas sospechas —dijo la señorita Yeats cuando se lo comenté—. La década de los cincuenta fue un periodo complicado. En Hidcote se talaron los cerezos, en Wimpole redujeron la alameda, todo en beneficio de una especie de atractivo histórico multiusos.

Aquellos ejemplos tenían escaso significado para mí, pero el atractivo histórico multiusos no parecía concordar mucho con la Percy Blythe que yo había conocido. Al profundizar en la lectura, el panorama se aclaró aún más.

—Aquí dice que la fundación planeaba restaurar el foso —dije, esperando una explicación por parte de la señorita Yeats.

—A modo de póstumo homenaje, después de la muerte de su primera esposa, Raymond Blythe había ordenado rellenar el foso. Es comprensible que no recibieran con alegría el proyecto.

—Hay algo que no comprendo: por qué atravesaban una situación económica tan difícil. Incluso hoy *El Hombre de Barro* es un clásico, un *best seller*. Los derechos de autor habrían sido suficientes para vivir con holgura.

—Así es —coincidió la señorita Yeats. Luego frunció el ceño y observó la pila de papeles que se encontraban sobre la mesa—. Creo que… —dijo, mientras los revisaba hasta encontrar el que buscaba—, sí, aquí está. —Me entregó un artículo del periódico del 13 de mayo de 1941—. Evidentemente, Raymond Blythe dejó un par de legados —añadió, mirándome por encima de la montura de sus gafas.

El artículo se titulaba: «Generosa donación de un mecenas salva al instituto». Una fotografía mostraba a una mujer sonriente, vestida con un mono, que aferraba un ejemplar de *El*

Hombre de Barro. Leí rápidamente el texto y comprobé que la señorita Yeats estaba en lo cierto: después de la muerte de Raymond Blythe la mayor parte de los derechos de autor se dividieron entre la Iglesia católica y el Pembroke Farm Institute.

—Aquí dice que se trataba de un grupo de Sussex comprometido con la ecología —dije, leyendo con atención un pasaje.

—Muy avanzado para su época —opinó la bibliotecaria.

Asentí.

—¿Podríamos revisar las listas del material archivado arriba? Tal vez encontremos algo más.

Ante la emocionante perspectiva, las mejillas de la señorita Yeats se tiñeron de rosa intenso y me sentí un poco cruel cuando dije:

—Pero hoy no. No tengo tiempo. —Al ver su desánimo, añadí—: De verdad que lo siento, pero mi padre espera noticias sobre la investigación.

* * *

Y era verdad. Sin embargo, no me dirigí directamente a casa. Me temo que no fui completamente honesta cuando mencioné los tres motivos por los cuales dediqué alegremente el fin de semana a investigar en la biblioteca. Eran ciertos, aunque había también un cuarto motivo, más acuciante: trataba de evitar a mi madre. Todo se debía a aquellas cartas, o más exactamente, a mi incapacidad de mantener cerrada la caja que Rita me había entregado.

Las leí. Todas. La noche de la despedida de soltera de Sam llegué a casa y las devoré, una tras otra. Comencé con la llegada de mi madre al castillo. Resistí junto a ella los gélidos primeros meses de 1940, fui testigo de la batalla de Inglaterra, oí el estruendo, pasé noches temblando en el refugio Anderson. A lo largo de dieciocho meses su caligrafía fue tornándose más clara; la expresión, más madura. Por fin, ya de madrugada, leí la última carta, enviada poco antes de que su padre fuera a buscarla para llevarla de regreso a Londres, el 17 de febrero de 1941, que decía:

> *Queridos mamá y papá:*
> *Lamento que hayamos discutido por teléfono. Me alegró tener noticias vuestras y me sentí terriblemente mal por la forma en que terminó nuestra conversación. Creo que no supe explicarme. Sé que mis padres desean lo mejor para mí. Y agradezco, papá, que hayas hablado con el señor Solley. No obstante, no estoy de acuerdo en que regresar a casa y trabajar como mecanógrafa sea lo mejor.*
> *Rita y yo somos diferentes. Ella odiaba el campo y siempre supo lo que quería ser y hacer. Yo, en cambio, durante toda mi vida he sentido algo raro, que era «otra» persona, aunque no podía explicarlo, ni siquiera a mí misma. Me gusta leer, observar a los demás, captar lo que veo y siento por medio de las palabras escritas. Es ridículo, lo sé. Por supuesto, me siento una oveja negra.*
> *Aquí he conocido personas que comparten mis gustos; ahora sé que otros ven el mundo tal como yo lo veo. Saffy opina que cuando la guerra termine —seguramente muy pronto— debería estudiar en una escuela secundaria. Y después, ¿quién sabe? ¿La universidad, tal vez? Pero debo continuar preparándome para estar en condiciones de aprobar el examen de acceso.*
> *Por todo esto, os ruego que no me obliguéis a regresar. Los Blythe están de acuerdo en que siga junto a ellos y, como bien sabéis, cuidan de mí. No me habéis perdido, mamá. Eso no sucederá nunca. Os pido, por favor, que me permitáis seguir aquí.*
> *Con todo mi amor y enorme esperanza, vuestra hija*
> *Meredith*

Esa noche soñé con Milderhurst Castle. Era otra vez una niña, con un uniforme escolar que no reconocí, delante de la alta verja de hierro al pie del camino. El portón estaba cerrado y era demasiado alto para escalarlo; tanto que cuando miré hacia arriba, el extremo parecía desaparecer entre las nubes. Intenté trepar, pero, como suele suceder en los sueños, mis pies resbalaban, parecían de gelatina; sentía el hierro frío en las manos. Aun así, anhelaba fervientemente descubrir qué había al otro lado.

En la palma de mi mano apareció una gran llave algo oxidada. Y a continuación me encontraba en un carruaje que ya había atravesado la verja. En una escena tomada de *El Hombre de Barro*, avanzaba por el sendero largo y sinuoso, a lo largo de los bosques trémulos, los puentes, hasta que por fin, en lo alto de la colina, divisé el castillo.

De pronto estaba dentro. El sitio parecía abandonado, vi pasillos cubiertos de polvo, cuadros torcidos, cortinajes descoloridos. Pero había algo más: el ambiente estancado, denso. Me sentí atrapada en un baúl guardado en un desván húmedo.

Entonces percibí un sonido susurrante, un crujido, un atisbo de movimiento. Al final del pasillo se encontraba Juniper, con el mismo vestido de seda que llevaba cuando visité el castillo. Incluso con la vaguedad propia de los sueños, sentí una profunda y dolorosa añoranza. Ella no dijo una palabra, pero supe que estábamos en octubre de 1941 y esperaba a Thomas Cavill. Detrás de Juniper apareció una puerta, por la que se accedía al salón principal. Se oía música, una melodía conocida.

La seguí. Entramos en el salón, donde estaba puesta la mesa. En el aire se percibía la ansiedad. Conté los sitios de los comensales. De alguna manera supe que uno de ellos había sido colocado para mí, otro para mi madre. Juniper decía algo, es decir, sus labios se movían, pero yo no podía distinguir las palabras.

Y de improviso me vi junto a una ventana que, siguiendo la lógica peculiar de los sueños, era al mismo tiempo la ventana de la cocina de mi madre. A través del cristal veía el cielo tormentoso y descubría un foso negro y brillante. Algo se movió, una oscura silueta comenzó a emerger. Mi corazón empezó a lartir desbocado. Supe que era el Hombre de Barro. Me quedé petrificada, con los pies pegados al suelo. Pero cuando estaba a punto de gritar, el temor desapareció. Lo reemplazó una oleada de ternura, pena y un inesperado deseo.

* * *

Desperté sobresaltada, tratando de recordar mi sueño antes de que se desvaneciera. Desde los rincones de la habitación, imágenes difusas acechaban como espectros. Durante unos instantes permanecí inmóvil. El menor movimiento, cualquier atisbo de luz matinal podía disiparlas, como sucedía con la niebla. No quería dejarlas ir, todavía no. El sueño había sido vívido, la nostalgia, real y contundente. Me llevé la mano al pecho, casi sorprendida de que los golpes de mi corazón no hubieran dejado una magulladura.

Al cabo de un rato el sol brilló sobre el techo de Singer & Sons y se filtró por las aberturas de mi cortina. El hechizo del sueño se rompió. Suspiré, y al incorporarme vi la caja en el extremo de mi cama. Al ver aquellos sobres enviados a Elephant & Castle, reviví los hechos de la noche anterior y me invadió la súbita y clara sensación de culpa de quien se ha dado un banquete con los secretos de otra persona. Más allá del placer que me había causado descubrir la voz, las imágenes, las ideas de mi madre, y de las convincentes justificaciones que pudiera ofrecer —las cartas eran antiguas, habían sido escritas para que alguien las leyera, ella no tenía por qué saberlo—, no podía borrar de mi memoria la expresión de Rita cuando me entregó aquella caja y me dijo que disfrutara de la lectura. En su rostro se vislumbraba el triunfo: desde ese momento las dos compartíamos un secreto, establecíamos un vínculo que excluía a su hermana. La tierna sensación de coger la mano de aquella niña había desaparecido, dejando en su lugar un secreto remordimiento.

Debía confesar, pero hice un trato conmigo misma. Si lograba salir de casa sin toparme con mi madre, obtendría un día de gracia para reflexionar sobre la mejor manera de hacerlo. De lo contrario, haría una confesión detallada. Me vestí rápido, completé mi aseo sin hacer ruido y rescaté mi bolso de la sala. Todo marchaba de maravilla hasta que llegué a la cocina. Mi madre me esperaba junto al hervidor. Con la bata ajustada en la cintura un poco más abultada de lo normal, parecía un muñeco de nieve.

—Buenos días, Edie —dijo, mirando por encima del hombro.

Demasiado tarde para retroceder.

—Buenos días, mamá.

—¿Has dormido bien?

—Sí, gracias.

Traté de improvisar una excusa para zafarme del desayuno, pero mi madre me sirvió una taza de té y preguntó:

—¿Qué tal la fiesta de Samantha?

—Alegre, ruidosa —respondí sonriente—. Ya conoces a Sam.

—No te oí volver anoche. Te había preparado la cena.

—Oh...

—Veo que no...

—Estaba muy cansada.

—Por supuesto.

Yo era un ser canallesco y el desafortunado efecto del pudin en la silueta de mi madre le daba un aspecto totalmente vulnerable que hacía que me sintiera aún peor. Me senté delante de la taza de té, inspiré con decisión y dije:

—Mamá, tengo...

Mi madre soltó un «¡Ay!». Hizo una mueca de dolor, se chupó el dedo y luego lo agitó en el aire.

—El vapor, el hervidor nuevo —explicó, empezando a soplar en su dedo.

—Te traeré un poco de hielo.

—Agua fría será suficiente— dijo, abriendo el grifo—. Es la forma del pico. No sé para qué inventan nuevos diseños, los hervidores tradicionales funcionan a la perfección.

Inspiré de nuevo, pero solté el aire otra vez. Mi madre seguía hablando.

—Preferiría que se concentraran en algo útil. Un remedio para el cáncer, por ejemplo —comentó, y cerró el grifo.

—Mamá, hay algo que debo...

—Vuelvo enseguida. Le llevaré el té a tu padre antes de que suene la campanilla.

Mi madre subió por la escalera. La esperé, preguntándome qué le diría. Era improbable que confesando mi pecado obtuviera su indulgencia. No existe una manera agradable de decirle a otra persona que la hemos espiado por el ojo de la cerradura.

Hasta la cocina llegaba el rumor de la conversación entre mis padres. Luego oí que la puerta se cerraba y sus pasos por la escalera. Me puse de pie. Era absurdo apresurarse. Necesitaba más tiempo. De pronto vi a mi madre en la cocina.

—Supongo que su majestad no dará la lata durante quince minutos —dijo. Yo seguía de pie detrás de la silla, con la torpeza propia de un mal actor—. ¿Te marchas ya? Ni siquiera has tomado el té.

—Yo...

—Querías decirme algo, ¿verdad?

Levanté la taza y observé detenidamente el contenido.

—¿De qué se trata? —preguntó mi madre ajustándose el cinturón de la bata, con un ligero atisbo de preocupación en la mirada.

¿A quién trataba de engañar? Más reflexiones, algunas horas de retraso, nada podría cambiar la realidad. Dejé escapar un suspiro resignado.

—Tengo algo para ti.

Volví a mi habitación y busqué las cartas que había ocultado bajo la cama. Mi madre me esperaba en la cocina; una ligera arruga surcaba su frente. Puse la caja en la mesa.

—¿Pantuflas? —preguntó, frunciendo el ceño. Observó sus pies con un calzado similar, luego me miró—. Gracias, Edie, un par de pantuflas nunca está de más.

—No son...

Un recuerdo pareció irrumpir en su mente.

—Tu abuela solía usar este tipo de pantuflas —dijo sonriente, y me dirigió una mirada ingenua, imprevistamente alegre. No me sentí capaz de levantar la tapa y declarar que era una traidora—. ¿Lo sabías? ¿Por eso las compraste? Es increíble que todavía se encuentre esa clase de...

—Mamá, no son pantuflas. Por favor, abre la caja.

Mi madre sonrió con perplejidad, se sentó y acercó la caja. Me dedicó una mirada vacilante antes de abrirla y frunció el ceño al ver el montón de sobres descoloridos.

La sangre hervía en mis venas mientras observaba las emociones que delataba su rostro. Confusión, sospecha. Un grito ahogado indicó que los había reconocido. Más tarde, al recordarlo, pude precisar el instante en que la apresurada caligrafía del sobre se transformaba en una experiencia palpable. Percibí el cambio en su expresión. Una vez más, sus rasgos parecían los de aquella niña de casi trece años que había escrito la primera carta a sus padres para hablarles del castillo donde había descubierto quién era; mi madre había regresado al momento en que la escribía. Paseó la mano por los labios, la mejilla, luego se la llevó al cuello. Por fin, después de una eternidad, hurgó en la caja y tomó un puñado de sobres con cada mano. Mientras los agitaba, dijo, sin mirarme a los ojos:

—¿De dónde...?

—Rita.

Mi madre soltó un lento suspiro. Asintió, como si ya hubiera adivinado la respuesta.

—¿Sabes cómo las consiguió?

—Las encontró entre las cosas de la abuela.

—No puedo creer que las haya conservado —dijo mi madre, soltando una risa que revelaba asombro y algo de tristeza.

—Las escribiste para ella, no es sorprendente.

Mi madre sacudía la cabeza.

—Pero nuestra relación no era de ese tipo

Recordé *El libro de los mágicos animales mojados*. Mi madre y yo tampoco teníamos una relación estrecha.

—Supongo que así se comportan las madres —opiné.

Ella cogía sobres del montón y los agitaba en el aire.

—Cosas del pasado. Cosas que me esforcé por dejar atrás —dijo, más para sus adentros que para mí—. Ahora no parece tener importancia...

Mi corazón se aceleró ante la perspectiva de una revelación.

—¿Por qué quieres olvidar el pasado?

Ella no respondió de inmediato. La fotografía, más pequeña que los sobres, se había deslizado —al igual que la noche anterior— y había caído sobre la mesa. Antes de levantarla, mi madre respiró profundamente y la recorrió con el pulgar. En su cara se dibujó el dolor.

—Ha pasado mucho tiempo, y aun así, a veces...

De pronto pareció recordar que yo estaba allí. Simuló mezclar distraídamente la foto entre las cartas, como si no tuviera importancia.

—Tu abuela y yo..., no era fácil. Éramos muy distintas, siempre lo fuimos, pero a partir de la evacuación se hizo más evidente. Nos peleamos y ella nunca me perdonó.

—Porque querías ir a la escuela secundaria.

En ese instante todo pareció detenerse, incluso el aire dejó de circular.

El rostro de mi madre revelaba su conmoción.

—¿Las has leído? ¿Has leído mis cartas? —preguntó con voz serena y ligeramente temblorosa.

Tragué saliva. Asentí con torpeza.

—¿Cómo te has atrevido a hacerlo? Son asuntos privados.

Mis justificaciones se hicieron trizas. La vergüenza inundó mis ojos. Todo se volvió borroso, incluida la cara de mi madre, que había perdido el color, solo en la nariz se veían unas pecas como aquellas de la niña de trece años.

—Quería saber.

—No te concierne. No tiene nada que ver contigo —dijo mi madre. Aferró la caja, la apretó contra su pecho y después de vacilar un segundo fue hacia la puerta.

«Sí, tiene que ver conmigo», dije para mis adentros. Y luego, en voz alta, añadí:

—Me mentiste.

Mi madre trastabilló.

—Acerca de la carta de Juniper, de Milderhurst: nosotras estuvimos allí…

Aunque vaciló al atravesar la puerta, no me miró, no se detuvo.

—… Lo recuerdo.

Me encontré a solas en la cocina, rodeada por el silencio glacial que llega cuando se ha roto algo frágil. En lo alto de la escalera una puerta se cerró.

* * *

Desde entonces habían transcurrido dos semanas. Nuestra relación aún era glacial. Observábamos las normas de urbanidad, por mi padre y porque era nuestro estilo. Asentíamos y sonreíamos, pero nos limitábamos a intercambiar frases tales como «¿Me alcanzas el salero?». Me sentía culpable y justa a la vez; orgullosa e interesada en la niña que amaba los libros tanto como yo; enfadada y herida por la mujer que se negaba a compartir conmigo un ápice de su verdadero ser.

Por encima de todo lamentaba haber hablado con mi madre de las cartas. Maldije a todos los que decían que la sinceridad era la mejor actitud. Empecé a revisar de nuevo los anuncios de alquileres y seguí adelante con la guerra fría. Pasaba en casa el tiempo indispensable. No era difícil, la edición de *Fantasmas en Rommey Marsh* me daba un motivo válido para trabajar durante muchas horas. Herbert estaba encantado con la compañía. Según decía, mi dedicación le recordaba a los «viejos tiempos», cuando, después de la guerra, Inglaterra volvía a ponerse en pie, y junto al señor Brown seleccionaba manuscritos y firmaba contratos.

Así fue como aquel sábado, después de visitar la biblioteca, con los artículos impresos bajo el brazo, miré el reloj y me percaté de que habían pasado unos minutos de la una. No regresé a casa. Mi padre estaba ansioso por conocer los resultados de la investigación, pero tendría que esperar hasta la sesión de lectura de aquella noche. Me dirigí a Notting Hill, alentada por la promesa de la bienvenida, la buena compañía y tal vez un improvisado almuerzo.

Una trama más compleja

Había olvidado que Herbert no estaría en casa el fin de semana. Tenía que pronunciar el discurso principal en la reunión anual de la Asociación de Encuadernadores. Las persianas de Billing & Brown estaban bajadas y la oficina, sombría y silenciosa. Al cruzar el umbral, el silencio se acentuó. Me sentí increíblemente desalentada.

—Jess. ¿Dónde estás, Jessie? —grité esperanzada.

No oí sus patas subiendo afanosamente desde el sótano. Solo llegaban hasta mí oleadas de silencio. Los lugares queridos se vuelven perturbadores cuando faltan sus ocupantes. En ese momento habría sido un placer compartir el sofá con Jess.

—Jessie...

Nada.

Traté de entusiasmarme pensando que tenía mucho trabajo por delante, suficiente para mantenerme ocupada toda la tarde. *Fantasmas en Rommey Marsh* entraría en la fase de pruebas de imprenta el lunes, y si bien, dadas las circunstancias, le había dedicado gran atención, todo es mejorable. Levanté las persianas y encendí la lámpara de mi escritorio haciendo tanto ruido como pude. Me senté y pasé las páginas del manuscrito. Cambié algunas comas, las volví a su lugar original. Medité acerca de la conveniencia de utilizar «no obstante» en lugar de «pero» sin llegar a una conclusión, hice una marca para seguir considerándolo. Tampoco logré tomar una decisión con respecto a otras cinco cuestiones de estilo. Entonces decidí que era una locura tratar de concentrarme con el estómago vacío.

Herbert había cocinado. En la nevera encontré una lasaña de calabaza. Corté un trozo, la calenté y llevé el plato al escritorio. Me pareció incorrecto comer junto al manuscrito del médium, de modo que elegí hacerlo en compañía de mis artículos del *Milderhurst Mercury*. Leí fragmentariamente. Ante todo, miré las fotografías. Las imágenes en blanco y negro producen una profunda nostalgia, la ausencia de color es una versión del embudo del tiempo. Había numerosas fotos del castillo en distintos periodos, también de la finca, un retrato muy antiguo de Raymond Blythe y sus hijas gemelas con motivo de la publicación de *El Hombre de Barro*. Fotos de Percy Blythe, rígida y molesta en la boda de Harry y Lucy Rogers, una pareja del pueblo; Percy cortando la cinta en la inauguración de un centro comunitario; Percy entregando un ejemplar firmado de *El Hombre de Barro* al ganador de un concurso de poesía.

Revisé las páginas otra vez. Saffy no aparecía en ninguna de ellas. Me sorprendió particularmente. Podía comprender la ausencia de Juniper, pero ¿dónde estaba Saffy? En un artículo sobre el fin de la Segunda Guerra Mundial que destacaba la participación de distintos habitantes del pueblo se veía de nuevo a Percy Blythe en una fotografía, esta vez con el uniforme que llevaba cuando conducía la ambulancia. La miré detenidamente. Por supuesto, era posible que a Saffy no le gustara salir en las fotos. También que se negara a implicarse en los asuntos de la comunidad. Sin embargo, después de haber visto a las Blythe en acción, me parecía más probable que simplemente supiera qué lugar le correspondía. Con una hermana como Percy, con su temple de acero y su compromiso de salvaguardar el buen nombre de la familia, Saffy no esperaba que su sonrisa apareciera en el periódico.

La foto no la favorecía. Percy aparecía en primer plano. La toma se había hecho desde abajo, sin duda para incluir el castillo como fondo. El ángulo elegido le daba un aspecto sombrío y bastante adusto. El hecho de que no sonriera no contribuía a mejorar la imagen.

Miré con más atención. Noté algo en el fondo, detrás del cabello muy corto de Percy. Busqué en el cajón de Herbert una lupa, la sostuve sobre la fotografía y me sorprendí. Tal como había pensado, había alguien en el tejado del castillo, una figura con un largo vestido blanco sentada cerca de uno de los remates. Tenía que ser Juniper.

Al ver la diminuta mancha blanca allí, junto a la ventana del ático, sentí una oleada de indignación, tristeza y también ira. Se reavivó en mí la sensación de que Thomas Cavill era la raíz de todo el mal y dejé que mi imaginación vagara una vez más por los hechos de aquella fatídica noche de octubre, cuando destrozó el corazón de Juniper y arruinó su vida. Me temo que la fantasía se había perfeccionado. Ya había estado allí muchas veces, era una película conocida, hasta tenía su banda sonora. Me encontraba junto a las hermanas en ese salón cuidadosamente acondicionado para la ocasión, las escuchaba mientras se preguntaban por qué motivo se habría retrasado; observaba a Juniper, que comenzaba a ser presa de la locura que finalmente la consumiría. De pronto sucedió algo que nunca había ocurrido.

No sé cómo ni por qué, pero trajo consigo una repentina claridad. La banda sonora se detuvo y la imagen se diluyó, dejando tras de sí una verdad irrefutable: en aquella historia había más de lo que saltaba a la vista. Las personas no enloquecen solo porque el ser amado las abandona. Ni siquiera las que padecen de ansiedad o depresión o cualquiera de los estados que pudieran corresponder a aquello que la señora Bird había denominado «episodios».

Solté el *Mercury* y me incorporé. Había creído al pie de la letra la historia de Juniper Blythe. Mi madre tenía razón: soy terriblemente fantasiosa y tengo predilección por las tragedias. Pero esto no era ficción, era la vida real y debía analizar la situación desde una perspectiva más crítica. Soy editora, mi trabajo consiste en evaluar la credibilidad de un relato. Este, en particular, no era lo suficientemente verosímil. Parecía demasiado simple. Las aventuras amorosas terminan, las personas se traicionan, los amantes se separan. El devenir de la humanidad está plagado de tragedias individuales. Y aunque suene horroroso, considerados a gran escala, son asuntos menores. *Ella enloqueció.* Las palabras salían de la boca con soltura, pero la historia parecía tomada de un folletín. Al fin y al cabo, yo misma había sido reemplazada de un modo similar poco tiempo atrás y no había perdido la cordura, en lo más mínimo.

Mi corazón se había acelerado. Cogí mi bolso, guardé los artículos impresos, llevé mi plato a la cocina. Tenía que encontrar a Thomas Cavill. ¿Cómo no se me había ocurrido antes? Mi madre no me lo diría, Juniper no podía hacerlo. Él era la clave, tenía la respuesta. Tenía que saber más sobre aquel maestro.

Apagué la lámpara, bajé las persianas y cerré la puerta con llave. Dado que no soy especialista en personas, sino en libros, no se me ocurrió hacerlo de otra manera. A toda prisa emprendí de nuevo el camino a la biblioteca.

* * *

La señorita Yeats se alegró al verme.

—Ha vuelto muy pronto —dijo con el entusiasmo propio de una vieja amiga—. Pero está mojada. ¿Llueve otra vez?

Ni siquiera lo había notado.

—No tengo paraguas —respondí.

—No tiene importancia. Dentro de un rato se habrá secado. Me alegra que esté aquí —dijo, cogiendo de su escritorio una serie de papeles que me entregó con actitud reverente, como si se tratara del Santo Grial—. Aunque dijo que no tenía tiempo, he hecho una pequeña investigación. —Al ver que no comprendía de qué hablaba, añadió—: El Pembroke Farm Institute. Los destinatarios del legado de Raymond Blythe.

Entonces recordé. La mañana me parecía terriblemente lejana.

—Oh, genial, gracias.

—He impreso todo lo que pude encontrar. Pensaba telefonear a su oficina para decírselo, pero se ha adelantado.

Le di las gracias otra vez y eché un obligado vistazo a las páginas donde se detallaba la historia del instituto, simulé reflexionar sobre la información antes de guardarlas en mi bolso.

—Las leeré con más detenimiento, pero antes necesito algo. Necesito datos acerca de un hombre. Se llama Thomas Cavill. Durante la Segunda Guerra Mundial fue soldado y antes, profesor. Vivió y trabajó en Elephant & Castle.

Ella asintió.

—¿Espera descubrir algo en particular?

El motivo por el cual en octubre de 1941 había faltado a la cena en Milderhurst Castle. La razón que llevó a Juniper Blythe a la locura, de la que nunca se recuperó. La causa por la que mi madre se negaba a contarme su pasado.

—En realidad, no. Cualquier dato disponible será bienvenido.

La señorita Yeats era fenomenal. Mientras yo luchaba con el lector de microfilmes y maldecía el dial, que se negaba a avanzar gradualmente y dejaba atrás semanas enteras, ella recorría la biblioteca recogiendo distintos documentos. Al cabo de media hora nos reunimos. Yo había conseguido noticias inútiles y un dolor de cabeza. Con ellos llegué hasta la mesa donde la bibliotecaria había formado un pequeño pero aceptable dosier.

A decir verdad, no había mucho; nada parecido al interés que la familia Blythe y su castillo despertaban en la prensa local, pero era un comienzo. La noticia de un nacimiento publicado en 1916 en *Bernondsey Gazette:* Cavill. 22 de febrero. En Henshaw Street la esposa de Thomas Cavill había dado a luz un niño, Thomas. Un eufórico informe del *Southwark Star* de 1937 titulado «Maestro local gana el premio de poesía». Y otro, de 1939, con un título igualmente categórico: «Maestro local se suma al esfuerzo bélico». El segundo artículo incluía una pequeña foto en cuyo epígrafe se leía: «Señor Thomas Cavill». Pero la copia era de mala calidad, solo pude distinguir que se trataba de un hombre con cabeza, hombros y uniforme del ejército británico. El conjunto de datos parecía bastante exiguo para reflejar la vida de un hombre. Me sentí sumamente decepcionada al ver que no había información posterior a 1939.

—Eso es todo —dije, tratando de dar a mi frase un matiz filosófico para evitar que la señorita Yeats me considerara una desagradecida.

—Casi. —La bibliotecaria me entregó otro grupo de documentos.

Eran anuncios, todos de marzo de 1981, publicados a pie de página en la sección de anuncios por palabras de *The Times, Guardian* y *Daily Telegraph*. El mensaje decía: «A Thomas Cavill, exvecino de Elephant & Castle: por favor, comuníquese telefónicamente con Theo al número: (01) 394 7521. Urgente».

—Aparte del motivo, resulta curioso, ¿verdad? —dijo la señorita Yeats.

Sacudí la cabeza, desconcertada.

—Solo tenemos una certeza: quienquiera que sea, Theo tenía verdadero interés en comunicarse con Thomas.

—Querida, no quiero inmiscuirme, pero ¿es de alguna utilidad para su proyecto?

Eché otro vistazo a los anuncios y coloqué mi cabello mojado detrás de la oreja.

—Tal vez.

—Como sabrá, si está interesada en su historial de servicio, el Museo Imperial de Guerra dispone de una magnífica colección de archivos. También puede recurrir a la Oficina Central del Registro Civil para consultar nacimientos, matrimonios y defunciones. Y con un poco más de tiempo, yo podría… ¡Oh, Dios! —exclamó, sonrojándose al mirar su reloj—, es casi la hora de cierre. Precisamente ahora, cuando estábamos afinando la búsqueda. Supongo que no puedo hacer mucho más por hoy.

—Así es —dije—. Solo una cosa. ¿Puedo usar su teléfono?

* * *

Habían pasado once años desde la publicación del anuncio. No podía hacer conjeturas, pero tenía la esperanza de que un hombre llamado Theo contestara y me contara qué había sido de Thomas Cavill durante los últimos cincuenta años. No es necesario explicar que no fue eso lo que sucedió. Mi primer intento se topó con un insistente y desagradable tono, indicativo de que no lograba establecer la comunicación. Frustrada, di un pisotón como un niño malcriado. La señorita Yeats ignoró amablemente la rabieta y me recordó que convirtiera el código de zona en 071 para adecuarlo a los cambios recientes antes de marcar serenamente el número. Bajo su mirada me sentí cohibida y tuve que intentarlo por segunda vez, ¡pero lo conseguí!

Hice una seña para anunciar que el teléfono había comenzado a sonar y toqué emocionada el hombro de la señorita Yeats cuando alguien contestó. Era una mujer. Cuando pregunté por Theo, me respondió amablemente que el año anterior ella le había comprado la casa a un anciano.

—La persona que busca es Theodore Cavill, ¿verdad? —dijo.

Apenas pude contenerme. Entonces, era un pariente.

—Exactamente, es él —respondí.

Delante de mí la señorita Yeats aplaudía como una foca.

—Ahora vive en una residencia de ancianos en Putney. En la orilla del río. Recuerdo que le alegraba regresar a ese lugar, dijo que había sido maestro en una escuela al otro lado del camino.

* * *

Fui a visitarlo. Esa misma tarde.

De las cinco residencias de Putney solo una se hallaba junto al río; fue fácil encontrarla. La llovizna había cesado. La tarde era templada y clara. Me detuve ante la fachada, como si estuviera en un sueño, comparando la numeración del edificio de ladrillos con la que había apuntado en mi bloc.

Tan pronto como llegué al vestíbulo, me recibió una enfermera, una joven de pelo corto que al sonreír dibujaba una diagonal con sus labios. Le dije el motivo de mi visita.

—Oh, qué bien. Theo es uno de los más adorables.

La duda me aguijoneó y le devolví la sonrisa con cierta incomodidad. Me había parecido buena idea, pero la intensa luz fluorescente del pasillo al que velozmente nos acercábamos me quitó esa certeza. Había algo desagradable en una persona dispuesta a presentarse ante un anciano desprevenido, uno de los más queridos del lugar. Una completa extraña interesada en su historia familiar. Consideré la posibilidad de marcharme, pero mi guía estaba entusiasmada con mi visita y ya me había conducido a través del vestíbulo con asombrosa eficiencia.

—Se sienten solos cuando el final se acerca, sobre todo si nunca se casaron. No tienen hijos o nietos en los que pensar —comentó la enfermera.

Asentí con una sonrisa y la seguí a lo largo del amplio y blanco pasillo. Los espacios entre las puertas estaban adornados con jarrones sujetos a la pared. De allí asomaban marchitas flores púrpura. Me pregunté quién sería el encargado de cambiarlas, pero no formulé la pregunta en voz alta. Avanzamos sin detenernos hasta el final del pasillo. A través del cristal de la puerta vi un jardín. La enfermera la abrió e inclinó la cabeza para indicarme que pasara primero. Ella me siguió.

—Theo —dijo en voz muy baja. No supe a quién se dirigía—, ha venido a visitarte…, perdón, no recuerdo su nombre —dijo girando hacia mí.

—Edie Burchill.

—Edie Burchill está aquí, Theo.

Entonces vi un banco de hierro al otro lado de un seto. Un anciano se puso de pie. Por la manera en que se apoyaba, encorvado, en el respaldo del asiento, comprendí que había estado sentado todo el día y que el hecho de ponerse de pie era un vestigio de los modales anticuados que seguramente había utilizado toda su vida. Parpadeó detrás de sus gruesas gafas.

—¡Hola! Por favor, acompáñeme.

—Los dejaré a solas. Estoy cerca, si me necesita, solo tiene que llamarme —dijo la enfermera. Inclinó la cabeza, cruzó los brazos y desapareció por el sendero de ladrillo. La puerta se cerró tras ella.

Theo era un hombre pequeño, de un metro sesenta de estatura en el mejor de los casos, corpulento. Un aficionado habría podido dibujar el tronco delineando una berenjena y ajustando un cinturón en su parte más ancha.

—Estaba aquí sentado, mirando el río. Nunca se detiene —dijo, señalándolo con la cabeza.

Me gustó su voz. Su timbre cálido me recordó la infancia, cuando sentada con las piernas cruzadas en una alfombra polvorienta oía a un adulto de rostro difuso hablar con voz serena y mi mente se dejaba llevar por la fantasía. De pronto comprendí que no sabía cómo empezar a hablar con aquel anciano, que había cometido un gran error al ir a verlo y que debía marcharme de inmediato. Abrí la boca para decírselo, pero él habló primero.

—Estoy en un atolladero. No logro recordarla. Le pido disculpas, mi memoria...

—No tiene por qué disculparse. No nos conocemos.

Theo, sorprendido, balbuceó algo para sí.

—Entiendo. Bien, está aquí ahora, y no tengo muchas visitas... Lo lamento, he olvidado su nombre, Jean lo ha dicho, pero...

Mi cerebro me alertó: «Sal de aquí».

—Edie —dijo mi boca—. He venido por sus anuncios.

—Perdón, ¿ha dicho mis anuncios? —preguntó, ahuecando una mano junto a la oreja como si no hubiera oído bien—. Creo que me confunde con otra persona.

Busqué en mi bolso la copia de la página del *Times*.

—He venido por Thomas Cavill —dije, enseñándole la página.

Él no la miró. Lo había desconcertado. Su expresión pasó de la confusión a la alegría.

—He estado esperándola —dijo con entusiasmo—. Por favor, tome asiento. ¿Es miembro de la policía, la policía militar tal vez?

¿La policía? Sacudí la cabeza. Ahora yo me sentía confundida.

Él, agitado, juntó sus manos y comenzó a hablar muy rápido.

—Sabía que si vivía lo suficiente, alguien, algún día, mostraría un poco de interés por mi hermano. Venga, siéntese, por favor. Dígame de qué se trata, qué ha descubierto.

Lo miré, totalmente perpleja. No entendía a qué se refería. Me acerqué y dije con amabilidad:

—Señor Cavill, creo que ha habido una confusión. No he hecho ningún descubrimiento y no soy policía ni militar. He venido porque trato de encontrar a su hermano, Thomas, y pensé que podría ayudarme.

El anciano agachó la cabeza.

—¿Creyó que yo podía… ayudarla?

La realidad hizo palidecer sus mejillas. Buscó apoyo en el respaldo del asiento y asintió con una recia dignidad que me causó dolor aun cuando no comprendía dónde se originaba.

—Entiendo —dijo, esbozando una tenue sonrisa.

Lo había perturbado y, aunque no sabía cómo, ni qué relación tenía la policía con Thomas Cavill, supe que debía decir algo para explicar mi presencia.

—Antes de la guerra su hermano fue maestro de mi madre. Hace unos días, conversando con ella, me dijo que ejerció gran influencia en su vida. Lamentó haber perdido contacto con él. —Tragué saliva, sorprendida y molesta en igual medida al comprobar que me había resultado muy sencillo mentir—. Mi madre se preguntaba qué fue de él, si continuó impartiendo clases después de la guerra, si se había casado.

Mientras yo hablaba, Theo miraba el río, pero por el brillo de sus ojos comprendí que no podía verlo. Allí no había gente paseando por el puente, ni botes balanceándose en la ribera opuesta, ni el ferri cargado de turistas con cámaras fotográficas.

—Temo decepcionarla —dijo por fin—, no sé qué ha sido de Tom.

Theo se sentó, apoyó la espalda contra las barras de hierro y siguió con su relato.

—Mi hermano desapareció en 1941. En mitad de la guerra. Un buen día llamaron a la puerta de mi madre. Allí estaba el policía local, un reservista. Había sido amigo de mi padre, combatieron juntos en la Gran Guerra. Pobre hombre —exclamó Theo, agitando la mano como si tratara de cazar una mosca—. Se sentía muy incómodo. Seguramente detestaba tener que dar esa clase de noticias.

—¿Qué clase de noticias?

—Tom no se había presentado en el cuartel y el policía venía a buscarlo. Pobre mamá. —Theo suspiró—. ¿Qué podía hacer? Dijo la verdad, que Tom no estaba en casa y no sabía dónde encontrarlo, vivía solo desde que lo habían herido. No pudo regresar con la familia después de Dunkerque.

—¿Fue evacuado?

Theo asintió.

—Se salvó de milagro. Después pasó varias semanas en el hospital. Su pierna se curó, pero mis hermanas decían que había cambiado. Reía y hablaba como si leyera un guion.

Un niño comenzó a llorar cerca de nosotros. Theo miró hacia el río y sonrió fugazmente.

—Se ha caído su helado —dijo—. No sería sábado en Putney si algún niño no perdiera su helado en el sendero.

Esperé a que continuara. No lo hizo.

—¿Y qué sucedió? ¿Qué hizo su madre? —pregunté, tratando de ser discreta.

Él seguía mirando el sendero, pero sus dedos tamborileaban en el respaldo del banco.

—Tom se ausentó sin permiso durante la guerra. El policía no podía justificarlo. Sin embargo, era una buena persona y se mostró tolerante por respeto a mi padre. Le dio a mi madre veinticuatro horas para encontrarlo y hacer que se presentara ante sus superiores antes de que el asunto pasara a ser oficial.

—Pero ella no lo encontró.

Theo negó con la cabeza.

—Una aguja en un pajar. Mi madre y mis hermanas estaban destrozadas. Habían buscado por todas partes, pero... yo no estaba allí en ese momento, no las ayudé —dijo, encogiéndose de hombros—. Nunca pude perdonármelo. Estaba en el norte, haciendo la instrucción con mi regimiento. Lo supe cuando llegó la carta de mi madre. Y entonces ya era tarde. Tom formaba parte de la lista de desertores.

—Lo siento.

—Su nombre sigue allí hasta el día de hoy —dijo Theo. Me afligió ver sus ojos llenos de lágrimas. Él se ajustó las gruesas gafas—. Desde entonces la reviso todos los años porque, según me dijeron una vez, algunos aparecieron al cabo de unas décadas ante el cuerpo de guardia. Con el rabo entre las piernas y una serie de decisiones equivocadas en su historial, se ponían a merced del oficial al cargo. Reviso la lista porque estoy desesperado. Sé que Tom no lo haría —dijo, mirándome a los ojos—. No aceptaría una absolución deshonrosa.

Se oían voces detrás de nosotros. Al mirar hacia atrás vi que un joven ayudaba a una anciana a salir al jardín. La mujer reía por algo que él había dicho mientras caminaban lentamente hacia los rosales.

También Theo los vio y bajó la voz.

—Tom era un hombre honorable —dijo, pronunciando con esfuerzo cada palabra, apretando los labios para contener su emoción. Comprendí que para él era fundamental que yo me formara una buena impresión sobre su hermano—. Nunca habría hecho lo que ellos decían, huir de esa manera. Jamás. Se lo dije a la policía militar. Nadie me escuchó. Mi madre sufría a causa de la vergüenza, la preocupación, se preguntaba qué le había sucedido en realidad, si estaba solo, perdido. Si había sufrido alguna herida que le hiciera olvidar quién era, su origen. —El anciano hizo una pausa y frotó su frente gacha; parecía avergonzado. Comprendí que en el pasado sus insólitas teorías habían sido censuradas—. En cualquier caso, nunca pudo superarlo. Era su hijo preferido, aunque nunca se hubiera atrevido a admitirlo. No era necesario, Tom era el preferido de todos.

Permanecimos en silencio. Dos grajos se deslizaban por el cielo. Mientras ascendían, se acercaban el uno al otro. Los observé hasta que llegaron al río. Entonces me dirigí nuevamente a Theo:

—¿Por qué la policía no quiso escucharlo? ¿Por qué tenían la certeza de que Tom había huido?

—Había una carta —dijo, apretando la mandíbula—. Llegó a principios de 1942, meses después de que Tom desapareciera. Mecanografiada, y muy breve. Solo decía que había conocido a alguien y que huía para casarse. Que permanecería oculto, pero se comunicaría con nosotros más adelante. La policía la vio, y ya no tuvo interés en seguir investigando. Estábamos en guerra, no había tiempo para buscar a un hombre que había desertado.

Cincuenta años después la herida seguía abierta. Me costaba imaginar cuánto debió de doler en aquella época el hecho de perder a un ser querido y no ser capaz de convencer a nadie para que colaborara en la búsqueda. Sin embargo, en Milderhurst Castle me habían dicho que Thomas Cavill no acudió a la cita con Juniper porque había huido con otra mujer. ¿Solo el orgullo familiar y la lealtad hacia su hermano hacían que Theo descartara por completo esa posibilidad?

—¿No creyó lo que decía esa carta?

—Ni por un segundo —aseguró con vehemencia—. Es verdad que había conocido a una chica y que se había enamorado. Él mismo me lo dijo. Me escribió sobre ella, en sus cartas decía que era hermosa, que el mundo era bello en su compañía, que se casarían. Pero no pensaba huir, estaba ansioso por presentárnosla.

—¿La conoció?

El anciano negó con la cabeza.

—Ninguno de nosotros. Por algún motivo relacionado con su familia debían mantener el secreto hasta que ellos recibieran la noticia. Supuse que se trataba de gente de alcurnia.

Mi corazón se había acelerado. El relato de Theo coincidía con mi propia versión.

—¿Recuerda el nombre de la chica?

—Él nunca lo mencionó.

Mis esperanzas se frustraron.

—Tom era categórico: primero debía conocer a su familia. A lo largo de todos estos años me ha atormentado hasta lo indecible el hecho de ignorarlo. Si hubiera sabido quién era, habría contado con un dato para iniciar la búsqueda. Tal vez ella también había desaparecido, existía la posibilidad de que hubieran sufrido un accidente estando juntos. Quizás su familia tuviese información útil.

Estuve a punto de mencionar a Juniper, pero decidí que no era conveniente. No tenía sentido alentar esperanzas. Las hermanas Blythe no tenían más datos sobre el paradero de Thomas Cavill. Estaban tan convencidas como la policía de que había huido con una mujer.

—La carta —dije de pronto—. Si no fue Tom, ¿quién la envió y por qué?

—No lo sé, pero le diré algo: Tom no se casó. Lo corroboré en el Registro Civil. También investigué las defunciones, aún lo hago todos los años, por si acaso. Nada. No hay rastro de él desde 1941. Parece haberse desvanecido en el aire.

—Pero las personas no se desvanecen en el aire.

—No —coincidió Theo con una sonrisa exhausta—. He pasado toda mi vida tratando de encontrarlo. Hace unos años incluso contraté a un detective. Fue un derroche de dinero. Gasté miles de libras para que un estúpido me dijera que durante la guerra Londres era un lugar excelente para un hombre que quería desaparecer —explicó, y suspiró—. A nadie parece importarle que Tom no quisiese desaparecer.

—¿Qué sucedió con los anuncios? —pregunté, señalando las páginas impresas que seguían en el asiento, entre los dos.

—Los publiqué cuando el estado de Joey, nuestro hermano pequeño, se agravó. Pensé que valía la pena intentarlo, tal vez me había equivocado y Tom estaba cerca, buscando algún motivo para volver. Joey era un chico simple, pero lo adoraba. Habría hecho cualquier cosa por conseguir que lo viera una vez más.

—Pero no dieron resultado.

—Solo telefonearon chicos bromistas.

El sol se ocultaba, el rosa intenso del cielo anunciaba el atardecer. La brisa acariciaba mis brazos. Descubrí que, de nuevo, estábamos solos en el jardín. Recordé que Theo era un anciano, que debería estar dentro ante un plato de carne asada en lugar de revivir las penas del pasado.

—Hace un poco de frío. ¿Entramos? —lo invité.

Él asintió y trató de sonreír, pero al ponernos de pie advertí que no tenía suficiente energía.

—No soy estúpido, Edie —dijo cuando llegamos a la puerta. La abrí, pero él insistió en que yo pasara primero—. Sé que no volveré a ver a Tom. Los anuncios, los datos que compruebo año tras año, las fotografías familiares y otras cosas que conservo para enseñárselas son nada más que un hábito, y lo hago porque me ayuda a llenar su ausencia.

Sabía exactamente de qué hablaba.

Desde el comedor llegaban ruidos de sillas y cubiertos, el rumor de los diálogos, pero él se detuvo en medio del pasillo. Una flor marchita cayó a su paso, el tubo fluorescente chirrió y vi algo que fuera había pasado inadvertido: las lágrimas hacían brillar sus mejillas.

—Gracias, Edie. No sé por qué ha decidido venir a visitarme, pero me alegro de que lo haya hecho. Era un día triste, algunos lo son, y me sienta bien hablar de él. Solo quedo yo, mis hermanos y hermanas están aquí —dijo, llevando su mano al corazón—. A todos los echo de menos, pero no tengo palabras para describir cuánto lamento haber perdido a Tom. La culpa… —su labio inferior comenzó a temblar y se esforzó por controlarlo—, saber que le fallé, que algo terrible sucedió y nadie lo sabe, que la historia, el mundo lo consideran un traidor porque no pude demostrar lo contrario…

Cada partícula de mi ser deseó darle consuelo.

—Lamento no haber traído buenas noticias sobre su hermano.

Él sacudió la cabeza y sonrió.

—Una cosa es la esperanza; otra, la razonable posibilidad. No soy tonto. Sé que moriré sin haberlo resuelto.

—Desearía poder ayudar de alguna manera.

—Vuelva a visitarme alguna tarde. Sería maravilloso. Puedo contarle más cosas sobre Tom. Prometo que la próxima vez serán recuerdos más alegres.

1

Jardines de Milderhurst Castle, 14 de septiembre de 1939

El país estaba en guerra y él tenía un trabajo por delante. Pero el sol brillante y redondo, el destello plateado del agua, el caluroso sendero arbolado que se extendía frente a él hicieron que, por algún motivo difícil de describir, decidiera detenerse un momento y zambullirse en el agua. La piscina era circular y agradable, los azulejos rodeaban el perímetro y de una enorme rama colgaba un columpio de madera. Al dejar su cartera en el suelo no pudo contener la risa. ¡Vaya hallazgo! Se quitó el reloj de pulsera y lo puso cuidadosamente sobre la bolsa de piel que con gran satisfacción había comprado el año anterior. Se descalzó y comenzó a desabrocharse la camisa.

No había nadado en todo el verano. En agosto, el más caluroso de los que recordaba, un grupo de amigos había conseguido un coche con el que habían ido a la playa. Tenía previsto pasar una semana en Devon con ellos, pero Joey empeoró, comenzaron las pesadillas y, para que durmiera, Tom se sentaba junto a su cama e inventaba para él historias sobre el mundo subterráneo. Luego se tendía en su propia cama, el calor acechaba desde todos los rincones y soñaba con el mar, pero aquello no tenía importancia. No era mucho lo que podía hacer por el pobre Joey. Su cuerpo robusto se tornaba flácido y reía como

un niño. Al oír el sonido cruel de aquella risa, Tom se estremecía de dolor por el niño que su hermano había sido y por el
hombre que habría debido ser.

Se quitó la camisa y se desabrochó el cinturón. Dejó de lado los recuerdos tristes y luego se despojó del pantalón. Un gran
pájaro negro graznó sobre su cabeza. Se detuvo un instante para
contemplar el claro cielo azul. El sol brillaba. Entrecerró los ojos
para seguir su armoniosa trayectoria rumbo al bosque lejano. En
el aire flotaba un agradable perfume que no lograba reconocer.
Las flores, las aves, el rumor del agua que chocaba contra los azulejos, sonidos y aromas bucólicos, como tomados de las páginas
de Hardy. Tom sabía que eran reales y que esa realidad lo rodeaba. Allí estaba la vida y él formaba parte de ella. Separando los
dedos, apoyó una mano en su pecho. El sol calentaba su piel desnuda. Todo estaba por suceder, se sentía feliz de ser joven, fuerte,
de estar allí. Aunque no era religioso, aquel momento era sagrado.

Miró hacia atrás, con pereza, sin inquietud. No era un
transgresor por naturaleza, era maestro, debía ser un ejemplo
para sus alumnos y se tomaba en serio su deber. Pero el día, el
tiempo, la guerra recién comenzada, el aroma que no lograba
denominar y que flotaba en el aire lo llenaban de osadía. Era joven, y no necesitaba más para experimentar la agradable, libre
sensación de que el mundo y sus placeres le pertenecían; que
debía cogerlos donde los encontrara; que las normas sobre la
propiedad y su defensa, aunque bienintencionadas, eran conceptos teóricos, pertenecían solo a la esfera de los libros y la
contabilidad, a las conversaciones de balbuceantes abogados de
barba blanca en sus bufetes de Lincoln's Inn Fields.

Los árboles rodeaban el claro, desde allí se veía el silencioso vestuario, y el inicio de una escalera de piedra que llevaba a
algún lugar desconocido. El sol y el canto de los pájaros se extendían a su alrededor. Inspirando profundamente, Tom deci-

dió que el momento había llegado. Los rayos del sol caían sobre el trampolín. Al pisarlo sintió que quemaba sus pies. Se detuvo un instante, disfrutando de la sensación. Sus hombros recibieron el calor, su piel se puso tensa. Finalmente no pudo resistirse y sonriendo se dirigió al borde del trampolín, levantó los brazos y cortando el aire como una flecha se lanzó hacia el agua. Sintió el frío en el pecho. Jadeando, salió a la superficie. Sus pulmones agradecieron el aire como los de un bebé que respira por primera vez.

Nadó unos minutos, buceó en las profundidades, emergió una y otra vez. Luego se tendió de espaldas y separó las extremidades. Su cuerpo formó una estrella. Pensó que aquello era la perfección. Un momento que Wordsworth, Coleridge y Shelley habrían calificado de sublime. Si la muerte lo sorprendiera en ese instante, moriría contento. Por supuesto, no deseaba morir, al menos no antes de que transcurrieran setenta años. Calculó mentalmente: ¿que podría estar haciendo en el año 2009? Ya está, sería un anciano viviendo en la luna. Rio, dio perezosamente unas brazadas y luego siguió flotando, con los ojos cerrados para que sus párpados sintieran el calor del sol. El mundo era anaranjado y resplandeciente y en ese mundo vislumbró su futuro.

Pronto vestiría su uniforme. La guerra esperaba y Thomas Cavill iría a su encuentro. No era un ingenuo, su padre había perdido una pierna y parte de su cerebro en Francia y no albergaba la ilusión de convertirse en héroe o regresar con gloria. Sabía que la guerra era un asunto serio, peligroso. Tampoco era uno de aquellos que deseaban huir de su realidad. Por el contrario, en su opinión, la guerra ofrecía una excelente oportunidad para ser un hombre mejor, un mejor maestro.

Quiso ser maestro desde que comprendió que se había transformado en un adulto. Soñaba con trabajar en su antiguo barrio de Londres. Creía que podía abrir los ojos y las mentes de aquellos niños —él había sido uno de ellos— al mundo que existía más allá de los ladrillos cubiertos de hollín y las cuerdas con ropa tendida que veían a diario. Ese objetivo lo había alentado durante sus años de universidad y de prácticas hasta que, gracias a su elocuencia y la consabida buena fortuna, llegó exactamente a donde deseaba.

Tan pronto como quedó claro que la guerra era inminente, Tom supo que se alistaría. El país necesitaba que los maestros permanecieran en las aulas, pero ¿qué ejemplo daría si lo hiciera? Aunque su razonamiento no estaba libre de egoísmo. John Keats decía que nada es real hasta que se transforma en experiencia y Tom sabía que era verdad. Más aún, sabía que era precisamente aquello que le faltaba. La solidaridad era algo positivo, pero cuando él hablaba de historia, sacrificio y ciudadanía, cuando leía para sus alumnos la arenga de Enrique V, se enfrentaba a su escasa experiencia. La guerra le daría la profundidad que anhelaba. Por ese motivo, después de asegurarse de que sus evacuados se encontraran a salvo, regresaría a Londres, se alistaría en el primer batallón del regimiento de East Surrey y con un poco de suerte en octubre estaría en Francia.

Tom dejó que sus dedos juguetearan en la superficie del agua. Suspiró profundamente, tanto que se hundió un poco. Tal vez el hecho de saber que en una semana ya sería un soldado hacía que ese día fuera más intenso, más real que cualquier otro. Pese a que indudablemente había algo irreal en todo aquello. No se trataba solo del calor, de la brisa, del perfume que no lograba calificar, sino de la extraña combinación de esos factores y la circunstancia. Estaba dispuesto a alistarse y asumir su responsabilidad; algunas noches lo desvelaba la impaciencia y sin embargo en ese instante solo deseaba que el tiempo se detuviera, anhelaba seguir allí flotando para siempre…

—¿Qué tal está el agua?

La voz lo sobresaltó. El momento perfecto se rompió como un huevo de oro.

Después, cada vez que recordaba el primer encuentro, eran sus ojos los que surgían con más claridad. Y, para ser sincero, la manera en que se movía. El modo en que su cabello, largo y despeinado, caía sobre los hombros; la curva de sus pequeños pechos; el contorno de sus piernas, ¡oh, Dios!, esas piernas. Pero aún antes, por encima de todo, la luz de sus ojos gatunos. Ojos que sabían y pensaban cosas indebidas. En los largos días y noches futuros serían esos ojos los que vería al cerrar los suyos.

Ella se sentó en el columpio, con los pies desnudos en el suelo. Lo observó. ¿Era una niña o una mujer? Al principio no pudo precisarlo. Llevaba un sencillo vestido blanco, lo miraba mientras flotaba en la piscina. Se le ocurrieron distintas respuestas, pero algo en la expresión de aquella joven le impedía pronunciarlas. Solo consiguió decir:

—Cálida. Perfecta. Azul.

Aquellos ojos almendrados, azules, demasiado separados, se abrieron un poco más al oír esas tres palabras. Sin duda, se preguntaba qué clase de simplón había invadido su piscina.

Tom dio unas brazadas, incómodo, esperando que ella le preguntara quién era, qué hacía, por qué había decidido zambullirse, pero no lo hizo. Simplemente impulsó el columpio, que comenzó a balancearse, dibujando un arco en su trayectoria desde y hacia el borde de la piscina. Deseoso de presentarse como un hombre más despierto, prosiguió:

—Soy Thomas Cavill. Le pido disculpas por utilizar su piscina, pero hacía mucho calor, no pude evitarlo —dijo, dedicándole una sonrisa.

Ella apoyó la cabeza en la cuerda del columpio. Tom se preguntó si también era una intrusa. Algo en su aspecto la hacía parecer una figura animada sobre un paisaje artificial. En vano trató de imaginar un ambiente apropiado para una chica como aquella.

Sin decir una palabra, la chica dejó de columpiarse. Al ponerse de pie, el movimiento de las cuerdas se volvió más lento. Era bastante alta, como Tom pudo apreciar. Entonces se sentó en el borde de piedra. Flexionó las rodillas para recoger su vestido, hundió los pies en el agua y contempló las ondas que se formaban.

Tom se indignó. Aunque era un intruso, no había causado ningún daño, nada que mereciera ese silencio. Sentada ante él, la muchacha se comportaba simplemente como si no existiera, absorta en sus pensamientos, ajena a su presencia. Supuso que se trataba de un juego, del tipo que prefieren las mujeres, confunde a los hombres y les permite controlarlos. ¿Tenía acaso algún motivo para ignorarlo? Tal vez fuera tímida, solo eso. Era joven, posiblemente su osadía, su virilidad, su —debía reconocerlo— casi completa desnudez le resultaran desafiantes. No era su intención e intentó disculparse.

—Lamento haberla sorprendido. No quería molestarla. Me llamo Thomas Cavill. He venido...

—Sí, lo he oído —dijo ella. Y lo miró como si fuera un mosquito. Aburrida, ligeramente molesta, pero en general indiferente—. No es necesario que lo repita.

—Le pido disculpas, solo trataba de...

Tom dejó que sus frases tranquilizadoras se desvanecieran. Era evidente que aquel extraño personaje ya no lo escuchaba, y además, se distrajo. Mientras hablaba, ella se había puesto de pie y en ese instante levantaba su vestido dejando a la vista un traje de baño. No lo miró, ni siquiera de soslayo, ni lanzó una risita ante su propia falta de pudor. Arrojó indolente el vestido, se estiró como un gato al sol, bostezó sin adoptar triviales actitudes femeninas como taparse la boca, disculparse o sonrojarse.

Sin la menor ceremonia se zambulló desde el borde de la piscina. Cuando su cuerpo chocó con el agua, Tom se apresuró a salir. Su desparpajo, si así podía denominarlo, lo alarmó. La alarma lo atemorizó y el temor fue irresistible. Ella era irresistible.

Por supuesto, Tom no tenía toalla ni otra manera de secarse rápidamente para poder vestirse, de modo que se quedó de pie bajo el sol y trató de adoptar un aire relajado. No fue fácil. La espontaneidad lo había abandonado. De pronto sabía cómo se sentían sus amigos cuando delante de una hermosa mujer empezaban a trastabillar y tartamudear. Una hermosa mujer había salido a la superficie y flotaba de espaldas; su larga cabellera ondulaba como las algas; despreocupada, serena, aparentemente indiferente a su intrusión.

Tom trató de recuperar la dignidad. Decidió que el pantalón lo ayudaría y se lo puso encima de los calzoncillos húmedos. Se esforzó por mantener el equilibrio a pesar del nerviosismo. Al fin y al cabo, era maestro, un hombre que pronto se convertiría en soldado. No podía ser tan difícil. Sin embargo, no era sencillo dar muestras de profesionalidad para un hombre que se encontraba descalzo y semidesnudo en un jardín ajeno. Las teorías con respecto a las leyes de propiedad resultaron ser pura tontería, e incluso burdas o delirantes. Trató de conservar la calma y tragó saliva antes de decir:

—Me llamo Thomas Cavill. Soy maestro. He venido para ver a una alumna que ha sido evacuada. —El agua chorreaba por su cuerpo, un arroyuelo corría por el medio de su vientre, y encogiéndose de hombros, añadió—: Soy su maestro. —Por supuesto, ya lo había dicho.

Ella giró y lo observó desde el centro de la piscina. Parecía estar formándose una opinión sobre él. Nadó por debajo del agua y emergió junto al borde. Apoyó las manos sobre los azulejos, una sobre la otra y dejó que su barbilla descansara sobre ellas.

—Meredith.

—Sí —dijo Tom, aliviado. Por fin—. Sí, Meredith Baker. Estoy aquí para ver cómo se siente. Para confirmar que todo está en orden.

Aquellos ojos separados se habían posado en él. Era imposible descifrar qué sentía su dueña. Entonces ella sonrió y en su rostro se produjo un cambio trascendental. Él contuvo el aliento.

—Supongo que podrá preguntárselo pronto. Vendrá enseguida, mi hermana le está tomando las medidas para hacerle un vestido.

—De acuerdo, muy bien. —Ese objetivo era su tabla de salvación y se aferró a ella con gratitud, sin reparos. Se puso la camisa y se sentó en el extremo del solárium. Sacó de la cartera la carpeta con los formularios y, adoptando una actitud formal, simuló tener gran interés en conocer la información que contenían, aun cuando era capaz de recitarla de memoria. De todos modos, le complacía leerlos otra vez. Al llegar a Londres debía estar en condiciones de responder con honestidad y seguridad a las preguntas de los padres de sus alumnos. La mayoría había encontrado alojamiento en el pueblo, dos con el párroco, otro en una granja. Echó un vistazo al batallón de chimeneas que se distinguía por encima del bosque lejano y pensó que Meredith vivía ahora muy lejos de los demás. Un castillo, según los datos de su lista. Deseaba verlo por dentro, explorarlo. Hasta entonces las mujeres de la zona habían sido muy hospitalarias, lo habían invitado a té y pastas y lo habían colmado de atenciones.

Miró de nuevo a la criatura de la piscina y supuso que en aquel lugar una invitación similar era altamente improbable. Aprovechó que ella no le prestaba atención para seguir observándola. Aquella chica era desconcertante, parecía ser ciega, indiferente a sus encantos. Se sentía poca cosa cerca de ella, y eso era algo a lo que no estaba acostumbrado. En la distancia, pudo dejar de lado su orgullo herido para preguntarse quién era. La atenta integrante del Servicio de Mujeres Voluntarias le había dicho que el propietario del castillo era un tal Raymond Blythe, un escritor —«Seguramente ha leído *La verdadera historia del Hombre de Barro»*, había comentado— ahora anciano y enfermo, pero aun así Meredith estaría en buenas manos. Sus dos hijas gemelas, un par de solteronas, eran las personas adecuadas para ocuparse de una niña lejos de su hogar. No había mencionado a otros habitantes del castillo, o al menos no lo recordaba, porque había imaginado que el señor Blythe y las dos solteronas eran el complemento perfecto para Milderhurst Castle. No había imaginado que los acompañaba esa joven, esa mujer inalcanzable que, por cierto, no era una solterona. Sin saber por qué, de pronto sintió la incontenible urgencia de saber más sobre ella.

La chica se zambulló y él desvió la mirada. Sacudió la cabeza y sonrió ante su propia vanidad. Se conocía lo suficiente para comprender que su interés era directamente proporcional a la falta de interés que ella le mostraba. Desde niño se había dejado llevar por la más tonta de las motivaciones: el deseo de poseer precisamente aquello que le estaba vedado. Debía olvidarlo. Era solo una chica, una excéntrica.

Oyó un crujido. Con la lengua fuera, un bonito labrador de color miel se abría paso entre el follaje. Detrás de él apareció Meredith. Su sonrisa le dijo todo lo que necesitaba saber. Se alegró al ver una niña normal, con gafas. Sonrió también y se puso de pie, con tal prisa que estuvo a punto de tropezar.

—¡Hola! ¿Cómo va todo?

Meredith pareció quedarse petrificada, luego parpadeó. Tom comprendió que se debía a la sorpresa de encontrarlo en un lugar inusual. Mientras el perro giraba en torno a ella, el rubor cubría su rostro. Se quitó las zapatillas y dijo:

—Hola, señor Cavill.

—He venido a ver cómo va todo.

—Muy bien, vivo en un castillo.

El maestro sonrió. Era una niña encantadora, tímida e inteligente. Una mente despierta, observadora, que descubría detalles ocultos y con ellos hacía descripciones sorprendentes, originales. Desgraciadamente, no confiaba en sí misma y el motivo estaba a la vista: sus padres creyeron que Tom había perdido la cordura cuando sugirió que Merry ingresara en una escuela secundaria. No obstante, siguió insistiendo.

—¡Un castillo! Eres afortunada. Yo nunca he visitado un castillo.

—Es muy grande y oscuro, tiene un extraño olor a barro y muchas escaleras.

—¿Has subido esas escaleras?

—Algunas, pero no las que llevan a la torre.

—¿Por qué?

—No estoy autorizada a hacerlo. Allí trabaja el señor Blythe. Es escritor, un verdadero escritor.

—Un verdadero escritor, vaya, entonces podrá darte algunos consejos —dijo Tom, dándole una cariñosa palmada en el hombro.

Ella sonrió, con timidez, pero complacida.

—Tal vez.

—¿Sigues escribiendo tu diario?

—Todos los días. Hay mucho que contar —respondió Meredith, echando una mirada furtiva a la piscina. Tom hizo otro tanto. La joven aferrada al borde extendía sus largas piernas. De pronto, sin proponérselo, recordó una frase de Dostoyevski: «La belleza es tan misteriosa como aterradora».

Tom se aclaró la garganta.

—Muy bien. Cuanto más practicas, mejor escribes. No te conformes, esfuérzate por conseguir el mejor resultado.

—Lo haré.

El maestro sonrió y miró su formulario.

—¿Puedo decir que estás contenta, que todo está en orden?

—Sí, claro.

—¿Echas de menos a tus padres?

—Les escribo cartas. Sé dónde está la oficina de correos y ya les envié una postal con mi nuevo domicilio. La escuela más cercana está en Tenterden, un autobús llega hasta allí.

—Tus hermanos viven cerca del pueblo, ¿verdad?

Meredith asintió.

Tom acarició su cabello caliente por el sol.

—Señor Cavill…

—Dime.

—Debería ver los libros. En el castillo hay una sala repleta de ellos, los estantes llegan hasta el techo.

Él le dedicó una amplia sonrisa.

—Me alegra saberlo.

—También a mí —dijo la niña, señalando con la cabeza a la chica de la piscina—. Juniper dijo que podía leer los que quisiera.

Juniper. Así se llamaba.

—Ya he leído la mayor parte de *La dama de blanco* y cuando lo termine seguiré con *Cumbres borrascosas*.

—Ven, Merry —llamó Juniper, que había regresado al borde de la piscina—. El agua está deliciosa. Cálida. Perfecta. Azul.

Tom se estremeció al oír sus propias palabras en la boca de Juniper. A su lado, Meredith sacudió la cabeza, la invitación la había pillado desprevenida.

—No sé nadar.

Juniper salió de la piscina y se echó encima el vestido blanco, que se pegó a sus piernas mojadas.

—Tendremos que hacer algo al respecto mientras estés aquí —dijo, y recogió su cabello en una improvisada cola de caballo

346

que acomodó sobre el hombro—. ¿Alguna otra cosa? —preguntó, dirigiéndose a Tom.

—Oh, tal vez… —comenzó a decir. Entonces suspiró, se recompuso y empezó de nuevo—: Podría acompañarlas y conocer a los demás miembros de la familia.

—No —respondió Juniper sin inmutarse—. No es una buena idea.

Tom se sintió agraviado.

—A mi hermana no le agradan los extraños, en particular si son hombres.

—No soy un extraño, ¿verdad, Merry?

Meredith sonrió. Juniper no lo hizo.

—No se lo tome como algo personal, ella tiene esa peculiaridad.

—Entiendo.

Unas gotas cayeron de las pestañas de Juniper cuando sus ojos se encontraron con los de Tom. Él no descubrió interés en su mirada y, aun así, sintió palpitar el corazón.

—¿Es todo? —preguntó ella.

—Es todo.

Juniper levantó la barbilla y lo miró un momento antes de asentir. Con ese gesto dio por terminada la conversación.

—Adiós, señor Cavill —se despidió Meredith.

El maestro sonrió y agitó la mano en señal de despedida.

—Adiós, cuídate y sigue escribiendo.

Luego las vio alejarse, desaparecer entre el verdor rumbo al castillo. Los omóplatos eran alas vacilantes a los lados del largo cabello rubio que chorreaba por la espalda de Juniper. Ella rodeó los hombros de Meredith en un abrazo que las acercó aún más. Tom las perdió de vista, pero creyó oír sus risas mientras subían la colina.

Pasaría casi un año antes de que se encontraran otra vez, por casualidad, en una calle de Londres. Para entonces él sería un hombre diferente, inexorablemente cambiado, más callado, menos presumido, tan destruido como la ciudad que lo rodeaba. Habría sobrevivido en Francia, habría arrastrado su pierna herida hasta Bray Dune, habría sido evacuado en Dunkerque. Habría visto morir en sus brazos a sus amigos, habría sobrevivido a la disentería, y sabría ya que, a pesar de que John Keats estaba en lo cierto y la experiencia era sin duda la verdad, era preferible no experimentar ciertas cosas.

El nuevo Thomas Cavill se enamoraría de Juniper Blythe precisamente por los mismos motivos que le habían parecido tan extraños en aquel claro, en aquella piscina. En un mundo que las cenizas y la tristeza habían teñido de gris, ella le parecería una maravilla. Esos mágicos rasgos que permanecían ausentes de la realidad lo hechizarían e instantáneamente ella lo salvaría. Él la amaría con una pasión que le causaría miedo y a la vez lo devolvería a la vida, con una desesperación que pondría en ridículo sus ingenuos sueños sobre el futuro.

Pero entonces no lo sabía. Solo sabía que podía tachar a la última alumna de la lista, que Meredith Baker estaba en buenas manos, que se sentía feliz y cuidada, que él podía hacer autoestop, regresar a Londres y seguir adelante con su aprendizaje, con la vida que había planificado. Y aunque no se había secado por completo, se abrochó la camisa, se sentó para atar los cordones de los zapatos y, silbando, dejó atrás la piscina, donde las hojas de los nenúfares balanceaban las olas que había dejado en la superficie la extraña joven de ojos sobrenaturales. Se volvió para mirar otra vez la colina y bordeó el arroyo que lo llevaría al camino, lejos de Juniper Blythe y aquel castillo que, según creía, no volvería a ver.

2

Nada sería igual después de aquel día. Imposible. En los miles de libros que había leído, en su imaginación, en sus sueños o en sus escritos, nada habría podido preparar a Juniper Blythe para el encuentro con Thomas Cavill. Cuando lo descubrió flotando en la piscina, supuso que lo había conjurado. Había pasado algún tiempo desde la aparición de su último «visitante», y ningún zumbido monótono sonó en su cabeza, ningún extraño océano hizo eco en sus oídos para alertarla. Pero un resplandor, un destello artificial, dotaba a esa escena de un carácter menos real que la anterior. Miró las copas de los árboles que formaban un dosel a lo largo del sendero: escamas de oro parecían caer a la tierra cuando el viento mecía las hojas más altas.

Se había sentado en el columpio porque, ante una visita, era lo más seguro. Recordó que, siendo niña, después de sentarla en la mesa de la cocina para curar su rodilla sangrante, Saffy le había dado tres consejos: «Siéntate en algún lugar tranquilo, aferra algo con firmeza y espera que pase», y le había explicado que, tal como decía su padre, los visitantes eran un regalo pero aun así debía ser cuidadosa.

—Pero me encanta jugar con ellos —había replicado Juniper—. Son mis amigos, me cuentan cosas interesantes.

—Lo sé, querida, es maravilloso. Solo te pido que recuerdes que no eres uno de ellos. Eres una niña; tienes piel, sangre, huesos que pueden romperse, y dos hermanas mayores que desean verte llegar a la edad adulta.

—Y un padre.

—Por supuesto, un padre.

—Pero no una madre.

—No.

—Y una mascota.

—Emerson.

—Y una venda en la rodilla.

Saffy se había reído y le había dado un abrazo que olía a talco, a jazmín, a tinta. Luego la había depositado sobre las baldosas de la cocina. Y Juniper había evitado mirar la silueta que al otro lado de la ventana la invitaba a jugar.

* * *

Juniper no sabía de dónde llegaban los visitantes. Recordaba, en cambio, que había distinguido las primeras siluetas en los rayos de luz que iluminaban su cuna. Solo cuando cumplió tres años comprendió que los demás no podían verlas. La habían llamado vidente y demente, malvada y dotada. Había espantado a muchas niñeras incapaces de tolerar a sus amigos imaginarios. «No son imaginarios», explicaba ella una y otra vez, esforzándose por hacerlo en un tono razonable. Pero, al parecer, no existía una sola niñera inglesa dispuesta a dar por cierta esa afirmación. Una tras otra, hacían el equipaje y pedían una entrevista con su padre. En su escondite en las venas del castillo, en el recoveco que se abría entre las piedras, Juniper se envolvía en una serie de calificativos: «Es impertinente», «Es obstinada», e incluso, una vez, «¡Está poseída!».

Cada cual tenía su propia teoría acerca de los visitantes. El doctor Finley los definía como «fibras de anhelo y curiosidad» proyectadas por su mente, relacionadas con un sentimiento de culpa. El doctor Heinsein sostenía que eran síntoma de psicosis y había recomendado un montón de píldoras que, según prometía, serían la solución. Su padre afirmaba que eran las voces de sus antepasados, y que ella había sido elegida para oírlas. Saffy insistía en que Juniper era perfecta y a Percy no le importaban las definiciones. Creía que cada persona era única y no comprendía la necesidad de establecer categorías, de etiquetarlas, de diferenciar entre normales y anormales.

En cualquier caso, Juniper no se había sentado en el columpio para sentirse segura. Había elegido el lugar porque le permitía ver con claridad la silueta que flotaba en la piscina. Ella era curiosa y él, hermoso. Su piel lisa, el movimiento de los músculos del pecho cuando respiraba, sus brazos. Si ella misma lo había conjurado, había hecho un magnífico trabajo. Él era exótico, encantador. Quería observarlo hasta que desapareciera, convertido de nuevo en un moteado haz de luz.

Sin embargo, eso no sucedió. Mientras ella apoyaba la cabeza en la cuerda del columpio, él abrió los ojos, la miró y comenzó a hablar.

No era algo excepcional. Muchos visitantes habían conversado con Juniper, pero por primera vez uno de ellos adquiría la forma de un hombre joven. Con muy poca ropa.

Le respondió brevemente, irritada. En realidad, no deseaba que hablara. Solo quería que cerrara sus ojos de nuevo, que flotara en la brillante superficie, para que ella pudiera contemplarlo. Para detenerse en los destellos de sol que danzaban en sus largas extremidades, en su hermoso rostro, para concentrarse en la rara, tensa sensación que crecía en su vientre.

Hasta entonces no había conocido a muchos hombres. Su padre, por supuesto. Stephen, su padrino. Algunos jardineros que habían trabajado en la finca a lo largo de los años. Davies, que mimaba al Daimler.

Pero este era distinto.

Juniper trató de ignorarlo, con la esperanza de que comprendiera y desistiera de conversar. Pero él insistió. Le dijo que se llamaba Thomas Cavill. En general, no tenían nombre, al menos nombres corrientes.

Él huyó a toda prisa cuando ella se zambulló en la piscina. Entonces vio la ropa en el solárium. Su ropa. Sin lugar a dudas, era muy extraño.

Y luego, lo más singular fue que Meredith —liberada del salón de costura de Saffy— apareció por allí y comenzó a hablar con aquel hombre.

Juniper, que los observaba desde el agua, estuvo a punto de ahogarse a causa de la sorpresa, porque sus visitantes eran invisibles para las demás personas. Ella había pasado toda su vida en Milderhurst Castle. Al igual que su padre y sus hermanas, había nacido en una habitación del segundo piso. No había visto ningún otro lugar del mundo, conocía a la perfección el castillo y sus bosques. Se sentía protegida, amada y consentida. Leía, escribía, jugaba y soñaba. Nadie esperaba que fuera distinta, especialmente en ciertas ocasiones.

—Tú, mi pequeña, eres una criatura del castillo —solía decirle su padre—. Tú y yo somos iguales.

Durante mucho tiempo, Juniper se había contentado con esa descripción.

A pesar de todo, de una forma que no podía explicar con claridad, las cosas habían empezado a cambiar. Por las noches se despertaba con una inexplicable desazón, con un apetito semejante al hambre, aunque no imaginaba cómo saciarlo. Insatisfacción, añoranza. Una carencia profunda, abismal, que no sabía suplir. No sabía qué echaba de menos. Caminaba, corría, escribía con furia, a toda velocidad. Las palabras, los sonidos, se agolpaban en su cabeza, exigían ser liberados. Era un alivio volcarlos en un papel. No se atormentaba, no meditaba, no volvía a leerlos. Era suficiente dejar que las palabras salieran para que en su interior las voces se silenciaran.

Un buen día sintió el impulso de ir al pueblo. Aunque no solía conducir, llegó con el viejo Daimler hasta High Street. Como si fuera un personaje en un sueño ajeno, había aparcado y había entrado en aquel salón. Una mujer le hablaba, pero para entonces Juniper ya había visto a Meredith.

Saffy le preguntaría más tarde por qué la había elegido.

—No la elegí —había dicho Juniper.

—No quiero contradecirte, mi corderita, pero llegó hasta aquí contigo.

—Sí, por supuesto, pero no la elegí. Sencillamente lo supe.

Juniper nunca había tenido una amiga. Los pomposos amigos de su padre, las personas que visitaban el castillo la agobiaban con sus actitudes y su cháchara. Meredith era diferente. Era divertida, veía las cosas de un modo especial. Era una amante de los libros que no había tenido muchas oportunidades de estar en contacto con ellos. Estaba dotada de un agudo poder de observación, pero sus ideas y sentimientos no estaban influidos por aquello que leía, por lo que otros habían escrito. Tenía una manera única de comprender el mundo y de expresarse, que tomaba por sorpresa a Juniper, la hacía reír, pensar y sentir de un modo desconocido hasta entonces.

Por encima de todo, Meredith traía consigo innumerables historias del mundo exterior. Su llegada había rasgado el velo que cubría el castillo. Había abierto una diminuta ventana para que Juniper vislumbrara aquello que existía más allá de sus límites.

* * *

Y de pronto, inesperadamente, había traído consigo a un hombre. De carne y hueso. Un joven del mundo real había aparecido en la piscina. El velo se había rasgado por segunda vez, la luz del mundo exterior brillaba con más intensidad todavía, y Juniper supo que debería ver aún más.

Él quiso acompañarlas hasta el castillo, pero Juniper se lo impidió. No era un lugar apropiado para observarlo, para inspeccionarlo como lo haría un gato, con detenimiento, rozando inadvertidamente su piel. Si no podía hacerlo, prefería que se marchara. Lo había examinado de esa manera en un soleado y silencioso instante; la brisa acariciaba su mejilla mientras el columpio avanzaba y retrocedía junto a la piscina. Otra vez, la misma sensación en el vientre.

Él se marchó. Juniper rodeó con su brazo los hombros de Meredith y, riendo, subió con ella la colina. Bromeó sobre Saffy, que con sus alfileres pinchaba telas y piernas por igual. Señaló la antigua fuente abandonada; se detuvo un momento para observar el agua verdosa, estancada, triste, y las libélulas que revoloteaban a su alrededor. Pero durante todo el trayecto sus pensamientos seguían al hombre que se dirigía hacia la carretera.

Juniper empezó a caminar más rápido. Hacía mucho calor, el cabello ya seco caía a ambos lados de su cara, la piel parecía más tensa que de costumbre. Se sentía extrañamente alegre. ¿Oiría Meredith los latidos de su corazón?

—Tengo una gran idea. ¿Te has preguntado alguna vez cómo es Francia? —dijo de pronto. Entonces cogió de la mano a su amiga y juntas corrieron escaleras arriba, en medio de las zarzas, bajo el dosel de árboles. Fugaces. La palabra surgió en su mente y se sintió tan ágil como un ciervo. Cada vez más rápido, entre risas, mientras el viento jugaba con el cabello de Juniper y sus pies se regocijaban sobre la tierra seca y caliente, y la dicha corría junto a ella. Por fin llegaron al pórtico. Jadeando, subieron los peldaños, hacia las ventanas abiertas, hacia la fresca quietud de la biblioteca.

—June, ¿eres tú?

Era la voz de Saffy. Llegaba desde su escritorio. La querida Saffy levantaba la vista de la máquina de escribir, como solía hacerlo, levemente desconcertada, como si la realidad la hubiera sorprendido mientras soñaba con pétalos de rosa y gotas de rocío. Tal vez fuera consecuencia del sol, la piscina, el hombre, el cielo azul. En cualquier caso, Juniper no pudo resistir la tentación de besar la cabeza de su hermana antes de seguir presurosa su camino.

Saffy sonrió.

—¿Meredith está contigo? Oh, sí. Según veo, habéis estado en la piscina. Ten cuidado, papá…

Juniper y Meredith desaparecieron antes de que pudiera completar su advertencia. Atravesaron corredores de piedra en penumbra, subieron estrechos tramos de escalera, uno tras otro, hasta que por fin llegaron al ático, el punto más alto del castillo. Juniper se dirigió rápidamente a la ventana abierta, trepó por la repisa y giró de modo que sus pies quedaran apoyados en el tejado.

—Ven, rápido —ordenó a Meredith, que desde el vano de la puerta la miraba extrañada.

Meredith soltó un suspiro, se ajustó las gafas y repitió los movimientos de Juniper. La siguió por el tejado empinado hasta llegar al remate que miraba al sur, como la proa de un barco, y las dos se sentaron casi en el borde.

—Allí, ¿lo ves? —preguntó Juniper, señalando un garabato en el horizonte—. Tal como dije, desde aquí puedes ver Francia.

—¿De verdad?

Juniper asintió y ya no miró hacia la costa. Entrecerró los ojos en dirección al campo cubierto de matorrales amarillentos que bordeaba el bosque Cardarker, buscando, esperando echar un último vistazo…

Se estremeció. Lo había visto, una silueta minúscula cruzaba el primer puente. Llevaba las mangas levantadas hasta los codos, podía distinguirlo, y con las palmas extendidas acariciaba la hierba. De pronto se detuvo, levantó los brazos y apoyó las manos en la nuca, aparentemente para mirar el cielo. Giró hacia el castillo. Ella contuvo el aliento. Se preguntó cómo era posible que la vida cambiara tan radicalmente en media hora, aunque nada hubiera cambiado.

—El castillo tiene una falda —dijo Meredith, señalando hacia abajo.

Él reanudó la marcha y desapareció al bajar la colina. Thomas Cavill se había deslizado por la rendija que lo llevaría al mundo exterior. El aire que rodeaba el castillo parecía saberlo.

—Mira, allí abajo —insistió Meredith.

Juniper sacó sus cigarrillos del bolsillo.

—Allí había un foso. Papá ordenó que lo rellenaran cuando murió su primera esposa. Aunque no deberíamos nadar en la piscina —explicó sonriente. Meredith la miró angustiada—. No te preocupes, mi pequeña Merry. Nadie se disgustará cuando te enseñe a nadar. Papá ya no sale de su torre, no tiene por qué saberlo. Además, con un día como el de hoy es un crimen no aprovechar la piscina.

«Cálida. Perfecta. Azul».

Juniper encendió la cerilla. Respiró profundamente, apoyó una mano en el tejado inclinado y miró la cúpula que se recortaba en el claro cielo azul. Y las palabras acudieron a su mente:

> Yo, vieja tortuga,
> me arrastraré hasta una rama seca; y allí,
> a mi compañero, que nunca volveré a ver,
> lamentaré haber perdido.

Ridículo, por supuesto. Absolutamente ridículo. Aquel hombre no era su compañero. No tenía que lamentar pérdida alguna. Y aun así, había recordado esas palabras.

—¿Te gusta el señor Cavill?

El corazón de Juniper se aceleró. Su rostro se encendió instantáneamente. Meredith la había descubierto, había intuido sus pensamientos secretos. Se ajustó el tirante del vestido. No supo qué responder. Mientras guardaba la caja de cerillas en el bolsillo, oyó que su amiga decía:

—A mí me gusta.

Y a juzgar por sus mejillas sonrojadas, Juniper percibió que, en verdad, a Meredith le gustaba mucho su maestro. Sintió alivio —sus pensamientos aún eran privados— y, al mismo tiempo, una envidia opresiva por tener que compartir lo que sentía. Entonces miró a Meredith y esa sensación desapareció tan súbitamente como había surgido.

—¿Qué es lo que te gusta de él? —preguntó, esforzándose por parecer despreocupada.

Meredith no respondió de inmediato. Juniper fumaba, con la vista fija en el lugar por donde aquel hombre había abandonado los terrenos del castillo.

—Es muy inteligente —dijo por fin—. Y guapo. Y es amable, siempre. Tiene un hermano, un grandullón que se comporta como un bebé, llora por todo y a veces grita en medio de la calle. Pero deberías ver la paciencia y la suavidad con que lo trata el señor Cavill. Si los vieras juntos, pensarías que está pasando el mejor momento de su vida. No finge, como suelen hacer las personas cuando se sienten observadas. Es el mejor maestro que he tenido. Me regaló un diario, un auténtico diario con las tapas de piel. Dice que si me esfuerzo podría seguir estudiando en la escuela secundaria e incluso en la universidad, y algún día podría escribir cuentos o poemas, o artículos para el periódico... —Meredith hizo una pausa y suspiró antes de continuar—: Nadie antes que él creyó que yo fuera capaz de hacer algo bueno.

Juniper se acercó a la pequeña que se encontraba a su lado. Los hombros de ambas se tocaron.

—Eso es una tontería. El señor Cavill tiene razón, por supuesto. Sabes hacer infinidad de cosas. No hace mucho que te conozco, y ya lo he comprobado —aseguró.

La tos le impidió continuar. Una rara sensación la había invadido mientras Meredith describía a su maestro y mencionaba sus propias aspiraciones. Un fuego se había encendido en su pecho, se había avivado hasta ser incontenible y se había dispersado por su piel. Al llegar a los ojos había amenazado con transformarse en lágrimas. Sintió ternura, cariño, necesidad de proteger a esa niña que esbozaba una sonrisa esperanzada. No pudo contenerse, la abrazó con fuerza. Meredith se puso tensa, se aferró a las tejas.

Juniper se alejó.

—¿Qué sucede? ¿Te encuentras bien?

—Solo un poco asustada por la altura, eso es todo.

—¿Por qué no me lo has dicho?

Meredith se encogió de hombros y mirando sus pies desnudos, explicó:

—Muchas cosas me asustan.

—¿De verdad?

Ella asintió.

—Supongo que es normal.

—¿Alguna vez has tenido miedo?

—Pues claro, como cualquiera.

—¿De qué?

Juniper miró hacia abajo, aspiró su cigarrillo.

—No lo sé.

—¿De los fantasmas del castillo?

—No.

—¿Las alturas?

—No.

—¿Miedo de ahogarte?

—No.

—¿De no ser amada y sentirte eternamente sola?

—No.

—¿De tener que hacer algo intolerable durante el resto de tu vida?

—Uhhh…, no —dijo Juniper, haciendo una mueca de disgusto. Meredith parecía tan desalentada que se vio obligada a decir—: Hay una cosa…

Aunque no tenía intención de confesar su gran temor, su corazón comenzó a acelerarse. Juniper no sabía mucho sobre la amistad, pero tenía la certeza de que no era aconsejable decir a una nueva y querida amiga que temía ser una persona violenta. Siguió fumando y recordó el arrebato de pasión, la ira que había amenazado con desgarrarla. El modo en que había aferrado la espada, sin dudar, y lo había atacado, y luego… había despertado en su cama. Saffy se encontraba a su lado y Percy, junto a la ventana. Saffy le sonreía, pero un instante antes, cuando aún no sabía que Juniper estaba despierta, su expresión era diferente: los labios apretados, el ceño fruncido contradecían las frases con que después había negado cualquier posible desgracia, porque, por supuesto, ¡nada había sucedido! Solo uno de sus episodios, como otros tantos.

Se lo habían ocultado porque la amaban. Aún lo hacían. Al principio lo había creído. Al fin y al cabo, ¿qué motivo tenían para mentir? Ya había padecido esas amnesias. Aquella no tenía que ser diferente.

Y sin embargo, lo había sido. Juniper lo descubrió, aunque sus hermanas no lo supieran. Fue pura casualidad. La señora Simpson tenía una entrevista con su padre. Juniper se encontraba en el puente que cruzaba el arroyo cuando la mujer se acercó y, apuntando un dedo hacia ella, dijo:

—Tú, criatura salvaje, eres un peligro para los demás. Deberían encerrarte por lo que hiciste.

Juniper no comprendió a qué se refería.

—A mi hijo le han tenido que dar treinta puntos. ¡Treinta! Eres un animal.

Un animal.

El detonante. Al oír esas palabras, Juniper se sobresaltó, un recuerdo fragmentado acudió a su memoria. Un animal —Emerson— gritando de dolor.

Aunque se esforzó por concentrarse, el resto se negó a aparecer. Permaneció oculto en un oscuro rincón de su defectuoso cerebro. Cuánto lo despreciaba. Habría renunciado de inmediato a todo lo demás: la escritura, las febriles oleadas de inspiración, la alegría de captar ideas en una página. Habría renunciado incluso a sus visitantes a cambio de recordar. Había intentado persuadir a sus hermanas, les había rogado, sin obtener ningún resultado. Por fin recurrió a su padre. En su torre él le contó el resto. El daño que Billy Simpson le hizo al pobre y enfermo Emerson, el querido perro que solo quería pasar sus últimos días bajo el sol, junto al rododendro. Y el daño que Juniper le hizo a Billy Simpson. Y luego le dijo que no debía lamentarlo, no era culpa suya.

—Ese chico era un matón. Lo merecía. —Y con una sonrisa, añadió—: Las normas son diferentes para las personas como tú, Juniper. Para las personas como nosotros.

* * *

—Y bien, ¿a qué le temes?

—Diría que... a terminar como mi padre —respondió Juniper, observando el oscuro perfil del bosque Cardarker.

—¿A qué te refieres?

No había manera de explicarlo sin agobiar a Merry con ciertas cosas que no debía saber.

El miedo que oprimía el corazón de Juniper como una goma elástica. El horror de terminar sus días convertida en una anciana demente, vagando por los corredores del castillo, sumergida en un mar de papeles, amedrentada por las criaturas que surgen de su propia pluma. Se encogió de hombros y eligió ofrecer una versión más ligera de sus temores.

—A no poder escapar de este lugar.

—¿Por qué quieres marcharte?

—Mis hermanas me asfixian.

—A mi hermana le agradaría asfixiarme. —Juniper sonrió y dejó caer la ceniza en el canalón—. Hablo en serio. Me odia.

—¿Por qué?

—Porque soy diferente. Porque no quiero ser como ella, aunque sea lo que se espera de mí.

Juniper aspiró largamente su cigarrillo, inclinó la cabeza y contempló el mundo que se abría más allá del castillo.

—Merry, ¿puede una persona escapar de su destino? Esa es la cuestión.

Al cabo de unos instantes, una voz infantil respondió, con sentido práctico:

—El tren siempre estará a tu disposición.

Al principio Juniper creyó haber oído mal. Pero al mirar a Meredith comprendió que lo decía con toda seriedad.

—También los autobuses, pero creo que el viaje en tren es más rápido, y más agradable.

Juniper no pudo evitarlo, se echó a reír. Una gran carcajada salió de lo más profundo de su ser.

Meredith esbozó una sonrisa vacilante. Su amiga la abrazó.

—Oh, Merry, ¿sabías que eres auténtica y completamente perfecta?

Meredith sonrió ampliamente esta vez. Las dos se recostaron contra las tejas para observar el límpido cielo vespertino.

—Merry, ¿sabes algún cuento?

—¿De qué tipo?

—Cuéntame algo sobre Londres.

Las páginas de anuncios

1992

Cuando regresé a casa, después de visitar a Theo Cavill, mi padre me esperaba. La puerta no se había cerrado aún cuando desde su habitación llegó el sonido de la campanilla. Subí junto a él y lo encontré cómodamente apoyado en sus almohadas, sosteniendo la taza y el plato que mi madre le había llevado después de la cena. Fingió sorpresa al verme.

—Oh, Edie —dijo, echando un vistazo al reloj de la pared—, no te esperaba. Había perdido la noción del tiempo.

Era bastante improbable. Junto a él, sobre la manta, vi abierto mi ejemplar de *El Hombre de Barro* y, sobre sus rodillas, la libreta con espiral que había dado en llamar su «dosier». La escena revelaba una tarde dedicada a meditar sobre los misterios de *El Hombre de Barro;* tanto como la avidez con que observaba las páginas impresas que sobresalían de mi bolso. No puedo explicarlo, pero el demonio se apoderó de mí en aquel momento. Bostezando, avancé lentamente hacia el sillón que estaba al otro lado de la cama. De espaldas a él, sonreí. Por fin mi padre no pudo resistir:

—¿Conseguiste algo en la biblioteca sobre un antiguo secuestro en Milderhurst Castle?

—Oh, sí. Lo olvidaba —dije, entregándole los artículos sobre el tema que llevaba en el bolso.

Mi padre los revisó, uno tras otro, con una ansiedad que me hizo sentirme culpable por haber retrasado ese momento. Los médicos nos habían advertido sobre el riesgo de que los pacientes cardiacos sufran depresión, en especial un hombre como mi padre, acostumbrado a estar atareado y ocupar un lugar importante, que de pronto tenía que lidiar con su condición de jubilado. Si quería convertirse en un detective de la literatura, no sería yo quien se lo impidiera, aunque *El Hombre de Barro* fuera el primer libro que había leído en cuarenta años. Además, me parecía un objetivo más encomiable que dedicarse a reparar cosas que ni siquiera necesitaban ser reparadas. Decidí esmerarme.

—¿Hay algo útil, papá?

Su fervor había decaído.

—Nada que se refiera a Milderhurst.

—Me temo que no, al menos no de manera evidente.

—Sin embargo, tenía la certeza de que algo sucedió.

—Lo siento, papá, es todo lo que he podido encontrar.

—No es culpa tuya, Edie —dijo con una valiente sonrisa—. No debemos desalentarnos. Más bien tenemos que modificar el enfoque. —Mi padre comenzó a darse golpecitos con el lápiz; luego lo apuntó hacia mí—. He estado revisando el libro toda la tarde y tengo la certeza de que se trata de algo relacionado con el foso. No hay otra posibilidad. En tu libro sobre Milderhurst se dice que Raymond Blythe ordenó rellenarlo justo antes de escribir *El Hombre de Barro*.

Asentí con gran convicción y decidí no recordarle la muerte de Muriel Blythe y el consecuente dolor de Raymond.

—Es evidente que significa algo. Igual que la niña en la ventana, secuestrada mientras sus padres duermen. Ahí está la clave, solo tengo que relacionarlo de la manera correcta.

Mi padre siguió leyendo los artículos con suma atención, tomó notas con letra apresurada y enérgica. Traté de concentrarme, sin éxito. Un misterio real acechaba mi mente. Decidí mirar el crepúsculo a través de la ventana. La luna en cuarto creciente se alzaba en el cielo púrpura. Tenues nubes pasaban por delante. Pensé en Theo y el hermano que había desaparecido cincuenta años antes, cuando no se presentó en Milderhurst Castle. Había emprendido la búsqueda de Thomas Cavill con la esperanza de descubrir algo que explicara la locura de Juniper, y aunque no lo había logrado, mi diálogo con Theo había cambiado mi punto de vista sobre Tom. Si su hermano estaba en lo cierto, no era un hipócrita, sino un hombre calumniado. Al menos por mí.

—No estás escuchando. —Parpadeando, me aparté de la ventana. Por encima de sus gafas de leer, mi padre me lanzaba una mirada de reproche—. Acabo de exponer una teoría muy sensata y no has oído ni una palabra.

—Sí, el foso, los niños…, ¿barcos?

Mi padre bufó indignado.

—Eres igual que tu madre, desde hace unos días las dos estáis absolutamente distraídas.

—No sé de qué hablas, papá. Soy todo oídos —dije, apoyando los codos en las rodillas—, cuéntame tu teoría.

El disgusto no podía derrotar al entusiasmo.

—Este informe me hace pensar. El secuestro no resuelto de un chico, mientras dormía, en una finca cercana a Milderhurst. La ventana apareció abierta, pese a que la niñera insiste en que estaba cerrada cuando llevó al niño a la cama. Y las marcas en el suelo indican que allí apoyaron una escalera. Sucedió en 1872, cuando Raymond tenía seis años. Edad suficiente para que aquel acontecimiento le causara una profunda impresión, ¿no crees?

Era posible. Por lo menos no era imposible.

—Seguramente, papá. Parece muy plausible.

—La verdadera clave reside en que el cuerpo del niño fue hallado después de una exhaustiva búsqueda… —en ese punto mi padre sonrió orgulloso y prolongó el suspense— en el fondo del fangoso lago de la finca. —Sus ojos se encontraron con los míos. Su sonrisa se desvaneció—. ¿Qué ocurre? ¿Por qué tienes esa expresión?

—Porque es horroroso, ese pobre chico, su familia…

—Sí, por supuesto, pero sucedió hace más de cien años; ha pasado mucho tiempo, no me refería a eso, sino a que para un chico que vivía en el castillo cercano seguramente fue terrible oír que sus padres hablaban sobre el tema.

Recordé los cerrojos de la ventana de la habitación de los niños. Percy Blythe me había dicho que a Raymond le preocupaba la seguridad debido a un episodio de la infancia. Mi padre estaba en lo cierto.

—Así es.

—Pero aún no comprendo qué relación tiene con el foso de Milderhurst —dijo, frunciendo el ceño—. Tampoco cómo es posible que el cuerpo del chico se convirtiera en un hombre que vive en la profundidad de un foso. Ni por qué la descripción del hombre al emerger es tan vívida…

Un suave golpe en la puerta nos obligó a mirar en esa dirección.

—No quiero interrumpir, solo quería saber si has terminado tu té —dijo mi madre.

—Sí, gracias, querida —respondió mi padre. Ella vaciló antes de entrar para recoger la taza.

—Veo que estás muy ocupado —dijo, y para evitar mirarme, simuló concentrarse en una gota de té que chorreaba.

—Trabajamos en nuestra teoría —respondió mi padre, y me guiñó el ojo, ignorando felizmente que una corriente de aire frío había dividido la habitación.

—Supongo que tenéis para rato. Yo me despido hasta mañana, el día ha sido agotador —declaró mi madre. Besó a mi padre en la mejilla y se despidió de mí inclinando la cabeza, pero sin mirarme—. Buenas noches, Edie.

—Buenas noches, mamá.

Para disimular la tensión reinante entre nosotras, tampoco la miré mientras se marchaba. Fingí gran interés en las páginas que tenía sobre las rodillas, los artículos sobre el Pembroke Farm Institute que había recopilado la señorita Yeats. La introducción decía que fue fundado en 1907 por un hombre llamado Oliver Sykes. El nombre me resultó familiar y me devané los sesos hasta recordar que se trataba del arquitecto responsable del diseño de la piscina circular de Milderhurst. Parecía coherente que Raymond Blythe tuviera algún motivo para admirar al grupo de conservacionistas al que legaba su dinero. Y que hubiera empleado a esas personas para trabajar en su preciada finca. La puerta del dormitorio de mi madre se cerró y suspiré aliviada. Dejé a un lado los papeles y traté de actuar con normalidad, por el bien de mi padre.

—¿Sabes, papá? Ese asunto del lago y el chico..., creo que has descubierto algo importante.

—Precisamente de eso estaba hablando, Edie.

—Lo sé, y tengo la certeza de que sirvió de inspiración a la novela.

Mi padre puso los ojos en blanco.

—No, olvídate del libro. Me refiero a tu madre.

—¿A mamá?

Él señaló la puerta.

—Está triste, no soporto verla así.

—Creo que es tu imaginación.

—No soy tonto. Lleva semanas rondando abatida por la casa. Hoy ha dicho que había encontrado las páginas de unos anuncios en tu cuarto y comenzó a llorar.

¿Mi madre había estado en mi habitación? ¿Mi madre lloraba?

—Ella es muy sensible, siempre lo ha sido. No puede ocultar lo que siente, tampoco tú. Sois muy parecidas.

Tal vez el comentario tuviera la intención de conmoverme, pero la mera idea de que mi madre no pudiera ocultar sus sentimientos era absolutamente desconcertante. Tanto que la sugerencia de que nos parecíamos pasó a segundo plano, y no tuve fuerzas para argumentar que era totalmente incorrecta.

—¿A qué te refieres?

—Era una de las cosas que más me gustaban de ella, que fuera diferente de todas las engreídas que había conocido. Cuando la vi por primera vez, estaba llorando.

—¿De verdad?

—En el cine. Por casualidad no había nadie más en la sala. La película no era particularmente triste, pero tu madre se pasó todo el tiempo llorando en la oscuridad. Trató de disimularlo, pero cuando salimos al vestíbulo, sus ojos estaban tan rojos como tu camiseta. Me dio pena y la invité a tomar el té.

—¿Por qué lloraba?

—Nunca lo supe. En aquella época lloraba con facilidad.

—¿Hablas en serio?

—Oh, sí. Era muy sensible. Y algo rara. Inteligente e imprevisible. Cuando describía las cosas, te parecía verlas por primera vez.

Quise preguntar: «¿Qué sucedió después?», pero me pareció una crueldad insinuar que ya no era la misma persona. Me alegró que mi padre reanudara el relato:

—Todo cambió a causa de tu hermano. Después de Daniel nada fue igual.

Por primera vez, al menos que yo recordase, mi padre pronunciaba el nombre de mi hermano. Quise preguntar un aluvión de cosas. Solo logré decir: «Oh».

—Fue terrible —dijo mi padre con voz serena. Sin embargo, el temblor del labio inferior lo delataba y ese movimiento involuntario oprimió mi corazón.

Acaricié su brazo, pero él no pareció advertirlo. Sus ojos seguían fijos en la alfombra, junto a la puerta. Dedicó una melancólica sonrisa a algo que no estaba allí.

—Le encantaba saltar. «¡Papá, mira cómo salto!» —dijo.

Los imaginé, mi pequeño gran hermano sonreía orgulloso mientras saltaba como una rana por la casa.

—Me habría gustado conocerlo.

—También a mí me habría gustado que lo conocieras —coincidió mi padre, poniendo su mano sobre la mía.

La brisa nocturna agitó la cortina, que rozó mi hombro. Me estremecí.

—Cuando era niña, creía que en la casa vivía un fantasma. A veces oía que mamá hablaba contigo, decíais su nombre. Pero cuando yo entraba en la habitación, callabais. Una vez le pregunté a mamá sobre él.

—¿Qué dijo? —preguntó mi padre, mirándome a los ojos.

—Que era mi imaginación.

Mi padre levantó una mano, la miró con el ceño fruncido, con los dedos arrugó una invisible hoja de papel y suspiró.

—Creíamos que era lo correcto. Hicimos lo que consideramos mejor.

—Lo sé.

—Tu madre… —Mi padre apretó los labios otra vez, tratando de dominar su pena. Una parte de mí quería librarlo de ese sufrimiento. Pero no podía. Había esperado mucho tiempo para oír aquella historia. Al fin y al cabo, describía mi carencia y esperaba con avidez las migajas que él pudiera compartir conmigo. El cuidado con que eligió sus palabras fue doloroso—. Tu madre se lo tomó muy mal, se culpó, no pudo aceptar que fue un accidente. Que Daniel tuvo un accidente. Se convenció de que ella lo había provocado, de que merecía perder un hijo.

Enmudecí. No solo porque era algo terrible, sino porque por fin él había decidido contármelo.

—¿Por qué pensó algo semejante?

—No lo sé.

—¿La enfermedad de Daniel era hereditaria?

—No.

—Tan solo… —me esforcé inútilmente por encontrar las palabras apropiadas— sucedió.

Mi padre dejó caer la tapa de su libreta, y la puso junto con *El Hombre de Barro* en la mesilla de noche. Evidentemente, esa noche no habría sesión de lectura.

—A veces las personas no son racionales. Al menos, en apariencia. Tienes que hurgar un poco para saber qué hay en el fondo.

Asentí, fue todo lo que pude hacer. Después de un día tan extraño, mi padre me recordaba las sutilezas del alma humana. Aturdida como me sentía, no era capaz de captar sus palabras por completo.

—Siempre sospeché que su madre había tenido algo que ver en todo aquello. Habían discutido años antes, cuando tu madre aún era una adolescente. A partir de entonces se distanciaron. Nunca supe los detalles, pero fuese lo que fuese que tu abuela hubiera dicho, Meredith lo recordó al perder a Daniel.

—Pero la abuela no habría hecho daño a mamá deliberadamente.

Mi padre sacudió la cabeza.

—No podemos saberlo, Edie. Nunca me gustó la forma en que tu abuela y Rita se aliaban para atacar a tu madre. Dejaba un sabor amargo en mi boca. Las dos te utilizaban como una cuña.

Me sorprendió su perspectiva, y el afecto con que la había dado a conocer. Rita había insinuado que mi madre y mi padre eran unos esnobs, que despreciaban a esa rama de la familia, pero al oír la versión de mi padre comencé a preguntarme si las cosas eran tan simples como suponía.

—La vida es muy corta, Edie. Un día estamos aquí, y al siguiente ya no estamos. No sé qué ha sucedido entre vosotras, pero si tu madre es infeliz, me siento infeliz, y soy un tipo que no es tan viejo, que se está recuperando de un ataque cardiaco, cuyos sentimientos deberían ser tomados en cuenta.

Sonreí. Mi padre también sonrió.

—Trata de reconciliarte con ella, Edie, querida.

Asentí.

—Necesito tener la mente despejada para desentrañar el misterio de *El Hombre de Barro*.

* * *

Más tarde, en mi habitación, tendida en la cama, revisé las páginas de anuncios, y mientras marcaba apartamentos que no podía pagar, pensaba en la mujer sensible, extraña, risueña y llorona que no había tenido oportunidad de conocer. Un enigma que aparecía en aquellas fotografías de bordes redondeados y colores suaves, con falda acampanada y blusa floreada, y llevaba de la mano a un niño con flequillo y sandalias de piel. Un niño que se divertía saltando, un hijo cuya muerte la había destrozado.

Pensaba también en las palabras de mi padre, en que mi madre se había culpado cuando Daniel murió, en que creía merecer esa muerte. Su manera de decirlo, de utilizar el verbo «perder», la sospecha de que podía relacionarse con aquella pelea con su madre trajeron a mi memoria la última carta que mi madre había enviado a sus padres. Rogaba que le permitieran seguir en Milderhurst, insistía en que por fin había encontrado el lugar al que pertenecía, aseguraba que su elección no implicaba que la abuela la hubiera «perdido».

Las conexiones eran tangibles, pero a mi estómago poco le importaban. Su insolente interrupción me recordó que después de la lasaña de Herbert no había probado bocado.

Avancé sin hacer ruido por el largo y silencioso pasillo, rumbo a la escalera. Casi había llegado cuando advertí la delgada franja de luz que se distinguía debajo de la puerta del dormitorio de mi madre. Dudé. La promesa hecha a mi padre vibraba en mis oídos. La reconciliación. No tenía grandes esperanzas —nadie igualaba la destreza de mi madre para deslizarse airosa sobre el hielo—, pero era importante para mi padre, de modo que tomé aire profundamente y llamé la puerta con mucha delicadeza. No hubo respuesta y por un instante me creí a salvo. Pero de pronto oí una voz:

—Edie, ¿eres tú?

Abrí la puerta. Vi a mi madre sentada en la cama debajo de mi cuadro favorito, una luna llena convertía en mercurio un mar oscuro como el regaliz. Las gafas de leer se apoyaban en la punta de su nariz y sobre las rodillas descansaba una novela titulada *Los últimos días en París*. Parpadeaba con cierta perplejidad.

—Vi luz bajo la puerta.

—No podía dormir. La lectura suele ayudar —dijo, enseñándome el libro.

Asentí. No seguimos hablando. Mi estómago aprovechó la ocasión para llenar el silencio. Estaba a punto de disculparme y huir hacia la cocina cuando mi madre dijo:

—Edie, cierra la puerta.

Lo hice.

—Ven, siéntate, por favor —pidió. Se quitó las gafas y las colgó con su cadena en una de las columnitas de la cama. Me senté cautelosa a sus pies, en el mismo lugar que ocupaba en la mañana de sus cumpleaños cuando era una niña.

—Mamá, yo…

—Tenías razón, Edie —interrumpió mi madre. Luego colocó el marcapáginas en su novela y cerró el libro, pero no lo dejó en la mesilla de noche—, estuve contigo en Milderhurst. Hace ya muchos años.

Sentí un incontenible deseo de llorar.

—Eras una niña, no creí que lo recordaras. No pasamos mucho tiempo allí. No tuve valor para atravesar la verja —dijo sin mirarme, apretando la novela contra su pecho—. Cometí un error al fingir que lo habías imaginado. Pero fue… muy desconcertante. No estaba preparada para tu pregunta. No quería mentir. ¿Puedes perdonarme?

¿Es posible negarse ante semejante petición?

—Por supuesto.

—Adoraba ese lugar, nunca quise abandonarlo.

—Oh, mamá…

—También a ella, a Juniper Blythe.

Mi madre me miró con una expresión tan desolada que sentí un nudo en la garganta.

—Háblame de ella.

Mi madre hizo una larga pausa. En sus ojos advertí que se hallaba lejos, en el tiempo y el espacio.

—Era… distinta a todas las personas que he conocido —comenzó, apartando un mechón de su frente—. Cautivadora, en sentido estricto. Me fascinó.

Pensé en la mujer de cabello blanco que había conocido en el sombrío corredor de Milderhurst. En la increíble transformación que experimentó su rostro cuando sonrió. En el relato de Theo sobre las ardientes cartas de amor de su hermano. En la niña de la fotografía a la que habían pillado por sorpresa y miraba la cámara con aquellos ojos grandes y separados.

—No querías regresar a casa.

—No.

—Querías estar con Juniper.

Mi madre asintió.

—Y la abuela se enfadó.

—Oh, sí. Durante meses había insistido, pero yo había logrado convencerla de que debía seguir allí. Cuando comenzaron los bombardeos, se alegraron de que estuviera a salvo, al menos eso supongo. Pero finalmente envió a mi padre a buscarme y ya no regresé al castillo. Aunque nunca dejé de hacerme preguntas.

—¿Acerca de Milderhurst?

—Acerca de Juniper y el señor Cavill.

Sentí que mi piel se erizaba y me aferré al pie de la cama.

—Era mi maestro preferido: Thomas Cavill. Ellos se comprometieron. Nunca tuve noticias de ninguno de los dos.

—Hasta que llegó la carta perdida de Juniper.

Cuando mencioné la carta, mi madre se estremeció.

—Sí.

—Y te hizo llorar.

—Sí —repitió. Por un momento creí que se echaría a llorar otra vez—. Aunque la carta no era triste, sino el hecho de que se hubiera perdido durante tanto tiempo. Pensaba que ella había olvidado.

—¿Qué había olvidado?

—Que me había olvidado a mí, por supuesto —dijo mi madre con los labios temblorosos—, creí que se habían casado y me habían olvidado por completo.

—Pero no lo hicieron.

—No.

—Nunca se casaron.

—No, pero yo no lo sabía. No lo comprendí hasta que tú no lo dijiste. Nunca más supe de ellos. Le había enviado algo a Juniper, algo muy importante para mí, y esperaba su respuesta. Esperé mucho tiempo, dos veces al día controlaba la llegada de la correspondencia, sin resultado.

—¿Le escribiste otra vez para saber por qué no respondía, para comprobar que lo hubiera recibido?

—Estuve a punto de hacerlo varias veces, pero me sentí una pedigüeña. Después me encontré con una de las hermanas del señor Cavill en la tienda de comestibles y me dijo que él había huido para casarse sin informar a su familia.

—Oh, mamá, lo siento.

Ella dejó el libro sobre la colcha.

—Los odié, a los dos. Me habían hecho daño. El rechazo es un cáncer, Edie. Consume a las personas.

Me acerqué, aferré su mano, ella respondió al gesto. Había lágrimas en sus mejillas.

—La odiaba y la adoraba, sentí un profundo dolor. —Mi madre buscó un sobre en el bolsillo de su bata y me lo entregó—. Y entonces, esto. Cincuenta años después.

Era la carta perdida de Juniper. La recibí en silencio, sin saber si me pedía que la leyera. La miré a los ojos y asintió.

Mis manos temblaban. La abrí.

> *Querida Merry:*
>
> *¡Mi niña inteligente! Tu cuento llegó sano y salvo y lloré al leerlo. ¡Qué obra tan adorable! Intensa y terriblemente triste. Con admirables descripciones. Eres una jovencita muy despierta. Hay una enorme sinceridad en tu escritura, una franqueza a la que muchos aspiran y que pocos logran. Debes continuar. No hay motivo para que no hagas con tu vida exactamente lo que deseas. Nada te retiene, mi pequeña amiga.*
>
> *Me encantaría decirte esto en persona, entregarte tu manuscrito bajo el árbol del parque, aquel que captaba entre sus hojas pequeños diamantes de luz. Pero lamento decirte que no regresaré a Londres, como estaba previsto. Al menos no por un tiempo. Aquí las cosas no han resultado como había imaginado. No puedo contar demasiado, solo que ha ocurrido algo y es mejor que permanezca en casa por ahora. Te echo de menos, Merry, fuiste mi primera y única amiga, ¿te lo he dicho alguna vez? A menudo pienso en los momentos que pasamos juntas, en especial aquella tarde en el tejado, ¿la recuerdas? Habías llegado*

pocos días antes y aún no habías hablado de tu miedo a las alturas. Me preguntaste cuáles era mis miedos y te lo dije. No se lo había dicho a nadie.

Adiós, mi pequeña.

Con amor, siempre,

Juniper

La leí otra vez. Tenía que hacerlo. Mis ojos siguieron aquella estridente letra cursiva. Muchas cosas despertaban mi curiosidad, pero mi atención se concentró en algo en particular. Mi madre me había enseñado la carta para que comprendiera quién era Juniper, qué clase de amistad la unía a ella. Sin embargo, solo podía pensar en mi madre y yo. Había pasado toda mi vida adulta inmersa en el mundo de los escritores y sus manuscritos. Había llevado a la mesa familiar innumerables anécdotas, aun sabiendo que caían en oídos sordos, y desde la infancia me había visto como una aberración. Ni una sola vez mi madre insinuó haber tenido aspiraciones literarias. Rita lo había mencionado, por supuesto, pero hasta el momento en que bajo la inquieta mirada de mi madre leí la carta de Juniper, no lo había creído. Le devolví la carta a mi madre, tragando el nudo que la pena había formado en mi garganta.

—Tú escribías.

—Era una fantasía infantil, al crecer perdí el interés.

Pese a todo, evitaba mirarme, y eso indicaba que había sido más que un capricho infantil. Traté de preguntarle si seguía escribiendo, si conservaba alguna de sus obras, si me las enseñaría alguna vez, pero no lo hice, no pude. Mi madre observaba la carta de nuevo, con profunda tristeza.

—Erais buenas amigas.

—Sí.

«La adoraba», había dicho mi madre. «Mi primera y única amiga», había escrito Juniper. Y aun así, se habían separado en 1941 y nunca se reencontraron. Medité antes de preguntar:

—¿A qué se refiere Juniper cuando dice que ocurrió algo?

Mi madre alisó la carta.

—Supongo que se refiere a que Thomas huyó con otra mujer. Tú me lo dijiste.

Era verdad, pero solo porque así lo creía en aquel momento. Pero ahora, después de hablar con Theo Cavill, ya no lo creía.

—¿Y por qué al final habla del miedo?

—Es un poco raro —coincidió mi madre—. Tal vez recordaba esa conversación como ejemplo de nuestra amistad. Pasábamos mucho tiempo juntas, hacíamos distintas cosas, no comprendo por qué hace hincapié en ello. —Entonces mi madre me miró y advertí que su desconcierto era auténtico—. Juniper era una persona intrépida, no tenía los miedos habituales de las demás personas. Solo le causaba terror la idea de terminar sus días como su padre.

—¿En qué sentido?

—Nunca lo dijo con claridad. Raymond Blythe era un anciano perturbado, y al igual que su hija, un escritor. Creía que sus personajes habían cobrado vida y que lo perseguían. Una vez me crucé con él por error. Me desorienté y terminé junto a su torre. Era un hombre que causaba miedo. Tal vez se refiere a eso.

Era posible. Recordé mi visita al pueblo de Milderhurst y las cosas que se decían sobre Juniper. Las amnesias, los momentos que no podía recordar. Para una chica que padecía sus propios episodios debía de resultar terrorífico ser testigo de la demencia senil de su padre. Los hechos demostraron que tenía motivos para temer.

Mi madre suspiró y con una mano se revolvió el cabello.

—He causado un desastre. Juniper, Thomas… Y ahora tú miras las páginas de anuncios de pisos por mi culpa.

—Eso no es verdad. Miro los anuncios porque tengo treinta años y no puedo quedarme aquí para siempre, aunque el té sabe mucho mejor cuando lo preparas tú —repliqué sonriente.

Ella también sonrió. Sentí un profundo cariño, desde la profundidad surgía algo que había pasado mucho tiempo dormido.

—Soy yo quien ha causado un desastre, no debí leer tus cartas. ¿Podrás perdonarme tú a mí?

—No es necesario que lo preguntes.

—Solo quería conocerte mejor, mamá.

Ella acarició mi mano con suavidad y supe que me comprendía.

—Edie, desde aquí se oyen los gruñidos de tu estómago. Bajemos a la cocina, te prepararé algo de comer.

Una invitación y una nueva edición

Y precisamente cuando me preguntaba qué había sucedido entre Thomas y Juniper y si alguna vez tendría oportunidad de descubrirlo, ocurrió algo totalmente imprevisto. Era miércoles al mediodía. Herbert y yo regresábamos con Jess de nuestro saludable paseo por Kensington Gardens, con más alboroto del que sugiere mi relato. A Jess no le gusta caminar y no tiene dificultad para dar a conocer sus sentimientos: expresa su protesta deteniéndose a intervalos de medio metro para olisquear las esquinas, en busca de misteriosos olores.

Durante una de tales sesiones de exploración, mientras Herbert y yo esperábamos, él preguntó:

—¿Qué novedades hay en el frente hogareño?

—Ha comenzado el deshielo —dije, y le hice una síntesis de los acontecimientos recientes—. No quiero apresurarme, pero creo que estamos ante un nuevo y brillante comienzo.

—¿Tus planes de mudarte han quedado en suspenso? —preguntó Herbert, alejando a Jess de una mancha de barro sospechosamente olorosa.

—Oh, no. Mi padre planea comprarme una bata con mi nombre bordado e instalar un tercer colgador para colocarla en el baño tan pronto como esté en condiciones de hacerlo. Me temo que si no despego rápido, estaré perdida.

—Suena horroroso. ¿Has visto algo ya en los anuncios?

—Muchas cosas. Aunque tendré que pedirle a mi jefe un significativo aumento de sueldo para estar en condiciones de pagarlo.

—¿Crees que lo conseguirás?

Giré la mano hacia ambos lados, como lo haría un titiritero.

Herbert me pasó la correa de Jess para buscar sus cigarrillos.

—Si tu jefe no puede concederte el aumento, tal vez pueda ayudar con alguna idea.

—¿Qué clase de idea? —pregunté, levantando una ceja.

—Muy buena, según creo —dijo Herbert, y al ver mi gesto desconcertado, agregó guiñando el ojo—: Todo a su debido tiempo, mi querida Edie.

Al doblar la esquina vimos al cartero a punto de deslizar unas cartas bajo la puerta de Herbert. Él lo saludó con el sombrero y, con el puñado de sobres bajo el brazo, abrió la puerta. Jess, como de costumbre, se dirigió a su trono, el almohadón bajo el escritorio de su amo, donde se acomodó con destreza antes de dedicarnos una mirada de profunda indignación.

—¿Té o el correo? —preguntó Herbert tan pronto cerró la puerta.

Ya iba camino a la cocina cuando lo oí, porque al volver de nuestros paseos Herbert y yo tenemos un hábito compartido.

—Yo me encargo del té; lee tú el correo.

La bandeja estaba preparada en la cocina —Herbert es muy puntilloso con ciertas cosas— y una provisión de *scones* recién horneados se enfriaba bajo una servilleta. Mientras yo vertía crema y mermelada casera en pequeños cuencos, Herbert

leía los encabezados de la correspondencia. Iba rumbo a la oficina, tratando de mantener la bandeja en equilibrio, cuando le
oí decir:

—Vaya, vaya.

—¿De qué se trata?

—Una oferta de trabajo, según creo.

—¿De quién?

—Una editorial de renombre.

—¡Qué descaro! Confío en que les dirás que ya tienes un
buen trabajo.

—Por supuesto, lo haré. Aunque no soy el destinatario.
La elegida eres tú y nadie más que tú.

* * *

La carta había sido enviada por la editorial que publicara *El
Hombre de Barro*. Frente a una humeante taza de Darjeeling y
un *scone* con mermelada, Herbert la leyó en voz alta y luego la
releyó en silencio. Entonces me explicó sucintamente el contenido, porque a pesar de mis diez años en la industria editorial,
la sorpresa me había privado temporalmente de la capacidad de
comprender. En breve, el año próximo, con ocasión de su setenta y cinco aniversario, se publicaría una nueva edición de *El
Hombre de Barro* y los editores de Raymond Blythe me pedían
que escribiera una nueva introducción.

—Estás bromeando —dije, pero Herbert negó con la cabeza—. Es increíble. ¿Por qué me habrán elegido?

—No lo sé. Aquí no lo dice —respondió él después de dar
la vuelta a la carta y comprobar que el dorso de la hoja estaba en
blanco.

—Qué extraño —comenté. Un escalofrío recorrió mi
piel. Los filamentos que la unían a Milderhurst comenzaban a
estremecerse—. ¿Qué debo hacer?

Herbert me entregó la carta.

—Para empezar, deberías telefonear a este número.

* * *

Mi diálogo con Judith Waterman, editora de Pippin Books, fue breve y bastante agradable. Le dije quién era y por qué motivo quería hablarle, a lo que ella respondió:

—Para ser sincera, habíamos contratado a otro escritor y estábamos satisfechos con su trabajo. Sin embargo, no ocurrió lo mismo con las hijas de Raymond Blythe. El asunto se convirtió en un terrible dolor de cabeza. El libro se publicará el año que viene, de modo que el tiempo apremia. La edición lleva meses de trabajo, nuestro escritor ya había realizado entrevistas y había redactado un borrador cuando de forma imprevista las señoritas Blythe telefonearon para informarnos de que debíamos detener el proceso.

No me resultó difícil vislumbrar el placer con que Percy Blythe habría tomado esa decisión.

—Esta edición es muy importante para nosotros —continuó Judith—, lanzaremos bajo un nuevo sello una colección de clásicos y cada uno de ellos incluirá a modo de prólogo una especie de ensayo biográfico. *La verdadera historia del Hombre de Barro,* uno de nuestros títulos más populares, es ideal como lectura para el verano.

Yo asentía como si ella estuviera presente.

—No logro comprender. No creo que yo…

—El problema —insistió Judith— surgió a raíz de una de las hijas del autor, Persephone Blythe, lo cual no deja de ser sorprendente, dado que la propuesta llegó a nosotros a través de su hermana gemela. En cualquier caso, ellas no están conformes, ciertas cláusulas contractuales nos impiden publicar el libro sin su autorización y el proyecto está en peligro. Me reuní con las hermanas Blythe hace un par de semanas y afortunadamente accedieron a seguir adelante con otro escritor, mientras ellas lo aprobaran. —Judith hizo una pausa. Oí que bebía algo—. Les enviamos una larga lista de escritores, con muestras de su trabajo. Sin leerla siquiera, Persephone Blythe pidió que usted se hiciera cargo de escribir el prólogo.

—¿Ella lo pidió? —pregunté con aprensión.

—Así es. Categóricamente.

—No soy escritora, como bien sabe.

—Sí. Traté de explicar ese detalle a las señoritas Blythe, pero no le dieron importancia. Evidentemente la conocen y saben a qué se dedica. Más aún, parece que es la única persona que están dispuestas a admitir, lo que limita drásticamente nuestras opciones: si Edie Burchill no acepta, el proyecto fracasa.

—Entiendo.

—No dudo de que hará un buen trabajo —aseguró Judith; su voz estaba acompañada por el ruido de papeles que se movían en su escritorio—. Es editora, sabe redactar, he consultado a alguno de sus clientes y todos la han elogiado.

—¿En serio? —pregunté, incapaz de dominar mi vanidad. Ella, con mucho tino, ignoró la pregunta.

—Y todos en Pippin creemos que es prometedor. Tal vez la elección de las hermanas se deba a que finalmente están dispuestas a hablar sobre los hechos que inspiraron el libro. No es necesario decir que si logramos desvelarlos causaremos un gran impacto.

Por supuesto, no era necesario. Mi padre ya lo sabía.

—Y bien, ¿cuál es su respuesta?

¿Cuál fue mi respuesta? Percy Blythe me quería a mí. Debía escribir sobre *El Hombre de Barro*, y para ello debía visitar nuevamente a las hermanas Blythe en su castillo. ¿Qué otra cosa podía decir?

—De acuerdo. Lo haré.

* * *

—Estuve allí la noche del estreno —dijo Herbert cuando terminé de contarle mi conversación.

—¿Viste la versión teatral de *El Hombre de Barro*?

Herbert asintió. Jess se echó a sus pies.

—¿No te lo había contado?

—No.

No era extraño. Sus padres eran gente de teatro y había pasado buena parte de su infancia entre bambalinas.

—Tenía alrededor de doce años y lo recuerdo porque fue una de las obras más asombrosas que he visto. Por distintos motivos. En el centro del escenario habían montado el castillo, sobre una plataforma elevada e inclinada de modo que la torre apuntaba hacia el público y a través de la ventana del ático era posible ver la habitación donde dormían Jane y su hermano. En el borde de la plataforma se encontraba el foso, iluminado desde atrás. Por fin apareció el Hombre de Barro y comenzó a trepar por las piedras del castillo, proyectando largas sombras sobre el auditorio, creando la impresión de que el lodo, la humedad, la oscuridad, el monstruo mismo se nos caerían encima.

—Parece una pesadilla, no es sorprendente que lo recuerdes.

—Es verdad, pero no fue solo eso. Recuerdo aquella noche porque se produjo un alboroto entre el público.

—¿Qué clase de alboroto?

—Yo miraba entre bambalinas, y desde allí pude verlo. Se produjo una conmoción en el palco del autor, la gente se puso de pie, una niña lloraba, alguien se encontraba mal. Llamaron a un médico y parte de la familia se refugió detrás del escenario.

—¿La familia Blythe?

—Eso supongo, aunque confieso que perdí el interés tan pronto cesó el alboroto. El espectáculo continuó, por supuesto. Creo que al día siguiente el incidente apenas fue mencionado en los periódicos. Sin embargo, para un chico como yo fue inquietante.

—¿Descubriste alguna vez qué había sucedido? —pregunté, pensando en Juniper, en aquellos episodios que eran motivo de comentario.

Herbert negó con la cabeza y bebió su té.

—Fue solo otra anécdota del mundo teatral —concluyó. Luego aspiró su cigarrillo y sonriendo, dijo—: Ahora, hablemos de ti, de la invitación al castillo que ha recibido Edie Burchill. ¡Vaya cosa!

No pude contener la sonrisa, pero mi expresión se vició un poco cuando reflexioné sobre las circunstancias que habían motivado mi designación.

—No me siento muy bien cuando pienso en el escritor que rechazaron.

Herbert agitó la mano y la ceniza cayó en la alfombra.

—No es culpa tuya, Edie, querida. Percy Blyhte decidió que fueras tú. Es un ser humano.

—Después de conocerla, no podría asegurarlo.

Él rio, dio una calada a su cigarro y dijo:

—El escritor por el que sufres lo superará. Todo vale en el amor, la guerra y la edición.

Sin duda, el escritor desplazado no me entregaría su amor, pero tenía la esperanza de que tampoco me declarara la guerra.

—Se ha ofrecido a entregarme sus notas. Judith Waterman me las enviará esta tarde.

—Es una actitud muy correcta.

Estuve de acuerdo. De pronto, se me ocurrió otra cosa.

—Espero que mi ausencia no te cree dificultades. ¿Podrás arreglártelas tú solo?

—Será difícil —dijo Herbert, frunciendo el ceño con burlona perseverancia—, pero supongo que lo afrontaré con valor.

Le respondí con una mueca.

Él se puso de pie y buscó las llaves del coche en sus bolsillos.

—Tenemos una cita con el veterinario. Lamentablemente no podré esperar hasta que esas notas lleguen. Marca los mejores pasajes, por favor.

—Lo haré.

Herbert llamó a Jess y luego aferró mi cara entre sus manos con firmeza. Las sentí temblar de emoción mientras su barba me rozaba las mejillas, donde depositó sendos besos.

—Eres brillante, querida Edie.

* * *

El paquete de Pippin Books llegó esa tarde, cuando me disponía a marcharme. Consideré la posibilidad de llevarlo a casa, abrirlo de un modo tranquilo, profesional. Pero lo pensé mejor, cerré la puerta, encendí de nuevo las luces y me dirigí a toda prisa a mi escritorio, desgarrando el papel por el camino.

Al llegar dejé caer dos casetes y comencé a revisar una pila de papeles, alrededor de cien páginas, cuidadosamente unidas con dos grandes clips. La primera hoja era una nota de Judith Waterman. Incluía una síntesis del proyecto, que, en esencia, decía: «New Pippin Classics es un nuevo sello de Pippin Books que ofrecerá a sus antiguos y nuevos lectores una selección de nuestros clásicos, con atractivas portadas, excelente encuadernación y nuevas introducciones biográficas. Los títulos de NPC aspiran a constituir una dinámica presencia editorial en el futuro. Los volúmenes de la serie —que comienza con *La verdadera historia del Hombre de Barro*, de Raymond Blythe— estarán numerados, de modo tal que los lectores puedan hacer su colección completa».

Un asterisco me llevó a una nota al pie, donde Judit decía:

Edie, por supuesto, tú decides acerca del texto. Sin embargo, considerando que ya se ha escrito en abundancia

*sobre Raymond Blythe y que era tan reticente a hablar so-
bre su inspiración, creemos que sería interesante dar pro-
tagonismo a sus tres hijas, saber cómo fue su infancia en el
lugar donde transcurre* El Hombre de Barro.

*En las transcripciones de las entrevistas de Adam
Gilbert, nuestro anterior escritor, encontrarás detalladas
descripciones e impresiones de sus visitas al castillo. Puedes
utilizarlas, por supuesto, pero no dudes en realizar tu propia investigación. En realidad, Persephone Blythe se mostró entusiasmada ante esa posibilidad y sugirió que debías
visitar el castillo. (De más está decir que si ella deslizara
algún dato sobre el origen de la obra, nos encantaría que
incluyeras esa información).*

*El presupuesto nos permite pagar una breve estan-
cia en el pueblo de Milderhurst. Estamos en contacto con
la señora Marilyn Bird, del hotel Home Farm. Adam estuvo muy cómodo en la habitación y la tarifa incluye las
comidas. La señora Bird tiene disponibles cuatro noches
a partir del 31 de octubre. En nuestra próxima comunicación me dirás si estás de acuerdo en que hagamos la
reserva.*

Aparté la carta, miré la primera página de los documentos
de Adam Gilbert y sentí una profunda emoción. Creo haber
sonreído y sin duda me mordí el labio con ímpetu suficiente para recordarlo.

* * *

Al cabo de cuatro horas había leído todo el material. Ya no estaba en una silenciosa oficina de Londres. Por supuesto, seguía
allí, pero al mismo tiempo, me encontraba lejos, en un oscuro y
laberíntico castillo de Kent, con tres hermanas, su venerable pa-

dre y un manuscrito que se convertiría en un libro que alcanzaría la categoría de clásico.

Dejé las páginas en el escritorio y me alejé un poco para estirarme. Luego me puse de pie para estirarme mejor. Sentía un nudo en la base de la columna —según me habían dicho, es producto de leer con los pies cruzados sobre la mesa— y traté de deshacerlo. Desde la profundidad oceánica de mi mente ciertas ideas habían logrado salir a la superficie. En primer lugar, me impactó la profesionalidad de Adam Gilbert. Las entrevistas habían sido transcritas con fidelidad y claridad en una antigua máquina de escribir, y el autor había agregado notas manuscritas donde lo creyó necesario. Por su nivel de detalle podían leerse como obras teatrales (con indicaciones entre paréntesis para la interpretación cuando el personaje lo merecía). Tal vez por ese motivo otra idea surgió con fuerza: había allí una evidente omisión. De rodillas en mi sillón revisé nuevamente cada página para confirmarlo. No se mencionaba a Juniper Blythe.

Tamborileé con mis dedos sobre el montón de papel. Adam Gilbert tenía sobrados motivos para no mencionarla. El material ya era abundante, ella no había nacido cuando *El Hombre de Barro* se publicó y... era Juniper.

No obstante, no podía pasarlo por alto. La perfeccionista que habita en mí comenzó a molestarse. Las hermanas Blythe eran tres. Por lo tanto, su historia no podía ni debía escribirse sin la voz de Juniper.

Adam Gilbert había incluido sus datos en la primera página. Eran las nueve y media. Durante diez segundos consideré la posibilidad de que fuera muy tarde para telefonear a una persona que vivía en Old Mill Cottage, Tenterden. Luego levanté el auricular y marqué el número.

Respondió una mujer.

—Hola, soy la señora Button.

Su voz pausada y melódica me recordó aquellas películas de la época de la guerra, con las filas de operadoras telefónicas que manejaban las centralitas.

—Hola, me llamo Edie Burchill, me temo que me he confundido de número. Busco al señor Adam Gilbert.

—Esta es la residencia del señor Gilbert. Habla su enfermera, la señora Button.

Una enfermera. Por Dios, era un inválido.

—Lamento molestarla tan tarde. Tal vez debería telefonear en otro momento.

—De ningún modo. El señor Gilbert aún se encuentra en su estudio. Veo luz bajo la puerta. No sigue las prescripciones del médico, pero, mientras cuide su pierna, no es mucho lo que puedo hacer. Es bastante obstinado. Un minuto, por favor.

La enfermera dejó el auricular, oí el ruido del plástico al chocar, luego los pasos que se alejaban, un golpe en una puerta, un diálogo a media voz, y unos segundos después Adam Gilbert atendió el teléfono.

Me presenté, expliqué el motivo de mi llamada, me disculpé por la manera en que me había entrometido en su trabajo. El señor Gilbert no hizo el menor comentario.

—Hasta hoy ignoraba por completo la existencia de este proyecto. No comprendo por qué Percy Blythe ha tomado semejante decisión —dije, esperando obtener respuesta. No fue así. Decidí seguir hablando—: De verdad que lo lamento. Aún no puedo explicármelo. Solo la he visto una vez y muy brevemente. Jamás supuse que esto sucedería. —Le estaba dando la lata. Me di cuenta de ello y con gran esfuerzo logré callar.

—Edie Burchill, la perdono por haberme robado el trabajo —dijo él finalmente, hastiado—. Pero con una condición. Si descubre algo sobre el origen de *El Hombre de Barro,* seré el primero en saberlo.

—Por supuesto —aseguré, aunque a mi padre no le agradaría.

—Bien, ¿en qué puedo ayudarla?

Le expliqué que había leído sus transcripciones, elogié la minuciosidad de sus notas y luego dije:

—Sin embargo, algo me intriga.

—¿De qué se trata?

—La tercera hermana, Juniper. No se hace mención de ella.

—No.

Esperé a que el señor Gilbert me diera algún detalle, pero no lo hizo.

—¿Habló con Juniper?

—No.

De nuevo esperé en vano. Aparentemente el diálogo no sería fluido. Al otro lado de la línea mi interlocutor se aclaró la garganta y dijo:

—Pedí una entrevista pero no estaba disponible.

—¿No?

—En sentido estricto, estaba allí. Según creo, no sale a menudo. Sus hermanas no me permitieron hablar con ella. No se encuentra bien, supongo que ese fue el motivo pero... —Durante unos instantes percibí que se esforzaba por encontrar las palabras adecuadas. Luego, después de suspirar, dijo—: Tengo la impresión de que trataban de protegerla.

—¿De qué? ¿De usted?

—Claro que no.

—¿De qué trataban de protegerla entonces?

—No lo sé, solo fue una sensación. Parecían preocupadas por lo que pudiera decir. Temían que fuera deshonroso.

—¿Para ellas? ¿Para su padre?

—Tal vez, incluso para ella misma.

Recordé entonces mi extraña sensación ante la mirada que intercambiaron Saffy y Percy cuando Juniper me gritó en el salón amarillo; la preocupación de Saffy cuando descubrió que su hermana había conversado conmigo en el corredor; su temor de que hubiera dicho algo indebido.

—Pero ¿por qué? —A decir verdad, me lo preguntaba a mí misma. Pensé en la carta perdida de mi madre, en el conflicto que se insinuaba entre líneas—. ¿Cuál podía ser su secreto?

—Debo admitir que hice algunas averiguaciones —dijo Adam en voz más baja—. Mi curiosidad crecía a medida que su negativa se volvía más categórica.

—¿Qué descubrió? —pregunté, agradecida porque no podía verme. Mi ansiedad era indigna.

—Un incidente en 1935. Podríamos denominarlo un escándalo —declaró el señor Gilbert, y con una misteriosa satisfacción dejó que la última palabra quedara suspendida entre nosotros. Podía imaginarlo, recostado en su sillón Thonet, delante de su escritorio, con la bata ajustada a la altura del vientre y la pipa encendida entre los labios.

—¿Qué clase de escándalo? —pregunté, también en voz baja.

—Un «asunto desgraciado», según me dijeron, en el que estuvo implicado el hijo de un empleado, uno de los jardineros. Los detalles fueron muy imprecisos y no pude encontrar datos oficiales para verificarlo, pero se dice que tuvo una pelea con Juniper y salió malparado.

—¿Juniper le hizo daño cuando tenía trece años?

En mi mente apareció la imagen de la anciana que había conocido en Milderhurst y la foto de aquella niña delgada. Contuve la risa.

—Es lo que sugieren, aunque suene poco probable.

—¿El chico dijo que Juniper lo había herido de alguna forma?

—Él no lo dijo. No son muchos los chicos dispuestos a admitir que han sido vencidos por una frágil niña. Pero su madre fue al castillo para quejarse. Al parecer Raymond Blythe le ofreció una indemnización, disfrazada de gratificación, a su padre, que había trabajado allí toda su vida. Pero no logró acallar los rumores. En el pueblo todavía suelen hablar del tema.

En mi opinión, Juniper era de la clase de personas que provocan habladurías: pertenecía a una familia importante, era hermosa, tenía talento y era encantadora, tal como la había definido mi madre. No podía creer que hubiera sido una adolescente violenta. Me parecía absolutamente imposible.

—Es probable que no sea más que un cotilleo sin fundamento —dijo Adam, como si hubiera adivinado mis pensamientos—, y que no tenga relación con la negativa de sus hermanas a autorizar la entrevista.

Asentí lentamente.

—Tal vez solo desean evitarle un momento de tensión. No se siente bien en presencia de extraños y ni siquiera había nacido cuando su padre escribió *El Hombre de Barro*.

—Estoy de acuerdo, seguramente de eso se trata —dije.

Pero no estaba segura. No habría podido imaginar que a las gemelas les preocupaba un antiguo incidente con el hijo del jardinero, pero no podía librarme de la certeza de que ocultaban algo. Colgué el teléfono y regresé al pasillo fantasmal, vi las expresiones de Juniper, Saffy y Percy. Me sentí una niña con edad suficiente para reconocer ciertos matices, pero incapaz de descifrarlos.

* * *

El día en que debía partir hacia Milderhurst, mi madre entró temprano en mi habitación. Aunque el sol todavía estaba oculto detrás de la fachada de Singer & Sons, me había despertado casi una hora antes, nerviosa como un niño en su primer día de colegio.

—Quiero darte algo —dijo—. Al menos, en préstamo. Es un objeto preciado para mí.

Esperé, preguntándome de qué se trataba. Ella lo sacó del bolsillo de su bata. Me miró un instante y me lo entregó. Un librito con la cubierta de piel marrón.

—Dijiste que querías conocerme mejor —continuó mi madre. Trataba de mostrar coraje, pero su voz era vacilante—. Todo está aquí. Ella está aquí. La persona que yo fui.

Tomé el diario, con el nerviosismo con que una madre primeriza sostiene a su recién nacido. Con la reverencia que se debe a un objeto preciado, con el temor de dañarlo, con el asombro, la emoción y la gratitud que me inspiraba el hecho de que ella me hubiera confiado su tesoro. No supe qué decir, es decir, se me ocurrían muchas cosas, pero tenía un nudo en la garganta; allí estaba la verdadera historia.

—Gracias —fue todo lo que conseguí articular antes de echarme a llorar.

Los ojos de mi madre se nublaron en instantánea respuesta y nos estrechamos en un abrazo.

3

20 de abril de 1940

Era típico. Después de un invierno terriblemente frío, la primavera había llegado con una gran sonrisa. El día era perfecto. Percy no pudo evitarlo, se lo tomó como un desaire divino a su persona. Dejó de creer en Dios ese mismo día, cuando, de pie en la iglesia del pueblo, en el extremo del banco que su abuela había diseñado y William Morris había tallado, oyó que el señor Gordon, el párroco, declaraba que Harry Rogers y Lucy Middleton eran marido y mujer. Toda aquella experiencia tenía la vaga textura de una pesadilla, tal vez debido a la cantidad de whisky que había consumido para tolerarla.

Harry sonrió a su flamante esposa. Una vez más, Percy confirmó que era guapo. No en sentido convencional, no era rudo, ni suave, ni pulcro, era guapo porque era bueno. Siempre lo había creído, incluso cuando ella era una niña y él, un joven que llegaba a su casa para ocuparse de los relojes de su padre. Algo en su manera de comportarse, la modestia de su postura, hablaba de un hombre que con justicia se valoraba a sí mismo. Más aún, su naturaleza serena tal vez no fuera dinámica, pero indicaba cariño y ternura. A través de la barandilla de la escalera ella lo observaba mientras reanimaba los relojes más antiguos y caprichosos del castillo. Si él advertía su presencia, nunca lo puso de manifiesto. Tampoco ahora la veía, solo tenía ojos para Lucy.

La novia, por su parte, sonreía. Interpretaba a la perfección el papel de una mujer feliz de casarse con el hombre que amaba. Percy conocía a Lucy desde hacía tiempo, pero nunca había sospechado que fuera tan buena actriz. Sintió náuseas y deseó que todo aquello terminara cuanto antes.

Habría podido fingir una enfermedad o argumentar que sus obligaciones en el Servicio de Ambulancias le impedían asistir a la boda, pero la gente del pueblo habría murmurado. Lucy había trabajado más de veinte años en el castillo. Era inconcebible que se casara sin que algún miembro de la familia Blythe presenciara la ceremonia. Su padre estaba descartado por razones obvias. Saffy debía preparar el castillo para la visita de los padres de Meredith. Y Juniper —lejos de ser una candidata ideal— se había refugiado en el ático con su pluma, en un arranque de inspiración. En consecuencia, la responsabilidad había recaído en Percy. No podía eludirla, sobre todo porque habría tenido que dar explicaciones a su gemela. Desolada porque se perdería la boda, le había exigido un informe detallado.

—El vestido, las flores, la manera en que se miran el uno al otro —había dicho, contando con los dedos los datos pedidos cuando Percy se disponía a salir del castillo—. Quiero saberlo todo.

—Sí —había dicho Percy, preguntándose si su petaca de whisky cabía en el bolso que su hermana le había elegido—. No olvides los medicamentos de papá. Los dejé en la mesa del vestíbulo.

—La mesa del vestíbulo, de acuerdo.

—Es importante que los tome a su hora. No queremos que se repita el último episodio.

—No, por supuesto —coincidió Saffy—. La pobre Meredith creyó que se trataba de un fantasma, y además revoltoso.

Percy ya estaba bajando los peldaños de la entrada, cuando de pronto se dio media vuelta.

—Saffy, si ocurre algo, no olvides decírmelo.

Detestables mercaderes de la muerte se aprovechaban de un anciano perturbado. Le susurraban al oído, se beneficiaban de sus temores, de su antigua culpa. Enseñaban sus crucifijos católicos y hablaban en latín por los rincones del castillo; convencían a su padre de que los espectros de su imaginación eran demonios. Y tenía la certeza de que lo hacían para apoderarse del castillo cuando él ya no estuviera.

Percy se mordía la piel que rodeaba las uñas y se preguntaba cuánto debería esperar para salir a fumar un cigarrillo; si no hacía ruido, tal vez podría escapar inadvertida. El párroco dijo algo y todos se pusieron de pie: Harry tomó la mano de Lucy, dispuesto a alejarse del altar. Lo hizo con enorme ternura. Percy comprendió que ni siquiera en ese momento era capaz de odiarlo.

La dicha se dibujaba en los rostros de los recién casados y se esforzó por imitarlos. Incluso logró participar del aplauso que los acompañó mientras salían de la iglesia. Pero advirtió que sus uñas habían dejado una marca en el respaldo del banco, que la forzada alegría dibujaba extraños surcos en su rostro. Se sintió una marioneta. Un ser oculto en el techo de la iglesia tiró de un hilo invisible y ella cogió su bolso. Se rio y fingió ser una criatura animada.

* * *

Las magnolias estaban allí, tal como Saffy había deseado. Había rezado y cruzado los dedos para que así fuera. Era uno de aquellos raros y preciosos días de abril, cuando el verano comienza a anunciarse. Saffy se rio, sencillamente porque no pudo contenerse.

—Vamos, anímate —dijo, alentando a Merry a seguirla—. Es sábado, el sol brilla, tu madre y tu padre vendrán a visitarte. No hay excusa para arrastrar los pies.

Pero la niña estaba realmente desanimada. En lugar de alegrarse ante la perspectiva de ver a sus padres, había lloriqueado toda la mañana. Por supuesto, Saffy adivinaba el motivo.

—No te preocupes —dijo, cuando Meredith estuvo a su lado—. Juniper no pasará mucho tiempo allí. Esto no suele durar mucho más de un día.

—Pero no ha salido desde la hora de la cena. La puerta está cerrada, ella no responde. No comprendo —se quejó Meredith, entrecerrando los ojos de un modo poco halagüeño, una costumbre que a Saffy le resultaba terriblemente simpática—, ¿qué está haciendo?

—Escribe. Así es Juniper. Siempre lo ha sido. Pero pronto volverá a la normalidad —explicó Saffy con sencillez—. Ven, ayúdame a poner la mesa —dijo, entregándole los platos de postre—. Tus padres podrían sentarse de espaldas al seto, de esa manera verán el jardín.

—De acuerdo —respondió Meredith, más animada.

Saffy sonrió para sus adentros. Meredith Baker era encantadoramente dócil, una alegría inesperada después de haber criado a Juniper, y su estancia en el castillo había resultado un rotundo éxito. Nada mejor que un niño para insuflar vida a las antiguas piedras; sol y risa era precisamente lo que el médico había aconsejado. Incluso Percy le había tomado cariño, sin duda aliviada al comprobar que la decoración de las barandillas seguía intacta.

La mayor sorpresa, no obstante, había sido la reacción de Juniper. Nunca había demostrado un afecto similar por otra persona. Saffy solía oírlas reír y conversar en el jardín y le desconcertaba, aunque de una forma muy grata, la auténtica cordialidad de su voz. Hasta entonces nunca había calificado a su hermana como una persona cordial.

—Pongamos un plato aquí para June —indicó—, por si acaso, y tú junto a ella… y Percy allí.

Meredith había seguido sus instrucciones, pero de pronto se detuvo.

—¿Dónde te sentarás tú? —preguntó. Tal vez comprendió el gesto de Saffy, porque se apresuró a continuar—: Estarás con nosotros, ¿verdad?

—No, querida —respondió Saffy, dejando caer los tenedores sobre su falda—. Me encantaría, ya lo sabes. Pero Percy es muy tradicional con respecto a estas cosas. Es la mayor, y en ausencia de nuestro padre debe asumir el papel de anfitriona. Sé que debe sonar terriblemente tonto y formal para ti, y muy anticuado, pero es la forma en que nuestro padre desea que recibamos a los invitados.

—Aun así, no entiendo por qué no podéis estar presentes las dos.

—Una de nosotras debe quedarse dentro por si nuestro padre necesita ayuda.

—Pero Percy…

—Está muy entusiasmada con la idea de conocer a tus padres.

Saffy no había logrado convencer a Meredith. Más aún, la niña estaba totalmente decepcionada y quiso alegrarla a cualquier precio. Había mentido sin verdadera convicción, y cuando Meredith soltó un largo y triste suspiro, la escasa fortaleza que aún conservaba se esfumó.

—Oh, Merry —dijo mirando furtivamente hacia atrás—, no debería decirlo bajo ningún concepto, pero tengo otro motivo para quedarme en el interior del castillo. —Luego se deslizó hacia un extremo del viejo banco del jardín e indicó a Meredith que la acompañara. Inspiró profundamente y soltó el aire con decisión. Entonces le habló a la niña de la llamada telefónica que esperaba—. Es un importante coleccionista de Londres. Le escribí en respuesta a un anuncio que apareció en el periódico. Buscaba una ayudante para hacer el catálogo de su colección. Y él me respondió hace unos días para decirme que había sido elegida y que telefonearía esta tarde para conversar sobre los detalles.

—¿Qué colecciona?

—Antigüedades, obras de arte, libros, bellos objetos, ¡una maravilla! —dijo Saffy, apoyando la barbilla sobre sus manos entrelazadas.

El entusiasmo daba brillo a las diminutas pecas de la nariz de Meredith. Saffy confirmó que era una niña encantadora, y que había progresado enormemente en apenas seis meses. Cuando llegó con Juniper, era una niña abandonada y flaca. Pero debajo de la palidez londinense y el vestido raído se escondía una mente despierta y sedienta de saber.

—¿Podré conocer la colección? Siempre he querido ver una pieza egipcia auténtica.

Saffy se rio.

—Por supuesto. Al señor Wicks le encantará enseñar sus preciados objetos a una niña inteligente como tú.

Meredith estaba radiante. Saffy, en cambio, comenzó a sentir remordimientos. Le pareció poco considerado llenar su cabeza con tales ideas y pedirle que callara.

—Una gran noticia, sin lugar a dudas, pero debes recordar que es un secreto. Percy aún no lo sabe, y no lo sabrá —dijo entonces, en tono más serio.

—¿Por qué? —preguntó asombrada.

—Porque con toda seguridad no se alegrará. No quiere que me marche. Es algo reacia al cambio, le gusta que todo siga igual, que las tres vivamos juntas. Es muy protectora, siempre lo ha sido.

Meredith asintió, sumamente atenta a esa característica de la lógica familiar. Saffy creyó que cogería su diario y empezaría a apuntar sus observaciones. Comprendía su interés, había oído lo suficiente sobre la hermana mayor de la niña, era razonable que la noción de hermana protectora le resultara extraña.

—Percy es mi gemela y la quiero de verdad, pero a veces, Merry, debemos anteponer nuestros propios deseos. La felicidad no está garantizada, es preciso conquistarla —explicó, y resistió el impulso de añadir que había tenido otras oportunidades y las había perdido. Meredith era ahora su confidente, pero no quería agobiar a una niña con penas de adultos.

—¿Qué sucederá cuando llegue el momento de marcharte? —preguntó Meredith—. Percy lo descubrirá.

—Oh, se lo diré antes —respondió Saffy entre risas—. No tengo planeado desaparecer en la oscuridad de la noche, de ninguna manera. Solo debo encontrar las palabras adecuadas para no herir los sentimientos de Percy. Hasta entonces, es mejor que no sepa nada sobre el asunto, ¿comprendes?

—Sí —dijo Meredith, algo agitada.

Saffy se mordió el labio. Tenía la desagradable sensación de haber cometido un desafortunado error. Era injusto poner a una niña en una posición tan incómoda. Aunque solo hubiera tenido la intención de distraerla.

Meredith interpretó el silencio de Saffy como una falta de confianza en su capacidad para guardar un secreto.

—No diré nada, te lo prometo. Ni una palabra. Soy muy buena guardando secretos.

—Oh, Meredith —exclamó Saffy, sonriendo con tristeza—, no lo dudo, no se trata de eso. Creo que debo disculparme, cometí un error al pedirte que lo hicieras. ¿Puedes perdonarme?

Meredith asintió, solemne. Saffy detectó en su rostro un destello, tal vez el orgullo de haber sido tratada como una adulta. Recordó la ansiedad con que, en la infancia, deseaba crecer; la impaciencia con que esperaba que llegara el momento de ser adulta. Se preguntó si era posible impedir que eso le ocurriera a esa niña, si era justo intentarlo. En cualquier caso, el deseo de evitar que Meredith descubriera demasiado pronto las decepciones de la edad adulta no le parecía reprochable. Lo mismo le había sucedido con Juniper.

—Y ahora, tesoro —dijo, arrebatando el último plato de las manos de Meredith—, yo terminaré con esto. Ve a divertirte mientras esperas la llegada de tus padres. La mañana es demasiado espléndida para desperdiciarla en estas tareas. Pero trata de no ensuciar demasiado tu vestido.

Merry llevaba uno de los delantales que Saffy había cosido para ella cuando llegó. Algunos años antes había encargado una tela con diseño Liberty, simplemente porque era bonita. Desde entonces había languidecido en su armario de costura, esperando pacientemente a que le encontrara una utilidad. Y por fin había sucedido.

Meredith se perdió en la lejanía. Saffy se concentró otra vez en la mesa para asegurarse de que todo estuviera en orden.

* * *

Meredith paseó sin rumbo entre la alta hierba, que crujía a su paso, pensando que la ausencia de una persona podía despojar por completo de sentido a ese día. Rodeó la colina, llegó al arroyo, siguió el sendero hasta el puente.

Consideró la posibilidad de seguir adelante, internarse en la profundidad del bosque, donde la luz era tenue, la trucha moteada desaparecía y el agua se volvía densa como la melaza; seguir hasta el estanque abandonado al pie del árbol más antiguo del bosque Cardarker. Aquel lugar de persistente oscuridad que detestaba cuando llegó al castillo. Sus padres llegarían dentro de una hora, tenía tiempo y conocía el camino, solo debía bordear el arroyo.

Pero sin Juniper no sería tan divertido. Tan solo un lugar oscuro, húmedo y algo pestilente.

—Es maravilloso, ¿verdad? —había dicho Juniper cuando la llevó hasta allí por primera vez.

Meredith no supo qué responder. Se habían sentado en un tronco frío y húmedo; sus zapatillas estaban mojadas porque había resbalado en una piedra. La finca tenía otra piscina, rodeada de mariposas y pájaros, con un columpio que se balanceaba bajo los destellos de luz. Deseó fervientemente que Juniper decidiera ir hacia allí. Sin embargo, no lo dijo. La convicción de su amiga le hacía pensar que sus gustos eran infantiles, que no se esforzaba por valorar ese lugar.

—Sí —dijo con firmeza, y añadió—: Es maravilloso.

De pronto, Juniper se puso de pie y armoniosamente extendió los brazos para recorrer de puntillas el tronco caído.

—Son las sombras; la manera, casi furtiva, en que las cañas se curvan hacia la orilla; el olor a barro, humedad y podredumbre —explicó sonriendo—. Casi prehistórico. Si te dijera que hemos cruzado un umbral invisible y hemos entrado en el pasado, ¿me creerías?

Meredith se había estremecido —tal como lo hacía en ese instante—, una tenue, serena melodía había resonado en su cuerpo infantil con inexplicable urgencia y había sentido una súbita nostalgia, aunque ignoraba el objeto de su añoranza.

—Cierra los ojos, escucha —había susurrado Juniper, llevándose un dedo a los labios—, puedes oír a las arañas tejiendo…

Ahora cerraba los ojos y escuchaba el coro de grillos, de vez en cuando la zambullida de una trucha, el lejano zumbido de un tractor. Y también otro sonido, que parecía claramente fuera de lugar: un motor que se acercaba.

Abrió los ojos. Lo vio. Un coche negro bajaba desde el castillo por el sendero de grava. Lo observó. Milderhurst no solía recibir visitantes, menos aún motorizados. Pocas personas disponían de combustible para dar paseos, pues lo reservaban para huir hacia el norte cuando llegaran los alemanes. En los últimos tiempos incluso el sacerdote que visitaba al anciano de la torre hacía el camino a pie. Este automóvil debía de transportar a un personaje importante, por algún asunto relacionado con la guerra.

El conductor, un hombre al que Meredith no reconoció, tocó el ala de su sombrero negro e inclinó la cabeza con gesto severo a modo de saludo. El vehículo se alejó por la grava, desapareció en una curva arbolada para reaparecer poco después al pie del sendero antes de convertirse en un punto oscuro que giraba hacia Tenterden Road.

Meredith bostezó y olvidó rápidamente todo aquello. Junto al pilar del puente crecían las violetas silvestres. No pudo resistirlo, recogió algunas y formó un hermoso ramo. Entonces se sentó en la barandilla y dejó, con aire soñador, caer una tras otra, cual acróbatas de color púrpura, a la suave corriente del arroyo.

—Buenos días.

Montada en su bicicleta, Percy Blythe subía por el sendero. Llevaba en la cabeza un sombrero que no le favorecía, y en la mano, el consabido cigarrillo. Meredith solía denominarla la Hermana Severa. Pero aquel día, más que severo, su gesto era triste. Tal vez se debía al sombrero.

—¡Hola! —respondió Meredith, aferrándose a la barandilla para no caer al arroyo.

—Tal vez debiera decir buenas tardes —comentó Percy. Se detuvo y miró el reloj que llevaba en la muñeca—. Han pasado treinta minutos del mediodía. Recuerdas que tenemos un compromiso a la hora del té, ¿verdad? —Percy dio una larga calada a su cigarrillo y luego echó el humo con lentitud—. Tus padres se sentirán decepcionados si después de viajar hasta aquí faltas a la cita.

Meredith sospechó que se trataba de una broma, aunque la expresión y la voz de Percy no eran precisamente joviales. Temiendo equivocarse, se limitó a sonreír. A lo sumo, daría la impresión de no haber oído.

Percy no dio indicios de haberse percatado de la respuesta de Meredith, y mucho menos de haber prestado atención.

—Bien, hay cosas que hacer —dijo. Inclinó la cabeza a modo de despedida y siguió su camino rumbo al castillo.

4

Meredith divisó a sus padres subiendo por el sendero. Sintió que su estómago se revolvía. Por un instante le parecieron personajes de un sueño, conocidos pero completamente fuera de lugar en el mundo real. La sensación fue pasajera, su percepción se aclaró y vio con claridad que allí estaban su madre y su padre. Por fin habían llegado y ella quería contarles muchas cosas. Con los brazos extendidos fue corriendo hacia su padre. Él se agachó, imitando su gesto, y se abrazaron. Su madre la besó en la mejilla, algo poco habitual pero agradable. Aunque sabía que ya no era tan pequeña, Rita y Ed no estaban allí para burlarse, de modo que aferró la mano de su padre para recorrer el resto del camino mientras hablaba sin cesar sobre el castillo y su biblioteca, los campos, el arroyo, el bosque.

Percy los esperaba junto a la mesa. Al verlos apagó el cigarrillo. Se alisó la falda, tendió su mano, algo nerviosa, y les saludó.

—Espero que el viaje en tren haya sido tolerable. —Una frase totalmente previsible, incluso amable. Sin embargo, Meredith percibió el modo poco espontáneo con que Percy se dirigía a sus padres y deseó que Saffy estuviera allí en su lugar.

La voz de su madre sonó aguda y cauta:

—El viaje ha sido largo, nos detuvimos muchas veces para permitir el paso de los trenes que llevan a los soldados. Hemos pasado más tiempo esperando que en movimiento.

—Nuestros muchachos tienen que viajar de algún modo, para demostrar a Hitler que Gran Bretaña puede ganar la guerra.

—Así es, señor Baker. Tomen asiento, por favor —dijo Percy, señalando la primorosa mesa—. Seguramente están hambrientos.

Percy sirvió té y trozos del pastel que Saffy había preparado. Los adultos conversaron en tono formal sobre los inconvenientes en el servicio de trenes, la guerra —Dinamarca había sido derrotada, tal vez ocurriera lo mismo con Noruega—, los pronósticos sobre su evolución. Meredith mordisqueaba un trozo de pastel y los observaba. Había imaginado que sus padres echarían un vistazo al castillo y luego mirarían a Percy, prestando atención a su acento afectado y su rigidez, pero por el momento la situación se desarrollaba con bastante normalidad.

No obstante, su madre estaba muy silenciosa. Con una mano aferraba el bolso que descansaba en su falda. Parecía tensa y nerviosa. Meredith se inquietó; jamás la había visto en ese estado; no perdía la compostura ante las ratas o las arañas, ni siquiera cuando el señor Lane, su vecino, regresaba de una larga velada en el pub. Su padre, más distendido, asentía mientras Percy describía las características del Spitfire o las raciones para los soldados en Francia, y bebía té de una taza de porcelana pintada a mano como si lo hiciera todos los días. En realidad, en sus manos esa taza parecía formar parte del juego de té de una casa de muñecas. Meredith advirtió que nunca había reparado en el tamaño de aquellos dedos y sintió una súbita oleada de cariño. Por debajo de la mesa, apoyó la palma sobre la mano libre de su padre. Esas muestras de afecto no eran habituales en la familia; él la miró, sorprendido tal vez, antes de aferrarla.

—¿Cómo van tus clases, mi niña? —preguntó. Acercándose un poco más y guiñando el ojo a Percy, comentó—: Rita es bien parecida, pero nuestra pequeña Merry es un genio.

Meredith se ruborizó de orgullo.

—Saffy me da clases, aquí en el castillo. Deberías ver la biblioteca, hay más libros que en la biblioteca ambulante. Todas las paredes están cubiertas de estantes. Estoy aprendiendo latín.

—Meredith adoraba el latín; sonidos del pasado imbuidos de sentido. Antiguas voces que flotaban en el viento. Se ajustó las gafas, el entusiasmo hacía que se deslizaran por su nariz—. Y también estoy aprendiendo a tocar el piano.

—Mi hermana Seraphina está encantada con los progresos de su hija —dijo Percy—. Lo hace muy bien, considerando que antes nunca había practicado con el piano.

—¿De verdad? ¿Mi niña sabe tocar canciones? —preguntó el señor Baker.

Meredith sonrió con orgullo, temiendo que sus orejas hubieran enrojecido.

—Algunas.

Percy volvió a llenar las tazas.

—Tal vez más tarde quieras invitar a tus padres al salón de música y tocar alguna pieza para ellos.

—¿Has oído, mamá? —exclamó el señor Baker, dirigiéndose a su esposa—. Nuestra Meredith puede hacerlo.

—Lo he oído —replicó ella. Meredith pudo observar una expresión que no podía definir con exactitud, la misma que aparecía en el rostro de su madre cuando discutía con su marido y él cometía un error insignificante, pero fatal, que le aseguraba la victoria. Con voz tensa, ignorando a Percy, dijo—: Te echamos de menos en Navidad.

—También yo os he echado de menos, mamá. Quería visitaros, pero no había trenes disponibles, los necesitaban para los soldados.

—Rita vuelve a casa con nosotros esta tarde —anunció su madre. Puso la taza sobre el plato, y después de enderezar la cuchara con firmeza, la alejó de ella—. Hemos encontrado un empleo para ella en un salón de belleza en Old Kent Road. Empezará a trabajar el lunes. Al principio se ocupará de la limpieza, y mientras tanto aprenderá a hacer peinados y cortes de pelo —explicó con satisfacción—. Las chicas de más edad entran en las fuerzas aéreas o trabajan en las fábricas. La situación ofrece buenas oportunidades para una jovencita sin otras perspectivas.

Era razonable. Rita siempre alardeaba de su cabello y sus cosméticos.

—Me alegro, mamá. Es bueno tener una peluquera en la familia —opinó Meredith.

La respuesta no fue del agrado de su madre.

Percy Blythe cogió un cigarrillo de la pitillera de plata que —siguiendo instrucciones de Saffy— utilizaba cuando recibía visitas, y buscó las cerillas en sus bolsillos.

El señor Baker se aclaró la garganta.

—Verás, Merry —dijo, y su incomodidad no fue consuelo para Meredith cuando oyó las siguientes palabras—: Tu madre y yo creemos que también es hora de que tú busques un empleo.

Entonces comprendió. Querían que regresara a casa, que se convirtiera en peluquera, que abandonara Milderhurst. En su estómago el miedo formó una bola que comenzó a rodar de un lado a otro. Parpadeó un par de veces, se ajustó las gafas y declaró:

—No quiero ser peluquera. Saffy opina que debo completar mi educación. Que incluso puedo entrar en la escuela secundaria cuando la guerra termine.

—Tu madre cree que la peluquería es una buena opción, pero podríamos pensar en otra cosa si lo prefieres. Un empleo en una oficina, tal vez en algún ministerio.

—Pero Londres no es un lugar seguro —se apresuró a decir Meredith. Fue una ocurrencia genial. A decir verdad, Hitler y sus bombas no la asustaban en lo más mínimo, pero el argumento podía servir para convencerlos.

Su padre sonrió y le dio una palmada en el hombro.

—No hay motivo para preocuparse. Todos estamos colaborando para acabar con las tropas de Hitler. Tu madre ha empezado a trabajar en una fábrica de municiones y yo, en el turno de la noche. No hemos sufrido bombardeos, no han lanzado gases tóxicos, el vecindario sigue tal como lo recuerdas.

Tal como lo recuerdas. Meredith recordaba ciertamente aquellas calles sombrías y el sombrío papel que desempeñaba allí, y con nauseabunda claridad comprendió que deseaba desesperadamente seguir en Milderhurst. Miró al castillo, entrelazó los dedos y deseó que Juniper percibiera cuánto la necesitaba y acudiera en su ayuda. Deseó que Saffy apareciera de pronto y pronunciara la frase perfecta para que sus padres entendieran que no debían obligarla a regresar.

Tal vez gracias a una extraña comunicación entre gemelas, Percy eligió ese momento para intervenir. Golpeando ligeramente la pitillera con la punta del cigarrillo y adoptando un aire distante, opinó:

—Comprendo cuánto desean que Meredith los acompañe, pero la invasión…

—Regresarás con nosotros esta tarde, y punto. —Erizada como un puercoespín, la señora Baker ignoró a Percy y miró a su hija con una expresión que prometía severo castigo.

Detrás de las gafas, los ojos de Meredith se llenaron de lágrimas.

—No lo haré.

—No contradigas a tu madre —la reprendió el señor Baker.

Percy, que inspeccionaba el interior de la tetera, se puso de pie con brusquedad.

—Si me disculpan, prepararé más té. En este momento no disponemos de personal. Economía de guerra.

Los Baker observaron su retirada.

—No disponemos de personal —siseó la señora Baker, mirando a su esposo—. ¿Lo has oído?

—Por favor, Annie —rogó el. No le agradaba la confrontación. Su tamaño bastaba para disuadir a los violentos y raramente necesitaba recurrir a los puños. Su esposa, en cambio...

—Esa mujer nos ha despreciado desde que llegamos. ¡Economía de guerra en un lugar como este! —exclamó, señalando el castillo—. Tal vez cree que debemos ir tras ella.

—¡No —gritó Meredith—, ella no es lo que tú piensas!

—Meredith —dijo su padre. El señor Baker no apartó la vista del suelo, pero levantó la voz casi en un ruego y la miró de soslayo.

Por regla general, Meredith permanecía en silencio a su lado cuando su madre y Rita comenzaban a gritar. Pero aquel día no pudo hacerlo.

—Papá, mira la mesa de té que han preparado especialmente...

—Ya es suficiente, señorita. —La señora Baker se había puesto de pie y tiraba de la manga del vestido nuevo de Meredith con todas sus fuerzas—. Ve a buscar tus cosas. Los vestidos con los que llegaste aquí. El tren partirá dentro de un rato.

—No quiero marcharme —insistió Meredith, apelando a su padre—. Por favor, no me obliguéis, estoy aprendiendo...

—¡Bah! —exclamó su madre, haciendo un ademán desdeñoso—. Ya veo lo que has aprendido aquí: a no respetar a tus padres. Y veo que has olvidado quién eres y de dónde vienes.

—Y apuntando a su esposo con el dedo, agregó—: Te dije que no debíamos enviarlos a este lugar. Si hubieran seguido en casa, como yo quería...

—Ya basta —la interrumpió el señor Baker. Su paciencia tenía un límite—. Siéntate, Annie, ella vendrá con nosotros.

—¡No lo haré!

—Sí, lo harás —dijo su madre, amenazándola con la palma abierta—. Ya verás la bofetada que te espera cuando lleguemos a casa.

—¡Basta! —gritó su padre, que también se había puesto de pie para aferrar la muñeca de su esposa—. Por Dios, ya está bien, Annie —rogó, mirándola a los ojos. Algo sucedió entonces entre ellos. Meredith vio que su madre dejaba caer el brazo. Su padre asintió—. Todos estamos un poco irritados, eso es todo.

—Dile a tu hija…, no tolero verla. Solo espero que nunca sepa lo que significa perder un hijo —sentenció la madre de Meredith, y se alejó con los brazos cruzados.

Meredith vio a su padre exhausto, súbitamente envejecido. Se pasó una mano por el cabello, que comenzaba a ralear, aún se distinguían las marcas que el peine había dejado por la mañana.

—No te disgustes, tu madre es así, ya la conoces. Se preocupa por ti, también yo —dijo. Luego echó un vistazo al castillo que se erguía ante ellos—. Hemos oído historias. Rita lo decía en sus cartas, y otros niños, al volver, contaban que los habían maltratado.

¿Eso era todo? Meredith sintió el burbujeante placer del alivio. Sabía que algunos evacuados no habían sido tan afortunados como ella. Si ese era el motivo del conflicto, bastaba con tranquilizar a su padre.

—No tienes de qué preocuparte, papá. Soy feliz en este lugar, ¿acaso no leíste mis cartas?

—Por supuesto. Los dos las leímos. El momento en que llegaban tus cartas era el más feliz del día.

Por la manera en que lo dijo, Meredith supo que era verdad, y sintió una punzada en su interior al imaginarlos frente a la mesa comentando las cosas que ella había escrito.

—En ese caso —respondió, incapaz de mirarlo a los ojos—, sabes que todo marcha bien. Mejor que bien.

—Sé que eso decías —replicó su padre, y miró hacia el lugar donde se encontraba su esposa, temiendo que se hubiera alejado demasiado—. Y es parte del problema. Tus cartas eran tan… alegres. Pero una amiga le había dicho a tu madre que las familias adoptivas cambiaban las cartas que los niños escribían. Les impedían decir cosas que crearan una mala impresión. Hacían que todo pareciera mejor de lo que realmente era —explicó. Y después de soltar un suspiro, preguntó—: Pero no ha sido así en tu caso, ¿verdad, Merry?

—No, papá.

—¿Eres feliz?, ¿tanto como se desprende de tus cartas?

—Sí. —Meredith advirtió que su padre vacilaba. Vislumbró la posibilidad y se apresuró a decir—: Percy es un poco rígida, pero Saffy es una maravilla. Si entras, la conocerás, tocaré una canción para ti.

Su padre miró hacia la torre. El sol brilló en sus mejillas. Meredith lo observó mientras sus pupilas se cerraban. Esperó, tratando de leer sus pensamientos. Con el rostro inexpresivo, él movía los labios como si tomara medidas y memorizara cifras, pero no logró descubrir el resultado de sus cálculos. El señor Baker miró a su esposa, iracunda junto a la fuente, y su hija supo que era su oportunidad.

—Por favor, papá —le rogó, tirando de la manga de su camisa—, no me obligues a volver. Estoy aprendiendo muchas cosas aquí, mucho más de lo que podría aprender en Londres. Haz que mamá lo comprenda.

Después de suspirar, el señor Baker miró nuevamente a su esposa. Meredith vio el cambio en su expresión, la ternura que se dibujaba en su rostro, y su corazón dio un vuelco. Por fin, mirando en la misma dirección, advirtió que su madre se llevaba una mano a los labios, la otra se agitaba ligeramente a un costado. El sol creaba reflejos rojizos en su cabello castaño, la vio bella y sorprendentemente joven. Ella le devolvió la mirada a su marido y de pronto Meredith comprendió quién había inspirado ese gesto tierno.

—Lo siento, Merry —dijo su padre, cubriendo los dedos que seguían aferrados a su camisa—. Es lo mejor, ve a buscar tus cosas. Regresamos a casa.

Fue entonces cuando Meredith cometió una auténtica maldad, la traición que su madre nunca le perdonaría. Ella encontró muchas justificaciones: la privaban por completo del derecho a elegir; era una niña; y aún lo sería durante algunos años, por lo que nadie tenía en cuenta sus deseos; se había cansado de que la trataran como a un paquete o una maleta que se envía aquí o allá según los adultos crean más conveniente. Solo quería pertenecer a un lugar.

—Yo también lo siento, papá —dijo a su vez.

Y mientras el desconcierto se instalaba en el rostro de su padre, se disculpó con una sonrisa, eludió la furiosa mirada de su madre y corrió tan rápido como pudo por el parque, saltó la valla y encontró refugio en la fresca oscuridad del bosque Cardarker.

* * *

Percy descubrió los planes de Saffy por pura casualidad. Si no se hubiera ausentado de la mesa, tal vez jamás lo habría sabido, al menos no antes de que fuera demasiado tarde. Fue una suerte que le resultara tan embarazoso y aburrido ser testigo de las rencillas familiares. Se había disculpado para alejarse un rato, con la esperanza de que al volver los ánimos se hubieran calmado. Esperaba que Saffy, agazapada junto a la ventana para espiar desde lejos, le exigiera un informe: ¿cómo son los padres de Meredith? ¿Cómo se siente ella? ¿Qué han dicho del pastel? Se sorprendió al encontrar la cocina vacía.

Siguiendo con la disculpa que había puesto, llegó con la tetera y puso el hervidor en el fuego. El tiempo transcurría lentamente, dejó de mirar las llamas y se preguntó qué había hecho para merecer una boda y visitas a la hora del té en un mismo día. Entonces, desde la despensa se oyó la campanilla del teléfono. Como las llamadas telefónicas eran escasas desde que la oficina de correos advirtiera que la cháchara social podía entorpecer comunicaciones importantes para los objetivos de la guerra, Percy no reconoció de inmediato el origen de aquel ruido indignante.

En consecuencia, cuando por fin levantó el auricular, su voz sonaba tan temerosa como suspicaz.

—Milderhurst Castle, buenas tardes.

Al otro lado, su interlocutor se identificó apresuradamente como Archibald Wicks, de Chelsea, y pidió hablar con la señorita Seraphina Blythe. Desconcertada, Percy le dijo que ella le daría el mensaje, y entonces el caballero le comunicó que era la persona que le había dado un empleo a Saffy y que llamaba, según lo acordado, para hacer los arreglos necesarios relativos a su alojamiento en Londres para la semana siguiente.

—Lo siento, señor Wicks —dijo Percy, sintiendo que la sangre hervía en sus venas—. Me temo que se trata de un error.

Se oyeron ruidos en la línea y luego la voz del señor Wicks.

—¿Un error? La línea…, no se oye bien.

—Mi hermana Seraphina no podrá aceptar ese puesto en Londres.

De nuevo, la línea hizo oír sus crujidos. Percy imaginó los cables de teléfono, tendidos de un poste a otro, agitándose con el viento.

—Entiendo —continuó el señor Wicks—. Pero es extraño, he recibido su carta aceptando el puesto, la tengo ahora mismo en mis manos. Hemos intercambiado suficiente correspondencia sobre el asunto.

Las palabras del señor Wicks explicaban la frecuencia con que Percy llevaba correspondencia desde y hacia la oficina de correos en los últimos tiempos, y la obstinación con que Saffy se empeñaba en permanecer cerca del teléfono, «porque podría tratarse de una llamada importante, concerniente a la guerra». Percy se maldijo por haberse distraído con las tareas del Servicio de Mujeres Voluntarias, por no haber prestado la debida atención.

—Comprendo, y no dudo que Seraphina tenía la sincera intención de cumplir con su palabra. Pero la guerra… y, además, nuestro padre se ha puesto enfermo. Me temo que por el momento debe permanecer aquí.

Pese a su decepción y a su comprensible confusión, el señor Wicks se había serenado al oír que Percy le enviaría un ejemplar firmado de la primera edición de *El Hombre de Barro* para su colección de libros raros y se había despedido en buenos términos. Al menos, no había amenazado con entablar una demanda por incumplimiento del contrato.

Sin embargo, Percy sospechaba que no sería tan sencillo controlar la decepción de su hermana. Desde algún lugar llegó el ruido del inodoro, las cañerías burbujearon en la cocina. Percy se sentó en el banco y esperó. Al cabo de unos minutos, Saffy bajó la escalera.

Al entrar en la cocina, se detuvo. La puerta trasera estaba abierta.

—¿Qué haces aquí? ¿Dónde está Meredith? ¿Sus padres ya se han marchado? ¿Necesitas algo?

—He venido a buscar más té.

—Oh. —El rostro de Saffy se relajó—. Yo me ocuparé, vuelve con tus invitados —dijo sonriente. Luego tomó la lata con hojas de té y levantó la tapa de la tetera.

Después de su desconcertante diálogo con el señor Wicks, Percy no sabía cómo empezar. Por fin, simplemente dijo:

—Mientras esperaba que hirviera el agua he atendido una llamada de teléfono.

Un temblor casi imperceptible hizo que unas hojas de té cayeran de la cuchara.

—¿Cuándo?

—Hace un momento.

Saffy recogió el té. En la palma de su mano tenían el aspecto de hormigas muertas.

—Algún asunto relacionado con la guerra, ¿verdad?

—No.

Saffy se inclinó sobre la mesa y se aferró a una servilleta como si tratara de no caer al mar.

El hervidor eligió ese momento para soltar un silbido amenazante. Saffy lo apartó del fuego y permaneció de espaldas a Percy, conteniendo la respiración.

—Era un tal Archibald Wicks, de Londres. Un coleccionista, según dijo.

—¿Y qué le has dicho?

Desde el exterior llegó un grito. Percy se dirigió rápidamente hacia la puerta abierta.

—Percy, ¿qué le has dicho?

La brisa trajo el dorado aroma de la hierba recién cortada.

—Percy… —dijo Saffy casi en un susurro.

—Le he dicho que te necesitábamos aquí.

Saffy dejó escapar un sonido semejante a un sollozo.

Percy continuó, con serenidad:

—Sabes que no puedes marcharte. No debes engañar a una persona de esa manera. Te esperaba en Londres la semana próxima.

—Me espera en Londres porque allí estaré. Hice una solicitud para un empleo y él me eligió —declaró Saffy. Y en ese instante se volvió hacia su hermana. Flexionó el codo y levantó el puño apretado, en un gesto teatral acentuado por el hecho de que aún aferraba la servilleta—. Me eligió —repitió, agitando enfáticamente el puño—. Colecciona todo tipo de objetos hermosos y me contrató, a mí, para que le ayude con su trabajo.

Percy buscó un cigarrillo y, después de luchar con la cerilla, logró encenderlo.

—Iré, Percy, no puedes detenerme.

Maldita Saffy, no le facilitaría las cosas. La cabeza de Percy palpitaba. La boda la había agotado, tenía que ser la anfitriona de los padres de Meredith y, por si fuera poco, su hermana se comportaba de un modo deliberadamente estúpido, la obligaba a dar una explicación pormenorizada. Percy no se inmutó. Tenía autoridad suficiente para decidir por ella.

—No —dijo, soltando una bocanada de humo—. No irás. No irás a ninguna parte. Tú lo sabes, yo lo sé y el señor Wicks lo sabe también.

Saffy dejó caer los brazos y la servilleta chocó con las baldosas.

—Le has dicho que no iría.

—Alguien tenía que hacerlo. Estaba a punto de enviarte el billete.

Los ojos de Saffy se llenaron de lágrimas. Percy se alegró al verlo. Tal vez finalmente podrían evitar una escena.

—Ya verás que es lo mejor…

—No permitirás que me marche.

—No —aseguró Percy con afable firmeza.

El labio inferior de Saffy temblaba. Cuando por fin logró hablar, su voz fue apenas un susurro.

—No puedes controlarnos para siempre —dijo, mientras los dedos que jugaban con los hilos de su falda formaban una minúscula bolita.

El gesto infantil desencadenó un *déjà vu*. Percy sintió la abrumadora necesidad de abrazar a su hermana gemela y no soltarla nunca más, de decirle que la amaba, que no tenía intención de ser cruel, que lo hacía por su bien. Pero no lo hizo. No pudo. Y de todos modos, no habría tenido sentido; nadie quiere oír ese tipo de cosas aunque en lo más profundo de su corazón sepa que son ciertas.

En cambio, se esforzó por suavizar su tono.

—No intento controlarte. Tal vez algún día, en el futuro, puedas marcharte —dijo Percy, señalando las paredes del castillo—. Pero ahora no. Te necesitamos aquí, por la guerra y el estado de papá. Por no mencionar la falta de servicio. ¿Has pensado qué sucedería con nosotros si nos dejas? ¿Puedes imaginarnos a Juniper, a papá o (Dios no lo quiera) a mí delante de un montón de ropa para lavar?

—No hay nada que tú no seas capaz de hacer —dijo Saffy con amargura—. Nunca habrá nada que tú no seas capaz de hacer.

Percy había ganado. Lo sabía. Y lo más importante: Saffy lo sabía. Pero no sintió alegría, solo la habitual responsabilidad. Todo su ser sufría por su hermana, por la joven que alguna vez había sido, con el mundo a sus pies.

—Señorita Blythe…

Percy miró hacia la puerta. Allí estaba el padre de Meredith, y junto a él, su delgada mujercita.

—Mi esposa y yo planeábamos llevarla a casa con nosotros, pero ella está decidida a quedarse —dijo, encogiéndose de hombros—, y me temo que ese pequeño demonio se ha escapado.

Como si no tuviera ella suficiente. Miró hacia atrás, pero Saffy también había desaparecido.

—En ese caso, tendremos que buscarla.

—Lo que pasa es que mi esposa y yo debemos tomar el tren de las tres y veinticuatro —explicó tristemente el señor Baker—, es el único que hay hoy.

—Entiendo. No se retrasen entonces. En los tiempos que corren, si pierden ese tren tal vez tengan que esperar hasta el miércoles.

—Pero mi hija…

La señora Baker estaba a punto de llorar, y no parecía una actitud apropiada para una mujer con un rostro rudo y afilado como el suyo. Percy lo sabía por experiencia propia.

—No se preocupe. La encontraré. ¿Hay en Londres algún número al que pueda telefonearles? Seguramente no ha ido muy lejos.

* * *

Desde una rama del roble más antiguo del bosque Cardarker podía divisar el castillo. La torre cónica y su aguja que perforaba el cielo. El pináculo plateado brillaba, las tejas rojas relucían bajo el sol de la tarde. En el parque, en lo alto del sendero, Percy despedía a sus padres.

La maldad que acababa de cometer ardía en las orejas de Meredith. Tendría repercusiones, lo sabía, pero no le habían dejado otra opción. Había corrido hasta quedarse sin aliento y entonces había trepado al árbol, animada por la rara y agitada energía que le otorgaba haber actuado impetuosamente por primera vez en la vida.

En lo alto del sendero su madre caminaba abatida y por un instante Meredith pensó que lloraba. Luego sus brazos se alzaron, con los puños apretados. Su padre retrocedió y ella supo que su madre gritaba, no necesitaba oírla para saber que iba a tener problemas.

Entretanto, en el jardín, Percy Blythe fumaba, con una mano en la cadera, y observaba el bosque. Un atisbo de duda contrajo el estómago de Meredith: había dado por sentado que sus anfitriones deseaban que permaneciera en el castillo, pero ¿era así en realidad? Era probable que las gemelas, disgustadas por su desobediencia, se negaran a seguir cuidando de ella. Tal vez su deseo la había llevado a cometer un gran error.

Percy Blythe terminó su cigarrillo y se dirigió al castillo. De pronto, Meredith se sintió muy sola.

Un movimiento atrajo su mirada hacia el tejado. Su corazón dio un vuelco. Una persona vestida de blanco trepaba por allí. Juniper. ¡Por fin! Llegó hasta el borde, se sentó, y dejó que sus piernas se balancearan. Meredith sabía que a continuación encendería un cigarrillo, apoyaría la espalda en el tejado y miraría al cielo.

Pero no lo hizo. Inmóvil, miró el bosque. La emoción le provocó una especie de risa que quedó atrapada en su garganta. Juniper la había oído, de alguna manera había percibido su presencia. Si existía un ser capaz de tal cosa, ese era ella.

Meredith no podía regresar a Londres. No lo haría. Todavía no.

Sus padres bajaban por el sendero, alejándose del castillo. Su madre, con los brazos cruzados. Su padre caminaba a su lado.

—Lo siento —susurró—. No tenía alternativa.

5

El agua estaba templada y era escasa, pero no le importó. Una larga inmersión en una bañera llena de agua caliente se había convertido en un lujo del pasado. Después de la horrenda traición de Percy, estar a solas era suficiente. Se tendió de espaldas con las rodillas flexionadas, la cabeza sumergida, las orejas bajo el agua. Su cabello flotaba como las algas en torno a la isla de su rostro, escuchaba los ruidos del agua que fluía y burbujeaba, el ruido de la cadena del tapón que golpeaba contra la superficie esmaltada y otros singulares sonidos del mundo acuático.

Durante toda su vida adulta, Saffy supo que era la hermana más débil. Percy se burlaba de esa certeza, insistía en que entre ellas no existían esas diferencias. Solo un claroscuro, luces y sombras entre las que ambas alternaban para lograr el perfecto equilibrio. Más allá de su buena intención, la descripción no era correcta. Simplemente, Saffy sabía que aquellas cosas para las cuales estaba dotada no eran importantes. Escribía, cosía bonitos vestidos, cocinaba aceptablemente bien y, en los últimos tiempos, también limpiaba. Pero ¿qué utilidad tenían esas habilidades si era esclava? Peor aún, voluntariamente esclava. Aunque le avergonzara admitirlo, no le molestaba ese papel. La subordinación confería cierta despreocupación, la libraba de responsabilidad. Pero algunas veces, como aquel día, la ofendía la naturalidad con que su hermana esperaba que acatara sus decisiones sin discutir, sin tener en cuenta sus propios deseos.

Se incorporó y se apoyó sobre la lisa superficie de la bañera. Se restregó la cara ardiente de indignación con la toallita húmeda. Sintió el frío del esmalte en la espalda y extendió la toallita, semejante a una sábana encogida, sobre sus pechos y su vientre. La observó contraerse y estirarse al ritmo de su respiración. Luego cerró los ojos. ¿Cómo se había atrevido a hablar por ella, a tomar decisiones en su nombre, a decidir su futuro sin consultarla?

Percy lo había hecho, como siempre, y tampoco esta vez había sabido discutir con ella.

Saffy suspiró lentamente tratando de controlar su ira. El suspiro se transformó en sollozo. Debería sentirse contenta, halagada incluso porque Percy la necesitara fervientemente. En parte era así, pero también estaba cansada de no tener poder, más que cansada, hastiada. Desde que tenía memoria, estaba atrapada en una vida paralela a aquella con la que había soñado; la que, razonablemente, habría podido ser suya.

Sin embargo, esta vez podía hacer algo. Se frotó las mejillas, animada por su canallesca decisión, una manera de ejercer alguna parcela de poder sobre Percy. Más por omisión que por acción. El único botín de guerra sería el grado de respeto por sí misma que pudiera recuperar. Era suficiente.

Le ocultaría algo que Percy seguramente desearía saber. No le hablaría sobre el inesperado visitante que había llegado esa tarde al castillo. Mientras Percy asistía a la boda de Lucy, Juniper seguía encerrada en el ático y Meredith paseaba por la finca, el señor Banks, abogado de su padre, había venido en su coche negro acompañado por dos mujeres de aspecto severo vestidas con traje. Saffy había terminado de poner la mesa para el té en el jardín. Consideró la posibilidad de ocultarse, de simular que no había nadie en casa —no le gustaba el señor Banks y menos aún abrir la puerta a visitantes inesperados—, pero conocía a aquel anciano desde que era una niña, era amigo de su padre y se sentía obligada por algún motivo que no lograba explicar.

Se miró en el espejo oval que se encontraba junto a la despensa y subió justo a tiempo para recibirlo en la puerta principal. Él se mostró sorprendido, casi disgustado al verla. En voz alta manifestó su indignación por el hecho de que un castillo como el de Milderhurst no tuviera una verdadera ama de llaves y le pidió que le acompañara a ver a su padre. Saffy, que deseaba adoptar las nuevas costumbres imperantes en la sociedad, sentía una anticuada veneración por la ley y sus representantes, de modo que obedeció. El señor Banks era hombre de pocas palabras, es decir, no conversaba de temas triviales con las hijas de sus clientes. Subieron las escaleras en silencio y ella lo agradeció. Siempre tuvo dificultad para hablar con hombres como el señor Banks. Al llegar al final de la escalera serpenteante, el abogado la despidió con una inclinación de cabeza y, junto a sus dos acompañantes, atravesó el pasillo en dirección a la habitación que su padre ocupaba en la torre.

No había tenido intención de espiar. A decir verdad, le molestaba que el abogado hubiera alterado sus rutinas, de la misma forma que le molestaba cualquier imprevisto que la obligara a subir hasta la torre, con su aroma a muerte inminente y esa monstruosa imagen enmarcada en la pared. Si entre las rejas de la barandilla su mirada no hubiera descubierto la lucha de una mariposa atrapada en una telaraña, sin duda ya habría bajado la escalera y no habría podido escuchar. Pero mientras trataba de desenredar al insecto, oyó que su padre decía:

—Por eso le he llamado, Banks. La muerte es un fastidio. ¿Ha hecho las modificaciones?

—Sí, aquí están, para que las firme en presencia de testigos. También una copia para su archivo, por supuesto.

Saffy no había logrado escuchar los detalles que siguieron. Tampoco deseaba hacerlo. Era la segunda hija de un hombre anticuado, una solterona de edad madura: el universo masculino de las propiedades y las finanzas no le interesaba ni le concernía. Solo quería liberar a la mariposa y alejarse de la torre, dejar atrás su aire viciado y sus recuerdos opresivos. No había entrado allí en veinte años y no deseaba poner un pie en esa habitación nunca más. Mientras bajaba presurosa, trataba de ignorar los recuerdos tristes que luchaban por volver.

Una época, hacía mucho tiempo, ella y su padre habían estado muy unidos. Pero Juniper era la mejor escritora y Percy la mejor hija, lo que dejó muy poco espacio para Saffy en el corazón de su padre. Solo durante un breve y glorioso periodo las habilidades de Saffy ensombrecieron a sus hermanas. Después de la Gran Guerra, cuando su padre regresó malherido, ella había logrado animarlo, darle lo que más necesitaba. La fuerza de su amor era seductora, pasaban las tardes ocultos donde nadie podía encontrarlos…

De pronto se desató el caos y Saffy abrió los ojos. Alguien gritaba. Ella estaba en la bañera con el agua helada, la oscuridad había reemplazado a la luz que entraba por la ventana. Se había dormido. Por fortuna, era solo eso. Pero ¿quién gritaba? Se incorporó, se esforzó por escuchar. Nada. Se preguntó si había imaginado el alboroto.

Entonces comenzó otra vez, y se oyó una campana. El anciano de la torre, en uno de sus ataques. Percy se ocuparía de él. Eran el uno para el otro.

Temblando, Saffy se quitó la toallita fría y se puso de pie. Salió de la bañera y se colocó chorreando sobre la alfombrilla. Desde abajo llegaban voces: Meredith, Juniper, también Percy.

Las tres estaban en el salón amarillo. Tal vez esperaban la cena, que ella les serviría, como de costumbre.

Saffy agarró la bata colgada en la puerta, luchó con las mangas y la ajustó sobre su piel mojada y fría. Luego salió al corredor. Sus pasos húmedos resonaban en la piedra, su secreto iba con ella.

* * *

—Papá, ¿puedo ayudarte en algo? —preguntó Percy al abrir la pesada puerta del aposento de la torre. Tardó un momento en encontrarlo, escondido en el nicho junto a la chimenea, debajo de la reproducción de Goya. Y cuando lo hizo, el miedo de su padre le dijo que padecía otro de sus delirios. Es decir, que sus medicamentos seguían en la mesa del vestíbulo, donde los había dejado por la mañana. Era culpa suya, no había tomado suficientes precauciones. Se maldijo por no haberse ocupado de su padre al volver de la iglesia.

Percy le habló con la delicadeza con que se habría dirigido a un niño si alguna vez se hubiera permitido encariñarse con alguno.

—Ven, no temas. Hace una noche espléndida. Te ayudaré a sentarte junto a la ventana —dijo, extendiendo el brazo.

Él asintió enérgicamente y fue a su encuentro. El delirio había pasado. Percy supo que no había sido un episodio grave, porque al sentarse su padre comentó:

—Creí haberte dicho que usaras un postizo.

Se lo había recomendado varias veces, y ella, obedientemente, había comprado uno (no era fácil conseguirlo en tiempos de guerra) que parecía una cola de zorro en su mesilla de noche. En el brazo del sillón, Percy vio la manta de brillantes colores que Lucy había tejido para su padre años antes. La acomodó sobre sus piernas mientras se disculpaba.

—Lo siento, papá, lo olvidé. Oí la campana y no quise retrasarme.

—Pareces un hombre, ¿eso es lo que quieres?, ¿que te traten como a un hombre?

—No, papá —respondió ella. Las yemas de sus dedos recorrieron la nuca, se detuvieron en el minúsculo bucle aterciopelado que sobresalía de la línea de su cabello. El comentario de su padre no tenía importancia, no estaba ofendida, solo un poco sorprendida. Miró furtivamente hacia atrás. Su imagen ondulaba en el cristal biselado de la puerta: una mujer de aspecto algo severo, angulosa, erguida, con senos bastante generosos, una curva pronunciada en la cadera, un rostro que aun sin maquillaje no le parecía masculino. Deseó que no lo fuera.

Entretanto, a través de la ventana su padre miraba el paisaje nocturno, ignorando dichoso las reflexiones que había provocado.

—Todo esto… —dijo, sin apartar la vista.

Ella apoyó el codo en el respaldo del sillón. Sin necesidad de más palabras comprendía lo que Raymond Blythe sentía al mirar las tierras de sus antepasados.

—Papá, ¿has leído el cuento de Juniper? —Percy propuso este tema porque sabía que era uno de los escasos incentivos con que podía animar a su padre. Trataba de alejarlo de las sombras que aún lo acechaban.

Él señaló el sitio donde se encontraba la pipa con sus accesorios. Percy se la alcanzó. Mientras su padre llenaba la cazoleta ella lio un cigarrillo.

—Tiene un gran talento. Sin duda.

—Lo heredó de ti.

—Debemos ser cuidadosos. Una mente creativa necesita libertad. Debe ir a su ritmo, seguir sus propios patrones. Es difícil de explicar a una persona como tú, cuya mente funciona de una manera más formal, pero es imperativo que ningún asunto doméstico, ninguna distracción afecte a su talento. —De pronto, Raymond aferró la falda de su hija—. ¿Tiene algún pretendiente?

—No, papá.

—Una chica como Juniper necesita protección —dijo con firmeza—. Debe permanecer en Milderhurst, en el castillo.

—Por supuesto.

—Tú debes asegurarte de que así sea. Eres responsable de tus hermanas —sentenció. Luego empezó con su habitual perorata sobre el legado, los herederos, la responsabilidad.

Percy fumó su cigarrillo, y cuando su padre estaba a punto de concluir el discurso, le anunció:

—Te llevaré al baño antes de salir.

—¿Te vas?

—Tengo una reunión en el pueblo.

—¡Siempre tan ocupada! —Raymond hizo su reproche afligido. Al advertir el temblor de sus labios, Percy pudo imaginar al niño que su padre había sido. Un chico consentido, acostumbrado a conseguir todo lo que deseaba.

—Vamos, papá —insistió ella, y lo acompañó hasta el baño. Mientras esperaba en el frío corredor, buscó su tabaco en el bolsillo. Recordó que lo había dejado en la habitación de su padre y regresó a buscarlo.

En el escritorio vio su lata de tabaco, y también un paquete. Era del señor Banks pero no tenía sello postal, es decir, que había sido entregado en mano.

Su corazón se aceleró. Saffy no había mencionado la visita. Tal vez el señor Banks había venido desde Folkestone, se había introducido furtivamente en el castillo y había subido a la torre sin anunciarse. Era posible, aunque poco probable. ¿Qué motivo tendría para actuar de esa manera?

Titubeó un instante, sintió calor en la nuca, las axilas comenzaron a transpirar, la blusa se le pegó al cuerpo.

Mirando por encima del hombro, a pesar de que sabía que estaba a solas, abrió el sobre y leyó el contenido. Un testamento. Fechado ese mismo día. Desplegó el papel y lo leyó. Sintió la extraña y opresiva sensación de haber confirmado sus peores sospechas.

Se llevó una mano a la frente. No podía creer que hubiera sucedido. Sin embargo, allí estaba, en negro sobre blanco, salvo por los trazos azules con que su padre había autorizado el documento. Lo leyó otra vez, con más detenimiento, en busca de algún espacio en blanco, una laguna jurídica, cualquier indicio de que, a causa de la precipitación, se hubiera equivocado.

Pero no había ningún error.

LAS HORAS DISTANTES

PARTE

De nuevo en Milderhurst Castle

1992

Herbert me prestó su coche para ir a Milderhurst. Al salir de la autopista bajé el cristal de la ventanilla y dejé que la brisa acariciara mis mejillas. Durante el tiempo transcurrido desde mi anterior visita el campo había cambiado, los meses de verano habían quedado atrás, el otoño llegaba a su fin. Grandes hojas secas se amontonaban a los lados del camino y, a medida que me adentraba en el bosque de Kent, las enormes copas de los árboles se unían en el centro. Cada ráfaga de viento hacía caer una nueva capa de hojas, una estación terminaba, los árboles mudaban su piel.

Al llegar a la granja, encontré una nota.

¡Bienvenida, Edie!

Tengo que hacer diligencias urgentes y el señor Bird está en la cama con gripe. Le dejo aquí la llave de la habitación número 3, en el primer piso. Lamento no poder recibirla. La veré en el comedor a la hora de la cena, a las siete en punto.

Marilyn Bird

P.S. Le pedí a mi marido que llevara una mesa a su habitación. No queda mucho espacio libre, pero le permitirá organizar mejor su trabajo.

Decir que no quedaba mucho espacio libre era un eufemismo, pero siempre tuve predilección por los lugares pequeños y oscuros, de modo que de inmediato dispuse sobre el escritorio las transcripciones de las entrevistas de Adam Gilbert, los ejemplares de *El Milderhurst de Raymond Blythe* y de *El Hombre de Barro,* mis cuadernos y mis lápices.

Me senté, dejé que mis dedos pasearan por el perímetro del escritorio. Apoyé la barbilla en las manos y suspiré con satisfacción. Me invadió aquella sensación del primer día de clase, aunque multiplicada por cien. Tenía cuatro días por delante, me sentía plena de entusiasmo y posibilidades.

Entonces vi el teléfono, un antiguo artefacto de baquelita, y surgió en mí una rara ansiedad: me encontraba de nuevo en Milderhurst, el lugar donde mi madre se había descubierto a sí misma.

El teléfono sonó muchas veces. Estaba a punto de colgar cuando ella lo atendió, algo agitada. Hizo una pausa antes de responder.

—Oh, Edie, estaba con tu padre, se le ha metido en la cabeza que... —Mi madre interrumpió sus comentarios y de pronto, con voz aguda, me preguntó—: ¿Te encuentras bien?

—Muy bien, mamá. Solo quería decirte que he llegado.

—¡Oh! —exclamó mi madre. La había sorprendido. La llamada tranquilizadora para anunciar la llegada no formaba parte de nuestros hábitos desde hacía una década, cuando logré convencerla de que si el gobierno confiaba en mí lo suficiente para concederme el derecho a votar era hora de que ella confiara en que podía viajar en el metro sin necesidad de comunicar que había llegado felizmente a mi destino—. Gracias, es muy amable por tu parte, tu padre se alegrará. Te echa de menos, está abatido desde que te marchaste. —Mi madre hizo otra pausa, más larga; me parecía adivinar sus pensamientos. De pronto dijo—: ¿Estás allí, en Milderhurst? ¿Qué aspecto tiene?

—Espléndido, el otoño lo tiñe de dorado.

—Recuerdo cómo era en otoño, los árboles verdes todavía, pero las ramas más altas comenzaban a enrojecer.

—También las hay de tonos anaranjados. Y hojas por todas partes; cubren el suelo como una alfombra mullida.

—Lo recuerdo también. El viento llega desde el mar y cae una lluvia de hojas. ¿Hay viento?

—Todavía no, pero el pronóstico anuncia borrasca para esta semana.

—Entonces verás caer las hojas como nieve, y crujirán bajo tus pies, me parece estar viéndolo.

Esas últimas palabras sonaron casi frágiles y un incomprensible rapto de cariño me hizo decir:

—Mamá, a las cuatro habré terminado mi trabajo, podrías venir a pasar un día conmigo.

—Oh, Edie, no puedo. Tu padre…

—Deberías venir.

—¿Sola?

—Podemos almorzar en algún sitio agradable, solas tú y yo, y dar un paseo por el pueblo —sugerí, y en voz más baja, añadí—: Si no quieres, no iremos al castillo.

Silencio. Por un instante creí que había cortado, pero oí un leve sonido. Mi madre lloraba.

* * *

Las hermanas Blythe me esperaban en el castillo al día siguiente, pero, según estaba previsto, el tiempo empeoraría y no quise desperdiciar una tarde soleada sentada ante mi escritorio. Judith Waterman había sugerido que el texto incluyera mis propias impresiones sobre el lugar, de modo que decidí dar un paseo. También en esta ocasión la señora Bird había dejado una cesta con fruta en la mesilla de noche. Elegí una manzana y un plátano; puse en mi bolso un cuaderno y un bolígrafo. Estaba a punto de salir cuando en un extremo de la mesa vi el diario de mi madre.

—Vamos, mamá, regresemos al castillo —dije, y lo llevé conmigo.

* * *

Cuando era niña, en las raras ocasiones en que mi madre no me esperaba a la salida de la escuela, tomaba el autobús hasta Hammersmith, donde se encontraba la oficina de mi padre.

Allí, en la alfombra, o, si era afortunada, en el escritorio de alguno de sus colaboradores, hacía mis deberes, decoraba mi agenda escolar o escribía el nombre del chico que me gustaba. No importaba, solo debía abstenerme de usar el teléfono y no interferir en su trabajo.

Una tarde me enviaron a una habitación que no conocía, al final de un largo pasillo. Era pequeña, poco más grande que un armario iluminado, pintada de beis y marrón, sin los brillantes azulejos de color cobre y los estantes de cristal de las demás oficinas de la empresa. Allí había un pequeño escritorio de madera, una silla y una estantería alta y estrecha. En uno de los estantes, junto a los voluminosos libros de contabilidad, detecté algo interesante. Una esfera de cristal con una escena navideña: una cabaña que, al pie de un pinar, resistía estoicamente mientras los copos de nieve caían al suelo.

En la oficina de mi padre las reglas eran claras: no debía tocar nada. Sin embargo, no pude evitarlo. Esa esfera me transfiguró, era una diminuta fracción de magia en un mundo de tonos marrones, una puerta oculta detrás de un armario, un irresistible símbolo de niñez. De pronto me encontré encima de la silla, con la bola en la mano. La incliné hacia ambos lados, contemplé los copos de nieve, inmersa en ese mundo, ajena a lo que sucedía a mi alrededor. Sentí un raro deseo de entrar en esa esfera, conocer al hombre y a la mujer que se distinguían detrás de una de las ventanas iluminadas o deslizarme en trineo con los dos niños que ignoraban el ruido y el ajetreo del mundo exterior.

Lo mismo me ocurrió al acercarme a Milderhurst Castle. Mientras subía por la colina, sentí que la atmósfera se transformaba; atravesé una barrera invisible hacia otro mundo. Aunque las personas en su sano juicio no hablan de casas que emiten energía ni de personajes embrujados, ni se acercan a ellos, comencé a creer que una fuerza indescriptible surgía de las profundidades de Milderhurst Castle. Lo había percibido en mi primera visita y lo sentí de nuevo aquella tarde. Era una especie de atracción; el castillo me llamaba.

No llegué por el mismo camino. Fui campo a través hasta el sendero y lo seguí hasta llegar a un puente de piedra, luego crucé el segundo, algo más grande, y por fin vi el castillo, imponente en lo alto de la colina. Seguí adelante, no me detuve hasta alcanzar la cima. Solo entonces giré para ver el camino por donde había llegado. El dosel de árboles se extendía hacia abajo; a la luz de la antorcha que el otoño encendía, las copas emitían destellos rojos y dorados. Lamenté no haber llevado una cámara; tendría que haber sacado una foto para mi madre.

Dejé atrás el sendero. Mientras bordeaba un gran seto, miraba la ventana más pequeña del ático, la que correspondía a la habitación de la niñera, aquella que albergaba el armario secreto. Tuve la impresión de que el castillo me vigilaba, bajo los aleros sus numerosas ventanas fruncían el ceño. Dejé de mirar y seguí a lo largo del seto hasta que llegué a la parte de atrás.

Frente a un gallinero, ahora vacío, distinguí una estructura abovedada de chapa acanalada. Al acercarme, lo reconocí: el refugio antiaéreo. Junto a él, un cartel oxidado —vestigio de las épocas en que era visitado con frecuencia— rezaba: «Anderson». Aunque las letras se habían desdibujado con el paso del tiempo, pude distinguir lo suficiente para comprender que se refería a la participación de Kent en la batalla de Inglaterra. A un par de kilómetros una bomba había matado a un chico montado en su bicicleta. Allí decía que el refugio se construyó en 1940, de modo que seguramente se trataba del mismo en el que mi madre buscó amparo durante los bombardeos.

Supuse que no habría inconveniente en que echara un vistazo. Bajé los empinados peldaños. A través de la puerta abierta entraba luz suficiente para ver que habían creado una escenografía con objetos de la época de la guerra: postales de paquetes de cigarrillos que mostraban aviones Spitfire y Hurricane; sobre una mesa, una antigua radio con mueble de madera; un cartel donde Churchill apuntaba su dedo acusador hacia mí y afirmaba: «¡Merecemos la victoria!». Al igual que en 1940, esperé oír los bombarderos.

Al salir, la luz me hizo parpadear. Las nubes cruzaban el cielo, una tenue sábana blanca cubría el sol. Descubrí en el seto un recoveco y no pude resistir la tentación de sentarme. Cogí el diario de mi madre, me apoyé en la valla y abrí la primera página, escrita en enero de 1940.

> *Querido, adorado cuaderno:*
> *Te he guardado mucho tiempo —un año entero, incluso un poco más—, porque eres el regalo que me hizo el señor Cavill después de los exámenes. Me dijo que debía escribir algo especial, que las palabras perduraban para siempre y que algún día podría hacer un relato que mereciera tus páginas. En aquel momento no le creí. Nunca había tenido una historia especial que pudiera contar. ¿Suena muy triste? Tal vez, pero no me apena, lo escribo solo porque es la verdad: nunca había tenido una historia especial que contar y no imaginaba que la fuera a tener. Fue un error. Un terrible, enorme y maravilloso error. Algo ha sucedido y ya nada será igual.*

Supongo que debería empezar diciendo que escribo desde un castillo. Un auténtico castillo de piedra, con una torre y muchas escaleras serpenteantes, enormes candelabros en todas las paredes, manchados por la cera que a lo largo de décadas ha caído de sus velas. Tal vez piensas que esto, el hecho de vivir en un castillo, es tan maravilloso que sería codicia esperar más, pero aún hay más.

Estoy sentada en el alféizar del ático, el lugar más fantástico de todo el castillo. Es la habitación de Juniper. Te preguntarás quién es ella. Juniper es la persona más increíble del mundo. Es mi mejor amiga, y yo, la suya. Fue quien me impulsó a escribir, dijo que estaba cansada de verme cargando contigo de un lado a otro como un objeto sagrado, y que era hora de tomar impulso y grabar palabras en tus hermosas páginas.

Ella dice que las historias están en todas partes y las personas que esperan el momento ideal para empezar a escribir acaban con las páginas vacías. Al parecer, escribir significa capturar en el papel imágenes e ideas. Tejer como una araña, aunque utilizando palabras para formar el dibujo. Juniper me ha dado esta pluma estilográfica. Creo que la cogió de la torre y me asusta un poco que a su padre se le ocurra averiguar quién la robó. De todos modos, la uso. Es una pluma verdaderamente estupenda. Es posible querer a una pluma, ¿no lo crees?

Juniper me sugirió que escribiera sobre mi vida. Siempre me pide que le hable sobre mi madre y mi padre, Ed y Rita, y el señor Paul, nuestro vecino. Se ríe muy fuerte, su risa burbujeante se derrama como el contenido de una botella que haya sido agitada antes de quitarle el tapón. Es un poco alarmante, pero también encantadora. No es una risa desagradable, sino armoniosa, profunda como la tierra. Y no solo eso me encanta de ella, también sus gestos cuando le

cuento las cosas que dice Rita: frunce el ceño y suelta excla-
maciones cuando corresponde.

Dice que soy afortunada —¿puedes creer que una
persona como ella diga eso de mí?— porque he aprendido
lo que sé en el mundo real. Ella, en cambio, todo lo apren-
dió de los libros. A mí me parece el paraíso, pero evidentemente no es así. ¿Sabes que no ha regresado a Londres
desde que era muy pequeñita? Toda la familia fue a ver el
estreno de la obra inspirada en el libro que escribió su padre, La verdadera historia del Hombre de Barro. Cuando
Juniper mencionó ese libro, creyó que yo lo conocía. Fue
vergonzoso admitir que no lo había leído. Maldije a mis
padres por impedirme saber ese tipo de cosas. Ella se sorprendió, pero no me avergonzó. Asintió y dijo que sin duda se debía a que tenía suficiente entretenimiento en el
mundo real, con las personas reales. Luego adquirió ese
aspecto triste que tiene a veces, pensativo y algo perplejo,
como si tratara de encontrar la solución a un asunto complicado. Diría que es la misma expresión que mi madre
desprecia cuando la advierte en mí, la que la impulsa a
apuntarme con el dedo y a decirme que despeje las nubes
y me ponga manos a la obra.

Pero me gusta el cielo nublado, es mucho más interesante que el cielo azul. Si las nubes fueran personas, desearía
saber sobre ellas. Preguntarme qué hay detrás de las capas
de nubes me atrae más que ver un cielo siempre claro.

Hoy el cielo está muy gris. Al mirar por la ventana
da la sensación de que alguien ha tendido una gran manta
grisácea sobre el castillo. Hay escarcha en el suelo. La ventana del ático mira a un lugar especial, uno de los favoritos
de Juniper. Es un cuadrado en medio de los setos, donde
entre las zarzas sobresalen lápidas, torcidas como los dientes de un anciano.

Clementina Blythe
1 año
Arrebatada cruelmente
Duerme, pequeña, duerme

Cyrus Maximus Blythe
3 años
Partió muy pronto

Emerson Blythe
10 años
Amado

Al verlas por primera vez creí que era un cementerio de niños. Juniper me dijo que eran mascotas. Los Blythe quieren mucho a sus animales, en especial Juniper. Lloraba cuando me hablaba de Emerson, su primer perro.

Brrr, aquí hace mucho frío. Cuando llegué a Milderhurst heredé una enorme variedad de calcetines de lana. Saffy es una gran tejedora, pero no acierta con las medidas. La tercera parte de los calcetines que tejió para los soldados son demasiado estrechos para cubrir el musculoso pie de un hombre, pero perfectos para mis finos tobillos. Llevo seis calcetines en cada pie y otros tres en la mano izquierda. He dejado la derecha al descubierto para sostener la pluma. A eso se debe mi caligrafía. Me disculpo, querido diario. Tus hermosas páginas merecen algo mejor.

Y bien, aquí estoy, sola en el ático mientras Juniper se entretiene leyendo para las gallinas. Saffy cree que ponen más huevos cuando se sienten estimuladas y ella, que ama a todos los animales, dice que ninguno es tan inteligente y sereno como una gallina. Por mi parte, me encantan los huevos, de modo que todos somos felices.

Comenzaré por el principio, y escribiré tan rápido como pueda. Mis dedos no se enfriarán…

Un ladrido feroz me encogió el corazón. Frente a mí apareció un perro, el lurcher de Juniper. Enseñaba los dientes y gruñía amenazante.

—Tranquilo, muchacho —dije con voz tensa.

Consideraba la conveniencia de tender mi mano y acariciarlo —tal vez se calmara— cuando en el barro distinguí el extremo de un bastón. Lo siguió un par de zapatos con cordones. Al levantar la vista reconocí a Percy Blythe. Me lanzó una mirada furiosa.

Casi había olvidado su figura delgada y adusta. Apoyada en el bastón, llevaba una ropa del mismo estilo que aquel día, cuando nos conocimos. Pantalón claro y una camisa que habría podido parecer masculina si su cuerpo no hubiera sido tan menudo y su delgada muñeca no hubiera lucido un delicado reloj.

—Es usted —dijo, tan sorprendida como yo.

—Lo lamento, no quería molestar…

El perro gruñó otra vez.

—¡Bruno, ya basta! —ordenó ella, agitando la mano. El lurcher gimió y se echó a su lado—. La esperábamos mañana.

—Sí, lo sé, a las diez.

—¿Acaba de llegar?

Asentí.

—He llegado hoy desde Londres. El cielo estaba claro, y sabiendo que se esperan lluvias para los próximos días, decidí salir a pasear, a tomar algunas notas. Después vi el refugio y… No tenía intención de molestar.

En cierto momento, mientras daba mis explicaciones, Percy dejó de prestar atención.

—Bien, ya que está aquí podría tomar el té con nosotras —dijo, sin el menor atisbo de alegría.

Un traspié y un golpe

En mi recuerdo, el salón amarillo no parecía tan deteriorado. De mi visita anterior conservaba la imagen de un lugar cálido, un rincón de vida y de luz en medio de una oscura masa de piedra. Esta vez era diferente, tal vez el cambio de estación, la falta del resplandor estival, el frío que presagiaba el invierno se sumaron a la impresión que me causó la decadencia del lugar.

El perro llegó jadeando y se echó de nuevo junto al biombo descolorido. Me di cuenta de que, al igual que la habitación había decaído, tanto él como Percy Blythe habían envejecido en el tiempo transcurrido desde mayo. Se me ocurrió entonces que Milderhurst era un lugar aparte, separado del mundo real, más allá de los límites del tiempo y el espacio. Un castillo encantado donde el tiempo podía transcurrir más rápido o más lento de acuerdo con el capricho de un ser sobrenatural.

—Por fin, Percy, pensaba que tendríamos que salir a buscarte... —dijo Saffy. De perfil, inclinada sobre la tetera, trataba de poner la tapa en su lugar. Al levantar la vista, me vio junto a su hermana—. ¡Vaya! ¡Hola!

—Es Edith Burchill —dijo Percy con toda naturalidad—. Ha llegado antes de lo previsto. Tomará el té con nosotras.

—Espléndido —opinó Saffy. Su expresión indicaba que no lo decía solo por amabilidad—. Lo serviré tan pronto consiga tapar la tetera. Traeré otra taza. ¡Qué grata sorpresa!

Igual que aquel día de mayo, Juniper estaba junto a la ventana. Esta vez, sin embargo, dormía. Con la cabeza hundida en el sillón de terciopelo verde claro, roncaba suavemente. Recordé el diario de mi madre, la encantadora mujer a quien ella tanto quería. Era triste, terrible, verla convertida en aquella figura.

—Nos alegra que esté aquí, señorita Burchill —dijo Saffy.

—Mi nombre es Edith. Le ruego que me llame Edie.

Ella sonrió complacida.

—Edith, hermoso nombre. Significa «triunfadora», ¿verdad?

—No lo sé —respondí en tono de disculpa.

Percy carraspeó y Saffy se apresuró a continuar.

—El caballero era muy profesional —explicó, echando un vistazo a Juniper—, pero es mucho más sencillo hablar con otra mujer, ¿no es así, Percy?

—Así es.

Al verlas juntas, comprendí que no habría imaginado el efecto que causaría el paso del tiempo. En mi primera visita las gemelas tenían la misma estatura, aunque Percy, debido a su carácter autoritario, parecía más alta. Esta vez, sin duda, Percy era más baja. Y también más frágil. Sin proponérmelo, recordé el pasaje de *El doctor Jekyll y míster Hyde* en el que el doctor descubre su parte más débil y oscura.

—Tome asiento, por favor —indicó Percy con aspereza—. Tú también, Saffy.

Obedecimos. Saffy sirvió el té, fue insistente con su hermana acerca de Bruno. Preguntó dónde lo había encontrado, en qué estado, cómo había logrado caminar. Comprendí que el lurcher estaba enfermo, que les preocupaba enormemente su salud. Hablaban en voz baja, lanzaban miradas furtivas hacia el lugar donde Juniper dormía. Recordé lo que Percy me había dicho: que Bruno era su perro, que su hermana siempre tenía un animal a su lado, que todas las personas necesitan un ser al que amar. Observé a Percy por encima de mi taza, no pude evitarlo. A pesar de su hosquedad, en su actitud había algo fascinante. Mientras ofrecía breves respuestas a las preguntas de Saffy, contemplé sus labios tensos, la piel caída, las arrugas que el ceño fruncido había formado a lo largo de los años. Tal vez se refería a sí misma cuando decía que todas las personas necesitan un ser al que amar. Me pregunté si a ella también le habían robado al ser que amaba.

Sumida en mis reflexiones, me sobresalté cuando me miró. Me pregunté si me habría leído la mente y me ruboricé de inmediato. Entonces advertí que Saffy me hablaba, y que su hermana me observaba porque no entendía el motivo de mi silencio.

—Lo siento, estaba distraída.

—Le preguntaba sobre su viaje desde Londres. Espero que haya sido agradable.

—Oh, sí, gracias.

—Cuando éramos niñas solíamos ir a Londres. ¿Lo recuerdas, Percy?

Percy asintió con un leve gruñido.

El recuerdo iluminó el rostro de Saffy.

—Nuestro padre nos llevaba todos los años. Al principio viajábamos en tren, ocupábamos un compartimento junto a nuestra niñera. Después compró el Daimler y desde entonces hicimos el viaje en coche. Percy prefería quedarse en el castillo, pero yo adoraba Londres, había mucha actividad, cantidad de mujeres hermosas y hombres apuestos; infinidad de cosas que ver: los vestidos, las tiendas, los parques —relató con una sonrisa que me pareció triste—. Siempre imaginé… —continuó, con un imperceptible temblor, y de inmediato miró su taza—, en fin, supongo que todas las jovencitas sueñan con ciertas cosas. Edith,

¿está casada? —La pregunta me pilló desprevenida. Ella se apresuró a levantar la mano—. Perdón, no debía haber hecho esa pregunta, soy una impertinente.

—No tiene importancia. No estoy casada.

—No tenía intención de chismorrear, pero he notado que no lleva alianza. Aunque ya no se estila entre los jóvenes, pensaba que, de todas formas, podía estar casada. Me temo que estoy poco informada, no salgo a menudo —explicó, lanzando una mirada casi imperceptible a Percy—. Ninguna de nosotras —añadió. Sus dedos se agitaron en el aire antes de posarse en un antiguo medallón que llevaba al cuello—. Estuve a punto de casarme una vez.

—No deberíamos agobiar a la señorita Burchill con nuestras historias.

—Por supuesto —dijo Saffy, ruborizada—. Lo lamento.

—Oh, no, por favor, siga con su relato —me apresuré a decir al verla tan avergonzada. Me dio la sensación de que había pasado la mayor parte de su vida obedeciendo a su hermana.

Percy encendió la cerilla, y con ella el cigarrillo que sostenía entre sus labios. Comprendí que Saffy estaba destrozada. Observaba a su gemela con una mezcla de timidez y angustia. Leía entre líneas algo que yo era incapaz de ver, estudiaba un campo de batalla marcado por los resultados de combates previos. Percy se puso de pie y fue a fumar junto a la ventana. Encendió una lámpara a su paso. Solo entonces Saffy volvió a dirigirse a mí.

—Percy tiene razón —dijo con delicadeza, y supe que había perdido esta batalla—. Es desconsiderado por mi parte.

—De ningún modo.

—¿Cómo va su artículo, señorita Burchill? —interrumpió Percy.

—Sí, cuéntenos, Edith —dijo Saffy, recuperando la compostura—. ¿Planea hacer entrevistas durante su estancia en Milderhurst?

—En realidad, el señor Gilbert hizo un trabajo muy minucioso. No les robaré mucho tiempo.

—Entiendo.

—Ya hemos hablado sobre el tema —le recordó su hermana. Creí detectar un matiz de alarma en su voz.

—Por supuesto —respondió Saffy, dedicándome una sonrisa. Sin embargo, había tristeza en su mirada—. Algunas veces creemos cosas que después...

—Si hubiera algo importante que no surgiera en la entrevista con el señor Gilbert, me encantaría tomar nota de ello —comenté.

—No será necesario, señorita Burchill —replicó Percy, que había regresado a la mesa para echar la ceniza de su cigarrillo—. Como ha podido comprobar, el señor Gilbert reunió abundante material.

Asentí. Pese a todo, su tono categórico me desconcertó. Evidentemente, trataba de impedir que hablara a solas con Saffy. Aunque había sido Percy quien había separado del proyecto a Adam Gilbert y había insistido en que yo lo reemplazara. Por mi parte, carecía del grado de vanidad o de insensatez necesarios para creer que la elección se debía a mi destreza con la pluma o a la excelente relación que habíamos iniciado en mi visita anterior. Entonces, ¿por qué motivo era yo la elegida y por qué se negaba a que entrevistara a su hermana? Tal vez fuera una cuestión de autoridad. Percy Blythe estaba acostumbrada a decidir sobre la vida de sus hermanas, quizás ni siquiera podía permitir que mantuvieran una conversación en la que ella no participara. Aunque tal vez fuera algo más delicado: le preocupaba aquello que Saffy quería decirme.

—Seguramente podrá aprovechar mejor su tiempo recorriendo la torre, familiarizándose con la casa, con la manera de trabajar de nuestro padre —recomendó Percy.

—Sí, por supuesto, es importante —respondí. Mi actitud me decepcionó, también yo me sometía dócilmente a las órdenes de Percy Blythe. Pero mi parte obstinada se rebeló—: De todos modos, al parecer, faltan algunos detalles.

El perro gimió. Percy entrecerró los ojos.

—El señor Gilbert no entrevistó a Juniper. Yo podría...

—No.

—Sé que no debo molestarla, prometo...

—Señorita Burchill, le aseguro que una entrevista con Juniper no le aportará información sobre el trabajo de nuestro padre. Ni siquiera había nacido cuando escribió *El Hombre de Barro*.

—Es verdad, pero el texto debería incluir a sus tres hijas...

—Señorita Burchill, debe entender que el estado de nuestra hermana no lo permite —dijo Percy con frialdad—. Tal como le dije en su visita anterior, sufrió un tremendo revés en su juventud, un gran desengaño del que nunca se recuperó.

—Así es. No me atrevería a mencionar a Thomas...

Dejé la frase inconclusa al ver que Percy palidecía. Por primera vez algo la acobardaba. No había tenido intención de pronunciar ese nombre, que parecía llenar de humo el aire que nos rodeaba. Ella cogió otro cigarrillo.

—Podrá aprovechar mejor su tiempo recorriendo la torre —repitió de modo categórico. A pesar de todo, la caja de cerillas que temblaba en su mano contradecía su firmeza—. Le permitirá comprender cómo trabajaba nuestro padre.

Asentí, con una rara opresión en el estómago.

—Si necesitara saber algo más, seré yo, y no mis hermanas, quien responda a sus preguntas.

En ese momento, Saffy intervino con su inimitable estilo. Había escuchado el diálogo con la cabeza gacha. De pronto miró a su hermana con gesto afable y con voz clara, totalmente inocente, dijo:

—Tendrá que ojear los cuadernos de nuestro padre.

Tal vez fue solo una sensación mía, pero habría jurado que una ráfaga helada invadió el salón. Nadie había visto los cuadernos de Raymond Blythe mientras vivía, ni en ningún otro momento a lo largo de cincuenta años de investigaciones realizadas después de su muerte. Incluso se rumoreaba que su existencia era un mito. Y de pronto Saffy los mencionaba con toda naturalidad. Vislumbré la posibilidad de tocarlos, de leer la caligrafía de ese gran escritor; de recorrer con la yema de los dedos sus ideas tal como fueron surgiendo.

—Sí, por favor —logré decir, casi en un susurro.

Percy observaba a Saffy. Yo había perdido la esperanza de comprender la dinámica de una relación forjada durante casi nueve décadas. Era tan improbable como abrir un claro en el bosque Cardarker, pero aun así supe que Saffy había asestado un golpe feroz. Percy no quería que yo leyera esos cuadernos. Su reticencia no hacía más que estimular mi interés, el deseo de tenerlos en mis manos. Conteniendo el aliento, esperé los siguientes pasos de danza.

—Por favor, Percy —insistió Saffy, parpadeando ostensiblemente mientras su sonrisa se transformaba en un gesto de perplejidad. Parecía no comprender por qué motivo su hermana necesitaba esa insistencia. Me dedicó una mirada de soslayo, casi imperceptible, pero suficiente para saber que era mi aliada—. Enséñale el archivo.

El archivo. Por supuesto, allí estaban. Imaginé la escena, que parecía tomada de *El Hombre de Barro:* los preciados cuadernos de Raymond Blythe ocultos en la cámara de los secretos.

Los brazos, el torso, la barbilla de Percy estaban rígidos. ¿Por qué deseaba que yo no viera esos cuadernos? ¿Qué decían? ¿Cuál era el motivo de su temor?

—Percy, ¿los cuadernos aún están allí? —preguntó Saffy con suavidad, con el tono lisonjero que se emplea para estimular a un niño.

—Supongo que sí. Yo no los he tocado.

—En ese caso… —La tensión entre las gemelas me impedía hablar. Me limité a esperar, conteniendo el aliento. Los segundos eran dolorosamente largos. Una ráfaga de viento sacudió los postigos; los cristales vibraron. Juniper se movió en su sillón. Saffy insistió—: Percy…

—No será hoy, pronto oscurecerá —dijo Percy por fin, depositando su cigarrillo en el cenicero de cristal. Eché un vistazo a través de la ventana. Era verdad. El sol se había ocultado; lo reemplazaba el aire fresco de la noche—. Mañana le enseñaré el archivo —anunció por fin mi anfitriona sin apartar sus ojos de los míos—. Señorita Burchill…, en lo sucesivo no volveremos a hablar acerca de Juniper, ni de él.

1

Londres, 22 de junio de 1941

E ra un pequeño apartamento, poco más que un par de diminutas habitaciones en lo alto de un edificio victoriano. El tejado caía en pendiente hasta encontrarse con la pared que alguien, en algún momento, había levantado para que un ático inhóspito se dividiera en dos. Para cocinar disponía apenas de un pequeño fregadero y una antigua cocina de gas. Aunque el apartamento no era suyo. Tom no tenía su propia casa porque nunca la había necesitado. Antes de la guerra vivía con su familia, cerca de Elephant & Castle; después, con su regimiento, que menguó y se dispersó hasta convertirse en un grupo de rezagados que se dirigían a la costa. Después de Dunkerque había dormido en una cama del hospital de Chertsey.

De permiso hasta que se curara su pierna y su unidad lo reclamara, había pasado de un lugar a otro. En Londres abundaban las casas vacías, no era difícil encontrar una. La guerra lo había trastocado todo: personas, bienes, afectos. Ya nadie podía saber qué era lo correcto.

Aquel apartamento sencillo que recordaría hasta el día de su muerte, que pronto albergaría sus recuerdos más luminosos, pertenecía a un amigo con quien había estudiado Magisterio, en otra época de su vida, hacía ya una eternidad.

Aunque todavía era temprano, Tom ya había vuelto de su paseo hasta Primrose Hill. Después de la retirada en Francia, de meses de luchar por la supervivencia, no lograba dormir hasta tarde, ni dormía profundamente. Se despertaba con el alboroto de los pájaros. En particular, de los gorriones que se habían instalado en el alféizar de su ventana. Tal vez había cometido un error al alimentarlos, pero el pan estaba mohoso y el tipo del Departamento de Salvamento había insistido en que no debía desperdiciarlo. El calor de la habitación y el vapor del hervidor de agua hacían que el pan se enmoheciera. Trataba de evitarlo abriendo la ventana, pero el calor del sol acumulado en los pisos inferiores subía por el hueco de la escalera y se filtraba por las tablas del suelo hasta llegar al techo del ático y estrecharse en un abrazo con el vapor. Prefirió aceptarlo. El moho, al igual que los pájaros, era parte de su vida. Se levantaba temprano, los alimentaba y salía a pasear.

Los médicos habían dicho que los paseos eran la mejor cura, pero Tom no disfrutaba serenamente de aquellas caminatas. Le servían para exorcizar la agitación que se había apoderado de él en Francia. Agradecía el alivio que le otorgaba cada paso en la acera, aunque fuera temporal. Aquella mañana, en la cumbre de Primrose Hill, observó el despuntar del alba, distinguió el zoológico y la BBC y, en la distancia, la cúpula de San Pablo, que se alzaba nítidamente entre los edificios bombardeados. Durante los ataques más intensos Tom se encontraba en el hospital. El 30 de diciembre la jefa de enfermeras le había llevado el *Times* —para entonces ya estaba autorizado a leer periódicos— y había permanecido junto a su cama, observándolo mientras leía, en actitud solemne aunque no severa. Antes de que él completara la lectura del título, había declarado que se trataba de la voluntad de Dios. Tom coincidía en que la supervivencia de la cúpula era un prodigio, pero más que a la voluntad divina, lo atribuía a la suerte. No podía aceptar con ligereza que Dios conservara un edificio mientras toda Inglaterra se desangraba. No obstante, asintió ante la enfermera. La blasfemia habría sido un síntoma de alteración mental que ella debería poner en conocimiento del médico.

* * *

Tom había apoyado un espejo en la base del marco de la ventana; vestido solo con camiseta y pantalón, se inclinó hacia él para recorrer sus mejillas con la brocha empapada en jabón de afeitar. Observó indiferente su reflejo en el espejo cuarteado: con la cabeza inclinada para que la tersa luz del sol cayera en su mejilla, un joven se pasaba la navaja por la mandíbula cuidadosamente, en especial cuando rodeaba el lóbulo de la oreja. El tipo del espejo enjuagó la navaja, la agitó y repitió el procedimiento en la otra mejilla, tal como hace un hombre que se dispone a visitar a su madre con motivo de su cumpleaños.

Se miró, suspiró. Dejó la navaja en el alféizar de la ventana y apoyó las manos en el borde exterior de la jofaina. Apretó los párpados y comenzó la consabida cuenta hasta diez. La deslocalización había sido frecuente en los últimos tiempos, desde que regresara de Francia, pero más aún desde que salió del hospital. Se veía a sí mismo desde fuera, incapaz de creer que ese joven del espejo, amigable, sereno, con todo el día por delante, era él. No era posible que ese rostro tranquilo y afeitado llevara consigo las experiencias de los últimos dieciocho meses; imágenes y sonidos; aquel niño que yacía muerto, solo, en un camino de Francia.

«Eres Thomas Cavill, un soldado. Tienes veinticinco años, hoy es el cumpleaños de tu madre, irás a su casa a comer con ella», se dijo con firmeza al terminar de contar. Se encontraría con sus hermanas. La mayor llevaría a su bebé, al que en su honor había bautizado con el nombre de Thomas. Allí estaría también su hermano Joey. Theo no vendría, porque hacía la instrucción en el norte con su regimiento y escribía alegres cartas donde hablaba de las granjas lecheras y de una joven llamada Kitty. Serían efusivos, como de costumbre. Al menos, una versión de sí mismos en tiempos de guerra: no cuestionaban, apenas se quejaban, solo se permitían bromear sobre las dificultades que implicaba obtener huevos y azúcar. Nunca dudaban de que Gran Bretaña lograría superar el mal momento, que ellos lograrían superarlo. Tom apenas podía recordar, vagamente, esa sensación.

* * *

Juniper miró el papel y confirmó una vez más la dirección. Lo inclinó, siguió el movimiento con su cabeza y maldijo su desastrosa caligrafía. Su escritura era demasiado veloz, descuidada, ansiosa por pasar a la siguiente idea. Miró la modesta casa, distinguió el número en la puerta pintada de negro. Veintiséis. Tenía que ser allí.

Juniper se guardó el papel en el bolsillo. Más allá del número y la calle, a partir de los relatos de Merry podía reconocer la casa con tanta claridad como si se tratara de la Abadía de Northanger o Cumbres Borrascosas. Tomó impulso, subió los peldaños de cemento y llamó a la puerta.

Llevaba dos días en Londres y casi no se lo podía creer. Le parecía como si fuera un personaje de ficción que había escapado del libro donde, con sumo cuidado, su creador la había encerrado; con unas tijeras había recortado su silueta y había saltado hacia las páginas de una historia más indecente, ruidosa y dinámica. Una historia que ya adoraba: el trajín, el caos, el desorden, las cosas y las personas que no comprendía eran estimulantes, tal como lo había sabido desde siempre.

La puerta se abrió. Un rostro con el ceño fruncido la pilló desprevenida.

—¿Qué quiere? —preguntó una chica más joven que ella que por algún motivo parecía mayor.

—Deseo ver a Meredith Baker —declaró Juniper. La voz de su nuevo personaje le sonó extraña. Recordó a Percy, que siempre sabía cómo comportarse en el mundo, pero la imagen se mezcló con otra más reciente: la vio con el rostro enrojecido por la ira después de una reunión con el abogado de su padre. Decidió olvidarla.

La chica —a juzgar por su gesto rencoroso solo podía ser Rita— miró a Juniper de arriba abajo y adoptó una expresión altanera, suspicaz y —extrañamente, dado que no se conocían— de profundo disgusto.

—¡Meredith, ven aquí! —gritó por fin, con desdén.

Mientras esperaban, Juniper y Rita se observaron en silencio. En la mente de Juniper surgieron una infinidad de palabras que se entrelazaron para formar una descripción que más tarde pondría por escrito para enviársela a sus hermanas. Entonces llegó Meredith, presurosa, con las gafas sobre la nariz y una servilleta en la mano.

Las palabras perdieron importancia. Merry era la primera amiga que tenía, antes nunca había tenido oportunidad de echar de menos a alguien como a ella, de prever la inmensa pena que le causaría su ausencia. En marzo, el padre de Merry había llegado sin avisar al castillo, decidido a llevar a su hija de vuelta a casa. Juniper había abrazado a su amiga y le había susurrado al oído:

—Iré a Londres. Te veré pronto.

Merry lloraba, pero Juniper no había llorado aquel día. La había despedido y había regresado al tejado del ático para recordar cómo era la soledad, su compañera de toda la vida. Sin embargo, en los silencios que la partida de Merry había dejado descubrió algo nuevo. Un reloj marcaba suavemente la cuenta atrás hacia un destino que Juniper había resuelto dejar a su espalda.

—Has venido —dijo Meredith, ajustándose con el dorso de la mano las gafas, mientras parpadeaba incrédula.

—Te dije que lo haría.

—¿Dónde vives?

—En casa de mi padrino.

Meredith esbozó una sonrisa que se convirtió en carcajada.

—Entonces, salgamos de aquí —propuso, aferrando la mano de Juniper.

—¡Le diré a mamá que no has terminado tu trabajo en la cocina! —gritó Rita a sus espaldas.

—No la escuches —pidió Meredith a su amiga—. Está disgustada porque en su trabajo no le permiten alejarse del armario de las escobas.

—Es una pena que no la encierren en ese armario.

*   *   *

Finalmente, Juniper Blythe había logrado llegar a Londres. En tren, tal como Meredith le había sugerido durante aquella conversación en el tejado del castillo. La huida no había sido tan difícil como había imaginado. Sencillamente cruzó los campos y no se detuvo hasta llegar a la estación.

Sintió una profunda alegría, y por un momento olvidó que debería hacer más que eso. Sabía escribir, crear grandes ficciones y plasmarlas en textos elaborados. Nada más. Todo lo que conocía sobre el mundo y su funcionamiento lo había aprendido de los libros, de las conversaciones de sus hermanas —ninguna de ellas particularmente mundana— y de los relatos de Merry sobre Londres. Por lo tanto, no era sorprendente que al llegar a la estación ignorara cuál debía ser el siguiente paso. Solo al ver la taquilla con el cartel que ponía «Venta de billetes» recordó que era necesario comprar uno.

El dinero nunca le había interesado, tampoco lo había necesitado. De todos modos, después de la muerte de su padre le había correspondido una pequeña suma. No hizo preguntas sobre los detalles del testamento, le bastó comprobar que Percy estaba irritada y Saffy preocupada. Y que ella era la involuntaria causa de todo aquello. Pero cuando Saffy mencionó la existencia de una cantidad de verdaderos billetes, de aquellos que servían para intercambiar por otras cosas, y le sugirió que los depositara en un lugar seguro, Juniper se negó. Dijo que prefería conservarlos consigo durante un tiempo. La querida Saffy había aceptado la curiosa petición sin pestañear. Era perfectamente razonable tratándose de su adorada Juniper.

El tren estaba lleno, pero un hombre mayor se puso de pie y la saludó con el sombrero. Juniper comprendió que la invitaba a tomar asiento junto a la ventana. Lo consideró un gesto encantador. Sonrió y asintió. Se sentó con la maleta sobre la falda y permaneció expectante. «¿Su viaje es realmente necesario?», preguntaba un cartel en el andén. «Sí», se dijo Juniper. Comprendía con absoluta claridad que seguir en el castillo habría significado aceptar un futuro que no deseaba. El que había visto reflejado en los ojos de su padre cuando este aferraba sus hombros y le decía que los dos eran iguales.

El vapor de la locomotora se arremolinó a lo largo del andén. Juniper sintió una gran emoción: un gran dragón resoplaba, montada en su lomo se elevaría por el cielo rumbo a un lugar fantástico. El chillido de un silbato le erizó la piel. De pronto el tren comenzó a moverse. Con la mejilla apoyada en el cristal de la ventana, Juniper rio. Lo había conseguido.

A lo largo del viaje su aliento empañó la ventanilla. Vio pasar estaciones desconocidas, sin nombre, campos, pueblos y bosques. Imágenes borrosas, verdes y azules, con franjas rosadas, iban quedando atrás. En ciertos momentos los colores difusos se volvían más nítidos, formaban una escena enmarcada por la ventanilla. Un cuadro de Constable u otro de aquellos pintores bucólicos que su padre admiraba. Versiones de un paisaje eterno que él había alabado con ojos lacrimosos.

Juniper no toleraba la eternidad. Sabía que solo existía el aquí y ahora, y el latido de su corazón, ligeramente acelerado porque viajaba rumbo a Londres en un tren ruidoso y vibrante.

Londres. Pronunció esa palabra para sí una vez, la repitió. Se deleitó con su equilibrio, sus sílabas armoniosas, la sensación que producía en su boca. Suave pero firme, como un secreto; era la clase de palabras que susurran los amantes. Juniper anhelaba el amor, la pasión, las complicaciones. Quería vivir, amar, ser indiscreta, conocer secretos, saber qué se decían otras personas, qué sentían, qué cosas hacían reír, llorar, suspirar a otros seres más allá de Percy, Saffy, Raymond o Juniper Blythe.

Una vez, cuando era muy pequeña, un globo aerostático despegó de los terrenos de Milderhurst. Tal vez el navegante era un amigo de su padre, o un aventurero famoso, no podía recordarlo. Para celebrarlo se organizó un picnic en el parque, al que fueron invitadas las primas del norte y algunos personajes del pueblo. Cuando la llama comenzó a elevarse y la cesta intentó seguirla, unos hombres se dispusieron a soltar las cuerdas que la sujetaban al suelo. Pero las cuerdas se tensaron, las llamas alcanzaron mayor altura y por un instante, mientras todos miraban azorados, el desastre pareció inminente.

Solo una cuerda se soltó, el artefacto se tambaleó y las llamas amenazaron con incendiar la tela del globo. Juniper miró a su padre. Era apenas una niña, ignoraba su terrible pasado —pasaría algún tiempo antes de que él confiara esos secretos a su hija pequeña— y aun así, comprendió el terror que le causaba el fuego. Contemplaba el desarrollo de los acontecimientos con un rostro blanco como el mármol, esculpido por el pavor. Juniper adoptó esa expresión, deseosa de conocer la sensación de convertirse en mármol y sentir un miedo profundo. Las cuerdas restantes se liberaron justo a tiempo, el globo se enderezó y se elevó hacia el cielo azul.

Cuando su padre murió, Juniper sintió que su cuerpo, su alma, todo su ser se sacudía tal como aquel globo cuando se cortó la primera cuerda y se liberó de buena parte del lastre. Ella misma cortó las cuerdas restantes: puso algunas prendas al azar en una maleta junto con las dos direcciones de personas conocidas en Londres y esperó el día en que sus hermanas, atareadas, no se dieran cuenta de su marcha.

Solo una cuerda unía todavía a Juniper con su hogar. Era la más difícil de cortar. Percy y Saffy la habían anudado cuidadosamente. Pero debía hacerlo, porque su amor y su dedicación la aprisionaban tanto como las expectativas de su padre. Al llegar a Londres, envuelta en el humo y el tumulto de la estación de Charing Cross, se vio a sí misma como una reluciente tijera y se inclinó para cortar la cuerda. La vio caer, sinuosa como un rabo, antes de perderse en la distancia, ganando velocidad a medida que se acercaba al castillo.

Libre al fin, buscó un buzón y envió a casa la carta donde explicaba brevemente qué había decidido y por qué. Sus hermanas la recibirían antes de que les entrara el pánico o enviaran a algún emisario para llevarla de vuelta. Se alarmarían, lo sabía. A Saffy, en particular, la abrumaría el miedo, pero no tenía alternativa.

Sin duda, jamás le habrían permitido marcharse sola.

* * *

Juniper y Meredith se tendieron en la hierba del parque, descolorida por el sol. La luz jugaba al escondite con las hojas de los árboles. Habían buscado sillas plegables, pero en su mayoría estaban rotas, apoyadas en los troncos de los árboles esperando que alguien las reparara. A Juniper no le molestó. El día era sofocante; agradeció la frescura de la hierba. La cabeza descansaba sobre el brazo flexionado. Con la otra mano sostenía un cigarrillo. Fumaba sin prisa, entrecerrando alternativamente los ojos para observar el follaje que se recortaba en el cielo, mientras Meredith hablaba sobre el progreso de su manuscrito.

—Y bien —dijo, después de escuchar a su amiga—, ¿cuándo me lo enseñarás?

—No lo sé. Está casi listo. Casi, pero...

—¿Qué sucede?

—No lo sé, estoy tan...

Juniper se giró hacia Meredith. Con la palma de la mano hizo sombra para protegerse de la luz.

—Tan...

—Nerviosa.

—¿Nerviosa?

—Tal vez no te guste —dijo Meredith, y se incorporó.

Juniper hizo otro tanto y cruzó las piernas.

—Eso no sucederá.

—Pero si sucediera, nunca, jamás volvería a escribir.

—En ese caso, pequeña mía, puedes dejar de escribir ahora mismo —dijo Juniper, frunciendo el ceño y adoptando el tono severo de Percy.

—¡Entonces sabes que no te gustará! —exclamó Meredith desolada. Juniper solo había tenido intención de bromear, como de costumbre, y esperaba una respuesta en el mismo tono. Pero la sorpresa borró su fachada autoritaria.

—No quería decir eso, en absoluto —explicó, apoyando la mano en el corazón de su amiga—. Escribe lo que salga de aquí, porque es lo que necesitas, lo que deseas, nunca lo hagas para agradar a otra persona.

—¿Ni siquiera a ti?

—Y mucho menos a mí. Por Dios, Merry, ¿qué autoridad tiene mi opinión?

Meredith sonrió. La desolación se esfumó y comenzó a hablar con repentino entusiasmo sobre un puercoespín que había aparecido en el refugio Anderson de su familia. Juniper se rio al escucharla, pero aun así, detectó una rara y nueva tensión en su rostro. Si hubiera sido otra clase de persona, si no hubiera tenido tanta facilidad para inventar personajes y lugares, para otorgar significado a las palabras, habría comprendido mejor la ansiedad de Merry. Pero no estaba en condiciones de hacerlo y dejó de pensar en ello. Estar en Londres, ser libre, tenderse en la hierba, sentir el sol ahora en la espalda era todo lo que importaba.

Juniper apagó su cigarrillo. Vio un botón fuera del ojal en la blusa de Meredith y se acercó a ella.

—Ven, eso está muy descuidado, déjame ayudarte.

2

En mi recuerdo, Tom decidió ir a pie a Elephant & Castle. No le gustaba el metro. En esos trenes que viajaban bajo tierra se sentía encerrado, nervioso. Como si desde entonces hubiera pasado una eternidad, volvió a su memoria aquel día en que llevó a Joey al andén y juntos escucharon el rugido del tren acercándose. Abrió los puños, que llevaba apretados a los lados del cuerpo, y recordó la sensación de aferrar su mano —pequeña, regordeta y sudorosa por la excitación— mientras juntos miraban el túnel, esperando distinguir la luz de los faros, la ráfaga de aire densa y nebulosa que anunciaba la llegada del convoy. Recordó en particular la dicha en el rostro de Joey, que siempre parecía ver las cosas por primera vez.

Se detuvo un instante y cerró los ojos hasta que el recuerdo se difuminó. Al abrirlos se topó con tres chicas más jóvenes que él, de aspecto impecable y paso seguro. Se sintió torpe. Ellas se apartaron y al pasar lo saludaron formando una «V» con los dedos. Él respondió con una sonrisa, algo rígida, algo a destiempo, y siguió rumbo al puente. A su espalda la risa comedida de las muchachas burbujeó como un refresco de antes de la guerra. El enérgico ruido de sus tacones se alejó y Tom tuvo la vaga sensación de haber perdido una oportunidad, aunque no podía precisar cuál. No interrumpió su marcha, no advirtió que ellas miraban furtivamente hacia atrás intercambiando comentarios sobre aquel joven soldado, alto, bien parecido, de ojos serios y oscuros. Siguió concentrado en dar un paso tras otro, tal como lo hiciera en Francia, y en pensar en aquel símbolo, la «V» de la victoria, que se veía en todas partes. Se preguntó cómo se había originado, quién le había atribuido su significado y por qué todos lo conocían.

Cruzó el puente de Westminster. Se acercaba a la casa de su madre y se vio obligado a admitir que el desasosiego, el terrible vacío de su pecho había regresado, se había introducido subrepticiamente entre los recuerdos de Joey. Inspiró profundamente y caminó más rápido, en un vano intento por liberarse de esa sensación, más opresiva que un objeto sólido. Le provocaba un efecto semejante a la nostalgia, desconcertante porque era un hombre adulto y porque, en efecto, estaba de nuevo en casa.

Tendido sobre las tablas mojadas del barco que lo llevaba de vuelta desde Dunkerque, entre las sábanas almidonadas del hospital, en el primer apartamento que le prestaran en Islington, había creído que aquella sensación, aquel dolor sordo, imposible de aplacar, se aliviaría al llegar a su hogar, en el preciso instante en que su madre lo abrazara y, llorando sobre su hombro, le dijera que estaba en casa, que no tenía por qué preocuparse. No fue así, y Tom comprendía el motivo. Aquella ansiedad no era nostalgia. Tal vez había elegido esa palabra con cierta indolencia, incluso con esperanza, para referirse a la conciencia de haber perdido algo esencial. No era un lugar. Había perdido una parte de su ser.

Sabía dónde se había quedado. En aquel terreno cercano al canal del Escalda, cuando al volverse se había encontrado con los ojos del soldado alemán que le apuntaba por la espalda. Había sentido pánico, náuseas y había disparado. Una de las capas que lo cubrían, la que sentía y temía, había volado como un papel y había caído al suelo en el campo de batalla. El resto, el núcleo resistente, había huido sin mirar atrás, sin percibir más que el sonido de su respiración jadeante.

La deslocalización, la división de su ser, lo había convertido en mejor soldado y, a la vez, en un hombre inepto. Por ese motivo ya no vivía con su familia. Los objetos y las personas aparecían velados ante sus ojos, y ciertamente no era capaz de tocarlos. En el hospital, el médico le había explicado que otros soldados padecían esa misma dificultad. Pero la explicación no había servido para disminuir el espanto. Porque cuando su madre le sonrió —como lo hacía cuando él era niño—, cuando insistió en que se quitara los calcetines para que pudiera zurcirlos, él solo sintió aquel vacío. Lo mismo le ocurrió al beber de la taza de su padre; cuando Joey —incluso convertido en un mocetón, siempre sería su hermano pequeño— soltó un aullido y fue hacia él trotando torpemente, aferrando contra su pecho un gastado ejemplar de *Azabache;* cuando sus hermanas, al verlo tan delgado, prometieron cederle sus raciones para que recuperara peso. Tom no sintió nada, y deseó…

—¡Señor Cavill!

El nombre de su padre. El corazón de Tom dio un vuelco. De inmediato se serenó, esa voz le decía que su padre seguía vivo, sano, y que todo se arreglaría. Durante las últimas semanas lo había visto caminando a su encuentro por las calles de Londres, agitando su mano frente a él en el campo de batalla, acercándose para estrechar su mano en el barco que cruzaba el Canal. No había sido su imaginación. Por el contrario, aquel mundo con bombas y balas, el arma en sus manos, los barcos que hacían agua al cruzar el Canal oscuro y traicionero, los lánguidos meses en hospitales cuya pulcritud enmascaraba el olor de la sangre, los niños muertos en los caminos arrasados por las bombas eran una horrenda ficción. En el mundo real todo estaba en orden, porque su padre aún vivía. Así debía de ser, porque alguien gritaba: «¡Señor Cavill!».

Tom se volvió y la vio. Una niña lo saludaba. Un rostro familiar se acercaba. La niña caminaba con la intención de parecer mayor —los hombros erguidos, la cabeza en alto— y al mismo tiempo corría, como aquellos niños que saltaban de su asiento en el parque y atravesaban las barandillas de hierro ahora transformadas en remaches, balas y alas de avión.

—¡Hola, señor Cavill! —dijo ella, jadeante, ya frente a él—. ¡Ha vuelto!

La esperanza de encontrarse con su padre se esfumó. El anhelo, la dicha, el alivio escaparon dolorosamente por su piel. Suspirando, comprendió que el señor Cavill era él, y que la niña con gafas que parpadeaba en la calle en algún momento había sido su alumna. Antes, cuando tenía alumnos, cuando hablaba con pretendida autoridad de grandes conceptos que ni siquiera había comenzado a entender. Se estremeció al recordarlo.

Meredith. Lo recordó de pronto, con toda claridad. Así se llamaba, Meredith Baker. Había crecido. Ya no era tan niña. Se la veía más alta, insegura aún con su nuevo cuerpo. Sonrió, logró saludarla y tuvo una agradable sensación, que no pudo describir de inmediato, relacionada con esa niña, con la última ocasión en que la había visto.

Comenzaba a fruncir el ceño tratando de desentrañar el recuerdo, cuando de pronto la escena apareció: un día caluroso, una piscina circular, una chica.

Y entonces la vio. La chica de la piscina, allí, en la calle de Londres, inconfundible. Por un momento creyó que se lo estaba imaginando. La chica de sus sueños, aquella que solía ver estando lejos, radiante, flotando sonriente mientras él avanzaba penosamente, para caer, por fin, bajo el peso de su compañero Andy —que había muerto sobre sus hombros sin que él lo advirtiera—; cuando la bala hirió su rodilla y la sangre tiñó el suelo, cerca de Dunkerque.

Tom la contempló, sacudió ligeramente la cabeza, y en silencio comenzó a contar hasta diez.

—Ella es Juniper Blythe —dijo Meredith, jugando con un botón de su blusa, y sonriendo miró a su amiga. Tom siguió su mirada. Juniper Blythe, por supuesto.

Ella sonrió con asombrosa franqueza. Su rostro se transformó por completo y lo transformó. Por una fracción de segundo, Tom era de nuevo el joven que se encontraba junto a la reluciente piscina aquel día de verano, antes de que la guerra comenzara.

—¡Hola! —saludó Juniper.

Tom inclinó la cabeza para responder al saludo. Las palabras, escurridizas, se negaban a salir de su boca.

—El señor Cavill era mi maestro —explicó Meredith—. Lo conociste en Milderhurst…

Mientras Juniper prestaba atención a su amiga, Tom le echó un vistazo furtivo. No era Helena de Troya, la atracción que ejercía no se debía a la belleza de su rostro. En cualquier otra mujer aquellos rasgos habrían sido agradables pero imperfectos: los ojos demasiado separados, el cabello demasiado largo, la abertura entre los dientes delanteros. En ella, sin embargo, añadían una extravagante belleza. Su peculiar manera de comportarse la distinguía de las demás mujeres. Aunque fuera completamente natural, su belleza era sobrenatural, más radiante que ninguna.

—En la piscina, ¿lo recuerdas? Había venido para averiguar cómo me encontraba en el castillo.

—Oh, sí —dijo Juniper Blythe, y miró a Tom. Él sintió que algo se encogía en su interior, su respiración se entrecortaba al verla sonreír—. Estaba nadando en mi piscina —bromeó. Tom deseaba decir algo gracioso, bromear como hacía antes.

—El señor Cavill también es poeta —continuó Meredith, con una voz que parecía surgir de un lugar muy lejano.

Tom trató de concentrarse. Poeta. Se rascó la frente. Ya no se veía de esa manera. Recordaba vagamente que se fue a la guerra para adquirir experiencia, con la convicción de que podría desentrañar los secretos del universo, ver las cosas de un modo distinto, más vívido. Y, en efecto, lo había conseguido. Pero lo que había visto no era poético.

—Ya no escribo —replicó. Era la primera frase que lograba pronunciar y se sintió obligado a ampliarla—. Otras cosas me han mantenido ocupado —aclaró, dirigiéndose exclusivamente a Juniper—. Vivo en Notting Hill.

—Bloomsbury —respondió ella.

Él asintió. El hecho de verla allí después de haberla imaginado tantas veces, de tantas maneras, era casi perturbador.

—No conozco a muchas personas en Londres —prosiguió Juniper. Tom no supo si era ingenua o tenía plena conciencia de su encanto. En cualquier caso, algo en su manera de hablar le dio coraje:

—Me conoce a mí.

Ella lo miró de un modo extraño, inclinó la cabeza como si escuchara palabras que él no había pronunciado y luego sonrió. De su bolso sacó un bloc de notas, escribió algo y le entregó la hoja. Sus dedos rozaron la palma de Tom. Él sintió una especie de descarga eléctrica.

—Lo conozco —coincidió.

En ese momento sintió —y volvió a sentirlo cada vez que recordó aquel diálogo— que nunca dos palabras habían contenido tanta verdad.

—¿Iba a su casa, señor Cavill? —preguntó Meredith. Tom había olvidado dónde estaba.

—Así es, por el cumpleaños de mi madre —respondió, y miró su reloj sin ver la hora—. Debo seguir mi camino.

Meredith sonrió y lo saludó con la «V» de la victoria. Juniper se limitó a sonreír.

Tom no desplegó el papel hasta llegar a la calle de su madre, pero una vez en la puerta de su casa, ya se había aprendido de memoria la dirección.

* * *

Era tarde cuando Meredith, por fin a solas, pudo escribir. La noche había sido un tormento: Rita y su madre habían discutido durante la cena. Su padre había obligado a toda la familia a escuchar las noticias que el señor Churchill emitía por radio en relación con los rusos. Y luego su madre —que seguía castigando a Meredith por su traición en el castillo— había descubierto una enorme pila de calcetines que debían ser zurcidos. Recluida en la cocina —como de costumbre, sofocante en verano— repasó mentalmente lo ocurrido aquel día una y otra vez, decidida a no olvidar el menor detalle.

Finalmente se refugió en la quietud de la habitación que compartía con Rita. Sentada en la cama, con la espalda apoyada en la pared y su precioso diario sobre las rodillas, garabateaba con ímpetu sus páginas. A pesar del suplicio, la espera había sido prudente. En los últimos tiempos Rita se comportaba de un modo particularmente odioso, y si hubiera descubierto el diario, las consecuencias habrían sido catastróficas. Por fortuna, la costa estaría despejada por un par de horas. Gracias a algún mágico conjuro, Rita había logrado que el ayudante del carnicero le prestara atención. Aquello seguramente era amor: el chico solía apartar algunas salchichas para dárselas a escondidas. Ella, por supuesto, se veía a sí misma como la abeja reina y tenía la certeza de que se casaría con aquel muchacho.

Pero el amor no la había apaciguado. Aquella tarde, cuando Meredith regresó a casa, la esperaba para preguntarle quién era la mujer que había aparecido en la puerta por la mañana, adónde se habían marchado con tanta prisa, de qué se trataba todo el asunto. Por supuesto, ella no había dado explicaciones. Juniper era su secreto.

—Es solo una persona que conozco —dijo, tratando de parecer despreocupada.

—A mamá no le alegrará saber que has abandonado tus tareas para salir de paseo con esa presumida —la amenazó Rita.

Pero esta vez Meredith estaba en condiciones de replicar.

—Tampoco papá se alegrará cuando le cuente lo que haces en el refugio con el chico de las salchichas.

El rostro de Rita había enrojecido de indignación y le había arrojado un objeto que resultó ser su zapato. A cambio de la magulladura en la rodilla, Meredith evitó que su madre se enterara de la visita de Juniper.

Completó la frase, puso un enfático punto final y luego, pensativa, se llevó la pluma a la boca. Había llegado a la escena en que Juniper se topaba con el señor Cavill, que caminaba con el ceño fruncido, mirando fijamente el suelo, como si se esforzara por contar sus pasos. Al ver su silueta desde el otro lado del parque, su corazón había comenzado a palpitar, lo había reconocido, aun sin saberlo. Recordó su enamoramiento infantil, la manera en que solía observarlo y escuchar cada una de sus palabras imaginando que algún día se casaría con él. El recuerdo la estremeció. Por aquel entonces era apenas una niña, ¿cómo se le había ocurrido algo semejante?

De un modo inimaginable, curioso, fantástico, él y Juniper habían reaparecido el mismo día. Las dos personas que más habían influido para que descubriera el camino que deseaba seguir en la vida. Meredith era fantasiosa y lo sabía, su madre siempre la acusaba de soñar despierta, pero aquello indudablemente tenía un significado. El hecho de que ambos hubieran regresado a su vida en el mismo momento era obra del destino.

Una idea la impulsó a saltar de la cama. Buscó en el fondo del armario los cuadernos escondidos. El cuento no tenía título aún, debía decidirlo antes de que Juniper lo recibiera. Deseaba mecanografiarlo, como un verdadero original. El señor Seebohm, el vecino, tenía una antigua máquina de escribir; si se ofrecía a llevarle el almuerzo, tal vez le permitiera usarla.

Arrodillada en el suelo, se colocó el cabello detrás de las orejas y echó un vistazo a sus escritos, leyó párrafos al azar, deteniéndose en aquellos que, según creía, merecerían gran atención por parte de Juniper. Se sintió decepcionada. El relato era acartonado. Los personajes hablaban demasiado, pero no expresaban sentimientos y no transmitían la impresión de saber qué esperaban de la vida. Más aún, faltaba algo vital, un aspecto de la existencia de su heroína que —de pronto lo comprendió— debía desarrollar. Le pareció increíble no haberse percatado antes.

El amor. Era lo que su historia necesitaba. ¿No era acaso el amor, el extraordinario palpitar de un corazón, lo que hacía girar el mundo?

3

Londres, 17 de octubre de 1941

El alféizar del ático de Tom era más amplio de lo habitual, perfecto para sentarse. El lugar preferido por Juniper para instalarse, aunque en su opinión no se debía a que echara de menos el tejado del ático de Milderhurst. En realidad, era cierto. Al cabo de unos meses lejos del castillo había decidido no regresar jamás.

Conocía el testamento de su padre, lo que había previsto para ella y hasta dónde había llegado con el propósito de lograrlo. Saffy se lo había explicado en una carta, sin intención de causarle disgusto, solo porque no toleraba el malhumor de Percy. Juniper la leyó dos veces para asegurarse de haber comprendido correctamente. Luego la tiró en el lago Serpentine y observó la tinta destiñendo mientras el papel se hundía. Su padre siempre había manipulado a sus hijas y creyó que seguiría haciéndolo desde la tumba. Juniper no se lo permitiría. No admitiría siquiera que las ideas de Raymond Blythe nublaran su día. Aquel día debía ser soleado, aunque en sentido estricto el sol no brillara.

Con las rodillas flexionadas y la espalda arqueada en el hueco de la ventana, fumaba y observaba el jardín. Era otoño, las hojas cubrían la tierra. El gato las miraba fascinado; había pasado horas acechando a enemigos imaginarios, saltando y ocul-

tándose entre las sombras. La mujer que vivía en la planta baja
—los bombardeos en Coventry habían destruido su vida anterior— le llevó un plato de leche. Por aquellos días no abundaba,
pero siempre alguien lograba reservar un poco para contentar al
gatito vagabundo.

Desde la calle llegó un ruido. Juniper estiró el cuello para ver
de qué se trataba. Un hombre de uniforme iba hacia el edificio.
Su corazón se aceleró. Comprobó que no era Tom. Dio una calada
al cigarrillo tratando de dominar su ansiedad. Por supuesto,
no era él, tendría que esperarlo al menos media hora todavía. Siempre tardaba una eternidad cuando visitaba a la familia, pero regresaba con un montón de anécdotas. Ese día ella lo sorprendería.

Echó un vistazo a la mesa colocada junto a la cocina de
gas; la que habían comprado por unas monedas y habían llevado a casa en un taxi, a cambio de invitar al chófer a tomar el té.
A Tom le esperaba un banquete digno de un rey. Aunque, para
ser exactos, un rey en época de racionamiento. Juniper había
encontrado las dos peras en el mercado de Portobello. Magní-
ficas peras, a un precio que podía pagar. Les había sacado brillo
cuidadosamente y las había dispuesto junto a los sándwiches,
las sardinas y el paquete envuelto en papel de periódico. En el
centro, orgulloso sobre un cuenco patas arribas, el pastel. El primero que había hecho en toda su vida.

Unas semanas antes se le había ocurrido que Tom debía
tener su tarta de cumpleaños y que a ella le correspondía prepa-
rarla. El plan se había tambaleado cuando recordó que no sabía
hacerla. Y además, tenía serias dudas acerca de que su minúscula cocina de gas pudiera acometer semejante tarea. Como otras
veces, deseó que Saffy estuviera en Londres. No solo para ayudar con el pastel. A pesar de que no añoraba el castillo, echaba
de menos a sus hermanas.

Al final, había llamado a la puerta del apartamento del sótano esperando encontrar al hombre que vivía allí. Había evita-

do ir a la guerra a causa de los pies planos, para beneficio de las cantinas locales. Lo encontró, y cuando le explicó su situación, con gusto se ofreció a ayudarla. En primer lugar, hizo una lista de los ingredientes que debían conseguir, casi deleitándose con las restricciones que imponía el racionamiento. Incluso donó a la causa un huevo y, cuando Juniper se marchaba, le entregó algo envuelto en papel de periódico y sujeto con un cordel, diciendo: «Un regalo, para que lo compartan». No había azúcar para decorar, por supuesto, pero Juniper había escrito el nombre de Tom con pasta de dientes, y no estaba nada mal.

Una mota fría cayó en su tobillo. Otra, en la mejilla. Juniper miró otra vez el mundo exterior. Comenzaba a llover. Se preguntó si Tom estaría muy lejos.

* * *

Llevaba cuarenta minutos intentando despedirse, con amabilidad, por supuesto. No era sencillo. Su familia estaba feliz de que hubiera regresado a la normalidad, de que se comportara como aquel Tom que conocían. Aunque en la diminuta cocina se habían reunido diversos miembros de la familia Cavill, todas las preguntas, bromas y frases iban dirigidas a él. Su hermana contaba que una mujer que conocía había muerto durante el apagón, atropellada por un autobús de dos pisos.

—Ha sido terrible, Tommy, había salido a entregar un manojo de bufandas para los soldados.

Tom estaba de acuerdo: era terrible. Escuchó a su tío Jeff, que relató una historia similar, un vecino atropellado por una bicicleta. Y después de unos instantes de duda se puso de pie.

—Gracias, mamá…

—¿Te marchas? —preguntó ella, sosteniendo el hervidor—. Estaba a punto de hervir más agua.

Él se inclinó para besar su frente.

—Nadie prepara el té mejor que tú, pero, de verdad, debo marcharme.

Su madre enarcó una ceja.

—¿Cuándo la conoceremos?

Tom dio una palmada cariñosa a Joey, que simulaba ser un tren, y evitó mirar a su madre.

—No sé a qué te refieres, mamá —dijo, colgando al hombro su cartera.

* * *

Caminó con entusiasmo, ansioso por regresar al apartamento, a ella. Por llegar antes de que comenzara a llover. Por mucho que se apresurara, las palabras de su madre lo seguían, clavadas en él como garras, porque Tom ansiaba hablar de Juniper con su familia. Cada vez que los veía, tenía que dominar el impulso infantil de proclamar que estaba enamorado, que el mundo era un lugar maravilloso, pese a que los hombres se mataban y las mujeres que tenían hijos eran atropelladas por autobuses cuando se disponían a entregar bufandas para los soldados.

Pero no lo hacía, porque así se lo había prometido a Juniper. Su negativa a que los demás supieran que estaban enamorados lo desconcertaba. El secreto no parecía armonizar con una mujer como ella, franca, categórica en sus opiniones, reacia a disculparse por lo que pudiera sentir, decir o hacer. Al principio, temió que considerara inferiores a los miembros de su familia, pero el interés que demostró había acabado con esa idea. Juniper se refería a ellos como si los hubiera tratado durante años. No los discriminaba. Y Tom sabía, por cierto, que las hermanas de ella, a quienes adoraba, ignoraban tanto como su familia. Las cartas del castillo llegaban a través del padrino —imperturbable ante el engaño—, y cuando ella respondía, indicaba la dirección de Bloomsbury en el reverso del sobre. Le había

472

preguntado el motivo de su conducta, al principio de una manera indirecta, luego abiertamente. Pero ella se había negado a darle explicaciones. Se limitó a decir que sus hermanas eran protectoras y anticuadas y que sería mejor esperar el momento adecuado.

A Tom no le agradaba esa situación, pero la amaba y lo aceptó. Aunque no pudo evitar mencionarlo en sus cartas a Theo, su hermano acantonado en el norte, de modo que no podía causar daño. Por otra parte, aquella primera carta de Tom acerca de la extraña y hermosa muchacha que había conocido, la que había logrado llenar su vacío, fue escrita mucho antes de que ella le impusiera esa restricción.

* * *

Desde aquel día, cuando se encontraron en la calle cerca de Elephant & Castle, Tom supo que debía ver de nuevo a Juniper Blythe. Al amanecer del día siguiente fue hasta Bloomsbury. Según se dijo, solo para conocer la puerta, las paredes, las ventanas tras las cuales ella dormía.

Observó la casa durante horas, fumando ansioso. Por fin, ella salió. Tom la siguió un trecho antes de reunir coraje para gritar su nombre.

—¡Juniper!

Muchas veces había repetido ese nombre para sus adentros, pero fue diferente pronunciarlo en voz alta y que ella volviera la cabeza al oírlo.

Pasaron juntos todo aquel soleado día, caminando y conversando, comiendo moras de los árboles que bordeaban el muro del cementerio. Cuando llegó la noche, Tom no estaba dispuesto a permitir que ella se marchara. Creyendo que era una propuesta que agradaba a las mujeres, la invitó a bailar, pero a Juniper no pareció causarle placer alguno. Lo miró con un disgusto manifiesto que lo desconcertó. Recuperando el aplomo, le preguntó qué desearía hacer. Ella respondió con naturalidad que debían seguir paseando. Explorando, según dijo.

Tom caminaba rápido. Juniper le seguía el paso, a derecha o izquierda, elocuente por momentos; callada en otros. Había en ella algo propio de la niñez: imprevisible, peligroso; tuvo la inquietante y seductora sensación de haber unido sus fuerzas con una persona para quien las habituales normas de conducta no tenían peso.

Juniper se detenía para observar las cosas que despertaban su interés, luego corría para alcanzarlo, completamente despreocupada. Tom temía que el apagón la hiciera tropezar con un bache de la acera o un saco de arena.

—Esto no es el campo —le dijo, con su antiguo tono de maestro.

Ella se rio.

—Eso espero. Por ese motivo estoy aquí —afirmó. Luego explicó que su visión era tan aguda como la de un pájaro. Tenía alguna relación con el hecho de haberse criado en el castillo, Tom no podía asimilar los detalles y dejó de escucharla, pero vio que el cielo se había despejado, la luna estaba casi llena y el resplandor plateaba su cabello.

Por suerte, ella no había advertido que la miraba. En cuclillas, hurgaba entre los escombros. Se acercó, curioso por saber qué había atraído su atención: en las destruidas calles de Londres, Juniper descubrió una mata de madreselva, caída cuando quitaron las vallas que la sostenían, pero aún viva. Cortó un tallo y, tarareando una extraña y hermosa melodía, lo enredó en su cabello.

El sol asomaba cuando subieron la escalera del apartamento de Tom. Juniper llenó de agua un viejo frasco de mermelada, puso allí la madreselva y la dejó en el alféizar. Durante las noches siguientes, mientras él yacía a solas y a oscuras, incapaz de dormir porque pensaba en ella, olía su dulce aroma. Desde entonces, siempre creyó que Juniper era como esa flor: misteriosa perfección en medio de un mundo destruido. No solo por su aspecto o por las cosas que decía. Era algo más, una esencia intangible, fuerza, seguridad. Parecía conectada con el mecanismo que impulsaba el planeta. Era la brisa de un día de verano, las primeras gotas de lluvia que caían en la tierra reseca, el resplandor del lucero.

* * *

Algo que no pudo precisar atrajo su mirada hacia la acera. Tom estaba allí antes de lo esperado, y su corazón se aceleró. En su alegría agitó la mano, a riesgo de caerse de la ventana. Él aún no la había visto. Con la cabeza hacia abajo, revisaba el correo. Juniper no podía dejar de mirarlo. Era locura, pasión, deseo, y por encima de todo, era amor. Amaba su cuerpo, su voz, la manera en que esos dedos caían sobre su piel, el espacio debajo de la clavícula donde su mejilla se acomodaba a la perfección mientras dormían. Amaba ver en su cara todos los lugares donde había estado. Amaba no tener necesidad de preguntarle qué sentía, que las palabras fueran innecesarias. Había descubierto que estaba cansada de palabras.

La lluvia caía sin parar, pero no como el día en que se enamoró de Tom. Aquella había sido una tormenta de verano, súbita, violenta, después de un calor intenso. Habían pasado el día caminando. Recorrieron el mercado de Portobello, subieron por Primrose Hill y luego bajaron hacia Kensington Gardens, donde vadearon las aguas poco profundas del estanque redondo.

El trueno llegó de manera totalmente inesperada. Todos miraron al cielo, temiendo que se tratara de una nueva clase de proyectil. Y después llegó la lluvia, enormes gotas que hicieron brillar el mundo.

Tom aferró la mano de Juniper y juntos corrieron, chapoteando en los charcos que se formaron de inmediato, riendo durante todo el camino de vuelta a su edificio y mientras subían la escalera hacia la seca penumbra de su habitación.

—Estás mojada —dijo Tom, con la espalda apoyada en la puerta que acababa de cerrar.

—¿Mojada? Estoy empapada hasta los huesos y lo que necesito es un secado en condiciones.

Tom le arrojó la camisa que estaba colgada en un gancho junto a la puerta.

—Ten, ponte esto mientras tu ropa se seca.

Ella se quitó el vestido y metió los brazos en las mangas de la camisa, como Tom le había indicado. Él se dio media vuelta y se alejó hacia el lavabo fingiendo no prestar atención, pero cuando ella lo miró, curiosa por saber qué hacía, se encontró con sus ojos en el espejo. Sostuvo la mirada más tiempo de lo habitual, lo suficiente para darse cuenta de que entre ellos algo cambiaba.

Seguía lloviendo, se oían truenos, el vestido chorreaba en el rincón donde él lo había colgado. Los dos se dirigieron hacia la ventana. Juniper, que no solía ser tímida, dijo algo trivial sobre los pájaros que se refugiaban de la lluvia.

Tom no respondió. Tendió una mano y apoyó la palma en su mejilla, suavemente. No fue necesario más. Ella calló y volvió la cabeza para rozar sus dedos con los labios, incapaz de desviar la mirada. Y entonces esos dedos se dirigieron hacia los botones de la camisa, recorrieron su vientre, sus pechos, y súbitamente sintió que su corazón estallaba en mil esferas diminutas que giraban al unísono por todo su cuerpo.

* * *

Después, sentados en el alféizar, comieron las cerezas que habían comprado en el mercado y arrojaron los huesos al suelo

476

encharcado. No hablaban, pero de vez en cuando se miraban, sonreían casi imperceptiblemente, como si solo a ellos les hubiera sido revelado un poderoso secreto. Juniper se había preguntado sobre el sexo, había escrito acerca de lo que, según imaginaba, podría hacer, decir y sentir. Sin embargo, nada la había preparado para el hecho de que a continuación llegara el amor.

Para enamorarse.

Conoció esa deslumbrante, incontenible sensación, la divina imprudencia, la completa pérdida del libre albedrío. Eso y mucho más. Después de haber pasado la vida evitando el contacto físico, por fin se había conectado. En la sensual penumbra del atardecer, mientras yacía con su mejilla apretada contra el pecho de Tom, oyendo el sereno latir del corazón, sintió que también el suyo se aquietaba para acompasarlo. Y comprendió que en Tom había hallado a la persona capaz de equilibrarla. Pero sobre todo supo que enamorarse era estar a cubierto, a salvo.

La puerta del edificio se cerró con estrépito. Se oyeron pasos en la escalera. Los de Tom, que se acercaban a ella, y con una súbita, cegadora ráfaga de deseo, Juniper olvidó el pasado, se alejó del jardín, del gato que saltaba sobre las hojas y la anciana que lloraba por la catedral de Coventry, de la guerra que se libraba más allá de la ventana, de la ciudad con escaleras que conducían a la nada, de los retratos colgados en paredes sin techo, las mesas de cocina sin familias que las necesitaran. Atravesó el ático, veloz, ligera, y dejando caer la camisa de Tom en el camino, regresó a la cama. En ese instante oyó que la puerta se abría. Solo existían él y ella, y ese pequeño y cálido apartamento donde se había puesto una mesa de cumpleaños.

* * *

Después de comer el pastel en la cama —dos enormes porciones para cada uno— había migajas por doquier.

—Es porque no tiene suficiente huevo —opinó Juniper, que con la espalda apoyada en la pared contemplaba el panorama—. No es fácil hacer que los ingredientes emulsionen —agregó con un filosófico suspiro.

Tom le sonrió.

—Eres muy perspicaz.

—Sin duda.

—Y con un gran talento, por supuesto. Un pastel como este es digno de Fortnum & Mason.

—No puedo mentirte, lo he hecho con ayuda.

—Oh, sí —dijo Tom, girando sobre un costado para estirarse hacia la mesa y alcanzar con la punta de los dedos el paquete envuelto en papel de periódico—. Nuestro vecino cocinero.

—A decir verdad, no es cocinero, sino dramaturgo. Hace unos días lo oí hablar con un hombre que va a montar una de sus obras.

Tom desenvolvió cuidadosamente el paquete, dejando a la vista su contenido: un frasco de mermelada de moras.

—¿Es posible que un autor de obras teatrales sea capaz de hacer algo tan maravilloso?

—¡Oh, es increíble! ¡Sublime! ¡Cuánto azúcar hay en ese frasco! Podríamos untar unas tostadas.

Tom llevó el brazo hacia atrás para impedir que Juniper le quitara el frasco.

—¿La jovencita sigue hambrienta? —preguntó incrédulo.

—No exactamente, no es cuestión de tener hambre. Es solo que esta nueva y deliciosa posibilidad se presenta un poco tarde —explicó ella.

—No —respondió Tom después de hacer girar el frasco entre sus dedos, prestando la debida atención a su violáceo contenido—, creo que deberíamos reservarlo para una ocasión especial.

—¿Más especial que tu cumpleaños?

—Mi cumpleaños ya ha sido lo suficientemente especial. Deberíamos destinarlo a la próxima celebración.

—Oh, de acuerdo —aceptó Juniper, acurrucándose sobre el hombro de Tom para que él la rodeara con el brazo—, pero solo porque es tu cumpleaños y porque he comido demasiado.

Sonriendo, Tom encendió un cigarrillo.

—¿Cómo has encontrado a tu familia? ¿Joey se ha curado el resfriado? —preguntó Juniper.

—Así es.

—¿Y Maggie? ¿Te ha pedido que la escucharas mientras leía el horóscopo?

—Ha sido muy considerado por su parte. De otro modo, no sabría cómo comportarme esta semana.

—Es verdad —coincidió Juniper, quitándole el cigarrillo para darle una lenta calada—. ¿Sucederá algo interesante?

—No mucho —dijo Tom, deslizando los dedos debajo de la sábana—, al parecer le propondré matrimonio a una bella muchacha.

Juniper se estremeció al sentir la mano de Tom sobre su piel.

—Vaya, es interesante.

—Eso creo.

—Sin embargo, lo más interesante sería conocer la respuesta de la jovencita. ¿Maggie tiene alguna idea al respecto?

Tom recogió el brazo y se tendió de lado para mirar a Juniper.

—Lamentablemente, Maggie no puede ayudarme en este asunto. Dijo que debía preguntar y esperar la respuesta.

—Si ella lo dice…

—En ese caso… —Tom se apoyó sobre el codo y adoptó un aire afectado—. Juniper Blythe, ¿me concedería el honor de convertirse en mi esposa?

—Amable caballero —respondió Juniper, imitando a la reina—, antes de responder debo saber si la propuesta incluye tres bebés regordetes.

—¿Por qué no cuatro? —preguntó Tom, en un tono jocoso, aunque ya no afectado, que inquietó a Juniper. Se sintió cohibida, no supo qué decir—. Casémonos, Juniper. Tú y yo —insistió Tom. Y hablaba totalmente en serio.

—El matrimonio no está contemplado en mi vida.

Tom frunció el ceño.

—¿Qué dices?

Ella permaneció callada hasta que, desde el apartamento de abajo, el silbido del hervidor rompió el silencio.

—Es complicado.

—¿Puede serlo? ¿Me amas?

—Sabes que te amo.

—Entonces, no es complicado. Cásate conmigo. Di que sí, June. Podemos superar cualquier cosa.

Juniper sabía que nada podía decir para complacerlo, excepto «sí», y pese a todo, no era capaz de hacerlo.

—Déjame pensarlo, dame un poco de tiempo —pidió.

Tom se incorporó bruscamente. Le dio la espalda y permaneció con la cabeza gacha, disgustado. Ella quiso tocarlo, acariciar su espalda, volver el tiempo atrás; deseó que nunca le hubiera propuesto matrimonio. Entretanto, él sacó un sobre del bolsillo de su pantalón.

—Aquí tienes tu tiempo —espetó, entregándole la carta—. Debo presentarme en el cuartel. En una semana.

Juniper ahogó un grito y se apresuró a sentarse junto a él.

—Pero… ¿Cuánto tiempo…? ¿Cuándo regresarás?

—No lo sé, cuando la guerra termine.

«Cuando la guerra termine». Tom se marcharía de Londres. De pronto Juniper comprendió que sin él esa ciudad dejaría de tener importancia. Tal vez debería regresar al castillo. Su corazón comenzó a acelerarse al pensarlo, aunque no de emoción, sino con aquella temeraria intensidad que había experimentado durante toda la vida. Cerró los ojos, con la esperanza de que algo mejorara.

Su padre le había dicho que era una criatura del castillo, que pertenecía a ese lugar y que, por su bien, no debía abandonarlo. Pero se equivocaba. Al contrario, lejos del castillo, del mundo de Raymond Blythe, de las terribles cosas que él le contaba, de su culpa y su tristeza, Juniper era libre. En Londres no había misteriosos visitantes, ni lagunas mentales. Y aun cuando su gran temor —el hecho de ser capaz de hacer daño a otros— no la abandonara, allí era diferente.

Juniper sintió una presión en sus rodillas. Abrió los ojos. De rodillas en el suelo, frente a ella, Tom la observaba con ojos lacrimosos.

—Vamos, mírame. Todo saldrá bien.

Ella no tenía necesidad de hablarle de esas cosas. No quería que su amor cambiara, que él se transformara en un ser protector y angustiado como sus hermanas. No deseaba que la observara, que evaluara sus actitudes y sus silencios. No esperaba que la amara con abnegación, sino tan solo que la amara.

—Juniper, lo siento. Por favor, no puedo soportar verte así.

¿Por qué lo había rechazado? ¿Por qué demonios había sido capaz de hacerlo? ¿Para cumplir el mandato de su padre?

Tom se puso de pie, con intención de alejarse, pero ella aferró su muñeca.

—Te traeré un vaso de agua —dijo él.

—No quiero agua —respondió ella, sacudiendo la cabeza—, te quiero a ti.

Él sonrió y en su mejilla izquierda se formó un hoyuelo.

—Ya me tienes.

—Quiero decir: sí.

Tom inclinó la cabeza.

—Quiero que nos casemos.

—¿Lo dices de verdad?

—Y se lo diremos a mis hermanas.

—Por supuesto, lo que tú digas.

Entonces Juniper se rio. Tenía un nudo en la garganta, pero se rio de todos modos, y se sintió un poco mejor.

—Thomas Cavill y yo vamos a casarnos.

* * *

Con la mejilla en el pecho de Tom, Juniper escuchaba los latidos de su corazón y trataba de acompañarlos. Pero no lograba dormir. Su mente redactaba una carta. Debía anunciar a sus hermanas que ella y Tom les harían una visita, y tenía que hacerlo sin despertar sospechas.

Aunque la vestimenta nunca había sido un asunto que la interesara, sospechaba que una mujer debía llevar un vestido apropiado para el día de su boda. Tal vez a Tom y a su madre les pareciera importante, y por él estaba dispuesta a hacer cualquier cosa.

Recordó aquel vestido de seda, con la falda amplia, que una vez, hacía mucho tiempo, su madre había lucido. Si aún estuviera guardado en el castillo, Saffy podría hacer lo necesario para resucitarlo.

4

Londres, 19 de octubre de 1941

Habían pasado meses desde la última vez que Meredith hablara con el señor Cavill —él insistía en que debía llamarlo Tom—, y al abrir la puerta, le sorprendió enormemente verlo.

—Señor Cavill, ¿cómo está? —preguntó, tratando de mostrarse serena.

—No podría estar mejor, Meredith. Y, por favor, llámame Tom —dijo, sonriente—. Ya no soy tu maestro.

Meredith se sonrojó.

—¿Puedo pasar un momento?

Ella miró por encima del hombro hacia la cocina, donde Rita observaba con el ceño fruncido algo que se encontraba sobre la mesa. Desde su ruptura con el ayudante del carnicero, estaba terriblemente amargada. Y al parecer trataba de sentirse menos miserable arruinando la vida de su hermana.

—Si lo prefieres podemos dar un paseo —sugirió Tom al advertir su angustia.

Meredith asintió complacida y cerró silenciosamente la puerta.

Se alejaron por el camino, el uno junto al otro. Ella guardaba cierta distancia, avanzaba con los brazos cruzados, la cabeza gacha, simulando prestar atención a los comentarios de su exmaestro con respecto a la educación y la escritura, el pasado y el futuro. Pero en realidad trataba de descubrir el propósito de su visita. Y se esforzaba en olvidar a la alumna enamorada que alguna vez había sido.

Se detuvieron en el mismo parque donde un caluroso día de junio Meredith y Juniper habían buscado en vano unas sillas. El contraste entre aquel cálido recuerdo y el cielo gris que ahora veía le produjo escalofríos.

—Tienes frío, se me ha olvidado decirte que trajeras un abrigo —dijo Tom, ofreciéndole el suyo a Meredith.

—Oh, no, yo…

Tom señaló un sitio y Meredith lo siguió diligente. Se sentó sobre la hierba, junto a él, con las piernas cruzadas. Él le preguntó algo más sobre sus escritos y escuchó con atención su respuesta. Dijo que recordaba el diario que le había regalado y que le alegraba saber que aún lo usaba. Mientras hablaba, arrancaba hierbas del suelo y las enroscaba formando pequeñas espirales. Meredith escuchaba, asentía y miraba sus manos. Eran admirables, fuertes pero delicadas. Manos de hombre, aunque no toscas ni velludas. Trató de imaginar qué sentiría al tocarlas.

Sus sienes comenzaron a palpitar. Se sintió mareada. Sería muy sencillo comprobarlo, bastaría con tender su propia mano para saber si era suave o áspera, si esos dedos responderían aferrando los suyos.

—Tengo algo para ti —dijo Tom—. Era mío, pero mi permiso ha terminado y debo encontrarle un hogar.

Un regalo antes de regresar al frente. Meredith contuvo el aliento. Todas aquellas ideas acerca de sus manos se esfumaron. Era precisamente lo que se estilaba entre enamorados: intercambiar regalos antes de que el héroe fuera a la guerra.

Se sobresaltó al sentir la mano de Tom en su espalda. Él la retiró de inmediato, enseñó su palma, y sonrió avergonzado.

—Lo siento, lo que pasa es que el regalo está en el bolsillo de mi abrigo.

Meredith sonrió también, aliviada, aunque al mismo tiempo decepcionada. Le entregó el abrigo, de donde él sacó un libro.

—*Los últimos días en París. Diario de un periodista* —leyó—. Gracias, Tom...

Al pronunciar su nombre, se estremeció. Había cumplido quince años, y aunque tal vez no fuera muy bonita, ya no era una niña con el pecho plano. ¿Era posible que un hombre se enamorara de ella? Tom se acercó para tocar la portada del libro. Su aliento le rozó el cuello.

—Alexander Werth escribió este diario durante la caída de París. Quiero regalártelo porque demuestra la importancia de escribir sobre lo que vemos, en particular en esta época. De otro modo, nadie sabrá lo que ha ocurrido. ¿Comprendes, Meredith?

—Sí.

Ella le lanzó una mirada furtiva y descubrió que él la observaba con una intensidad abrumadora. Sucedió en cuestión de segundos, aunque para Meredith el tiempo transcurría a cámara lenta. Podía verse a sí misma, como en una película, mientras se inclinaba hacia él conteniendo el aliento, cerraba los ojos y unía sus labios a los de Tom, en un instante de sublime perfección.

Tom fue muy considerado. Le habló con afecto, pero, aun así, apartó las manos que Meredith había posado sobre sus hombros para darle un abrazo propio de un amigo. Y le dijo que no debía avergonzarse.

Pero Meredith se sentía avergonzada, deseaba desaparecer bajo la tierra, esfumarse en el aire. Quería librarse de cualquier modo de su espantoso error. Tom comenzó a hacer preguntas sobre las hermanas de Juniper, trató de averiguar cómo eran, cuáles eran sus aficiones, qué flores preferían, pero Meredith, mortificada como estaba, parecía recitar las respuestas. Y, por supuesto, no se le ocurrió preguntar por qué le interesaba saberlo.

* * *

Juniper se marcharía de Londres ese día. Antes, se reunió con Meredith en la estación de Charing Cross. Le alegró verla, no solo porque la echaría de menos, sino porque durante un rato dejaba de pensar en Tom. Este se había marchado el día anterior para unirse nuevamente a su regimiento, en principio para hacer la instrucción, antes de regresar al frente. El apartamento, la calle, la ciudad eran intolerables sin él, y Juniper había decidido coger un tren por la mañana y dirigirse al este. Sin embargo, no regresaría de inmediato al castillo. La cena estaba prevista para el miércoles. Aún tenía dinero y pensó aprovechar los tres días siguientes explorando algunos de los paisajes que habían pasado raudamente ante sus ojos a través de la ventanilla del tren que la llevó a Londres.

Una silueta familiar se destacó en el andén. Sonrió al ver que Juniper agitaba su mano. Meredith se abrió paso entre la muchedumbre en dirección a ella, que tal como habían acordado la esperaba debajo del reloj.

—Y bien, ¿dónde está? —preguntó Juniper después del abrazo.

—Faltan únicamente unas correcciones de última hora —explicó Meredith, con cierta decepción.

—¿Significa eso que no podré leerlo en el tren?

—La verdad es que necesitaré algunos días más.

Juniper se apartó para permitir el paso del maletero, que empujaba una montaña de equipajes.

—Bien, unos días, pero no más, ¿de acuerdo? —replicó burlona, apuntando con el dedo hacia su amiga con gesto severo—. Esperaré el envío por correo este fin de semana.

—De acuerdo.

El tren silbó. Ellas sonrieron. Juniper advirtió que la mayoría de los pasajeros ya había subido al tren.

—Bien, supongo que debería…

El resto de la frase quedó ahogado en el abrazo de Meredith.

—Te echaré de menos, tienes que prometerme que volverás.

—Volveré, por supuesto.

—En un mes, a lo sumo.

Juniper quitó una pestaña caída de la mejilla de su amiga.

—Si pasara más tiempo, piensa lo peor y envía una misión de rescate.

Merry sonrió.

—Y dime qué te ha parecido mi relato tan pronto lo leas.

—Te escribiré ese mismo día —aseguró Juniper—. Cuídate, gallinita mía.

—Y tú también.

—Como de costumbre —replicó Juniper. Su sonrisa se desvaneció, apartó un mechón de sus ojos, vaciló. La noticia luchaba por salir a la luz, pero una voz interior la instó a contenerse.

El jefe de estación hizo sonar su silbato y acalló esa voz. Juniper tomó la decisión. Meredith era su mejor amiga, podía confiar en ella.

—Merry, tengo un secreto. No se lo he dicho a nadie, convinimos en que no lo haríamos todavía, pero tú no eres una persona cualquiera.

Meredith asintió con emoción y Juniper se acercó para hablarle al oído. Se preguntó si esas palabras le sonarían tan raras y maravillosas como la primera vez:

—Thomas Cavill y yo vamos a casarnos.

Las sospechas de la señora Bird

1992

Ya había oscurecido cuando llegué a la granja. Una llovizna finísima dibujaba una especie de retícula sobre el paisaje. Me alegré de que faltaran un par de horas para la cena. Después de una tarde en la imprevisible compañía de las hermanas Blythe, necesitaba un baño caliente y un rato a solas para librarme de la fastidiosa sensación que me había acompañado en el camino de regreso. No podía definirla con precisión, pero los muros de ese castillo parecían encerrar muchos deseos no cumplidos que habían impregnado las piedras y que con el paso del tiempo volvían a emanar de ellas viciando el aire.

Y, a pesar de todo, el castillo y sus tres etéreas habitantes me producían una inexplicable fascinación. Más allá de los momentos incómodos, tan pronto como me alejé de ellas, de su castillo, sentí el impulso de regresar y conté las horas que tendría que esperar para poder hacerlo. No tiene sentido, parece una locura. Ahora comprendo que precisamente a causa de las hermanas Blythe había perdido la cordura.

Una lluvia menuda comenzó a caer sobre los aleros. Acurrucada en la cama, con una manta sobre las piernas, leí, dormité, pensé, y cuando llegó el momento de cenar me sentía mucho mejor. Era natural que Percy deseara ahorrar sufrimiento a Juniper, que ante el peligro de reabrir antiguas heridas intentara detenerme de todas las formas posibles. Había sido poco considerado por mi parte mencionar a Thomas Cavill mientras su hermana dormía junto a nosotras. Tal vez, si tenía la fortuna de encontrarme a solas con Saffy, podría probar suerte otra vez. Parecía dispuesta, ansiosa incluso, por colaborar con mi investigación.

Mi trabajo incluía ahora el inusual y privilegiado acceso a los cuadernos de Raymond Blythe. Un escalofrío recorrió mi columna al recordarlo. Estremecida de placer, me tendí boca arriba y, contemplando las vigas del techo, imaginé el momento en que echaría un vistazo a las ideas del escritor.

Cené sola en una mesa del agradable comedor del hotelito de la señora Bird. El lugar olía a las verduras asadas que se habían servido, el fuego ardía en la chimenea. El viento seguía rozando los cristales de las ventanas, en ocasiones las ráfagas eran más intensas, y pensé —no era la primera vez— que era un verdadero placer estar a cubierto en una noche fría y sin estrellas.

Había llevado mis notas para empezar a trabajar en el texto sobre Raymond Blythe, pero sus hijas acaparaban mis pensamientos. Supongo que me fascinaba la maraña de amor, deber y resentimiento que las unía. Las miradas que intercambiaban, el complejo equilibrio de poder establecido a lo largo de décadas, los juegos que yo nunca jugaría, con reglas que nunca acabaría de comprender. Tal vez allí estuviera la clave: ellas constituían un grupo tan natural que al compararme me sentía claramente singular. Al verlas juntas comprobaba mi profunda y dolorosa carencia.

—Gran día el de hoy, ¿verdad? Y sin duda también el de mañana —dijo la señora Bird, que de pronto había aparecido junto a mi mesa.

—Por la mañana leeré los cuadernos de Raymond Blythe —dije, incapaz de contenerme. El entusiasmo había entrado en erupción.

La señora Bird pareció agradablemente desconcertada.

—Estupendo, querida. ¿Le molesta si...? —preguntó, señalando la silla que se encontraba frente a mí.

—No, por supuesto.

Ella se sentó con un gran aspaviento y pasó una mano por su vientre mientras se enderezaba delante de la mesa.

—Ahora me siento mejor. He pasado todo el día de pie... —La señora Bird señaló mis notas y añadió—: Veo que también usted trabaja hasta tarde.

—Eso intento. Estoy un poco distraída.

—Oh, ¿algún guapo joven? —preguntó, enarcando las cejas.

—Algo por el estilo. ¿Ha telefoneado alguien preguntando por mí?

—No, que yo recuerde. ¿Esperaba una llamada? ¿El joven que la distrae? —Los ojos de la señora Bird brillaron al decir—: ¿Un editor, tal vez?

Parecía tan entusiasmada y expectante que me pareció una crueldad decepcionarla. No obstante, decidí aclarar las cosas.

—Mi madre, tenía esperanzas de que pudiera hacerme una visita.

Una ráfaga de viento particularmente intensa azotó los cerrojos de las ventanas. Temblé, pero no de frío, sino de placer. La atmósfera de aquella noche era estimulante. La señora Bird y yo estábamos solas en el comedor. En la chimenea, un enorme leño se había convertido en una brasa roja y de vez en cuando echaba chispas doradas a los ladrillos. Tal vez fuera el salón acogedor, su contraste con la lluvia y el viento del exterior; una reacción ante la escurridiza atmósfera de tramas secretas que había encontrado en el castillo; o simplemente el deseo de mantener un diálogo normal con otro ser humano. En cualquier caso, cerré mi cuaderno y seguí hablando.

—Mi madre estuvo aquí durante la guerra. Fue evacuada.

—¿En el pueblo?

—No, en el castillo.

—¿En serio? ¿Vivió con las tres hermanas?

Asentí, complacida ante su reacción. Al mismo tiempo, una voz interior me susurró que esa alegría derivaba del sentido de pertenencia que me otorgaba el vínculo de mi madre con Milderhurst. Una percepción sumamente inadecuada, que no había mencionado a las señoritas Blythe.

—¡Dios santo! Seguramente tiene cantidad de historias que contar —dijo la señora Bird, uniendo las palmas de las manos—, alucinantes.

—Tengo su diario de aquella época conmigo.

—¿Un diario?

—Pasajes sobre sus sentimientos, las personas que conoció, el lugar.

—Tal vez allí mencione a mi madre —dijo la señora Bird, irguiéndose con orgullo.

Esta vez, la sorpresa fue mía.

—¿Su madre?

—Ella trabajaba en el castillo. Comenzó como criada, a los dieciséis años, y llegó a ser ama de llaves: Lucy Rogers, aunque por aquel entonces su apellido era Middleton.

—Lucy Middleton —dije lentamente, tratando de recordar si mi madre la había mencionado en el diario—. No lo sé, tengo que revisarlo. —La señora Bird dejó caer los hombros, desilusionada. Me sentí responsable y traté de animarla—. No me ha contado mucho sobre aquella época. Solo conozco desde hace muy poco todo lo relacionado con la evacuación.

De inmediato lamenté haberlo dicho. Al oírme descubrí, con más claridad que nunca, que el hecho de que lo hubiera ocultado era decididamente extraño. Me sentí responsable, tal vez su secreto se divulgara debido a mi error; y tonta, porque si hubiera sido un poco más reservada, si hubiera estado un poco menos ansiosa por captar el interés de mi anfitriona, no habría llegado a esa situación. Me preparé para lo peor, pero la señora Bird me asombró. Asintió, con gesto cómplice, se acercó un poco, y dijo:

—Los padres y sus secretos…

—Sí —Un trozo de carbón pareció explotar en mi corazón. La señora Bird levantó un dedo para indicar que volvía enseguida. Abandonó su silla y desapareció a través de una salida oculta en el papel pintado.

La lluvia golpeaba suavemente la puerta de madera y llenaba el estanque. Junté las palmas de las manos, las llevé a los labios como si rezara y luego las incliné para apoyar la mejilla en el dorso templado por el calor del fuego.

La señora Bird regresó con una botella de whisky y dos vasos. Los hicimos chocar a través de la mesa.

—Mi madre estuvo a punto de no casarse jamás —declaró la señora Bird, saboreando el whisky—. ¿Qué le parece? Yo estuve a punto de no existir. *Quelle horreur!* —exclamó con dramatismo, apoyando su mano en la frente.

Sonreí.

—Tenía un hermano mayor al que adoraba, como si él fuera el responsable de que el sol saliera todos los días. Su padre había muerto joven, y Michael, así se llamaba, se hizo cargo de la familia, era todo un hombre. Aun siendo niño, al salir de la escuela y los fines de semana, limpiaba cristales para ganar unas monedas que le entregaba a su madre para mantener la casa. Y era muy guapo también. ¡Espere, tengo una fotografía!

La señora Bird se dirigió hacia la chimenea. Sus dedos se abrieron paso entre los marcos de fotos amontonados sobre la repisa, de donde tomó un pequeño rectángulo metálico. Antes de entregármelo, limpió el polvo en el abultado frente de su falda de *tweed*. Tres figuras captadas en un instante remoto: un joven apuesto, flanqueado por una mujer mayor y una niña bonita de unos trece años.

—Michael fue, junto con los demás, a combatir en la Gran Guerra —explicó mi anfitriona, mirando por encima de mi hombro—. Mientras su hermana lo veía alejarse en el tren, le hizo una última petición: si algo le sucedía, debía quedarse en casa y cuidar de su madre. —La señora Bird recuperó la foto, volvió a sentarse y se ajustó las gafas para seguir observándola mientras hablaba—. ¿Qué podía hacer sino asegurarle que cumpliría su voluntad? Era joven. Seguramente creía que nada grave le sucedería. Al principio nadie imaginaba qué era una guerra —dijo, y desplegando el pie del marco, lo dejó sobre la mesa, junto a su vaso.

Bebí el whisky y esperé. Finalmente, ella suspiró. Me miró a los ojos e hizo un ademán, como si arrojara caramelos invisibles.

—Pero murió, y mi pobre madre se resignó a hacer lo que su hermano le había pedido. Tal vez yo no habría sido tan complaciente, pero en aquel entonces las personas eran diferentes. Cumplían con su palabra. Para ser sincera, mi abuela era una vieja arpía, pero mi madre se hizo cargo de su manutención, dejó de lado la idea de casarse y tener hijos, se adaptó.

Una ráfaga de grandes gotas de lluvia golpeó la ventana y me hizo temblar.

—Y ahora, aquí está usted.

—Aquí estoy.

—Y bien, ¿qué sucedió?

—Mi abuela murió —dijo la señora Bird, asintiendo con naturalidad—. En 1939, estaba enferma del hígado, no fue una sorpresa. Más bien un alivio, diría, aunque mi madre era demasiado bondadosa para admitirlo. Nueve meses después del comienzo de la guerra, mi madre estaba casada y esperando una hija.

—Un idilio vertiginoso.

—¿Vertiginoso? —preguntó la señora Bird, frunciendo los labios—. Tal vez, de acuerdo con las ideas de hoy, no en aquella época, durante la guerra. Para ser honesta, no estoy muy segura en lo que se refiere al «idilio». Siempre sospeché que por parte de mi madre fue una decisión práctica. Nunca habló del asunto, pero los niños se dan cuenta de ciertas cosas, ¿verdad? Aunque a todos nos guste creer que somos producto de un gran amor —opinó, y me sonrió, con incertidumbre, tratando de evaluar si podía confiar en mí.

—¿Sucedió algo que la indujera a pensar de esa manera? —pregunté.

La señora Bird se bebió el resto de su whisky y con el vaso dibujó círculos sobre la mesa. Miró la botella con el ceño fruncido, aparentemente inmersa en un profundo y silencioso debate. No supe si resultó vencedora. En cualquier caso, quitó el tapón y sirvió otra ronda.

—Descubrí algo, hace unos años. Después de la muerte de mi madre, cuando me hice cargo de sus asuntos.

El whisky abrasó mi garganta.

—¿De qué se trata?

—Cartas de amor.

—Vaya...

—No eran de mi padre.

—¡Oh!

—Las encontré en una lata, en el fondo del cajón de su tocador. Las descubrí solo porque un comprador de antigüedades vino a ver los muebles. Trataba de abrir el cajón para enseñárselo y pensé que se había atascado. Cuando tiré, con más fuerza de lo aconsejable, la lata se deslizó hacia delante.

—¿Las leyó?

—Abrí la lata más tarde. Es terrible. Lo sé —admitió, ruborizada, y comenzó a alisarse el cabello junto a las sienes—. No pude evitarlo. Cuando comprendí de qué se trataba, ya no podía detenerme. Eran maravillosas. Entrañables. Concisas, pero tal vez aún más significativas por su brevedad. Y había algo más, cierta tristeza. Habían sido escritas antes de que se casara con mi padre. Mi madre no era del tipo de mujeres que tienen amoríos después de casadas. No, aquella aventura había existido cuando su madre aún vivía, cuando no tenía posibilidad de casarse ni de marcharse.

—¿Quién era el hombre que escribió las cartas?

Ella dejó de alisar su cabello y apoyó las manos en la mesa. El silencio fue impactante. Y cuando se inclinó hacia mí, también yo me acerqué.

—No debería decirlo; no me gustan las habladurías —susurró.

—No, por supuesto.

La señora Bird hizo una pausa. Un atisbo de emoción pasó por sus labios. Luego miró sigilosamente hacia atrás.

—No estoy segura al cien por cien. La firma era solo una inicial —dijo. Entonces me miró a los ojos, parpadeó y sonrió casi con malicia—. Una «R».

—Una «R» —repetí, imitando la manera en que había pronunciado esa letra. Reflexioné un momento, me mordí el interior de la mejilla y exclamé—: ¡Es imposible que se trate de…! —En efecto, podía ser. La «R» de Raymond Blythe. El rey del castillo y su ama de llaves: casi un tópico. Y los tópicos existen precisamente porque son frecuentes—. Eso explicaría que las cartas fueran secretas, y la imposibilidad de hacer pública la relación.

—No solo eso.

La miré, desconcertada.

—La hermana mayor, Persephone, es particularmente fría conmigo. Siempre lo he sentido y no le he dado motivos. Una vez, cuando yo era niña, me descubrió jugando junto a la piscina circular, la que tiene un columpio. Me miró como si hubiera visto un fantasma. Creí que iba a estrangularme. Cuando descubrí la aventura de mi madre, la posibilidad de que fuera el señor Blythe, en fin, me pregunté si Percy lo sabía y estaba resentida. Por aquel entonces las relaciones entre clases eran diferentes. Percy Blythe es una persona rígida, apegada a las normas y las tradiciones.

Yo asentía lentamente. A decir verdad, no sonaba improbable. Percy Blythe no era alegre y afectuosa, pero en mi primera visita al castillo advertí que era especialmente seca con la señora Bird. Y, sin ninguna duda, el castillo guardaba un secreto. Tal vez Saffy quería hablarme precisamente de esta aventura. Un tema que le incomodaba airear con Adam Gilbert. ¿Por ese motivo Percy se negó rotundamente a que entrevistara otra vez a su gemela? ¿Para evitar que revelara el secreto de su padre?, ¿para que no me hablara sobre la relación con su ama de llaves?

A pesar de todo, no quedaba claro por qué era tan importante para Percy. Con certeza, no se debía a un sentimiento de lealtad hacia su madre. Raymond Blythe se había casado más de una vez, de modo que presumiblemente ella era capaz de aceptar las debilidades del corazón. Y aun cuando la señora Bird estuviera en lo cierto y la anticuada Percy no aprobara las relaciones amorosas entre miembros de distintas clases, no me parecía plausible que siguiera atribuyendo importancia a ese aspecto, considerando que la realidad había aportado nuevas perspectivas a su vida. El hecho de que su padre se hubiera enamorado de su ama de llaves no podía constituir un oprobio que debiera ser ocultado para siempre. Anticuada o no, era ante todo pragmática. Yo había visto lo suficiente para saber que su realismo no la induciría a guardar secretos por mojigatería o apego a los criterios sociales sobre la moral.

—Más aún, me he preguntado si..., es decir, mi madre nunca dio el menor indicio, pero..., no, es una tontería —dijo la señora Bird, negando la cabeza.

Luego se llevó las manos cruzadas al pecho, en un gesto casi tímido. Al cabo de un instante, comprendí que me invitaba a pensar en esa espinosa posibilidad.

—¿Cree que pudo haber sido su padre?

Sus ojos me dijeron que había adivinado.

—Mi madre adoraba esa casa, el castillo, a todos los Blythe. A veces hablaba del señor Blythe, de su inteligencia. Se sentía orgullosa de haber trabajado para un escritor famoso. Pero, curiosamente, en medio del relato se negaba a seguir hablando y sus ojos se llenaban de tristeza.

Ciertamente, esa hipótesis explicaba muchas cosas. Percy Blythe podía tolerar la relación de su padre con el ama de llaves, no que tuviera otra hija. En ese caso, las consecuencias no tendrían relación con la mojigatería o la moralidad, sino que serían otras, otras que Percy Blythe, defensora del castillo y el legado familiar, evitaría a cualquier precio.

A pesar de eso, aunque todo parecía concordar, por algún motivo difícil de explicar la idea de la señora Bird me resultaba inaceptable por completo. Una especie de lealtad, aunque errada, hacia Percy, hacia las tres ancianas de la colina que formaban un círculo tan cerrado, me impedía incluir a una cuarta hermana.

El reloj de la chimenea eligió ese instante para dar la hora. El encantamiento se rompió. La señora Bird, más ligera después de haber compartido su carga, comenzó a recoger los saleros de la mesa.

—El comedor no se ordena por sí mismo; siempre espero que suceda, pero hasta ahora me ha desilusionado.

Me puse de pie y recogí de la mesa nuestros vasos vacíos.

La señora Bird me sonrió.

—Los padres pueden sorprendernos, ¿no es cierto? ¡Cuántas cosas hicieron antes de que llegáramos a este mundo!

—Sí, nos sorprende saber que alguna vez fueron auténticas personas.

La noche en que él no vino

Salí temprano hacia el castillo para empezar mi primer día oficial de entrevistas. Hacía frío, el cielo estaba gris. La llovizna de la noche anterior había cesado, aunque llevándose consigo buena parte de la vitalidad del paisaje, que parecía descolorido. El aire traía otra novedad: un frío helado que me hizo hundir las manos en los bolsillos y maldecirme por haber olvidado los guantes.

Las hermanas Blythe me habían dicho que no llamara a la puerta, sino que entrara directamente. Fui hacia el salón amarillo.

—Lo hacemos por Juniper —me había explicado discretamente Saffy el día anterior, cuando me disponía a marcharme—, tan pronto como oye un golpe en la puerta cree que es él, que ha llegado al fin. —No ofreció datos acerca de la identidad de él. No era necesario.

No deseaba molestar a Juniper bajo ningún concepto, de modo que me mantuve alerta, particularmente después de mi torpeza del día anterior. Tal como me habían indicado, abrí la puerta principal, entré en el pórtico de piedra y atravesé el oscuro corredor. Por alguna razón, lo recorrí conteniendo el aliento.

Al llegar al salón lo encontré desierto. Incluso el sillón de terciopelo verde de Juniper estaba vacío. Me pregunté qué hacer a continuación. Tal vez me había equivocado de hora. Entonces oí pasos y al girar vi a Saffy en la puerta, vestida con su acostumbrada elegancia, aunque agitada, como si la hubiera pillado desprevenida.

—Oh, Edith, está aquí —dijo, deteniéndose bruscamente en el borde de la alfombra—. Por supuesto —añadió, echando un vistazo al reloj de la chimenea—, son casi las diez. —Saffy pasó su delicada mano por la frente e intentó sonreír. Sin embargo, la sonrisa se negaba a dibujarse y abandonó el intento—. Lamento haberme retrasado, es que la mañana ha sido algo imprevisible y el tiempo se me ha pasado volando.

La creciente sensación de horror que la había seguido al entrar en la habitación comenzó a rodearme.

—¿Hay algún inconveniente? —pregunté.

—No —respondió, pero la extrema palidez y la angustia de su rostro, sumados al sillón vacío, me llevaron a pensar que algo le había ocurrido a Juniper. Fue casi un alivio oírla decir—: Se trata de Bruno. Ha desaparecido. Salió de la habitación de Juniper esta mañana, mientras la ayudaba a vestirse, y desde entonces no lo hemos visto.

—Tal vez esté entretenido en el bosque o en el jardín —sugerí. Pero tan pronto como lo dije, recordé que el día anterior respiraba y caminaba con dificultad, y supe que no era posible.

Saffy negó enérgicamente con la cabeza.

—No, raras veces se aleja de Juniper, y solo para sentarse en los peldaños de la entrada, en espera de visitas. Aunque no las tenemos, con excepción de la actual —explicó, y sonrió casi a modo de disculpa, tal vez temiendo que me hubiera ofendido—. Pero esto es diferente. Estamos terriblemente preocupadas. Está enfermo y se comporta de un modo extraño. Ayer Percy tuvo que salir a buscarlo, y ahora esto.

Saffy entrelazó sus dedos sobre el cinturón. Deseé hacer algo para ayudarla. Algunas personas emanan vulnerabilidad, es sumamente difícil ser testigo de su dolor y su inquietud, y sería capaz de afrontar cualquier peligro si de esa manera pudiera aliviarlas. Saffy Blythe era una de ellas.

—Podríamos echar un vistazo en el sitio donde lo encontré ayer —propuse, dirigiéndome a la puerta—. Tal vez ha regresado allí por algún motivo.

—No.

La brusca respuesta hizo que me diera media vuelta. Saffy tendió una mano hacia mí, mientras con la otra apretaba el cuello de la chaqueta sobre su piel delicada.

—Quería decir que es muy amable por su parte —continuó, dejando caer el brazo—, pero innecesario. Percy está telefoneando al sobrino de la señora Bird para que nos ayude en la búsqueda. Lo siento, la he confundido. Le pido disculpas, es que estoy abrumada. Sin embargo, tenía esperanzas de encontrarla aquí.

Saffy apretó los labios. Supe que su preocupación no se debía exclusivamente a Bruno.

—Percy llegará en un minuto —dijo en voz baja—. La llevará a ver los cuadernos, tal como prometió, pero antes debo explicarle algo.

La noté muy seria, contrariada. Fui hacia ella, apoyé una mano en su frágil hombro.

—Venga, siéntese —dije, conduciéndola al sofá—. ¿Le traigo una taza de té mientras espera?

En su sonrisa brilló la gratitud de quien no está acostumbrado a ser destinatario de gentilezas.

—Dios la bendiga, pero no. No tenemos tiempo. Tome asiento, por favor.

Una sombra pasó por el hueco de la puerta. Ella escuchó, algo tensa. Solo se oía el silencio y los extraños ruidos corpóreos a los cuales me acostumbraba poco a poco: un gorjeo detrás de la hermosa cornisa del techo, el suave rumor de los postigos que rozaban los paneles de la ventana, el crujido de los huesos de la casa.

—Pienso que le debo una explicación —dijo a media voz—, acerca de Percy, de su conducta de ayer. Cuando usted habló de Juniper y lo mencionó a él, y mi hermana fue tan autoritaria.

—No me debe explicaciones.

—Creo que sí, aunque es difícil encontrar un momento de privacidad —continuó con una triste sonrisa—. En esta enorme casa nadie está realmente a solas.

Su nerviosismo era contagioso y, aunque sin motivo, me invadió una extraña sensación. Mi corazón se aceleró.

—¿Podemos vernos en otro lugar? —pregunté, también en voz baja—. ¿En el pueblo tal vez?

—No —se apresuró a responder ella, sacudiendo la cabeza—. No puedo hacerlo —dijo, echando otro vistazo a la puerta—. Lo mejor será que hablemos aquí.

Asentí y esperé mientras ella ordenaba sus ideas con cautela, como quien recoge alfileres esparcidos. Por fin contó su historia, rápidamente, con voz suave pero decidida:

—Fue algo horrible. Verdaderamente horrible. Han pasado cincuenta años y recuerdo aquella noche como si fuera ayer. El rostro de Juniper cuando apareció en la puerta. Había llegado tarde, no tenía su llave y llamó. Le abrimos, y ella atravesó bailando el umbral, nunca caminaba, no como las personas comunes, y su cara…, todas las noches, al cerrar los ojos, la veo. Ese instante. Fue un gran alivio verla allí. Aquella noche se había desatado una terrible tormenta. Llovía, el viento ululaba, los autobuses se retrasaban… Habíamos pasado momentos de mucha tensión.

»Cuando oímos el golpe en la puerta creímos que era él. Yo estaba nerviosa, no solo por Juniper, también porque lo conoceríamos. Me preguntaba si se habían enamorado, si planeaban casarse. Ella no se lo había dicho a Percy. Mi hermana, al igual que mi padre, tenía opiniones bastante rígidas al respecto. Pero Juniper y yo estábamos muy unidas. Yo deseaba desesperadamente que él fuera digno de su amor. Aunque, curiosamente, no era fácil ganarse el amor de Juniper. Nos sentamos en el salón principal, conversamos de temas triviales, la vida que Juniper llevaba en Londres, nos tranquilizamos mutuamente diciendo que seguramente estaba en el autobús, que el transporte era el culpable de su retraso, y que todo se debía a la guerra, pero en cierto momento dejamos de hablar. —En ese punto Saffy me miró de soslayo, y un recuerdo ensombreció sus ojos—. El viento arreciaba, la lluvia golpeaba los postigos y la cena se estaba arruinando en el horno. El aroma a conejo flotaba por todas partes —al decirlo, su rostro se contrajo—, desde entonces no puedo tolerarlo. Para mí, sabe a miedo: bocados de miedo espantoso y chamuscado. Me asusté al ver a Juniper en ese estado. Tuvimos que detenerla para que no saliera a buscarlo en medio de la tempestad. Incluso pasada la medianoche, cuando era evidente que ya no vendría, ella no se rendía. Se puso histérica; tratando de calmarla, recurrimos a las píldoras para dormir que tomaba mi padre.

Saffy interrumpió su relato. Había hablado muy rápido, tratando de completar la historia antes de que Percy llegara. Su voz se había convertido en un susurro. Sacó de la manga un delicado pañuelo de encaje y tosió. En la mesa vecina al sillón de Juniper vi una jarra de agua.

—Sin duda, fue un momento terrible —dije, alcanzándole un vaso.

Ella bebió agradecida y luego sostuvo el vaso sobre la falda, con las dos manos. Aparentemente tenía los nervios destrozados. La piel de la mandíbula se había contraído mientras hablaba y comenzaban a delinearse unas venas azules.

—¿Él nunca vino a verla?

—No.

—¿Saben el motivo? ¿Escribió alguna carta? ¿Telefoneó alguna vez?

—Nada.

—¿Qué hizo Juniper?

—Esperó. Sigue esperando. Pasaron días, semanas. Nunca perdió la esperanza. Fue horroroso. Horroroso. —Saffy dejó esa palabra suspendida entre nosotras. Se perdió en aquel tiempo lejano. No insistí—. La locura no es instantánea —dijo por fin—, suena muy simple, «enloqueció», pero fue gradual. Primero se aisló. Pareció recuperarse, habló de regresar a Londres, aunque vagamente, y nunca lo hizo. Cuando dejó de escribir, supe que algo frágil, precioso, se había roto. Un buen día arrojó todo por la ventana del ático: libros, papeles, un escritorio, incluso el colchón... —Su voz se apagó y sus labios se movieron silenciosamente entre cosas que prefirió no añadir. Suspirando, dijo—: Los papeles volaron por las colinas, cayeron en el lago como hojas secas en otoño. Me pregunto qué fue de ellos.

Sacudí la cabeza. Saffy no solo preguntaba por el destino de los papeles, yo lo sabía. No había respuesta posible. No podía imaginar el dolor de ver que una hermana se deteriora de esa manera, de observar que sucesivas capas de potencial y personalidad, talento y oportunidades se desintegran una tras otra. Seguramente fue difícil para una persona como Saffy, que, según los comentarios de Marilyn Bird, había sido para Juniper más madre que hermana.

—Los muebles formaban un montón en el parque. Ninguna de nosotras tuvo el valor de llevarlos arriba otra vez, y Juniper no lo habría admitido. Se sentaba junto al armario del ático, el que tiene el pasadizo oculto, convencida de que podía escuchar cosas que sucedían al otro lado. Voces que la llamaban, aunque por supuesto solo existían en su mente. Pobrecita. El médico quiso mandarla a un manicomio. —La voz de Saffy se quedó atrapada en esa espantosa palabra. Sus ojos me imploraban que percibiera todo su horror. Con la mano crispada comenzó a estrujar el pañuelo blanco.

—Lo lamento —dije, tocando suavemente su brazo.

Ella temblaba de ira, de disgusto.

—No quise ni oír una palabra al respecto. De ninguna manera iba a permitir que él la alejara de mí. Percy habló con el médico, le explicó que en Milderhurst Castle no se admitían esas soluciones, que la familia Blythe cuidaba de sí misma. Finalmente, él aceptó; Percy puede ser muy persuasiva. Pero insistió en que Juniper tomara una medicación más potente. —Saffy clavó las uñas pintadas en sus rodillas, como un gato, para liberar la tensión. En sus rasgos noté por primera vez que era la hermana más blanda, más sumisa, pero también en ella había fortaleza. Cuando se trataba de pelear por su querida hermana pequeña, Saffy Blythe era una roca. Sus siguientes palabras fueron ardientes, y salieron de su boca como el vapor de una tetera—: Deseé que nunca hubiera ido a Londres, que jamás hubiera conocido a ese tipo. Lo que más lamento en la vida es que se fuera de casa. Después, todo fue una ruina. Nada volvió a ser igual, para ninguna de nosotras.

Y entonces comencé a vislumbrar el propósito de su relato. Podía explicar la rudeza de Percy. La noche que Thomas Cavill faltó a la cita había alterado la vida de todas ellas.

—Percy —dije, y Saffy asintió—, ¿fue diferente desde entonces?

En el corredor se oyó un ruido, el inconfundible bastón de Percy, como si hubiera oído su nombre y la intuición le dijera que era tema de una conversación prohibida.

Saffy se apoyó en el brazo del sofá para ponerse de pie.

—Edith acaba de llegar —se apresuró a decir cuando Percy apareció en la puerta, señalándome con la mano que sostenía el pañuelo—. Le estaba hablando del pobre Bruno.

Percy me miró, antes de que pudiera levantarme, y luego posó su mirada en Saffy, de pie junto al sofá.

—¿Has encontrado al joven? —continuó Saffy, con la voz algo titubeante.

Su hermana asintió.

—Viene hacia aquí. Lo recibiré en la entrada para orientarlo en la búsqueda.

—Sí, muy bien —replicó Saffy.

—Luego llevaré a la señorita Burchill al archivo. Tal como le he prometido —afirmó, en respuesta a mi muda pregunta.

Sonreí. Supuse que Percy seguiría buscando a Bruno, pero entró en el salón y fue hacia la ventana. Observó con gran detenimiento el marco, se acercó para inspeccionar una marca en el cristal. Evidentemente, artimañas para permanecer junto a nosotras. Saffy tenía razón. Por algún motivo, Percy Blythe no quería dejarme a solas con su gemela. Resurgió mi sospecha del día anterior: le preocupaba que pudiera contarme algo indebido. El control que ejercía sobre sus hermanas era sorprendente. Me intrigaba, despertaba una voz interior que me llamaba a la prudencia, pero, por encima de todo, estimulaba mi avidez por conocer el final del relato de Saffy.

Durante los cinco minutos siguientes —pocas veces unos minutos me parecieron tan largos—, Saffy y yo hablamos sobre el tiempo y Percy continuó observando la ventana y golpeando suavemente el alféizar polvoriento. Por fin, el sonido de un motor trajo el esperado alivio. Las tres dimos por terminadas nuestras actuaciones y esperamos, inmóviles y silenciosas.

El coche se acercó y se detuvo. Se oyó el ruido de la puerta al cerrarse. Percy suspiró.

—Es Nathan —anunció.

—Sí —confirmó Saffy.

—Volveré enseguida.

Por fin, Percy se marchó. Saffy esperó y solo cuando el eco de sus pasos desapareció por completo, suspiró brevemente, se giró para mirarme y sonrió, algo incómoda, pidiendo disculpas. Reanudó el relato con voz decidida:

—Tal vez crea que Percy es la más fuerte de nosotras. Siempre se ha considerado nuestra protectora, desde que éramos niñas. En general, lo agradecí. Era muy conveniente contar con una persona dispuesta a defenderme. —Mientras hablaba, sus dedos jugueteaban inquietos y de vez en cuando echaba un vistazo a la puerta.

—Aunque no siempre —dije.

—No, para ninguna de las dos. Esa característica ha sido una gran carga en su vida, mucho más cuando Juniper..., después de aquello. Fue duro para las dos, June era nuestra hermana pequeña, lo es todavía, y verla en ese estado fue indescriptiblemente difícil —explicó, sacudiendo la cabeza—. A partir de entonces, Percy se desanimó —dijo, mirando por encima de mi cabeza, como si buscara allí las palabras que necesitaba—. Ya desde antes estaba malhumorada. Mi hermana se había sentido útil durante la guerra, y cuando los bombardeos terminaron, cuando Hitler dirigió su mirada a Rusia, se sintió decepcionada. Pero después de aquella noche le sucedió algo diferente. La actitud de ese hombre fue para ella una ofensa a su persona.

—¿Por qué? —pregunté, sorprendida.

—Es extraño, creo que de alguna manera se sintió responsable. Por supuesto, no lo era. No habría podido alterar los hechos en modo alguno. Pero se culpó, sencillamente porque así es Percy. Una de nosotras había sufrido un perjuicio y ella no era capaz de repararlo —dijo Saffy, suspirando mientras plegaba cuidadosamente su pañuelo hasta formar un triángulo—. Supongo que por ese motivo le hablo sobre esto, aunque temo no explicarme con claridad. Para que comprenda que Percy es una buena persona, que, pese a su carácter, a la manera en que se comporta, tiene buen corazón.

Sin lugar a dudas, para Saffy era importante que yo tuviera una buena opinión de su gemela. Le devolví la sonrisa que me dedicaba. Pero yo tenía razón, en su historia algo no encajaba.

—¿Por qué se sintió responsable? ¿Ella lo conocía? ¿Lo había visto alguna vez?

—No, nunca —replicó Saffy con una mirada inquisitiva—. Él vivía en Londres, allí lo conoció Juniper. La última vez que Percy visitó la ciudad, la guerra aún no había empezado.

Asentí. Sin embargo, pensaba en el diario de mi madre, la entrada donde relataba que su maestro, Thomas Cavill, la había visitado en Milderhurst en septiembre de 1939. Fue entonces cuando Juniper Blythe vio por primera vez al hombre de quien más tarde se enamoraría. Aunque Percy no hubiera visitado Londres, era posible que hubiera conocido a Thomas en Kent. Evidentemente, Saffy no había tenido esa oportunidad.

Una ráfaga de viento frío se metió en la habitación. Ella se arrebujó en su chaqueta. Noté que se había sonrojado, lamentaba su indiscreción y trató de esconderla bajo la alfombra.

—Solo intento explicar que para Percy fue muy duro, que cambió a partir de entonces. Cuando los alemanes comenzaron a lanzar sus proyectiles, sus V2, me alegré, le dieron un nuevo motivo de preocupación —dijo Saffy, y su risa sonó hueca—. Creo que habría sido feliz si la guerra nunca hubiera terminado.

El malestar de Saffy me entristecía. Lamenté que mi insistencia fuera la causa de su incomodidad. Ella solo quería reparar la situación tensa del día anterior, me parecía cruel generar nuevas angustias. Sonreí y traté de cambiar de tema:

—¿Y qué hizo usted durante la guerra?

Saffy se animó.

—Todos contribuimos de alguna manera. A diferencia de Percy, lo mío no fue muy emocionante. Ella está más dotada para las acciones heroicas. Yo me dediqué a coser, cocinar y hacer que las cosas siguieran funcionando. Tejí montones de calcetines, aunque no todos salieron bien —explicó, burlándose de sí misma. Sonreí con ella recordando a la niña que temblaba en el ático del castillo con los calcetines apretados en ambos pies y en la mano que no sostenía la pluma—. Estuve a punto de trabajar como institutriz.

—No lo sabía.

—Sí, una familia con hijos, viajaban a Estados Unidos para alejarlos de la guerra. Tuve que rechazar la oferta.

—¿A causa de la guerra?

—No. La carta llegó cuando Juniper sufrió su gran decepción. No ponga esa cara, no se entristezca por mí. No suelo lamentarme, en general. Creo que no tiene sentido, ¿verdad? En aquel momento no podía aceptar. Habría sido incapaz de marcharme tan lejos, de abandonar a Juniper.

Yo no tenía hermanos, no podía comprenderla.

—Tal vez Percy habría podido...

—Percy tiene muchas virtudes, pero entre ellas no se encuentra la capacidad de cuidar de los niños y los inválidos. Requiere cierta... —sus ojos se posaron en la pantalla de la chimenea, como si allí estuviera escrita la palabra que deseaba encontrar— ternura. No habría podido dejar a Juniper en manos de Percy. Escribí una carta rechazando el empleo.

—Seguramente fue una decisión muy dura.

—Cuando se trata de la familia, no hay alternativa. Juniper era mi hermana pequeña. No podía abandonarla en su estado. Incluso aunque aquel hombre se hubiera presentado, y se hubieran casado, probablemente tampoco me habría marchado

—¿Por qué?

Saffy giró su elegante cuello. Desde el corredor, una tos ahogada y los golpes firmes de un bastón se acercaban.

—Percy...

En el instante que precedió a su sonrisa vislumbré la respuesta. En su expresión dolorida descubrí una vida en cautiverio. Ellas eran gemelas, dos mitades de un todo, pero mientras una había anhelado escapar, ser independiente, la otra no había aceptado que la abandonaran. Y Saffy, cuya ternura la volvía débil, cuya piedad la hacía bondadosa, había sido incapaz de liberarse.

El archivo y una revelación

Detrás de Percy Blythe, atravesé corredores y bajé escaleras, rumbo a las profundidades cada vez más oscuras del castillo. Aunque nunca era locuaz, aquella mañana se mostraba decididamente gélida. El humo del cigarrillo que la envolvía tenía un olor penetrante, me obligaba a alejarme unos pasos. De todos modos, el silencio me agradaba. Después de mi conversación con Saffy, no estaba de humor para diálogos intrascendentes. Su historia —o tal vez el hecho de que decidiera contarla— me inquietaba. Según había dicho, intentaba explicar la conducta de su hermana. Por otra parte, yo no dudaba de que el colapso de Juniper hubiese destrozado a ambas gemelas por igual. Lo que no comprendía era por qué Saffy había asegurado rotundamente que para Percy había sido más duro sobrellevar la desgracia de su hermana. Sobre todo cuando era Saffy quien había asumido el rol de madre. El trato descortés que Percy me había dispensado el día anterior la avergonzaba, y se esforzaba por mostrar su aspecto más humano, pero, aun así, me parecía que había puesto excesivo interés en que yo viera a Percy Blythe rodeada por un halo de santidad.

Percy se detuvo en la bifurcación de un corredor. Sacó del bolsillo su paquete de cigarrillos. Los nudillos cartilaginosos sobresalieron mientras trataba de encender la cerilla. Al fin lo logró, la llama brilló y al ver su cara comprobé que lo sucedido aquella mañana la había afectado. El humo aromático del tabaco fresco se expandió por el aire. El silencio pareció más profundo.

—Lamento lo ocurrido con Bruno. Confío en que el sobrino de la señora Bird lo encuentre.

—¿Eso cree? —preguntó Percy, exhalando el humo. Sus ojos se clavaron despiadadamente en los míos. En sus labios se dibujó una mueca irónica—. Los animales saben cuándo se acerca su fin, señorita Burchill. No quieren ser una carga. A diferencia de los humanos, no piden consuelo —sentenció, e inclinando la cabeza me indicó que debíamos torcer. Me sentí estúpida, insignificante, y decidí no hacer nuevas demostraciones de simpatía.

Nos detuvimos otra vez en la primera puerta que apareció frente a nosotras. Una de las muchas que había visto en mi recorrido, meses atrás. Con el cigarrillo en los labios, Percy sacó del bolsillo una gran llave que hizo girar en la cerradura. Tras una momentánea dificultad, el antiguo mecanismo permitió que la chirriante puerta se abriera. El lugar estaba a oscuras, no tenía ventanas y aparentemente en una de las paredes se alineaban pesados archivadores, semejantes a los que todavía se encuentran en los antiguos bufetes de abogados de Londres. El aire que entraba por la puerta abierta hacía oscilar ligeramente la única bombilla eléctrica, que pendía de un cable delgado y frágil.

Esperé a que Percy me guiara. No lo hizo. La miré extrañada. Ella dio otra calada a su cigarrillo y dijo:

—No entro en ese lugar. —Mi sorpresa tuvo que resultar evidente, porque, con un temblor casi imperceptible, añadió—: No me gustan los sitios pequeños. En aquel rincón encontrará una lámpara de parafina. Si la trae hasta aquí, la encenderé.

Eché un vistazo a la oscuridad de la habitación.

—¿La bombilla no funciona?

Ella me observó un instante. Tiró de una cuerda y la bombilla brilló; luego disminuyó su intensidad, emitió una luz más tenue que apenas iluminaba un cuadrado de un metro de diámetro.

—Le sugiero que también encienda la lámpara.

Sonreí con disgusto. La encontré con relativa facilidad, en el rincón, tal como ella me había adelantado.

—Es prometedor —comentó Percy al oír el ruido que hacía la lámpara al moverla—. Sin parafina, sería improbable que ilumine. —Sostuve la base mientras ella quitaba el tubo de vidrio y, haciendo girar un pequeño dial, alargaba la mecha antes de encenderla—. No me gusta este olor —dijo, colocando otra vez el tubo—. Me recuerda a los refugios antiaéreos. Lugares espantosos. Llenos de miedo y desesperación.

—Y seguridad, amparo.

—Tal vez, señorita Burchill. Para ciertas personas.

Percy se calló. Me entretuve comprobando que la fina agarradera con que remataba la lámpara era capaz de soportar su peso.

—Nadie ha pisado este lugar desde hace mucho tiempo. Al fondo, debajo de un escritorio, encontrará unas cajas con los cuadernos. No creo que estén ordenados. Mi padre murió durante la guerra, había asuntos más urgentes. Nadie tenía tiempo para archivar —explicó; se ponía a la defensiva temiendo que yo criticara su negligencia.

—Entiendo.

Un atisbo de duda apareció en su cara, pero se disipó mientras tosía cubriéndose la boca con la mano.

—Volveré dentro de una hora.

Asentí, aunque de pronto deseé que se quedara allí un poco más.

—Gracias, le agradezco sinceramente que me autorice…

—Preste atención a la puerta, no permita que se cierre.

—De acuerdo.

—El cierre es automático. Perdimos un perro aquí —comentó, haciendo una mueca que se negaba a convertirse en sonrisa—. Soy una anciana, no puede confiar en que recuerde dónde la he dejado.

* * *

El archivo era una habitación larga y estrecha, con arcos de ladrillo que sostenían el techo. Sostuve la lámpara en alto para que iluminara las paredes mientras con paso lento y cauteloso me internaba en sus profundidades. Percy había dicho la verdad: nadie había puesto un pie allí desde hacía tiempo. El sitio poseía el sello inconfundible de la inercia. Reinaba el silencio propio de las iglesias y tuve la rara sensación de ser observada por un ser poderoso.

«No seas fantasiosa. Entre estos muros solo estás tú», me dije con tono severo. Sin embargo, los muros eran parte del problema. No se trataba de paredes vulgares, sino de las piedras de Milderhurst Castle. Desde ellos, las horas distantes susurraban, vigilaban. A medida que avanzaba por el archivo, mi extraña sensación se tornaba más intensa. Una profunda soledad me envolvía. Sin duda, era producto de la oscuridad, de mi diálogo con Saffy, de la melancólica historia de Juniper.

Pero era la única oportunidad de leer los cuadernos de Raymond Blythe. Y al cabo de una hora Percy volvería. Era muy improbable que me permitiera hacer una segunda visita al archivo, de modo que debía prestar suma atención. Mientras caminaba, hacía el inventario de las cosas que veía: cajones de madera alineados a cada lado; al levantar la lámpara pude ver más arriba mapas y planos de toda la finca. Un poco más adelante una serie de minúsculos daguerrotipos enmarcados.

Eran retratos, todos de la misma mujer. En uno de ellos, tendida en un diván, en actitud despreocupada. En los demás miraba directamente a la cámara, al estilo de Edgar Allan Poe, llevando un alto y rígido cuello victoriano. Me incliné para observar el rostro rodeado por el marco de bronce, soplé el polvo del cristal acumulado sobre la superficie. Al verlo con claridad, un escalofrío subió por mi espalda. Era hermosa, aunque de un modo vagamente tétrico. Los labios delicados, la piel perfecta, lisa y tensa de sus pómulos; los dientes grandes y brillantes. Acerqué la lámpara un poco más para leer el nombre escrito al pie en cursiva: Muriel Blythe. La primera esposa de Raymond, la madre de las gemelas.

Todos sus retratos habían sido confinados al archivo. Me pregunté si se debía al dolor que esa imagen provocaba en el señor Blythe o al celoso dictamen de su segunda esposa. En cualquier caso, con incomprensible placer, alejé la lámpara y la dejé nuevamente inmersa en la oscuridad. No tenía tiempo para explorar todos los rincones de la habitación. Tenía que encontrar los cuadernos, sacar de ellos todo lo que me fuera posible en la hora que me habían asignado, y salir de aquel extraño y opresivo lugar. Iluminando el camino con la lámpara, seguí avanzando.

Los retratos dejaron paso a estanterías que se extendían desde el suelo hasta el techo y, sin proponérmelo, aminoré la marcha. Había descubierto un tesoro oculto. Allí se amontonaba todo tipo de preciosos objetos: una buena cantidad de libros, jarrones y porcelana china, jarras de cristal. Según pude advertir, no estaban deteriorados ni eran desechos. Me pareció absurdo que languidecieran en los estantes del archivo.

Más allá descubrí algo lo suficientemente interesante para detenerme: un conjunto de cuarenta o cincuenta cajas de la misma medida, forradas con papeles vistosos, en su mayoría de diseños florales. En algunas de ellas se distinguían las etiquetas y me acerqué para leerlas. «*Corazón resucitado*. Una novela de

Seraphina Blythe». Abrí la tapa y miré el contenido: una pila de papel mecanografiado, un manuscrito. Mi madre me había dicho que, salvo Percy, todos los Blythe escribían. Al levantar la lámpara lo suficiente, sonreí asombrada: todas esas cajas contenían relatos de Saffy. Una escritora verdaderamente prolífica. Me entristeció verlos allí arrumbados: historias, sueños, personas y lugares, tanto entusiasmo y trabajo oculto en la oscuridad. En otra etiqueta leí: «Boda con Matthew de Courcy». La editora que hay en mí no pudo contenerse. Cogí los papeles guardados en la caja. En este caso no era un manuscrito, sino una colección de documentos, aparentemente producto de una investigación. Antiguos bocetos de vestidos de boda y arreglos florales, artículos de periódico sobre la boda de algún personaje destacado, borradores que describían los pasos del servicio religioso y, entonces, la noticia del compromiso celebrado en 1924 entre Seraphina Grace Blythe y Matthew John de Courcy.

Dejé los papeles. El objeto de la investigación no era una novela. Esa caja contenía los preparativos para la boda de Saffy, que nunca llegó a materializarse. Coloqué la tapa en su lugar y me alejé, sintiéndome culpable por mi intromisión. Comprendí que cada uno de los objetos que poblaban ese lugar era el vestigio de una gran historia: las lámparas, los jarrones, los libros, el macuto militar. Las cajas forradas con flores. El archivo era un panteón. La oscura y fría tumba de un faraón, donde preciados objetos eran condenados al olvido.

Al llegar al escritorio, en el fondo de la sala, sentí que había corrido una maratón a través del País de las Maravillas. Me sorprendió ver que la bombilla y la puerta cuidadosamente sujeta con un cajón de madera se encontraban apenas a un par de metros. Los cuadernos estaban en el lugar indicado por Percy. Al parecer, alguien los había recogido del estudio de Raymond Blythe y los había llevado allí. Seguramente, la guerra imponía otras prioridades, pero, aun así, era extraño que ninguna de las gemelas hubiera encontrado una ocasión de regresar al archivo en las décadas transcurridas desde entonces.

Los cuadernos de Raymond Blythe, sus diarios, sus cartas, merecían ser protegidos y valorados, exhibidos en alguna biblioteca, a disposición de los investigadores del presente y el futuro. Pensando en la posteridad, Percy habría debido tomar las debidas precauciones acerca del legado de su padre.

Puse la lámpara sobre el escritorio, a una distancia prudencial para evitar el riesgo de derribarla accidentalmente. Comencé a levantar las cajas y las apilé sobre la silla hasta toparme con los diarios del periodo 1916-1920. Cuidadoso, Raymond Blythe los había etiquetado. Pronto apareció el año 1917. Saqué de mi bolso el cuaderno y comencé a anotar datos que me parecieron útiles para mi texto, haciendo numerosas pausas para renovar mi asombro: la caligrafía enérgica, las ideas y sentimientos expresados en ese diario pertenecían a aquel gran hombre.

¿Cómo transmitir solo con palabras el momento en que al volver aquella página fatídica mi tacto percibió algo distinto? La caligrafía era más rotunda, decidida, la escritura parecía incluso más veloz, a lo largo de los renglones. Al comenzar a descifrarla descubrí, con profunda emoción, que se trataba del primer borrador de *El Hombre de Barro*. Setenta y cinco años después, era testigo del nacimiento de un clásico.

Pasé las páginas, una tras otra, devorando el texto, comparando con deleite las diferencias que advertía con respecto a la edición publicada. Llegué al final, y aunque no debía hacerlo, apoyé mi palma en la última página, cerré los ojos y me concentré en el relieve que la pluma había marcado en el papel.

Y entonces descubrí una protuberancia, a un par de centímetros del margen externo. Entre la cubierta de piel y la última página había algo: lo descubrí, era un trozo de papel con los bordes serrados, grueso y lujoso, del tipo que se utiliza para escribir cartas, plegado por la mitad.

¿Existía la posibilidad de no abrirlo? Dudé. De más está decir que mis antecedentes con respecto a la tentación de leer cartas no eran muy alentadores, y que, tan pronto lo tuve ante mis ojos, mi piel empezó a cosquillear. Sentí que en la oscuridad unos ojos me instaban a hacerlo.

La caligrafía era clara, aunque algo descolorida, y tuve que acercarlo a la lámpara. Comenzaba con una frase incompleta, evidencia de que aquella hoja formaba parte de una carta más larga.

… no necesito decirte que es una historia maravillosa. Nunca antes tu pluma había transportado al lector en una travesía tan vívida. La escritura es rica y el relato, cautivador, con una clarividencia casi siniestra, la eterna búsqueda del hombre que intenta librarse de su pasado y superar sus antiguos y execrables actos. Jane, la niña, es una criatura especialmente conmovedora; su condición, en el umbral de la edad adulta, está magníficamente reflejada.

No obstante, al leer el manuscrito no pude pasar por alto notables similitudes con otra historia que ambos conocemos. Por ese motivo, y sabiendo que eres un hombre justo y bondadoso, te suplico, por tu propio bien y el de otra persona, que no publiques La verdadera historia del Hombre de Barro. *Sabes, tanto como yo, que no es tuya la historia que cuentas. No es demasiado tarde para retirar el manuscrito. Temo que si no lo haces las consecuencias serán sumamente gravosas…*

Di la vuelta a la página, pero el texto no continuaba. Busqué el resto en el cuaderno. Pasé las hojas, lo sujeté por el lomo y lo agité. Nada.

¿Qué significaba aquello? ¿A qué similitudes se refería? ¿Cuál era la otra historia? ¿Qué consecuencias podía acarrear? Y ¿quién se consideraba autorizado a hacer semejante advertencia?

Desde el corredor llegó un rumor. Permanecí inmóvil, escuchando. Alguien se acercaba. El corazón martillaba en mi pecho. La carta temblaba entre mis dedos.

Vacilé una fracción de segundo: después la guardé en mi cuaderno y cerré la tapa. Miré por encima del hombro, justo a tiempo para ver la figura de Percy Blythe, con su bastón, perfilada en el hueco de la puerta.

Un largo camino hacia el otoño

No puedo contarles cómo regresé a la granja. No recuerdo un solo segundo de aquella caminata. Creo haber dicho adiós a Saffy y a Percy, y después logré bajar la colina sin sufrir accidentes. Estaba aturdida, no tengo conciencia de lo que ocurrió desde que salí del castillo hasta que llegué a mi habitación. No podía pensar más que en el contenido de la carta. La que había robado. Debía hablar con alguien de inmediato. Si mi lectura era correcta —el texto no era particularmente complejo—, alguien había acusado de plagio a Raymond Blythe. ¿Quién era esa misteriosa persona? ¿A qué relato anterior se refería? En cualquier caso, había leído su manuscrito, lo que implicaba que ambos conocían el relato y que la carta fue escrita antes de que el libro se publicara, en 1918. Este dato acotaba las posibilidades, pero en realidad no era de gran ayuda. Yo ignoraba quién había recibido el manuscrito. Solo tenía una pista. Gracias a que me dedico a la edición, sabía que lo habían leído editores, correctores y unos pocos amigos de confianza. Pero más que esas generalidades, necesitaba nombres, fechas, información específica que me permitiera evaluar la pertinencia de esa carta. Si sus insinuaciones eran ciertas, si Raymond Blythe se había apropiado de la historia de *El Hombre de Barro,* las consecuencias serían enormes.

Investigadores e historiadores, así como padres convalecientes, habrían soñado con hacer ese descubrimiento, una revelación sensacional. Yo, en cambio, solo sentía náuseas. No deseaba que fuera cierto, anhelaba que se tratara de una broma o un error. Mi propio pasado, mi amor por los libros y la lectura estaban inextricablemente unidos a *El Hombre de Barro* de Raymond Blythe. El hecho de aceptar que la historia no era creación suya, que la había conseguido de otra fuente, que no había germinado en el suelo fértil de Milderhurst Castle, no solo significaba hacer trizas una leyenda literaria, era un golpe feroz a mi persona.

En cualquier caso, yo había descubierto la carta y yo había sido contratada para escribir sobre la obra de Raymond Blythe y, más concretamente, sobre los orígenes de *El Hombre de Barro*. No podía ignorar una acusación de plagio por el simple hecho de que la idea no me agradara. En especial, porque parecía ofrecer una explicación plausible a la reticencia del autor a referirse a su fuente de inspiración.

Necesitaba ayuda y conocía a la persona que podía dármela. Al llegar a la granja evité cruzarme con la señora Bird y fui directa a mi habitación. Sin haberme sentado siquiera, levanté el auricular y marqué atropelladamente el número de Herbert.

El teléfono sonó. Nadie respondió. Esperé impaciente y lo intenté otra vez. Escuché la lejana campanilla. Me mordí las uñas, leí mis notas y volví a probar, con el mismo resultado. Consideré la posibilidad de llamar a mi padre. Solo me detuvo el temor de que se resintiera su salud. Fue entonces cuando mis ojos se posaron en el nombre de Adam Gilbert, escrito en la transcripción de sus entrevistas.

Marqué, esperé, no hubo respuesta. Lo intenté de nuevo.

Oí el característico sonido del auricular que se descuelga.

—Hola, soy la señora Button.

Estuve a punto de llorar de alegría.

—Hola, soy Edith Burchill. Deseo hablar con Adam Gilbert.

—Lo siento, señorita Burchill. El señor Gilbert se ha marchado a Londres, tiene una cita con el médico.

—Oh… —fue todo lo que pude decir.

—Regresará en un par de días. Puedo dejarle un mensaje y pedirle que la llame entonces.

—No —dije en principio, sería demasiado tarde, necesitaba su ayuda en ese mismo momento. Sin embargo, era mejor que nada—. Sí, gracias. Por favor, dígale que es importante, que creo haberme topado con algo concerniente al misterio sobre el que hablamos.

Pasé el resto de la noche contemplando la carta, haciendo garabatos indescifrables en mi cuaderno, marcando el número de Herbert y escuchando las voces fantasmales atrapadas en la línea de teléfono. A las once acepté por fin que era muy tarde para seguir acechando su casa. Y que, al menos por el momento, estaba sola con mi problema.

* * *

A la mañana siguiente me dirigí al castillo, exhausta, con la visión nublada, como si hubiera pasado la noche girando en la lavadora. Llevaba la carta en el bolsillo interior de la chaqueta y constantemente la tocaba para cerciorarme de que seguía allí. No puedo explicar el motivo, pero al salir de mi habitación me sentí obligada a llevarla conmigo. Me parecía inconcebible dejarla en el escritorio. No fue una decisión racional. No es que temiera que alguien la encontrara a lo largo del día. Era la rara y ardiente convicción de que me pertenecía, que había aparecido ante mí y que me correspondía desvelar sus secretos.

Percy Blythe me esperaba junto a los peldaños de la entrada. La vi antes de que advirtiera mi presencia. Por eso sé que simuló arrancar malas hierbas de un tiesto: hasta el instante en que un sexto sentido le comunicó que yo estaba allí, se mantuvo erguida, apoyada en la escalinata, de brazos cruzados, mirando a la lejanía. Tan inmóvil y pálida como una estatua. Aunque no como las que suelen adornar la fachada de una casa.

—¿Alguna noticia de Bruno? —pregunté, tratando de sonar espontánea.

Ella fingió sorprenderse al verme. Se frotó los dedos y minúsculos granos de tierra cayeron al suelo.

—No albergo grandes esperanzas, con este frío —respondió. Luego esperó a que llegara hasta donde se encontraba, extendió el brazo y me invitó a seguirla.

Dentro del castillo hacía tanto frío como fuera. Las piedras parecían capturarlo y el lugar se veía más gris, más oscuro, más sombrío.

Supuse que atravesaríamos el corredor rumbo al salón amarillo. Sin embargo, Percy me condujo a una puerta oculta en un nicho del pórtico.

—La torre —anunció—. Para su artículo.

Asentí. Ella comenzó a subir la escalera estrecha y serpenteante. La seguí.

Mi malestar crecía a cada paso. Tal como me había dicho, era importante ver la torre, pero, aun así, era extraño que se ofreciera a enseñármela. Hasta ese momento había sido muy reticente, reacia a que hablara con sus hermanas o leyera los cuadernos de su padre. El hecho de que me esperara bajo el frío de la mañana, que me propusiera subir a la torre sin que se lo hubiera pedido era algo imprevisto, y no me siento cómoda ante lo imprevisible.

Me dije que estaba haciendo interpretaciones descabelladas. Percy Blythe me había elegido para escribir sobre su padre y se sentía orgullosa de su castillo. Tal vez fuera solo eso. O bien había decidido que debía facilitarme lo que necesitaba para que me marchara cuanto antes y le permitiera dedicarse a sus propios asuntos. Pero, aunque mis argumentos fueran sensatos, el recelo no me abandonaba. ¿Era posible que conociera mi descubrimiento?

Llegamos a una pequeña plataforma de piedras desiguales. En el muro se había abierto una estrecha tronera por la que vislumbré la espesura del bosque Cardarker: espléndido cuando se veía al completo, funesto si se admiraba parcialmente.

—La habitación de la torre —anunció Percy Blythe, abriendo la estrecha puerta arqueada.

Una vez más, se apartó para que yo pasara primero. Entré con cautela y me detuve en el centro de una pequeña sala circular, sobre una alfombra descolorida con matices grisáceos. De inmediato noté que había troncos en la chimenea, presumiblemente con motivo de nuestra visita.

—Bien, ahora estamos a solas —dijo Percy tras cerrar la puerta.

Al oírla, por algún motivo que no pude precisar, mi corazón se aceleró. No tenía motivos para tener miedo. Ella era una anciana frágil que había consumido sus escasas energías subiendo por la escalera. En una lucha cuerpo a cuerpo, podría defenderme. Y, sin embargo, el brillo que aún conservaban sus ojos dejaba entrever que su espíritu era más fuerte que su cuerpo. Solo pude pensar en que había una gran distancia de allí al suelo y que varias personas ya habían muerto al caer por esa ventana.

Por fortuna, Percy Blythe no tenía la capacidad de leer mi mente y descubrir atrocidades propias de un melodrama.

—Este es el lugar donde trabajaba —dijo, con un ligero movimiento de su mano.

Sus palabras me permitieron despejar mis turbios pensamientos y darme cuenta de que me encontraba en la torre de Raymond Blythe. En los estantes, construidos de tal forma que se adaptaban a la curva del muro, estaban sus obras favoritas. Él se había sentado ante aquella chimenea, día y noche, mientras trabajaba. Dejé que mis dedos rozaran el escritorio donde había creado *El Hombre de Barro*.

«Si es verdad que lo creó», me susurró la carta.

—Hay un sitio —dijo Percy Blythe mientras encendía la cerilla que hizo arder el fuego de la chimenea— detrás de la pequeña puerta del pórtico, cuatro pisos más abajo, pero justo debajo de la torre. Saffy y yo solíamos pasar el rato allí, cuando éramos jóvenes y nuestro padre estaba trabajando. —Ante aquel extraño rapto de locuacidad, no pude evitar mirarla. Era diminuta y macilenta y, aun así, había algo en lo profundo de su ser, su fortaleza, tal vez su temperamento, que me atraía irresistiblemente, como la luz atrae a una polilla. Quizás percibió mi interés, porque me privó de su luz, la sonrisa sutil desapareció y recuperó la rigidez. Arrojó la cerilla a las llamas e, inclinando la cabeza, invitó:

—Por favor, haga su propio recorrido.

—Gracias.

—Pero no se acerque a la ventana, hay un largo trecho hasta abajo.

Traté de esbozar una sonrisa y comencé a observar los detalles de la habitación. Los estantes estaban casi vacíos. La mayor parte de su contenido, al parecer, cubría ahora las paredes del archivo. En cambio, aún se veían cuadros. Me llamó la atención uno de ellos, una obra que conocía: *El sueño de la razón produce monstruos,* de Goya. Me detuve para contemplar al hombre desplomado, se diría que desesperado, sobre su mesa, mientras una multitud de monstruos semejantes a murciélagos revolotean sobre él, surgen de su mente dormida y de ella se alimentan.

—Era de mi padre —dijo Percy. Su voz me sobresaltó, pero no me volví para mirarla. A pesar de todo, al prestar nuevamente atención al cuadro, mi percepción había cambiado y solo vi mi figura reflejada en el cristal, y detrás, la suya—. Nos causaba terror.

—Es comprensible.

—Mi padre decía que tener miedo era una tontería, que en esa obra había una enseñanza.

—¿Cuál era? —pregunté, y en ese instante me volví hacia ella. Ella señaló el sillón junto a la ventana.

—Oh, estoy bien de pie —dije, sonriendo débilmente otra vez.

Percy parpadeó, lentamente. Por un instante creí que insistiría. Pero se limitó a decir:

—La enseñanza, señorita Burchill, consistía en comprender que, cuando la razón duerme, asoman los monstruos reprimidos.

Mis manos estaban sudorosas y una ráfaga de calor subía por mis brazos. ¿Me había leído la mente? Era imposible que supiera las monstruosidades que había imaginado desde el momento en que descubrí la carta, que adivinara la morbosa fantasía de ser arrojada por la ventana.

—En ese aspecto, Goya se anticipó a Freud.

Sonreí con cierto cinismo. La oleada de calor llegó a mis mejillas. No podía seguir tolerando el suspense, el disimulo. No era apta para esa clase de juego. Si Percy Blythe conocía mi descubrimiento, si estaba al tanto de que yo me había llevado la carta y tenía el deber de investigar; si todo aquello era un plan para que confesara, y su objetivo era intentar por cualquier medio evitar que la mentira de su padre quedara al descubierto, yo estaba dispuesta a averiguarlo. Más aún, yo asestaría el primer golpe.

—Señorita Blythe, encontré algo ayer, en el archivo.

Instantáneamente Percy palideció por completo, su imagen me espantó. Y con la misma rapidez logró recomponerse.

—Me temo que no soy capaz de adivinar, señorita Burchill. Tendrá que decirme de qué se trata.

Saqué la carta del bolsillo y se la entregué, tratando de que mi mano no temblara. Ella buscó sus gafas, las sostuvo delante de los ojos y leyó la página. El tiempo transcurría con suma lentitud, mientras ella recorría el papel con el dedo.

—Sí, entiendo —dijo por fin. Parecía casi aliviada, mi descubrimiento no tenía relación con sus temores.

Esperé que siguiera hablando, pero pronto fue evidente que no tenía intención de hacerlo. Me vi obligada a iniciar la conversación más difícil que recordaba hasta entonces.

—Me preocupa que exista alguna probabilidad de que *El Hombre de Barro* haya sido… —no me animé a decir «robado»—, de que su padre hubiera leído la historia antes de escribir su libro —tragué saliva, la habitación se desdibujó levemente ante mis ojos—, tal como sugiere esta carta. En ese caso, los editores deben saberlo.

Ella dobló cuidadosamente la carta, y solo cuando terminó, dijo:

—No tiene motivo para preocuparse, señorita Burchill. Mi padre escribió cada palabra de ese libro.

—Pero la carta…, ¿está segura? —Había cometido un gran error al decírselo. ¿Acaso podía esperar que fuera sincera conmigo, que accediera a que yo llevara a cabo una investigación con el fin de privar a su padre de toda credibilidad? Era natural que una hija se comportara tal como lo hacía ella, en especial si se trataba de una hija como Percy.

—Estoy completamente segura, señorita Burchill —afirmó, mirándome a los ojos—. Porque yo escribí esta carta.

—¿Usted?

Ella asintió, lacónica.

—¿Por qué escribió algo semejante? —pregunté. Si era cierto, si cada una de esas palabras había surgido de su mente, no podía comprender el motivo.

Las mejillas de Percy recuperaron el color, sus ojos brillaron. Mi confusión parecía dotarla de energía, disfrutaba con ella. Me lanzó una mirada astuta, que ya me parecía habitual en ella y sugería que su respuesta iría más allá de lo que yo intentaba saber.

—Supongo que en la vida de todos los niños hay un momento en que las cortinas se descorren y entonces comprenden que sus padres no son inmunes a las peores debilidades humanas. Que no son invencibles. Que en ocasiones hacen cosas para su propia satisfacción, para alimentar sus propios monstruos. Somos una especie egoísta por naturaleza, señorita Burchill.

Mis ideas flotaban en el fondo de un caldo espeso. No comprendí a qué se refería, supuse que tenía alguna relación con las graves consecuencias que su carta había profetizado.

—Pero la carta…

—Esa carta no significa nada —espetó, agitando la mano—. Ya no. Es irrelevante —aseguró, mirándola brevemente. Su rostro tembloroso parecía proyectado en una pantalla, en una película que transcurría setenta y cinco años antes. Súbitamente arrojó la carta al fuego, la oyó crepitar, la vio arder, y se estremeció—. Estaba equivocada, la historia era suya —afirmó. Luego, con una sonrisa irónica y algo biliosa, añadió—: Aunque en aquel entonces él no lo supiera.

Sus palabras me provocaron una confusión inaudita. ¿Raymond Blythe podía acaso ignorar que aquella era su historia? ¿Por qué cometería ella ese error? Era absurdo.

Percy Blythe se había sentado en el sillón del escritorio de su padre y, apoyándose en el respaldo, continuó:

—Durante la guerra conocí a una chica; trabajaba en el cuartel general y a menudo se topaba con Churchill en los pasillos. A petición del primer ministro, habían colgado un cartel que decía: «Por favor, comprenda que aquí no hay lugar para la depresión y no estamos interesados en la probabilidad de la de-

rrota, pues no existe». —Percy calló. Permaneció con la barbilla
en alto y los ojos entrecerrados. Las palabras que había pronunciado seguían presentes. A través del humo, con su cuidadoso
corte de pelo, sus finos rasgos y su blusa de seda, parecía haber
regresado a la Segunda Guerra Mundial—. ¿Qué opinión le me-
rece?

No soy hábil para esa clase de juegos, nunca lo he sido.
Y sobre todo para los acertijos que no tienen la menor relación
con el tema que se discute. Me sentí insignificante y me encogí
de hombros.

De pronto recordé haber leído u oído que la tasa de suicidios
caía drásticamente en tiempos de guerra: las personas dejaban de
pensar en sus sufrimientos y se preocupaban exclusivamente
por sobrevivir.

—Creo que las pautas cambian durante la guerra —respondí, sin poder controlar una entonación que delataba mi malestar—, depresión puede ser sinónimo de derrota en esa situación. Tal vez Churchill quería expresar esa idea.

Percy asintió con una leve sonrisa. No comprendía por
qué se empeñaba en crearme dificultades. Había llegado a Kent
a petición suya, pero me impedía entrevistar a sus hermanas y
en lugar de responder claramente a mis preguntas prefería jugar
al ratón y el gato; por supuesto, a mí me correspondía el papel
de la presa. Habría sido más sencillo permitir que Adam Gilbert llevara adelante el proyecto. Había completado sus entrevistas, no tenía motivo para seguir importunando. Mi malestar
y mi frustración quedaron en evidencia cuando pregunté:

—Señorita Blythe, ¿por qué me pidió que viniera?

Percy arrugó la frente.

—¿Qué quiere decir? —La pregunta se disparó como una
flecha.

—Judith Waterman, de Pippin Books, me dijo que usted
la llamó para pedirle que yo hiciera el trabajo.

Con un rictus irónico, me miró a los ojos. Me provocó una sensación sumamente rara que solo se comprende al experimentarla. Su mirada imperturbable me atravesó hasta el alma.

—Siéntese —ordenó, como si yo fuera un perro o un niño desobediente. Su tono era imperativo y esta vez no discutí, busqué el sillón más cercano y obedecí. Ella golpeó el cigarrillo contra la mesa y luego lo encendió. Dio una profunda calada y me observó, exhalando el humo—. Hay algo especial en usted —dijo, reclinándose en el sillón mientras el brazo libre descansaba sobre la cintura. Sin duda, para evaluarme mejor.

—No entiendo a qué se refiere.

Los ojos entrecerrados y lacrimosos de Percy me recorrieron de arriba abajo con una intensidad que me estremeció.

—Ya no es tan alegre como antes, cuando la conocí.

No podía negarlo y no intenté hacerlo.

—Así es, lo lamento —dije, cruzando los brazos para evitar ademanes.

—No tiene que lamentarlo, la prefiero de esta manera.

Por supuesto. Afortunadamente, antes de enfrentarme a la imposibilidad de responder, ella volvió a la pregunta inicial:

—En principio, pensé en usted porque mi hermana no toleraría a un hombre desconocido en casa.

—Pero el señor Gilbert había terminado sus entrevistas. No tenía necesidad de regresar a Milderhurst si a Juniper le incomodaba.

La sonrisa artera reapareció.

—Es astuta. Tal como pensaba. Después de nuestro primer encuentro no habría podido asegurarlo, y no me agrada la idea de tratar con una persona imbécil.

Me debatí entre decir «gracias» o «vete al diablo». Opté por una solución de compromiso y me limité a esbozar una sonrisa indiferente.

—No conocemos a mucha gente, ya no —continuó ella, suspirando—. Cuando esa mujer, Bird, me dijo que quería visitar el castillo y que trabajaba en una editorial, me sorprendí. Después usted me contó que no tenía hermanos.

Asentí, tratando de seguir su razonamiento.

—Fue entonces cuando lo decidí —afirmó. Percy dio otra calada a su cigarrillo y con gran aspaviento buscó un cenicero—. Supe que no sería imparcial —explicó.

—¿Imparcial con respecto a qué? —pregunté. Mi sagacidad disminuía a cada segundo.

—A nosotras.

—Señorita Blythe, no comprendo qué relación tiene todo esto con el artículo que debo escribir, con el libro de su padre y sus recuerdos acerca de la publicación.

Ella agitó la mano, impaciente, y la ceniza cayó al suelo.

—Nada, no tiene nada que ver con eso, sino con lo que voy a contarle.

¿Fue entonces cuando esa abominable sensación comenzó a expandirse bajo mi piel? Tal vez solo fuera porque una ráfaga de frío otoñal se filtró por debajo de la puerta y sacudió la cerradura haciendo caer la llave. Percy lo ignoró. Traté de imitarla.

—¿Qué es lo que va a contarme?

—Algo que debe ser aclarado, antes de que sea tarde.

—¿Tarde para qué?

—Pronto moriré —dijo Percy, parpadeando, con su acostumbrada y fría sinceridad.

—Lo lamento…

—Soy vieja. Es normal. Por favor, no sea condescendiente, no me ofrezca una solidaridad innecesaria. —Nubes invernales cubrieron los últimos, débiles rayos de sol de su rostro. De pronto la vi cansada, muy anciana, y comprendí que era cierto, la muerte se acercaba—. No fui honesta cuando telefoneé a esa mujer, la editora, y pedí que usted reemplazara al otro escritor, a quien lamento haber molestado. No dudo que su trabajo habría sido excelente. Era absolutamente profesional. Sin embargo, no pude hacer otra cosa. Quería que usted viniera y no se me ocurrió otra manera de conseguirlo.

—Pero ¿por qué? —pregunté, desconcertada. En su actitud detecté algo nuevo, una urgencia que entrecortaba mi respiración. El frío, y algo más, me erizó la nuca.

—Tengo una historia. Solo yo la conozco. Se la contaré.

—¿Por qué? —logré decir, poco más que en un susurro, antes de toser—. ¿Por qué? —repetí.

—Porque debe ser contada. Porque valoro la información veraz. Porque ya no puedo cargar con ella.

¿Imaginé en ese instante que Percy miraba el Goya?

—De todos modos, ¿por qué a mí?

—Porque sé quién es, por supuesto. Porque sé quién es su madre —dijo con una sonrisa apenas perceptible. Me di cuenta de que nuestra conversación le causaba placer, tal vez porque mi ignorancia le confería poder sobre mí—. Juniper lo descubrió. La llamó Meredith. Entonces lo supe. Y supe también que usted era la persona indicada.

Mi rostro palideció. Me sentí tan avergonzada como un niño que le ha mentido a su maestro y ha quedado en evidencia.

—Lamento no haberlo dicho, creí que...

—Sus motivos no me interesan. Todos tenemos secretos.

Me callé el resto de mi disculpa.

—Es hija de Meredith —continuó, hablando más rápido—, lo que significa que es casi un miembro de la familia. Y esta es una historia familiar.

Jamás habría esperado que dijera tal cosa. Sus palabras me abrumaron. De pronto sentí una oleada de ternura hacia mi madre, que había amado ese lugar y durante mucho tiempo se había sentido menospreciada.

—¿Qué espera que haga con su historia?

—¿A qué se refiere?

—¿Quiere que la escriba?

—No, solo que la aclare. Debe prometerme que lo hará —dijo, apuntándome con el dedo, pero la expresión de su rostro debilitó el gesto admonitorio—. ¿Puedo confiar en usted, señorita Burchill?

Asentí, pese a que temía no comprender exactamente qué me pedía.

Ella pareció aliviada, pero solo bajó la guardia un instante.

—Bien, espero que pueda prescindir del almuerzo —dijo sin cortesía, mirando hacia la ventana por donde su padre se había precipitado a la muerte—. No podemos perder tiempo.

La historia de Percy Blythe

Percy Blythe comenzó con una negación.

—No soy una narradora —dijo, encendiendo una cerilla—, no como los demás. Solo tengo una historia que contar.
Escuche con atención. No la contaré dos veces —advirtió, y
con el cigarrillo encendido se reclinó en el asiento—. Le he dicho que no tenía nada que ver con *El Hombre de Barro*, pero
no es así. De uno u otro modo, esta historia empieza y termina
con ese libro.

Una ráfaga de viento que bajó por la chimenea avivó las
llamas. Abrí mi cuaderno. Ella dijo que no era necesario, pero
sentí que mi inquietud se aliviaría si podía ocultarme entre las
pálidas páginas con renglones.

—Una vez mi padre nos dijo que el arte era la única forma
de inmortalidad. Solía decir ese tipo de cosas. Supongo que a él
se lo había dicho su madre. Era una poetisa de gran talento y
una mujer muy hermosa, aunque no una madre cariñosa. Podía
ser cruel. Sin intención, su talento la volvía cruel. Le transmitió
a mi padre todo tipo de ideas extrañas —comentó Percy con un
gesto desdeñoso, antes de hacer una pausa para alisarse el cabello a la altura de la nuca—. Se equivocaba, existe otro tipo de
inmortalidad, mucho menos codiciada y celebrada.

Me incliné un poco hacia delante, esperando que revelara cuál era, pero no lo hizo. A lo largo de aquella tarde me acostumbré a esos súbitos cambios de tema. Percy se centraba en una escena, la ponía en movimiento y, bruscamente, su atención cambiaba de dirección.

—No tengo duda de que mis padres fueron felices en alguna época, antes de que naciéramos. En este mundo hay dos tipos de personas: unas disfrutan de la compañía de los niños, otras no. Mi padre se contaba entre las primeras. Creo que él mismo se sorprendió al sentir un amor tan profundo cuando Saffy y yo nacimos. —Percy miró el Goya y un músculo de su cuello se puso tenso—. Durante los primeros años, antes de la Gran Guerra, antes de escribir ese libro, era otro hombre. Extraordinario para su época y su clase. Nos adoraba, no era simplemente cariño lo que sentía, estaba fascinado con sus hijas. Y nosotras con él. Nos mimaba, no porque nos colmara de regalos, aunque tampoco eran escasos, sino porque nos ofrecía toda su atención y su confianza. Creía que no podíamos hacer ningún mal y nos consentía. No es bueno para un niño ser objeto de idolatría... ¿Quiere un vaso de agua, señorita Burchill?

—No, gracias —respondí, parpadeando.

—Yo sí. Perdón, mi garganta... —se disculpó, antes de dejar el cigarrillo en el cenicero para ir hacia una repisa, de donde cogió una jarra. Llenó el vaso, tragó, y entonces advertí que, a pesar de la voz clara y firme, y la mirada penetrante, sus dedos temblaban—. Señorita Burchill, ¿sus padres la consentían cuando era niña?

—No lo hicieron.

—Eso me parecía. No inspira esa sensación de poder que tiene un niño al que se ha convertido en el centro del mundo —opinó, mirando de nuevo la ventana. El día era cada vez más gris—. Nuestro padre nos ponía en un viejo cochecito de bebé, el mismo que había ocupado él siendo niño, y nos llevaba de paseo por el pueblo. Más adelante le pedía a la cocinera que preparara magníficos picnics y los tres salíamos a explorar el bosque, paseábamos por el campo y él nos narraba cuentos, nos hablaba de cosas que nos parecían importantes y admirables. Decía que este era nuestro hogar, que aquí siempre oiríamos las voces de nuestros antepasados y nunca estaríamos solas. —Sus labios intentaron esbozar una leve sonrisa—. En Oxford se había destacado en lenguas antiguas y se interesó especialmente por el anglosajón. Hacía traducciones, por placer, y desde muy pequeñas accedió a que colaboráramos con él. En general, trabajábamos aquí, en la torre, aunque a veces lo hacíamos en los jardines. Una tarde, tendidos los tres en la manta de picnic, mirábamos el castillo mientras él nos leía *El vagabundo*. Fue un día perfecto. Esos días son raros. Recordarlos, también. —Percy hizo una pausa. Su rostro se distendió mientras los pensamientos se internaban en el recuerdo. Reanudó el relato con voz aflautada—: Los anglosajones tenían propensión a la tristeza y la nostalgia. Y, por supuesto, al heroísmo. Supongo que a los niños les ocurre lo mismo. *Seledreorig* —La palabra sonó como un conjuro en la redonda sala de piedra—: «Tristeza por la falta de un palacio». En inglés no hay una palabra equivalente, pero debería existir, ¿verdad? Vaya, me he desviado del tema. —Se enderezó en la silla y buscó su cigarrillo, que se había convertido en ceniza—. El pasado es como esto —dijo mientras sacaba otro del paquete—, siempre está ahí para tentarnos. —Encendió el fósforo, aspiró con impaciencia y me miró a través del humo—. En adelante pondré más atención —prometió, mientras la llama se apagaba, subrayando sus palabras—. Mi madre había deseado fervientemente tener hijos y, cuando al fin los tuvo, fue víctima de una depresión profunda, apenas se levantaba de la cama. Cuando se recuperó, descubrió que su familia ya no la necesitaba: sus hijas se escondían detrás de las piernas de su marido cuando ella trataba de abrazarlas, lloraban y pataleaban si se acercaba. Mi hermana y yo utilizábamos palabras de otros idiomas, que nuestro padre nos había enseñado, para que no comprendiera lo que decíamos. Él se reía y nos alentaba, le fascinaba que fuéramos tan precoces. Seguramente éramos muy desagradables. Apenas la conocíamos. Nos negábamos a estar con ella, a nuestro padre y a nosotras nos bastaba con la mutua compañía. Y mi madre cada vez se sentía más sola.

Sola. Me pregunté si alguna palabra me había sonado tan abominable como aquella, en boca de Percy. Recordé los daguerrotipos de Muriel Blythe que había visto en el archivo. Si en aquel momento me había parecido curioso encontrarlos en ese lugar oscuro y olvidado, ahora me parecía decididamente funesto.

—¿Qué ocurrió?

Percy me lanzó una mirada penetrante.

—Todo a su debido tiempo.

Se oyó el estallido de un trueno. Ella miró hacia la ventana.

—Una tormenta —dijo con fastidio—, justo lo que necesitamos.

—Cerraré la ventana.

—Todavía no. El aire es agradable. —Mirando al suelo, cogió el cigarrillo y ordenó sus ideas. Luego me miró—. Mi madre encontró un amante. ¿Quién podía culparla? Mi padre lo hizo posible, aunque sin intención; no es ese tipo de historia. Él sabía que la dejaba de lado y trató de recomponer la situación. Planificó grandes reformas en el castillo y los jardines. En las ventanas de la planta baja se añadieron postigos, similares a los que ella había admirado en el continente, y se hicieron reformas en el foso. La excavación llevó mucho tiempo, Saffy y yo mirábamos desde la ventana del ático. El arquitecto se llamaba Sykes.

—Oliver Sykes.

—Muy bien, señorita Burchill —dijo Percy, asombrada—. Sabía que era astuta, pero no sospechaba que fuera erudita en materia de arquitectura.

Sacudí la cabeza, expliqué que lo había leído en *El Milder-hurst de Raymond Blythe*. No dije, en cambio, que estaba al tanto del legado de su padre al Pembroke Farm Institute. Eso significaba que él no se había enterado de la aventura.

—Mi padre no tenía ni idea —dijo ella, como si hubiera leído mi mente—. Pero nosotras lo sabíamos. Los niños saben ese tipo de cosas. Sin embargo, jamás se nos ocurrió decirlo. Sus hijas lo eran todo para él, las actividades de mi madre le interesaban tan poco como a nosotras —aseguró. Al moverse en el asiento, su blusa se onduló—. No tengo remordimientos, señorita Burchill. Pero todos somos responsables de nuestros actos y muchas veces me he preguntado si fue entonces cuando la fortuna se volvió adversa para los Blythe, incluso para los que aún no habían nacido. Tal vez todo habría sido diferente si Saffy y yo le hubiéramos dicho que habíamos visto a nuestra madre con ese hombre.

—¿Por qué? —interrumpí tontamente el hilo de su relato, pero no pude evitarlo—. ¿Por qué habría sido mejor decirlo?

No tuve en cuenta que la vena obstinada de Percy Blythe no toleraba las interrupciones. Se puso de pie con las manos en la cadera y echó la pelvis hacia delante. Dio una última calada a su cigarrillo, lo apagó en el cenicero y se dirigió con paso rígido hacia la ventana. Desde mi sillón vi el cielo denso y oscuro. Ella, entrecerrando los ojos, contempló el lejano resplandor que aún temblaba en el horizonte.

—No sabía que mi padre había conservado esa carta que ha descubierto usted —dijo, al tiempo que el ruido del trueno se acercaba—, pero me alegro de que lo hiciera. Fue muy difícil para mí escribirla, él estaba tan entusiasmado con el manuscrito, con la historia… Cuando mi padre volvió de la guerra, era la sombra del hombre que conocíamos. Flaco, con los ojos vidriosos y huecos. Por regla general nos mantenían alejadas, las enfermeras decían que no debíamos molestarle. Pero nosotras lográbamos deslizarnos furtivamente a su lado, a través de las venas del castillo. Sentado junto a la ventana, miraba sin ver y hablaba de su desaliento. Su mente necesitaba crear, pero cuando aferraba la pluma, las ideas parecían eludirle. «Estoy vacío», repetía una y otra vez. Era verdad. Como se puede imaginar, cuando comenzó a trabajar en el borrador de *El Hombre de Barro* su entusiasmo tuvo un efecto reparador.

Asentí, recordé los cuadernos del autor, el cambio en su caligrafía, llena de confianza e ímpetu de la primera a la última línea.

El destello de un rayo sobresaltó a Percy Blythe. Esperó la respuesta del trueno.

—Las palabras de ese libro eran suyas, señorita Burchill. Pero la idea fue robada.

«¿A quién?», quise gritar, pero esta vez me mordí la lengua.

—Me dolió escribir esa carta, desalentar un proyecto tan estimulante para él. Sin embargo, tenía que hacerlo. —Comenzó a llover, brilló un fugaz relámpago—. Poco después de que mi padre regresara de Francia enfermé de escarlatina y me enviaron al hospital. Las gemelas no toleran la soledad.

—Debió de ser terrible…

—Saffy siempre fue la más imaginativa —prosiguió ella, como si hubiera olvidado mi presencia—. Cuando estábamos juntas, ilusión y realidad se mantenían en equilibrio. Al separarnos, nuestras diferencias se profundizaron —explicó. La lluvia que caía en el alféizar la hizo temblar y se alejó de la ventana—. Mi hermana sufrió espantosamente a causa de la pesadilla. Suele ocurrir con los más fantasiosos. Como se habrá percatado, señorita Burchill, no he dicho pesadillas. Solo hubo una.

La tempestad centelleante había devorado las últimas luces del día. La torre se quedó a oscuras. Solo el resplandor anaranjado del fuego ofrecía algún alivio. Percy regresó al escritorio y encendió la lámpara. La luz atravesó el cristal coloreado arrojando sombras bajo sus ojos.

—Soñaba con él desde que tenía cuatro años. Se despertaba por la noche, bañada en sudor, convencida de que un hombre cubierto de barro había trepado desde el foso para raptarla —explicó. Al inclinar la cabeza, sus pómulos se relajaron—. Yo la tranquilizaba, le decía que era un sueño, que nada podría hacerle daño mientras yo estuviera junto a ella. —Percy exhaló penosamente—. Así fue hasta julio de 1917.

—Cuando enfermó de escarlatina.

El gesto afirmativo fue tan leve que creí haberlo imaginado.

—Y ella se lo contó a su padre.

—Nuestro padre trataba de esconderse de sus enfermeras cuando mi hermana lo encontró. Ella estaba alterada, Saffy nunca ha sido buena para ocultar sus estados de ánimo, y él le preguntó qué le sucedía.

—Y luego lo escribió.

—El demonio de mi hermana fue su salvación. Al menos en un primer momento. La historia lo deslumbró. Preguntó a Saffy en busca de detalles. Seguramente a ella le halagaba su atención y cuando regresé del hospital todo había cambiado. Nuestro padre estaba exultante, recuperado, casi alucinado, y compartía un secreto con Saffy. Ninguno de los dos me habló de *El Hombre de Barro*. Comprendí qué había sucedido cuando vi las pruebas de imprenta del libro en este mismo escritorio.

La lluvia, que caía a raudales, me impedía oír. Me levanté y cerré la ventana.

—Fue entonces cuando escribió la carta.

—Yo sabía que el hecho de que él publicara esa historia sería terrible para Saffy. Pero él no lo creía así, y padeció las consecuencias el resto de su vida —dijo mirando otra vez el Goya—: la culpa por su pecado.

—Culpa por haber robado la pesadilla de Saffy —dije. El concepto de pecado me parecía excesivo. En cambio, me parecía comprensible que lo sucedido hubiera conmocionado a una niña, en particular si tenía tendencia a fantasear—. La sacó a la luz, le dio nueva vida, la hizo realidad.

Percy soltó una carcajada irónica, metálica, que me hizo temblar.

—¡Oh, señorita Burchill! Hizo más que eso. Él inspiró el sueño. Aunque por aquel entonces no lo sabía.

* * *

El rugido de un trueno envolvió la torre. La luz de la lámpara se debilitó, no así Percy Blythe. Seguía absorta en su relato y me acerqué, ansiosa por saber a qué se refería, de qué manera su padre había podido impulsar la pesadilla de Saffy. Encendió otro cigarrillo. Sus ojos brillaron y tal vez detectó mi interés, porque cambió de tema.

El cambio fue un duro golpe para mí. Mi desánimo fue evidente y no escapó a la atención de mi anfitriona.

—¿La he decepcionado, señorita Burchill? Esta es la historia del nacimiento de *El Hombre de Barro*. Una gran revelación. Todos participamos en su creación, incluso mi madre, aunque hubiera muerto antes de que el sueño fuera soñado y el libro fuera escrito —dijo, y después de quitar un resto de ceniza de su blusa, reanudó el relato—: La aventura de mi madre seguía adelante y mi padre no tenía ni la más remota idea. Hasta que una noche volvió de Londres más temprano de lo previsto. Traía buenas noticias: una revista de Estados Unidos había publicado un elogioso artículo sobre él y quería celebrarlo. Era tarde. Saffy y yo apenas teníamos cuatro años, y nos habían enviado a la cama mucho antes. Los amantes estaban en la biblioteca. La doncella de mi madre trató de detener a mi padre, pero él había estado bebiendo whisky toda la tarde, se encontraba radiante, quería compartir la alegría con su esposa. Entró en la biblioteca y allí los encontró. —De pronto, Percy hizo una mueca, anticipando la próxima escena—. Mi padre se puso furioso. Se desató una terrible pelea. Primero, con Sykes. Y cuando este quedó tendido en el suelo, comenzó a discutir con mi madre. Le gritó, la insultó y luego la empujó. No tenía intención de hacerle daño, pero lo hizo con la suficiente fuerza para tirarla sobre el escritorio. Una lámpara cayó al suelo y se rompió. Las llamas alcanzaron el dobladillo de su vestido.

»El fuego fue instantáneo y feroz. Subió por la gasa de su vestido y en un segundo lo devoró. Mi padre, horrorizado, la arrastró hacia las cortinas tratando de apagar las llamas, pero solo logró empeorar las cosas. Pidió ayuda, sacó a mi madre de la biblioteca, le salvó la vida, aunque por poco tiempo, pero no regresó a buscar a Sykes. Dejó que se consumiera allí. El amor inspira actos crueles, señorita Burchill.

»La biblioteca ardió por completo. Cuando las autoridades llegaron, no encontraron cadáveres. Al parecer, Oliver Sykes nunca había existido. Mi padre supuso que el cuerpo se había desintegrado bajo el efecto de un calor tan intenso. La doncella de mi madre nunca habló del asunto por temor a manchar el buen nombre de su ama. Y nadie reclamó el cuerpo de Sykes. Por fortuna para mi padre, el arquitecto era un soñador que solía hablar de su intención de huir al continente y aislarse del mundo.

La historia que acababa de oír era espeluznante: la manera en que se había originado el incendio que mató a su madre, el hecho de que Oliver Sykes fuera abandonado a su suerte en la biblioteca. Sin embargo, aún no podía comprender qué relación tenía todo aquello con *El Hombre de Barro*.

—No fui testigo de lo ocurrido. Pero alguien lo vio. En el ático, una niña se había despertado y, mientras su hermana dormía, había trepado a la repisa para contemplar el extraño cielo dorado: vio el fuego que se alzaba desde la biblioteca y, en el suelo, un hombre completamente negro, carbonizado, destruido, gritando en su agonía mientras trataba de salir del foso.

* * *

Percy llenó otra vez su vaso de agua y bebió compulsivamente.

—Tal vez recuerde que durante su primera visita dijo que el pasado cantaba en las paredes.

—Sí. —Me pareció que desde esa visita había pasado una eternidad.

—Las horas distantes. Le dije que era absurdo, que las piedras eran antiguas pero no contaban sus secretos.

—Lo recuerdo.

—Mentí —afirmó Percy, levantando la barbilla y mirándome con actitud desafiante—. Yo las oigo. Cada vez con más claridad, a medida que envejezco. No me ha resultado fácil contar esta historia, pero era necesario. Tal como le he dicho, existe otra clase de inmortalidad, mucho más solitaria.

Esperé en silencio.

—Una vida, señorita Burchill, está comprendida entre dos acontecimientos: el nacimiento y la muerte. Las fechas en que una persona nace y muere son tan importantes como su nombre, como las experiencias que tienen lugar entre una y otra. No le cuento esta historia para sentirme absuelta, sino porque la muerte debe quedar registrada. ¿Lo comprende?

Asentí, pensé en Theo Cavill, en su obsesiva revisión de los datos de su hermano, en el horrendo limbo de no saber.

—Bien, no debe haber malentendidos al respecto.

Al hablar de absolución, Percy me recordó la culpa que llevó a Raymond a convertirse al catolicismo y a dejar buena parte de su patrimonio a la Iglesia. También porque era culpable, más que por la admiración que pudieran despertarle sus actividades, el otro beneficiario de su legado fue el instituto fundado por Sykes. De pronto se me ocurrió algo:

—Según ha dicho, al principio su padre no sabía que él había inspirado el sueño. ¿Lo supo después?

Percy sonrió.

—Recibió una carta de un estudiante de doctorado de Noruega, que escribía una tesis sobre el daño físico en la literatura. Le interesaba el cuerpo del Hombre de Barro porque las descripciones coincidían con imágenes de víctimas de incendios. Mi padre nunca le respondió, pero fue entonces cuando se dio cuenta.

—¿Cuándo recibió esa carta?

—A mediados de los años treinta. Por esa época comenzó a ver al Hombre de Barro en el castillo.

Y añadió al libro una segunda dedicatoria: «A MB y OS». No eran las iniciales de sus esposas, sino un intento de reparar de alguna manera las muertes que había causado. Algo me llamó la atención.

—Si usted no fue testigo del incendio, ¿cómo supo que aquella noche Oliver Sykes estaba en la biblioteca y que se produjo la pelea?

—Juniper.

—¿Qué?

—Nuestro padre se lo dijo. Juniper también pasó por un hecho traumático cuando tenía trece años. Él insistía en que los dos eran muy parecidos. Tal vez creyó que le proporcionaría consuelo saber que todos somos capaces de comportarnos de un modo reprochable. Era lo suficientemente magnánimo y estúpido para hacerlo.

Percy calló, bebió agua de su vaso, y luego la misma habitación pareció suspirar. La verdad había sido revelada al fin, tal vez se sintiera aliviada, aunque yo no tenía esa certeza. Le alegraba haber cumplido con su deber, pero en su actitud nada indicaba que la confesión le hubiera quitado un peso de encima:

el dolor era mucho más grande que el consuelo que podía lograr. Magnánimo y estúpido. Era la primera vez que la oía criticar a su padre y dado que era una encarnizada defensora de su legado, en su boca esas palabras adquirían una particular dureza.

Era comprensible. Raymond Blythe había sido indiscutiblemente malvado, no causaba sorpresa que la culpa lo hubiera conducido a la locura. Recordé la foto del anciano Raymond en el libro que había comprado en el pueblo: los ojos temerosos, los rasgos tensos, la sensación de que oscuros pensamientos lo acechaban. Un aspecto similar tenía ahora la mayor de sus hijas. Encogida en la silla, la ropa parecía grande para su talla, los pliegues caían sobre sus huesos. El relato la había agotado, sus párpados se cerraban y en la piel frágil se distinguían venillas azules. Me pareció lamentable que la hija tuviera que padecer por los pecados de su padre.

Fuera llovía copiosamente. Las gotas golpeaban el suelo ya empapado. La habitación estaba a oscuras aquella tarde; el fuego, que había permanecido encendido durante el relato de Percy, se consumía y despojaba al estudio de su aspecto acogedor. Cerré mi cuaderno.

—Creo que por esta tarde es suficiente —dije, intentando ser amable—. Si lo desea, podemos continuar mañana.

—Falta muy poco, señorita Burchill.

Percy golpeó suavemente su paquete de cigarrillos. Un cigarro cayó sobre el escritorio. Jugueteó con él hasta que la cerilla lo encendió.

—Ya sabe qué sucedió con Sykes, pero no con el otro hombre.

El otro. Contuve la respiración.

—Por su expresión, diría que sabe a quién me refiero.

Asentí con solemnidad. El estrépito de un trueno me hizo temblar. Abrí mi cuaderno otra vez.

Ella dio una calada y tosió al echar el humo.

—El amigo de Juniper.

—Thomas Cavill —susurré.

—Él vino aquella noche, el 29 de octubre de 1941. Anote esa fecha. Vino, tal como se lo había prometido. Pero ella nunca lo supo.

—¿Por qué? ¿Qué ocurrió? —A punto de descubrirlo, casi prefería no saberlo.

—Era una noche de tormenta, bastante parecida a esta. Estaba oscuro. Se produjo un accidente —dijo Percy, en voz tan baja que tuve que inclinarme hacia ella para oírla—, creí que era un intruso.

Era imposible añadir una sola palabra.

La piel de su rostro estaba cenicienta y en sus arrugas había décadas de culpa.

—No se lo dije a nadie. Por cierto, la policía no lo supo, temí que no me creyeran, que pensaran que estaba encubriendo a otra persona.

Juniper y el violento accidente de su pasado. El escándalo con el hijo del jardinero.

—Me ocupé de todo, hice lo que pude, pero nadie lo sabe y finalmente lo sucedido debe quedar en claro.

Me impresionó verla llorar. Las lágrimas se deslizaban libremente por su anciano rostro. Mi impresión se debía a que la mujer que tenía enfrente era Percy Blythe, pero después de oír su confesión, no me sorprendía.

Dos hombres muertos. Dos encubrimientos. Demasiado para procesar, tanto que no podía sentir ni pensar con claridad. Mis emociones formaban un todo, como los colores de una caja de acuarelas; no me sentía irritada, asustada o moralmente superior y, sin duda, no estaba enfervorizada por haber conseguido las respuestas que buscaba. Solo sentía tristeza. Inquietud, preocupación por la anciana sentada ante mí, que lloraba por los espinosos secretos de su vida. No podía aliviar su dolor, pero tampoco podía quedarme allí observándola.

—La ayudaré a bajar la escalera.

Esta vez ella aceptó sin decir nada.

Le serví de apoyo mientras lenta y cuidadosamente bajamos los tramos sinuosos. Ella insistió en llevar consigo el bastón, que se arrastraba a sus espaldas, marcando nuestro avance, dejando en cada peldaño un horrendo tatuaje. Ninguna de las dos dijo nada. Estábamos muy cansadas.

Cuando por fin llegamos a la puerta cerrada del salón amarillo, Percy Blythe se detuvo. Gracias a su fuerza de voluntad, se irguió y ganó unos centímetros de estatura.

—Ni una palabra a mis hermanas —dijo. Su voz no era brusca, pero su tono enérgico me sorprendió—; ni una palabra, ¿me ha oído?

* * *

—Se quedará a cenar, ¿verdad, Edith? Al ver que era tarde y aún no se había marchado, he preparado una ración extra —dijo Saffy con alegría tan pronto como cruzamos la puerta. Aunque le dedicó a Percy una mirada afable, me pareció perpleja; seguramente se preguntaba qué asunto había mantenido ocupada a su hermana toda la tarde.

Puse reparos, pero ella ya estaba colocando un plato para mí y fuera llovía a cántaros.

—Por supuesto —dijo Percy, liberándose de mi brazo para dirigirse con paso lento pero seguro al otro extremo de la mesa. Al llegar se giró para mirarme y, bajo la iluminación eléctrica del salón, comprobé que, asombrosamente, había logrado recuperarse por completo para desempeñar su papel habitual ante sus hermanas—. La he obligado a trabajar sin comer. Lo mínimo que puedo hacer es ofrecerle la cena.

Las cuatro cenamos pescado ahumado de color amarillo brillante y consistencia viscosa, preparado con escasa destreza. El perro, al que habían encontrado oculto en la despensa, pasó la mayor parte del tiempo echado a los pies de Juniper. Ella le daba trozos de pescado de su plato. La tormenta no amainó, sino que se intensificó. De postre comimos tostadas con mermelada. Bebimos té, y luego más té, hasta quedarnos sin tema de amable conversación. A intervalos regulares las luces relampagueaban, indicando la posibilidad de un corte de luz, y cada vez que revivían intercambiábamos sonrisas tranquilizadoras. Entretanto, la lluvia chorreaba por los canalones y azotaba las ventanas.

—Bien —dijo por fin Saffy—, creo que no hay otra alternativa. Haremos una cama para que pase la noche aquí. Telefonearé a la granja para avisar.

—¡Oh, no! —exclamé con una presteza que excedía la amabilidad—, no quiero molestar. —Era verdad, tanto como que no me agradaba la idea de pasar la noche en el castillo.

—Tonterías —observó Percy al regresar de la ventana—, ahí fuera está tan oscuro que puede caer en el arroyo y ser arrastrada como un tronco. No queremos que tenga un accidente habiendo aquí habitaciones disponibles.

Una noche en el castillo

S affy me condujo a mi habitación. Caminamos bastante desde el ala donde se alojaban ahora las hermanas Blythe y, si bien el trayecto era largo y oscuro, agradecí que no bajáramos. Ya era suficiente con pasar la noche en el castillo, no me gustaba la idea de dormir cerca del archivo. Cada una de nosotras llevaba una lámpara de parafina. Subimos un tramo de escalera hasta el segundo nivel y seguimos por un corredor amplio y sombrío. Aunque las bombillas eléctricas no parpadeaban, solo alumbraban con la mitad de su potencia. Por fin Saffy se detuvo.

—Hemos llegado —dijo al abrir la puerta—. La habitación de invitados.

Ella o tal vez Percy habían hecho la cama y habían colocado un montón de libros junto a la almohada.

—Me temo que es algo triste —dijo, echando un vistazo al lugar con una sonrisa que me pedía disculpas—, no recibimos invitados a menudo, hemos perdido la costumbre. Nadie se queda con nosotras desde hace mucho tiempo.

—Lamento haberle causado molestias.

Ella sacudió la cabeza.

—Tonterías. No es molestia, en absoluto. Me encanta recibir huéspedes. Era una de las cosas más placenteras de la vida.

—Saffy fue hacia la cama y dejó la lámpara en la mesilla de noche—. Le he dejado un camisón y también algunos libros. No puedo imaginar que el día termine sin que alguna historia preceda al sueño —dijo, acariciando el libro que se encontraba en la parte superior del montón—. *Jane Eyre* siempre ha sido mi favorito.

—También el mío. Llevo un ejemplar conmigo a donde vaya, aunque mi edición no es ni remotamente tan bonita como la suya.

Ella sonrió complacida.

—Edith, usted me recuerda un poco a mí misma. A la persona en la que habría podido convertirme si las cosas hubieran sido diferentes. Si la época hubiera sido otra. Vivir en Londres, escribir libros. En mi juventud soñé con ser institutriz, viajar, conocer gente, trabajar en un museo, encontrar mi propio señor Rochester tal vez.

De pronto adoptó una actitud tímida y melancólica. Recordé las cajas forradas con motivos florales que había descubierto en el archivo. Sobre todo aquella que decía: «Boda con Matthew de Courcy». Conocía en detalle la trágica historia de amor de Juniper, pero sabía muy poco del pasado romántico de Saffy y Percy. Con seguridad, también ellas alguna vez habían sido jóvenes y habían estado llenas de deseo. Y, aun así, se habían sacrificado para cuidar a Juniper.

—En algún momento me ha dicho que estuvo comprometida.

—Con un hombre llamado Matthew. Nos enamoramos siendo muy jóvenes. A los dieciséis. —Al recordar, Saffy sonrió fugazmente—. Planeábamos casarnos cuando cumpliéramos veintiuno.

—¿Le molesta si le pregunto qué sucedió?

—En absoluto —dijo, y empezó a desplegar las sábanas, formando un cuidadoso ángulo con la manta—, no resultó. Se casó con otra.

—Lo siento.

—No tiene por qué, ha pasado mucho tiempo. Ambos murieron, hace años. —Tal vez a Saffy le molestó que la conversación hubiera adquirido un matiz autocompasivo, porque de pronto hizo una broma—. Creo que fui afortunada: mi bondadosa hermana me permitió vivir en el castillo por un precio ínfimo.

—No creo que a Percy le importe —dije en tono jovial.

—Tal vez no, pero me refería a Juniper.

—¿Eso significa que...?

Saffy parpadeó, sorprendida.

—El castillo le pertenece, ¿no lo sabía? Siempre creímos que lo heredaría Percy, era la mayor y la única que lo amaba tanto como él, pero en el último momento nuestro padre modificó su testamento.

—¿Por qué? —pregunté. En realidad, pensaba en voz alta, no esperaba respuesta. Sin embargo, Saffy parecía atrapada en su relato.

—Mi padre estaba obsesionado: sostenía que una mujer creativa no podía desarrollar su arte si debía sobrellevar la carga del matrimonio y los hijos. Cuando Juniper se reveló como una promesa, él se empecinó en que no debía casarse, para no desperdiciar su talento. La confinó aquí, nunca le permitió ir a la escuela ni conocer a otras personas, y más tarde cambió su testamento para que el castillo fuera suyo. De esa manera, según su razonamiento, nunca tendría que ganarse la vida ni casarse con un hombre que la mantuviera. Pero fue terriblemente injusto. El castillo siempre estuvo destinado a Percy. Ella ama este lugar tanto como otras personas aman a sus novios. —Saffy ahuecó las almohadas y recogió la lámpara—. Desde ese punto de vista, supongo que es bueno que Juniper no se casara ni se mudara.

No logré relacionar las ideas.

—¿Por qué a Juniper no le habría alegrado que una hermana que tanto amaba este lugar viviera aquí y cuidara de él?

Saffy sonrió.

—No era tan simple. Nuestro padre podía ser cruel cuando quería imponer su voluntad. El testamento incluía una cláusula: si Juniper se casaba, el castillo dejaría de pertenecerle, pasaría a ser propiedad de la Iglesia católica.

—¿La Iglesia?

—Mi padre vivía atormentado por la culpa.

Después de mi reunión con Percy, sabía exactamente por qué.

—En ese caso, si Juniper y Thomas se casaban, ¿habrían perdido el castillo?

—Sí, la pobre Percy jamás lo habría superado —dijo, y se estremeció—. Lo siento, hace frío aquí. No prestamos atención a esas cosas porque nunca usamos este dormitorio. En el armario encontrará más mantas.

Un rayo espectacular brilló entonces, seguido por el estallido de un trueno. La débil luz eléctrica osciló, parpadeó, y luego la bombilla se apagó. Saffy y yo levantamos nuestras lámparas como marionetas sujetas por el mismo hilo. Juntas miramos la bombilla que se enfriaba.

—Oh, Dios, nos hemos quedado sin luz. Menos mal que se nos ocurrió traer lámparas. ¿Estará bien aquí, sola?

—Por supuesto.

—Entonces, me marcho —dijo ella, sonriendo.

* * *

La noche es diferente. Las cosas suceden de otra manera cuando el mundo está a oscuras. Las inseguridades y las heridas, las ansiedades y los miedos enseñan los colmillos por la noche. Especialmente cuando se trata de dormir en un antiguo castillo durante una tormenta. Y más aún después de pasar la tarde escuchando la confesión de una anciana dama. Por ese motivo, cuando Saffy se marchó y cerró la puerta tras ella, ni siquiera consideré la posibilidad de apagar la lámpara.

Me puse el camisón y me senté en la cama, como un fantasma. Escuché el ruido de la lluvia que seguía cayendo y agitaba los postigos como si al otro lado alguien se esforzara por entrar. Dejé de lado esas ideas, incluso sonreí para mis adentros. Pensaba en *El Hombre de Barro*. Por supuesto, era comprensible, dado que pasaba la noche en el lugar donde transcurría la novela, una noche que parecía haberse materializado desde sus páginas.

Me abrigué con las mantas y pensé en Percy. Tenía conmigo mi cuaderno. Lo abrí y apunté las ideas que surgían espontáneamente. Percy Blythe me había contado la génesis de *El Hombre de Barro,* lo cual era un gran logro. También había resuelto el misterio de la desaparición de Thomas Cavill. Pero no me sentía aliviada; por el contrario, estaba inquieta. La sensación era reciente y tenía relación con lo que Saffy había dicho. Mientras hablaba sobre el testamento de su padre, mi mente hacía desagradables asociaciones, encendía luces que hacían que me sintiera cada vez más incómoda: el amor de Percy por el castillo, un testamento que ocasionaría la ruina si Juniper se casaba, la desgraciada muerte de Thomas Cavill...

Pero no. Percy había dicho que fue un accidente. La creí. ¿Qué motivo tendría para mentir? Habría podido ignorar el tema.

Y sin embargo...

Los fragmentos seguían apareciendo: la voz de Percy, luego la de Saffy y, por si acaso, mis propias dudas. Nunca la voz de Juniper. Solo había oído hablar sobre ella, pero nunca a ella misma.

Cerré el cuaderno con frustración. Ya era suficiente para un día. Suspiré y eché un vistazo a los libros que Saffy me había traído, en busca de algo que aquietara mi mente: *Jane Eyre, Los misterios de Udolfo, Cumbres borrascosas.* Hice una mueca: buenos amigos, pero no la compañía que necesitaba aquella noche fría y tormentosa.

Me sentía cansada, muy cansada, pero evitaba cerrar los ojos, apagar la lámpara y sumergirme en la oscuridad. Finalmente mis párpados comenzaron a caer y, aunque me desperté algunas veces, supuse que el cansancio me haría dormir rápidamente. Apagué la llama, cerré los ojos y esperé que el aroma del humo se disipara en el aire frío. La última imagen fue la lluvia torrencial resbalando por el cristal.

* * *

Desperté con una sacudida; de un modo súbito, anormal y a una hora desconocida. Permanecí inmóvil, escuchando. Esperé, me pregunté qué me había despertado. El vello de mis brazos se había erizado y tuve la profunda y siniestra sensación de no estar sola. Alguien estaba conmigo en la habitación. Busqué en las sombras, con el corazón galopante, temiendo descubrir algo.

No vi nada, pero supe que allí había alguien.

Contuve el aliento y traté de escuchar. Seguía lloviendo, el viento ululante agitaba los postigos, los espectros se deslizaban por las piedras del corredor. Era escasa la probabilidad de oír algo más. No tenía cerillas ni otra manera de encender mi lámpara, de modo que traté de serenarme. Me dije que, debido a las ideas que había considerado antes de dormir, a mi obsesión con *El Hombre de Barro*, imaginaba cosas.

Casi había logrado convencerme cuando de pronto, a la luz de un potente rayo, vi que la puerta de la habitación estaba abierta. Sin embargo, Saffy la había cerrado al salir. Entonces, tenía razón. Alguien había estado conmigo en ese lugar. Tal vez seguía allí, esperando en las sombras…

—Meredith…

Todas mis vértebras se enderezaron. Mi corazón palpitaba, la sangre corría como un impulso eléctrico por mis venas. No era el viento ni las paredes. Alguien había susurrado el nombre de mi madre. Estaba petrificada, pero, aun así, me invadió una extraña energía. Tenía que hacer algo. No podía pasar la noche entera sentada, envuelta en la manta, escrutando la oscuridad.

Lo último que deseaba era salir de la cama, pero lo hice. Aparté las mantas y me dirigí de puntillas hacia la puerta. Mi mano tocó el pomo frío y liso, tiré de él ligeramente, sin hacer ruido, y salí al corredor.

—Meredith...

Ahogué un grito. Estaba detrás de mí.

Me volví lentamente: era Juniper. Llevaba el mismo vestido que se había puesto en mi primera visita a Milderhurst. Aquel —ahora lo sabía— que Saffy había cosido para la cena con Thomas Cavill.

—Juniper, ¿qué haces aquí? —susurré.

—Te esperaba, Meredith. Sabía que vendrías. He guardado esto para ti.

No sabía de qué hablaba. Me entregó un paquete de contornos definidos, no muy pesado. Le di las gracias.

En la penumbra, vi que su sonrisa se desvanecía.

—Oh, Meredith, he hecho algo terrible.

Juniper repetía aquello que le dijera a Saffy en el corredor, al final de mi visita. Mi corazón comenzó a latir más rápido. No era correcto, pero no pude evitarlo:

—¿De qué se trata? ¿Qué has hecho? —pregunté.

—Tom llegará enseguida. Viene a cenar.

Sentí una enorme tristeza. A lo largo de cincuenta años ella le había esperado, creyendo que la había abandonado.

—Por supuesto. Tom te ama, quiere casarse contigo.

—Tom me ama.

—Sí.

—Y yo le amo.

—Lo sé.

Disfruté de la agradable sensación de haberla transportado a un momento feliz, pero al instante ella se llevó la mano a la boca, horrorizada, y dijo:

—Pero había sangre, Meredith..., mucha sangre, en mis brazos, en mi vestido.

Ella miró su vestido y luego dirigió sus ojos hacia mí. Su rostro era el retrato del dolor.

—Sangre y más sangre. Y Tom no vino. Pero no recuerdo, no puedo recordar.

Entonces, con una contundente certeza, lo supe.

Todo concordaba. Comprendí qué ocultaban las hermanas Blythe, qué le había sucedido a Thomas Cavill, quién era responsable de su muerte.

El hecho de que Juniper cayera en una especie de amnesia después de un suceso traumático; los episodios, y la consecuente imposibilidad de recordar qué había hecho, el comentado incidente con el hijo del jardinero. Con creciente aversión recordé también la carta que había enviado a mi madre, donde mencionaba su único miedo: ser como su padre, tal como, en definitiva, había sucedido.

—No puedo recordar —seguía diciendo Juniper—, no puedo. —Su rostro mostraba una patética confusión y, si bien lo que había dicho era atroz, en aquel momento solo quise abrazarla, liberarla en alguna medida de la terrible carga que había soportado durante cincuenta años—. He hecho algo terrible —susurró otra vez, y antes de que pudiera decir algo para serenarla, fue hacia la puerta.

—Juniper, espera —la llamé.

—Tom me ama —dijo, como si acabara de descubrirlo—. Iré a recibirlo. Llegará enseguida —anunció, y desapareció en el oscuro corredor.

Arrojé el paquete en la cama y la seguí. Doblamos hacia otro pasillo hasta llegar al descansillo de una escalera. Una ráfaga de viento húmedo llegó desde abajo y supe que había abierto una puerta, que planeaba salir, perderse en la fría oscuridad de la noche.

Vacilé un segundo y bajé. No podía dejarla abandonada a su suerte. Seguramente intentaba llegar al camino para buscar a Thomas Cavill. Al llegar al pie de la escalera, vi una puerta: conducía a una pequeña antecámara que comunicaba el castillo con el exterior.

A través de la copiosa lluvia distinguí una especie de jardín, aunque en lugar de plantas se veían extraños monumentos. El lugar estaba rodeado de grandes vallas. Contuve el aliento. Lo había divisado desde el ático durante mi primera visita, cuando Percy Blythe se encargó de explicarme que no era un jardín. Ahora lo sabía, lo había leído en el diario de mi madre. Era el cementerio de las mascotas. Un lugar especial para Juniper.

Una anciana frágil, espectral con su pálido vestido, estaba en el centro de aquel cementerio, con el vestido empapado y la mirada extraviada. Comprendí entonces por qué, tal como Percy había dicho, la tempestad aumentaba su agitación. Aquella noche de 1941, al igual que esta, había sido tormentosa.

Extrañamente, la tormenta parecía amainar a su alrededor. La observé como hipnotizada un instante; luego reaccioné, tenía que ir a buscarla, no podía dejarla bajo la lluvia.

Entonces oí una voz. Juniper miró hacia la derecha. A través de una puerta en la valla, Percy Blythe, con impermeable y botas de lluvia, se acercaba a su hermana, le pedía que entrara. Tendió sus brazos y Juniper fue hacia ella.

Me sentí una intrusa, una extraña fisgoneando una escena privada. Di media vuelta. Alguien estaba detrás: Saffy, con el cabello suelto sobre los hombros, envuelta en una bata. Su expresión anticipaba la disculpa.

—Oh, Edith, lamento de verdad este alboroto.

Señalé a Juniper, tratando de dar una explicación.

—No se preocupe, a veces desvaría, Percy la llevará a casa. Puede volver a la cama.

Subí presurosa la escalera, atravesé el corredor y llegué a mi habitación. Cerré la puerta y me apoyé en ella, jadeante. Accioné el interruptor, con la esperanza de que se hubiera restablecido el suministro eléctrico, pero el ruido de la tecla no fue acompañado por el reconfortante resplandor de la bombilla.

De puntillas volví a la cama, puse en el suelo la caja misteriosa y me envolví en la manta. Apoyé la cabeza en la almohada y escuché mis latidos. En mi mente se repetían las escenas, la confesión de Juniper, la turbación con que trataba de ordenar sus recuerdos fragmentarios, el abrazo a su hermana en el cementerio. Entonces supe por qué Percy Blythe me había mentido. Thomas Cavill había muerto, en efecto, aquella noche de octubre de 1941. Pero la culpable no fue Percy. Ella simplemente había decidido proteger a Juniper hasta el fin.

El día después

Obviamente, me dormí, porque a continuación una luz débil y neblinosa se filtraba por las rendijas de los postigos. Una mañana fatigada había reemplazado a la tormenta. Pasé un rato en la cama, mirando al techo, reflexionando sobre los acontecimientos de la noche anterior. A la luz del día confirmé mi certeza de que Juniper era responsable de la muerte de Thomas. Era la única hipótesis razonable. Supe también que Percy y Saffy estaban comprometidas a ocultarlo de por vida.

Al salir de la cama, por poco tropiezo con la caja que había dejado en el suelo, el regalo de Juniper. En medio de todo lo sucedido, la había olvidado por completo. Por su forma y medidas, me recordó a aquellas que componían la colección de Saffy, las que había visto en el archivo. La abrí. En el interior había un manuscrito, aunque la autora no era Saffy Blythe. En la carátula leí: «*Destino. Una historia de amor,* por Meredith Baker. Octubre de 1941».

* * *

Todas habíamos dormido hasta tarde y, a pesar de la hora, cuando llegué al salón amarillo, encontré a las tres hermanas sentadas a la mesa del desayuno. Las gemelas conversaban como si nada fuera de lo normal hubiera sucedido durante la noche. Tal vez solo habían sido testigos de un episodio similar a muchos otros. Saffy sonrió y me ofreció una taza de té. Le di las gracias y eché un vistazo a Juniper, sentada en el sillón con la mirada perdida; en su actitud no había indicio de alteración alguna. A pesar de todo, mientras bebía mi té, me pareció que Percy me observaba con más atención de la habitual, aunque quizás se debiese a la confesión, verdadera o falsa, que me había hecho el día anterior.

Me despedí de sus hermanas y ella me acompañó hasta el pórtico. Conversamos amablemente de asuntos triviales hasta llegar a la puerta.

—Con respecto a lo que le conté ayer, señorita Burchill —dijo, apoyando con firmeza su bastón—, quiero reiterar que fue un accidente.

Me estaba poniendo a prueba para saber si yo seguía creyendo su historia, si Juniper me había dicho algo. Era mi oportunidad de revelar lo que sabía, de preguntarle francamente quién había matado a Thomas Cavill.

—Por supuesto —respondí.

¿Qué sentido tenía decirlo? Solo habría logrado satisfacer mi curiosidad a expensas de la tranquilidad de las hermanas. No podía permitírmelo.

—He sufrido infinitamente. Nunca tuve intención de que sucediera —dijo Percy, con evidente alivio.

—Lo sé. Tiene que olvidarlo —dije, conmovida por su sentido del deber fraternal, por su amor, tan profundo que la llevaba a declararse culpable de un crimen que no había cometido—. No fue culpa suya.

Ella me miró con una expresión que jamás le había visto y que no puedo dejar de describir. En su rostro había angustia, alivio, y al mismo tiempo un atisbo de algo más complejo. Pero Percy Blythe no se dejaba dominar por los sentimientos. Recuperando su frialdad, me recordó:

—No olvide su promesa, señorita Burchill, confío en usted. Y no me gusta correr riesgos.

* * *

El suelo estaba mojado; el cielo, blanco. Todo el paisaje tenía la palidez que sigue a un ataque de histeria. Supuse que mi cara también tendría ese aspecto. Avancé con cuidado para no resbalar y deslizarme como un tronco en la corriente de un arroyo, y cuando llegué a la granja, la señora Bird ya estaba preparando la comida. Después de haber pasado la noche en compañía de los fantasmas del castillo, el aroma penetrante y denso de la sopa que flotaba en el aire fue un placer tan simple como avasallador.

En el comedor, la señora Bird ponía los platos en las mesas. Su figura regordeta, vestida con delantal, era tan normal y reconfortante que sentí deseos de abrazarla. No lo hice únicamente porque advertí que no estábamos a solas.

Otro huésped observaba con atención las fotografías en blanco y negro que decoraban la pared.

Una persona muy conocida.

—Mamá…

Ella me miró y me sonrió.

—Hola, Edie.

—¿Qué haces aquí?

—Dijiste que debía venir. Quise darte una sorpresa.

Jamás pensé que ver allí a otra persona me alegraría y me aliviaría tanto. El abrazo fue para ella.

—¡Cuánto me alegra que estés aquí!

Tal vez mi vehemencia, o el hecho de que el abrazo fuera muy prolongado, hizo que mi madre parpadeara y preguntara:

—Edie, ¿te encuentras bien?

En mi mente se agitaban los secretos que había descubierto, la realidad que había visto, pero los dejé a un lado y sonreí.

—Estoy bien, mamá, un poco cansada, eso es todo. Anoche tuvimos una gran tempestad.

—La señora Bird me ha dicho que la lluvia te obligó a pasar la noche en el castillo —comentó mi madre, bajando un poco la voz—. Me alegro de no haber salido por la tarde, como tenía previsto.

—¿Cuánto tiempo llevas esperándome?

—Unos veinte minutos, nada más. Me he entretenido mirando —dijo, y señaló una de las fotografías de *Country Life* tomadas en 1910, donde se veía la piscina circular aún en construcción—. Aprendí a nadar en esa piscina, cuando vivía en el castillo.

Me incliné para leer el pie de foto: «Oliver Sykes supervisa la construcción y enseña al señor y la señora Blythe los trabajos que se realizan en su nueva piscina».

Allí estaba, el joven y apuesto arquitecto, el Hombre de Barro que terminaría sus días enterrado en el foso que él mismo restauró. Yo sabía qué había sucedido después y lamenté haberlo descubierto. La advertencia de Percy Blythe me perseguía como un fantasma: «No olvide su promesa, confío en usted».

—¿Desean comer? —preguntó la señora Bird.

Aparté la vista del sonriente rostro de Sykes.

—Debes de estar hambrienta después del viaje —dije mirando a mi madre.

—Me encantaría probar la sopa. ¿Podemos sentarnos fuera?

Desde nuestra mesa podíamos ver el castillo. La señora Bird había sugerido ese lugar y, antes de que pudiera poner objeciones, mi madre había declarado que era perfecto. Los gansos se entretenían en los charcos cercanos, atentos a la posibilidad de que les arrojaran alguna migaja. Mi madre comenzó a hablar sobre el pasado, el tiempo que había pasado en Milderhurst, sus sentimientos hacia Juniper, el amor que le había despertado su maestro, el señor Cavill, y, por último, me contó su sueño de convertirse en periodista.

—¿Qué sucedió, mamá? —dije, mientras untaba pan con mantequilla—. ¿Por qué cambiaste de idea?

—No lo hice. Fue solo que... —mi madre se acomodó en el sillón de hierro que la señora Bird había secado con una toalla—, supongo que finalmente no pude... —Evidentemente, no encontraba las palabras adecuadas, y frunció el ceño. Luego continuó con renovada decisión—: Al conocer a Juniper una puerta se abrió para mí y quise desesperadamente estar al otro lado. Pero sin ella no pude mantenerla abierta. Lo intenté, Edie, de verdad. Aunque soñaba con ir a la universidad, durante la guerra la mayoría de las escuelas de Londres estaban cerradas y por fin solicité un trabajo de mecanógrafa. Siempre creí que sería temporal, que algún día haría lo que deseaba. Sin embargo, cuando la guerra terminó, tenía dieciocho años, era demasiado mayor para ir a la escuela y no podía acceder a la universidad sin completar la secundaria.

—¿Dejaste de escribir?

—Oh, no —respondió mi madre, y con la cuchara dibujó ochos en la sopa—, era bastante obstinada. Me negué a permitir que ese detalle me impidiera escribir —dijo sonriendo, aunque sin levantar la vista—. Me propuse hacerlo por mis propios medios, convertirme en una famosa periodista.

También yo sonreí, encantada por su descripción de la joven e intrépida Meredith Baker.

—Decidí leer todo lo que pudiera encontrar en la biblioteca, escribir artículos, reseñas, incluso cuentos, y enviarlos para su publicación.

—¿Alguno fue publicado?

—Escritos breves, en algún que otro sitio —admitió con modestia—. Recibí cartas alentadoras de editores de revistas importantes. Eran amables, pero me decían claramente que debía aprender más sobre el estilo de sus publicaciones. Luego, en 1952, encontré un empleo —continuó, mirando a los gansos que aleteaban. De pronto su actitud cambió, se desanimó y soltó la cuchara—. Un puesto en la BBC, como principiante, pero exactamente lo que soñaba.

—¿Qué ocurrió?

—Había ahorrado dinero para comprar un traje y un bolso de piel para causar una buena impresión. Me dije que debía actuar con seguridad, hablar con claridad, mantenerme erguida. Pero… —mi madre miró el dorso de sus manos, pasó el pulgar por los nudillos— hubo un inconveniente con el autobús y, en lugar de llevarme a la emisora, el conductor me dejó cerca de Marble Arch. Regresé corriendo hacia Regent Street, pero al llegar vi a las chicas que salían del edificio en grupos, riendo, bromeando, elegantes, mucho más jóvenes que yo. Parecían tener la respuesta a todos los interrogantes de la vida —dijo, y arrojó al suelo una migaja de la mesa antes de mirarme—. Entonces me vi en el escaparate de una tienda y sentí que era un fraude.

—Oh, mamá…

—Un ruinoso fraude. Me desprecié a mí misma. Me avergonzaba haber llegado a pensar siquiera que podía formar parte de esa empresa. Creo que jamás me sentí tan sola. Me alejé hacia Portland Place y caminé en sentido contrario, derramando lágrimas. Debía de tener un aspecto terrible. Me sentía tan desolada y apenada que los extraños me decían palabras de aliento. Por fin pasé por un cine y me oculté allí para llorar en paz.

Recordé el relato de mi padre acerca de la chica que lloró durante toda la película.

—Y viste *El acebo y la hiedra*.

Mi madre asintió, hizo aparecer un pañuelo de papel y se secó los ojos.

—Y conocí a tu padre, él me invitó a tomar té con tarta de peras.

—Tu preferida.

Entre lágrimas, mi madre sonrió al recordarlo.

—Él no dejaba de preguntar qué me sucedía. Cuando le dije que la película me había entristecido, me miró incrédulo. «Pero no es real, es ficción», dijo, y pidió otro trozo de tarta.

Las dos nos reímos. La imitación de mi madre había sido perfecta.

—Era muy sólido, tenía una percepción muy concreta del mundo y del lugar que ocupaba en él. Asombrosa. Nunca había conocido a una persona como tu padre. Solo veía la realidad y nada le preocupaba hasta que, en efecto, sucedía. Por eso me enamoré de él, de su seguridad. Sus pies estaban apoyados con firmeza en el aquí y ahora. Cuando hablaba me sentía protegida por su certeza. Felizmente, él también descubrió algo en mí. Tal vez no parezca emocionante, pero juntos hemos sido felices. Tu padre es un buen hombre.

—Lo sé.

—Honesto, bondadoso, fiable. Tengo pruebas de sobra.

Estaba de acuerdo con mi madre. Mientras tomábamos la sopa, pensé en Percy Blythe. Se parecía a mi padre. Tal vez pasara inadvertida entre personalidades más atractivas, pero su decisión, su fortaleza eran los cimientos donde se asentaba el brillo de los demás. Al pensar en el castillo y las hermanas Blythe recordé algo.

—¿Cómo he podido olvidarlo? —dije, y saqué de mi bolso la caja que Juniper me había entregado la noche anterior.

Mi madre dejó la cuchara y se limpió las manos con la servilleta que tenía sobre la falda.

—¿Un regalo? No sabías que vendría.

—No lo he elegido yo.

—¿Quién ha sido?

Estaba a punto de decir «Ábrelo y lo sabrás», pero recordé que eso mismo había dicho la última vez que le entregué una caja con recuerdos y que el resultado no había sido alentador.

—Juniper.

Mi madre abrió la boca, soltó un casi imperceptible sonido y trató torpemente de abrir la caja.

—Qué tonta —dijo, con una voz que no reconocí. Por fin logró levantar la tapa y, asombrada, se llevó la mano a la boca—. ¡Dios santo! —exclamó, antes de tomar las delicadas hojas de papel y mirarlas como si en el mundo no existiera mayor tesoro.

—Juniper me confundió contigo, lo había guardado para ti.

Mi madre dirigió su mirada al castillo de la colina y sacudió la cabeza con incredulidad.

—Todo este tiempo…

Luego hojeó el manuscrito, deteniéndose en uno u otro pasaje, sonriendo a veces. La observé mientras ella disfrutaba el evidente placer que le proporcionaba ese regalo. También me di cuenta de otra cosa. En ella se produjo un cambio, sutil pero indudable, cuando comprendió que su amiga no la había olvidado. Sus rasgos, los músculos del cuello, incluso los omóplatos parecieron relajarse. La actitud defensiva de toda una vida desapareció; vislumbré a la jovencita que aún conservaba en su interior, que acababa de despertar de un largo sueño.

—¿Qué piensas sobre la escritura?

—¿De qué hablas?

—¿Seguirás escribiendo?

—Oh, no. Abandoné todo eso —aseguró, frunciendo un poco la nariz. Luego adoptó un aire de disculpa—. Supongo que te parecerá una cobardía.

—No se trata de cobardía, es solo que no entiendo por qué abandonar algo que te gusta hacer.

El sol, que había asomado entre las nubes, se reflejaba en los charcos y proyectaba sombras moteadas en la mejilla de mi madre. Ella se ajustó las gafas y suavemente apoyó las manos en el manuscrito.

—Fue una parte importante de mi pasado, de la persona que fui. Pero quedó unido a la tristeza de sentirme abandonada por Juniper y Tom, a la sensación de haberme decepcionado a mí misma al faltar a la entrevista. Supongo que dejó de ser placentero. Tu padre me permitió volver a la normalidad y comencé a pensar en el futuro —explicó. Luego miró otra vez el manuscrito, separó una hoja y sonrió al ver qué había escrito—. Era un enorme placer captar en el papel una abstracción, una idea, un sentimiento, un aroma. Había olvidado cuánto disfrutaba.

—Nunca es tarde para volver a empezar.

—Edie, tesoro, tengo sesenta y cinco años —dijo, mirándome apenada por encima de sus gafas—. Durante décadas no he escrito más que listas de la compra. Me parece sensato admitir que es muy tarde.

Yo la escuchaba sacudiendo la cabeza. Debido a mi trabajo, conozco personas de todas las edades que escriben simplemente porque no pueden evitarlo.

—Nunca es demasiado tarde —insistí, pero ella ya no me escuchaba. Miraba más allá de mí, hacia el castillo. Se abrochó la chaqueta.

—Es curioso, me preguntaba cómo me sentiría. Ahora que estoy aquí, creo que no puedo volver, no quiero hacerlo.

—¿De verdad no quieres?

—Conservo una imagen muy feliz, y no quiero que cambie.

Tal vez mi madre pensaba que yo trataría de convencerla de lo contrario. No lo hice, no era capaz de hacerlo. Ahora el castillo era un lugar triste, marchito, ruinoso, como sus tres habitantes.

—Lo entiendo, ahora le falta energía.

—A ti te falta energía, Edie —dijo mi madre frunciendo el ceño como si acabara de notarlo.

De pronto empecé a bostezar.

—Ha sido una noche agitada, he dormido poco.

—Sí, la señora Bird me habló sobre la tormenta. Me gustaría pasear por el jardín, aquí hay montones de cosas para entretenerse —comentó, recorriendo con el dedo el borde del manuscrito—. ¿Por qué no vas a tu habitación y duermes un rato?

* * *

A mitad del primer tramo de escaleras, la señora Bird, desde el descansillo, agitaba algo por encima de la barandilla y me preguntaba si podía robarme un minuto. Accedí, aunque al verla tan decidida sentí una ligera inquietud.

—Tengo que enseñarle algo —dijo, echando un vistazo por encima del hombro—. Es un secreto.

Después de los sucesos del día anterior, su anuncio no me causó gran impresión. Cuando llegué al descansillo depositó en mis manos un sobre grisáceo y con un susurro teatral, dijo:

—Es una de sus cartas.

—¿Qué cartas? —pregunté, confundida. En los últimos meses había visto unas cuantas.

Ella me miró como si no supiera qué día era. En realidad, no lo sabía.

—Las cartas sobre las que hablamos, las cartas de amor que Raymond Blythe le envió a mi madre.

—¡Oh! Esas cartas.

Ella asintió con energía y el reloj de cuco que estaba detrás eligió ese momento para lanzar su pareja de ratones bailarines. Esperamos a que la melodía terminara.

—¿Quiere que la lea?

—No es necesario, si le parece impropio. Pero algo que dijo la otra noche me hizo pensar.

—¿Qué fue?

—Cuando dijo que leería los cuadernos de Raymond Blythe, se me ocurrió que después de hacerlo podría reconocer su caligrafía —explicó la señora Bird. Y después de inspirar, dijo apresuradamente—: Tenía la esperanza de…

—De que le echara un vistazo para confirmarlo.

—Exacto.

—No tengo inconveniente, supongo que…

—¡Maravilloso! —exclamó, juntando las manos debajo de la barbilla mientras yo sacaba una hoja del sobre.

Supe de inmediato que la decepcionaría, que esa carta no había sido escrita por Raymond Blythe. Después de leer con suma atención su cuaderno, me había familiarizado con su caligrafía oblicua, los largos remates curvos de la G o la J, la peculiar R que utilizaba para firmar con su nombre. Esta carta había sido escrita por otra persona.

> *Lucy, mi único, único amor:*
>
> *¿Te he dicho alguna vez que me enamoré en el instante en que te vi? Algo en tu actitud, en la forma de tus hombros, en los mechones de cabello que se soltaban y te acariciaban el cuello. Me cautivaste.*
>
> *He pensado en lo que dijiste en nuestro último encuentro. No he podido pensar en otra cosa. Tal vez tengas razón, y no es solo una fantasía que podamos olvidarnos de todo y de todos y marcharnos, muy lejos.*

No leí el resto, pasé por alto los párrafos siguientes y llegué a la inicial a modo de firma, tal como la señora Bird me había adelantado. Pero al observarla pude apreciar ciertas sutilezas y las cosas comenzaron a aclararse. Ya había visto esa caligrafía.

Supe quién había escrito la carta y supe quién era aquella Lucy Middleton, amada sobre todos los demás. La señora Bird estaba en lo cierto, se trataba de un amor que contrariaba las convenciones sociales, pero los amantes no eran Raymond y Lucy. La firma no era una R sino una P, escrita con una caligrafía anticuada, de modo tal que un trazo escapaba de la curva de la letra. Era sencillo confundirla, en particular quien deseaba descubrir una R.

—Es conmovedora —dije rápidamente, desolada al pensar en esas dos jóvenes que habían vivido tanto tiempo separadas.

—Muy triste, ¿verdad? —opinó la señora Bird, y guardó de nuevo la carta en el bolsillo. Luego me miró emocionada—. Una carta maravillosamente escrita.

* * *

Logré librarme de la señora Bird con la mayor discreción posible, y fui directamente a mi habitación. Caí sobre la cama, cerré los ojos, traté de poner la mente en blanco, pero fue inútil. Mis ideas seguían ligadas al castillo. No podía dejar de pensar en Percy Blythe, que había amado tan profundamente, mucho tiempo atrás, que ante los demás era rígida y fría, que había pasado la mayor parte de su vida guardando un terrible secreto para proteger a su hermana pequeña.

Percy me había hablado sobre Oliver Sykes y Thomas Cavill porque debía «hacer lo correcto». Había subrayado la importancia de que la muerte tuviera una fecha. No obstante, no comprendía por qué debía decírmelo a mí, qué esperaba que hiciera con esa información, por qué no podía hacerlo ella misma. Aquella tarde estaba muy cansada. Necesitaba dormir. Y tenía previsto pasar la noche con mamá. Decidí que regresaría al castillo por la mañana, para ver a Percy por última vez.

Y por fin...

Nunca tuve oportunidad de hacerlo. Después de cenar con mi madre, me dormí enseguida y profundamente. Pero pasada la medianoche me desperté sobresaltada. Me pregunté por qué, tal vez fuera a causa de un ruido nocturno que ya se había atenuado, o de un sueño. De todos modos, el súbito despertar no me producía un miedo semejante al de la noche anterior. No percibía otra presencia en la habitación ni oía voces funestas. Sin embargo, esa atracción, esa conexión con el castillo, me espoleaba. Me levanté de la cama, fui hacia la ventana, corrí las cortinas. Y entonces lo vi. La conmoción hizo temblar mis rodillas; sentí frío y calor a la vez. El lugar que debía ocupar un oscuro castillo emitía un gran resplandor: las llamas anaranjadas lamían el cielo denso y bajo.

El fuego ardió en Milderhurst Castle durante la mayor parte de la noche. Cuando llamé a los bomberos, ya iban hacia allí, pero no pudieron hacer demasiado. Aunque el castillo era de piedra, en su interior abundaba la madera —paneles de roble, vigas, puertas— y contenía millones de hojas de papel. Tal como Percy Blythe me había advertido, bastaba una chispa para que ardiera como un polvorín.

Las ancianas no tuvieron ninguna posibilidad de salvarse. Eso dijo por la mañana uno de los bomberos, durante el desayuno que les ofreció la señora Bird. Las tres estaban sentadas en un salón del primer piso.

—Daba la impresión de que el fuego las había pillado desprevenidas mientras dormitaban junto a la chimenea.

—¿Empezó así? —preguntó la señora Bird—. Una chispa, tal como sucedió con la madre de las gemelas —recordó, sacudiendo la cabeza y haciendo chasquear la lengua ante la trágica similitud.

—Es difícil determinarlo —dijo el bombero, y procedió a explicarse—: A decir verdad, pudieron haber sido varias cosas. Una brasa que cae de la chimenea, un cigarrillo o un cortocircuito; en esos lugares la instalación suele ser más vieja que yo.

* * *

La policía, o tal vez los bomberos, había acordonado el castillo humeante. Conociendo ya bien el jardín, subí por el camino que iba por detrás. Aunque fuera espeluznante, tenía que verlo de cerca. Había conocido a las hermanas Blythe poco antes, pero sus historias, su mundo se habían apoderado de mí. El hecho de despertar y descubrir que todo se había convertido en ceniza me produjo un profundo desconsuelo. Por supuesto, se debía a la pérdida de las hermanas, y su castillo, pero era también algo más. Me abrumaba la sensación de haberme quedado atrás. Una puerta que muy poco antes se había abierto para mí volvía a cerrarse rápidamente, por completo, y ya nunca podría atravesarla.

Permanecí un rato contemplando el caparazón hueco y oscuro, recordando mi primera visita, varios meses antes, la sensación premonitoria al pasar junto a la piscina circular rumbo al castillo. Todo lo que había descubierto desde entonces.

Seledreorig… La palabra llegaba a mí en un susurro: «tristeza por la falta de un palacio». Un castillo de piedra yacía frente a mí y me causaba aún más melancolía. Era solo un montón de piedra, las hermanas Blythe ya no estaban y sus horas distantes no murmuraban.

—No puedo creer que ya no exista.

Al darme la vuelta, vi a un hombre de cabello oscuro.

—Cientos de años destruidos en unas horas.

—Oí la noticia en la radio esta mañana. Tenía que venir, verlo con mis propios ojos. Esperaba verla a usted también. —Tal vez lo miré sorprendida, porque me tendió la mano y dijo—: Adam Gilbert.

Aquel nombre debía relacionarse con algo y, en efecto, evocaba la imagen de un anciano vestido con cazadora de *tweed*, sentado en un antiguo sillón de oficina.

—Edie —logré decir—, Edie Burchill.

—Eso pensaba, precisamente la que me robó el trabajo.

La broma merecía una réplica ingeniosa. Sin embargo, solo conseguí farfullar tontamente:

—Su rodilla…, su enfermera…, creía que…

—Está mucho mejor, es decir, bastante mejor —dijo Adam, señalando su bastón—. ¿Me creería si le dijera que tuve un accidente escalando una montaña? —preguntó con una sonrisa maliciosa—. ¿No? De acuerdo, tropecé con un montón de libros en la biblioteca y me destrocé la rodilla: los riesgos de ser escritor —bromeó. Luego giró la cabeza hacia la granja—. ¿Volvemos?

Miré el castillo por última vez y asentí.

—¿Puedo acompañarla?

—Por supuesto.

Caminamos lentamente, porque Adam debía andar con cuidado, conversando sobre el castillo y las hermanas Blythe, sobre la pasión que *El Hombre de Barro* nos había despertado a ambos en la infancia. Al llegar al terreno que conducía a nuestro alojamiento, él se detuvo y yo lo imité.

—Vaya, me siento estúpido y, sin embargo... —dijo, señalando el castillo lejano y humeante—, no puedo dejar de preguntarlo. —Adam pareció escuchar algo que yo no podía oír. Luego asintió—. Sí, lo haré. Anoche, cuando llegué, la señora Button me dio su mensaje. ¿Es verdad? ¿Descubrió algo acerca del origen de *El Hombre de Barro?* —preguntó.

Vi sus bondadosos ojos castaños. Era difícil mentir mirando directamente a aquellos ojos, de modo que no lo hice.

—No, lamentablemente era una falsa alarma —respondí, desviando la mirada hacia su frente.

Él levantó una mano y suspiró.

—Entonces, la verdad ha muerto con ellas. En cierto modo, es poético. Los misterios son necesarios, ¿no cree?

Sí, lo creía, pero antes de que pudiera responder, algo me llamó la atención, allí, en la granja.

—Por favor, discúlpeme, debo hacer algo.

* * *

No sé qué idea pasó por la mente del inspector Rawlins cuando vio a una mujer desmelenada y exhausta corriendo por el campo para darle alcance. Menos aún cuando empecé a contarle mi historia. Debo decir que, sentado a la mesa, delante de una taza de té, logró conservar una expresión sumamente seria cuando sugerí que debería ampliar su investigación porque una fuente fiable me había dicho que dos cuerpos yacían bajo tierra junto al castillo. Se limitó a mover más lentamente la cuchara dentro de la taza y dijo:

—Dos hombres. No es probable que sepa sus nombres.

—La verdad es que sí. Uno de ellos se llamaba Oliver Sykes. El otro, Thomas Cavill. Sykes murió en 1910, a causa del mismo incendio que acabó con la vida de Muriel Blythe. La muerte de Thomas fue debida a un accidente, durante una tormenta, en octubre de 1941.

—Entiendo —respondió el inspector, que espantó una mosca sin dejar de mirarme.

—Los restos de Sykes están en el ala oeste, donde se hallaba el foso.

—¿Y el otro hombre?

Recordé la noche de la tormenta, la huida de Juniper hacia el jardín. Percy sabía dónde encontrarla.

—El cuerpo de Thomas Cavill se encuentra en el cementerio de las mascotas. En el centro, junto a la lápida que corresponde a Emerson.

El inspector bebió su té, añadió otra cucharada de azúcar y comenzó a revolverla. Entretanto, me observaba con detenimiento.

—Si investiga los antecedentes de Thomas Cavill, podrá comprobar que figura como desaparecido y no hay registro de su muerte. —Y cada persona necesita esa fecha, tal como Percy Blythe había dicho. El paréntesis debía cerrarse para que descansara en paz.

* * *

Decidí no escribir la introducción para la edición de *El Hombre de Barro* que publicaría Pippin Books. Le expliqué a Judith Waterman que mi agenda no me lo permitía, y que, por otra parte, prácticamente no había tenido oportunidad de dialogar con las hermanas Blythe antes del incendio. Ella lo comprendió y dijo que seguramente Adam Gilbert continuaría con gusto el trabajo. Estuve de acuerdo, él había llevado a cabo la investigación.

No habría sido capaz de escribirla. Conocía la solución del acertijo que había obsesionado a los críticos literarios a lo largo de setenta y cinco años, pero no podía darla a conocer. No podía cometer esa tremenda traición. «Esta es una historia familiar», había dicho Percy Blythe antes de preguntarme si podía confiar en mí. Tampoco quería ser responsable de desvelar una historia triste y sórdida que habría ensombrecido para siempre la novela, la obra que me había convertido en lectora.

Y habría sido sumamente deshonesto escribir cualquier otra cosa, abundar una vez más en el misterioso origen del libro. Por otra parte, Percy me había contratado con un argumento falso. No deseaba que yo escribiera la introducción, sino que corrigiera los datos oficiales. Así lo hice. Rawlins y sus hombres ampliaron la investigación y descubrieron dos cuerpos en el terreno que rodeaba el castillo. Precisamente donde yo había indicado. Theo Cavill supo al fin qué había sucedido con su hermano Tom: había muerto en Milderhurst Castle una noche tempestuosa, en plena guerra.

El inspector me hizo un sinfín de preguntas tratando de conseguir más detalles, pero no le di ninguna explicación más. Y, a decir verdad, no sabía más. Percy y Juniper me habían dado versiones distintas. Creía que Percy había tratado de proteger a su hermana, pero no podía demostrarlo. De todos modos, no me lo habría dicho. La verdad había muerto con las tres hermanas y si los pétreos cimientos del castillo seguían susurrando lo ocurrido aquella noche de octubre de 1941, no podía oírlo. No quería oírlo. Ya no. Era hora de que volviera a mi propia vida.

LAS HORAS DISTANTES

PARTE

1

Milderhurst Castle, 29 de octubre de 1941

La tormenta que había llegado desde el mar del Norte aquella tarde del 29 de octubre de 1941 avanzó, impetuosa y rugiente, hasta posarse sobre la torre de Milderhurst Castle. Las nubes soltaron las primeras gotas al atardecer. Muchas más cayeron hasta que oscureció. Era una tormenta traicionera, de esas que prefieren la constancia al estrépito. Hora tras hora, las enormes gotas formaron charcos, se deslizaron por los tejados y se escurrieron por los canalones. El arroyo Roving empezó a crecer, el oscuro estanque del bosque Cardarker se volvió más oscuro, y el terreno que rodeaba el castillo, un poco más bajo, quedó inundado. En la oscuridad, el agua acumulada traía reminiscencias del antiguo foso. No obstante, las gemelas, a resguardo entre sus muros, ignoraban todo aquello. Solo sabían que, al cabo de horas de angustiosa espera, por fin se oía un golpe en la puerta.

* * *

Saffy llegó primero. Apoyó una mano en la jamba y llevó la llave a la cerradura. Como de costumbre, no se abrió con facilidad y, mientras luchaba por lograrlo, se dio cuenta de que sus manos temblaban, que el esmalte de sus uñas se había descascarillado, que su piel parecía ajada. Luego el mecanismo cedió, la puerta se abrió y esas ideas se esfumaron en la oscuridad de la noche, porque allí estaba Juniper.

—¡Gracias a Dios, mi querida niña! —exclamó Saffy, al borde de las lágrimas al ver que su hermana pequeña había llegado sana y salva—. ¡Cuánto te hemos echado de menos!

—Lo siento, perdí la llave.

Pese al impermeable y el corte de pelo que el sombrero dejaba a la vista, Juniper parecía una niña. Saffy aferró la cara de Juniper entre sus manos y le dio un beso en la frente, como hacía cuando era pequeña.

—No tiene importancia —dijo mirando a Percy, que había olvidado su malhumor—. Estamos felices de que hayas llegado sin contratiempos. Déjame mirarte. —Saffy se alejó; su pecho se llenó de alegría y alivio, imposibles de expresar con palabras. Prefirió abrazar a Juniper—. Tu retraso empezaba a preocuparnos.

—El autobús se detuvo, ha habido un... accidente.

—¿Un accidente? —preguntó Saffy, dando un paso atrás.

—Un camino bloqueado, no lo sé con certeza —explicó Juniper sonriendo, y se encogió de hombros. Las últimas palabras se fueron apagando, pero en su rostro apareció un atisbo de perplejidad. Fue un gesto pasajero, aunque suficiente. Las palabras no dichas resonaban en el salón con tanta claridad como si las hubiera pronunciado. «No puedo recordarlo». Tres palabras inocentes en boca de cualquier persona que no fuera Juniper. El desasosiego oprimió el pecho de Saffy. Miró a Percy y descubrió en ella la misma ansiedad.

—Entremos —propuso Percy, recuperando su sonrisa—. No tiene sentido estar aquí con esta lluvia.

—Sí, querida, no queremos que pilles un resfriado —añadió Saffy, imitando la alegría de su hermana—. Percy, por favor, ve a la cocina y tráeme una botella de agua caliente.

Mienras Percy desaparecía por el vestíbulo en penumbra, Juniper aferró la muñeca de Saffy.

—¿Tom ha llegado?

—Todavía no.

—Pero es tarde, yo ya he llegado con retraso —dijo con el rostro desencajado.

—Lo sé, querida.

—¿Por qué se ha retrasado?

—La guerra, querida, es el motivo. Vamos a sentarnos junto al fuego. Te prepararé una copa, él llegará enseguida, ya verás.

Al llegar al salón principal, Saffy se detuvo un instante para contemplar la bella escena antes de conducir a Juniper hacia la chimenea y avivó el fuego. Entretanto, su hermana sacó del bolsillo un paquete de cigarrillos.

El crepitar del fuego hizo que Saffy se estremeciera. Se enderezó, colocó el atizador en su sitio y se refregó las manos, aunque estaban limpias. Juniper encendió una cerilla y dio una calada a su cigarrillo.

—Tu pelo —observó Saffy.

—Me lo he cortado —respondió Juniper. Cualquier otra persona se habría llevado la mano a la nuca. Ella no lo hizo.

—Me gusta.

Ambas sonrieron. Juniper con cierta desazón. Al menos eso le pareció a Saffy, aunque era una tontería, su hermana no estaba nerviosa. Fingió no prestarle atención mientras ella, con el brazo apoyado en el vientre, fumaba su cigarrillo.

«Has vivido en Londres, cuéntame cómo es, pinta paisajes con tus palabras para que pueda ver y conocer los lugares por donde has pasado. ¿Fuiste a bailar? ¿Te sentaste junto al Serpentine? ¿Te enamoraste?», todo esto deseaba decir Saffy. Las preguntas se arremolinaban una tras otra, deseando ser formuladas, y, sin embargo, no pudo hablar. Permaneció en silencio, como una tonta, mientras el fuego calentaba su rostro y los minutos pasaban. Sabía que era ridículo. Percy regresaría en cualquier momento y habría perdido la oportunidad de hablar con Juniper. Tenía que atreverse, exigir, sin rodeos: «Háblame de él, querida, de Tom y tus planes». Al fin y al cabo, se trataba de Juniper, su querida hermanita. No había tema del que no pudieran hablar. Y aun así, al recordar aquella página de su diario, Saffy sintió que sus mejillas ardían.

—Vaya, qué descortés he sido, me llevaré tu impermeable —dijo de pronto. De pie detrás de su hermana, como si fuera su doncella, la ayudó a quitarse una manga; luego, la otra. Aferró la prenda por los hombros y la llevó al sillón que se encontraba debajo del cuadro de Constable. Aunque dejar que chorreara en el suelo no era lo ideal, no tenía tiempo para hacer otra cosa. Lo colocó, miró la costura del dobladillo, se preguntó el motivo de su propia reticencia. Se reprendió por permitir que las preguntas habituales entre hermanas se le atascaran en la lengua, como si la joven sentada junto al fuego fuera una extraña. Era Juniper, al fin en casa, y muy probablemente ocultara un secreto importante. De pronto, mientras alisaba el cuello del impermeable preguntándose vagamente dónde lo habría comprado su hermana, se animó:

—Tu carta, la última que enviaste…

—¿Sí…?

Juniper se había acurrucado delante del fuego, como solía hacer cuando era niña, y ni siquiera volvió la cabeza. Saffy comprendió de inmediato que su hermana no iba a facilitarle las cosas. Vaciló, se armó de valor, y el ruido de una puerta lejana le recordó que el tiempo era escaso.

—Por favor, Juniper —dijo acercándose con presteza—, háblame de Tom. Cuéntamelo todo, querida.

—¿Sobre Tom?

—Es que… no puedo evitarlo, tengo la impresión de que os une algo más serio que lo que tu carta sugiere.

Durante el silencio que siguió a su frase incluso las paredes parecieron ansiosas por escuchar la respuesta.

Juniper soltó un ligero suspiro.

—Quería esperar. Decidimos esperar hasta estar juntos.

—¿Esperar? —El corazón de Saffy aleteó como un pájaro atrapado—. ¿A qué te refieres, querida?

—A nosotros —respondió su hermana, dando una profunda calada a su cigarrillo. Luego apoyó la mejilla en la mano—. Tom y yo vamos a casarnos. Él me lo propuso y dije que sí. Oh, Saffy —por primera vez, Juniper miró a su hermana—, le amo, no puedo vivir sin él.

A pesar de que la noticia era precisamente la que había sospechado, Saffy se sintió golpeada por la intensidad de aquella confesión, por la velocidad con que había sido comunicada, por su potencia, por sus repercusiones.

—¡Vaya! —exclamó dirigiéndose al mueble bar, sin olvidar que debía sonreír—, es una maravillosa noticia. Eso significa que esta noche lo celebraremos.

—No se lo digas a Percy hasta que…

—No, por supuesto —aseguró Saffy, quitando el tapón de la botella de whisky.

—No sé cómo reaccionará. ¿Me ayudarás a hacer que lo comprenda?

—Sabes que lo haré —dijo Saffy, concentrada en las bebidas que servía. Era verdad. Haría lo que estuviera a su alcance, era capaz de cualquier cosa por Juniper. De todos modos, Percy nunca lo entendería. El testamento de su padre era claro: si Juniper se casaba, perderían el castillo, el gran amor de Percy, la razón de su vida.

—¿Crees que cambiará de opinión?

—Sí —mintió Saffy. Vació su vaso y volvió a llenarlo.

—Sé lo que implica, lo sé y lo lamento. Desearía que papá nunca hubicra tomado esa decisión, nunca quise nada de esto

—explicó Juniper, señalando los muros de piedra—. Pero se trata de mi corazón.

—Ten, querida —dijo Saffy, ofreciéndole el vaso de whisky. De improviso, cuando su hermana se puso de pie y dio media vuelta para alcanzarlo, se llevó la otra mano a la boca.

—¿Qué sucede? —preguntó Juniper.

Saffy no podía hablar.

—¿Saffy?

—Tu blusa, está…

—Es nueva.

Saffy asintió. Seguramente era un efecto de la luz. Cogió a su hermana de la mano y la llevó hacia la lámpara.

Entonces se horrorizó.

Era inconfundible: sangre. Saffy se obligó a no ceder al pánico. Se dijo que no había motivo para temer nada, todavía no, que debía conservar la calma. Buscó las palabras adecuadas, pero antes de que pudiera encontrarlas, Juniper advirtió su mirada.

Aferró la tela de su falda, frunció el ceño y gritó. Pasó frenéticamente las manos por su blusa. Retrocedió, tratando de escapar de aquel horror.

—Shhh —la tranquilizó Saffy, palmeando su mano—, no te asustes, querida. Déjame echar un vistazo —pidió, presa del mismo espanto que su hermana.

Juniper permaneció inmóvil. Saffy desabrochó la blusa con dedos temblorosos. Pasó sus manos por la suave piel de su hermana, recordando los cuidados que le dispensaba en la infancia, recorrió el pecho, los costados, el vientre, en busca de heridas. Respiró aliviada al no encontrarlas.

—No tienes nada.

—Pero ¿de quién es? ¿De dónde ha salido? —exclamó Juniper temblando.

—¿No lo recuerdas? —preguntó Saffy.

Su hermana negó con la cabeza.

—¿No recuerdas absolutamente nada?

Con los dientes castañeteando, Juniper sacudió la cabeza otra vez.

Saffy le habló con ternura y suavidad, como si fuera una niña:

—Querida, ¿crees que has sufrido algún episodio?

El miedo encendió la mirada de Juniper.

—¿Te duele la cabeza, sientes un hormigueo en los dedos? Juniper asintió.

—Bien —dijo Saffy, esforzándose por sonreír. Luego ayudó a su hermana a quitarse la blusa y rodeó sus hombros. Estuvo a punto de sollozar de miedo, de amor, de angustia al sentir sus frágiles huesos bajo el brazo. Habrían debido ir a Londres, Percy tendría que haberla traído de vuelta—. No te preocupes, ahora estás en casa, todo irá bien.

Con el rostro petrificado, Juniper callaba.

Saffy echó un vistazo a la puerta. Percy sabría qué hacer, siempre lo sabía.

—Shhh —dijo casi para sí misma. Juniper ya no la oía.

Esperaron sentadas en el extremo del diván. El fuego echaba chispas hacia la pantalla de la chimenea, el viento se deslizaba entre las piedras y la lluvia azotaba las ventanas. Al cabo de un rato que pareció un siglo, Percy apareció en la puerta. Había llegado corriendo, con la botella de agua caliente en la mano.

—Me ha parecido oír un grito —dijo, pero interrumpió la frase al ver que su hermana estaba semidesnuda—. ¿Qué ha ocurrido?

Saffy señaló la blusa manchada de sangre y, con una siniestra sonrisa, le pidió:

—Ven, Perce, ayúdame. Juniper ha viajado todo el día, creo que debería darse un baño caliente.

Percy asintió con gesto sombrío. Entre ambas llevaron a su hermana hacia la puerta.

El salón quedó a solas. Las piedras comenzaron a susurrar.

El postigo desvencijado se soltó del gozne, pero nadie lo vio.

* * *

—¿Está dormida?

—Sí.

Percy suspiró con alivio y entró en el ático para observar a su hermana. Se detuvo junto a la silla de Saffy.

—¿Te ha contado algo?

—No mucho. Ella recuerda que viajó en tren y luego en autobús, que se detuvo y que se agachó en el camino. Y lo siguiente que sabe es que subía el sendero, ya casi llegando a la puerta, tenía las piernas adormecidas. Ya sabes, como le sucede... después.

Percy lo sabía. Se acercó a Juniper para acariciar su mejilla con el dorso de los dedos.

Su hermana parecía muy pequeña, indefensa, inofensiva cuando dormía.

—No la despiertes.

—No creo que sea posible —opinó Percy, señalando el frasco de píldoras de su padre, que se encontraba junto a la cama.

—Te has cambiado de ropa —dijo Saffy, rozando el pantalón de Percy.

—Sí.

—¿Vas a salir?

Percy asintió. Si Juniper había seguido el camino correcto después de bajar del autobús, suponía que el motivo de su amnesia, aquello que había manchado su ropa, había sucedido cerca de casa. Debía cerciorarse de inmediato. Linterna en mano, bajaría por el sendero tratando de descubrirlo. No quería especular, tenía la obligación de aclararlo. En realidad, agradecía esa tarea. Un objetivo claro la ayudaría a dominar el miedo, evitaría que su imaginación se descontrolara. La situación, por sí misma, ya era complicada. Contempló la cabeza de Saffy, sus hermosos rizos, y frunció el ceño.

—Prométeme que mientras esté fuera harás algo más que pasar el tiempo ahí sentada, llena de preocupación.

—Pero…

—Lo digo en serio, Saffy. Ella dormirá varias horas. Baja, escribe, trata de mantener tu mente ocupada. El pánico no ayudará.

Saffy entrelazó sus dedos con los de Percy.

—Y tú trata de que el señor Potts no te descubra. No levantes mucho la linterna, ya sabes con cuánto celo hace que se cumpla el apagón.

—Lo haré.

—Y también ten cuidado con los alemanes.

Percy liberó sus dedos. Para disimular la brusquedad del gesto se llevó las dos manos a los bolsillos y replicó con ironía:

—Si tuvieran algo de inteligencia, en una noche como esta deberían quedarse abrigados en la cama.

Saffy intentó sonreír, pero solo lo consiguió a medias. Nadie podía culparla. En la habitación acechaban viejos fantasmas. Percy reprimió un temblor y se dirigió a la puerta.

—¿Recuerdas cuando dormíamos aquí, Perce?

Ella se detuvo, buscó el cigarrillo que había liado antes.

—Vagamente.

—Era bueno estar aquí juntas.

—Recuerdo que tenías mucha prisa por estar en el piso de abajo.

Saffy sonrió, pero su rostro estaba lleno de tristeza. Evitó la mirada de su hermana, fijó sus ojos en Juniper.

—Tenía prisa por crecer, por salir de aquí.

Percy sintió un dolor en el pecho. Luchó por controlar sus sentimientos. No quería recordar a la niña que su hermana gemela había sido antes de que su padre la destruyera, cuando tenía talento, sueños y todas las posibilidades de cumplirlos. En aquel momento no. Nunca, si podía evitarlo. Era demasiado doloroso.

En el bolsillo del pantalón llevaba los trozos de papel que había encontrado por pura casualidad cuando preparaba la botella de agua caliente. Buscando cerillas, había levantado la tapa de una sartén y allí estaban. La carta de Emily hecha pedazos. Gracias a Dios, la había encontrado. Lo último que necesitaban era que Saffy se entregara a su antiguo dolor. Bajaría la escalera y los quemaría en algún punto de su recorrido.

—Volveré dentro de un rato, Saffy...

—Creo que Juniper nos abandonará.

—¿De qué hablas?

—Planea marcharse.

¿Por qué motivo su hermana decía algo semejante? ¿Y por qué en aquel momento?

—Le preguntaste sobre él —dijo Percy, con el corazón acelerado.

Saffy se quedó pensativa lo suficiente para que su gemela confirmara sus sospechas.

—¿Tiene planeado casarse?

—Dice que está enamorada —dijo Saffy, suspirando.

—No lo está.

—Ella cree que sí.

—Te equivocas, no se casará —aseguró Percy con altivez—. Sabe lo que hizo papá, sabe lo que eso significaría.

Saffy sonrió con tristeza.

—El amor hace que las personas cometan actos de crueldad.

La caja de cerillas cayó de la mano de Percy. Ella se agachó para recogerla del suelo. Cuando se irguió, Saffy la observaba con una extraña expresión, como si tratara de explicar una idea compleja o encontrar la solución de un gran enigma

—Percy, ¿crees que vendrá?

—¿Cómo puedo saberlo? —respondió su hermana, después de encender el cigarrillo. A continuación, se dirigió hacia la escalera.

* * *

La posibilidad había asomado poco a poco. El malhumor de su hermana durante la tarde había sido lamentable, aunque no excepcional. Por ese motivo no le había dado demasiada importancia, solo le había preocupado que arruinara la cena que con tanta dedicación había organizado. Pero luego se había marchado a la cocina, con la excusa de buscar una aspirina, y cuando volvió con el vestido manchado al cabo de un rato dijo que había salido porque había oído ruidos fuera. Y cuando Saffy le preguntó si había encontrado la aspirina, la miró desconcertada, como si hubiera olvidado por completo que la necesitaba. Ahora, la obstinada firmeza con que insistía en que Juniper no se casaría…

No.

Basta.

Percy podía ser dura, e incluso grosera, pero no era capaz de algo semejante. Saffy no podía creerlo. Su hermana gemela adoraba el castillo, pero nunca a expensas de su propia humanidad. Era valiente, honesta y honorable. Se arriesgaba a entrar en los cráteres que abrían las bombas para salvar vidas. Por otra parte, no era Percy la que había aparecido manchada con la sangre de otra persona.

Saffy se estremeció. Se puso de pie, súbitamente. Percy tenía razón. No debía permanecer en silenciosa vigilia mientras Juniper dormía. Habían sido necesarias tres de las píldoras que

tomaba su padre para que se rindiera la pobrecita, y no desper-
taría antes de que transcurrieran varias horas.

Se resistía a dejarla en ese estado, indefensa y vulnerable,
ignorando su instinto maternal. Sin embargo, sabía que permanecer allí significaba alentar el pánico. Su mente ya consideraba
espantosas posibilidades: Juniper no tenía amnesia excepto
cuando padecía algún trauma, después de ver o hacer algo que
excitara sus sentidos, que hiciera latir su corazón más rápido de
lo debido. Este razonamiento, sumado a las manchas de sangre
en su blusa y el aire afligido con que había llegado…

No.

Basta.

Saffy se apoyó las manos en el pecho. Trató de aliviar el
nudo que el miedo había formado allí. No era momento para
sucumbir al pánico. Debía permanecer serena. Ignoraba aún
muchas cosas, pero sabía con certeza que no podría ayudar a
Juniper si no lograba dominar su propio miedo.

Decidió bajar y seguir escribiendo su novela, tal como
Percy le había sugerido. Una hora en la encantadora compañía
de Adele era lo que necesitaba. Juniper estaba a salvo, Percy
descubriría lo que fuera preciso descubrir, y a Saffy no le entraría el pánico.

No debía hacerlo.

Alisó la manta y arropó a Juniper. Su hermana no se movió, dormía muy profundamente, como un niño cansado después de pasar el día bajo el sol, junto al mar.

Había sido una niña muy especial. De pronto recordó una
imagen: Juniper, con las piernas delgadas como palillos; el vello
rubio brillaba bajo el sol del verano. En cuclillas, con las rodillas
arañadas, los pies descalzos y polvorientos sobre la tierra reseca. Encaramada en una vieja cañería de desagüe, garabateaba el
suelo con un palo, buscando la piedra perfecta para arrojar
a través de la reja.

Una cortina de agua se deslizó por la ventana y la niña, el sol, el olor a tierra seca se volvieron borrosos y desaparecieron. El ático mohoso y en penumbra seguía allí. El lugar donde Percy y Saffy habían compartido la niñez, entre cuyas paredes aquellos bebés llorones se habían transformado en niñas caprichosas. No habían dejado muchas pruebas de su estancia. Solo la cama, la mancha de tinta en el suelo, la repisa junto a la ventana donde ella había…

¡No!

¡Basta!

Saffy apretó los puños. Miró el frasco de píldoras. Reflexionó un instante, luego quitó la tapa y dejó caer una en su mano. La ayudaría a relajarse.

Dejó la puerta entreabierta y bajó con cuidado la estrecha escalera.

Detrás, en el ático, las cortinas ondularon.

Juniper se estremeció.

Un vestido largo brillaba sobre la puerta del armario, como un espectro pálido y olvidado.

* * *

No había luna, llovía y, a pesar de llevar el impermeable y las botas, Percy se había empapado. Para empeorar las cosas, la linterna hacía lo que le daba la gana. Se detuvo en el sendero embarrado y le dio un golpe. La pila hizo un ruido, la luz parpadeó y alentó sus esperanzas. Luego se apagó por completo.

Percy maldijo por lo bajo y con la muñeca apartó el mechón que le caía sobre la frente. No sabía bien qué buscaba, pero quería encontrarlo sin dilación. A medida que se alejaba del castillo era menos probable controlar el asunto. Y debía estar bajo control.

Entrecerró los ojos y trató de distinguir algo a través de la lluvia.

Si el arroyo seguía creciendo, a la mañana siguiente el puente ya no estaría en su sitio. Volvió la cabeza más hacia la izquierda, percibió la severa, maciza presencia del bosque Cardarker. Oyó el viento artero que agitaba las copas de los árboles.

Intentó encender la linterna una vez más. La muy maldita la ignoró. Siguió caminando hacia el camino con cautela, mirando atentamente, en la medida de lo posible.

Un rayo tiñó el cielo de blanco. Los campos inundados se replegaron; los árboles retrocedieron; el castillo, cruzado de brazos, parecía desilusionado. Percy se sintió completamente sola. El frío y la lluvia asolaban por fuera y por dentro.

Lo vio cuando el resplandor se atenuaba. Una silueta en el camino. Muy quieta.

Oh, Dios. El tamaño, la forma de un hombre.

2

Tom había traído flores de Londres, un ramillete de orquídeas. No había sido fácil conseguirlas, eran endemoniadamente caras y al llegar la noche comenzó a lamentar su decisión. Parecían mustias y se preguntó si las hermanas de Juniper serían tan indiferentes como ella a las flores que vendían las tiendas. Había traído también la mermelada de su cumpleaños. Estaba nervioso.

Miró su reloj y decidió no volver a hacerlo. Iba muy retrasado. No era culpa suya, el tren se había detenido, había tenido que buscar otro autobús y el único que se dirigía al este salía de un pueblo cercano, de modo que tuvo que atravesar varios kilómetros de campo y, al llegar, le informaron de que aquella tarde estaba fuera de servicio. Tres horas más tarde otro autobús llegó para reemplazarlo, cuando se disponía a partir a pie, con la esperanza de hacer autoestop en el camino.

Llevaba su uniforme. Al cabo de unos días regresaría al frente y además se había acostumbrado a él. Pero la tensión hacía que la chaqueta se pegara a sus hombros de una manera extraña. También lucía su medalla, la que había recibido por su actuación en el canal del Escalda. Le producía una sensación dudosa; no podía olvidar a los muchachos muertos mientras trataban de huir de aquel infierno, pero para su madre, por ejemplo, era importante y, considerando que era su presentación ante la familia de Juniper, parecía lo más apropiado.

Deseaba caerles en gracia para que todo resultara bien. Más que en sí mismo, pensaba en ella. Su ambivalencia lo confundía. Solía hablar de sus hermanas, de su niñez, y siempre lo hacía con cariño. Al oírla, y al evocar su propia impresión del castillo, Tom había vislumbrado un ambiente idílico, una fantasía campestre. Más aún, una especie de cuento de hadas. Y a pesar de todo, durante mucho tiempo ella se negó a que él lo visitara y adoptó una actitud recelosa cuando le insinuó esa posibilidad.

Luego, solo dos semanas antes, con su característica inmediatez, Juniper había cambiado de idea. Tom no podía creer todavía que hubiera aceptado su propuesta de forma tan imprevista, cuando anunció que debían visitar a sus hermanas para darles la noticia. Por supuesto, debían hacerlo. De modo que allí estaba. Supo que se acercaba al castillo porque el autobús ya se había detenido muchas veces y quedaban muy pocos pasajeros. La capa de nubes blancas que cubría el cielo cuando salió desde Londres se volvió más oscura a medida que se aproximaba a Kent. En aquel momento llovía a mares y el rumor de los limpiaparabrisas lo habría arrullado si los nervios se lo hubieran permitido.

—¿Regresa a casa?

En la oscuridad, Tom buscó a la persona a quien pertenecía esa voz. Vio a una mujer sentada al otro lado del pasillo, de unos cincuenta años —era difícil saberlo con certeza—, un rostro bastante agradable. Su madre habría podido tener ese aspecto si su vida hubiera sido más fácil.

—Voy a visitar a una amiga —respondió—, vive en Tenterden Road.

—Vaya, una novia, supongo —dijo la mujer con una sonrisa cómplice.

Tom sonrió; era verdad. Luego dejó de sonreír, porque a la vez no lo era. Una novia era la chica que un hombre conocía entre dos misiones militares, la hermosa muchacha que seduce con sus mohínes, sus piernas y sus vanas promesas de enviar cartas al campo de batalla; la joven aficionada a la ginebra, a bailar y a las caricias de madrugada.

Juniper Blythe no era ninguna de esas cosas. Ella se convertiría en su esposa. Pero Tom sabía, aunque se aferraba a valores absolutos, que jamás le pertenecería. Keats había conocido mujeres como Juniper. Su dama de las praderas, la hermosa hija de las hadas con el cabello largo, los pies ligeros y los ojos cautivadores, bien habría podido ser Juniper Blythe.

La mujer del autobús aún esperaba confirmación.

—Mi prometida —dijo Tom, disfrutando esa palabra cargada de solidez, aun cuando no fuera adecuada.

—Qué maravilla. Es bueno oír historias felices en una época como esta. ¿Se conocieron aquí?

—En realidad fue en Londres donde nos conocimos.

—Londres —repitió su compañera de viaje, sonriendo con simpatía—. A veces voy a visitar a una amiga. La última vez, cuando bajé en Charing Cross... —la mujer sacudió la cabeza—, es terrible lo que le ha sucedido a la valerosa ciudad. ¿Su familia ha sufrido algún daño?

—Hemos sido afortunados, hasta ahora.

—¿Le ha llevado mucho tiempo llegar hasta aquí?

—He salido a las nueve y doce minutos. Desde entonces he vivido un vodevil.

La mujer sacudió la cabeza de nuevo.

—Las sucesivas interrupciones, los trenes repletos, los controles de identificación. Pero ya está aquí, casi al final del viaje. Espero que haya traído su paraguas.

No era así, pero asintió y sonrió. Luego se concentró de nuevo en sus pensamientos.

***

Saffy llevó su diario al salón principal. Era el único donde se había encendido el fuego aquella noche y, pese a todo, su delicada decoración aún le proporcionaba cierto placer. No le agradaba sentirse encerrada, de modo que evitó los sillones y prefirió la mesa. Apartó la vajilla de uno de los sitios con sumo cuidado, para no alterar la disposición de los tres restantes. Sabía que era una locura, pero una minúscula parte de su ser aún albergaba la esperanza de que pudieran cenar los cuatro juntos.

Se sirvió otro whisky. Luego se sentó y abrió su cuaderno en la última página escrita. La leyó, volvió a familiarizarse con la trágica historia de amor de Adele. Suspiró cuando el mundo secreto de su libro le tendió los brazos para darle la bienvenida.

El estrépito de un trueno la sobresaltó y le recordó que se había propuesto revisar la escena donde William rompe su compromiso con Adele.

La pobre y querida Adele. Sin duda, su mundo debía hacerse añicos durante una tormenta, cuando parecía que el cielo mismo estaba a punto de desplomarse. Era lo correcto. Todos los momentos trágicos de la vida debían contar con el énfasis de los elementos.

Sin embargo, no había sido durante una tormenta cuando Matthew había roto su compromiso con Saffy. Estaban en el sillón, junto a la ventana de doble hoja de la biblioteca. Un rayo de sol caía sobre su regazo. Doce meses habían pasado desde el horroroso viaje a Londres, el estreno de la obra, el teatro a oscuras, la repulsiva criatura que surgía del foso, trepaba por el muro y bramaba de dolor. Saffy acababa de servir el té a Matthew cuando él habló.

—Creo que lo mejor sería que nos dejáramos en libertad.

—¿En libertad? —preguntó ella, parpadeando—. ¿Ya no me amas?

—Siempre te amaré, Saffy.

—Entonces, ¿por qué? —Para recibir a Matthew, Saffy se había puesto el vestido azul zafiro. Era el mejor de sus vestidos, el que había llevado en Londres. Quería que él la admirara, que la codiciara, que la deseara como aquel día junto al lago. Se sintió estúpida—. ¿Por qué? —dijo otra vez, disgustada por la debilidad de su voz.

—No podemos casarnos. Lo sabes tan bien como yo. No podemos ser marido y mujer si te niegas a abandonar este lugar.

—No me niego en modo alguno; anhelo marcharme.

—Entonces, ven conmigo, ya.

—No puedo, te lo dije.

El rostro de Matthew se endureció.

—Sí puedes. Si me amaras, lo harías. Subirías a mi coche y nos alejaríamos de este lugar repugnante y mohoso. Ven, Saffy —imploró, dejando atrás cualquier rastro de resentimiento. Con el sombrero señaló el lugar donde se encontraba su coche—, huyamos en este instante, los dos juntos.

Ella habría deseado decir otra vez «No puedo», rogarle que la entendiera, que fuera paciente, que la esperara. Pero no lo hizo. En un instante de fugaz claridad supo que nada de lo que pudiera decir o hacer serviría para que él comprendiera: el pánico que la invadiría si trataba de abandonar el castillo; el miedo oscuro e irracional que le clavaba las garras, la envolvía entre sus alas y le oprimía los pulmones, le nublaba la visión, la mantenía prisionera en ese lugar sombrío y helado, tan débil e indefensa como una niña.

—Ven —repitió él, tomando su mano.

Lo dijo con tanta ternura que, sentada en el salón principal del castillo dieciséis años después, Saffy sentía el eco de su voz, que le bajaba por la columna y se instalaba cálidamente bajo la falda.

Ella había sonreído, involuntariamente, aun sabiendo que se encontraba al borde de un precipicio, que aguas profundas se arremolinaban debajo: el hombre a quien amaba le pedía que le permitiera salvarla, ignorando que ella no podía ser salvada, que su adversario era mucho más fuerte que él.

—Tenías razón —dijo ella, apartándose del precipicio, alejándose de él—. Lo mejor será que nos dejemos en libertad.

Nunca volvió a ver a Matthew, ni a su prima Emily, que había acechado entre bambalinas, esperando su oportunidad, siempre codiciando lo que Saffy quería.

* * *

Un tronco. Solo una rama a la deriva, arrastrada por la corriente que crecía a toda velocidad. Percy la apartó del camino, maldiciendo porque era pesada, porque la rama le desgarraba el hombro, y se preguntó si el hecho de continuar la búsqueda era motivo de alivio o de alarma. Estaba a punto de seguir sendero abajo cuando algo la detuvo. Una extraña sensación, que no era exactamente un presentimiento, sino uno de esos raros fenómenos entre gemelos. Un súbito recelo. Se preguntó si Saffy habría seguido su consejo y habría encontrado en qué ocuparse.

Bajo la lluvia, indecisa, miró hacia el camino, colina abajo, y luego hacia el castillo a oscuras.

Aunque no completamente a oscuras.

Una luz, pequeña pero potente, brillaba a través de una ventana. En el salón principal.

El maldito postigo. Habría debido ajustarlo correctamente. El postigo la obligó a tomar una decisión. Esa noche lo menos indicado era atraer la atención del señor Potts y su pelotón de guardia.

Después de echar un último vistazo a Tenterden Road, dio media vuelta y se dirigió al castillo.

* * *

El autobús se detuvo junto al camino. Tom bajó. Llovía copiosamente, y las orquídeas perdieron de inmediato su valerosa apuesta por la vida. Caviló unos segundos: tal vez esas flores mustias causaran peor impresión que presentarse sin ellas. Las arrojó a la zanja. Un buen soldado sabía cuándo debía emprender la retirada. Al fin y al cabo, también llevaba la mermelada.

En medio de la densa atmósfera de esa noche tormentosa distinguió un portón de hierro y lo abrió. Oyó el chirrido, y al atravesarlo levantó la cabeza para mirar el cielo completamente negro. Cerró los ojos y dejó que la lluvia se deslizara por sus mejillas. Sin impermeable ni paraguas, no tenía más alternativa que rendirse. Llegaba tarde y empapado, pero estaba allí.

Cerró la verja, se echó al hombro el macuto y comenzó a subir por el sendero, francamente oscuro. En el campo el apagón parecía más riguroso que en Londres y, dado que a causa de la tormenta no brillaba una sola estrella, tuvo la sensación de caminar sobre alquitrán. A su derecha se distinguía una masa imponente y aún más oscura, dedujo que era el bosque Cardarker. El viento arreciaba y las copas de los árboles hacían rechinar los dientes. Tom se estremeció y apartó la mirada, pensó en Juniper, que lo esperaba en el castillo abrigado y seco.

Sus pies empapados avanzaron, un paso tras otro. Rodeó una curva, cruzó un puente debajo del cual el agua corría veloz, y siguió adelante por el sinuoso sendero.

La magnificencia de un rayo lo maravilló. Por unos instantes una luz plateada alumbró el mundo que lo rodeaba —una gran maraña de árboles, un pálido castillo de piedra en lo alto de la colina, el sendero serpenteante que se abría entre los campos temblorosos—, luego todo volvió a teñirse de negro. Las huellas de la imagen iluminada perduraron, como el negativo de una fotografía, y entonces descubrió que no estaba solo bajo la lluvia, en medio de la oscuridad. Más adelante una figura delgada pero masculina remontaba el sendero.

Tom se preguntó inútilmente quién podría andar por allí en una noche tan desapacible. Tal vez fuera otro invitado, que al igual que él se había retrasado a causa de la lluvia. La idea lo animó, le pareció conveniente que llegaran juntos, y pensó en llamarlo, pero el rugido de un trueno lo disuadió. Aceleró el paso con la mirada fija en la vaga silueta del castillo.

A medida que se acercaba, los contornos se volvían más definidos. Fue un alivio en medio de aquella oscuridad. Frunció el ceño, parpadeó, y comprobó que no era producto de su imaginación. En lo alto, a través de una rendija en el muro de la fortaleza, brillaba una pequeña luz dorada. Tal vez Juniper lo esperaba, como una de aquellas sirenas de los cuentos, sosteniendo un farol para guiar a su amante en la tormenta. Lleno de ardiente decisión, se dirigió hacia ella.

* * *

Mientras Percy y Tom continúan su marcha bajo la lluvia, dentro de Milderhurst Castle reina la quietud. En el ático, Juniper sigue inmersa en un profundo sueño. En el salón principal, su hermana Saffy, cansada de escribir, se tiende en el diván y dormita. Detrás, el fuego arde en la chimenea. Ante ella una puerta se abre y deja a la vista un picnic junto al lago. Un perfecto día a finales del verano de 1922, más caluroso de lo previsto, con un cielo tan azul como un cristal veneciano. Después de nadar, unas personas, sentadas sobre mantas, beben de las copas y comen deliciosos sándwiches.

Algunos jóvenes se apartan del grupo. La durmiente Saffy los sigue, observa en particular a la joven pareja, el joven llamado Matthew y una bella muchacha de dieciséis años llamada Seraphina. Se conocen desde niños; él es amigo de sus exóticas primas del norte y por ese motivo su padre lo admite entre los invitados. A lo largo de los años han corrido por los campos, han pescado varias generaciones de truchas en el arroyo, han visto maravillados los fuegos artificiales de la fiesta de la cosecha. Sin embargo, algo ha cambiado entre ellos. En esta ocasión, ella se siente torpe cuando intenta hablarle; cuando descubre que él la observa con fervor, se ruborizan sus mejillas. Apenas han cruzado unas palabras desde que Matthew llegó.

El grupo decide detenerse. Bajo los árboles las mantas se despliegan con extravagante negligencia. Aparece un ukelele, junto con los cigarrillos y las bromas. Él y ella permanecen al margen. No hablan, no se miran. Se sientan, fingen mirar los pájaros, las aves, el sol que juega con el follaje, aunque no pueden pensar más que en los escasos centímetros que separan la rodilla de ella del muslo de él, en la corriente eléctrica que llena ese espacio. El viento susurra, las hojas se balancean, canta un estornino.

Ella ahoga un gemido. Se cubre la boca para que nadie lo advierta.

Las yemas de los dedos de él rozan el borde de su mano con suma delicadeza, no lo habría sentido si su atención no siguiera fija, con matemática precisión, en la distancia que los separa, en esa proximidad que la deja sin aliento. En ese instante, la soñadora se funde con aquella joven. Ya no observa desde fuera a los amantes. Se sienta en la manta con las piernas cruzadas, extiende el brazo hacia atrás, siente los latidos de su corazón con la alegría y la esperanza inmaculada de la juventud.

Saffy no se atreve a mirar a Matthew. Echa un rápido vistazo al grupo, se asombra porque nadie advierte lo que sucede: el péndulo del mundo ha cambiado de posición, todo es diferente aunque parezca inalterado.

Entonces baja la vista, recorre el brazo, la muñeca y la mano que se apoya en el suelo. Allí están. Los dedos de él, esa piel en la suya.

Trata de reunir valor para levantar la vista, para cruzar el puente que él ha tendido entre ambos y permitir que sus ojos completen el trayecto, a través de su mano, su muñeca y su brazo, hasta el lugar donde sabe que sus ojos esperan encontrarla, cuando algo atrae su atención. Una sombra en la colina, detrás de ellos.

Su padre, siempre protector, la ha seguido y la observa desde lo alto. Ella percibe su mirada, sabe que la observa; sabe también que ha visto los dedos de Matthew sobre los suyos. Mira hacia abajo, sus mejillas arden, algo pesa en su vientre. Aunque no comprende por qué, la expresión de su padre, su presencia en la colina definen con claridad sus sentimientos. Descubre que su amor por Matthew —porque, sin duda, lo que siente es amor— es extrañamente similar a la pasión por su padre. El deseo de ser valorada, cautivada, la feroz necesidad de que la consideren ingeniosa, inteligente.

* * *

Saffy se había dormido rápidamente en el diván, junto al fuego, con un vaso vacío en la falda y una leve sonrisa en los labios. Percy suspiró aliviada. El postigo se había soltado, no había indicio del motivo que había causado la amnesia de Juniper, pero al menos en el plano doméstico todo estaba en calma.

Saltó desde las piedras del alféizar y trató de afirmarse en el terreno encharcado del antiguo foso; el agua le llegaba a los tobillos. Tal como había pensado, necesitaría las herramientas adecuadas para reparar definitivamente el postigo.

Percy siguió por el lateral del castillo en dirección a la puerta de la cocina. Al entrar, el contraste fue asombroso. La cocina abrigada y seca, el vapor de la comida, el zumbido de la luz eléctrica formaban un agradable cuadro hogareño. Sintió deseos de quitarse la ropa empapada, las botas de goma y los calcetines sucios y acurrucarse en la estera, junto al horno; de dejar todo tal como estaba; de dormir con la certeza infantil de que alguien se ocuparía de hacer lo que fuera necesario.

Sonrió, aferró por la cola esas ideas serpenteantes y las arrojó lejos. No había tiempo para fantasear ni para acurrucarse en la cocina. El agua chorreaba por su cara, parpadeó y buscó la caja de herramientas. Por el momento pondría unos clavos para cerrar el postigo; el trabajo concienzudo se haría a la luz del día.

* * *

El sueño de Saffy se entrelaza como una cinta: el lugar, el tiempo han cambiado, pero la imagen central es la misma, como el contorno que forma la retina cuando cerramos los ojos frente al sol.

Su padre.

Saffy es más pequeña ahora, una niña de doce años. Sube un tramo de escalera, encerrada entre muros de piedra, mira por encima del hombro porque su padre le ha dicho que, si la descubren, las enfermeras le impedirán visitarlo. Es 1917, la guerra continúa. Su padre estuvo lejos, pero ha regresado del frente y también —tal como han dicho infinidad de enfermeras— de la frontera con la muerte. Saffy sube la escalera porque ella y su padre tienen un nuevo juego. Un juego secreto: ella le cuenta qué le causa miedo cuando está sola y hace que los ojos de él se enciendan de alegría. Comenzaron a jugar hace cinco días.

De pronto el sueño retrocede en el tiempo. Saffy ya no sube los fríos peldaños de piedra. Está en su cama, se despierta sobresaltada. Sola y temerosa. Busca a su hermana gemela, siempre lo hace cuando tiene una pesadilla. Pero a su lado la sábana está vacía y helada. Pasa la mañana a la deriva por los corredores, tratando de llenar los días, que han perdido su forma y su significado, tratando de escapar de la pesadilla.

Ahora se sienta, con la espalda contra la pared, en la cámara que se encuentra debajo de la escalera helicoidal. Solo allí se siente a salvo. Desde la torre llegan sonidos, las piedras suspiran y cantan. Al cerrar los ojos, lo oye: una voz susurra su nombre.

Durante un dichoso instante cree que su gemela ha regresado. Entonces, ve su figura difusa, lo ve sentado en un banco de madera junto a la ventana opuesta, con un bastón sobre el regazo. Su padre ha cambiado, ya no es el hombre enérgico que se marchó a la guerra tres años antes.

Con una seña le pide que se acerque y ella no puede negarse.

Avanza con lentitud, recelosa de él, de su oscuridad.

—Te he echado de menos —dice cuando la tiene a su lado. Y algo en su voz es tan familiar que todo el anhelo acumulado comienza a oprimir su pecho—. Siéntate junto a mí. Cuéntame por qué pareces tan asustada.

Ella lo hace, le cuenta todo. Sobre el sueño del hombre que viene a buscarla, el temible sujeto que vive en el barro.

* * *

Por fin Tom llegó al castillo y comprobó que no se trataba de un farol. El resplandor que le había marcado el rumbo, el faro que guiaba a los marineros de regreso al hogar, era en realidad una luz eléctrica que brillaba a través de una ventana. Un postigo suelto atentaba contra la efectividad del apagón.

Se ofrecería a repararlo. Juniper le había dicho que sus hermanas se encargaban del mantenimiento después de que la guerra las hubiera despojado de las pocas personas con que contaban para ayudarlas en esa tarea. No era muy diestro en esas cuestiones, pero podía manejar el martillo y los clavos.

Un poco más animado, cruzó un charco en el terreno bajo que rodeaba el castillo y subió la escalinata principal. Se detuvo un instante junto a la entrada para comprobar en qué estado se encontraba. Su cabello, su ropa y sus pies estaban tan mojados como si hubiera llegado nadando a través del Canal de la Mancha. No importaba; había llegado. Descargó el macuto que llevaba al hombro y buscó la mermelada. Allí estaba. Cogió el frasco y lo revisó para cerciorarse de que no se había roto.

Estaba en perfectas condiciones. Tal vez fuera un buen augurio. Sonriendo, trató de peinarse un poco. Luego llamó a la puerta y esperó, frasco en mano.

* * *

Percy maldijo y cerró la tapa de la caja de herramientas. ¿Dónde demonios estaba el martillo? Se devanó los sesos tratando de recordar cuándo lo había usado por última vez. La cocina de Saffy había necesitado reparaciones; en el salón amarillo se habían aflojado las maderas de las ventanas, la balaustrada de la escalera de la torre… No recordaba haber devuelto el martillo a la caja, pero seguramente lo habría hecho. Siempre ha sido muy minuciosa.

Maldición.

Palpó sus muslos, se abrió paso entre los botones del impermeable y en el bolsillo del pantalón encontró, con alivio, la bolsa de tabaco. Desplegó un papel de liar, lo mantuvo lejos del agua que seguía chorreando por sus mangas, su cabello, su nariz. Dejó caer el tabaco, selló el papel e hizo rodar el cilindro entre sus dedos. Encendió una cerilla y dio una profunda calada. El estupendo sabor del tabaco le hizo olvidar su frustración.

Solo le faltaba perder el martillo. Juniper había regresado con misteriosas manchas de sangre en la blusa y la noticia de que deseaba casarse; por no mencionar que antes se había topado con Lucy. Aquello era la guinda del pastel.

Dio otra profunda calada y al echar el humo se restregó el ojo. Saffy no había tenido intención de molestarla, era imposible. Ignoraba su amor por Lucy, la consecuente pérdida que Percy había sufrido. Había sido cuidadosa, aunque existía la posibilidad de que su hermana gemela hubiera oído, visto o intuido algo. Pero Saffy no era capaz de regodearse con su sufrimiento. Nadie mejor que ella conocía el dolor de haber sido despojada del ser amado.

Se oyó un ruido. Percy contuvo el aliento. Prestó atención, pero no se oyó nada más. Pensó en Saffy, dormida en el diván con el vaso en la falda. Tal vez ella se había movido y el vaso se había caído. Miró el techo, esperó medio minuto y confirmó su sospecha.

No había tiempo para lamentar lo ocurrido en el pasado. Con el cigarrillo entre los labios, emprendió de nuevo la búsqueda del martillo.

* * *

Tom llamó otra vez y dejó el frasco en el suelo para frotarse las manos. El castillo era enorme, tal vez llegar hasta la entrada exigiera cierto tiempo. Al cabo de unos minutos se alejó de la puerta, observó el agua que caía por los canalones. Se sorprendió, porque allí sentía más frío que cuando caminaba bajo la tormenta.

Al mirar al suelo le llamó la atención que en la franja que bordeaba el castillo se acumulaba la mayor cantidad de agua. Recordó aquel día en Londres, Juniper estaba a su lado en la cama y le preguntó cómo era el castillo. Ella dijo que en otro tiempo Milderhurst había tenido un foso y que su padre había ordenado que lo rellenaran después de la muerte de su primera esposa.

—Una decisión motivada por el dolor —dijo Tom. Al mirar a Juniper, imaginó el desgarro que sentiría si la perdiera, comprendió el padecimiento de su padre.

—No fue el dolor —respondió ella, enroscando su cabello alrededor de los dedos—. Yo diría que fue la culpa.

Él no comprendió a qué se refería. Pero ella, sonriendo, se sentó en el borde de la cama, su espalda desnuda rogaba que la acariciaran, y sus preguntas se desvanecieron. Ahora volvía a pensar en ello. ¿Por qué se sentiría culpable? Se dijo que debía preguntarlo más tarde, después de conocer a sus hermanas, de comunicar la noticia. Cuando él y Juniper estuvieran a solas.

Un haz de luz que caía sobre el suelo encharcado atrajo su atención. Provenía de la ventana con el postigo roto. Tal vez bastara con colocarlo en el gozne, y si así fuera, podía intentarlo en ese mismo momento.

La ventana no era alta. Podía subir y bajar de inmediato. Le evitaría tener que salir de nuevo después de haberse secado, y además podría ayudarle a ganarse el favor de las gemelas.

Sonriendo, Tom colocó su macuto junto a la puerta y se dirigió hacia la lluvia.

* * *

Desde el momento en que volvió la espalda a la crepitante chimenea del salón principal, Saffy se había dejado arrastrar por las olas que formaba el estanque de su mente. Ahora llegaba al centro, al lugar sereno desde donde volvían, flotando, todos los sueños. El sitio de su viejo conocido.

Lo había soñado infinidad de veces desde que era niña. Nunca cambiaba, como una vieja cinta cinematográfica, se rebobinaba y se volvía a proyectar una y otra vez. Y sin importar cuántas veces se repitiera, el sueño era siempre nítido, el terror igualmente descarnado.

El sueño empieza mientras ella camina, cree que ha despertado en el mundo real y de pronto advierte un extraño silencio. Hace frío, Saffy está sola. Se desliza sobre la sábana blanca y pone los pies en el suelo de madera. Su niñera duerme en la pequeña habitación vecina. Respira lentamente, con una serenidad que podría ser indicio de seguridad, salvo porque en ese mundo solo marca una distancia infranqueable.

Saffy se dirige sin prisa a la ventana, que la atrae.

Sube a la repisa. Siente un frío mortal y envuelve sus piernas con el camisón. Levanta una mano para tocar el cristal empañado y observa la noche.

* * *

Después de una larga búsqueda y numerosas maldiciones, Percy encontró el martillo. Por fin su mano aferraba el liso mango de madera que los años de utilización habían suavizado. Con una mezcla de fastidio y alegría, lo descubrió entre llaves y destornilladores. Lo dejó en el suelo, abrió el bote con clavos y dejó caer una docena en su mano. Examinó uno a la luz, y decidió que sería lo suficientemente largo para sujetar el postigo, al menos durante esa noche. Guardó el puñado de clavos en el bolsillo de su impermeable, aferró el martillo y se encaminó hacia la puerta de la cocina.

* * *

Sin duda, el comienzo no había sido el mejor. No tenía previsto tropezar con una piedra y resbalar en el foso embarrado. Fue una desagradable sorpresa, pero después de maldecir como el soldado que era, Tom se levantó, con el canto de la muñeca se limpió los ojos y de nuevo se dispuso a escalar el muro.

«No se rindan jamás», les había gritado el comandante cuando luchaban en Francia. No debía rendirse, jamás.

Finalmente llegó al alféizar de la ventana. Por casualidad, la argamasa que se había desprendido en la junta de dos piedras creaba una cavidad perfecta para que afirmara sus botas. La luz que salía de la sala era una bendición. Tom comprendió de inmediato que no podría hacer mucho por aquel postigo. Concentrado en ese problema, no había prestado atención al salón.

La escena que vio al otro lado de la ventana le pareció el ideal del sosiego y el bienestar. Una hermosa mujer dormía junto al fuego. Al principio creyó que se trataba de Juniper.

La mujer se estremeció, adoptó una expresión tensa, y supo que no era ella, sino una de sus hermanas. A partir de las descripciones de Juniper, dedujo que era Saffy, la hermana maternal, la gemela que la había criado cuando su madre murió, la que debido al pánico no podía abandonar el castillo.

Ella abrió súbitamente los ojos. Tom estuvo a punto de caer a causa de la sorpresa. Saffy giró la cabeza hacia la ventana y sus ojos se encontraron.

* * *

Percy vio al hombre en la ventana nada más salir. La luz de la ventana iluminaba una silueta oscura, semejante a un gorila, que trepaba por el muro, aferrado a las piedras, y espiaba el salón. El lugar donde Saffy dormía. Percy tenía el deber de proteger a sus hermanas. Su mano apretó el mango del martillo. Con los nervios de punta, comenzó a correr hacia el hombre.

* * *

Tom no tenía la menor intención de parecer un fisgón embarrado ante las hermanas de Juniper. Pero ya lo habían visto. No podía saltar y ocultarse, simular que nada había sucedido. Trató de sonreír, levantó una mano a modo de saludo, para indicar que tenía buenas intenciones, pero la dejó caer cuando cayó en la cuenta de que estaba cubierto de lodo.

Ella no sonreía.

Se dirigía hacia él.

Más allá de la mortificación, una mínima parte de su persona imaginó que, por absurdo, aquel momento estaba destinado a convertirse en anécdota: «¿Recuerdas la noche que conocimos a Tom? Apareció en la ventana cubierto de barro y saludó con la mano».

Pero todavía no. Por el momento solo podía mirar a esa mujer que se acercaba sin prisa, casi como en un sueño, algo temblorosa, como si la lluvia la hubiera empapado tanto como a él.

Ella abrió la ventana, él buscó palabras para explicarse, y entonces ella recogió algo del alféizar.

* * *

Percy se detuvo de pronto. El hombre había desaparecido delante de sus ojos. Después de trastabillar, había caído al suelo. Al levantar la vista vio a Saffy, temblando mientras aferraba la llave inglesa.

* * *

Un crujido, se preguntó qué era. Un movimiento, el suyo, súbito y sorprendente.

La caída.

Algo frío en la cara, húmedo.

Ruidos, pájaros tal vez, gritaban, chillaban. Se sacudió, sintió el sabor a barro.

¿Dónde estaba? ¿Dónde estaba Juniper?

Las gotas de lluvia chocaban con su cabeza, sonaban como notas musicales que formaban una compleja melodía. Eran maravillosas; se preguntó por qué no lo había notado antes. Cada gota era perfecta, caía a la tierra, formaba ríos, océanos; las personas tenían agua para beber. Así de simple.

Recordó una tormenta, cuando era niño, cuando su padre aún vivía. Tom tenía miedo. Estaba oscuro, sonaban los truenos, y se había escondido bajo la mesa de la cocina. Lloraba y apretaba los ojos y los puños. El ruido de su propio llanto le impidió oír que su padre entraba en la cocina. Solo lo supo cuando ese gran oso lo levantó con sus brazos fuertes y lo abrazó. Entonces le dijo que no tenía nada que temer, y el dulce, penetrante, delicioso olor a tabaco de su aliento le quitó el miedo. En los labios de su padre aquellas palabras habían sido un hechizo. Una promesa. Y Tom ya no sintió miedo.

¿Dónde había dejado la mermelada?

Era importante. El hombre del sótano dijo que era la mejor que había preparado en su vida, que había recogido él mismo las moras y había usado la ración de azúcar de varios meses. Pero Tom no podía recordar dónde la había dejado. La había traído desde Londres en su macuto, la había sacado de allí, ¿estaría bajo la mesa? ¿La había llevado consigo cuando quiso resguardarse de la lluvia? Debía levantarse y buscarla. Era un regalo. La encontraría enseguida y entonces la posibilidad de haberla perdido le haría gracia.

Pero antes debía descansar un poco.

Estaba cansado. Muy cansado. El viaje había sido muy largo. La noche tormentosa, la caminata bajo la lluvia, los trenes y autobuses que había tenido que tomar durante el día, pero más aun, el viaje que lo había llevado hacia ella. Hasta allí había llegado. Había leído, enseñado, soñado, deseado y anhelado. Era natural que necesitara descanso, que cerrara los ojos y se tomara un momento, un pequeño descanso; para que cuando volviera a verla, pudiera…

Tom cerró los ojos. Millones de estrellas diminutas titilaban. Eran hermosas, quería mirarlas. Nada deseaba más que estar allí y mirar las estrellas. Lo hizo, las observó pasar y caer, se preguntó si podría alcanzarlas, estirar la mano y atraparlas, hasta que por fin vio que algo se ocultaba entre ellas. Un rostro, el de Juniper. Su corazón aleteó. Había llegado. Ella estaba a su lado, se inclinaba para apoyar la mano en su hombro y hablarle al oído. Le decía palabras perfectas, pero cuando él trató de aprehenderlas, de repetirlas para sí, se convirtieron en agua entre sus manos. Había estrellas en los ojos de Juniper, en sus labios, y pequeñas luces trémulas brillaban en su cabello. Él ya no podía oírla, aunque sus labios se movían y las estrellas centelleaban. Ella se desvanecía en la oscuridad. También él.

—June... —susurró mientras las últimas lucecitas comenzaban a agitarse, a apagarse, una tras otra; mientras el espeso fango le llenaba la garganta, la nariz, la boca; mientras la lluvia golpeaba su cabeza; mientras sus pulmones clamaban por el aire; Tom sonrió mientras el aliento de Juniper le acariciaba el cuello.

3

Juniper se despertó sobresaltada, con un palpitante dolor de cabeza, la boca pastosa, producto del sueño inducido, y sequedad en los ojos. Se preguntó dónde estaba. En la oscuridad de la noche desde algún lugar llegaba una luz tenue. Al parpadear distinguió el techo; sus características, sus vigas eran familiares, pero, aun así, aquello no concordaba. ¿Qué había sucedido?

Algo, sin duda. Lo sentía, pero ¿qué era?

«No puedo recordar».

Lentamente giró la cabeza; las caóticas e inexplicables imágenes que contenía se derrumbaron. Buscó claves en el espacio que la rodeaba; solo vio una sábana vacía; más allá, un estante desordenado, un minúsculo haz de luz que se filtraba por la puerta entreabierta.

Conocía el sitio. Era el ático de Milderhurst. Había despertado en su propia cama. Antes de marcharse, ese ático era un lugar soleado, muy distinto.

«No puedo recordar».

Estaba sola. La idea apareció con toda nitidez, como si la leyera en letra impresa, la ausencia era una dolorosa herida. Deseaba que alguien estuviera a su lado. Un hombre. Había esperado a un hombre.

Tuvo un extraño presentimiento. Era normal que no recordara lo sucedido durante uno de sus episodios, pero había algo más. Recorría a tientas el oscuro armario de su mente; no podía comprender qué sucedía y, sin embargo, tenía la pavorosa certeza de que su ser albergaba una atrocidad.

«No puedo recordar».

Cerró los ojos, se esforzó por escuchar, por descubrir algún indicio útil. No se oía el bullicio de Londres, los autobuses, la gente en la calle, los murmullos que llegaban desde otros apartamentos. Pero las venas de la casa crujían, las piedras suspiraban y se oía otro ruido persistente: la lluvia; sobre el tejado caía una lluvia ligera.

Abrió los ojos. Recordó la lluvia.

Recordó que el autobús se detuvo.

Recordó la sangre.

Juniper se incorporó súbitamente. Trató de concentrarse en ese recuerdo, ese pequeño resplandor, de comprender por qué le dolía la cabeza. Recordaba la sangre, pero ¿de quién era?

El terror se expandía.

De pronto, el ático se volvió asfixiante; caluroso, húmedo, denso. Necesitaba aire.

Apoyó los pies en el suelo de madera. Vio una cantidad de objetos, sus cosas diseminadas por todas partes, pero no les dio importancia. Alguien había intentado abrir un camino en medio del caos.

Se puso de pie. Recordó la sangre.

¿Por qué motivo en aquel momento miró sus manos? En cualquier caso, al verlas se estremeció. Se apresuró a frotárselas en la blusa y el gesto, conocido, le erizó la piel. Levantó las palmas de las manos y se las acercó a la cara para examinarlas, pero no había señales, solo eran sombras.

Desconcertada, aliviada, se dirigió con paso vacilante hacia la ventana. Descorrió la pesada cortina y abrió. Una brisa ligera y fresca le rozó las mejillas.

Aunque no había luna ni estrellas, no necesitaba luz para saber qué había allí abajo. Percibía el universo de Milderhurst, animales invisibles temblaban entre los matorrales, el arroyo Roving zumbaba entre los árboles, desde lejos llegaba el lamento de un pájaro. ¿Adónde iban los pájaros cuando llovía?

Había algo más, justo allí abajo. Una luz, un farol que colgaba de un palo. Bajo la lluvia, alguien se afanaba en el cementerio de las mascotas.

Percy.

Tenía una pala.

Estaba cavando.

Junto a ella, un bulto grande e inerte.

Percy se apartó. Juniper miró con atención. Sus ojos dispararon un mensaje a su cerebro asediado y en el oscuro armario de su mente se encendió una luz. Por un instante vio con claridad la atrocidad que se ocultaba allí. La maldad que había sentido incluso sin verla, que le había causado pavor. La vio, pudo nombrarla y el espanto corrió por su cuerpo.

«Eres igual que yo», había dicho su padre antes de confesar su repulsiva historia.

El circuito se cortó. La luz se apagó.

* * *

Malditas manos.

Percy recuperó el cigarrillo que había caído en el suelo de la cocina, lo colocó entre sus labios y encendió la cerilla. Confiaba en que ese hábito le devolviera la compostura, pero había sido demasiado optimista. Le temblaban las manos como hojas sacudidas por el viento. La llama se apagó, lo intentó otra vez. Se concentró, trató de mover las manos con firmeza, de acercar poco a poco la maldita cerilla encendida hasta que tocara el extremo de su cigarro. Una mancha oscura en la parte interna de la muñeca le llamó la atención. Dejó caer la caja de cerillas, la llama se apagó.

Las cerillas se desperdigaron sobre las baldosas. Se arrodilló para recogerlas. Una tras otra, las puso de nuevo en la caja, con parsimonia. Esa sencilla tarea la consoló, envolviéndola como una capa.

En su muñeca había barro, solo eso. Una marca que había pasado por alto cuando llegó al fregadero y se lavó las manos, la cara, los brazos, frotándolos hasta hacer sangrar la piel. Con el pulgar y el índice, Percy sostenía una cerilla. Trató de ver algo más allá, sin resultado; la dejó caer al suelo.

Aquel hombre pesaba mucho.

Había cargado otros cuerpos, ella y Dot habían rescatado a personas de casas bombardeadas, las habían llevado a la ambulancia y las habían descargado al llegar a su destino. Sabía que los muertos pesaban más que las personas que habían dejado atrás. Pero esta vez había sido diferente. Ese hombre pesaba mucho.

Supo que estaba muerto tan pronto como lo sacó del foso. No pudo determinar la causa: el golpe o la profundidad del agua embarrada. Pero, con toda certeza, estaba muerto. De todos modos, intentó reanimarlo, más por la conmoción que le produjo que por albergar esperanzas de éxito. Aplicó todas las técnicas que había aprendido cuando conducía la ambulancia. Agradeció que lloviera, las gotas podrían disimular las lágrimas que amenazaban con brotar de sus ojos.

Esa cara.

Percy cerró los ojos, los apretó, pero aun así la veía, supo que jamás podría borrar esa imagen.

Apoyó la frente en la rodilla. Ese firme contacto fue un alivio. La solidez de la rótula brindó serenidad a su mente inestable, casi como el contacto con otra persona más tranquila, más anciana, sabia y apta para la tarea que tenía por delante.

Porque así era, aún debía hacer otras cosas. Debía escribir una carta para informar a su familia, pese a que no sabía qué decir. No podía contar la verdad, era demasiado. Fugazmente había pasado por su cabeza la posibilidad de hacer las cosas de otra manera, de telefonear al inspector Watkins y dejar aquel problema en sus manos, pero no lo hizo. ¿Cómo habría podido explicar que no había sido culpa de Saffy? Debía escribir esa carta y no tenía talento para la ficción, pero la necesidad aprieta. En algún momento surgiría la idea.

Un ruido la sobresaltó. Alguien bajaba por la escalera.

Se recompuso, se pasó la palma de la mano por las mejillas húmedas. Estaba enfadada consigo misma, con él, con el mundo. Con todo salvo con su hermana gemela.

—La he llevado a la cama —dijo Saffy al entrar en la cocina—. Tenías razón, se había despertado, la vi terriblemente… Perce, ¿dónde estás?

—Aquí —dijo su hermana con un nudo en la garganta.

La cabeza de Saffy apareció al otro extremo de la mesa.

—¿Qué haces en el suelo? Por Dios, déjame ayudarte.

Cuando su hermana gemela se agachó junto a ella y comenzó a recoger las cerillas para guardarlas otra vez en la caja, Percy se ocultó detrás de su cigarro apagado.

—¿Duerme? —preguntó.

—Ahora sí, se había levantado. Es evidente que las píldoras no son tan potentes como pensábamos. Le he dado otra.

Percy frotó el barro de su muñeca y asintió.

—Estaba muy alterada, la pobre. Me esforcé por tranquilizarla, por decirle que todo se solucionaría, que su novio se habría retrasado y llegaría mañana. Es solo eso, ¿verdad, Perce? ¿Qué te ocurre? ¿Por qué tienes esa cara? —Percy sacudió la cabeza—. Me asustas.

—Vendrá, estoy segura —confirmó Percy, aferrando el brazo de su hermana—, tienes razón, debemos ser pacientes.

Saffy se tranquilizó. Señaló con la cabeza el cigarrillo que Percy aún tenía en la mano y le entregó la caja llena de cerillas.

—Aquí tienes, las necesitarás si tienes previsto fumar —dijo, antes de ponerse de pie y alisarse el vestido verde, demasiado ajustado. Percy controló el deseo de hacerlo jirones, de llorar, gemir y desgarrar—. Es verdad, solo debemos tener paciencia. Por la mañana Juniper se sentirá mejor, como suele suceder, ¿verdad? Entretanto, creo que debería recoger la mesa.

—Sería muy oportuno.

—Por supuesto, nada hay tan triste como una mesa puesta para una ocasión festiva que nunca se materializó. ¡Por Dios! —exclamó al llegar a la puerta, cuando vio el desorden de la cocina—. ¿Qué ha ocurrido aquí?

—He sido un tanto descuidada.

—Vaya, esto parece mermelada —dijo Saffy al acercarse—, un frasco entero, qué pena.

Percy lo había encontrado junto a la puerta de entrada, cuando regresaba cargando con la pala. Para entonces la tormenta se había calmado, el cielo comenzaba a despejarse y algunas estrellas inquietas habían aparecido en el cielo nocturno. Primero había visto su macuto y luego el frasco, a su lado.

—Si tienes hambre puedo traerte un poco de conejo —ofreció Saffy, recogiendo los trozos de cristal.

—No tengo hambre.

Al entrar en la cocina, Percy se había sentado a la mesa, donde había depositado la mermelada y el macuto. Los observó largamente, y al cabo de una eternidad el mensaje del cerebro llegó a su mano: debía abrir el macuto para saber a quién pertenecía. Debía asegurarse de que el hombre que había sepultado era su dueño. Con los dedos temblorosos y el corazón agitado como la cola de un perro mojado, tendió la mano. Involuntariamente derribó el frasco, que cayó al suelo. Un auténtico desperdicio.

El contenido del macuto era escaso: una muda de ropa interior, una cartera con muy poco dinero, sin ninguna dirección, un cuaderno con la cubierta de piel. Dentro de aquel cuaderno descubrió las cartas. Una de Juniper, que no se atrevió a abrir. Otra de un hombre llamado Theo, su hermano, según descubrió.

Percy la leyó. Se sumergió en el horror de leer una carta que pertenecía a un muerto, de saber más de lo que habría deseado sobre su familia: la madre viuda, las hermanas y sus hijos, aquel hermano simplón por quien sentía especial afecto. Se obligó a leer cada palabra dos veces, creyendo vagamente que de esa manera cumplía un castigo reparador. Una idea estúpida. No había manera de atenuar lo ocurrido. Excepto, tal vez, por medio de la sinceridad.

Pero ¿podía acaso escribirles para contar la verdad? ¿Tenía alguna posibilidad de hacer que entendieran cómo había sucedido, que fue un accidente, un terrible accidente, que de ninguna manera había sido responsabilidad de Saffy? La pobre Saffy era una persona absolutamente incapaz de desear o hacer mal a otros. También ella había sido desgraciada. Pese a sus fantasías, a los hermosos sueños de abandonar el castillo para establecerse en Londres —ella creía que Percy lo ignoraba—, desde su primer ataque de histeria, en el teatro, nunca fue capaz de salir de Milderhurst. El culpable de la muerte de ese joven era su padre, Raymond Blythe.

No podía esperar que alguien comprendiera los hechos desde esa perspectiva. Ellos ignoraban lo que acechaba en las sombras de aquel libro. Percy sintió una profunda amargura al pensar en el repulsivo legado de *El Hombre de Barro*. Lo sucedido esa noche, el daño que la pobre Saffy había causado sin proponérselo, era el resultado de lo que él había hecho. Cuando eran niñas, solía leerles a Milton: «El mal se volverá contra sí mismo». Y Milton estaba en lo cierto, ellas pagaban por la maldad de su padre.

No, la sinceridad no era una alternativa. Escribiría una nota a su familia, a la dirección que había encontrado en el macuto, Henshaw Street, Londres, contando otra historia. Debía destruir sus pertenencias, o al menos ocultarlas. El archivo sería el lugar más indicado. Era una sentimental, podía sepultar a un hombre, pero no era capaz de desprenderse de sus objetos personales. Percy tendría que cargar con la verdad, y con su negación. Más allá de sus faltas, en algo tenía razón su padre: a ella le correspondía la responsabilidad de cuidar de los demás. Y se aseguraría de que las tres permanecieran juntas.

—¿Subes, Perce? —preguntó Saffy después de limpiar el suelo.

—Todavía tengo que ocuparme de algunas cosas, la linterna necesita pilas nuevas…

—Le llevaré esta jarra de agua a Juniper, la pobrecita está sedienta. ¿Pasarás a verla?

—La veré cuando suba.

—No tardes mucho, Perce.

—No lo haré, estaré contigo enseguida.

Saffy vaciló al pie de la escalera, se volvió hacia Percy y sonrió, algo nerviosa.

—Las tres juntas. No es poco, ¿verdad? Nosotras tres juntas, otra vez.

* * *

Saffy pasó el resto de la noche en el sillón de la habitación de Juniper. Aunque se había echado una manta sobre las rodillas, sintió frío, y al cabo de un rato su cuello estaba rígido. Sin embargo, no tuvo el impulso de ir a su dormitorio y dormir en su cama abrigada. Su hermana la necesitaba y Saffy pensaba que los momentos dedicados a cuidar de ella habían sido los más felices de su vida. Habría deseado tener hijos, lo habría disfrutado.

Juniper se movió. Saffy se puso de pie de inmediato, acarició la frente húmeda de su hermana y se preguntó qué brumas y demonios rondaban en su interior.

La sangre en su blusa.

Era un motivo de preocupación, pero Saffy se negó a pensar en ello. No era el momento oportuno. Percy lo solucionaría. Gracias a Dios, podían contar con que Percy siempre supiera qué hacer.

Juniper se había serenado, respiraba profundamente. Saffy se sentó. Después de la tensión de aquel día, le dolían las piernas y se sentía extrañamente cansada. No obstante, no quería dormir, aquella noche había tenido sueños muy raros. No habría debido tomar esa píldora de su padre. Había soñado algo espantoso cuando se durmió en el salón. Lo mismo que soñaba desde que era niña, pero esta vez había sido muy vívido. Era consecuencia de la píldora, por supuesto, del whisky, de los nervios, de la tormenta. Se había convertido de nuevo en una niña, sola en el ático. En su sueño, algo la despertaba, un ruido en la ventana, y se acercaba para echar un vistazo. El hombre aferrado a las piedras estaba tan oscuro como el lacre, como si el fuego lo hubiera abrasado. El resplandor de un rayo le permitió ver su rostro. El agraciado, apuesto joven que se ocultaba bajo la máscara malvada del Hombre de Barro. La miró sorprendido, sus labios insinuaron una sonrisa. Era tal como lo había soñado cuando era niña, tal como su padre lo había descrito. El don del Hombre de Barro era su rostro. Ella cogió algo, no podía recordar qué era, y lo arrojó con fuerza sobre su cabeza. El joven abrió los ojos, incrédulo, y luego se deslizó por la piedra hasta que cayó en el foso de donde había salido.

4

Aquella noche, en un pueblo cercano, una mujer tenía en brazos a su bebé recién nacido, pasaba el pulgar por su mejilla suave como piel de melocotón. Aún faltaban muchas horas para que el marido volviera a casa, agotado después de sus guardias nocturnas. Todavía conmocionada por el imprevisto y traumático nacimiento, la mujer le contaría los detalles bebiendo una taza de té: le hablaría de las contracciones que habían empezado en el autobús, del dolor súbito y profundo, de la sangre, del cruel temor inspirado por la posibilidad de que su bebé muriera o de que ella misma pudiera morir sin haber tenido en brazos a su hijo. Y entonces esbozaría una sonrisa exhausta, devota, haría una pausa para secar las lágrimas que se deslizarían por su rostro, y le hablaría sobre el ángel que había aparecido a la vera del camino, que se había arrodillado junto a ella para salvar la vida del bebé.

Aquella historia se convertiría en una anécdota familiar, se contaría una y otra vez, se transmitiría y resucitaría durante las noches lluviosas junto al fuego; sería invocada para apaciguar los ánimos, sería recordada en las fechas importantes. Meses, años, décadas pasarían veloces hasta que un buen día ese bebé cumpliría cincuenta años. Y entonces, su madre viuda lo observaría desde su sillón mullido, en el extremo opuesto de la mesa del restaurante donde sus hijos propondrían un brindis y recitarían la historia familiar del ángel que había salvado la vida de su padre, sin el cual ninguno de ellos habría existido.

* * *

Thomas Cavill no formó parte del regimiento que marchó a la masacre en África. Para entonces ya estaba muerto y enterrado en el suelo de Milderhurst Castle. Había muerto porque la noche era lluviosa. Porque un postigo estaba suelto, porque quería causar una buena impresión. Murió porque muchos años antes un marido celoso había descubierto a su esposa con otro hombre.

Durante mucho tiempo nadie lo supo. La tormenta pasó, el arroyo volvió a su cauce y el bosque Cardarker extendió sus alas protectoras en torno a Milderhurst Castle. El mundo olvidó a Thomas Cavill, los interrogantes acerca de su muerte se perdieron bajo los escombros de la guerra.

Percy envió la carta, la definitiva, corrupta mentira que la acosaría toda su vida. Saffy escribió también, para rechazar su puesto de institutriz: Juniper la necesitaba, ¿qué otra cosa habría podido hacer? Los aviones se perdieron en el horizonte, la guerra terminó, el cielo alumbró un año tras otro. Las hermanas Blythe envejecieron, se convirtieron en curiosas criaturas, un mito en el pueblo. Hasta que un buen día una joven fue a visitarlas. Esta tenía relación con otra persona que había llegado antes: las piedras del castillo la reconocieron y comenzaron a susurrar. Percy Blythe supo que la hora había llegado. Después de soportar su carga durante cincuenta años, podía librarse de ella y restituir a Thomas Cavill la fecha de su muerte. La historia tendría su punto final.

Decidió que esa joven fuera la encargada de hacer lo que correspondía.

Solo quedaba una tarea pendiente.

Reunió a sus amadas hermanas y se aseguró de que rápidamente conciliaran el sueño. Entonces, en la misma biblioteca donde todo había comenzado, encendió la cerilla.

Epílogo

Durante décadas el ático se ha utilizado como almacén, repleto de cajas, viejas sillas y antiguos materiales impresos. El edificio alberga una editorial, y el olor del papel y la tinta ha impregnado las paredes y los suelos. Para quienes son aficionados a ese tipo de cosas, es agradable.

Es 1993; la renovación llevó meses, pero finalmente se ha completado. El desorden desapareció, la pared que alguien, en algún momento, levantó para dividir un ático fue derrumbada. Por primera vez en cincuenta años, el ático de la casa victoriana de Herbert Billing, en Notting Hill, tiene un nuevo ocupante.

Se oye un golpe en la puerta, una joven salta del alféizar de la ventana. Es especialmente amplio, perfecto para encaramarse allí, tal como ella ha hecho. Le atrae esa ventana. El apartamento mira al sur, de modo que siempre hay sol, sobre todo en julio. Le gusta mirar a la calle, más allá del jardín, y alimentar a los gorriones que han comenzado a visitarla en busca de migajas. Le maravillan las oscuras manchas del alféizar, que parecen de cerezas, y se niegan a ocultarse bajo la flamante capa de pintura.

Edie Burchill abre la puerta. Con asombro y alegría ve a su madre. Meredith le entrega una rama de madreselva y dice:

—Crecía en una valla y no he podido resistir la tentación de traerla. Nada alegra tanto una habitación como la madreselva, ¿verdad? ¿Tienes un jarrón?

Edie todavía no tiene un jarrón, pero a cambio tiene una idea. Un frasco de cristal, de esos que en otro tiempo se usaban como envases de mermelada, apareció durante las reformas y está junto al lavabo. Lo llena de agua, coloca la rama de madreselva y lo lleva al alféizar, donde todavía llega la luz del sol.

—¿Dónde está papá? ¿Hoy no ha venido contigo?

—Ha descubierto a Dickens: *Casa desolada*.

—Vaya, muy bien —dice Edie—. Me temo que esta vez lo has perdido.

Meredith saca de su bolso un montón de papeles y los agita a la altura de la cabeza.

—¡Lo has terminado! —exclama Edie, aplaudiendo.

—Así es.

—Y este es mi ejemplar.

—Especialmente encuadernado para ti.

Edie sonríe y toma el manuscrito.

—¡Enhorabuena! ¡Qué proeza!

—Pensaba esperar hasta nuestra reunión de mañana —explica Meredith, ruborizada—, pero no he podido contenerme, quería que fueras la primera lectora.

—Tal como debe ser. ¿A qué hora empieza tu clase?

—A las tres.

—Te acompañaré. Luego seguiré para visitar a Theo.

Edie abre la puerta, la sostiene para que su madre pase. Está a punto de seguirla, pero de pronto recuerda algo. Más tarde se reunirá con Adam Gilbert para celebrar con una copa la nueva edición de *El Hombre de Barro* que acaba de lanzar Pippin Books; ha prometido enseñarle su ejemplar de la primera edición de *Jane Eyre*, un regalo de Herbert cuando ella aceptó hacerse cargo de Billing & Brown.

Regresa presurosa y, por una fracción de segundo, ve dos siluetas en el alféizar. Un hombre y una mujer, muy juntos. Sus frentes parecen tocarse. Cuando parpadea, desaparecen. Solo queda allí la luz que derrama un rayo de sol.

No es la primera vez que le sucede. De vez en cuando, aparecen en su visión periférica. Sabe que es solo el reflejo del sol en las paredes blancas, pero Edie es fantasiosa y se permite imaginar que allí hay algo más. Que hubo una vez una pareja feliz que vivía en ese apartamento que ahora es suyo. Que ellos dejaron esas manchas de cereza en el alféizar. Que su felicidad impregnó las paredes.

Todas las visitas dicen lo mismo: que en esa habitación hay una sensación grata. Es verdad, Edie no puede explicarlo, pero en ese ático se percibe algo bueno, es un lugar feliz.

—¿Vienes, Edie?

Meredith asoma la cabeza en el hueco de la puerta. No quiere llegar tarde al taller de escritura del que tanto disfruta.

—Ya voy —responde Edie, y recoge el ejemplar de *Jane Eyre*. Se mira en el espejo que está sobre el lavabo de porcelana y se apresura a seguir a su madre.

La puerta se cierra tras ella. En la cálida quietud del ático, los espectrales amantes se quedan a solas una vez más.

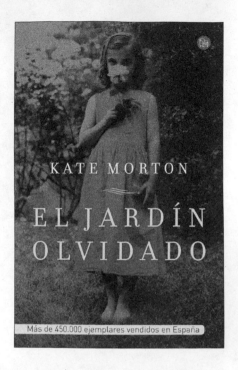

Más de 450.000 ejemplares vendidos en España

En vísperas de la Primera Guerra Mundial, una niña es abandonada en un barco con destino a Australia… Un siglo después su
nieta Cassandra descubrirá finalmente la verdad sobre la familia
y resolverá el misterio de la niña desaparecida.

Una hermosa historia a tres voces en tres tiempos distintos que
desemboca en un todo perfecto, impecable, donde las piezas en-
cajan y adquieren sentido. Una novela heredera de la tradición
literaria anglosajona, con reminiscencias de todos los géneros,
que nos devuelve el placer por la lectura que nos hicieron sentir
los grandes clásicos.

«Memorias, intriga y secretos de familia entretejidos en un ab-
sorbente laberinto de tramas complementarias que nos arrastran
a una lectura llena de fuerza, ternura y emoción. Con un estilo
ágil y envolvente, Kate Morton nos conmueve con una magnífica
historia difícil de olvidar.»

María Dueñas, autora de *El tiempo entre costuras*

Verano de 1924. Durante una rutilante fiesta de la alta sociedad en Riverton Manor, un joven y prometedor poeta se quita la vida.

Invierno de 1999. Grace Bradley, una anciana de noventa y ocho años que otrora fuera doncella en la mansión de Riverton, recibe la visita de una joven directora de cine que está rodando una película sobre aquel suicidio. Esa visita convoca los recuerdos que durante décadas Grace había relegado a lo más profundo de su mente, incapaz de enfrentarse a ellos.

«Una historia dramática, una pieza de época,
una novela romántica y le misterio.»
Sunday Telegraph

«Un relato maravillosamente contado, fascinante.»
New Idea

Todos tus libros en
www.puntodelectura.com

Síguenos en...